Stefanie Karau

Die Allianz der Sonne – 1

Die Allianz der Sonne (Band 1)

»Ich diene nicht mehr mir selbst, sondern dem Land und allen, die in ihm leben. Ein Leben für viele. Für alle Zeiten.«

So lautet der Eid der Beschützer von Dekar. Auch die Kämpfergilde Schwarze Allianz hat sich dies zur Aufgabe gemacht – bis zu dem Tag, als ihr Anführer Lichtfels in einer Nacht-und-Nebel-Aktion seine Gefährten verlässt, um im Alleingang eine geheime Mission zu erfüllen.
Als Lichtfels fünf Jahre später nach Dekar zurückkehrt, ist nichts mehr so, wie es war. Seine Gildenmitglieder sind in alle Himmelsrichtungen verstreut und auf dem Thron sitzt ein König, der das Volk tyrannisiert. Jegliche Prinzipien und Werte, für die einst die Schwarze Allianz stand, wurden zerschlagen.
Der ehemalige Gildenanführer versucht seine Kampfgefährten wieder zu vereinen, um den Machenschaften des Tyrannen Einhalt zu gebieten und dem Volk von Dekar zu zeigen, dass seine Gilde es immer noch beschützt. Ziele, die schier unerreichbar erscheinen, denn ihm läuft nicht nur die Zeit davon, sondern er deckt auch noch ein Geheimnis um den König auf, das niemals hätte ans Licht kommen dürfen.

Die Autorin

Stefanie Karau, geboren im April 1990 in Torgau, lebt mit ihrem Mann und zwei Katzen in der Literatur- und Buchstadt Leipzig.
Während sie sich hauptberuflich mit Zahlen beschäftigt, ist sie in ihrer Freizeit von Büchern und fantastischen Geschichten umgeben. So betreibt sie einen Bücherblog, besucht gerne Buchmessen oder trifft sich mit anderen Autoren.
Schreiben ist ihre Leidenschaft, ihre Fantasie kennt keine Grenzen, daher möchte sie jeden einladen, auch in ihre magischen Welten einzutauchen. Wenn sie nicht gerade schreibt, ist sie häufig im Kino anzutreffen, verwandelt sich in Online-Rollenspielen in eine Heldin oder unternimmt etwas mit Familie und Freunden.

Die Allianz der Sonne

Stefanie Karau

Band 1

Fantasy

www.sternensand-verlag.ch | info@sternensand-verlag.ch

1. Auflage, Juni 2021

Umschlaggestaltung: Alexander Kopainski
Lektorat / Korrektorat: Sternensand Verlag GmbH | Natalie Röllig
Korrektorat 2: Sternensand Verlag GmbH | Jennifer Papendick
Satz: Sternensand Verlag GmbH
Druck und Bindung: Smilkov Print Ltd.

ISBN-13: 978-3-03896-185-7
ISBN-10: 3-03896-185-7

Für alle,
die an mich geglaubt haben.

Dekarisches Königreich
HÉLLION
Plateau des Nordens
Das geheime Tal
Bairappa-Kalyani
SEGHON
Lonikka
Ostrihas
Syderia
Kon
Braykenwald
Osmerian
Roteichenwald
Merian
Ribas
Koniasee
Kalin
Brayken
Katakomben
Moor von Thraken
Feror
Tanndorf
Thraken
DEKAR
MAKHENA
Symerian
Schlucht von Baergasei
Valira
Weolas-Wüste
W
E
S

Einst verbündeten wir uns
zu mutigen Kämpfern des Landes.

Einst kämpften wir zusammen
ohne Aussicht auf Erfolg.

Einst trennten sich die Wege,
nur die Erinnerungen blieben.

Einst ist nunmehr vergangen,
ich trete aus dem Schatten.

Einst galt ich als gebrochen,
vereint mit euch bin ich wieder eins.

(Lichtfels)

Inhaltsverzeichnis

PROLOG

LICHTFELS' ERINNERUNG

5 Jahre zuvor …

Ich lief durch die Gänge der Kämpferakademie, deren schmale Fenster ein wenig Licht spendeten. Heruntergebrannte Fackeln hingen an den Wänden, Vorhänge, die sich durch den Wind bewegten, waren locker aufgezogen und der lange Läufer wies die Fußabdrücke des gestrigen Tages auf.

»Wir müssen noch den Teppich ausklopfen«, hörte ich einen Jungen an der nächsten Ecke zu seinem Kameraden murmeln.

»*Du* musst das. Hättest du deinen Lehrmeister nicht belogen, könntest du …« Der zweite Schüler schwieg, als er mich erblickte.

Sie stellten sich stramm am Rand auf und nickten mir beim Vorübergehen zu.

Ich erwiderte ihren Gruß und schmunzelte, da ich mich selbst in ihnen wiedererkannte. Auch ich hatte mich das ein oder andere Mal überschätzt, war zu spät zum Unterricht gekommen oder hatte die Übungskämpfe geschwänzt. Zur Strafe musste ich jedoch Waffen polieren oder Staub von Rüstungen wischen.

Die Ausbildung zum dekarischen Kämpfer war nicht einfach, aber danach standen einem alle Tore offen. Wie bei mir, der eine eigene Kämpfergilde gegründet hatte, die sich Schwarze Allianz nannte.

»Irgendwann werden wir auch so sein«, vernahm ich das Flüstern von einem der beiden Schüler.

»Das werden wir«, stimmte der andere ihm zu.

Ich drehte mich zu ihnen um und räusperte mich auffällig laut, sodass sie sich aus ihrer Starre lösten und den Teppich aufrollten.

Ja, genau das dachte ich damals als Junge auch.

Ich folgte einer breiten Wendeltreppe nach oben, betrat einen weiteren Korridor und lief an ein paar Rüstungen vorbei, die den Weg säumten, bis ich mich in einem größeren Raum wiederfand, dessen Kassettendecke mit dunklem Holz geschmückt war.

Das Parkett quietschte unter meinen Füßen, sodass ich augenblicklich stehen blieb, während mich vier Augenpaare anschauten.

Die Mundwinkel der Heilerin namens Lara zuckten, ehe sie sich wieder ihren drei Schülern widmete. »In jedem schlummert Magie, bei dem einen mehr, bei dem anderen weniger«, fuhr sie ihre Ansprache fort, die durch mein Erscheinen unterbrochen worden war. »Oft zeigt sie sich sehr zeitig, manchmal ruht sie aber auch bis ins hohe Alter. Es gibt verschiedene Arten, wie sie sich in euch entfaltet. Manche Menschen sind überaus schnell und sehen sehr scharf, andere tragen viel Stärke in sich und bringen den Boden zum Beben.« Sie warf einen kurzen Blick zu mir, während ich mich langsam näherte. »Wieder andere tragen die Elemente in sich, die sie entfalten können.«

»Wie die Magier!«, meldete sich ein Junge, nicht älter als zehn Sommer.

»Genau. Und wir beherrschen das heilende Feuer«, erklärte sie weiter und ließ eine blaue Flamme in ihrer Handfläche auflodern.

»Woher weiß ich, dass ich eine dekarische und keine gewöhnliche Heilerin bin?«, hakte ein Mädchen nach, das kaum älter als der Junge war und dessen langes braunes Haar als geflochtener Zopf über der Schulter hing.

»Wie lautet der Grund, warum du hier bist?«, fragte Lara, anstatt ihr eine Antwort zu geben, und löschte die kleine Flamme wieder.

Während ich neugierig der Unterrichtsstunde lauschte, lehnte ich mich nahe einem Fenster an die Wand. Lara war die geborene Lehrmeisterin, aber ich konnte mir nicht vorstellen, junge Schüler anzulernen.

»Ich habe mich verletzt und als ich die Schmerzen nicht mehr ausgehalten habe, heilte ich die Wunde«, erzählte das Mädchen. »Dann habe ich mich um eine Verletzung meines Bruders gekümmert und verschloss auch diese.«

»Mit einem blauen Licht?« Laras schmale Augenbrauen hoben sich, woraufhin das Mädchen rasch nickte und seine Finger betrachtete. »Verdächtig.« Die Lehrmeisterin schmunzelte und faltete ihre Hände vor dem Bauch. »Diese Fähigkeit beherrscht kein gewöhnlicher, sondern nur ein dekarischer Heiler. Er hat die Fähigkeit, mithilfe des blauen Feuers Wunden zu verschließen oder

Blutungen zu stoppen. Gewöhnliche Heiler können sich nur mit Verbänden und Tinkturen um Verletzungen kümmern, dort dauert die Genesung auch länger.«

Der Arm des Jungen schnellte in die Höhe, woraufhin Lara ihm zunickte.

»Warum dürfen wir Heiler nur mit einer Peitsche kämpfen? Ich würde viel lieber ein Schwert tragen«, sagte er resigniert.

Ich grinste, da mir auch diese Frage nicht fremd war.

»Das …« Lara warf einen Blick zu mir. »… ist zurückzuführen auf die uralten Lehren der Akademie.«

Oh, diese Geschichte liebte ich, seit ich hierhergekommen war.

»Lichtfels, möchtest du es ihnen erzählen?«, erkundigte sie sich bei mir.

Innerlich stöhnte ich und lehnte sogleich ab. »Du machst das ganz wunderbar, Lehrmeisterin.«

Ein Geschichtenerzähler war ich noch nie gewesen und mit Sicherheit konnte sie es viel treffender vortragen als ich.

Lara nickte mir schmunzelnd zu, dann wandte sie sich an ihre Schüler. »Einst schenkte die Natur den Menschen die Magie, um die Welt wieder ins Gleichgewicht zu bringen«, begann sie. »Wie die Elfen mit langem Leben gesegnet waren oder andere Völker verschiedene Gaben besaßen, sollten die Menschen sich das Leben mit Magie vereinfachen. Anfangs lebten alle im Einklang, aber die Magie geriet außer Kontrolle, verführte die Menschen zu schrecklichen Taten, und die Natur entschied sich, sie wieder von ihnen zu nehmen. Was zu großer Missgunst führte, denn erneut hatten die Menschen keine besondere Gabe. Auch wenn es der Natur schwerfiel, trennte sie das Volk von den anderen, um ihnen Zeit zu geben, die Magie abermals zu vergessen. Ein einsames und trostloses Leben erwartete die Menschen.«

Die Gesichter der Schüler veränderten sich von aufmerksam zu traurig, als Lara kurz innehielt.

»Eines Tages entschieden sechs junge Männer, die Natur aufzusuchen und sie davon zu überzeugen, dass der Magie nur Grenzen gesetzt werden müssen. Sechs Brüder mit verschiedenen Fähigkeiten.« Wieder schnellte der Arm des Jungen hoch, doch Lara winkte ab und fuhr fort. »Die Gebrüder Braykion schworen der Natur, die Magie an ihre Fähigkeiten und ihre Kampfkünste zu binden, was dazu führte, dass jeder Kampfkunst eine Waffe und eine entsprechende Aufgabe zugeordnet wurde. Wir Heiler schützen, heilen und kämpfen mit einer Peitsche. Die Schützen sind schnell, stark auf hohen Distanzen und nutzen Bogen oder Armbrust. Sie sind zusätzlich mit Jagdmessern ausgerüstet. Die Magier beherrschen vollständig die Elemente und kämpfen meist mit Zauberstäben, während die Beschwörer schnell sind, eines der fünf Wesen heraufbeschwören können und mit ihren zwei Schwertern den Nahkampf unterstützen. Bei ihnen müsst ihr achtsam sein, denn sie dürfen Dolche bei sich tragen, die sie mit Gift tränken können.«

Lara zeigte auf mich. »Die Faustkämpfer sind groß, kräftig und kämpfen mit ihren Fäusten, wogegen die Schwertkämpfer, die ebenfalls groß und kräftig sind, ihr Schwert schwingen.«

»Ich möchte aber mit einem Schwert kämpfen«, sagte der Junge und verzog das Gesicht.

Mein Blick wanderte zu Lara, die ihn ernst anschaute. Er hatte sie unterbrochen und das war einem Schüler nicht erlaubt.

»Du musst herausfinden, für welche Kampfkunst dein Herz schlägt«, erwiderte sie und zwischen ihren Augenbrauen bildete sich eine feine Falte. »Manch ein Beschwörer träumte von einem der Wesen, ein anderer trainierte mit einem Bogen und traf mehrfach hintereinander ins Schwarze. Probier es aus. Du trägst einen Funken des heilenden Feuers in dir, aber im Laufe der Zeit haben sich die Gaben vermischt, daher kann ich nicht ausschließen, ob nicht auch ein Schwertkämpfer in dir steckt. Such Lehrmeister Mescal auf, dass er dich prüfen soll.« Strenge schwang in ihren letzten Worten mit.

»Jetzt?«, hakte er vorsichtig nach.

»Jetzt«, antwortete Lara kühl.

»Ja, Lehrmeisterin.« Er verabschiedete sich und eilte zum Korridor zurück.

Keine Bestrafung? Meine Kämpferfreundin war eindeutig zu hell.

Ein kurzes Schweigen legte sich über alle, ehe sich ihre beiden übrig gebliebenen Schülerinnen anschauten.

Vorsichtig meldete sich das blonde Mädchen mit Sommersprossen, das bisher geschwiegen hatte.

»Ja, Mildred?«, sprach Lara sie an.

Sie wischte sich eine Haarsträhne hinter das Ohr. »Kann ich zwei Kampfkünste erlernen?«

Unwillkürlich schüttelte ich den Kopf.

»Unmöglich ist es nicht, aber du schwächst deine bereits erlernte Kampfkunst«, erklärte Lara. »Niemand soll sie alle beherrschen, das schworen die Brüder der Natur, um die Magie immer in einem Gleichgewicht zu halten.«

Die beiden Schülerinnen nickten, woraufhin die Lehrmeisterin sie entließ. »Nutzt die restliche Zeit heute und übt an eurem heilenden Feuer.«

»Ja, Lehrmeisterin«, sagten sie im Chor und rannten freudestrahlend aus dem Raum hinaus.

Während ich mich von der Wand abdrückte, schaute Lara mich mit schmalen Augen an. »Sag nichts.«

»Du bist eindeutig zu gut zu ihnen«, ignorierte ich ihre Worte und grinste sie an. »Wenn ich daran zurückdenke, wie oft wir bestraft wurden.«

»Wir haben auch viel mehr Unfug gemacht.« Lara näherte sich mir und fuhr sich durch die lange, blonde Lockenmähne. »Danke, dass du so schnell gekommen bist.«

»Keine Frage.« Gleichgültig wer, wenn jemand aus meiner Gilde Hilfe brauchte, kümmerte ich mich darum.

Lara ging zum Fenster und betrachtete die ziegelroten Dächer von Brayken, der zweitgrößten Stadt des Landes, die einst den Namen Braykonia getragen hatte. Dass Lara so still blieb, ließ meine Sorge rasch heranwachsen. Irgendetwas lag ihr schwer auf dem Herzen.

»Was hast du?«, fragte ich leise.

»Ich weiß, das kommt ungelegen, gerade weil der Wettkampf in vier Wochen stattfindet, aber ich bin besorgt wegen ...« Sie holte tief Luft.

Geduldig wartete ich und schluckte trocken.

»Chronos.« Sie traute sich kaum, mich anzusehen, was ich von ihr nicht kannte. Wir hatten immer offen über alles geredet und uns nie belogen.

Warum war sie wegen ihm besorgt? Natürlich, Chronos war ein Mitglied meiner Gilde, das oft für Probleme sorgte, aber das stellte nichts Neues dar. Obwohl er seinen eigenen Kopf hatte, war er bisher der Schwarzen Allianz immer treu ergeben gewesen.

»Was ist mit ihm?«, hakte ich sogleich nach.

»Ich will wirklich keine Unruhe stiften oder Ärger aufkommen lass...«

»Lara«, unterbrach ich sie. »Du kennst mich lange genug, dass du mit mir reden kannst. Habe ich dich jemals für irgendetwas verurteilt?«

»Nein, natürlich nicht.« Sie räusperte sich und sagte schließlich: »Chronos sympathisiert mit der Gilde Relikt.«

Einen Herzschlag lang hielt ich die Luft an, atmete schließlich erleichtert aus und ließ die angespannten Schultern fallen. »Das bedrückt dich?«

Sie nickte und schaute wieder hinaus auf die Stadt Brayken. »So kurz vor dem Wettkampf finde ich das bedenklich, gerade weil Relikt unsere härteste Konkurrenz ist.«

Es gefiel mir zwar nicht, aber Freundschaften und Bekanntschaften zu anderen Gilden konnte ich nicht verbieten. Auch ich hatte zu einigen Mitgliedern aus anderen Gilden guten Kontakt, war mit vielen befreundet, denen ich im Wettkampf gegenüberstehen würde. Letztendlich waren wir alle dekarische Kämpfer und standen im Falle eines Krieges Seite an Seite.

»Chronos ist seit einem Jahr bei uns, denkst du nicht, wir hätten es schon eher gemerkt, wenn er sich einer anderen Gilde zugehörig fühlt?«

Lara bewegte ihren Kopf hin und her. »Ich bin mir nicht sicher.«

»Ich weiß, er ist manchmal etwas grob zu euch«, merkte ich an und vergrub meine Hände in den Taschen.

Spöttisch hob sie die Augenbrauen. »Manchmal?«

»Hat er sich mit der Zeit gebessert oder untergräbt er immer noch eure Autorität?«

Chronos hatte schon immer ein Problem damit, dass mit Lara und Aliya zwei Kämpferinnen zu meinen engsten Vertrauten gehörten und in meiner Abwesenheit Entscheidungen übernahmen. Das konnte ich nicht abstreiten.

»Ja, gebessert schon, aber er belächelt Aliya und mich immer noch sehr oft.« Lara verschränkte die Arme vor der Brust.

Alle waren angespannt vor diesem Wettkampf. Ihn zur Rede zu stellen, könnte die Stimmung noch mehr trüben, was mir im Moment gerade noch gefehlt hätte. Ich war froh, genug Kämpfer gefunden zu haben, um am Wettkampf teilnehmen zu dürfen. Jede Kämpfergilde wollte dem König unmittelbar dienen und zu seiner Sonderarmee ernannt werden. Mit eigenen Befugnissen ausgestattet, einem Ehrenplatz am Hofe des Königs und festem Lohn handelte es sich um den Traum eines jeden dekarischen Kämpfers.

»Mach dir keine Gedanken, er kennt viele von Relikt aus der Ausbildung, dennoch hat er sich für uns entschieden.«

Und daran glaubte ich.

Lara verzog die Lippen zu einer schmalen Linie. »Wie du meinst.«

1

Licht

Lichtfels

Gegenwart

Lange hatte Lichtfels mit sich gerungen, ob das, was er plante, eine gute Entscheidung war. Er wollte alles vergessen, nie wieder in sein Heimatland zurückkehren, doch die Entwicklung der Welt und der Verrat, der an ihm begangen worden war, nagten an ihm.

Das war der Grund, wieso er in der einbrechenden Dunkelheit auf einer Landstraße entlanglief.

»Die dekarischen Kämpfer? Sie sind schon lange nicht mehr unsere Beschützer«, erzählte ihm eine alte Frau am Wegesrand, die er angesprochen hatte, um herauszufinden, welche Stimmung im Land herrschte.

Um sie herum beendeten die Bauern ihre Arbeiten auf den Feldern und brachten die Ernten in die Scheunen, die nahe einem kleinen Dorfe gelegen waren.

»Statt zu beschützen, beobachten und kontrollieren sie uns«, fuhr sie fort und strich sich mit dem Handrücken ein paar Schweißperlen von der Stirn. »Sicher, sie helfen auch, das hat aber seinen Preis.«

»Wie meint Ihr das?«, fragte Lichtfels, als in der Nähe grelle Blitze aufleuchteten, die ein Unwetter ankündeten.

»Unsere Kinder. Niemand weiß, was aus ihnen geworden ist.« Trauer schwang in ihrer Stimme mit und während sie einen Moment schwieg, begleitete er sie zur nächsten Hütte. »Wir hoffen nur, dass wir sie eines Tages wiedersehen.«

Worte, die ihm die Sprache verschlugen und sich in sein Gedächtnis einbrannten.

Lichtfels spähte hinauf zum Himmel, wo die heranziehenden Wolken den sichelförmigen Mond verschleierten, der als einziger heller Fleck auf dem schwarzen Tuch der Nacht zu sehen war.

»Geht nun«, sagte sie und verschloss die Fensterläden ihrer Hütte. »Bevor die Kämpfer des Königs auf Euch aufmerksam werden. Es ist unüblich, nachts hier herumzuschleichen und seltsame Fragen zu stellen – und das auch noch bei diesem Wetter. Ihr solltet Euch ein Zimmer im Gasthaus nehmen.«

Lichtfels dankte ihr und verabschiedete sich. Aber anstatt eine Unterkunft zu suchen, wartete er, bis die Magier die vielen Feuerkugeln, die bis vor Kurzem noch Felder und Straßen beleuchtet hatten, innerhalb eines Atemzuges auslöschten.

Ohne noch mehr Zeit verstreichen zu lassen, wagte er sich in die Dunkelheit.

Der Wind hatte aufgefrischt und sich zu stürmischen Böen erhoben, die Sand, Staub und Blätter aufwirbelten, Zweige und Äste dazu brachten, sich zu verbiegen oder gar abzubrechen, und an seiner Kleidung zerrten.

Vielleicht, dachte Lichtfels, *sollte ich die Vergangenheit ruhen lassen und mit ihr abschließen.*

Doch die Gedanken in seinem Kopf wirbelten ebenso hin und her wie der Sturm um ihn herum.

Während er das Dorf zurückließ und Richtung Wald lief, fragte er sich, ob alles hätte anders kommen können. Ob die Welt durch seine Kämpfergilde besser geworden und das Volk von Dekar mit seinem Schutz zufrieden gewesen wäre, hätte er sich gegen den Verrat gewehrt.

Lichtfels war der Einzige, der zu dieser Zeit noch unterwegs war. Das Unwetter hinderte ihn nicht, im Gegenteil, es war eine einmalige Chance für ihn, seine ehemaligen Gefährten zu rufen, ohne dass es die Menschen von Dekar sofort merkten.

Wenn es eine Rückkehr gibt, dann soll es eine Überraschung sein.

Der Marsch durch den Wald hinauf ins Gebirge war die letzte Etappe seiner langen Reise. Er hatte das Land vor fünf Jahren verlassen und genau vor einem Monat war er aufgebrochen, um zurückzukehren.

Es blitzte auf und wenige Sekunden später folgte ein langes, tiefes Grollen, welches die Erde erbeben ließ. Als ein heftiger Windstoß durch den Wald peitschte, verfehlte ein größerer Ast ihn nur knapp.

Mit klopfendem Herzen blieb Lichtfels stehen und zog seinen Umhang fester um den Leib, ehe er tief durchatmete und den Weg fortführte.

Die Anstrengung, gegen den Wind und bergauf zu laufen, spürte er nach einer Weile nicht mehr. Er rutschte auf dem feuchten Laub aus und fiel auf den durchweichten Waldboden, aber er stemmte sich sofort wieder hoch. Schnellstens musste er zum Plateau des Nordens, das sich zwischen den zwei größten Bergen des Grenzgebirges mit dem Namen Bairappa-Kalyani, genannt Wolkenbrecher, befand, am Rande eines Talkessels, der dort versteckt lag.

Es stellte den Treffpunkt seiner ehemaligen Kämpfergilde dar, wo Pläne geschmiedet, Beschlüsse gefasst und Entscheidungen getroffen worden waren. Dort hatte das Leben der Schwarzen Allianz stattgefunden und genau dort, hoffte er, würden seine Kämpfer ihn finden und zu ihm zurückkehren.

Ein geheimer Ort, dessen Eingang einst von einem magischen Schild geschützt worden war, den seine Heiler errichtet hatten. Nur er und seine Gefährten konnten ihn sehen, für Fremde und Feinde sah er aus wie eine geschlossene Felswand.

Steil ging es in das Gebirge hinauf. Lichtfels hielt den rechten Arm auf Kopfhöhe, um sein Gesicht vor den Zweigen und Blättern zu schützen, die ihm entgegenschlugen. Neben ihm knackte es, als ein Baum umstürzte. Er sprang zur Seite und landete dabei erneut auf dem Boden, wo sich ein abgebrochenes spitzes Stück Holz in seinen Unterarm bohrte.

Er fluchte vor Schmerz, während er sich wieder aufrichtete. Mit zitternden Fingern zog er es heraus, und augenblicklich lief Blut an seinem Arm herunter, über die Hände bis zu den Fingerspitzen. Eilig riss er ein Stück des Umhangs ab und wickelte es sich grob um den Arm. Er hatte keine Zeit, die Wunde zu säubern, denn er musste weiter.

Der Wald öffnete sich, und der grüne Teppich aus Moos und Gräsern wechselte zu einem rauen Steinboden. Die Bäume wurden kahler, einige ragten nur noch als tote Pfähle in den Himmel oder lagen abgebrochen und verloren zwischen den Felsen, bis er keine mehr sehen konnte.

Der Wind war inzwischen zu einem regelrechten Orkan geworden, drückte gegen Lichtfels, bremste ihn aus, sodass er immer wieder in die Knie gehen musste. Durch die Blitze erkannte er das weitreichende Gebirge, davor die vielen Felsen, die einem wahren Labyrinth glichen.

Wenig später erreichte er eine Anhöhe, weit über dem Boden, von der aus er über die Waldkronen hätte hinwegschauen können. Doch es war zu dunkel und zu stürmisch, um den Blick schweifen zu lassen.

Er wandte sich dem Berg zu und näherte sich der Steilwand, die vor ihm in den Himmel ragte. Aus seiner Erinnerung wusste er noch, dass der Eingang zum Tal in der Nähe war, denn den Weg war er schon oft gegangen.

Während ihm die Blitze ein wenig Licht spendeten, suchte er das Gestein nach einer Felsspalte ab und erblickte nicht weit von ihm einen Schatten in der Felswand, der in den Berg hineinreichte. Er berührte mit der Hand das kalte, raue Gestein und fuhr die Kanten entlang, als ihm ein altes Gedicht aus Kindheitstagen einfiel.

Von Natur erschaffen, geschliffen von ihr,
trägst Hunderte Jahre Geschichte in dir.
Bei voller Größe hältst du dem Wetter stand,
ganz klein fällst du aber schon durch eine Hand.

Lichtfels schluckte bei der Erinnerung, die er lange verdrängt hatte. Seiner Vergangenheit konnte er nicht mehr entkommen, immer mehr fiel ihm ein, während er sich weiter nach rechts bewegte.

Wachsam lief er an einem kleineren Felsen vorbei, bis er schließlich eine Felsspalte erreichte, in der es so schwarz war, dass er seine eigenen Hände kaum noch vor Augen sah.

Vorsichtig tastete er sich voran. Er roch Regen in der Luft und hoffte, dass er es trockenen Fußes durch die Felsspalte schaffte, denn nasses, rutschiges Gestein wollte er nicht auch noch passieren.

Beim nächsten Donnerschlag bebte der Boden erneut, und Lichtfels duckte sich, da kleine Steine von den Felswänden herunterrieselten. Sein Atem ging stoßweise und Schweißperlen liefen an den Schläfen herunter, während er voranschritt.

Nach endlosen Minuten, die sich wie Stunden anfühlten, erreichte er endlich den Ausgang. Er stützte sich kurz an der Wand ab und gestattete sich einen Moment, um erleichtert auszuatmen.

Während er aus der Felsspalte hinaustrat, fegte ihm der Sturm das kinnlange braune Haar ins Gesicht und er strich es mit einer raschen Bewegung nach hinten. Eilig lief er einen Pfad entlang, dessen Untergrund nicht mehr nur von Stein, sondern auch von Sand und Kies bedeckt war.

Als er sich an einem Abhang wiederfand, von dem aus er auf das kleine Tal niederschauen konnte, setzte der Regen ein.

Der Ort, der vor ihm lag, war von grauen in den Himmel ragenden steinernen Wänden und Mauern umgeben, einst erschaffen von der feurigen Kraft der Natur, isoliert von der Außenwelt, wo seine Gilde mitten in der Natur hatte leben können.

Er blieb stehen und fasste mit einer Hand an sein Herz, während Donnerhall die Luft zum Vibrieren brachte.

Das Tal gibt es noch.

Genau so, wie er es in Erinnerung hatte. Im Westen konnte er das Plateau aufgrund der Dunkelheit nur erahnen, doch in der Ferne leuchteten die Steinskulpturen, die aus der Nacht hervorschimmerten wie ein Mond zwischen Wolkenfetzen.

Da sind sie, aber warum leuchten sie?

Er starrte sie einen Moment an, bis er weitereilte, den Steinskulpturen entgegen.

Das Gewitter behinderte seine Sicht, dennoch folgte er linkerseits dem Abhang, der ihn am Rande des Tals entlang zwischen den Felsen hindurchführte. Der Pfad war kaum sichtbar, denn Steinschläge hatten den Hang zerklüftet und uneben gemacht. Mehrere Felsbrocken, über die er hinwegklettern musste, erschwerten sein Vorankommen.

Mit Bedacht lief er den brüchigen Weg entlang, um nicht den Abhang hinunterzustürzen. Eine Unaufmerksamkeit, und alles wäre vorbei.

Schließlich erreichte er das Ende des Pfades und steuerte das Plateau an, das nur noch wenige Stufen nach oben entfernt lag. Kurz darauf betrat er endlich den Kreis mit den Skulpturen.

Es waren sechs aus Kalkstein gemeißelte Figuren von Kämpfern, doppelt so groß wie er, die in einem Kreis angeordnet waren und grünlich schimmerten. Flechten hatten sich im Laufe der Jahre wie eine zweite Haut über sie gelegt.

Fasziniert blickte Lichtfels sie an, denn so hatte er sie noch nie gesehen.

Der Faustkämpfer, groß und kräftig, mit Stahlhandschuhen an den Händen, dessen eine Faust gen Himmel zeigte, während die andere locker in die Hüfte gestemmt war.

Der Schütze, schlank und flink, in der Hand einen eleganten Bogen, dessen Pfeil gen Nachthimmel gerichtet war.

Der Heiler, klein und zierlich, bewaffnet mit einer Peitsche, deren Schnur sich wie eine Schlange um den Körper legte.

Der Magier, schmal und unscheinbar, mit einem langen Stab in der rechten Hand, in der linken eine faustgroße Kugel.

Der Beschwörer, groß und gelenkig, bewaffnet mit zwei langen, gebogenen Schwertern, die vor seinem Körper gekreuzt waren.

Der Schwertkämpfer, kräftig und auffällig, in der Hand ein breites, langes Schwert, das er nach oben hielt.

Es waren die sechs Urväter der Kampfkünste, die Gebrüder Braykion, die die Kämpferakademie in Brayken gegründet hatten und die Vorbilder der dekarischen Kämpfer darstellten. Figuren, bekannt als Symbol der Stärke und des Zusammenhalts.

Sie beschützten den Felsen, der sich in der Mitte vor ihnen befand, und genau diesem galt Lichtfels' Aufmerksamkeit. Ein schwarzer rauer Stein, so unscheinbar und unauffällig, dass ein Fremder ihn nicht weiter beachtet hätte. Doch für Lichtfels strahlte er etwas Mystisches aus, ein Geheimnis, älter als alle Menschen auf der Welt. In ihm schlummerte etwas, was die Kämpferfiguren bewachten.

Er hatte das Plateau lange nicht gesehen, und nun stand er an diesem Ort, der unverändert wie eh und je vor ihm lag.

Lichtfels schluckte und langsam umrundete er den Felsen.

Der Boden des Plateaus bestand ebenfalls aus Kalkstein, und magische Zeichen waren darin eingeritzt, die nach der langen Zeit kaum noch zu erkennen waren. Moos hatte die Linien überwuchert, Sand, Kies und Schlamm sich in den feinen Rillen und Furchen angesammelt. Herbstlaub dämpfte seine Schritte auf dem Boden.

Er und seine Gefährten hatten das Plateau angelegt und die Figuren der dekarischen Kämpfer aufgestellt. In mühseliger Arbeit war es ihnen gelungen, die Symbole der Waffen, die Runen des Himmels und die Schutzzeichen der Elfen in den Boden zu schlagen. Allerdings erkannte er nichts mehr davon.

Die magische Kraft durchfloss jede Ader seines Körpers. Hier war die Vergangenheit näher, als er erwartet hätte.

Längst vergessene Erinnerungen kehrten in die Gedanken zurück.

Duelle, die er gefochten, Freundschaften, die er geschlossen, Kämpfer, die ihm die Treue geschworen hatten.

Mit zögernden Schritten trat er an den Felsen heran, während er seinen Atem zu beruhigen versuchte. Obwohl der Regen ihn unablässig durchnässte, schien er innerlich zu brennen, da er es nicht mehr schaffte, die Aufregung zu unterdrücken. Er ballte die Hände zu Fäusten und presste die Kiefer zusammen, doch ehe er die Finger auf den Felsen legte, hielt er inne.

Lichtfels war angekommen, hatte diesen Ort erreicht. Den Ort, den er vor fünf Jahren verlassen hatte. Noch hätte er gehen, alles dabei belassen können, wie es war. Er konnte ins Exil flüchten und für immer verschwinden.

Nein, dachte er. *Ich habe den Menschen geschworen, sie zu beschützen. Dieses Land ist meine Heimat. Ich gehöre hierher.*

Er schloss die Augen, atmete tief durch und drückte die Hände auf das kalte, nasse Gestein.

Ein kurzer Blitzschlag fuhr ihm durch alle Knochen und er fing an leise zu murmeln.

»Licht in dir erwach, vertreib die Dunkelheit, weise mir den Weg in dieser finst'ren Zeit.«

Um sich herum vergaß er alles, konzentrierte sich nur auf seine magischen Kräfte, das Kribbeln in den Fingern und auf die gesprochenen Worte. Er erinnerte sich noch genau an sie, obwohl das letzte Mal sehr lange her war.

Seine Muskeln spannten sich an, während sich ein Kraftfeld um ihn und den Felsen legte. Langsam begann der Stein aus dem Inneren heraus zu leuchten. Erst kaum erkennbar, dann immer heller und heller.

Seine Hände zitterten und verkrampften sich. Er konnte der Kraft kaum noch standhalten. Blitze brachen aus der Wolkendecke, die Erde erbebte. Von einem lauten Donnerschlag begleitet flog er rückwärts aus dem Kreis.

Hart prallte er auf dem Boden auf und stöhnte. In seinen Ohren pfiff es und die Wunde am Arm pochte. Er fuhr sich mit der Hand über das Gesicht und blickte erschöpft auf. Nichts geschah.

Der Regen prasselte auf ihn nieder und hatte ihn bereits bis auf die Knochen durchnässt. Mit der Faust schlug er auf den Boden.

Hatte er sich versprochen? Hatte er die Worte verwechselt oder welche vergessen?

Er legte den Kopf auf den nassen Boden und sog scharf die Luft ein. Seine Augen schauten zum schwarzen Himmel hinauf, als es hell vor ihm wurde.

Die Zeichen auf dem Boden begannen zu leuchten, das Moos sowie die Flechten verbrannten augenblicklich, der Schlamm wurde weggespült und das Licht pulsierte wie ein Herz, das soeben zum Leben erwacht war.

Trotz der Nässe kroch die Wärme vom Boden in seinen Körper. Wieder bebte es. Ein ohrenbetäubender Knall dröhnte durch das Tal, den er nur dumpf wahrnahm, da es immer noch in seinen Ohren pfiff.

Er richtete sich auf und kam wackelig auf die Beine, hielt jedoch eine Hand vor die Augen, da das grelle Licht ihn blendete. Als er zum Felsen sah, betrachtete er durch seine Finger die Lichtsäule, die so hell wie die Sonne emporloderte, höher als alle Gebirge der Welt.

Lichtfels lachte auf. Er hatte daran gezweifelt, ob es funktionierte, doch er stand leibhaftig davor. Dies war seine Bestimmung, dessen war er sich sicher. Er musste nur noch warten, darauf, dass irgendwo seine Kämpfer der Schwarzen Allianz das Licht sahen und es erkannten – seinen Ruf, sein Zeichen.

Er war zurückgekehrt.

2

Alte Bekannte

Aliya

Aliya öffnete die Augen. Sie stand auf, betrachtete das vor sich hin lodernde Lagerfeuer und dann die Lichtung, die dunkel vor ihr lag und nur durch die Flammen erhellt wurde.

Etwas war anders.

Sie hatte deutlich die Erschütterung gespürt, und auch die Bäume flüsterten wirr durcheinander wie eine in Panik verfallene Menschenansammlung, sodass sie kein Wort verstehen konnte.

Flink zog die Halbelfe ihren Umhang an, legte sich den Riemen ihrer Tasche um die Schulter und löschte daraufhin das Feuer mit Erde. Sie lief los, ohne zu wissen, wo ihre Füße sie hintragen würden.

Während sie sich einen Weg durch die Dunkelheit bahnte, lauschte sie den Wäldern. Noch immer verstand sie nichts. Sie hielt an, ging zum nächstgelegenen Baum und berührte mit ihrer Hand die raue Rinde. Den Zeigefinger der anderen Hand legte sie an die Lippen.

»Pssst, beruhigt euch«, flüsterte sie.

Die Bäume verstummten nacheinander und murmelten ihr die Worte zu, die weitergetragen wurden. Begriffe wie ›Angst‹ und ›Furcht‹, aber auch ›Hoffnung‹ und ›Veränderung‹ fielen.

Aliya war irritiert.

Was redet ihr da?

Der aufkommende Wind umspielte ihr schmales Gesicht, das schwarze lange Haar und entblößte ihre spitzen Ohren. Sie richtete ihre Aufmerksamkeit wieder auf die Bäume, als ein Wort fiel, das ihr den Atem raubte.

»Licht?«, wiederholte sie es flüsternd.

Suchend blickte sie sich um, erst im Wald, in dem die Nacht jegliches Licht verbannt hatte, dann schaute sie in den Himmel, der von den herbstfarbenen Baumkronen verdeckt wurde, bis sie schließlich auf einen der Bäume zulief. Mit Kraft sprang sie vom Boden ab und klammerte sich an einem Ast fest.

Sie zog sich an ihm hinauf und kletterte zum nächsten Ast weiter, blieb jedoch an einigen Zweigen hängen und schürfte sich die Hand auf. Kurz fluchte sie, aber sie beachtete die Wunde nicht länger. Sie musste nach oben, sie musste wissen, welches Licht die Bäume meinten.

Immer höher tauchte sie in die Krone hinein, schob die orangeroten sowie braunen Blätter beiseite, hielt sich an der Baumrinde fest und stieg nach oben. Je weiter sie kam, desto heller wurde es. Endlich durchbrach sie die letzten Zweige.

Aliya stockte der Atem.

Über den Wald hinweg, zwischen den zwei größten Bergen des Grenzgebirges, da, wo das Plateau des Nordens lag, ragte eine gewaltige Lichtsäule in den Himmel.

Lange betrachtete sie das Licht, welches das Gebirge und deren weiße Gipfel erleuchtete. Die Blitze links und rechts von der Säule fielen kaum noch auf und sahen aus wie schmale Rinnsale.

Lichtfels? Bist du das?

Sie schaute auf ihre Hand, wo sich mehrere dunkle Kratzer auf der hellen Haut gebildet und zu brennen begonnen hatten. Um einen Traum handelte es sich nicht, der Schmerz war echt, aber ihr fiel es schwer, es zu glauben.

Konnte es Lichtfels, ihr Freund und ehemaliger Anführer der Schwarzen Allianz, sein? Oder hatte die verfeindete Gilde Relikt eine Möglichkeit gefunden, den Felsen zum Leuchten zu bringen?

Nein, unmöglich, dachte sie.

Oder? Vielleicht hatten sie ihn in ihrer Gewalt und wollten seine übrig gebliebenen Kämpfer fassen.

Aliya schluckte und schüttelte den Kopf. Ihre Gedanken überschlugen sich wie die vom Wind geformten Wellen des Blättermeeres, ehe sie zurück in die Baumkrone eintauchte und sich vorsichtig nach unten hangelte.

Nein, er ist in Sicherheit … irgendwo.

Nachdem sie auf einem Ast kurz innegehalten hatte, ließ sie sich auf den nächsten nach unten fallen. Beinahe hätte sie das Gleichgewicht verloren, fand aber noch Halt am Baumstamm, während das Laub um sie herum raschelte, das Holz knarzte und die Zweige sich den immer stärker werdenden Windböen beugten. Als sie dem Boden nahe genug war, sprang sie hinunter und federte sich mit einer Hocke ab.

Nur einer konnte eine solch riesige Lichtsäule beschwören. Nur bei ihm war das Licht gleißend hell wie das der Sonne.

Er, der von einer Nacht zur anderen verschwunden und nicht wieder zurückgekehrt war.

Aliya rannte los. Sie musste herausfinden, ob ihre Vermutung stimmte.

Als das Unwetter sich langsam legte und die Sonne im Osten ihre ersten Strahlen zeigte, verblasste die Lichtsäule und verschwand. Tiere wagten sich aus dem Unterholz, hier und da fiel ein Blatt zu Boden.

Aliya kletterte unter der Wurzel eines umgekippten Baumes hervor, wo sie ein paar Stunden verbracht hatte, als das Unwetter über sie hereingebrochen war. In ihrem feuchten Haar hatten sich Zweige und Rindenstücke verfangen, Schlamm klebte an ihren Händen und an der Kleidung.

Sie ging abseits der Wege, um nicht anderen Menschen, Händlern oder sogar Kämpfern von Relikt zu begegnen. Immer wieder stieg sie über umgekippte Baumstämme und lief an hohen Sträuchern vorbei. Manche Bäume standen durch den Sturm so schief, dass sie jeden Moment umkippen könnten. Auch Blätter und abgebrochene Äste lagen überall verteilt auf dem Boden.

Während sie zwischen den Bäumen entlangwanderte, lauschte sie ihnen und dem Wind abwechselnd. Ab und an drehte sie sich um, beobachtete die Umgebung und verwischte ihre Spuren. Sie konnte nicht vorsichtig genug sein.

Auf einer kleinen Lichtung, durch die ein Bach floss, hielt sie an, trank einen Schluck kühles klares Wasser und tauchte ihr Gesicht hinein, bevor sie sich die Schlammspritzer abwischte. Auch die Zweige und Rindenstücke zog sie mühsam aus ihrem Haar heraus, ehe sie ihre spitzen Ohren unter ein paar Strähnen versteckte, denn dass sie eine Halbelfe war, sollten Fremde und Feinde nicht sehen.

Zu oft wurden Elfen und Halbwesen gefangen genommen, weil sie besondere magische Künste besaßen. Wie die Fähigkeit, mit den Bäumen zu sprechen.

Sie nahm einen weiteren Schluck Wasser, als der Schorf an ihrer Hand sich löste und der Schnitt erneut blutete.

Verflucht.

Es ging nicht anders, sie musste die Wunde verbinden.

Bis zum Plateau war es zwar nicht mehr weit, aber ein halber Tagesmarsch lag mindestens noch vor ihr.

In ihrer Tasche suchte sie nach einem Verband, ein schmales Stück Leinen, das sie bei ihrem letzten Aufenthalt in einem Dorf erhalten hatte. Ein Müller war auf der Suche nach einem Heiler gewesen, weil er sich den Rücken verrenkt hatte und kaum noch aufrecht gehen konnte. Sie hatte sich seiner angenommen, ihm beim Strecken und Biegen des Rückens geholfen, bis sich seine Blockade gelöst hatte. Als Dank hatte sie eine Nacht in seiner Mühle übernachten und ihre Vorräte auffüllen dürfen.

Fünf Tage waren seitdem vergangen, doch Aliya hatte das Gefühl, als wäre es erst gestern gewesen.

Jetzt zog sie den Verbandsstoff heraus, tupfte vorsichtig das Blut in ihrer Hand ab und wickelte sorgfältig das Leinen herum. Erst als es straff genug saß und das Brennen nachließ, trennte sie das übrige Stück mit einem Messer ab, legte beides beiseite und befestigte den Verband am Handrücken mit einem Knoten.

Viel besser.

Sie bewegte ihre Finger, ballte ein paar Mal die Hand zu einer Faust und verstaute dann den Rest ihrer Utensilien wieder in der Tasche, als es hinter ihr knackte. Dennoch tat sie so, als hätte sie es nicht wahrgenommen. Wer auch immer es war, sollte denken, sie wäre nur eine einfache Reisende ohne Fähigkeiten.

Während Aliya ihre Hände am Umhang abwischte und langsam aufstand, bildete sie einen magischen Schutzschild um ihren

Körper, der sich wie eine zweite Haut um sie legte. Ihre rechte Hand glitt vorsichtig an den Gürtel, an dem die Peitsche hing.

Erneut knackte es, dieses Mal links neben ihr.

Aliyas Blick wanderte zur Seite, wo sie im Schatten der Bäume einen Umriss erkannte. Wer sich an sie heranschlich, konnte nichts Gutes von ihr wollen.

Sie bückte sich und wischte sich getrockneten Schlamm von ihren Schuhen, ehe sie blitzschnell einen Rückwärtssalto machte und im Flug einen Zauber zu dem linken Gegner warf, der ihn für einen Moment lähmte.

Steh still!

Auf ihren Füßen gelandet, drehte sie sich um, zog ihre Peitsche und wandte sich dem zweiten Gegner zu, der aus dem Schatten trat und die Armbrust auf sie richtete. Er war ein Kämpfer, eingehüllt in einen Umhang und eine lederne Uniform. Ein dunkelblaues Tuch bedeckte bis auf die Augen sein Gesicht, sodass sie nicht sehen konnte, mit wem sie es zu tun hatte.

»Was wollt Ihr?«, rief sie.

Doch anstelle einer Antwort schoss der Kämpfer einen Bolzen in ihre Richtung.

Geschickt wich Aliya aus und rannte auf ihn zu, während er nachlud. Sie schwang ihre Peitsche und ließ die Schnur auf ihn niedersausen, aber er wich zurück und entzog sich ihrem Angriff.

Als er erneut die Waffe hochnahm, bildete sich unter Aliya ein silberfarbener, leuchtender Kreis.

Verflucht, der Schütze beherrscht Magie! Nein!

Der einfache Schutzzauber reichte nicht, um sie vor dem Zauber zu bewahren, dem sie gleich ausgesetzt sein würde. Sie hob beide Hände gen Himmel und konzentrierte sich auf einen neuen fast unsichtbaren Schild, welchen sie über sich wie eine

Kuppel entstehen ließ. Ein stärkerer Zauber als zuvor, den sie brauchte, als der rasante Bolzenhagel des Fremden auf sie niederprasselte. Aus Magie entstanden und umgeben von Blitzen, wollten die Geschosse ihren Schutzschild durchbrechen.

Nur sie sah die feinen hellblauen Risse, die sich von oben nach unten durch ihren Schild zogen. Um Kräfte zu sparen, löste sie den lähmenden Zauber, während die Bolzen, die an ihrem Schutz vorbeiflogen, sich in die Erde rammten und diese aufwühlten.

Aliya sackte auf die Knie, bis sie den Angriff überstanden hatte.

Neben ihr stürzte jetzt ein roter Drache aus dem Schatten der Bäume heraus, viele Köpfe größer als sie, und ließ den Boden erbeben.

Oh nein, der andere ist auch noch ein Beschwörer.

Schnell richtete sie sich wieder auf und ließ ein magisches Giftfeld unter dem Tier entstehen. Das Moos verdorrte augenblicklich, Blätter färbten sich grau und welkten, bis der violette Schimmer auf dem Erdboden sichtbar wurde.

Der Drache blieb stehen, als seine Haut Blasen warf. Er schnaubte wütend und spie Flammen, welche jedoch von Aliyas Schutzschild abprallten.

Schweiß rann ihr von der Stirn, als die Hitze sie traf. Auch wenn der Drache nur heraufbeschworen wurde – die Glut in ihm war genauso heiß wie bei einem echten.

Das Feuer erlosch und mit ihm der Schutzzauber.

Sie hörte das Zischen eines weiteren Bolzens und duckte sich, den nächsten wehrte sie mit ihrer Peitsche ab, indem sie die Peitschenschnur nach oben schwang, um das Geschoss aus der Flugbahn zu lenken.

Aliya rang nach Luft. Sie musste schleunigst hier weg. Gegen einen Gegner konnte sie es schaffen, aber nicht gegen beide.

Wenn ich den Schützen entwaffne …

Sie versuchte ihn mit mehreren Peitschenhieben zu treffen, doch er war einfach zu schnell. Zwei Klingen wurden hinter ihr aus Schwertscheiden gezogen. Der Beschwörer hatte sich bewaffnet.

Sie lief zu einem Baumstamm, nahm Anlauf, nutzte einen abgebrochenen Ast als Sprungbrett und sprang über den Beschwörer hinweg. Flink drehte er sich um und holte mit beiden Schwertern gleichzeitig aus.

Aliya kam auf dem Boden auf und rollte unter den schnellen Hieben hinweg, ein weiterer Bolzen flog knapp an ihr vorbei, wie sie am Windhauch an ihrer Wange spürte.

Sie hechtete zur Seite, verlor das Gleichgewicht und stürzte zu Boden. Ehe sie sichs versah, befand sich ein Schwert an ihrer Kehle.

Aliyas Puls raste. Ihr Herz klopfte so stark, als ob jemand mit einem Hammer auf ihren Brustkorb schlagen würde.

Das war's, dachte sie.

Das Schwert war nur einen Fingerbreit von ihrer Halsschlagader entfernt. Sie presste die Kiefer zusammen und ballte die Hände zu Fäusten. Auf keinen Fall durfte sie sich bewegen.

Abwechselnd schaute sie ihre beiden Gegner an, die sich über sie gebeugt hatten. Aliya konnte die Gesichter allerdings nicht erkennen, da sie diese immer noch unter einem Tuch und einer Kapuze verbargen. Doch ihre Umhänge deuteten darauf hin, dass sie eine lange Reise hinter sich hatten. Der Stoff war an vielen Stellen eingerissen und schmutzig.

»Du bist ganz schön aus der Übung«, sagte derjenige, der ihr das Schwert an die Kehle hielt.

»Aber der Schutzschild ist besser geworden«, meinte der Mann mit der Armbrust.

Aliya atmete erleichtert aus, als sie die beiden Stimmen erkannte. »Ist das etwa die feine Art, wie man eine alte Freundin begrüßt?«, rief sie gespielt erbost. Dann lachte sie und strich sich das verschwitzte Haar aus der Stirn. »Schön, euch zu sehen, Wibatem und Gerri!«

Wibatem schob nun endlich das Tuch von seinem schmalen blassen Gesicht herunter. Grinsend steckte ihr ehemaliger Gildengefährte sein Schwert weg, streckte ihr die Hand entgegen und half ihr auf beide Beine.

Sie musterte die verschiedenfarbigen Augen, das eine blau, das andere grün, und das kurze braune Haar. Obwohl sie mit ihren Beinen inzwischen wieder fest auf dem Boden stand, hielt Wibatem ihre Hand immer noch fest. Doch auch sie wollte ihn nicht freigeben und erwiderte sein schiefes Lächeln.

Erst als Gerri sich räusperte, ließ sie Wibatem los.

Sie wischte sich den Schmutz von ihrer Kleidung und verzog das Gesicht. »Ich hatte mir ein Wiedersehen mit der Schwarzen Allianz etwas ruhiger vorgestellt, aber so ist es auch in Ordnung. Erinnert an alte Zeiten.«

Wibatem lachte auf und wandte sich dem Drachen zu. Mit einer Handbewegung beruhigte sich das Tier, löste sich auf und verschwand vollständig. »Man weiß nie, wen man hier trifft.«

Gerri warf die Kapuze zurück und lockerte das Tuch, sodass es nur noch um seinen Hals lag. »Das war nur eine Übung«, meinte er lachend, während er sich über den braunen Bart strich. Wie Wibatem trug er sein welliges Haar kurz geschnitten.

»War es das? Und ich dachte schon, ihr habt mich verwechselt«, bemerkte Aliya und schaute den Schützen, der lange Zeit an ihrer Seite gekämpft hatte, an. Erste Fältchen zeichneten sich auf seiner Stirn und um die Augen ab.

»Du kennst uns. Wir greifen gerne an.« Zuerst imitierte er einen Bogenschützen, als Nächstes schwang er ein Luftschwert.

»Ah ja, die alte Wibatem-Gerri-Taktik.« Aliya schüttelte lachend den Kopf.

Gerri zwinkerte ihr zu, streckte sich und dehnte die Beine.

»Was ist mit Kilian? War er nicht immer bei euch?«, fragte sie.

Die beiden Kämpfer schauten sich ernst an.

Was hat das zu bedeuten? Er ist doch nicht etwa …

»Wir wissen nicht, wo er ist«, antwortete Wibatem knapp.

»Nicht einmal, ob er lebt?« Aliya biss sich auf die Unterlippe.

Wibatem verneinte und wandte sich ab.

Sie wickelte ihre Peitsche zusammen und steckte sie wieder an den Gürtel, während der Beschwörer zum Bach ging und sich etwas abkühlte.

Ein schlechtes Thema.

»Er könnte gefangen sein oder ist untergetaucht«, ergänzte Gerri leise.

»Verstehe.«

Viele ihrer ehemaligen Gildenfreunde waren unauffindbar. Schon vor Jahren hatte Aliya sich damit abgefunden, niemanden von ihnen jemals wiederzusehen. Sie hoffte nur, dass ihr Magierfreund wohlauf und nicht in Gefangenschaft geraten war. Die Sorge, er könnte schwer verletzt in einem Kerker liegen oder müsste als Sklave arbeiten, wuchs heran, sodass sie weitere Gedanken so schnell wie möglich wieder verdrängte. Stattdessen versuchte sie, den Moment der Freude zu genießen, wenigstens ihre beiden alten Kampfgefährten getroffen zu haben.

Ihr Blick glitt zu Wibatem, der immer noch am Bach kniete und sich wusch. Eine Gänsehaut breitete sich auf ihren Armen aus. Er hatte sich kaum verändert, sah immer noch aus wie in ihrer Erinnerung. Ein Gefühl der Erleichterung beruhigte ihr schnell klopfendes Herz. Ob er sich auch freute, sie wiederzusehen?

Nicht jetzt, dachte Aliya. *Kein guter Zeitpunkt für alte Erinnerungen.*

Um sich abzulenken, betrachtete sie die Spuren, die ihr Kampf hinterlassen hatte.

»Ihr habt die Lichtsäule auch gesehen, nehme ich an«, bemerkte sie mit ruhiger Stimme. »Was meint ihr, ist es eine Falle?«

»Undenkbar.« Wibatem kehrte zu den beiden zurück, während er das restliche Wasser von den Händen schüttelte. »Wenn der Schutzschild durchbrochen worden wäre und wenn unsere lieben Freunde von Relikt das Tal gefunden hätten, würden wir es wissen.«

»Der Schutzschild ist nach all den Jahren niemals mehr intakt«, merkte Aliya an. »Und kein anderer außer Lichtfels kann eine Lichtsäule in dem Maße errichten. Aber … er kann es unmöglich gewesen sein.« Aliya ließ die Schultern hängen.

»Woher willst du das wissen?«, hakte Wibatem nach. »Bist du so fest davon überzeugt, dass er tot ist?«

Ihr blieb der Mund offen stehen, denn das könnte sie nie glauben. »Nein, nur …«

»Ach, Ali, du hast dich nicht verändert. Du bist noch genauso nachdenklich wie früher«, unterbrach Wibatem sie und lächelte. Sie spürte, wie ihre Wangen warm wurden, als sie zum ersten Mal seit Jahren ihren Kosenamen wieder hörte.

»Und ihr stürzt euch noch genauso wie früher gedankenlos in den Kampf«, sagte sie und blickte ihre Freunde schief an.

»Das macht ihn interessanter«, warf Gerri ein.

Aliya schmunzelte. »Zum Glück bin ich jetzt bei euch, um euch zu retten.«

»Sehr gut. Wie weit ist die nächste Handelsroute entfernt?« Gerri warf sich die Armbrust über die Schulter.

»Nicht weit«, antwortete Wibatem und schob sein Tuch über den Mund.

»Wenn wir uns beeilen, können wir noch eine Patrouille erwischen.« Gerri rieb die Hände aneinander. »Ein bisschen Gold und etwas zum Essen schadet nicht.«

»Dann ziehen wir weiter!«, entschied Wibatem und deutete mit der Hand gen Norden.

»Jetzt wird es aufregend«, rief Gerri zu Aliya. »Es wird Zeit für weiteres Frischfleisch! Gib zu, das hast du doch vermisst.«

Aliya lachte, straffte ihren Umhang, zog die Kapuze ins Gesicht und lief mit ihren Kämpferfreunden los. Zum ersten Mal seit Langem freute sie sich wieder über etwas.

3

Kampf in den Wäldern

Aliya

Der Schütze eilte voraus, dicht gefolgt von Wibatem und Aliya.

»Wo habt ihr euch die ganzen Jahre herumgetrieben?«, fragte sie und wich einem schief gewachsenen Ast aus.

»Lange Zeit haben wir uns in Syderia aufgehalten, danach in Thraken. Wir waren sogar einige Monate in Makhena«, antwortete Wibatem mit einer Spur Stolz in der Stimme.

»Thraken, die große Meeresstadt?« Aliya schaute ihn erstaunt an, denn diesen Ort wollte sie schon immer einmal sehen. Er war bekannt für seine weiße Burg und den schwarzen Sandstrand, was sie als Kind fasziniert hatte.

Wibatem nickte und drückte einen Strauch beiseite, um ihr den Weg frei zu halten.

Mit einem Lächeln bedankte sie sich und fuhr fort: »Und wie seid ihr nach Makhena gekommen? Sind die Grenzen nicht mehr bewacht?«

»Doch, schon, aber ...« Der Beschwörer zögerte einen Moment. »Es gibt genug Stellen, die du passieren kannst, um dorthin zu gelangen. Aber glaub mir, es ist zu heiß dort.«

»Nein, nicht dein Ernst!«, rief Aliya und hob ihre Hände zum Himmel. »Makhena, das Land des Sandes, soll zu heiß sein?«

»Ja, ja!« Wibatem grinste wie ein Schelm.

»Hey, nicht so laut«, ermahnte Gerri die beiden, lief weiter voraus und verschwand immer wieder hinter den Bäumen.

Aliya hielt sich erschrocken den Mund zu, während Wibatem einen Lachanfall unterdrückte.

»Hast du den anderen nie dabei zugehört, wenn sie von Makhena gesprochen haben? Von den Wüsten und Oasen, der Sonne und Hitze?«, fragte sie nun eine Spur leiser.

»Ja, schon, aber wirklich geglaubt habe ich es erst, als ich dort gewesen bin.«

»Beeindruckend, ihr seid wirklich viel herumgekommen«, stellte sie fest und stieg über eine Wurzel, die wie eine in sich verknotete Schlange aussah.

»Du nicht?«, hakte Wibatem nach, blieb jedoch stehen und schaute sich um. »Wo ist Gerri?«

Aliya hielt inne und betrachtete den von Herbstlaub bedeckten Boden, das Moos und Dickicht. Jeder hinterließ Spuren, auch Gerri, der Flinkeste ihrer Gilde. »Gerri?«

»Da ist er.« Der Beschwörer zeigte vor sich, wo auch Aliya ihren Kampfgefährten entdeckte, halb versteckt hinter einem Baumstamm.

Die beiden liefen zu ihm, aber als Pferde zu hören waren, verlangsamten sie ihre Schritte und schlichen zwischen dem Unterholz entlang, ohne Aufmerksamkeit zu erregen.

»Dort vorne«, flüsterte Gerri und rüstete seine Armbrust. »Ziel erfasst.«

Aliya wartete einige Schritte hinter ihm und errichtete zwei unsichtbare Schutzschilde um ihre beiden Freunde. »Wie viele?«

»Vier«, antwortete Wibatem leise, der sich neben den Schützen gehockt hatte. »Zwei haben Bögen dabei, einer trägt ein Schwert und der vierte mit langem Stab ist vermutlich ein Magier.«

»Es muss einer sein. Ein Wanderer sieht nicht so grimmig aus. Außerdem …« Gerri schlich noch ein Stück nach vorn. »… trägt er, wenn ich das richtig sehe, das Wappen Relikts auf seiner Brust.«

»Ein Grund mehr, sie anzugreifen«, sagte Wibatem ernst und befreite langsam das erste Schwert aus der Scheide.

»Bei drei?«, fragte der Schütze.

Wibatem nickte und zog die zweite Klinge heraus, während Aliya sich tief im Inneren sammelte und schließlich auch um ihren Körper einen Schutzschild errichtete.

»Eins«, begann Gerri zu zählen, während Aliyas Herz immer schneller klopfte. »Zwei … drei … *Angriff!*«

Mit lautem Kampfgeschrei stürzte er aus dem Schatten hervor, erfasste die vier Feinde und beschoss sie mit Bolzen. Ohne zu zögern, folgte Wibatem ihm und ließ hinter sich den Drachen wiederauferstehen, der mit lautem Gebrüll die Pferde aufschreckte.

Aliya blieb im Schatten zurück, blendete das Pferdewiehern und die aufgeregten Rufe der Feinde vollständig aus, konzentrierte sich nur auf den Schutz. Jeden Schlag gegen die Schilde spürte sie, wenn es auch nur ein kurzes Ziehen in ihrem Körper war. Sie lief zwischen den Baumstämmen entlang, um ihre Freunde im Blick zu behalten, als der Magier sie entdeckte.

Feine hellblaue Blitze züngelten erst an der Spitze seines Zauberstabes, ehe sie direkt auf sie zuflogen. Aliya rollte sich nach vorne ab und spürte für einen Moment die Kälte hinter sich, welche die Erde und die Rinde des Baumes mit Eis überzogen hatte.

Steh still, Eiszauberer. Steh still!

Sie warf ihre Magie wie einen unsichtbaren Ball in seine Richtung, sodass er augenblicklich gelähmt wurde.

Schnell verließ sie ihr Versteck und wandte sich ihren Freunden zu.

Wibatem kämpfte mit den beiden Bogenschützen, die nur mit viel Mühe den Schwerthieben auswichen. Der Versuch der Gegner, den Beschwörer mit ihren Pfeilen zu treffen, scheiterte. Sie glitten an seinem Schutzschild ab, als wäre er aus massivem Gestein.

Gerri kümmerte sich währenddessen um den Schwertkämpfer, der vom Pferd gesprungen war und das Breitschwert gezogen hatte. Er bewegte sich schwerfällig und langsam, da die Rüstung, die er trug, keine schnellen Hiebe zuließ. Der Schütze legte den Bolzen an und schoss ab, traf aber nur das metallene Schulterblatt.

»Du musst schon genauer zielen!«, schrie der Feind ihn an.

Oh, das mag er gar nicht, dachte Aliya, während sie ihre Peitsche fest umklammerte.

Gerri lud nach, legte die Waffe an und stand still wie zu einer Säule erstarrt. Das Einzige, was sich bewegte, war der Umhang im Wind.

Der Schwertkämpfer lachte, ehe er das Schwert hob und auf ihn zulief. »Du wirst mir eine Menge Gold bringen.«

Wie bitte, Gold? Wovon redet er?

Unsicher beobachtete sie den Feind, als Gerris Armbrust sich endlich mit einem lauten Knacken entriegelte. Zischend traf der Bolzen den Hals des Schwertkämpfers, sodass er blutüberströmt zu Boden krachte.

Einen Moment zu lange starrte Aliya den Sterbenden an, bevor sie zu dem Magier herumwirbelte, der sich inzwischen aus der Lähmung befreit hatte. Er rammte seinen Zauberstab in den Boden und errichtete ein leuchtendes Kraftfeld.

»Gerri, pass auf!«, schrie sie.

Der Armbrustschütze lud nach und zielte, während er einige Worte murmelte, woraufhin seine Waffe glühte wie flüssiger Stahl. Die Magie knisterte in der Luft und bescherte Aliya eine Gänsehaut. Viel zu lange war es her, dass sie das letzte Mal Schutzschilde, die über Leben und Tod entschieden, um andere gelegt hatte. In diesem Moment wünschte sie sich, sie hätte mehr Übung gehabt und sich mehr darauf vorbereiten können.

Der Boden unter dem gegnerischen Magier leuchtete auf, zeitgleich vergrößerte sich sein Kraftfeld, das sich wie eine Kugel um ihn herum verschloss.

Einer der beiden Bogenschützen hatte es auf Gerri abgesehen und zielte auf ihn, aber Aliya war schneller. Sie zog ihre Peitsche und ließ diese auf ihn zuschnellen. Die Schlinge wickelte sich um den Hals des Gegners, sodass sie ihn mit voller Gewalt zu sich reißen konnte. Er wollte sich von der Peitschenschnur befreien, verlor das Gleichgewicht und prallte an einem Baum ab. Das Brechen seines Genicks ließ Aliya erschaudern.

Sie schluckte beim Anblick des nächsten Toten, während sie versuchte, ihren rasenden Herzschlag zu beruhigen.

Als sie erneut zum Magier schaute, war dessen Kraftfeld zu einer übergroßen Kugel herangewachsen, die den Baumkronen Konkurrenz machte. Sie erneuerte den Schutz ihrer Freunde, da die Schilde mit der Zeit brüchig wurden und stabilisiert werden mussten, doch das funktionierte nur, wenn sie Blickkontakt zu ihren Gefährten hielt.

Wibatem rannte an ihr vorbei, rammte seine Schwerter in den Boden und begann genau wie Gerri Worte zu flüstern. Um ihn herum bildete sich ein Gewirr aus Blitzen, die immer greller aufleuchteten. Dann schleuderten die beiden und der Magier gleichzeitig ihre Zauber aufeinander.

Aliya blieben nur Augenblicke, um sich wieder zu fassen. Die Härte und die Macht der Explosion trafen auf ihre Schutzschilde wie Wasser auf Stein. Die Erde bebte, Kieselsteine, Sand, Blätter und Gras flogen an ihr vorüber und verschleierten ihre Sicht. Die Luft roch nach verbranntem Holz.

Bange Sekunden verstrichen, in denen Aliya nichts erkennen konnte. Als die Sandwolke sich legte, folgte Stille.

Ein Stechen zog sich durch Aliyas Kopf, und ihre Hände zitterten. Erleichtert atmete sie auf, als sie Wibatem und Gerri unversehrt entdeckte. Ihre Schilde hatten gehalten, sie aber auch Kraft gekostet.

Der gegnerische Magier allerdings war von den Zaubern ihrer Gefährten vollständig verbrannt. Eine schwarze Stelle auf der Erde war der einzige Beweis, dass er dort gestanden hatte.

Den vierten und letzten Gegner hatte es durch die Wucht der Magie in den Wald hineingeschleudert. Er war gerade dabei, sich hochzukämpfen, warf jedoch den Bogen weg und fiel auf die Knie, als sich Wibatem und Gerri ihm näherten.

»Lasst mich leben«, bettelte er. »Ich habe mit alldem nichts zu tun!«

»Natürlich nicht.« Gerris Grinsen glich dem Zähnefletschen eines Wolfes. »Ihr wart nur auf einem Spaziergang unterwegs, um bewaffnet und hoch wachsam den Vögeln zu lauschen, die mittlerweile auf den Weg in den Süden sind.«

»Es sind Anweisungen, die wir befolgen müssen«, erklärte der Bogenschütze. Schweiß lief ihm an der Stirn herunter und sein Körper zitterte.

»Was für Anweisungen?« Wibatem betrachtete ihn misstrauisch. »Von wem?«

»V-von dem Kommandanten von Relikt …«, antwortete der Fremde. »Es soll noch einige F-Feinde geben … Wir sollen sie finden und v-versuchen, sie … lebend zu ihnen zu bringen.« Sein Kopf senkte sich immer tiefer und berührte fast den Erdboden.

Daher das Gold als Belohnung.

Die beiden Kämpfer blickten sich erstaunt an und auch Aliya verblüfften die Worte.

Relikt. Die Kämpfergilde, die sie am meisten hasste. Deren Anführer Diamantenseele war es, der das Land ins Chaos stürzte. Nach fünf langen Jahren suchte er immer noch nach ihr und ihren Freunden. Ob er das Licht auch gesehen hatte?

Aliya fuhr sich über die Schläfe, hinter der es pochte. Um das Stechen in ihrem Kopf in den Griff zu bekommen, ließ sie die Schutzschilde verschwinden. Augenblicklich verblassten die Schmerzen.

»Lebend? Wofür?«, fragte Gerri währenddessen.

Ihr Gegner blickte abwechselnd in die Gesichter der drei. Er war aschfahl geworden, wischte erneut den Schweiß von der Stirn. »Ich … ich w-weiß es nicht.«

»In Ordnung, ich gebe dir drei Atemzüge Zeit, dich von deinem Leben zu verabschieden«, drohte Gerri.

»Nein«, widersprach Aliya. »Es macht uns zu Mördern, zu solchen wie Relikt.«

»Hätte er dich auch leben lassen, wenn er an deiner Stelle stehen würde?« Gerri verschränkte die Arme vor der Brust.

»Würdest du an seiner Stelle nicht auch leben wollen?« Sie musste ihn überzeugen, genug hatten in den letzten Jahren ihre Leben gelassen. »Das gegenseitige Töten muss aufhören, fangen wir damit an.«

»Was ist, wenn er zu seinem Kommandanten zurückkehrt und ihm von uns erzählt? Es ist nur eine Frage der Zeit, bis es hier von ihnen wimmelt«, sagte Gerri gereizt.

Aliya suchte nach Worten. »Dann hast du wieder Arbeit oder willst du dich langweilen?«

»Hört auf damit«, unterbrach Wibatem die Diskussion, während sich Gerri von ihnen wegdrehte. »Wir verlieren zu viel Zeit. Ich bin auch der Meinung, dass er es nicht verdient hat, zu leben. Wer sich dem Feind anschließt, hat seine Entscheidung getroffen und muss mit den Konsequenzen leben.«

»Viele haben keine Wahl, sie werden gezwungen«, entgegnete Aliya entschlossen. »Ich habe es mit eigenen Augen gesehen. Ich … kann es euch zeigen.« Auch wenn sie sich unwohl dabei fühlte, noch einmal in ihre Erinnerungen einzutauchen – für den Fall, dass sie ihre Freunde damit überzeugen konnte, würde sie es tun.

»Es ist zu gefährlich, jemanden leben zu lassen. Wir müssen uns erst einmal alle zusammenfinden«, erklärte Wibatem ruhig. »Er könnte uns einen Pfeil in den Rücken jagen, wenn wir den Ort verlassen, oder uns sogar verfolgen.«

Aliya betrachtete den Bogenschützen, der am Boden kauerte und weinte. Das traute sie ihm niemals zu, so geschwächt, wie er war. Als ihr Blick zurück zu Wibatem wanderte, sah sie darin die gleiche eiserne Miene, die sie aufgesetzt hatte.

Das ist nicht gerecht, dachte sie, schüttelte den Kopf und als ob er es verstanden hätte, flüsterte er: »Es muss sein.«

Schließlich wandte sie sich ab und gab nach, da sie keine weiteren Worte mehr fand. Zu viele Fragen waren offen, die noch geklärt werden mussten.

Wenn es wirklich Lichtfels war, was bedeutete dies für Dekar? Was bedeutete es für die alte Gilde der Schwarzen Allianz?

Sie blickte auf, hielt noch während ihrer Bewegung erschrocken inne. »Gerri!«

Wibatem drehte sich ruckartig um und seine Miene gefror.

Als die Armbrust knackte, setzte Aliyas Herz einen Schlag aus. Der Bolzen flog knapp an ihrem Gesicht vorbei und bohrte sich in die Brust des feindlichen Bogenschützen. Dieser keuchte auf, spuckte Blut und versuchte mit letzter Kraft das Geschoss herauszuziehen, doch er schaffte es nicht.

»Was zum …«, wisperte Aliya und starrte Gerri fassungslos an. Sie berührte ihre Wange, an der sie eben noch den Windhauch gespürt hatte. Nur einen Fingerbreit daneben und er hätte sie getroffen.

»Wir leben in einer Zeit, in der es nicht sicher ist, wer Freund und Feind ist. Misstrauen kann dein Leben retten«, sagte Gerri ernst und senkte die Waffe.

»Mitleid … aber … auch«, erwiderte Aliya stockend und holte tief Luft. »Vielleicht hätte er uns nicht verraten und … wäre einfach nach Hause zurückgekehrt.«

Der Schütze näherte sich ihr, zog sein Tuch aus dem Gesicht und legte eine Hand auf ihre Schulter. »Vielleicht wäre er auch zu seinem Kommandanten zurückgekehrt und dieser hätte ihm dann das Leben genommen. Erinnere dich, Relikt bestraft Versagen.«

»Ich weiß«, murmelte Aliya, löste sich aus der Starre und ging zu dem leblosen Schützen, um seine Augen zu schließen.

Sie legte ihre Hand auf seine, ehe eine blaue Flamme aus ihren Fingerspitzen züngelte, seinen Körper umschloss und ihn in weniger als fünf Atemzügen verbrannte, ohne Spuren zu hinterlassen. Weder Asche noch Brandflecken blieben auf der Erde zurück und die kleinen blauen Flocken, die durch das Feuer aufstiegen, lösten sich nacheinander auf.

Wer sich entscheidet, ein dekarischer Kämpfer zu werden, wählt einen Weg der Ehre und des Respektes. Aber er muss auch lernen, mit Gefahr und Tod umzugehen.

Das waren die Worte ihres Lehrmeisters gewesen, denen sie nach wie vor zustimmte, doch früher hatten sie sich nicht sinnlos bekämpft und einfach gemordet. Auch wenn es dazugehörte, sich mit dem Tod vertraut zu machen, verabscheute sie es und sie hasste das, was Relikt aus den dekarischen Kämpfern gemacht hatte.

»Ali?«, fragte Wibatem vorsichtig.

»Ja.« Aliya stand auf und rückte ihren Umhang zurecht. »Ich bin so weit.«

Aus dem Augenwinkel bemerkte sie, wie Wibatem Gerri heranwinkte, der sich zu den beiden gesellte.

»Ich wollte dich nicht erschrecken, nur begreiflich machen, wie gefährlich die momentane Lage ist. Es tut mir leid«, entschuldigte sich Gerri.

Aliya nickte und lächelte matt. »Schon gut.«

Der bärtige Schütze verneigte sich kurz vor ihr und ließ die beiden einen Moment allein, während er nach unversehrten Bolzen suchte.

Wibatem seufzte. »Das ist typisch Gerri.«

Ein Mensch der Taten, dachte Aliya.

So war er schon immer und das würde sich wohl nie ändern.

»Ich muss mich noch daran gewöhnen, dass ich nicht mehr für mich alleine entscheide«, stellte sie nüchtern fest.

»Warst du die ganzen Jahre alleine?« Sorge schwang in Wibatems Stimme mit.

»Nein, nicht die ganze Zeit.« Sie warf rasch einen Blick in die Baumkronen. »Wir sollten noch ein wenig Hab und Gut einsammeln und dann weitergehen, bevor wir noch mehr Zeit verlieren.«

Wibatem sah sie einen Moment nachdenklich an, akzeptierte aber ihre Antwort. »Einverstanden.«

Nachdem er sich die Kapuze wieder ins Gesicht gezogen hatte, lief er zu Gerri, und Aliya nutzte den Moment zum Durchatmen. Sie war froh, nicht weiter über ihre Vergangenheit sprechen zu müssen.

»Wenn alles ruhig bleibt, erreichen wir noch vor der Dunkelheit das Plateau des Nordens.« Wibatem warf sich zwei Taschen über die Schultern und ging los.

»Ruhig klingt langweilig«, sagte Gerri widerwillig und gähnte laut.

»Der Spaß wird schon noch kommen.« Aliya folgte den beiden schmunzelnd und während die drei ohne größere Pausen weiterliefen, neigte sich der Tag dem Ende entgegen und die Abenddämmerung brach herein.

Als die Bäume weniger wurden und es steil bergauf ging, wusste Aliya, dass es nicht mehr weit sein konnte. In den Gesichtern ihrer Freunde war Hoffnung, aber auch Unsicherheit abzulesen. Weder sie noch die beiden wollten eine Vermutung anstellen, was vor ihnen lag.

Die Gefährten ließen den Wald hinter sich, überwanden den steilen Aufgang und näherten sich nach einer kurzen Rast der schroffen Gebirgswand, die einen langen Schatten über sie warf.

»Dort ist die Felsspalte«, entgegnete Wibatem mit einer Spur Erleichterung. »Doch kein Traum.«

»So weit kommt es noch, dass unsere Kämpfe Träume waren«, erwiderte Gerri, strich sich über den Bart und betrachtete skeptisch die Spalte. »Ob sie noch genauso hält wie damals?«

Wibatem schmunzelte. »Probier es aus.«

»Natürlich, immer die Alten voraus.« Gerri zog seine Augenbrauen nach oben und verschwand in der Dunkelheit.

Währenddessen schaute Aliya zurück in den Wald, schloss kurz die Augen und lauschte den Worten der Bäume.

Jemand sucht das Licht im Gebirge, immer mehr halten Ausschau nach ihm.

»Und?«, fragte Wibatem, als Aliya die Augen wieder öffnete.

»Ein paar Meilen entfernt ist irgendwer.«

»Noch mehr von uns?« Er ließ den Blick schweifen.

»Möglich«, murmelte sie, aber sicher wusste sie es nicht. Jeder konnte in diesem Moment im Wald unterwegs sein, doch sie hoffte, dass es weitere Gefährten der alten Gilde waren.

»Na komm, Gerri ist sicher schon auf der anderen Seite.« Mit einem Handzeichen bedeutete er ihr, dass sie vorausgehen sollte.

Aliya lächelte kurz und verschwand ebenfalls in der Spalte, Wibatem folgte ihr schweigend.

Trotz der Abenddämmerung war es pechschwarz zwischen den Gesteinsmauern. Ihre Füße schabten über den felsigen Boden, und ein kalter Windzug pfiff durch die Spalte.

Sie tastete sich vorsichtig voran, als etwas sie berührte. Es war ein Hauch von nichts, wie ein Tuch, das über ihre Haut strich.

Das ist nicht möglich.

Sie durchlief den Schutzschild des Tals, den nur ein dekarischer Heiler wie sie spüren konnte, und nur jemand wie sie vermochte diesen Schild aufrechtzuerhalten. Die drei waren nicht allein im Tal und spätestens jetzt wusste derjenige, der die Barriere errichtet hatte, dass sie diese durchschritten hatten.

»Der Schutzschild ist aktiv.« Als der Wind Aliya erneut streifte, bekam sie eine Gänsehaut.

»Wer auch immer dort auf uns wartet, wir sollten vorsichtig sein«, sagte Wibatem ruhig.

»Ja.« Sie erkannte die ersten Umrisse der Felsen, bis ein letzter Sonnenstrahl ihr den Weg zum Ausgang wies.

Nachdem Aliya ihn erreicht hatte, folgte sie dem von Moos bewachsenen Pfad, der sie direkt in das kleine Tal führte.

Gerri stand bereits mit dem Rücken zu ihr und ließ die Aussicht auf sich wirken.

»Unglaublich«, flüsterte sie und bewunderte den herbstfarbenen Wald im letzten Schein der Sonne.

Weit entfernt erblickte sie eine Lichtung, den Ort, an dem sie immer trainiert hatte, und auf der anderen Seite einen kleinen See, worin sich die roten Lichtstrahlen spiegelten. Darüber hinaus die schroffen Felswände, die das Tal wie eine Mauer umgaben, und im Norden das Plateau, wo sie die Skulpturen erkannte.

Das schmale Tal nannte sie ihr Zuhause, und obwohl das Ende nicht weit weg war und das Tal klein und abgelegen wirkte, verliebte sich Aliya erneut in diesen Ort.

»Wir sind zu Hause.«

»So ist es«, bestätigte Gerri und atmete tief ein und aus. »Es sieht aus wie damals.«

»Wahrhaftig ein Anblick.« Wibatem hockte sich hin und ließ etwas Sand und Kies durch seine Finger rieseln. »Hier sind Spuren.«

Aliya betrachtete die Fußabdrücke, die eindeutig von einem Menschen stammten und nicht älter als einen Tag sein konnten.

Als sich beide ansahen, nickten sie sich zu und Wibatem sprach das aus, was sie auch dachte: »Ab jetzt gilt es, wachsam zu sein. Wir wissen nicht, was uns erwartet.«

4

FEINDE

LARA

Die Sonne ging hinter dem Grenzgebirge unter und ließ den Wald in einem Wechselspiel aus rotem und goldgelbem Licht erstrahlen. Ein Hirsch wagte sich aus dem Unterholz heraus, um die letzten grünen Blätter von den Sträuchern zu fressen. Nicht weit von ihm wuchs ein Baum in die Höhe, der bekannt für sein blitzförmiges Astloch war, und genau dahinter, im Schatten eines anderen, saß Lara und beobachtete das Tier.

»Du schönes Wesen«, murmelte die Heilerin der ehemaligen Schwarzen Allianz und lehnte den Kopf an einen Stamm. Eine dunkelblonde Locke fiel ihr dabei in die Stirn und kitzelte sie an der schmalen Nase, woraufhin sie laut nieste.

»Hm?« Ihr langjähriger Freund Angelo wachte erschrocken auf, schaute nach links und nach rechts. An seiner Schulter lehnte ein Magierstab, der genauso lang war wie er und an dessen Ende ein rubinroter Stein glänzte. »*Lamé!* Bin ich etwa eingeschlafen?«, brummte er mit seinem makhenischen Akzent.

»Keine Sorge, du hast nichts verpasst.« Als Lara nach dem Hirsch sehen wollte, war er schon wieder im Dickicht verschwunden.

Ach, schade.

Sie hätte ihn gerne noch länger betrachtet, doch das war ihr nicht mehr vergönnt.

Angelo rappelte sich hoch und klopfte Erde von Hose und Wams. Dann drehte er seinen Stab so schnell mit den Händen, dass er mit der Natur verschmolz und Lara ihn nur noch schwer erkannte. Sie bewunderte das Kämpfen mit einem Zauberstab, weil die Magier sowohl mit ihnen zaubern als auch jemanden damit angreifen und abwehren konnten.

»Welches Element, denkst du, ist dein stärkstes?«, fragte sie neugierig.

Angelo betrachtete zuerst die Stabspitze, danach seine freie linke Handfläche. Er dachte einen Moment nach, bis auf beiden eine Flamme aufloderte.

Ein Lächeln huschte über Laras Gesicht. »Warum?«

»Weil das Feuer das erste Element ist, das sich mir gezeigt hat.« Er schloss seine Hand, und das Feuer erlosch augenblicklich. »Die Nächte in Makhena sind kalt, auch wenn viele glauben, dass es immer heiß in der Wüste ist. Mein Vater wollte eine Fackel entzünden, aber die Feuersteine wollten nicht so wie er.«

»Und weil du gefroren hast, ist es durch dich entstanden?« Kurz sah Lara ihren Kämpferfreund als kleinen Jungen inmitten einer staubigen Wüste.

»Ja, so war es.« Er warf einen Blick auf die Flamme an der Stabspitze, und eine traurige Miene zeichnete sich auf seinem Gesicht ab.

Auch Lara betrachtete das Feuer einen Moment. Nicht nur Angelo hielt es für sein stärkstes Element, sie kannte noch jemanden, der es so gut beherrschte. Doch bevor die Angst sich wieder ihrer bemächtigte, bewegte ihr Freund die Flamme vor ihrem Gesicht hin und her. Weit genug entfernt, aber so nah, dass ihr heiß wurde.

»Du darfst es auspusten«, sagte er verschmitzt.

Witzbold, den Trick kenne ich schon.

Sie pustete ganz leicht und innerhalb eines Wimpernschlages war es erloschen. »Ich bin beeindruckt.«

»Immerhin lächelst du wieder.« Angelo stellte seinen Stab aufrecht hin. »Ich glaube, wir haben lange genug gewartet.«

Lara nickte. »Ich verstehe nicht, wo die beiden bleiben. Es gibt diesen Baum nur einmal hier in der Gegend, oder?« Sie atmete lange aus, ehe auch sie sich mühsam aufrichtete und ihre Tasche umhängte.

»Ich kenne zumindest keinen anderen.« Der Magier zuckte mit den Schultern und fuhr sich durch die kurzen schwarzen Haarsträhnen, die widerspenstig abstanden. »Vielleicht haben sich die zwei verlaufen?«

Lara schüttelte den Kopf, das konnte sie sich nicht vorstellen, schließlich kannten die beiden Gefährten den Weg. Ihr Herz schlug augenblicklich schneller, als ihr ein weitaus schlimmerer Gedanke in den Sinn kam.

»Wieso bist du ganz blass im Gesicht?«, hakte Angelo besorgt nach. »Du siehst aus, als hättest du einen Geist gesehen.«

»Was ist, wenn sie gefangen genommen wurden?« Die Frage sprach sie so leise aus, dass Angelo sie fast nicht verstanden hätte.

»Denk nicht daran«, antwortete er rasch. »Wir haben uns sicher nur verfehlt.«

In diesem Moment hallte ein schmerzverzerrter Ruf durch den Wald, der Lara eine Gänsehaut verursachte.

Als der Hirsch wieder auftauchte, brachten seine Hufe den Boden zum Beben, und Äste sowie Zweige knackten. Bestürzt stellte Lara fest, dass im Oberkörper des aufgeschreckten Tieres ein langer Speer steckte.

»Geh in Deckung!«, zischte der Magier.

Das Tier sprang schleppend zwischen den Bäumen hindurch, hielt kaum noch den Kopf nach oben und versuchte mit letzten Kräften voranzukommen, ehe es schwankend zu Boden sackte. Direkt hinter ihm tauchten zwei Männer auf, ein dünner, schlaksiger und einer mit breiten Schultern, der in seiner Hand ein Schwert trug. Auf ihrer Rüstung leuchtete ein großes rotes Wappen mit dem goldenen Buchstaben R, umzüngelt von kupferfarbenen Flammen.

Lara ballte die Hände zu Fäusten, denn sie kannte den Schwertkämpfer, der soeben dem Hirsch den Gnadenstoß verpasste. Chronos, einst ein Kämpfer der Schwarzen Allianz, hatte die Seite gewechselt und sich der Gilde Relikt angeschlossen. Er hatte Lara und ihren Gefährten noch nicht bemerkt.

»Das Untier wollte doch tatsächlich fliehen«, sagte Chronos, zog den Speer aus der Brust und überreichte die Waffe seinem Kämpfer. »Die anderen werden sich freuen.«

»Verräter«, murmelte Angelo wütend. »Stellen wir ihn zur Rede?«

»Bewaffne dich«, wisperte Lara und beantwortete damit seine Frage. Sie band grob ihr langes Haar zu einem Zopf, bevor sie zwei Schutzschilde um ihre Körper legte. »Bereit?«

Angelo nickte, und zusammen verließen sie ihr Versteck.

»Chronos!«, rief sie mit fester Stimme.

Dieser schaute erschrocken auf, als die beiden sich ihm näherten. Er hob das Schwert, während sein Speerkämpfer sich ebenfalls in Angriffsposition brachte.

»Hol sie dir«, lautete sein Befehl, der Lara innehalten ließ.

»Wir wollen nur reden!« Verzweiflung schwang in ihrer Stimme mit.

Bevor Chronos jedoch noch ein Wort sagen konnte, umwirbelte ihn ein Schneesturm. Eissplitter schossen aus Angelos Stab, sodass der Feind sich zusammenkrümmte und der Boden unter ihm gefror.

Während der Magier ihn weiter mit dem Zauber außer Gefecht setzte, kümmerte sich Lara um den Speerkämpfer, der eine Narbe auf der Wange trug, die aussah wie ein großes L. Mit einer fließenden Handbewegung lähmte sie ihn.

Abwechselnd schaute sie nun zwischen ihrem Freund und den Feinden hin und her, konzentrierte sich zeitgleich auf ihre Schutzschilde, die schimmerten wie Glas.

Dieser Sturkopf, warum hat er uns angegriffen?, dachte sie, als ein stechender Kopfschmerz sie übermannte.

Lara kniff die Augen zusammen und ihr Herz begann zu rasen. Was passierte mit ihr?

Sie warf einen Blick zu dem Kämpfer, dessen Speerspitze glühte und kleine Funken sprühte. Er hatte es geschafft, sich vorzeitig aus der Lähmung zu befreien, und holte nun mit seiner Waffe aus.

Angelo, der sich weiterhin auf den eisigen Zauber konzentrierte, bekam davon nichts mit.

Was zum …? Wie hat er …?

Lara reagierte blitzschnell. »Angelo, Achtung!«

Ihr Freund sah sich erschrocken um und sein Zauber brach augenblicklich ab. Er sprang nur noch zur Seite, um dem Speer auszuweichen. Auch wenn dieser ihn nicht mehr verletzen konnte, den Schutzschild traf er dennoch und zerbrach ihn in einzelne Scherben, was Lara erzittern ließ und ihr den Atem raubte.

Der Eiswirbel löste sich auf und Chronos, dessen Rüstung vollkommen mit Schnee und Eis bedeckt war, hob steif vor Kälte sein Schwert. Hinter ihm postierte sich der Speerkämpfer.

Schwankend stand Angelo auf und stellte sich an Laras Seite, die immer noch nach Luft rang.

»Die Allianz-Kämpfer! Dass es noch welche von euch gibt, wundert mich nicht. Ihr seid so lästig wie eine Mückenplage.« Chronos schüttelte sich den Schnee ab und befreite sich.

»Lieber eine Mücke als eine hinterhältige Ratte«, entgegnete Angelo und richtete seinen Stab auf ihn.

Chronos betrachtete beide grinsend. »Auf eure Köpfe sind pfundweise Goldstücke ausgesetzt.«

»Da siehst du, wie wertvoll wir sind im Gegensatz zu dir.« Angelos sonst weiche Gesichtszüge wurden steinhart. »Wie kriecherisch warst du, damit du dich Relikt anschließen konntest?«

»Ich musste nicht zu ihnen kriechen, weil ich schon seit der Gründung zu ihnen gehöre.« Er hob die Brust, sodass das Wappen auf der Rüstung schimmerte.

Lara schloss einen Moment die Augen und schluckte den bitteren Geschmack in ihrem Mund herunter. Nun wusste sie die Wahrheit, auf die sie gerne verzichtet hätte. Aus schmalen Augen schaute sie ihren ehemaligen Kämpferfreund an. »Verräter.«

»Oh, sagt bloß, ihr wusstet es nicht«, höhnte Chronos und fuhr sich durch das nasse Haar. »Seien wir ehrlich, die Schwarze Allianz hätte es nicht geschafft.«

Angelo legte den Kopf in den Nacken und lachte bitter auf. Seine Zähne leuchteten im Kontrast zu der sonnengebräunten Haut. »Du solltest dich einmal selbst hören. Relikt hatte solche

Angst vor einer Niederlage, dass ihr euch in unsere Gilde geschmuggelt habt. *Ihr* hättet es niemals geschafft.«

»Wie war das gleich?« Chronos brach in spöttisches Gelächter aus. »Welche Gilde ist untergegangen? Wenn ich mich recht erinnere, war es eure. Keiner fragt mehr, wie es Relikt gelungen ist.«

»Ja, weil niemand wagt, es infrage zu stellen, da jeder stirbt, der sich gegen euch richtet«, erwiderte Angelo energisch. »Ihr habt die Allianz auf dem Gewissen. Durch Verrat, Beschuldigungen und Lügen, die von dir und den anderen Verrätern verbreitet wurden!«

Kleine Funken blitzten an der Spitze des Zauberstabes auf, als Lara die Hand auf seine Schulter legte.

»Wenn ihr mich tötet, löst ihr eine Welle des Verderbens aus. Wir werden euch suchen, verfolgen, fangen und quälen«, sagte Chronos nüchtern, was Laras Kehle zuschnürte. Sie hatte schon lange Bedenken, dass er ihnen nicht wohlgesonnen war, hatte jedoch ihrem Gefühl misstraut, was sie in diesem Moment bereute. »Die Letzten von euch werden vernichtet, die Schwarze Allianz wird für immer vergessen sein.« Chronos senkte die Stimme, als hätte er eine Geschichte beendet. »Dann kehrt endlich Frieden ein.«

»Solange es noch einen Einzigen von uns gibt, wird die Allianz nicht vergessen, was ihr getan habt«, entgegnete Lara bestimmt.

Chronos fixierte sie. »Wo ist denn dein Gemahl, meine Schöne?« Er grinste hämisch.

Eine Frage, die ihr Herz schneller schlagen ließ. »Sag du es mir.«

»Ich muss dich enttäuschen.« Beim nächsten Lächeln blitzten seine Zähne auf, darunter auch ein goldener.

Dein Lachen wird dir vergehen.

Lara schluckte und vergrub die zitternden Hände in ihrem Umhang. Die Angst um ihren Gemahl blendete sie aus.

»Das reicht jetzt. Dein Geschwätz nervt mich.« Der rote Stein in Angelos Stab leuchtete erneut auf. »Ergebt euch.«

Chronos streckte den Rücken durch, flüsterte seinem Speerkämpfer etwas ins Ohr und wandte sich wieder den beiden zu. »Niemals. Diejenigen, die aufgeben sollten, seid ihr.«

Als Lara die Schutzschilde erneuerte, begann der Speerkämpfer seine Waffe über dem Kopf zu drehen, sodass Chronos' Schwert und Rüstung leuchteten.

Was hat das zu bedeuten?

Lara hatte dies schon einmal gesehen, trotzdem fiel ihr nicht ein, wo. Sie wusste nur, dass es lange her war.

»Für den König!«, schrie Chronos mit erhobenem Schwert und rannte auf sie los.

Währenddessen lief der Speerkämpfer in die entgegengesetzte Richtung weg.

»Nein, er wird Verstärkung holen!«, rief Angelo entsetzt und feuerte ihm Blitze hinterher, traf jedoch nur einen Baumstamm, an dem augenblicklich die Rinde verkohlte.

Lara zog ihre Peitsche und ließ die Schnur auf Chronos zuschnellen. Der wich gekonnt aus. Auch die weiteren Blitze, die Angelo auf ihn schoss, glitten an seiner leuchtenden Rüstung ab.

Der Magier versuchte, ihren Gegner einzufrieren, doch der Zauber zeigte keine Wirkung.

»Was ist das für ein Schild?!«, fragte Angelo panisch und wich den massiven Schwerthieben aus, als Chronos ihm nahe genug war.

Lara wollte ihn lähmen, was auch scheiterte. »Ich weiß es nicht!«

Da das Schwert groß und schwer war, hatte Angelo ein wenig Zeit, um den Hieben zu entkommen, dennoch hielt er ihn nicht mehr lange auf Abstand. Wieder und wieder zauberte er Eis herbei, aber es schmolz, ehe es Chronos überhaupt treffen konnte.

Daraufhin lachte er. »Ihr habt keine Ahnung, womit ihr es zu tun habt!«

Laras Hände verkrampften sich um ihre Waffe, und ihr Puls raste.

In dem Moment glühte das Schwert ihres Feindes auf, eine Flamme entzündete sich über die gesamte Klinge und zog eine Feuerlinie hinter sich her.

Wir verlieren die Kontrolle!

Laras Augen brannten, als ein Schwall Hitze sie traf. Ohne zu zögern, verstärkte sie erneut Angelos Schutz, denn statt Eis ließ er eine Kugel aus Blitzen entstehen, die jeden Moment zerbarst.

Wie konnten sie Chronos nur außer Gefecht setzen?

Sie suchte nach einer Lösung, als die Feuerklinge auf den Zauber des Magiers niedersauste.

Ein entsetzliches Donnern dröhnte durch den Wald.

Feuer, Glut und Funken schlossen Angelo in seinem Schutzschild ein, und in weniger als einem Atemzug schlug Lara eine Druckwelle entgegen, die sie nach hinten stürzen ließ.

Der Schmerz fuhr ihr durch Arme und Rücken, als sie auf dem Boden landete. Die Hitze prickelte auf der Haut, das Atmen fiel ihr schwer und der magische Schild zehrte an ihren Kräften.

Erst in diesem Moment dachte sie an das kleine Herz, das unter ihrem eigenen schlug. Sie hätte mit der Wucht des Schlages rechnen müssen, warum war ihr das entfallen?

»Komm schon«, sagte sie gereizt zu sich selbst und drehte sich auf die Seite, um ihren Freund zu sehen.

Flammen loderten an dem Schild empor, zerrten weiterhin an ihrer Magie, aber ihr Zauber war das Einzige, was Angelo vor dem Verbrennen schützte. Sie wollte durchhalten, nein, sie musste es.

Komm schon!

Tränen stiegen ihr in die Augen.

Als das Feuer versiegte, stand Chronos noch auf beiden Beinen, nur sein Umhang, mit dem er sich geschützt hatte, war verkohlt und mit Löchern übersät. Die Haut an den Händen und dem Gesicht war überzogen mit Brandblasen, die Riemen seiner Rüstung wiesen Risse auf, doch der Brustpanzer und das Schwert leuchteten immer noch schwach. Er keuchte auf, als er die offenen, blutigen Wunden an seinen Händen bemerkte.

Angelo brach zusammen und rang nach Luft. Lara versuchte aufzustehen, aber Chronos war schneller. Er preschte auf den Magier zu und schwang trotz der schweren Verletzungen erneut sein Schwert.

Rasch ließ Lara einen Schutzschild entstehen, auf den die Klinge niedersauste. Jeder Schlag hämmerte auf sie ein wie eine Faust auf den Kopf.

»Angelo!«

Der Magier hatte keine Kraft zum Aufstehen.

Nein, nein, nein!

»Lass ihn in Ruhe!«, schrie sie Chronos an. Wie ein Wahnsinniger schlug dieser auf ihren Freund ein.

Der Schweiß brannte ihr in den Augen, ihr Herz raste.

Wie konnte sie ihn nur aufhalten?

Lara lähmte ihn erneut und dieses Mal funktionierte es, was ihr fast einen Freudenschrei entlockte, denn auf einmal wurden seine Schläge viel langsamer. Es gab eine Möglichkeit, ihn aufzuhalten, wenn sie die Schutzzauber beendete und all ihre Kräfte in diesen Zauber legte.

Nur eine Chance.

Obwohl sie ungern Risiken einging, hatte sie keine Wahl, um sie beide zu retten.

»Angelo!«, rief sie und der Magier sah sie kraftlos an, Blut lief aus seiner Nase. »Ich lähme ihn!«

Als Chronos zum nächsten Schlag ausholte, hob Lara jeglichen Schutz auf und lähmte den Gegner mit all ihren Kräften, die sie noch in sich trug.

Steh still!

Der Schwertkämpfer stöhnte auf, als er mitten in der Bewegung einfror, und Lara blinzelte mehrfach, bevor sie es realisierte.

»Bei den Gebrüdern!« Freudentränen rannen ihr übers Gesicht, während sie sich hochstemmte und zu ihrem Freund rannte. Ihr fiel es schwer, das zu glauben, aber sie, die nie etwas riskierte, hatte es geschafft. »Kannst du aufstehen?«

Der Magier nickte, richtete sich mit ihrer Hilfe auf und stützte sich auf seinem Stab ab. Ohne noch mehr Zeit zu verlieren, eilten sie los, in die Tiefen des Waldes hinein.

»Bloß weg hier«, murmelte Angelo.

»Ja.« Sie wischte sich weitere Tränen fort, die sowohl vor Erschöpfung als auch vor Erleichterung in ihre Augen traten.

Steh still, Schwertkämpfer, steh still.

Immer noch konzentrierte sie sich auf den Zauber, den sie erst mehrere Herzschläge später löste.

»Oh weh!« Angelo blieb entsetzt stehen. »Ist bei dir alles gut?«

»Keine Sorge.« Lara nickte erschöpft.

Alles gut, dachte sie und legte ihre Hände auf den Bauch, ehe sie mehrere Schichten Stoff hochschob und die Haut berührte.

Wir haben es geschafft.

Sie spürte, wie ihr Kind trat, und genoss diesen Augenblick, bevor sie sich wieder an Angelo wandte. »Wir müssen weiter, kannst du noch?«

»*Dia*«, antwortete er auf Makhenisch, hustete und setzte sich in Bewegung, während sie ihm schweigend folgte und die Nacht über sie hereinbrach.

5

Schild der Heiler

Lara

Immer tiefer tauchten die beiden in den Wald ein, mussten jedoch viel zu oft stehen bleiben und sich neu orientieren, weil die Dunkelheit ihnen die Sicht raubte. Auch wenn Angelo eine Feuerkugel hätte herbeizaubern können – es war zu gefährlich, entdeckt zu werden.

»Der Kämpfer mit Speer … war das so einer, gegen den Lichtfels damals im Wettkampffinale gekämpft hat?«, erkundigte sich der Magier nach einer Weile.

»Natürlich!« Lara wandte sich zu ihm um, als sie endlich die Antwort auf die Frage erhielt, wo sie die Kampfkunst schon einmal gesehen hatte. »Du hast recht.«

»Er hat Chronos' Rüstung unzerstörbar gemacht. Man konnte nur das verletzen, was aus Fleisch und Blut war, und selbst das gestaltete sich als schwierig.«

»Der neue Kämpfer«, sagte sie trocken. »Er allein ist schwach, in einer Gruppe ist er stark. Er ähnelt mir, aber anstatt zu heilen, stärkt er einen.«

Vorsichtig liefen die beiden durch einen Graben hindurch.

»Damals gab es nur einen, ich vermute, dass Relikt noch mehr von ihnen ausgebildet hat«, fuhr sie fort.

»Na wunderbar.« Angelo hustete erneut, stieg aus dem Graben hoch und zog seine Freundin vorsichtig hinterher.

Lara erinnerte sich an die Zeit vor fünf Jahren.

Die Auflösung der Gilde, die Flucht vor Relikt und das lange Verstecken schmerzten noch immer in ihrem Herzen. Sie hatte in den letzten fünf Jahren nie aufgehört, daran zu denken, was ihr und der Gilde widerfahren, warum Lichtfels verschwunden und der Zusammenschluss der Kämpfer zerbrochen war.

In ihre Gedanken vertieft, blieb Lara an einem Ast hängen, als Wolfsgeheul durch den Wald hallte. »Oh nein.«

Das hatte ihnen noch gefehlt.

Erneut hörten sie den Ruf des Tieres, und ein kalter Schauer lief Lara über den Rücken.

»Er kommt schnell näher.« Angelo hielt seinen Stab fest in den Händen. »Wahrscheinlich der Wolf eines Beschwörers. Kämpfen oder fliehen?«

»Kämpfen«, antwortete sie rasch. »Ich schaffe es nicht, noch einmal zu rennen.«

»In Ordnung.« Angelos Stabspitze begann zu glühen. »Aber sie wissen, wo wir sind, wenn er nicht zurückkehrt.«

Oh nein, das stimmt.

Grübelnd zog sie die Augenbrauen zusammen. »Dann lasse ich uns verschwinden.«

»Schaffst du das noch?«, fragte er unruhig.

»Ja, stell dich hinter mich und atme so leise wie möglich.«

Der Magier gehorchte und Lara erinnerte sich an all die Zauber, die ein Heiler beherrschte. Die Worte lagen ihr schon auf der Zunge, als sie Angelos flüsternde Stimme an ihrem Ohr hörte: »Ich sehe ihn.«

Sie schloss die Augen, atmete tief aus und ein, ehe sie den Zauber wirken ließ und ihre Hände vor sich öffnete.

Sei mein Schutz und sei mein Schild,
vor fremden Augen verborgen,
eins mit Natur, schön und wild,
in ihren Händen geborgen.

Eine kleine, schwach leuchtende Kugel entstand zwischen ihren Fingern, kaum größer als eine Murmel, in der grüne Schlieren umherwirbelten. Sie betrachtete diese noch einen Moment und stabilisierte den Schutz um ihre beiden Körper, als Angelo sich hinter ihr versteifte.

Lara blickte auf und sah in die violetten Augen eines schwarzen Wolfes, der fast so groß war wie sie selbst und nur wenige Schritte von ihr entfernt stand. Sie schluckte und versuchte, ihren Herzschlag unter Kontrolle zu bringen.

Jetzt nur nicht bewegen.

Der Wolf starrte sie immer noch an, mitten in ihre Augen. Er knurrte und seine Pranken wühlten etwas Erde auf. Er war zum Absprung bereit.

Hatte der Zauber versagt?

Angelo berührte sie auf einmal am Rücken und krallte sich in ihrem Umhang fest. Seine Hand zitterte.

Langsam und vorsichtig drehte Lara den Kopf in seine Richtung, ließ allerdings den Wolf nicht aus den Augen. Erst als es nicht anders ging, sah sie im Augenwinkel Angelo an, der sich eine Faust an den Mund hielt.

Nein, nicht.

Seine Augen glänzten, während er den Husten unterdrückte.

Lara wandte sich wieder dem Wolf zu, der sich endlich bewegte, Stück für Stück in ihre Richtung, während die Kugel in ihrer Hand leuchtete und schimmerte, nicht mehr nur grün, sondern rötlich, so wie es sein musste. Nichts deutete darauf hin, dass der Zauber gescheitert war.

Sei mein Schutz, dachte Lara.

Der Wolf trat heran und war mittlerweile so nah an ihr, dass sie sein nasses Fell riechen konnte. Jeden Moment würde er sie streifen und sehen. Spätestens dann wusste der Beschwörer, wo sie sich befanden, und Relikt würde die Verfolgung aufnehmen.

Das Tier hechelte und Lara hielt die Luft an, während Angelo seinen Kopf auf ihre Schulter legte.

Sei. Mein. Schild.

Der Wolf ging an ihr vorbei und schnupperte willkürlich in der Luft, heulte einmal laut auf und machte kehrt.

Als er in der Dunkelheit verschwand, entspannte sie sich und atmete tief ein.

»Er ist weg«, flüsterte sie und Angelo hustete in seine Armbeuge.

Die Kugel löste sich auf wie verblassender Nebel, als hätte sie nie existiert. Nachdem Lara den Trinkschlauch aus ihrer Tasche geholt hatte, überreichte sie diesen dem Magier, der einen großen Schluck davon nahm.

»Wir sollten so schnell wie möglich zum Plateau«, antwortete Angelo schließlich. »Uns bleibt nicht mehr viel Zeit, bevor noch mehr Feinde diesen Weg einschlagen.« Er hustete immer noch.

»Soll ich mir deine Brust anschauen?«, fragte Lara, die sich wieder gefangen hatte.

»Nein, es geht schon, danke.« Angelo gab ihr den Schlauch zurück und lief voraus.

Lara betrachtete ihn besorgt, aber sie vertraute ihm, dass er wusste, was er tat.

Beide setzten ihre Reise fort, langsamer als zuvor, doch der Wille, ihren Anführer und alte Freunde der Gilde wiederzusehen, trieb sie voran, und ehe sie sichs versahen, standen sie vor den riesigen steinernen Wänden des Grenzgebirges.

Lara war froh darüber, da ihr Rücken sie quälte und sie kaum noch geradeaus laufen konnte. Müdigkeit machte ihre Knochen schwer, und ihr Bauch schmerzte bei jedem Schritt.

»Dort«, murmelte sie und zeigte auf die Felsspalte.

Die beiden tasteten sich zwischen dem alten Gestein entlang, bis sie sich schließlich am Rande des Tals befanden. Es war zu dunkel, um etwas zu erkennen.

»Siehst du etwas? Irgendein Lebenszeichen?«, raunte sie.

»Nein, aber das könnten wir ändern.« Angelo ließ in seiner freien Hand einen Feuerball entstehen.

»Nicht.« Lara schlug auf seine Hand, sodass die Feuerkugel erlosch. »Wir wissen nicht, wer hier ist.«

»Relikt sicher nicht, sonst wären wir schon umzingelt.«

Lara lauschte dem Rascheln der Blätter und dem entfernten Rauschen des Wassers. Nichts regte sich in der näheren Umgebung. Alles schien in einem tiefen Schlaf zu liegen.

»Komm. Wir schauen uns um«, schlug er vor.

Lara folgte ihm schweigend in den angrenzenden Wald. Sie ließ sich nichts anmerken, dabei war sie so aufgeregt, dass sie dachte, ihr Freund könnte ihren Herzschlag hören. Mit wachsamen Augen und vorsichtigen Schritten ging sie Seite an Seite mit Angelo voran, stets bereit, einen Schutz herbeizuzaubern.

Auf einer Lichtung knackte etwas vor ihnen.

Lara zögerte nicht und errichtete sofort einen unsichtbaren Schild wie ein Wall vor ihnen, während Angelo seinen Zauberstab in beide Hände nahm und in die Dunkelheit richtete. Obwohl sie kaum Umrisse ausmachten, waren sie auf einen Angriff vorbereitet.

Angelo beschwor erneut eine Feuerkugel, dieses Mal an der Spitze seines Stabes, und als sie groß genug war, schoss er sie ab, mitten in die Dunkelheit hinein.

Die Kugel flog schnell und brannte sich einen Weg durch das hohe Gras, sodass sie eine verkohlte Bahn hinter sich herzog. Dann prallte sie auf eine unsichtbare Mauer, wodurch sich das Feuer in alle Richtungen verteilte. Zum Vorschein kam ein Mann, der von den Flammen erleuchtet wurde.

Sein dunkles, kinnlanges Haar war gewellt, seine Rüstung schmutzig und der Umhang an vielen Stellen eingerissen, doch es ging eine spürbare Kraft von ihm aus. Die Flammen spiegelten sich in seinen braunen Augen, als ob er das Feuer selbst entfachen würde, und obwohl dunkle Schatten um sie herum lagen, war sein Blick standhaft und selbstsicher.

Mit gestrafften Schultern und in die Hüfte gestemmten Händen stand er vor ihnen. Er zeigte keine Regung, erschrak nicht einmal vor dem Feuer, als hätte er gewusst, dass Angelo dies vorhatte.

Ein verblüfftes Lächeln zeichnete sich zuletzt auf seinem Gesicht ab, nachdem er die zwei erkannt hatte.

»Lichtfels«, murmelte Lara.

Das Feuer erlosch und Dunkelheit legte sich wieder auf die Lichtung.

Bilde ich mir das ein?

Konnte ein Zauber so stark sein und die Wirklichkeit verzerren? Ihr Herz klopfte wie ein Trommelwirbel und immer noch hielt sie den Schutzschild aufrecht, während Angelo neben ihr die nächste Feuerkugel herbeizauberte.

Vor ihnen entzündeten sich Fackeln. Drei, vier, fünf Personen tauchten auf, deren Gesichter wegen der Kapuzen im Schatten lagen. Doch an der Spitze stand immer noch der Mann, von dem sie sich sicher war, dass es Lichtfels sein musste.

Niemand gab ein Geräusch von sich oder schien einen ersten Schritt zu wagen.

In diesem Augenblick knallte es laut, und ein gleißend helles Licht blendete die zwei Freunde. Laras Konzentration ließ nach, sodass ihr Schutzschild brach. Angelo ließ erschrocken seine Waffe fallen, um sich vor dem Licht zu schützen.

Dieses Licht. Das kannst nur du sein!

Lara schluckte den Kloß in ihrem Hals herunter.

Nach kurzer Zeit verblasste es und als sie erneut aufschaute, sah sie, woher es gekommen war. In Lichtfels' Händen sammelte sich eine Kugel, die immer kleiner wurde und schließlich verschwand.

Diesen Zauber kannten sie von ihrem ehemaligen Anführer, nur er hatte die außergewöhnliche Fähigkeit, die Sonne nachzuahmen. Lara atmete erleichtert aus, als sie sein Lachen erkannte.

»Lichtfels!«, rief Angelo gereizt. »Eine weniger aufregende Begrüßung hätte auch gereicht.«

Die anderen fünf, die hinter ihrem Anführer standen, begannen wie Lara zu lachen und warfen sogleich ihre Kapuzen zurück. Zum Vorschein kamen Aliya, Wibatem, Gerri und ihre zwei vermissten Freunde, die sich ihnen freudestrahlend näherten.

»Paradocs, Sarkhan, da seid ihr ja!« Angelo fasste sich an den Kopf.

»Du sollst mich nicht so nennen«, beschwerte sich Paco, der seinen langen Namen nicht mochte, weil dieser wie ›paradox‹

klang. »Wir haben uns Sorgen um euch gemacht!« Während er den Bogen auf den Rücken schwang, lief er auf den Magier zu. Ein Lächeln stahl sich auf sein bubenhaftes Gesicht.

»Ja, wir uns auch«, entgegnete Angelo.

»Wo seid ihr denn gewesen?«, fragte Sarkhan und fuhr sich durch das braune Haar, das an den Seiten raspelkurz geschnitten war, dafür oben länger wuchs. Er berührte seinen Tunnelohrring und hielt ihn fest, was er oft tat, wenn er nachdachte.

»Am Baum, wo sonst?« Der Magier nahm ihn in den Schwitzkasten und wuschelte ihm durch das Haar.

»Hey!« Sarkhan befreite sich aus dem Klammergriff. »Da waren wir auch, aber ihr nicht.«

»Gewiss, da waren wir!«, widersprach Angelo und legte seinen Stab locker auf der Schulter ab.

Währenddessen blendete Lara das Gespräch aus, da die Gefühle sie zu überrennen drohten. Die Sorgen fielen von ihr ab wie ein Stein vom Herzen, als sie in die Gesichter ihrer Freunde und ehemaligen Kampfgefährten blickte. Freudentränen sammelten sich in ihren Augen, ehe die Beine erschöpft unter ihr nachgaben. Doch bevor sie fiel, hielten starke Hände sie fest.

»Lara«, murmelte Lichtfels mit seiner tiefen, warmen Stimme. »Ihr habt es geschafft, ihr seid in Sicherheit.«

6

Hinter den Mauern

Lichtfels

Lichtfels begrüßte Lara mit einer langen Umarmung, während Angelo ihn freudestrahlend musterte. Der ehemalige Gildenanführer war erleichtert, die Heilerin und den Magier zu sehen, nachdem Paco und Sarkhan ihm berichtet hatten, die beiden verloren zu haben.

Außerdem befürchtete er, dass Relikt den Taleingang entdeckt haben könnte. Seine Feinde waren offenbar durch irgendetwas angelockt worden wie Motten vom Licht, obwohl sie seinen Zauber nicht hätten sehen sollen. Er hatte gehofft, dass das Gewitter ihn verschleiern und nur seine Gefährten darauf aufmerksam werden würden. Anscheinend hatte er sich getäuscht. Anders war nicht zu erklären, wieso Wibatem, Gerri und Aliya gegen gleich vier Anhänger der verfeindeten Gilde hatten kämpfen müssen.

»Sind das alle, die bisher zurückgekommen sind?«, erkundigte sich Lara, die er auf den Armen trug.

»Nein, Blaeck ist auch da, aber er ist im Lager geblieben«, antwortete er leise. Seine Kämpferfreundin so wackelig auf ihren Beinen zu sehen, beunruhigte ihn.

Sie atmete tief ein und aus. »In Ordnung.«

»Wo ist Jacki?«, fragte Lichtfels besorgt.

»Lass uns im Lager darüber sprechen. Ich muss mich dringend hinlegen.« Ihr Gesicht verzerrte sich vor Schmerzen.

»Natürlich. Dann los!«, rief er allen zu. »Den Weg kennt ihr.«

Die Gruppe brach auf und lief zur östlichen Seite des Tals, wo ein Wasserfall dem Berg entsprang, der einen See zwischen dem Wald und dem Gebirge formte. Von diesem gingen mehrere Bäche ab, so schmal, dass ein Mensch locker darüber hinwegspringen konnte. Sie schlängelten sich durch das Tal und flossen unterirdisch durch den Erdboden. Tannen, Kiefern und Erlen, die ihr Herbstgewand angelegt hatten und tagsüber farbenfroh erstrahlten, säumten die Ufer und füllten die Täler aus.

In der Nähe des Gewässers ragte ein Felsen aus dem Gebirge, der wie ein überwachsener Hügel aussah. Genau unter diesem Hügel und um ihn herum befand sich das Lager der Kämpfer.

Vom Taleingang aus wirkte das Gebiet wie ein unberührtes Stück Natur. Nicht einmal Lagerfeuer waren zu sehen, da der Felsen das Leben hinter und unter sich versteckte.

Als Lichtfels und seine Kämpfer um diese Gesteinsformation herumliefen, sahen sie ein Feuer, an dem eine Person saß.

»Blaeck!« Auf Laras Gesicht zeichnete sich ein Lächeln ab, als sie ihren aus Héllion stammenden alten Lehrmeister der Heiler entdeckte.

Das Feuer ließ seine blaue Haut schwarz schimmern, sodass sich das dunkle, kurze Haar und die spitzen Ohren kaum noch abhoben. Durch seinen dünnen Körper und das schmale Gesicht sah er von Weitem aus wie ein kahler Baumstamm mit ebenholzfarbener Rinde. Ein Anblick, der Lichtfels immer wieder aufs Neue verblüffte.

»Dunkelbringer!«, rief Angelo. »Du hier?«

Blaeck lächelte breit. »Welch eine Frage.«

»Es ist schön, dich zu sehen.« Der Magier neigte den Kopf zum Gruß.

Auch Lichtfels hatte sich gefreut, seinen elfischen Freund, dessen vollständiger Name Blaigarhayma lautete, wiederzusehen, nicht nur wegen der langjährigen Freundschaft, sondern auch wegen seines unerschöpflichen Wissens über die sechs Kampfkünste der Schützen, Heiler, Beschwörer, Schwertkämpfer, Magier und Faustkämpfer.

Nachdem die Lichtsäule verschwunden war, erschien Blaeck mit einem Mal mitten auf dem Plateau. Eine Tatsache, die Lichtfels vor Erstaunen hatte aufkeuchen lassen. Er hätte nie geglaubt, dass der Dunkelelf all die Jahre hiergeblieben war und den Schutzzauber über das Tal hatte aufrechterhalten können.

»Du hast dich nicht verändert«, sagte Lara zu ihm, nachdem Lichtfels sie direkt neben dem Dunkelelfen abgesetzt hatte.

In der Tat, dachte Lichtfels und lehnte sich gegen die Felswand.

Blaeck besaß weder Falten noch graues Haar und wirkte kaum älter als er, doch sein Kämpferfreund zählte bereits über einhundert Jahre.

Der Elf lächelte sanft. »Du auch nicht.« Sein Blick wanderte auf ihren Bauch. »Ich lüge, etwas ist anders an dir.«

Sie fingen sofort an, sich darüber auszutauschen, was sie erlebt hatten. In den vergangenen fünf Jahren war einiges geschehen und nicht nur das Land hatte sich verändert, sondern auch seine Kämpfer. Viele waren nicht nur älter geworden, sondern auch reifer.

»Schmiedest du noch fleißig Waffen?«, fragte Angelo Wibatem und fuhr sich mehrfach mit den Fingern durch sein schwarzes Haar, das in alle Richtungen abstand.

»Stelle mir eine Schmiede zur Verfügung und ich beweise es dir«, antwortete Wibatem und zeigte dem Magier das frisch gesäuberte Schwert, in das feine Linien eingraviert und Juwelen eingesetzt waren.

Angelo sah ihn verblüfft an. »Einwandfreie Arbeit.« Er wischte sich erneut eine Strähne aus dem Gesicht.

»Mir scheint es, als bräuchtest du einen neuen Haarschnitt.« Wibatem drehte den Kopf nach links und rechts, um dem Magier seine Frisur zu zeigen.

»Dazu eignet sich dein Schwert bestimmt bestens«, bemerkte Angelo und schüttelte sich das Haar.

Wibatem packte die Klinge lachend weg. »Jederzeit.«

Lichtfels grinste, während Gerri neben ihm Umhang und Weste ablegte. Kräftige Schultern und Oberarme kamen zum Vorschein und als Lichtfels zu der Armbrust schaute, wusste er auch warum. Der Schütze hatte seine Waffe aufgerüstet, sodass sie nun mehrere Bolzen gleichzeitig abschießen konnte. Außerdem war sein Bart voller geworden, doch dafür tauchten bereits die ersten grauen Strähnen in seinem Haar auf.

»Euch hat auch keiner getrennt?«, fragte Gerri und schaute zu Sarkhan und Paco.

Sie schüttelten beide den Kopf und stießen mit ihren Trinkschläuchen an.

»Seid ihr untergetaucht?«, hakte der Schütze nach.

»Ja, im Nordosten, nahe dem Merian«, erzählte Sarkhan. »Irgendwann haben wir uns wieder unters Volk gemischt und lange gearbeitet. Ich als Knochenhauer und Paco als Jäger.«

»Vor einem Jahr haben wir uns dann entschieden, durch Dekar zu reisen.« Paco drehte ein Stück Fleisch über dem Lagerfeuer um.

Lichtfels stieß sich von der Felswand ab, an der er gelehnt hatte, und gesellte sich zu ihnen. »Hattet ihr überlegt, Dekar zu verlassen?«

»Ja, hatten wir«, antwortete Sarkhan leise. »Doch wir wollten nicht.«

Das wollte ich ursprünglich auch nicht.

Lichtfels nickte und legte seine Arme auf die Knie. Die Wunde, die er sich auf dem Hinweg zugezogen hatte, zeichnete sich deutlich ab. Blaeck hatte sich zwar direkt nach seiner Ankunft darum gekümmert, aber von ihr blieb eine Narbe zurück und würde ihn immer an die Nacht erinnern, in der er zurückgekehrt war.

Er schluckte den Kloß in seinem Hals herunter und betrachtete Aliya, die verträumt ins Feuer sah. Nach den fünf Jahren hatte er sie sofort wiedererkannt, dennoch war sie nicht mehr die, die sie einmal gewesen war. Die Halbelfe in ihr kam mehr denn je zum Vorschein, da ihre Augen im Feuerschein nicht mehr nur kastanienbraun schimmerten, sondern auch bernsteinfarben, und ihr Antlitz war elegant wie das einer Elfe geworden. Nichts deutete mehr auf ihr mädchenhaftes, schüchternes Gesicht von damals hin. Selbst ihre Elfenohren konnte sie kaum mehr verstecken.

Erleichterung breitete sich in ihm aus, sie unversehrt zu sehen. Schließlich hatte er sein Versprechen nicht vergessen.

Aliya bemerkte seinen Blick und erwiderte ihn für einen Moment, bis sie sich den Gesprächen der anderen zuwandte.

Ja, er war wirklich froh, sie zu sehen.

Lichtfels stand auf und setzte sich zu Lara, die gerade ihren Umhang und ihr Kettenhemd ablegte, sodass jeder ihren dicken Bauch sah.

»Wann ist es so weit?«, erkundigte sich Lichtfels leise.

Lara lächelte ihn an, doch in ihren Augen las er Sorge und Trauer. »Zwei Monate vielleicht noch.«

Seine langjährige Freundin, die all die Jahre an seiner Seite gekämpft hatte, sah er zum ersten Mal bedrückt. Er wollte ihr helfen, musste es einfach.

»Bis dahin haben wir deinen Gemahl befreit«, versuchte Angelo, sie aufzumuntern.

»Was ist mit Jacki geschehen?«, hakte Lichtfels nach.

Die anderen Gespräche verstummten.

»Es war ungefähr vor drei Wochen«, begann Lara zögerlich zu erzählen. »Angelo, Paco, Sarkhan, Jacki und ich sind auf dem Weg von zwei Patrouillen erwischt worden. Avalanze war ihr Anführer.«

Als der Name Avalanze fiel, verfinsterte sich Aliyas Miene. Ihre Augen verengten sich zu schmalen Schlitzen und zeigten die Wut, die in ihr aufflammte.

Avalanze.

Lichtfels hätte nie gedacht, dass sich der Schütze, den er genauso lange wie Lara kannte, Relikt anschließen würde.

Lara fuhr fort. »Es waren zu viele für uns und ich hatte nicht die Kraft, alle zu schützen. Deswegen ist Jacki zurückgeblieben, um uns einen Vorsprung zu verschaffen. Wir konnten den Kampf noch eine Weile hören. Das Aufeinanderschlagen von Waffen und das Zischen von Zauberformeln.« Sie stockte. »Dann wurde es still.«

Lichtfels legte seine Hand auf ihre. »Wir werden ihn finden.«

»Woher weißt du, dass er noch lebt?«, fragte Gerri.

»Ich glaube daran«, murmelte Lara und starrte in das Feuer.

»Ich denke das auch«, antwortete Lichtfels. »Bevor ich hierherkam, habe ich mich in Dekar umgehört. Diamantenseele will die letzten freien Kämpfer unter sich verpflichten, auch uns. Er hat alles darangesetzt, eine Methode zu finden, mit der er jeden Willen brechen kann. Es ist nicht bewiesen, ob es stimmt oder ob es diese Methode wirklich gibt, aber ich hörte mehrfach, dass immer wieder Patrouillen kommen, die Mitglieder von anderen Gilden bringen. Jeder, der angekettet hinter ihnen läuft, ist nach kurzer Zeit ein Kämpfer von Relikt und keiner, wirklich keiner, aus unseren Reihen, der nicht vorher schon bei Relikt war, macht dies freiwillig.«

»So wie Chronos«, überlegte Angelo laut.

Lichtfels wandte sich an ihn. »Was sagst du da?«

»Wir haben ihn vor ein paar Stunden gesehen«, antwortete Lara an seiner Stelle. »Nicht weit von hier.«

Er schluckte und atmete zischend aus. »Wenn unsere Feinde schon so nahe sind, ist es besser, wenn wir jemanden als Wache aufstellen.«

»Ich übernehme die erste«, sagte Sarkhan und stand auf.

Lichtfels nickte. »Allein?«

»Nein.« Sarkhan lächelte verschmitzt und ließ aus dem Nichts einen grauen Wolf auferstehen, der ihm bis zur Brust reichte.

Erschrocken zuckte Lara beim Anblick des Tieres zusammen. »Ein Wolf pro Abend genügt«, murmelte sie.

»Er ist doch ganz zahm.« Der junge Beschwörer, der nicht älter als Aliya war, zwinkerte der Heilerin zu, strich kurz über das Fell seines Tieres und löste es mit einer drehenden Handbewegung wieder auf.

»Beim Morgengrauen wechseln wir«, schlug Lichtfels vor.

»Dann übernehme ich«, meldete sich Lara.

»Das kommt nicht infrage.« Er schüttelte den Kopf.

»Lichtfels, sitzen und hören kann ich sehr gut. Ich bin nicht kampfunfähig.« In der einen Hand hielt Lara ihre Peitsche fest, in der anderen ließ sie kurz ein blaues Licht schimmern.

Es gefiel Lichtfels nicht, gerade weil Chronos in der Nähe war. Ob er auch das Licht gesehen hatte?

»Ich werde bei ihr sein«, schlug Paco vor und schnitt sich ein Stück des Fleisches ab. »Bis dahin bin ich ausgeschlafen.«

»Aber nicht so lange, Lara.« Sorge schwang in Lichtfels' Worten mit.

»Natürlich nicht.« Sie lächelte und klimperte mit den Wimpern.

Lichtfels nickte nur. Nacheinander nahm sich jeder ein Stück Fleisch und etwas von dem Brot, das Blaeck vor einem Tag besorgt hatte.

Die Gruppe aß stumm, während das Feuer ruhig vor sich hin knisterte.

»Wir warten noch einen Tag ab, ob noch andere zu uns stoßen«, brach Lichtfels nach einer Weile das Schweigen. »Morgen Abend setzen wir uns dann zusammen und entwickeln einen Plan. Wir werden alle befreien, die sich in Gefangenschaft befinden. Nach bisherigem Stand sind das Jacki und Kilian.« Dabei schaute er den Beschwörer Wibatem an, der ihm nickend zustimmte.

»Gutscher Plan«, nuschelte Paco mit vollem Mund.

Lichtfels' Blick schweifte über seine wiedervereinten Kämpfer. »Außerdem brauchen wir noch mehr Verpflegung sowie Ausrüstung. Gerri, du könntest morgen auf die Jagd gehen. Angelo, bist du noch immer so begabt im Fischfang?«

»Natürlich.« Der Magier strahlte. »Nichts ist besser als die makhenische Fischkunst.«

Wie recht er hat, dachte Lichtfels.

Er stellte sich vor, wie sein Kämpferfreund am morgigen Tag den See aufsuchte und sich dort um die nächste Mahlzeit kümmerte. Durch seine magischen Fähigkeiten konnte Angelo das Wasser zwar nicht vollends beherrschen, aber manipulieren, was ihm beim Fischen weiterhalf. Lichtfels hatte schon länger keinen Fisch mehr gegessen und in diesem Augenblick verspürte er Appetit. »Im See findest du bestimmt etwas, was wir morgen essen können.«

»Verstanden.« Angelo nickte knapp.

»Seil und ein paar Decken habe ich«, warf Blaeck ein.

Lichtfels nickte. »Sehr gut.« An seine Gefährten gewandt, sprach er weiter: »Alle die, die das Tal verlassen: Seid vorsichtig und entfernt euch nicht zu weit.«

»Jawohl, Meister!«, entgegnete Sarkhan und salutierte vor ihm. Der Versuch, ernst zu schauen, scheiterte, da er die Mundwinkel nur schwer unten halten konnte.

»Schön, dass ihr euren Humor in der ganzen Zeit nicht verloren habt«, sagte Lichtfels schmunzelnd.

»Den lassen wir uns nicht nehmen. Außerdem glaube ich, dass heute niemand mehr geht. Wir sind froh, hier zu sein.« Sarkhan lehnte sich zurück.

Lichtfels stimmte ihm zu.

Das bin ich auch, junger Freund.

»Erfahren wir bald, wo du dich herumgetrieben hast?«, wollte Gerri wissen.

Alle schauten ihn, den ehemaligen Anführer der Schwarzen Allianz, an.

Lichtfels wusste, dass er diese Frage eines Tages beantworten musste, denn seine Gilde hatte ein Recht darauf, die Wahrheit zu erfahren. Er machte sich Gedanken über ihre Reaktionen, ob sie bei ihm bleiben oder sich endgültig von ihm abwenden würden. Niemand kannte den wahren Grund, warum er gegangen war.

»Ja«, sagte er nach kurzem Zögern. »Ich werde euch alles erzählen, das bin ich euch schuldig. Aber jetzt legen wir uns erst einmal zur Ruhe.« Bevor er das Lagerfeuer verließ, wandte sich Lichtfels an Blaeck. »Der Schutzschild ist stabil?«

»Für diese Nacht hält er.« Die Stimme des Dunkelelfen strahlte Ruhe aus. »Aliya wird ihn beim Morgengrauen neu aufladen.«

Lichtfels sah die Halbelfe schief an, die daraufhin lächelte.

»Ja, auch ich bin erwachsen geworden.« Elegant schwang sie ein Bein über das andere und hob das Kinn, wodurch ihre Augen erneut wie flüssiger Bernstein schimmerten.

»Sehr schön.« Er grinste.

Während noch einige wach blieben und am Feuer saßen, zog Lichtfels sich in eine Höhle am Rande des Lagers zurück, in der er seinen Ruheplatz einrichtete. Einst hatten Holzregale, Stühle und ein großer Tisch darin gestanden, die jedoch über die lange Zeit verfault oder zusammengebrochen waren. Reparieren kam nicht mehr infrage, sodass er es nur noch als Brennholz verwenden konnte.

Er erinnerte sich an den ovalen Tisch mit verschnörkelter Gravur am Rand, an dem er und seine sechs engsten Verbündeten gesessen und Pläne geschmiedet hatten.

Pläne, die das Land vor dem eigenen Verfall hätten bewahren können.

Sand, Staub und Spinnweben sammelten sich in den Ecken der Höhle. Kleine Steine lagen auf dem Boden und warfen im Schein der Fackel ovale Schatten darauf wie Figuren auf einem Spielbrett.

Lichtfels lief zum Ende der Höhle, wo sich eine Nische befand, in der Felle und Wolldecken lagen, die er frisch hingelegt hatte. Er schüttelte eine Decke kräftig aus und setzte sich hin.

Eine Gänsehaut glitt über seinen Körper. Die Vergangenheit wurde wieder zur Gegenwart und er konnte dort weitermachen, wo er aufgehört hatte: der Anführer der Schwarzen Allianz zu sein.

Müde war er nicht, im Gegenteil. Sein Herz klopfte schneller, als er an seine Kämpfer dachte, die gefangen in Kerkern saßen oder deren Leben am seidenen Faden hingen. Er hoffte, dass sie durchhielten und sich nicht von Relikt den Willen brechen ließen, denn für ihn stand von Anfang an fest, dass er sie auf keinen Fall zurücklassen wollte. Er musste sie aus den Fängen befreien, das war er ihnen schuldig.

Doch noch etwas ließ ihm keine Ruhe.

Erfahren wir bald auch, wo du dich herumgetrieben hast?

Er schloss die Augen, um nach ein paar tiefen Atemzügen zur Höhlendecke hinaufzuschauen. Im Feuerschein schimmerten die Gesteinsadern silbern, ließen das Gestein wertvoll aussehen, als er zögernd in die Innentasche seiner Tunika fasste und einen alten Brief herauszog.

Einen Brief, den er vor knapp fünf Jahren erhalten hatte.

Lichtfels,
wenn Euch diese Nachricht erreicht, seid Ihr, hoffe ich zutiefst, in Sicherheit.
Diamantenseele hat den Rat des Königs vollständig aufgelöst und die königliche Familie entzweit.
Der Onkel des Königs 3. Grades, Aurelius III., ist im Schlaf ermordet worden.

> Der Cousin 4. Grades, Arvid, ist aus Lonikka geflohen. Niemand weiß, wohin er ging.
> Die Cousine 6. Grades, Maria Amalie, ist auf dem Weg gen Meer. Sie verlässt zusammen mit ihrem Sohn Dekar.
> Die übrigen Verwandten haben versagt.
> Es gibt keine weiteren Thronanwärter in der Königsfamilie. Niemand ist mehr da, der ihn aufhalten kann.
> Meine Hoffnung ruht auf Euch. Ich wünsche mir, dass Ihr ihn findet. Er ist einer der Letzten, die uns noch helfen können.
> Möge das Königsblut uns erhalten bleiben.
>
> Eduard

Vorsichtig faltete er das alte Stück Pergament wieder zusammen.

Lichtfels hatte Dekar nicht verlassen wollen, niemals wäre es ihm in den Sinn gekommen, aber Eduard, der Königsberater, vertraute ihm. Auch wenn er damit seine Kämpfer hatte zurücklassen müssen und dadurch die Schwarze Allianz zerbrochen war, hatte nur er allein eine Chance gehabt.

Er packte den Brief zurück in die Innentasche und legte sich hin.

Hätte er nicht so abrupt die Gilde verlassen, wäre es nie zur Auflösung der Schwarzen Allianz gekommen. Doch was wäre stattdessen aus dem Land geworden?

Während er weiter nachdachte, übermannte ihn schließlich der Schlaf.

7

Lichtfels' Erinnerung:

Auf der Suche nach Kämpfern

5 Jahre zuvor …

Neben mir schlug ein Feuerball, dem ich knapp mit einem Sprung ausweichen konnte, eine riesige Delle in den Sand. Doch ehe ich mich von meinem Schrecken erholt hatte, schoss eine Wasserfontäne aus dem Boden, vor der ich stolpernd zurückwich. Als sich auch noch ein Sandsturm erhob, lief ich zu einem nahe gelegenen Felsen. Unter dem befand sich eine Kuhle im Boden, in der ich Schutz vor den Sandkörnern suchte.

Ich wischte mir mit den Händen übers Gesicht und atmete für einen kurzen Moment durch. Dabei spuckte ich Sandreste aus, die ich abbekommen hatte.

Eine Pause schien mir nicht vergönnt zu sein, denn mit einem Mal vibrierte der Boden unter mir, ich rollte mich zur Seite ab und hechtete zu einem anderen Felsen, in den just in diesem Moment ein Blitz einschlug.

Das konnte nicht sein Ernst sein!

Fluchend duckte ich mich, um den Trümmern auszuweichen, die in alle Richtungen flogen.

Nachdem ich kurz in dieser Position verharrt hatte, hörte ich, wie weitere Felsen sich kratzend erhoben und einer direkt auf mich zustürzte.

Ich ballte die Fäuste, sodass ich die Stahlhandschuhe, die meine Haut schützten, aneinander reiben konnte, bis sie glühten, und streckte sie dann in die Richtung des herannahenden Steines.

Mein Körper erzitterte bei dem Zusammenstoß und für einen Augenblick fühlte es sich an, als ob ein ganzer Berg auf meine Hände drückte und die Knochen zerbrechen ließ. Doch nur einen Atemzug später wanderte ein Riss durch das Gestein und es zerfiel in einzelne Bruchstücke.

Während ich aufstand, schüttelte ich den Schmutz von mir und lief weiter zwischen den Felsen hindurch.

Nachdem ich das Steinfeld hinter mich gebracht hatte, folgte ein Parcours, der mit einer Holzwand begann, die ich überwinden musste. Die einzelnen Bretter besaßen faustgroße Löcher, an denen ich mich festhalten und hochziehen konnte, was mir durch mein jahrelanges Training mit Leichtigkeit gelang.

Oben am Podest angekommen hangelte ich mich an einem Seil über ein Wasserbecken. Wieder erhob sich der Sandsturm und schüttelte mich durch. Ich zog die Beine an und versuchte, mich weiter nach vorne zu kämpfen.

Mein Mund war trocken, sodass ich mehrfach hustete.

Was täte ich jetzt für einen Schluck Wasser ... Stattdessen klebte der Sand überall an mir und scheuerte mir über die Haut. Selbst in dem Haar und der Rüstung sammelte er sich.

»Verfluchter Sand«, brummte ich.

Als ich endlich beim Podest angekommen war, legte sich der Sturm. Ich atmete kurz durch, ehe ich an einem weiteren Seil ein Stückchen tiefer kletterte, um auf eine zweite Ebene zu gelangen.

Während ich mir einen Überblick über die weiteren Podeste verschaffte, schüttelte ich den Sand aus dem Haar und bereitete mich auf die Sprünge vor, indem ich meine Füße lockerte. Fünf an der Zahl, das sollte machbar sein.

Ich nahm Anlauf und sprang, da schossen mehrere Feuerkugeln auf mich zu.

Musste das sein? Er wusste, dass ich Höhe nicht mochte, und dann auch noch diese heißen Geschosse?

Knapp verfehlte mich eine der Kugeln, als ich auf dem ersten Holzpodest landete.

Stehen bleiben durfte ich jetzt nicht, sonst hätten sie mich noch getroffen.

Ich sprang, flog, landete, sprang, flog, landete. Noch weitere zwei Mal lief es so ab, bis ich endlich das Ende erreicht hatte. Erneut wich ich einer flammenden Kugel aus, die heiß an mir vorbeirauschte und mir den Schweiß ins Gesicht trieb.

Ich hatte genug vom Feuer.

Nachdem ich die letzte Holzwand hinuntergeklettert war, ließ ich den Parcours hinter mir und wandte mich dem eigentlichen Ziel zu. Die Flagge der Schwarzen Allianz, die locker an einem Stab hing und sich vom hellen Sand abhob wie ein Stück Kohle auf Papier. Nur ein Dutzend Schritte weit weg stand sie, war fast zum Greifen nah.

Ich rannte auf sie zu, als vor mir eine Feuerwand emporschoss, die es zu überwinden galt.

»Jacki, verflucht, hör auf damit!« Auch wenn ich ihn nicht sehen konnte, wusste ich, dass er sich einen Spaß daraus machte, mich zu testen. »Na gut, wie du willst.«

Entschlossen ballte ich die Hände erneut zu Fäusten und schlug sie mehrfach aneinander. Der Stahl klirrte und kratzte, bevor ich mich um meine eigene Achse drehte.

Sand erhob sich und wirbelte um mich herum wie ein Tornado. So bewegte ich mich vorwärts, genau auf die Feuerwand zu. Durch den Wind flackerte sie wild hin und her und die Luft wurde immer heißer, was mir das Atmen erschwerte. Der Schweiß brannte mir in den Augen und der Wind zischte an meinen Ohren.

Die Hitze war kaum auszuhalten, als ich auf das Feuer traf.

Ich stöhnte und drehte mich weiter, wollte nur noch, dass es vorüberging.

Schließlich löschte mein Sandtornado die Flammen, begrub sie unter sich, raubte ihnen den letzten Funken Licht wie eine Kerze, die ich auspustete.

Nachdem ich die Fäuste gesenkt hatte, legte sich auch der Tornado und ich stand vor der Flagge.

Was für ein Kampf, dachte ich und keuchte.

Ich wischte mir das Haar aus dem Gesicht und den Schweiß von der Stirn, ehe ich das letzte Stück Distanz hinter mich brachte. Mit der Hand berührte ich den schwarzen Stoff, der mit einem Goldrand verziert und mit einer schlichten goldenen Sonne bestickt war.

Hinter mir applaudierte jemand, sodass ich aufblickte und mich umdrehte.

Jacki grinste über beide Ohren. »Der Felsen kam dir aber gefährlich nahe.«

Ich schmunzelte, während ich mir weiteren Sand aus den Ohren klopfte. Er war so nett und hielt mir seine geöffneten Hände hin, in denen er Wasser herbeizauberte, das ich mir ins Gesicht spritzte. Das Gefühl, dass ich ein halbes Fass Sand verschluckt hatte, ließ mich nicht los.

»Durch das Training wirst du immer schneller beim Wechseln der Elemente«, lobte ich meinen Magierfreund. »Es war anstrengender, als ich dachte.«

»Das freut mich zu hören.« Nickend bedankte er sich.

»Wen testest du als Nächstes?«

»Wibatem, warum?«, antwortete er und zog spöttisch eine Braue nach oben.

»Hast du keine Bedenken wegen des Drachen?«

»Er ist doch nicht echt.« Jacki grunzte belustigt.

Langsam schob ich mir die Stahlhandschuhe von den Händen. »Seine Flammen können dich trotzdem verbrennen.«

»Zum Glück beherrsche ich alle Elemente«, erwiderte er stolz und stellte sich aufrecht mit gehobener Brust hin. »Auch das Wasser!«

»Dann werde ich es mir gerne ansehen, wie du den Drachen löschst.«

Mein Kämpferfreund lachte herzlich und ich stimmte ein.

Oh ja, auf diesen Kampf freute ich mich.

Drachenbeschwörer gab es nicht viele, da die Beschwörung viel Kraft und Magie kostete. Die meisten zauberten stattdessen einen Greif, einen Wolf, eine Seeschlange oder einen Elementgeist herbei.

»Danke für deine Zeit«, sagte ich.

»Immer wieder gerne, Lichtfels.« Er klopfte mir auf die Schulter.

Seite an Seite lief ich mit ihm zum Ausgang der Übungshalle und bemerkte die Holzwagen und Pferdekutschen, die außerhalb der Arena entlangfuhren. Nicht nur ich, sondern auch die Händler und Stadtbewohner bereiteten sich für den Wettkampf vor, der in einem halben Jahr stattfinden würde: der ›Kampf des Stärkeren‹.

Es war ein Wettstreit, mit welchem König Admen eine Einheit aus Kämpfern auserwählen wollte, die ihm als Sonderarmee dienen sollte. Voraussetzung war eine Gilde, bestehend aus fünfzig Kämpfern, darunter ein Anführer.

Ich besaß eine solche Gilde, die den Mut und den Ehrgeiz in sich trug, diese Sonderarmee zu werden. Doch es gab ein Problem, wir hatten noch nicht genügend Mitglieder gefunden.

»Hast du Neuigkeiten für mich?«

»Uns fehlen immer noch neun Mann«, entgegnete Jacki, mit dem ich seit ein paar Wochen auf der Suche nach neuen Kämpfern war.

»Also keine Neuigkeiten …«

»Wir sollten das Angebot der Geheimen Soldaten und der Himmelswächter annehmen«, schlug Jacki vor. »Lara und Blaeck haben es auch in Betracht gezogen.«

Dieser lästige Sand. Ich schüttelte ihn mir aus der Rüstung.

»Wir dürfen höchstens drei von ihnen aufnehmen«, sagte ich kurz und knapp, bevor ich tief ausatmete. »Sie haben schließlich noch ihre eigenen Gilden, und König Admen lässt es nachprüfen. Der Titel kann in einem solchen Fall widerrufen werden.«

»Dann brauchen wir noch welche.« Jacki zuckte mit den Schultern.

Einen Moment hielt ich inne und lehnte mich an einen Felsen, während ich mir über den stoppeligen Bart strich.

Ich könnte eine erneute Rundreise durch Dekar machen und Einzelkämpfer suchen oder ich kehrte vorzeitig nach Brayken zurück, wo die Kämpfer ausgebildet wurden. Oder aber ich riskierte den Ruf meiner Gilde, denn sie war eine der aufrichtigsten und stärksten im Land. In vielen anderen Vereinigungen wechselten ständig die Mitglieder, wurden Geheimnisse preisgegeben und Gerüchte verbreitet. Untereinander litten die Kämpfer an

Missgunst, stritten oder töteten sich gegenseitig. Ich allerdings setzte auf Zusammenhalt, Gerechtigkeit, Verlässlichkeit und Vertrauen.

»Du hast recht«, brummte ich schließlich. »Wir müssen noch welche finden.«

Lara erschien am Eingang der Halle. »Lichtfels«, rief sie. »Wir haben ein paar Besucher, die mit dir sprechen möchten.«

»Ich komme.« Ich schaute zu Jacki, der mich mit erhobenen Augenbrauen ansah, und nickte ihm zum Abschied zu.

Durch eine Pforte, die dreimal so groß wie ich war, verließ ich zusammen mit Lara die Arena. Aus Marmor geschlagene Säulen säumten den Bogen sowie den Gang, dem wir folgten.

»Kenne ich unseren Besuch?«, fragte ich sie, während ich mir erneut durchs Haar fuhr und versuchte, es zu richten.

»Ja, du wirst sicher überrascht sein. Er könnte uns helfen, neue Mitglieder zu finden.« Spielerisch wanderten ihre Augenbrauen nach oben.

»Er?«

Aber Lara antwortete mir nicht, stattdessen grinste sie frech.

Der Weg führte uns in den Vorbereitungsraum, in dem die drei Besucher bereits warteten.

Der Erste, der mir ins Auge fiel, war ein Mann, nicht älter als vierzig Jahre. Das kantige Gesicht mit den grauen Augen und dem schulterlangen braunen Haar, zwischen dem sich schon erste silberweiße Strähnen zeigten, lächelte mich breit an. Auch ich hatte meinen alten Kampfgefährten auf der Stelle erkannt.

»Mescal?«, stieß ich überrascht hervor.

»Sei gegrüßt, Lichtfels!«, sagte er mit rauer Stimme.

Freudestrahlend begrüßte ich ihn mit einem Handschlag. »Willkommen bei der Schwarzen Allianz!«

Ebenfalls hieß ich seine zwei Gefolgsleute willkommen, einen jungen Mann mit aschblondem kurzem Haar und bubenhaftem

Gesicht und eine junge Frau, die ihr schulterlanges schwarzes Haar offen trug. Als meine Augen auf ihre trafen, senkte sie den Blick, sodass ein paar Strähnen vor ihr Gesicht fielen. Ich kannte sie vom Sehen aus Brayken – Aliya.

»Das ist sehr lange her, alter Freund«, stellte ich fest, nachdem ich mich wieder Mescal zugewandt hatte.

»Um die zehn Jahre?« Nachdenklich fasste er sich ans Kinn. »Zuletzt haben wir uns in Brayken gesehen.«

»Das stimmt! Womit kann ich dir behilflich sein?«, fragte ich neugierig.

»Ich führe eine kleine Gruppe von Kämpfern an, darunter auch meine engsten Freunde hier: Aliya und Paco.« Dabei zeigte er auf seine zwei Begleiter. »Wir haben erfahren, dass du eine Gilde anführst, und wollen uns dir anschließen.«

Laras und mein Blick trafen sich.

Das muss Schicksal sein, dachte ich.

Es kam mir vor, als ob die Gebrüder Braykion meinen Wunsch erhört hätten.

»Jacki und ich sprachen gerade davon, dass wir neue Gesichter gebrauchen könnten. Wie viele seid ihr?«, hakte ich interessiert nach.

»Fünf. Wir waren mehr, aber die restlichen wollen einen anderen Weg gehen«, erklärte er ruhig.

Mescals Begleiter nickten hinter ihm.

»Wer sind die fünf?«

»Aliya und Paco.« Er zeigte auf seine beiden Gefährten und fuhr fort: »Sowie Sarkhan, Prodig und ich.«

Ich überlegte, ob mir Gerüchte von ihnen zu Ohren gekommen waren, doch mir fiel nichts Bedenkliches ein.

»Das klingt gut«, sagte ich erwartungsvoll. »Seid ihr noch eine Weile in Lonikka?«

»Sicher«, bestätigte Mescal.

Als ich Aliya ein weiteres Mal betrachtete, stellte ich fest, wie verblüffend ähnlich sie ihrer Mutter sah, die eine der berühmtesten Heilerinnen unter den dekarischen Kämpfern gewesen war.

»In Ordnung.« Ich stemmte die Hände in die Hüfte. »Dann würde ich mich noch in den kommenden Stunden mit meinen Stellvertretern Blaeck und Lara beraten und dir morgen die Nachricht zukommen lassen. Ich denke, dass gegen eine Probezeit nichts einzuwenden ist.«

»Danke dir«, antwortete Mescal erfreut und verneigte sich zum Abschied.

8

Elfenmagie

Blaeck

Gegenwart

Als es am nächsten Tag zu dämmern begann, kehrte Blaeck zum Lager zurück und suchte Aliya auf. Er entdeckte sie in der Nähe des abgebrannten Lagerfeuers, an dem sie eingeschlafen war, liegend auf einem Strohlager unter einer dicken Wolldecke.

Der Dunkelelf legte seine Hand auf ihre Schulter und rüttelte sie vorsichtig, sodass sie die Augen aufschlug, während rings um sie herum die anderen weiter schliefen und leise schnarchten.

»Es ist Zeit, den Schutzschild aufzuladen«, flüsterte er.

Aliya nickte und richtete sich langsam auf, bewegte ihre noch vom Schlaf steifen Knochen. Sie zog ihr Kleid zurecht, zupfte etwas Stroh aus dem Haar und folgte ihm aus dem Lager und in den Wald hinein.

»Bist du all die Jahre hier gewesen?«, fragte sie ihn, während sie zum Wasserfall liefen.

Blaeck überlegte einen Moment, bevor er antwortete: »Mit Ausnahme von ein paar kurzen Ausflügen nach Lonikka, ja.«

»Du warst in Lonikka und niemand hat dich entdeckt?« Erstaunt sah sie ihn an.

Blaeck musste lachen. »Bloß, weil ich blau bin, heißt es nicht, dass ich auffällig bin.«

»Ich habe mich das nicht getraut«, gab sie leise zu.

Ehe er weitersprach, duckten sie sich, weil ein Ast quer über dem Pfad gewachsen war.

»Anfangs war viel zu viel Hektik in der Stadt, da wurde kaum jemand wahrgenommen. Erst mit den Jahren wurden die Kontrollen schlimmer. Mittlerweile wird alles überwacht.«

»Ich habe die Großstädte gemieden und mich die meiste Zeit im Wald aufgehalten«, erklärte sie, während sie einen Blick in die Baumkronen warf.

»Der sichere Weg«, sagte Blaeck. »Warum bist du nicht hierhergekommen? Wibatem meinte, dass sie dich alleine aufgefunden haben.«

»Ich …« Sie atmete aus, und die Augen, die bis eben noch gelächelt hatten, wirkten mit einem Mal traurig. »Ich hatte Angst davor, was ich vorfinden würde. Ein zerstörtes Tal, alte Erinnerungen … ich wollte es nicht sehen. Dass es noch genauso aussieht, hätte ich nicht gedacht.«

Blaeck nickte nachdenklich. »Einiges war zerstört, aber das war nichts, was man nicht reparieren konnte. Das muss kurz nach der Auflösung gewesen sein. Danach war nie wieder jemand hier.«

Die beiden stiegen über kräftige Wurzeln, die sich ineinander verknotet hatten, und schoben Zweige beiseite, die ihnen das Vorankommen erschwerten.

»Wann bist du auf Lichtfels gestoßen?«, fragte die Halbelfe neugierig.

»Ich bin nicht zu ihm gestoßen, er kam zu mir.« Er zwinkerte ihr zu. »Der Schutzschild des Tals hat auf ihn reagiert, ich habe es gespürt und dann traf ich ihn am Plateau.«

»Fünf Jahre lang hast du den Schild aufrechterhalten?« Erschrocken blieb sie stehen. »Das hat doch Unmengen an Kraft gekostet.« Sie machte eine ausschweifende Armbewegung über die Bäume, Blätter und Gräser. »Die Kräfte der Natur allein reichen nicht.«

Blaeck verlangsamte seinen Schritt und zog beide Ärmel des Leinenhemdes zurück, sodass Aliya einen Blick auf seine Unterarme werfen konnte. Die Haut des rechten Arms wirkte glatt und weich und schimmerte so blau wie ein Lapislazuli im Licht. Der linke hingegen war gezeichnet von schwarzen Flecken und übersät mit Narben und Falten. Eine Wunde davon wies immer noch Schorf auf und kribbelte unangenehm.

»Warum heilst du dich nicht selbst?«, erkundigte sich Aliya vorsichtig.

Blaeck legte ihr eine Hand auf die Schulter. »Das geht leider nicht.«

Wer sich an den Kräften der Natur bedient, muss ihr im Gegenzug etwas zurückgeben.

Diese Regel galt schon immer und niemand konnte dies ändern, weder die Elfen noch die Menschen und Tiere. Einst hatte die Natur über die Welt geherrscht, bis die Völker sie sich zu eigen machten.

»Es ist das Gesetz der Natur«, fuhr er fort.

»Um das Gleichgewicht auf der Welt zu halten«, murmelte sie. »Ich weiß es noch.«

Blaeck nickte und war insgeheim stolz auf seine ehemalige Schülerin. »Was ist mit deiner Fähigkeit?«, fragte er, um sie vom Thema abzulenken.

»Die Bäume haben früher mehr gesprochen und gesungen, mittlerweile höre ich sie immer seltener. Als ob sie Angst hätten, zu reden.« Bedauern schwang in ihrer Stimme mit.

»So ist es. Sie flüstern nur noch, damit die Gabe vergessen wird.«

Mit großen Augen sah sie ihn an. »Warum?«

»Damit niemand diese Gabe zum Negativen verwendet. Nicht nur wir verstehen sie. Das Einzige, was wir machen können, ist, sie zu beruhigen.« Blaeck näherte sich einem Baum und berührte mit den Fingern die raue, kühle Rinde.

Die Natur ist ein Freund, mein Beschützer, das Leben und der Tod.
Ihr, Bäume, seid das Dach der Erde, spendet Liebe und Trost.
Zum Himmel wachsen eure Kronen, euer größter Schatz,
hört nicht auf zu singen, wir suchen nach eurer Kraft.

Er sprach die Worte in Gedanken und begann, eine sanfte Melodie zu summen, in welche die Bäume nach und nach einfielen.

Nach einer Weile verstummte er und sah zu Aliya, die sich über die Arme strich, um wohl die Gänsehaut zu vertreiben. Es war ein Lied, welches die Bäume früher jeden Tag zum Morgengrauen gesungen hatten, und während beide der Melodie lauschten, setzten sie ihren Weg zum Wasserfall fort.

Die Sonne kletterte Stück für Stück über das Gebirge und warf rosa schimmerndes Licht über das Tal. Zuerst erhellte sie die Berghänge mit ihren grau-schwarz marmorierten Musterungen, die Bäume mit ihren Gold- und Rottönen und schließlich das dunkelblaue Wasser des Sees, wo sich das Licht in den sanften Wellen brach.

Dort angekommen, warfen Blaeck und Aliya einen Blick auf den Wasserfall, aus dem ein Regenbogen herausstach, den die Halbelfe mit entzücktem Gesichtsausdruck betrachtete. Blaeck schenkte ihr diesen Augenblick der Ruhe, da sie den Ort zuletzt vor fünf Jahren gesehen hatte.

Hier ist die Welt noch in Ordnung, dachte Blaeck und ein Lächeln huschte über sein Gesicht.

»Aliya«, sagte er leise und weckte sie aus ihrer Faszination. »Komm.«

Schweigend schloss sie sich ihm an, doch eines fiel ihm sofort auf: Die Traurigkeit in ihren Augen war gewichen, stattdessen strahlten sie voller Freude.

Vom Ufer aus liefen sie zum Wasserfall, der sich über mehrere Steinstufen einen Weg nach unten bahnte. Rasch traten sie an die Felswand heran, wo Gischt ihnen ins Gesicht spritzte.

»Sei vorsichtig!«, rief Blaeck seiner ehemaligen Schülerin zu, da das Tosen ihre Stimmen beinahe verschluckte.

Sie nickte und folgte ihm entlang der Wand, die nass und glänzend war. Schon Hunderte Male war Blaeck dort entlanggelaufen, Aliya hingegen nicht. Immer wieder schaute er sich um und beobachtete die Halbelfe, wie sie über die feuchten Felsen balancierte.

Wasser strömte ihm übers Gesicht und durchnässte seine Kleidung bis auf die Knochen. Seine empfindlichen Ohren hatten sich noch nicht an das Rauschen gewöhnt, sodass er diese am liebsten zugehalten hätte.

Erst als der Wasserfall genau über ihm nach unten stürzte, hielt er inne und holte einmal tief Luft.

Wir sind da, dachte er und drehte sich um.

In dem Moment rutschte Aliya mit ihrem Fuß weg und schien zu stürzen, aber sie klammerte sich noch rechtzeitig mit einer Hand an die Steinwand.

Ohne zu zögern, kam er ihr einen Schritt entgegen, krallte sich in einer Vertiefung fest und streckte ihr seine freie Hand entgegen.

»Komm!«, schrie er, auch wenn er sich selbst kaum verstehen konnte.

Aliya zog sich an die Felswand und wischte sich das Haar aus dem Gesicht. Sie atmete mehrfach durch, ging noch kleinere Schritte als vorher und ließ die Wand kaum noch los.

Währenddessen versuchte Blaeck, seinen Herzschlag unter Kontrolle zu bringen. Lichtfels würde es ihm nie verzeihen, wenn ihr etwas geschähe. Außerdem gefiel ihm der Gedanke nicht, seine Elfenfreundin zu verlieren, auch wenn sie nur zur Hälfte eine war, denn schließlich hatte er sich geschworen, sein Volk zu beschützen.

Noch zwei Schritte, einer, und sie ergriff seine Hand, die kalt geworden war.

Blaeck half ihr zu sich, hielt sie fest. Kurz blieben sie auf der schmalen Plattform stehen, rangen um Atem und betrachteten den Höhleneingang, der hinter einem Vorhang von Wassertropfen zu erkennen war. Dann traten sie unter dem Wasser hindurch, das ihre Kleidung weiter durchnässte.

Er wartete kurz, damit Aliyas Augen sich an die Dunkelheit gewöhnen und sie den grünen Schimmer an der Wand erkennen konnte, um besser den Weg zum Kern des Schutzschildes zu finden. Die beiden liefen tiefer in die Höhle, wo das grüne Licht heller und heller wurde, bis sie in einen riesigen Raum gelangten, in dem Tausende von Stalaktiten hingen. Der Boden war übersät mit Pfützen und Stalagmiten und überall tropfte es von der Decke, als würden Hunderte Smaragde nach unten fallen.

Ein Anblick, der Blaeck gefiel. Er liebte die Dunkelheit, das Leuchten und die Magie. Nicht nur er, alle Dunkelelfen ließen sich davon in den Bann ziehen. Die Lichtelfen dagegen verehrten das Licht, die Natur und die Lebendigkeit.

Seine Gedanken wanderten nach Héllion. Ob sein Volk noch im Nachtschattenwald lebte? Der Wald, der so zugewachsen war, dass keine Sonnenstrahlen die Kronen durchbrachen. Wie es wohl seinen Schwestern und Brüdern ging? Gerne würde er sie wiedersehen, doch er hatte sich für ein Leben in Dekar entschieden, hatte sich gegen sein eigenes Volk gestellt, um die Welt kennenzulernen, um das Wissen der Dunkelelfen weiterzutragen und um die Menschen zu unterstützen.

»Da ist sie.« Blaeck zeigte auf die grüne Kugel, die über einem Steinpodest schwebte. Sie schimmerte so rein wie Glas und sammelte grünes Licht in sich.

Als er weiter voranschritt, zögerte Aliya. »Komm, du bist bereit dafür. Fürchte dich nicht.«

»Ich habe sie nur ein Mal gesehen und sogar da war es wie ein Traum für mich.« Ihre Stimme glich nur noch einem Flüstern.

Blaeck erinnerte sich daran, wie er mit Aliya, damals noch eine unerfahrene Kämpferin, das erste Mal in der Höhle gewesen war. Trauer hatte in ihren Augen gestanden, warum, wusste er jedoch nicht. Er hatte ihr vor seiner Abreise gezeigt, wie die Heiler den Schutzschild aufladen konnten.

»Wäre die Allianz nicht nach meiner Rückkehr aufgelöst worden und wärst du noch da gewesen, hättest du sie öfter gesehen«, sagte er in ruhigem Tonfall.

Aliyas Mundwinkel hoben sich kurz, dann näherte auch sie sich der Kugel. Ein grüner Nebelschleier wirbelte in dünnen

Fäden um das magische Licht herum. Bei jedem Schritt, den die beiden machten, pulsierte das Licht wie ein Herzschlag.

»Weißt du noch, wie es aufgeladen wird?«, fragte er.

»Ich denke schon.« Ihr unsicherer Blick traf seinen.

»Versuche dein Glück.« Blaeck zwinkerte ihr zu und ging einige Schritte zurück. Er musste Vorsicht walten lassen, dass Aliya nicht zu viel Kraft an den Schutzschild abgab, da sie sonst dabei sterben könnte.

Jeglicher Zauber kostete Kraft. In jedem Lebewesen steckte etwas Magie, bei den einen weniger, bei anderen mehr. Wer genug Kräfte in sich trug, konnte diese anwenden und sie sogar verstärken, so wie es die Kämpfer in Dekar taten. Doch wer sich überschätzte und sich von der Magie verzehren ließ, starb. Auch Blaeck hatte mehr als einmal zu viel Kraft angewendet, die Narben erinnerten ihn täglich daran.

Aliya betrachtete die grüne Kugel, atmete lange aus und nahm sie in beide Hände. Dann schloss sie die Augen und konzentrierte sich auf ihre Macht.

Phase der Berührung, dachte Blaeck.

Das Wasser verschwand unter seinen Füßen, und auch das Tropfen hörte auf. Eine seltsame Stille breitete sich in der Höhle aus, als ein magisches Feld auf dem Boden entstand, das sich aus mehreren Lichtkreisen zusammensetzte, die sich auf sie zubewegten. Als Aliya die Lider öffnete, starrten grüne Iriden regungslos auf das Licht.

Phase der Trance.

Das Licht pulsierte immer stärker und erleuchtete die komplette Höhle. Durch die Stalaktiten warf es Schatten an die Wände, die wie schwarze Geister um sie herumtanzten. Die Kugel wuchs in Aliyas Händen heran.

Phase des Wachstums, erkannte Blaeck.

Der Boden vibrierte, die Energie prickelte auf seiner Haut, und Luft strömte an ihm vorbei, streichelte seinen Nacken und das Haar. Wie ein Sog zerrte die Magie an ihm, wollte ihn zu der Kugel ziehen. Diese war das Herz des Schutzschildes, welches das Tal vor Feinden versteckte. Weder den Eingang konnten die Gegner sehen noch das Tal aus der Luft.

Es gab nur zwei Möglichkeiten, diesen Schutzschild aufzuheben. Entweder die Kugel zerbrach wie dünnes Glas, weil die Kraft aufgebraucht war, oder jemand zerstörte sie mit Gewalt, was dazu führte, dass die Magie alles im nahen Umkreis um sich herum vernichtete und ein Erdbeben auslöste.

Er wusste es, weil er es einmal miterlebt hatte. Schnell verdrängte er den Gedanken daran und konzentrierte sich auf den Zauber.

Das Pulsieren hörte auf, sodass die Kugel wieder ein klares, helles Licht in die Höhle warf. Auch von den grünen Nebelfäden war nichts mehr zu sehen.

Es war der Moment gekommen, an dem jeder Heiler aufhören musste, doch Aliyas Augen verfielen weiterhin in Starre. Nur bei genauerem Hinschauen sah Blaeck noch, dass sie atmete.

Er ging langsam auf sie zu, bis sein Gesicht direkt neben ihrem war.

»Aliya, hör auf. Ich weiß, du schaffst das.«

Die Halbelfe regte sich nicht.

Blaeck versuchte, ihre Hände von der Kugel zu lösen, aber sie klebten daran, ohne sich zu bewegen. Ihre schmalen Finger waren eingefroren, was ihn zögern ließ.

Er schaute sie an und wartete einen Moment. Die Phase des Aufwachens fiel allen Heilern schwer, das wusste er. Jedes Mal fühlte es sich an, als würde er weit unten im Meer tauchen, bis die Luft verbraucht war. Denn nicht mehr an die Oberfläche zurückschwimmen zu können und dabei die Kontrolle zu bewahren, stellte einige auf die Probe. Blaeck hatte sich an dieses Gefühl gewöhnt, er kannte es seit vielen Jahren, Aliya hingegen lud zum ersten Mal den Schild auf.

Es war zu gefährlich, ihre Kräfte zu testen, stattdessen dachte er an einen einfachen Trick, wie jeder Heiler es schaffte, aus dem magischen Meer aufzutauchen.

Da sich Aliya nicht weiter regte, legte er schließlich eine seiner langen Hände auf ihre Augen, sodass ihr Sichtkontakt zur Kugel abbrach.

Aliya zuckte zusammen und stolperte keuchend nach hinten. Sie landete auf dem Boden und schaute abwechselnd zur Kugel und zu Blaeck. Das grüne Licht leuchtete heller als zuvor, in der Höhle begann es wieder zu tropfen und Rinnsale zogen ihre Linien über das Gestein.

»Ich habe dich gehört … wollte antworten, doch … es ging nicht«, stammelte sie.

Blaeck hockte sich zu ihr hinunter. »Es ist alles in Ordnung.«

»Ich hatte keine Luft mehr.«

Er nickte und nahm ihre kalten Hände in seine. »Ich weiß. Du hast es trotzdem gut …«

Blaeck brach ab, da sich das Smaragdgrün der Kugel in Rubinrot verwandelte. Das Licht flimmerte und flackerte wie ein frisch entzündetes Feuer.

Er schaute angespannt auf die Kugel, die sich langsam zu einem Gesicht formte.

Jemand näherte sich dem Taleingang.

9

Wunsch nach Rache

Lara

Nachdem Aliya und Blaeck das Lager verlassen hatten, machten sich kurze Zeit später Lara und Paco, bepackt mit etwas Proviant und zwei Decken, auf zum Taleingang, um die Wache abzulösen. Herbstlaub hatte sich wie ein bunter Teppich vor ihnen ausgebreitet und dämpfte ihre Schritte.

Lara genoss das sanfte Rascheln der Blätter und die kühle Brise, die ihr durch die Lockenmähne wehte, während sie durch den Wald lief. An diesem Ort fühlte sie sich stärker als zuvor.

Sie ließen die Bäume hinter sich und gingen den Kiespfad hinauf, wo Sarkhan bereits auf sie wartete.

»Und?«, fragte Paco und stellte seinen Bogen sowie den Proviantbeutel neben der Felsspalte ab.

»Alles ruhig«, antwortete Sarkhan gähnend und warf sich die Schwerter über die Schulter.

Lara atmete erleichtert aus bei dieser Nachricht.

Auf einem Stein nahe dem Eingang legte sie die Decken nieder und errichtete sich eine bequeme Sitzgelegenheit.

»Sehr gut!« Paco lächelte sie an.

»Denkt dran, Gerri ist noch dort draußen«, ermahnte Sarkhan sie.

»Alleine?« Der Bogenschütze neigte den Kopf zur Seite.

»Er wollte …« Sarkhan gähnte ein weiteres Mal, bevor er weitersprach. »… noch ein paar Vögel zum Frühstück besorgen.«

»In Ordnung. Schlaf gut«, sagte Lara zu dem Beschwörer, der ein »Danke« murmelte und sich zurückzog.

»Wieso habe ich mich gerade heute als Wache gemeldet?«, murmelte Paco vor sich hin. »Ich wäre gerne liegen geblieben.«

»Schlafmütze, du kannst morgen ausschlafen«, erwiderte Lara und setzte sich auf ihre Decken nahe der Felsspalte. Sie lehnte sich zurück an die Wand und legte ihre Hände auf den schwangeren Bauch. Als sie eine Bewegung ihres Kindes spürte, umspielte ein Lächeln ihre Lippen.

»Hast du schon einen Namen?« Neugierig sah Paco sie an.

»Nein, bisher noch nicht. Ich wollte mit Jacki sprechen, aber wir hatten nie Zeit dafür. Es kam immer etwas dazwischen.«

Lara schloss für einen Moment die Augen. Wie es Jacki in seiner Gefangenschaft wohl erging?

Ich wünschte, du wärst hier bei uns, dachte sie und schluckte den Kloß im Hals herunter.

Die Sorge um ihren Gemahl belastete sie mit jedem Tag, der seit ihrer Trennung verstrich. Ihre Hände zitterten, als sie sich an Lichtfels' Worte zurückerinnerte.

Die Gilde Relikt hatte eine Möglichkeit gefunden, den Willen zu brechen. Doch ob dies bedeutete, dass die Gefangenen als

Marionetten endeten, oder ob sie sich aus eigener Kraft aus der Umklammerung befreien konnten, schien er nicht zu wissen. Zu wenig war darüber bekannt, weder unter den Bewohnern noch unter den Kämpfern.

Langsam richtete sich Lara auf, während Paco sich im Schneidersitz auf den Boden setzte und begann, einen Stein zwischen seinen Händen hin und her zu werfen. In ihren Gedanken errichtete sie einen Schutzschild um sich herum, den sie immer größer werden ließ. Wenn sich jemand näherte, würde sie es merken.

So geschah es auch, als Gerri kurze Zeit später zurückkehrte. Er berührte ihren Schild, und Lara lief direkt in die Felsspalte, als sie schon seinen Ruf hörte: »Ich bin es nur.«

Er hielt zwei Greifvögel, drei Tauben und ein Bündel Zuckerrüben in der Hand.

»Wo hast du die Rüben her?«, erkundigte sich Lara.

»Ich habe sie auf einer der Handelsstraßen gefunden, südlich von hier.« Er zuckte gelassen mit den Schultern.

»Du solltest dich von der Straße fernhalten«, belehrte sie ihn. Lichtfels hatte es am Vorabend extra erwähnt.

»Da war niemand, Lara. Ich habe das halbe Gebiet dort ausgekundschaftet.«

»Aha«, sagte sie skeptisch. Die Freunde konnten ihrer Meinung nach nicht vorsichtig genug sein. Denn sie war sich sicher, dass die Anhänger von Relikt nicht so rasch aufgeben würden und sich noch in der Nähe herumtrieben.

Gerri eilte schließlich zurück zum Lager und ließ die beiden am Taleingang allein. Paco lauschte weiter der Natur, und Lara konzentrierte sich wieder auf ihren Schutzschild.

Nur drei Atemzüge später hörte sie ein raues, tiefes Krächzen, das gefährlich nahe klang. Sie schaute sich um, konnte aber keine Vögel in der Nähe sehen. Als sie den Ruf ein zweites Mal vernahm, erkannte sie, dass er aus der Felsspalte kam.

»Ein verirrter Vogel?«, riet Paco.

Lara pustete sich eine Locke aus der Stirn. »Lass uns nachsehen.«

Die beiden gingen zwischen den Steinmauern entlang, bis sie den Eingang erreichten. Noch im Schatten der Spalte und unter dem Schutzschild verborgen behielten sie die Umgebung im Auge.

Sie sahen die Anhöhe und über sie hinaus das Steinfeld, das nach unten abfiel. Dort, auf einem der größeren Felsen, saß ein Rabe, der aufmerksam in Richtung des Waldes schaute.

»Irgendetwas muss ihn aufgeschreckt haben«, murmelte Paco.

Lara stimmte ihm zu und trat noch ein Stück an den Ausgang heran. Sie hielt einen Schritt vor dem Ende des Schutzschildes an, um nicht entdeckt zu werden. Genau von dieser Stelle aus konnte sie hinunterschauen, um die Ausläufer des Waldes zu beobachten.

Zwischen zwei kahlen Bäumen bemerkte sie etwas Glänzendes, in dem sich ein Sonnenstrahl spiegelte.

Ehe sichs Lara versah, zischte das Geschoss los.

Der Rabe war schnell genug, um auszuweichen, doch der Pfeil flog weiter, gegen die Steinwand und landete genau vor dem geheimen Felseingang. Er lag eine Armlänge von ihr entfernt und sie hätte sich nur bücken müssen, um ihn aufzuheben.

Aber das wagte sie nicht, als sie die Person erblickte, die dort zwischen den Bäumen stand. So wie das goldene R auf dem roten Wappen in der Sonne glühte, entbrannte auch in ihr der Hass. Laras Hände ballten sich zu Fäusten und ihr Herz begann immer schneller zu klopfen.

Er, dessen Gesicht sie nie vergessen hatte: Avalanze.

Ihr Feind mit dem spitzen Kinn, der schmalen Nase, den tiefen Augenhöhlen und dem schwarzen, langen Haar. Er hatte Jacki in

Gefangenschaft genommen und war derjenige gewesen, der die Gildenmitglieder damals untereinander aufgehetzt hatte.

»Zurück!«, zischte sie. »Schieß einen Feuerpfeil ins Lager, beeil dich. Relikt ist hier.«

Paco rannte, so schnell wie er konnte, zurück ins Tal, während Lara ihre Peitsche vom Gürtel abzog, die Schnur öffnete und sich bereithielt.

Sie beobachtete wieder den Feind und versuchte, ihren Herzschlag unter Kontrolle zu bringen. Gleich würde er vor ihr stehen und sie nicht sehen können, eine Chance, die sie sich nicht entgehen lassen wollte.

Avalanze war neben Chronos ein weiterer Verräter der Gilde und konnte sowohl sie als auch Aliya nicht leiden, und gleichgültig, was die beiden Frauen gemacht hatten, Respekt schenkte er ihnen nie. Weder sie noch Aliya hatte er als stellvertretende Anführerinnen anerkannt.

Er ließ die Bäume hinter sich, spazierte zwischen den Felsnadeln entlang und schaute sich forschend um. Einen Augenblick lang machte er halt und zog die Brauen zusammen, sodass sich Falten auf seiner Stirn bildeten. Der Ort schien ihm nicht fremd zu sein.

Lara hielt ihre Waffe in der rechten Hand fest, in ihrer linken lag die Peitschenschnur, die sich zwischen ihren Fingern durchschlängelte. Die Schritte auf dem Gestein näherten sich, sein Atmen war immer deutlicher zu hören.

Gleich, sprach sie in Gedanken zu sich selbst, *gleich stehst du vor mir*.

Avalanze erreichte die Anhöhe und schaute als Erstes über den Wald hinweg. Dann wandte er sich um und bemerkte den Pfeil auf dem Boden. Doch statt zu ihm zu gehen und ihn aufzuheben, musterte er eingehend die Felswand.

Lara erschrak, als sich ihr Blick mit seinem kreuzte. Die schwarzen Pupillen starrten sie an, schienen sie zu durchbohren. Sie hielt die Luft an und bewegte sich nicht mehr.

Konnte er sie sehen oder den Eingang noch erkennen? War die Magie des Schutzschildes aufgebraucht?

Lara wusste es nicht. Sie war irritiert von dieser finsteren Miene des ehemaligen Allianz-Mitgliedes, der sie lange anstarrte, so als ahnte er etwas. Als sein Blick weiterwanderte, wusste sie, dass er nur die Steinmaserung betrachtete.

Sie versuchte, sich zu beruhigen, ihren Atem zu zügeln und das Zittern zu unterbinden. Immer wieder sagte sie sich, dass er nur Gestein sah und nicht sie.

Auch wenn er einst zu ihrer Gilde gehört hatte – wer sich von ihr löste und der Allianz feindlich gesinnt war, entdeckte die Felsspalte nicht mehr.

Avalanze näherte sich der Wand, betrachtete aber nur noch den Pfeil am Boden. Knapp zwei Armlängen vor dem geheimen Eingang blieb er stehen und hockte sich hin, um das Geschoss aufzunehmen.

Lara hob die Arme. Sie müsste nur die Peitschenschnur um seinen Hals legen, sie zusammendrücken und ihn nach hinten zerren, dann wäre er in ihrer Gewalt. Er würde ersticken, durch ihre Hände und durch ihren Hass, den sie in sich trug.

Sie dachte an Jacki, an die Sehnsucht und an die Angst, die sie derzeit quälten. Ihre Zukunft war ungewiss, ebenso die ihres Kindes. Wenn sie Avalanze gefangen nahmen, konnten sie ihn ausfragen, herausfinden, wo Jacki steckte, und ihn befreien.

Ihr Herz raste, die Peitsche umklammerte sie so fest, dass ihre Fingerknöchel weiß hervortraten. Es war ihre Chance, um Rache zu nehmen.

Jacki …

Jemand ergriff sie von hinten, hielt ihre Arme fest und nahm die Waffe weg. Sie wandte sich abrupt um und verlor das Gleichgewicht, doch Lichtfels' Hand stützte sie. Mit großen Augen schaute sie den Anführer an, als er einen Finger auf seine Lippen legte. Vorsichtig schob er sie ein Stück zurück in die Felsspalte.

Avalanze, immer noch über dem Pfeil hockend, blickte auf. Wieder zogen sich seine Brauen zusammen und die Augen wurden schmal. Er schaute in jede Richtung und rieb nervös die Finger aneinander. Schließlich fuhr er mit der Hand über den Steinboden.

Suchte er nach Spuren? Oder nach Zeichen?

Immer wieder tasteten seine Finger nah an dem Schutzschild entlang. Er musste nur auf die Idee kommen, die Steinwand zu berühren, und er könnte durch sie hindurchfassen wie durch Nebel.

»Avalanze!«, rief jemand aus der Ferne.

Er stand auf und drehte sich um.

»Wo bleibst du?« Beim Klang der Stimme wurde Lara übel.

Sie hielt sich die Hand vor den Mund, während Lichtfels mit zusammengezogenen Brauen aus der Felsspalte hinausschaute.

Chronos tauchte zwischen den Felsnadeln auf. Sein Gesicht war rot und mit Brandblasen übersät.

»Ich dachte, ich hätte etwas gesehen«, sagte Avalanze.

»Hier? Wir waren schon oft genug an dieser Stelle«, entgegnete der andere genervt.

Lara und Lichtfels bewegten sich nicht, sondern starrten die beiden an wie zwei aus Stein geschlagene Figuren.

Wir werden sie beide überwältigen, das schaffen wir!

Mit einem eindringlichen Blick durchbohrte Lara Lichtfels und wünschte sich ihre Waffe zurück, doch er hielt diese immer noch in der Hand. Und als hätte er ihre Gedanken gehört, schüttelte er den Kopf.

Lara biss die Zähne zusammen.

Sie verstand nicht, warum ihr Anführer den Feind nicht überwältigte. Die beiden waren allein vor dem Taleingang und hatten die Waffen nicht griffbereit. Es wäre ein Leichtes, sie zu bekämpfen.

Sie schaute Lichtfels ernst an, der sie weiterhin ignorierte, während ihre beiden Feinde sich dem Wald zuwandten.

»Kommandant!« Eine dritte Stimme erklang in der Ferne.

Avalanze und Chronos horchten auf.

»Wir haben Spuren auf der Handelsstraße entdeckt!«

»Wir kommen!«, rief Avalanze ihm zu.

Als Lara erneut seine raue eiskalte Stimme hörte, versteifte sich ihr Nacken. In ihren Gedanken hörte sie noch sein Lachen, das er ausstieß, als die Schwarze Allianz zerbrochen war.

Die Worte, die er ausgesprochen hatte, um das Vertrauen aller zu zerstören.

Er hat euch alle im Stich gelassen und wird nie wieder zu euch zurückkehren!

Die Worte, die er geschrien hatte, als sie Jacki zurücklassen mussten.

Wir werden euch finden, nirgends werdet ihr sicher sein!

Fest drückte Lara ihre Hände zusammen, sodass die Finger sich verkrampften, alles, um dem Schmerz in ihrem Herzen Einhalt zu gebieten.

Nachdem die Stimmen leiser geworden waren, löste Lichtfels sich aus seiner Starre. Er schlich zum Ende der Felsspalte und beobachtete noch die Feinde, bis diese im Wald verschwunden waren.

»Warum …«, begann sie zu flüstern, wurde jedoch immer lauter. »Warum hast du mich aufgehalten?«

Lichtfels betrachtete sie und näherte sich ihr. »Es war zu gefährlich.«

»Gefährlich?!« Ihr Herz wollte zerspringen.

»Ein Relikt-Kämpfer ist niemals allein unterwegs«, erklärte er streng.

»Er wäre tot gewesen, bis Chronos gekommen wäre!«

Lichtfels schob sich an ihr vorbei, gab ihr die Peitsche und ging zurück Richtung Tal, wo Wibatem, Paco, Aliya und der Rest sich versammelt hatten.

Wütend lief Lara ihm nach, niemand ließ sie einfach stehen. »Ich hätte ihn besiegt!«

»Denkst du, er hätte sich nicht wehren können?!« Nun erhob auch Lichtfels die Stimme. »Er gehört zu Relikt, einer Kämpfergilde! Er wurde ausgebildet, um zu kämpfen und zu töten!«

»Er hätte es nicht geschafft, sich zu verteidigen.« Tränen stiegen ihr in die Augen.

»Was denkst du, was passiert wäre, wenn du ihn überwältigt hättest? Denkst du, es bekommt niemand mit? Sie hätten mehrere Patrouillen hierhergeschickt, hätten nach Spuren gesucht, hätten den Eingang vielleicht gefunden und uns so umzingelt. Es. War. Zu. Gefährlich. Für die Gilde, für dich und für dein Kind.«

Lara stockte der Atem. Sie schaute zögerlich an sich hinunter und auf ihren Bauch. Ein kalter Schauer lief ihr den Rücken herunter und verursachte eine Gänsehaut.

Mein Kind, dachte sie.

Er hatte recht, denn sie war nicht mehr nur für sich selbst verantwortlich, sondern auch für ihr Kind. Sie musste es schützen, es war ein Teil von ihr und von Jacki.

»Durch ihn habe ich Jacki verloren«, murmelte sie und der Schmerz traf sie wieder mitten ins Herz, als sie daran dachte.

Lichtfels legte seine Hände auf ihre Schulter. »Ich weiß, doch du darfst dich nicht von deinen Gefühlen ablenken lassen. Die

Stunde, in der du gegen ihn kämpfen kannst, wird kommen. Vorher handle nicht unüberlegt, behalte einen klaren Kopf.«

Lara nickte und schlang die Arme um den Körper. »Dass er die ganzen Jahre überlebt hat, macht mich nur so wütend. Er war schuld, dass die Gilde auseinanderbrach, er verbreitete die Lügengeschichten und er jagte uns. Seinetwegen musste ich Jacki zurücklassen.«

»Das hört sich nach Avalanze an, er war da?«, mischte sich nun auch Aliya ein.

»Ja«, antwortete Lara. »Und ich hätte ihn erledigen können, wenn Lichtfels mich gelassen hätte.«

»Ist er noch in der Nähe?«, hakte die Halbelfe nach.

Lara nickte. »Er ist auf dem Weg zu der Handelsstraße, die südlich von hier liegt.«

Aliya wollte gerade loslaufen, als Lichtfels sie am Arm festhielt. »Wo willst du hin?«

»Ich will gegen ihn kämpfen!«

Lichtfels schüttelte den Kopf, und seine Stimme wurde härter. »Niemand verlässt das Tal. Es ist Wahnsinn, ihm zu folgen, ohne zu wissen, was euch erwartet. Was ist nur los mit euch beiden? Woher kommen dieser Hass und diese Rachsucht?«

Einen Herzschlag lang schwiegen alle, doch in ihren Gesichtern spiegelte sich Trauer.

»Er war derjenige, der uns damals auseinandergetrieben hat«, erklärte Lara. »Weißt du, was geschehen ist, als du verschwunden bist?«

Lichtfels' Kiefer spannten sich an.

»Aliya und ich waren die Letzten, die dich gesehen haben, Lichtfels«, fuhr Lara fort. »Wir gingen zu Bett und als wir am nächsten Morgen aufwachten, herrschte Chaos in der Gilde. Jeder suchte dich, niemand wusste, wo du warst. Wir haben den ganzen Tag gewartet, haben überlegt, ob du entführt worden bist oder wo du sein könntest. Niemand fand dafür eine Erklärung. Um die Unruhe zu legen, beriefen wir eine Versammlung ein. Wir leiteten diese, aber wir kamen nicht zu Wort, andere zogen die Blicke auf sich.«

»Wer war es?«, fragte er leise, doch Lara war sich sicher, dass er die Antwort bereits kannte.

»Chronos und Avalanze. Sie sagten, dass du feige wärst und geflohen seist, weil du mit der Niederlage und der Enttäuschung nicht leben könntest. Sie sagten, dass du durch uns beide schwach geworden wärst. Sie beschimpften Aliya, dass sie dir alle Sinne genommen habe. Frauen seien, nach ihrer Meinung, nicht in der Lage, eine Gilde zu leiten, auch wenn sie nur Stellvertreter sind.«

Lichtfels schaute von Lara zu Aliya, die ihn wie versteinert ansah, wodurch er schlucken musste.

»Wir fanden keine Lösung und so waren wir in ihren Augen nicht fähig, die Gilde zu leiten«, erklärte Lara und fuhr sich frustriert durch das Haar. »Das Schlimmste war, dass viele ihren Worten geglaubt haben. Mitglieder, von denen wir das nie gedacht hätten.«

Lichtfels begann hin und her zu laufen und atmete immer schneller.

Lara beobachtete ihn, während sie weitersprach. »Letztendlich folgte ein Ultimatum: Aliya und ich sollten zurücktreten.« In ihren Augen sammelten sich unwillkürlich Tränen, als sie die Erinnerung wieder aus ihren Gedanken holte. Es war der Tag gewesen, an dem die Schwarze Allianz zerbrochen war. »Wir hatten keine Wahl. Alle spielten verrückt. Aliya musste fliehen, weil die Waffen gegen sie erhoben wurden. Ich zog mich immer mehr zurück. Meine einzige Hoffnung war, dass Blaeck, Wibatem und

Gerri bald zurückkehrten. Doch ich hoffte umsonst, und von Tag zu Tag wurde die Gruppe kleiner, nacheinander gingen alle. Schließlich ließen auch Jacki und ich alles zurück.«

Als Lara ihren Satz beendet hatte, betrachtete sie jeden ihrer Freunde. Wibatem und Gerri starrten sich an, weil ihnen die Worte fehlten. Aliya schaute zum Boden hinab, während Paco einen Stein wegwarf.

»Ich wollte nicht, dass dies geschieht«, murmelte Lichtfels und drehte sich zu den beiden Frauen um.

»Das wollte sicher keiner von uns, aber kannst du jetzt unsere Wut auf ihn verstehen?«, fragte Lara.

»Ja, ich verstehe euch.« Er sah abwechselnd beide an. »Auch ich bin wütend darüber, was passiert ist. Dennoch wäre es heute zu riskant gewesen. Versucht das zu begreifen.«

»In Ordnung«, murmelte Lara und setzte sich auf einen Felsen, weil ihr Unterleib zog.

Aliya nickte stumm, drehte sich um und lief den Pfad zum Tal hinunter. Genau wie ihre Freundin hatte auch Lara mit den Erinnerungen zu kämpfen.

Besorgt sah Wibatem ihr hinterher und Lara hätte wetten können, dass er ihr folgen würde, doch er blieb an Ort und Stelle.

Lichtfels selbst schloss für einen Moment die Augen und fuhr sich mit beiden Händen durch das Haar. »Niemand verlässt heute mehr das Tal, und der Wachdienst wird auf drei Kämpfer erhöht«, befahl er.

Lara sowie die übrigen Gildenmitglieder nickten schweigend, während sie ihre Hand auf ihr rasendes Herz legte, um es zu beruhigen. Sie beobachtete Lichtfels, der den Blick senkte und sich von der Gruppe abwandte.

Früher oder später musstest du es erfahren.

Auch wenn sie sich gewünscht hätte, nicht diejenige sein zu müssen, die ihm von der Auflösung und den Verrätern erzählte.

Lichtfels

Lichtfels eilte den Pfad hinunter ins Tal und tauchte in den Wald ein, jedoch kehrte er nicht zum Lager zurück, sondern schlug eine andere Richtung ein.

Zuerst lief er langsam, zog sich seine Stahlhandschuhe an, bis seine Schritte immer schneller wurden. Schließlich stürmte er los, schob Zweige beiseite oder überrannte sie.

Als ein Ast sich ihm in den Weg stellte, drückte er nur seine Faust dagegen, sodass das Holz zerbrach wie ein dünner Zweig. Es knackte laut und Bruchstücke flogen in alle Richtungen. Wohin, vermochte er nicht mehr auszumachen, da er einfach weiterrannte.

Sein Gewissen plagte ihn.

Niemals hatte er gewollt, dass Aliya und Lara leiden mussten. Als er die Gilde zurückgelassen hatte, ahnte er nicht, dass sie durch die Verräter zugrunde gehen könnte.

Seit Beginn der Schwarzen Allianz hatte er seine Kämpfer Zusammenhalt gelehrt.

Sie kämpften gemeinsam gegen wilde Bestien und fremde Gilden, bauten Städte nach Naturkatastrophen wieder auf oder kontrollierten die Grenzen des Landes. Er bildete mit ihnen eine Einheit, unzerstörbar und unbezwingbar.

Lichtfels hatte seinen Kämpfern bis zu dem Tag vertraut, an dem er im Finale beim ›Kampf des Stärkeren‹ gestanden hatte. Genau da war ihm klar geworden, dass es Verräter geben musste. Er hatte gehofft, dass sie sich nicht in den Reihen der Allianz befanden, doch tief in seinem Inneren hatte er es geahnt.

Der Ruhm, das Gold und der Titel, zur besten Gilde Dekars ernannt und damit zur Sonderarmee erwählt zu werden, vernebelten die Sinne einiger. So auch die von Chronos und Avalanze. Sie hatten seine Abwesenheit ausgenutzt, um Aliya und Lara davonzujagen.

Lichtfels ballte die Hände zu Fäusten. Er ging zum Sprint über und sah die Umrisse der Bäume nicht mehr, denn er rannte durch ein endloses langes Wechselspiel von orangeroten und braunen Farben. Der Wind, der an seinem Ohr vorbeipfiff, war das Einzige, was er hörte.

Wütend presste er die Kiefer zusammen, während sein Körper zu glühen begann.

Wieder überlegte er, ob er damals hätte bleiben sollen. Hätte er die Gilde nicht verlassen, wäre sie nicht auseinandergebrochen. Diamantenseele würde trotz allem regieren und das Land verändern.

Hatte ich eine Wahl?

Er schüttelte den Kopf. Gleichgültig, für was er sich entschieden hätte, er hätte den Anführer von Relikt vor fünf Jahren nicht aufhalten können.

Das Farbenspiel der Wälder lichtete sich und ein heller Fleck, den er sofort ansteuerte, tauchte am Ende auf. Als er die letzten Zweige durchbrach, stürmte er hinaus in das Licht. Die Sonne blendete ihn einen Augenblick, doch das störte ihn nicht, denn er starrte nur auf den Holzpfahl, der vor ihm im Sand steckte.

Er rannte darauf zu und hob die rechte Faust, während der Stahlhandschuh auf der Haut brannte.

Chronos und Avalanze, zwei Verräter in den eigenen Reihen.

Diamantenseele, der alle hintergangen hatte.

Er, der mich getäuscht hat.

Lichtfels schrie auf und schlug auf den Holzpfahl ein.

Es knallte ohrenbetäubend laut, ehe das Gehölz unter dem Stahl nachgab und in alle Richtungen zerbarst. Späne und Splitter verbrannten in der heißen, knisternden Luft.

Lichtfels stand schwer atmend da, bebte innerlich. Schweißperlen liefen ihm an der Schläfe hinunter und seine Hände zitterten vor Anspannung.

»Ich werde es richtigstellen«, schwor er sich leise. »Und die Wahrheit ans Licht bringen.«

Vor ihm lagen Hunderte verkohlte Bruchstücke, einige von ihnen brannten noch.

10

Lichtfels' Erinnerung:

Vor dem Wettkampffinale

5 Jahre zuvor …

»Viel Glück morgen, Lichtfels!«, rief ein Bewohner von Lonikka mir zu, ehe ich unser Gildenanwesen betrat.

»Ich danke Euch«, rief ich zurück und schloss die Tür hinter mir. Obwohl ich mich darüber hätte freuen sollen, trübte die Anspannung meine Stimmung. Noch einmal gegen Relikt kämpfen, Diamantenseele die Stirn bieten, das Duell gewinnen, und der Wettkampf wäre vorüber. Diesen Moment sehnte ich herbei, um endlich aufatmen zu können.

Gerri und Laolin saßen im Eingangsbereich an der Theke zusammen und gönnten sich ein Getränk.

»Schmeckt das abscheulich!«, beschwerte sich Laolin lachend, eine Heilerin mit kurzem roten Haar.

»Lichtfels, einen Weinbrand auf uns? Selbst gebrannt!« Gerri klopfte mit dem kleinen Becher mehrfach aufs Holz.

»Nach dem Finale erst. Wisst ihr, wo Avalanze ist?«, fragte ich bestimmt und zog meinen Umhang aus. Ich musste mit ihm reden, da bei der Aufteilung der Kämpfe heute Morgen ein Streit entfacht war.

»Ich glaube, er ist oben im Beratungsraum«, sagte Laolin zögerlich und schlug die schlanken Beine übereinander.

»Trinkt nicht so viel, damit ihr morgen kampfbereit seid.« Ich ging die ersten Stufen bereits nach oben, als ich eine grummelnde Zustimmung vernahm.

Zumindest freute es mich, dass sich wenigstens ein paar meiner Kämpfer entspannter verhielten als ich. Noch während ich die Treppe hinauflief, drangen zwei weitere gereizte Stimmen an mein Ohr.

Stritten sie miteinander?

»Ich brauche deine Hilfe. Du bekommst alles wie versprochen, er hat mir sein Wort gegeben.«

War das Chronos?

Nachdem ich die angelehnte Tür zum Beratungsraum aufgeschoben hatte, fiel mein Blick auf den sitzenden Avalanze, der erschrocken aufschaute. Auch Chronos schien jegliche Farbe aus dem Gesicht zu weichen, ehe er einen Schritt zurücktrat.

»Kann ich helfen?«, fragte ich irritiert. »Ich müsste mit Avalanze sprechen.«

»Nein, wir sind fertig«, antwortete Chronos, etwas zu barsch für meinen Geschmack.

»Warte unten auf mich«, sagte Avalanze kühl und setzte sich aufrechter hin. »Worüber möchtest du reden?«

Nachdem Chronos den mit einer Holzvertäfelung versehenen Beratungsraum leicht gebückt verlassen hatte, weil die Decke so tief hing, dass ich mich auch fast ducken musste, setzte ich mich an den großen Beratungstisch genau gegenüber von Avalanze.

»Ich möchte mit dir über den Streit von vorhin reden«, begann ich und legte meine Hände gefaltet vor mir auf den Tisch.

Avalanze verschränkte die Arme vor der Brust. »Da gibt es nichts zu bereden.«

»Ich denke schon«, sagte ich ernst.

»Du hast dich eindeutig positioniert. Selbst wenn Aliya Fehler machen würde, würdest du sie nicht dafür bestrafen. Merkst du nicht, dass sie dich um den Finger wickelt?« Adern traten an seinen Schläfen hervor.

»Sie denkt taktisch wie ich, warum soll ich ihrem Urteil nicht trauen?«

»Weil sie viel zu jung ist und wir auch etwas Neues ausprobieren könnten.« Seine Stimme wurde ein wenig lauter als meine, doch ich versuchte, Ruhe zu bewahren.

»Bis auf eine Vorrunde haben wir alle gewonnen«, stellte ich nüchtern fest. Es stimmte, dass die ersten Kämpfe nicht am einfachsten gewesen waren, weil wir dort einen Platz eingebüßt hatten, aber wir hatten es trotz alldem bis zum Finale geschafft. Aliya leistete gute Arbeit bei der Einteilung der Kämpfe und ich hatte keine Zweifel, dass sie die Reihenfolge morgen ebenfalls nach bestem Wissen und Gewissen plante.

»Blaeck und ich sehen uns den Plan morgen früh an. Wenn ich einen Rat brauche, komme ich auf dich zurück.«

»Morgen früh ist es viel zu spät«, fluchte er. »Wir müssen uns darauf vorbereiten.«

»Ihr sollt eh alle morgen bereit sein, wenn der erste Kampf stattfindet.«

»Prima!« Er warf die Hände hoch. »Das kostet alles Kraft und Magie, die ganze Zeit einsatzbereit zu sein.«

Ich starrte auf die Holzmaserung des Tisches und holte tief Luft. Wie konnte ich ihn nur besänftigen?

»Was hat sie, was ich nicht habe?«, murmelte Avalanze und betrachtete mich mit zusammengezogenen Augenbrauen. »Schade, dass ich nicht so ein Halbwesen mit besonderen Fähigkeiten bin.«

Nun stieg auch der Zorn in mir auf. »Das hat damit nichts zu tun und das weißt du.«

»Oder ihr schönes Antlitz.« Seine Stimme wurde immer tiefer und grimmiger.

»Schluss damit.« Unbeabsichtigt ballte ich die Hände zu Fäusten. »Woher kommt dieser Hass auf sie? Du warst doch früher nicht so.«

Avalanze atmete aufgeregt ein und aus. »Du kennst mich viel länger als sie, arbeitest mit mir viel länger zusammen und trotzdem gehört sie zu deinen engsten Beratern?«

Ich lehnte mich sprachlos zurück, denn mit dieser Begründung hatte ich nicht gerechnet. »Wie ich bereits sagte, sie denkt taktisch wie ich.«

»Aber du gibst niemandem sonst eine Chance, ebenfalls ein Berater von dir werden zu dürfen!« Avalanze schob abrupt den Stuhl zurück und stand auf.

»Meine Berater leisten gute Arbeit. Wenn ich Zweifel habe, dann suche ich mir neue aus.«

»Gute Arbeit …«, begann er und presste die Kiefer zusammen, sodass seine Wangenknochen mehr denn je hervorstachen, »dass ich nicht lache.«

»Lassen wir uns von dem morgigen Wettkampf überraschen«, erklärte ich betont ruhig.

»Da wird es zu spät sein, Lichtfels.«

»Nein«, widersprach ich, ohne zu zögern. »Wird es nicht.«

Avalanze schüttelte den Kopf und bewegte sich zur Tür. »Ich bin hier fertig.«

Ich schloss einen Moment die Augen und dachte an die Anspannung, die über uns allen lag. Auch wenn wir genauso stark aufgestellt waren wie Relikt, galt es, dem immensen Druck standzuhalten. Wie mechanisch erhob ich mich ebenfalls und sagte, ohne ihn anzuschauen: »Ich erwarte dich morgen früh beim Wettkampf.«

Doch anstelle einer Zustimmung schnaubte er nur protestierend und verließ den Beratungsraum.

Ich folgte ihm die Treppe hinunter, ehe ich auf den Stufen innehielt und Chronos sowie Diamantenseele im Eingangsbereich entdeckte. Von Gerri und Laolin war nichts mehr zu sehen.

Mein Zorn verflog und Kälte ergriff Besitz von mir, als ich in die dunkelblauen Augen meines Konkurrenten starrte. »Was willst du am Abend vor dem Finale hier?«

»Ich wollte nach dir sehen, wie es dir geht«, sagte er schmeichelnd.

Chronos öffnete bereits die Tür, während Avalanze seinen Umhang holte.

»Danke, gut«, erwiderte ich ernst. Er hatte mir nach all den Streitereien an diesem Tag noch gefehlt.

»Wollen wir … reden?«, hakte er nach. Ein Lächeln deutete sich auf seinem Gesicht an.

»Heute nicht«, antwortete ich.

»Schade.« Diamantenseele vergrub die Hände unter seinem dünnen Mantel, während Avalanze an ihm vorbeiging. »Bis morgen«, ergänzte er und wandte sich von mir ab, als Avalanze unser Gildenanwesen verließ.

Ich hoffte inständig, dass er morgen erschien und an meiner Seite kämpfte, denn ich wusste nicht, wie der König entschied, wenn ein Kämpfer fehlte.

In dem Augenblick bemerkte ich, wie lange Chronos Diamantenseele anschaute. Sein Blick sprach Bände, aber ich wusste nicht, was dies bedeutete.

11

Erinnerungsruf

Wibatem

Gegenwart

»Wo ist Aliya?«, fragte Wibatem am Abend seine Freunde, die lachend und Vogelfleisch essend am Lagerfeuer saßen. Er hatte die Halbelfe seit dem Morgen nicht gesehen und wollte unbedingt mit ihr sprechen, bevor er zum Wachdienst musste.

Ein paar seiner Kameraden zuckten mit den Schultern, während andere in ihre Gespräche vertieft waren und die Frage überhörten.

Einzig Paco, der seinen Bogen reinigte, zeigte in Richtung Wald. »Sie ist, glaube ich, zum See gegangen.«

Wibatem nickte seinem Kameraden dankend zu und ließ die Feuerstelle hinter sich.

Das Licht nahm ab, als er sich durch die immer zahlreicher werdenden Bäume und Sträucher kämpfte. Nur einzelne kleine Punkte tanzten auf dem Moos und den Blättern hin und her, da das Mondlicht sich einen Weg durch die Zweige bahnte.

Ruhigen Schrittes näherte er sich dem Waldausgang, wo der See langsam seine wahre Größe zeigte. Der Mond spiegelte sich in den sanften Wellen des Wassers und erleuchtete die gesamte Umgebung.

Wibatem musste nicht lange nach jemandem am Ufer suchen, denn eine schlanke Gestalt verweilte eingehüllt in einen Umhang am Rande des Sees und lauschte dem entfernten Rauschen des Wasserfalls.

Da bist du ja.

Anhand der Körpergröße und der schmalen ledernen Stiefeletten wusste er sofort, dass es nur Aliya sein konnte. Wibatem schlenderte auf sie zu und vergrub die Hände in seinem Umhang, bis er neben ihr stand. Er betrachtete ihr blasses Gesicht mit den dunklen Augen, die nicht mehr bernsteinfarben schimmerten, sondern eher an trübes Wasser erinnerten, und den schwarzen Haarsträhnen, die aus der Kapuze heraushingen.

»Es ist fast alles so wie damals, nur dass viele nicht mehr hier sein können«, stellte sie mit monotoner Stimme fest, ohne sich von dem See abzuwenden.

»Ja«, flüsterte er und dachte an seinen Kameraden Kilian. Er hoffte, dass er noch lebte und kämpfte, so wie sie es in der Kämpferakademie gelernt hatten.

»Aliya?«, fragte er vorsichtig, wartete, bis sie ihn anschaute. »Du meintest gestern, dass die Kämpfer keine Wahl haben, dass sie gezwungen werden, für Diamantenseele zu arbeiten. Würdest du mir zeigen, was dir widerfahren ist?«

Die Halbelfe schluckte. Er wusste, was es für sie bedeutete und was sie auf sich nahm, denn sie würde alles Geschehene ein zweites Mal fühlen und durchlaufen, gleichgültig, ob es von Freude oder Trauer geprägt war. Die Fähigkeit kannte er nur von ihr, bei niemand anderem hatte er diesen Zauber jemals gesehen, und weil sie ihre Erinnerungen abrufen und zeigen konnte, bezeichneten sie es als Erinnerungsruf.

Vertrau mir, sagte er in Gedanken. *Ich bin bei dir.*

Sie atmete mehrmals tief ein und aus, bis sie schließlich leise antwortete: »In Ordnung.«

Aliya drehte sich zu ihm um, damit sich ihre Körper genau gegenüberstanden, und hob die Arme, ehe sie zögerlich sein Gesicht in die Hände nahm.

Durch die sanfte Berührung wanderte eine Gänsehaut über Wibatems Körper, und sein Herz begann höherzuschlagen. Es war lange her, dass Aliya ihm eine Erinnerung gezeigt hatte.

Er schaute in ihre kastanienbraunen Augen, versank regelrecht in ihnen. Seine Wangen wurden wärmer, und während er in ihre Iris starrte, zog es ihn in die schwarzen Pupillen hinein.

Die Umgebung verschwamm und löste sich wie ein Strudel auf, was ihn taumeln ließ, doch als er dachte, er würde nach unten fallen, stand er inmitten einer Waldlichtung, in der alles in Grün getaucht war. Vögel zwitscherten und Blätter raschelten leise im Wind, als neben ihm zwei junge Frauen vorbeiliefen. Eine der beiden war groß, schlank und trug das rote Haar kurz, die andere war kleiner, schmaler und hatte langes schwarzes Haar, das ihr sanft über die Schulter fiel.

Wibatem erkannte Aliya sofort, genau so hatte er sie vor seiner Abreise zuletzt gesehen. Ihre Augen waren damals dunkler und ihr Gesicht viel runder, da ihr elfisches Blut sich erst in den letzten Jahren deutlich ausgeprägt hatte.

»Wir gehen zu meiner Familie, Aliya, dort tauchen wir unter«, sagte Laolin mit ihrer tiefen Stimme und ging im strammen Schritt voraus.

Laolin, die Rebellin, dachte er.

Kein Kampf war ihr zu schade, denn sie duellierte sich sowohl in der Arena als auch auf den Straßen. Sie gehörte immer zu den Ersten, die sich meldeten und sich vor niemandem scheuten.

Aliya folgte ihr schweigend und verschränkte die Arme vor der Brust, als ob sie fröstelte. Um ihre Augen lagen dunkle Ringe, und der Rest ihres Gesichtes zeigte keinerlei Regung. Es war ein kalter, steinharter Blick.

Laolin blieb stehen und stemmte die Hände in die Hüfte. »Wieso bist du so?«

»Tut mir leid … Es ist nur …« Aliya holte tief Luft. »Wir haben so hart an uns gearbeitet und von einer zur anderen Nacht zerbricht alles. Wenn Blaeck, Gerri, Wibatem und die anderen zurückkehren, werden sie eine zerbrochene Gilde vorfinden. Wenn es überhaupt noch eine gibt … Ich hoffe, Lara hält noch durch und muss nicht gehen.«

»Du hast alles versucht, was in deiner Macht steht«, munterte Laolin ihre Freundin auf.

Ein Seufzen glitt aus Aliyas Mund. »Ich hätte bleiben sollen.«

»Um dann dein Leben zu riskieren? Grandiose Idee«, kommentierte Laolin trocken.

»Wieso glauben über die Hälfte auch Avalanze?!« Aliya schüttelte den Kopf und ließ die Arme wieder kraftlos nach unten sacken.

»Blaeck ist nicht dumm, Gerri hört nur auf sich, und Wibatem kennt dich viel zu gut.«

»Denkst du, ich werde Wibatem wiedersehen?«, fragte die Halbelfe.

Wibatem schluckte und schaute abwechselnd zu Aliya und Laolin. Während die eine traurig den Kopf senkte, überlegte die andere.

Er dachte zurück an den Tag, als er, Blaeck und Gerri von dem Botengang heimgekehrt waren. Sie hatten den Bund der Geheimen Soldaten aufgesucht, um sich über den Sturz des Königs auszutauschen und einen Plan zu schmieden. Nach ihrer Rückkehr hatte sich niemand mehr im Tal aufgehalten, stattdessen hatte jemand das gesamte Lager zerstört, sämtliche Waffen sowie Rüstungen gestohlen und Aufzeichnungen verbrannt.

Die Entscheidung, loszuziehen und herauszufinden, was geschehen war, hatten Gerri und er schnell getroffen. Damals dachte Wibatem auch, dass es nur ein Missverständnis gewesen sein konnte, doch die Zeit danach hatte ihm das Gegenteil bewiesen, denn die Schwarze Allianz gab es nicht mehr.

Ab diesem Moment hatte er daran gezweifelt, Lichtfels, Aliya und viele andere wiederzufinden, da sie sich überallhin verstreut hatten und untergetaucht waren.

Aliyas Erinnerung riss ihn aus seinen Gedanken und er konzentrierte sich wieder darauf, was sie ihm zeigte.

Laolin bewegte aufgeregt ihre Finger, ehe sie weitersprach. Es war ihre Schwäche, wenn sie log. »Bestimmt! Und nun komm, wir haben noch ein paar Tagesmärsche vor uns.«

Aliya schien es nicht aufzufallen, da sie nickte und ihr folgte.

Bevor Wibatem den beiden hinterhergehen konnte, verschwamm die Umgebung und änderte sich.

Der Wald löste sich auf und über ihm entstand ein aschgrauer Himmel, an dem schwere Wolken hingen. Die Bäume wandelten sich in Häuser um, Maisfelder zeichneten sich am Horizont ab und neben ihm grasten Rinder.

Wo bin ich hier?

Nicht weit von ihm entfernt tauchten Aliya und Laolin auf, die zielgerichtet eines der Dorfhäuser ansteuerten. An den Holzbalken des kleinen Fachwerkhauses mit schmalem Schornstein wuchsen Efeuranken nach oben und die Dachschindeln waren mit grünem Moos überwuchert. Es sah aus wie neu, würden nicht die Fensterläden schief hängen und ihre Farbe abblättern.

Wibatem betrachtete das Dorf und seine Umgebung näher, stellte aber schnell fest, dass er hier noch nie gewesen war. Das Grenzgebirge sah er nicht mehr und das flache Land war übersät von Feldern und Wiesen.

Befand er sich im Süden oder im Westen von Dekar? Sicher war er nicht.

Es ist so friedlich, dachte er und beobachtete die Dorfbewohner, die ihren Arbeiten nachgingen, zufrieden und gesund aussahen.

Laolin klopfte an die Tür des Hauses, sodass nach einer Weile ein älterer Mann mit grauem Haaransatz öffnete. Zuerst schaute er sie verängstigt an, doch als er sie erkannte, bildeten sich Freudentränen in seinen Augen und rannen ihm über das Gesicht.

»Lao…« Seine Stimme versagte, bevor er ihren Namen vollständig aussprechen konnte.

»Was redest du da?«, drang eine Frauenstimme aus dem Haus. »Laolin?«

Als auch die Frau im Türrahmen erschien, war die Ähnlichkeit nicht mehr zu übersehen, denn sie hatte genau das gleiche rote Haar wie ihre Tochter. Schon einen Herzschlag später lag sich die Familie vereint in den Armen und hielt sich eine Weile lang fest.

Wibatem betrachtete aber nicht weiter den Freudentaumel, sondern schaute zu Aliya, die mit dem Anflug eines Lächelns die drei beobachtete. Zu schnell verblasste es wieder. Stattdessen wandte sie sich der Natur zu und schloss die Augen, woraufhin Wibatem schluckte.

Aliya so zu sehen, berührte ihn mehr als gedacht. Sie vermisste ihre Familie, die schon viele Jahre tot war.

»Sei stark, Ali«, murmelte er und spürte, wie Aliya, die vor ihm stand und die Hände immer noch an seine Wangen gelegt hatte, kurz zusammenzuckte, ehe sie die Erinnerung fortführte.

Nach der herzlichen Begrüßung betraten sie gemeinsam das Haus, wo sie sich im Wohnraum an einen wackeligen Holztisch setzten. Laolins Vater zögerte nicht lange und ließ seine Neugierde sprechen: »Warum seid ihr zu uns gekommen? Wo wart ihr die ganze Zeit? Was ist passiert?«

Seine Tochter drehte sich kurz zu Aliya um und dann wieder ihm zu. »Ich habe es geschafft und bin in eine Gilde aufgenommen worden, in der ich auch Aliya kennengelernt habe. Nun jedoch gibt es Schwierigkeiten, was dazu führte, dass einige von uns gehen mussten, wie wir zwei.« Sie holte tief Luft und rieb die feuchten Hände an der Hose ab. »Können wir ein paar Nächte bei euch bleiben? Wir müssen erst einmal überlegen, wie es weitergeht.«

»Natürlich«, antwortete Laolins Mutter sofort, auf deren Gesicht sich ein Lächeln abzeichnete.

»Keine Frage«, erwiderte ihr Vater. »Du bist unsere Tochter und stets willkommen, auch deine Freundin.«

»Wir danken euch.« Laolin lächelte, während Aliya ihnen zunickte.

Daraufhin nahm der Alte die Hand seiner Tochter und drückte sie. »Es tut gut, dich zu sehen. Wir denken sehr oft an dich.«

»Ich auch an euch«, entgegnete Laolin.

»Wenn du möchtest, erkundige ich mich beim alten Müller nach einer Gilde. Er kennt bestimmt einen Kämpfer, der euch helfen kann, eine neue zu finden.«

»Nein!«, rief Laolin lauter als erwartet und Aliya zuckte neben ihr zusammen. Die Gesichter ihrer Eltern hatten jegliche Farbe verloren. »Nein«, setzte sie in angemessenerem Tonfall fort. »Das brauchst du nicht. Wenn sich die Lage entspannt hat, kehren wir zurück.«

»In Ordnung«, murmelte ihr Vater und tauschte mit seiner Frau einen Blick. Erneut nahm er Laolins Hand, als könnte er es nicht fassen, sie vor sich sitzen zu haben. »Wie du möchtest.«

Wieder verschwamm die Umgebung um Wibatem und es folgten kurze Ausschnitte, in denen Aliya Augenblicke zusammenfasste.

Sie lernte Laolins restliche Familie kennen, zu der noch eine kleine Schwester, die gerade erst die Schule besuchte, und ihr drei Jahre jüngerer Bruder, der genauso feuerrotes Haar wie sie hatte, gehörten. Nachdem sie ebenfalls ihre Schwester freudestrahlend begrüßt hatten, wollten sie sofort alles über das Kämpfen wissen.

Im nächsten Ausschnitt legten Aliya und Laolin ihre Rüstungen in eine Truhe, ehe sie einfache Bauernkleider anzogen.

Das Kleid steht dir ausgezeichnet, schoss es ihm durch den Kopf, als er sie betrachtete.

Er musste schmunzeln, da er die beiden noch nie als Hausfrauen gesehen hatte. Er kannte sie kämpfend mit Peitsche in der Hand, wie sie Wunden heilten und Schutzschilde herbeizauberten.

Dabei wurde ihm klar, dass es neben dem Leben in der Gilde auch den gewöhnlichen Alltag gab, der ihm vollkommen fremd gewesen war, da sich alles bei ihm nur ums Kämpfen und um Waffen drehte.

Als er Aliya jedoch in dem Kleid musterte, fühlte sich dieses Leben nicht mehr fremd an. Der Gedanke erwärmte ihn, mit ihr zusammen in einem kleinen Haus zu wohnen. Während sie als Heilerin tätig wäre, könnte er in einer eigenen Schmiede arbeiten.

Es war eine Zukunft, an die er noch nie gedacht hatte. Aliya aber so vor sich zu sehen, machte dieses Bild greifbarer, sodass sich ein Lächeln auf seine Lippen stahl.

Die beiden Frauen sperrten auch ihre Peitschen weg, was ihnen sichtlich schwerfiel. Aliya stand mehrere Herzschläge lang davor und starrte auf die schmuckvolle Waffe, die Wibatem ihr geschmiedet hatte. Darauf befanden sich die gleichen Juwelen am Rande des Griffs wie bei seinen Schwertern und ein verschnörkeltes W, dessen untere Spitzen ein A formten, zierte den Knauf. Ihre beiden Initialen vereint in einem.

Letztendlich war Laolin diejenige, welche die Truhe verschloss und ihre Hand auf die Schulter der Halbelfe legte. »Komm, wir bereiten das Essen zu.«

Wibatem wollte sie noch viel länger anschauen, doch das Bild verschwamm und die Umgebung wandelte sich ein weiteres Mal.

Nachdem der Holzboden verschwunden war, bildete sich graues Kopfsteinpflaster unter ihm. Ein blauer, mit Federwolken überzogener Himmel zeichnete sich ab und neben ihm tauchten unzählig viele Menschen auf.

Die Ruhe verflog und Hunderte von Stimmen, sowohl jubelnd als auch wütend, drangen von allen Seiten in seine Ohren. Die Stände des Marktplatzes konnte er nicht mehr ausmachen, und während er durch die Menschenmassen lief, suchte Wibatem seine beiden Freundinnen.

Als er sie am Rand der versammelten Dorfbewohner erblickte, eilte er zu ihnen. Er hätte sie fast nicht erkannt, da sie Kopftücher trugen und Körbe in der Hand hielten.

»Da Relikt die neue Sonderarmee des Königs ist, tritt nun ein neues Zeitalter ein!«, rief der Botschafter aus Lonikka, der eine Schriftrolle geöffnet hatte.

Wenige jubelten ihm zu, nur vereinzelt waren Freudenschreie zu hören.

»Dekarische Kämpfer werden kommen und euch bei den Arbeiten helfen!«

Die wütenden Rufe verstummten und Wibatem horchte auf. Er wusste zwar, dass sich nach Relikts Machtergreifung einiges geändert hatte, aber eine solche Rede hatte er nie gehört.

»Jedes Kind hat von nun an die Chance, nach Brayken zu gehen und ein Kämpfer zu werden.«

»Ja!«, schrie ein Bauer, was ihm einen finsteren Blick von Wibatem bescherte.

»Pro Kind werden die Abgaben halbiert! Das ist ein Versprechen des Königs!«

Immer mehr jubelten dem Botschafter zu und Wibatems Mund blieb offen stehen.

Ist das ihr Ernst?

Aliyas Gesicht wurde blass, als sie zum Podest schaute. »Sehen sie denn nicht, dass Relikt ihnen ihre Kinder nimmt?«, fragte sie und Verzweiflung schwang in ihrer Stimme mit.

»Sie wollen die Armee vergrößern«, entgegnete Laolin monoton. »Und niemand hält sie mehr auf.«

Eine Gänsehaut überzog Wibatem.

»Die Schwarze Allianz ist tot«, flüsterte Aliya.

Laolin zog ihre Freundin aus der Menschenmasse hinaus zu einer abgelegenen Häuserecke. »Es wird sich zum Guten wenden. Nur weil Relikt jetzt alles anführt, heißt das nicht, dass unsere Gilde tot ist.«

Aliyas Augen glänzten, doch sie unterdrückte die Tränen. Am liebsten hätte Wibatem sie in den Arm genommen, aber bei dem Versuch, sie zu berühren, versank seine Hand.

Stimmt, dachte er zögerlich.

Es war eine Erinnerung und nichts davon real, dennoch wirkte es für ihn echt, als hätte er dort gestanden und alles miterlebt. Er wischte sich mit einer Hand übers Gesicht.

Wieder ertönte die Stimme des Botschafters: »Da bereits mehrere Aufstände auftraten, ist der König gezwungen, Maßnahmen zu ergreifen. Folgende Gilden werden zur Strafe verurteilt: Himmelswächter, Bund der Geheimen Soldaten und Schwarze Allianz. Alle Mitglieder dieser Gilden sind Rebellen, stören den Landfrieden, veruntreuen euer Gold und rauben euer Hab und Gut. Sie nehmen keine Rücksicht, weder auf Mensch noch auf Tier. Daher wird auf jedes einzelne Mitglied ein Kopfgeld ausgesetzt, Hinweise auf Aufenthaltsorte werden ab sofort entgegengenommen.« Die Stimmen um Wibatem wurden wieder lauter. »Jegliche Zusammenarbeit mit den Rebellen oder Hilfestellungen werden mit dem Tod bestraft!«

Der zweite Teil der Ansprache war ihm nicht fremd, auch er hatte ihn bereits einmal gehört. Damals, als er mit Gerri und Kilian nach Syderia gegangen war, um nach ein paar Gildenmitgliedern zu suchen.

Als er sich umdrehte, waren Aliya und Laolin verschwunden. Er versuchte, sie in der Menge auszumachen, fand sie jedoch nicht.

Wo seid ihr hin?

Die Erinnerung verschwamm, schien sich um ihn herum zu drehen. Er schloss für einen Moment die Augen, da ihm schwindlig wurde, bis die Stimmen verstummten.

Erst als er Laolin hörte, öffnete er die Lider erneut.

»Schnell! Trag alles zusammen!« Schweiß stand ihr und Aliya auf der Stirn.

Die beiden waren in ihr Zuhause zurückgekehrt und packten die Sachen. Je mehr Zeit sie an diesem Ort verbrachten, umso gefährlicher wurde es für sie und Laolins Familie.

Wenn sie entdeckt worden wären, wäre der Tod ihre Bestrafung, und niemand wollte, dass Unschuldige starben, gerade seine Gefährtin Aliya nicht, die um jedes Leben kämpfte.

Während sie ihre Rüstungen und Waffen verstauten, kehrten die Familienmitglieder heim.

»Was macht ihr da?«, fragte Laolins Mutter entsetzt.

»Wir müssen weg«, antwortete ihre Tochter trocken.

»Wie? Nein! Warum?« Ihre Mutter hielt sich eine Hand aufs Herz und sie wich ihrem Blick aus.

»Wir haben keine Wahl.«

Als die beiden Kämpferinnen die Treppe hinunterstürmten und zur Tür gingen, versperrte der Vater ihnen den Weg. »Wir verlangen eine Erklärung, wir sind deine Familie!«

»Nein.« Laolin ballte die Hand zur Faust, doch bevor sie reagieren konnte, hielt Aliya ihre Freundin zurück.

»Wir hätten es euch von Anfang an erzählen müssen, aber …« Die Halbelfe stockte, schließlich fand sie ihre Stimme wieder. »Wir gehören zur Schwarzen Allianz.«

Die Wut des Vaters und die Panik der Mutter verschwanden, stattdessen starrten sie leere kalkweiße Gesichter an. Keiner regte sich von den beiden oder wollte noch ein Wort sagen.

»Lasst uns gehen. Es ist besser für euch«, flüsterte Laolin.

Wibatems Herz klopfte schneller. Er verlor jegliches Zeitgefühl, um zu schätzen, wie lange sie dort gestanden hatten. Was überlegten sie? Ob sie ihnen helfen oder ob sie sich das Kopfgeld holen wollten, konnte er nicht an ihren Mienen ablesen.

»Bitte bleibt bei uns. Wir sind eine Familie«, murmelte Laolins Mutter. »Ihr … könnt hier leben und … wenn sie kommen, versteckt ihr euch einfach.«

Aliya und Laolin zögerten und schauten sich an, als ob sie Gedanken austauschten. Wibatem bemerkte das leichte Kopfschütteln der Halbelfe, nicht länger als ein Wimpernschlag.

Du wolltest nicht bleiben, stellte er fest.

Seine Gefährtin wollte das Dorf verlassen, denn Laolins Familie setzte sich einer Gefahr aus, die beide Kämpferinnen nicht abschätzen konnten.

»Bitte, Laolin. Wir sind so froh, dass du wieder bei uns bist«, fuhr ihre Mutter fort. »Und Aliya ist auch wie eine Tochter für uns.«

Laolin atmete lange aus und flüsterte zu ihrer Freundin: »Wir sind hier sicher.«

Die Halbelfe schloss schließlich resigniert die Augen und ließ die Schultern hängen.

»Einverstanden«, antwortete Laolin. »Wir bleiben.«

Als ihr Vater sie in die Arme nehmen wollte, verschwand die Erinnerung und erneut prasselten mehrere Ausschnitte auf Wibatem ein.

Er hörte Schreie von überallher, als die Dorfkinder von Relikts Kämpfern abgeholt wurden, auch Laolins Geschwister blieben nicht davon verschont. Ihr Bruder wehrte sich, biss und kratzte die Soldaten, doch sie packten ihn grob, genauso wie die anderen Kinder auch, und zerrten sie auf die Gefängniswagen wie Verbrecher.

Aliya und Laolin konnten nicht eingreifen und mussten das Geschehen aus der Ferne beobachten, da sie sonst sich und das Dorf in Gefahr gebracht hätten. Das rote Haar des Jungen war noch von Weitem auf dem Wagen zu sehen.

Der erste Schnee, das Winterfest und die Neujahreswende folgten, aber keinem war nach Feiern zumute, stattdessen zogen viele Dorfbewohner weg, um an einem anderen Ort neu anzufangen.

»Das ist kein Leben mehr«, sagte ein Steinmetz zu Aliya. »Was soll ich mit mehr Geld und Essen, wenn ich niemanden habe, der meinen Nachlass übernimmt?«

Die Straßen waren von diesem Tag an wie ausgestorben, Häuser zerfielen nach und nach und verschandelten das Bild des einst so schönen Dorfes.

Als sich daraufhin der Frühling zeigte, überwachten Kämpfer von Relikt die Straßen. Wöchentlich kamen sie vorbei und prüften die Arbeiten der übrig gebliebenen Dorfbewohner. Von Rinder- und Schafherden bis hin zu Getreide- und Maisfeldern wurde alles kontrolliert, denn Lonikka sollte nur die besten Erträge erhalten.

Aliya und Laolin mussten sich an diesen Tagen bedeckt halten, um nicht erwischt zu werden. Sie waren im Heulager versteckt, als einer der Soldaten den Eltern drohte: »Wer etwas weiß und nichts sagt, ist ein Verräter und wird am Galgen hängen. Das wisst ihr doch, oder? Vielleicht sollten wir euch zehn Peitschenhiebe verpassen, damit ihr aufmerksamer seid.«

Die Bilder verschwammen von einem zum anderen Moment.

Wibatem war übel geworden und er versuchte immer wieder, die Augen zu schließen, um sich zu sammeln, aber die Eindrücke waren zu viel und die Erinnerungen schienen sich immer schneller zu drehen.

Das Wappen von Relikt wurde auf dem Marktplatz gehisst und dekarische Kämpfer kontrollierten die Straßen. Flugblätter tauchten an allen Türen und Säulen auf und neue Dorfbewohner zogen in die verlassenen Viertel, feierten Diamantenseele als König.

»Aliya, warte«, keuchte Wibatem. »Das ist zu schnell.«

Er rang nach Luft und leckte sich über die trockenen Lippen. Als er das Gefühl hatte, zu fallen, merkte er, wie sich die Gegend erneut änderte. Bäume, deren Blätterkleider rot, orange und braun leuchteten, umgaben ihn und ließen keinen Blick in den Himmel zu. Auf dem Boden lagen Blätter sowie Rindenstücke verstreut und dunkle Beeren hingen an den Sträuchern.

Wibatem hockte sich einen Moment hin, um sein Gleichgewicht unter Kontrolle zu bringen.

Er lachte über sich selbst, weil er den Erinnerungsruf unterschätzt hatte, und schob den Kragen seines Hemdes etwas auseinander.

Eigene Schuld, dachte er nur.

»Verzeih mir«, drang Aliyas Stimme verzerrt wie ein Echo an sein Ohr.

»Nicht schlimm, ich überlebe es.« Er grinste und hoffte, dass sie es sehen konnte.

Nachdem sich sein Magen wieder beruhigt hatte, richtete er sich langsam auf. Neben ihm knackte es, sodass er sich erschrocken umdrehte.

Die junge Aliya lief neben ihm entlang, eingehüllt in einen dicken Umhang und in der Hand einen Korb mit Beeren haltend. Nicht weit entfernt suchte auch Laolin nach den Früchten.

Die Halbelfe blieb stehen und schloss die Augen. Sie wischte sich das Haar hinter die Ohren, ehe sie den Bäumen lauschte.

»Was ist?«, fragte Laolin, der es nicht entgangen war.

Aliyas Gesicht erbleichte augenblicklich. Sie ließ den Korb fallen und stützte sich an einem Baum ab. »Gefahr, Feuer, Blut! Relikt ist wieder im Dorf!«

Ohne weiter nachzudenken, rannten die beiden los und zogen ihre Peitschen aus der Schlaufe am Gürtel.

Nachdem sie den Wald verlassen hatten, sahen sie schon von Weitem die vielen Rauchsäulen in den Himmel ragen. Ein paar Häuser standen in Flammen, auch Laolins Zuhause.

Eiskalt lief es Wibatem den Rücken herunter. Wer hatte sie verraten?

Das Haus brannte lichterloh, als die beiden ankamen. Das Feuer drang bereits in den Dachstuhl, schloss alles in sich ein und zerstörte das, was Menschenhände erbaut hatten. Nicht zu überhören waren die Schreie von Laolins Eltern, die aus dem Haus drangen.

Laolin rannte auf die Tür zu, doch mehrere Holzbalken verbarrikadierten den Eingang. Irgendjemand hatte diese mit Nägeln an dem Mauerwerk befestigt. Auch Aliya zog an den Brettern und riss sich dabei die Handflächen auf.

Der Rauch wurde dichter und das Feuer immer größer, was die beiden Frauen husten und schwitzen ließ.

Wibatem sah sich um und fragte sich, warum niemand ihnen zu Hilfe eilte. Im Gegenteil, die Dorfbewohner rannten weg oder versteckten sich.

Was ist hier los?

Unerwartet schaffte Laolin es, eines der Bretter abzureißen und mit dem Griff ihrer Waffe in die Tür hineinzuschlagen. Ein, zwei, drei Schläge, und ein Spalt entstand.

»Schütze dich!«, rief Aliya ihr zu. Hitze drückte ihr entgegen, sodass sie zurückwich.

»Nein!«, schrie Laolin, woraufhin sie hustete.

Wibatem näherte sich der Tür und wollte durch den Spalt schauen, um zu sehen, was die beiden Frauen erblickt hatten, doch der Rauch versperrte ihm die Sicht.

Es ist nur eine Erinnerung, sagte er zu sich selbst und lief schließlich durch das Holz und den Rauch hindurch, als wäre beides aus Luft.

Laolins Eltern lagen gefesselt am Boden, Blut verteilte sich auf den Holzdielen.

Wibatem krallte seine Hände in den Stoff der Tunika. Das hatten sie nicht verdient, keiner in Dekar sollte das erleiden müssen.

»Nein!«, schrie Laolin erneut und er wandte sich von ihren Eltern ab, kehrte zurück zu ihr ins Freie.

Über das Gesicht der Heilerin rannen die Tränen und sowohl sie als auch Aliya zerrten weiter an dem Holz, als die Holzbalken laut knackten.

»Nein, nein, nein!«, kreischte die rothaarige Kämpferin.

Vor ihr brach die Decke zusammen und begrub ihre Eltern unter brennenden Streben, sodass sie nur noch mit Aliya zurückweichen konnte. Asche staubte auf, Funken sprühten und Trümmerteile flogen in alle Richtungen, bis das Haus komplett einstürzte. Wie ein Kartenhaus zerfiel es vor ihren Augen.

Laolin sackte auf die Knie. Sie schrie vor Schmerz und schlug mit den Händen auf den Boden. Neben ihr rang Aliya nach Atem und zitterte am ganzen Körper. Ruß und Asche klebten in ihrem Haar, im Gesicht und setzten ihr eine dunkle Maske auf.

Wibatem wischte sich über die Stirn. Er hatte den Drang zu schreien, er wollte ihnen helfen, sie trösten und ihnen Mut zusprechen. Obwohl er nicht dabei gewesen war, fühlte er sich schrecklich.

Laolin rappelte sich hoch und suchte nach etwas. Doch als sie nichts fand, lief sie zu den Trümmern und trat sie mit ihren Schuhen weg.

»Sei vorsichtig«, sagte Aliya mit kraftloser Stimme.

Rauch vernebelte erneut die Sicht und ließ ihre Freundin zurücktaumeln, bis sie ein Räuspern vernahmen.

Wut stieg in Wibatem auf, als er die Person bemerkte.

»Da seid ihr ja endlich!«

Aliya spannte die Kiefer an und wandte sich um, während Laolin nur den Kopf zu der Stimme drehte. Beiden blieb der Mund offen stehen.

In voller Rüstungsmontur mit dem Zeichen von Relikt auf der Brust und zwei langen Schwertern in der Hand näherte sich Laolins Bruder.

»Du? Warum?« Die rothaarige Kämpferin schüttelte den Kopf. »Das glaube ich nicht.«

Wie sie war auch Wibatem fassungslos.

Ihr Bruder war nicht wiederzuerkennen. Sein Haar war vollständig abrasiert, die Iriden waren fast schwarz und die Wangen eingefallen. Er hatte an Körpergröße und Gewicht zugenommen, sodass er viel älter als die Frauen aussah. Schräg hinter ihm schwebte ein geflügeltes Wesen, das vollkommen in Flammen stand.

Ein Feuergeist.

Laolins Bruder war ein Beschwörer wie er.

»Es ist Zeit für eine neue Ära und damit diese anbrechen kann, müssen die restlichen Feinde bezwungen werden. Ihr, die zur Schwarzen Allianz gehört, schadet dem Reich. Relikt ist die einzig wahre Gilde.«

»Die einzig wahre? Relikt ist zu einer Gruppe von Mördern geworden!«, schrie seine Schwester ihn an.

»Nur die, die stark genug sind, überleben.« Er öffnete seine Arme wie zu einer Umarmung. »Deshalb biete ich euch eine einmalige Gelegenheit an: Schließt euch uns an und ihr werdet ein Teil der Sonderarmee.«

Laolin zog ihre Peitsche. »Niemals!«

Während sie auf ihren Bruder zustürmte, bewegte sie lautlos die Lippen. Sie errichtete einen Schutzschild um sich und startete einen ersten Angriff, doch er sah es kommen und parierte die Peitschenhiebe.

Aliya konnte ihrer Freundin nicht helfen, da sie mit dem Feuergeist beschäftigt war. Da das Wesen aus Flammen bestand, traf ihre Waffe es nicht, sondern flog durch es hindurch wie durch Luft. Daher warf sie sich ein Giftfeld unter die Füße, wodurch der Geist zurückwich.

Laolin attackierte weiterhin ihren Bruder. Immer abwechselnd versuchten sie, einander zu treffen und auszuweichen. Sie bewegten sich gleich schnell, standen sich genauso groß gegenüber und nahmen keine Rücksicht, obwohl sie Geschwister waren.

Ihr Bruder rammte seine beiden Schwerter in den Boden. Blitze zuckten auf, der Boden vibrierte und riss auf. Wibatem kannte den Angriff, da auch er diesen Zauber oft anwendete. Nur noch ein Schutzzauber konnte sie retten.

Die wirbelnde, aus Blitzen bestehende Windhose flog genau auf sie zu. Sie streckte die Hände in den Himmel und errichtete den Schutzschild über sich, doch mit der Wucht des Zaubers hatte sie nicht gerechnet. Ihre Finger zitterten und ihre Beine hielten nicht mehr stand, sodass der Schild zersprang. Die Windhose und die Blitze drückten sie zu Boden.

Wibatem fasste unvermittelt an die Griffe seiner Schwerter. »Verflucht«, wetterte er.

Er wollte kämpfen, so wie die beiden, aber es war nur eine Erinnerung und er war dazu verdammt, hilflos zuzusehen.

Aliya rannte aus ihrem Giftfeld hinaus. Sie holte mit der Peitsche aus, deren Schnur sich um die Beine von Laolins Bruder schlang und ihn umwarf. Der Feuergeist kreischte und schoss flammende Kugeln in ihre Richtung, wodurch sie nur noch ausweichen konnte.

Die Windhose verflog, sodass Laolin sich schwankend aufrichtete. Blut lief ihr aus den Ohren und sie schüttelte den Kopf, um ihr Gleichgewicht unter Kontrolle zu bekommen. Als sie stand, strauchelte sie erneut.

Genug Zeit für ihren Bruder, denn nachdem er sich vom Boden erhoben hatte, zog er einen Dolch aus dem Stiefel, leckte daran und warf ihn auf seine Schwester.

Der Giftdolch!

Wibatem erstarrte, und Laolin war zu verwirrt, um zu reagieren.

Das Messer traf sie mitten in die Brust.

Aliya schaute auf, weil Laolins Bruder ein tiefes, grausames Lachen hervorstieß.

Das ist nicht wahr, dachte Wibatem.

War es ihm vollkommen gleichgültig? Er hatte soeben seine eigene Schwester zum Tode verurteilt.

Wütend und verzweifelt schwang Aliya ihre Peitsche, ließ den Schlag auf ihren Feind zuschnellen und erwischte seine Kehle.

Seine Finger versuchten, die Schnur zu zerreißen, aber sie hatte sich wie eine Würgeschlange um den Hals gelegt. Sein Kopf lief puterrot an, die Blutäderchen in den Augen zerplatzten und die Lippen wurden blau.

Der Feuergeist schrie verzweifelt, konnte sich nicht mehr bewegen.

Wibatem verzog schmerzverzerrt das Gesicht bei dem Gekreische, das ihm eine Gänsehaut bescherte. Er wollte nicht wissen, wie sein Drache reagierte, wenn er keine Kraft mehr hatte.

Noch bevor Laolins Bruder zu Boden stürzte, löste sich das Wesen auf.

Aliya ließ nicht los, sondern hielt die Peitsche fest in der Hand. Erst als ihr Feind sich fünf Atemzüge nicht bewegte, lockerte sie die Peitschenschnur, ließ die Waffe fallen und rannte zu ihrer Freundin.

»Aliya, es tut mir leid«, keuchte Laolin, als sie in den Armen der Halbelfe lag.

Nachdem diese mit einem Ruck den Dolch herausgezogen hatte, an dem eine grüne Flüssigkeit herunterlief, warf sie ihn beiseite. Blut spritzte ihr entgegen und Laolin schrie vor Schmerzen. Doch darauf achtete Wibatem nicht mehr, denn er blickte wie versteinert auf den Dolch.

Nein, ist das möglich?

Er krallte die Finger in seine Tunika und versuchte das Zittern zu verbergen. Das Juwel im Griff, der feine Schliff und der verschnörkelte Buchstabe W auf der Klinge waren seine Handschrift in der Schmiedekunst. Nur er war dafür bekannt und daher wusste er es genau, dass er diesen Dolch, der vor ihm auf dem Boden lag, gefertigt hatte.

Erneut rebellierte sein Magen, sodass er sich abwenden musste.

Die Erinnerung begann zu verschwimmen und er fragte sich, ob es nicht sein Gemüt war, was ihm einen Streich spielte.

Aliya legte ihre Finger über die Wunde, sodass ein bläuliches Licht schimmerte, aber Laolin drückte ihre Hand weg. »Es ist … zu spät.«

»Ist es nicht!«, widersprach Aliya.

Laolin setzte ein gequältes Lächeln auf, dann versteifte sich ihr Körper. Während das Gift wirkte, lief Blut aus den Mundwinkeln und färbte ihre Wangen rot.

Die Umgebung um Wibatem herum verblasste. Er beugte sich vornüber und stützte sich auf seinen Oberschenkeln ab.

Laolin sagte noch etwas zu ihrer Freundin, was er nicht mehr verstand. Ihre Stimme verzerrte sich und mit jedem weiteren Atemzug lösten sich die Kämpferinnen auf.

Aliya nahm die Hand von Laolin zwischen ihre und hielt sie fest. Ihre Freundin blinzelte ein letztes Mal, doch nach weiterem Würgen erstarrte sie und erschlaffte.

12

Neue Allianz

Wibatem

Das Bild verschwamm und die Welt begann sich zu drehen, als es Wibatem von der letzten Erinnerung wegzog. Eine Düsternis legte sich über alles, umwickelte ihn wie ein Schleier. Er sah seine eigenen Hände nicht mehr, hörte keine Stimme mehr und fühlte nichts. Eine einsame, abgrundtiefe Leere ergriff von ihm Besitz.

So muss sich der Tod anfühlen, dachte er und schwebte wie auf einer Wolke, als die Finsternis endlich verflog und sein Geist zurückkehrte.

Er sah Aliyas schwarze Pupillen, ihre braunen Augen, das blasse Gesicht, Haarsträhnen, die aus dem Umhang heraushingen, das dunkle Gewand und schließlich den See und das Tal, auf das sich der silberne Schimmer des Mondes gelegt hatte.

Wibatem war in seinen Körper zurückgekehrt.

Während Aliya vorsichtig die Hände zurückzog, lief ihr eine Träne über die Wange. Er sog scharf die Luft ein, als er den Boden unter den Füßen, die frische Luft auf der Haut und die Schwere seiner Gedanken spürte.

Wibatem wusste, dass Relikt die Menschen unterjocht hatte, Dekars Bewohner leiden und viele ihre Leben lassen mussten, aber Aliyas Erinnerungen geballt zu sehen, war selbst für ihn nicht leicht zu verarbeiten. Und dann war da noch sein Dolch, den er nicht für Relikt geschmiedet hatte.

Die Halbelfe wischte sich weitere Tränen weg, sodass er nicht länger zögerte und sie in den Arm nahm. Dabei legte sie den Kopf auf seine Schulter und die Arme um seinen Körper.

»Verzeih mir, dass du diesen Schmerz noch einmal durchleben musstest«, murmelte er.

Solche Erinnerungen hatten sich in ihr Gedächtnis gebrannt und nun auch in seines. Auch wenn er ihr dieses Leid gerne erspart hätte, konnte er nichts dagegen unternehmen, nur für sie da sein.

Sanft drückte er sie an sich. »Du hast keinen Fehler gemacht.«

»Ich hätte sie heilen sollen«, widersprach sie und schaute ihm wieder in die Augen.

»Gelangt das Gift eines Beschwörers direkt ins Blut, dauert es nur wenige Atemzüge, bis es sich ausgebreitet hat«, erklärte er ruhig. »Bei dem Versuch, sie zu heilen, hättest du selbst umkommen können. Mit ihrer Selbstheilung hättet ihr vielleicht eine Chance gehabt, aber sie hatte keine Kraft mehr. Sie war zu schwach.«

»Warum lebe ich? Und sie nicht? Was hält mich noch hier?« Aliya seufzte.

Die Frage ließ ihn stocken und doch schlug sein Herz schneller.

Ach Ali …

Wibatem atmete lange aus. »Die Gilde, deine Freunde und … ich.«

Aliya zögerte und schaute in seine Augen, als ob sie daran zweifelte, es gehört zu haben. Bevor sie ihre zitternden Hände unter den Umhang zurückziehen konnte, nahm Wibatem diese schon in seine.

»Lass uns den Streit von damals vergessen«, sagte er.

Dieser elendige Streit.

Sie hatte ihm nicht vertraut und er hatte keine Rücksicht darauf genommen, da er zu jung gewesen war und sich noch nicht hatte binden wollen.

»Als ich von dem Botengang zurückgekehrt war und das Lager zerstört aufgefunden hatte, verlor ich nicht nur die Schwarze Allianz, sondern auch dich. Nach über einem Jahr habe ich es aufgegeben, nach dir zu suchen. Die Stimmung im Land war angespannt, Kilian und ich …« Er brach ab und fluchte innerlich, denn über seinen Kameraden zu reden, hinterließ einen bitteren Geschmack in seinem Mund. Wibatem hatte nicht auf ihn gehört und ihn letztendlich ziehen lassen, obwohl überall nach ihnen gefahndet wurde. »Ich tauchte mit Gerri unter und fing an, mit dem Gedanken zu leben, dich nicht mehr zu finden. Als wir uns dann in der Waldlichtung wiedergesehen haben …« Er zögerte und überlegte, was er als Nächstes sagen sollte. »… fühlte es sich so an, als ob es diese Trennung nie gegeben hätte.«

Aliya atmete hastig aus und ein, ihre Lippen bewegten sich, doch kein Wort drang aus ihrem Mund. Sie schaute ihn an, ehe ein zarter Windhauch eine Strähne vor ihr Gesicht schob, die Wibatem zur Seite wischte.

»Verzeih mir, dass ich dir damals nicht vertraut habe«, flüsterte sie.

»Schon gut.« Er zog sie erneut in seine Arme und stützte seinen Kopf auf ihrem Scheitel ab.

Auch wenn es sich richtig anfühlte, hatte Wibatem ein schlechtes Gewissen.

Sollte er ihr erzählen, dass der Dolch von ihm gewesen war, den Laolins Bruder benutzt hatte?

Er schluckte den Kloß in seinem Hals herunter und entschied sich dagegen. Vorerst. Sie hatten wieder zueinandergefunden und das zählte im Augenblick für ihn mehr als alles andere.

Wibatem fühlte ihren Herzschlag und die Wärme an seiner Brust, bevor er den schwachen Rosenduft in ihrem Haar wahrnahm. Es war der Duft der Blüten, den die Lichtelfen mit sich trugen, obwohl das elfische Blut nur zur Hälfte durch ihren Körper floss.

Er hielt sie fest, als befürchtete er, dass jemand sie ihm erneut wegnehmen könnte. Sein Herz pochte wie eine Trommel und auf einmal wusste er, was ihm in den letzten Jahren gefehlt hatte: Aliya. Sie, die für ihn mehr als nur eine Gefährtin gewesen war.

ALIYA

Als ihre Herzen im Einklang schlugen, fand Aliya ihre innere Ruhe. Der Trost spendete ihr Kraft und es war befreiend, den Schmerz zu teilen, den sie lange allein mit sich getragen hatte.

Arm in Arm standen sie eine Weile im Mondschein, bis Aliya im Wald eine kleine weiße Kugel bemerkte, die über dem Boden schwebte. Sie bewegte sich zielstrebig in eine Richtung und direkt hinter ihr lief eine große und breite Gestalt. Es konnte nur Lichtfels sein.

»Wohin geht er?«, fragte sie.

Wibatem folgte ihrem Blick und betrachtete die Kugel. »Vielleicht zum Plateau.«

Zum Plateau des Nordens?

Das lag tatsächlich auf der Seite des Gebirges.

»Komm.« Der Beschwörer nahm ihre Hand und zog sie dem Licht hinterher.

Sie tauchten in die Tiefen des Waldes ein, in die nicht einmal die Strahlen des Mondes hingelangten. Schritt für Schritt gingen sie nebeneinander, liefen auf weichem Moos und vernahmen das Heulen einer Eule.

Weit vor ihnen, immer wieder verdeckt von Bäumen und Sträuchern, lief ihr Anführer. Sie folgten ihm, bis sie die Lichtkugel in der Ferne nicht mehr ausmachen konnten.

»Entweder ihm ist die Kraft ausgegangen oder er hat uns bemerkt«, stellte Wibatem fest.

Die Bäume flüsterten ihr die Antwort ins Ohr.

»Er hat uns gesehen und wartet dort vorne auf uns.« Aliya grinste ihn an und strich einem Baum dankend über die Rinde.

»Du und deine Bäume.« Wibatem schüttelte lachend den Kopf.

Sie liefen weiter den Pfad entlang, bis sie Lichtfels, an einen Stamm gelehnt, erblickten.

»Wenn du nichts dagegen hast, kommen wir mit dir«, schlug Aliya vor.

»Gerne.« Er richtete sich wieder auf und lief vorneweg, dabei entzündete er erneut die magische Kugel, die ein warmes, helles Licht ausstrahlte. Sie war nur zwei Fäuste groß, erhellte aber den Weg ausreichend vor ihnen.

Während sie durch die Nacht wanderten, ließ Aliya eine Frage nicht in Ruhe. Was war mit Kilian geschehen?

Gerri und Wibatem schienen nichts darüber zu wissen, doch Lichtfels sprach von einer Gefangenschaft.

Sie starrte nachdenklich auf den breiten Rücken ihres Anführers, der voranging.

»Bist du nicht für den Wachdienst eingeteilt, Wibatem?«, unterbrach Lichtfels nach einer Weile die Stille.

»Ja, gleich. Ein bisschen Zeit habe ich noch.«

»Lass mich raten … mit Gerri zusammen«, bemerkte Aliya.

»Wie kommst du nur darauf?« Ein scheinheiliger Ton schwang in Wibatems Stimme mit.

»Und Angelo. Eine perfekte Einheit.« Lichtfels drehte sich kurz zu den beiden um.

»Wenn Kilian hier wäre, wäre es sogar schon eine eingespielte Einheit.« Aliya hielt erschrocken inne und Wibatem versteifte sich neben ihr.

Hatte sie es laut ausgesprochen?

»Tut mir leid«, fuhr sie schnell fort. »Erinnerungen …«

»Entkommen fällt schwer, bei all den alten Geschichten, die wir erlebt haben.« Lichtfels wurde langsamer, um neben den beiden zu laufen. »Obwohl drei Kämpfer gar nicht nötig wären, nicht wahr, Wibatem?«

»Nein«, antwortete er kurz angebunden.

Aliya ärgerte sich, dass sie das Thema ›Kilian‹ erwähnt hatte.

»Du und Gerri in den Katakomben.« Lichtfels schien Wibatems Stimmungswandel bewusst zu übergehen, denn er schnaubte amüsiert. »Der Ruf ist euch vorausgeeilt.«

»Stimmt.« Aliya erinnerte sich an die Zeit in Brayken. Überall hatten die Menschen von den beiden gesprochen. »Das war an manchen Tagen richtig schlimm.«

Wibatem knurrte leise, dann fletschte er die Zähne, was wohl ein Grinsen darstellen sollte. »Es gab ja auch nichts Schlimmeres als mich und Gerri dort unten.«

Lichtfels lachte laut auf, Aliya und Wibatem stimmten in sein Lachen ein.

Sie war so froh, dass sie das Thema in eine bessere Richtung lenken konnten und auch Wibatem nicht länger in seinen dunklen Gedanken verweilte.

»Ich erinnere mich, dass wir als Banditen beschimpft wurden«, ergänzte Wibatem.

»Es war nicht abwegig«, sagte der Anführer und räusperte sich.

Wibatem stieß seine Faust in Lichtfels' Oberarm, sodass er erneut lachte.

Die drei näherten sich dem Waldausgang und erreichten eine Steinwand, an der eine schmale Treppe hinaufführte. Von unten konnten sie bereits die Köpfe der weißen Statuen erkennen. Sie stachen aus der Dunkelheit heraus wie ein Mond am nächtlichen Himmel.

Während Lichtfels und Wibatem vorausgingen, zögerte Aliya einen Moment. Seit der Ankunft hatte sie noch nicht ein einziges Mal das Plateau aufgesucht.

Ob es noch genauso aussah wie in ihrer Erinnerung?

Als sie die Treppe nach oben lief, legte sich ein Tuch der Stille über sie und ihre Freunde.

Die Statuen standen exakt dort, wo sie diese zuletzt gesehen hatte. Unberührt, aus glänzendem weißem Kalkstein geschlagen, doppelt so groß wie sie selbst, und keine ähnelte der anderen, denn sie stellten die sechs führenden Arten der Kämpfer dar: Faustkämpfer, Schütze, Heiler, Magier, Beschwörer und Schwertkämpfer.

Als Aliya den Kreis betrat, hatte sie das Gefühl, dass sie von ihnen beobachtet wurde, ehe sie an jeder von ihnen vorüberging. Sie schritt zu der Statue des Heilers, kniete vor ihr nieder und senkte den Kopf.

Mit der Schärfe der Peitsche und der Heilung in mir.

Dann dachte sie an die Akademie, an Brayken und an eine Melodie, die sie nie vergessen hatte. Sie summte diese nur, zart und samtig, wodurch ein Außenstehender es nicht erkennen konnte. Doch es reichte aus, dass Lichtfels und Wibatem innehielten.

Es war die Hymne von Brayken.

Jeder kannte die Melodie in Dekar, die mit tiefen Tönen begann und immer höher wurde.

Aliya lief ein kalter Schauer über den Rücken, da sie lange nicht mehr daran gedacht hatte. Das Lied berührte sie und drang bis tief in ihr Herz hinein. Es stärkte sie und erinnerte sie an die Zeit, in der die Tyrannei noch nicht ausgebrochen war.

Nachdem Aliya geendet hatte, stand sie auf und wandte sich ihren beiden Freunden zu. »Als ich mich für den Weg der Heilerin entschieden habe und in die Akademie aufgenommen wurde, habe ich die Hymne das erste Mal gehört.«

»Stimmt, viele kennen sie zwar, sie ist ihnen allerdings vorher nie zu Ohren gekommen.« Lichtfels drehte sich zu dem Felsen um.

»Es ist eine Schande, was mit Brayken passiert ist.« Aliyas Stimme versagte.

»Nicht nur Brayken, ganz Dekar«, erwiderte Wibatem. »Wir, die dekarischen Kämpfer, waren ein Zeichen für Freiheit. Wir dienten nie der Kriegstreiberei und der Unterjochung. Wir erhielten Geld für Wettkämpfe oder für den Schutz der Städte, nicht um Menschen zu töten. Doch Diamantenseele hat den Glanz der Kämpfer beschädigt. Jetzt sind sie ein Zeichen für Tod und Verrat. Aus den ›Beschützern des Volkes‹ wurden Mörder und Tyrannen.«

Aliya richtete ihr Wort an Wibatem. »Und genau deswegen sollten wir nicht jeden Feind umbringen.« Sie dachte an den Schützen, den sie hatte verbrennen müssen.

»Ali …« Wibatem wusste, was sie meinte, und stöhnte. »Er hätte uns verraten.«

»Das glaube ich nicht. Er hat um sein Leben gebettelt.«

Wibatem vergrub die Hände in seinen Taschen und schüttelte den Kopf.

Aliya atmete lange aus. Er wollte nur leben, mehr nicht.

Wir sind besser, dachte sie nur noch, als Lichtfels die Hände auf den Felsen legte, den er mit seiner Magie zum Leuchten bringen konnte.

»Wir dürfen nicht so werden wie sie«, murmelte er.

»Zwei sind ja schon so geworden.« Bitternis sprach aus Wibatems Worten, was Lichtfels tief Luft holen ließ. Der Anführer betrachtete seine Hände, die immer noch auf dem Felsen ruhten. Auch Aliya wusste, wen ihr Gildengefährte meinte.

Avalanze und Chronos.

Aliyas Augenbrauen zogen sich zusammen. Die Gilden waren befleckt von Verrätern, außer die, die von Anfang an auf Relikts Seite gestanden hatten. Es mussten Bündnisse gewesen sein, die im Dunkeln geschlossen wurden, da nichts nach außen gedrungen war.

Lichtfels stellte sich wieder auf und legte die Hände auf die Hüfte. »Wir geben uns einen neuen Namen«, sagte er mit einer Bestimmtheit, die keinen Widerspruch zuließ.

Aliya und Wibatem schauten ihren Anführer überrascht an.

»Wir bilden eine neue Gilde«, fuhr Lichtfels fort. »Eine, die den Ruf der Hoffnung und Freiheit mit sich trägt. Wir kehren nach Brayken zurück und gehen dann nach Lonikka, um Diamantenseele zu stürzen. Wenn die Bevölkerung von uns erfährt, wird es zu neuen Aufständen kommen, die Menschen werden neue Hoffnung und Mut schöpfen, bis er nur noch Gewalt über seine Armee hat. Wir sind die ›Beschützer des Volkes‹. Es wird Zeit, dass wir dies unter Beweis stellen.«

Genau deswegen folge ich dir.

Aliya lächelte hoffnungsvoll und ihr Herz schlug auf einmal schneller.

»Diese Idee gefällt mir«, stimmte auch Wibatem zu und verschränkte die Hände vor der Brust. »Welchen Namen willst du uns geben?«

Lichtfels holte ein Stück Stoff aus seiner Tasche, klappte es auf und sah darauf das Wappen der alten Gilde, der Schwarzen Allianz. Das Gold der Umrandung hatte sich über die Jahre abgelöst und auch die Sonne, die sich in der Mitte befunden hatte, war eingerissen und abgeblättert. Aliya erahnte sie nur noch auf dem schwarzen Grund, aber genau sie stellte das Licht in der Dunkelheit dar, den Hoffnungsschimmer für die Bevölkerung.

Lichtfels schloss einen Moment die Augen, bevor er den neuen Namen laut aussprach. »Die Allianz der Sonne.«

Seine Hände leuchteten in einem weißen Licht auf.

Lichtfels!

Aliya blieb die Luft weg und sie musste sich wegdrehen, da sie das Licht nicht länger ansehen konnte. Es war gleißend hell, als ob die Sonne aufgehen wollte.

Vögel schreckten kreischend auf, flogen in den Nachthimmel und ließen die Baumkronen erzittern. Die Dunkelheit wich dem Licht, und den Mond stellte es für einen Augenblick in den Schatten.

Als Aliya einen Blick durch ihre Finger riskierte, verschwand das Licht so schnell, wie es gekommen war. Sie starrte Lichtfels entgeistert an, dann entdeckte sie das neue Stück Stoff in seinen Händen und sog scharf die Luft ein.

Die Sonne glitzerte, als ob winzig kleine Golddiamanten darauf eingesetzt wären. Geschwungene Strahlen verliefen größer, länger und feiner von der Mitte aus zum Rand, der mit neuen

Goldfäden versehen war und einen mit feingliedrigen Ornamenten überzogenen Rahmen bildete.

Aliya versuchte, ihr Herz wieder zu beruhigen, während sich ein breites Lächeln auf ihre Lippen stahl. »Ein großartiger Name.« Sie näherte sich ihrem Anführer und berührte das schwarze Stück Stoff.

Auf einmal hörte sie Schritte auf der Treppe.

»Was ist passiert?«, rief Gerri keuchend. Ihm folgten noch zwei weitere Kämpfer, die Aliya das letzte Mal vor fünf Jahren gesehen hatte.

»Tobzell, Wolfino«, sagte sie erfreut und fiel ihren Freunden um den Hals. »Wo kommt ihr denn her?«

»Ihr Verrückten«, brummte Tobzell. »Müsst ihr uns so erschrecken?«

Er zog die Kapuze vom Kopf, sodass ein blonder, voller Haarschopf und ein kantiges Gesicht zum Vorschein kamen. Die Augen hatte er mit Kohle umrandet und auch die Kleidung, die er trug, war vollkommen schwarz.

Der Schütze kniete vor Lichtfels nieder und legte den dunklen Bogen auf den Boden.

Wolfino, der mit seiner braunen Haut und dem kurz geschorenen schwarzen Haar aus der Gruppe herausstach, machte es ihm gleich, nur dass er zwei Schwerter vor sich hinlegte.

»Lichtfels«, begann Tobzell. »Wir haben dich gefunden und sind froh, dich zu sehen.«

»*Lucspétre, té muéllos*«, sprach Wolfino und unterstrich die Worte mit einer eleganten Handbewegung, wie es die Makhener bei einer Begrüßung handhabten, wodurch jeder den Wolfskopf auf seinem Handrücken erkennen konnte. »Froh, dass … du lebst.« Sein Akzent war deutlich zu hören und er hatte immer noch Probleme, fließend Dekarisch zu sprechen.

Aliya unterdrückte ein Augenrollen. »Männer, begrüßt ihn einfach. Er ist ein Mensch und kein Gott.«

»Lass uns doch.« Tobzell grinste und zog eine Braue nach oben. »Er ist immerhin nicht irgendjemand.«

»Und das weiß er.« Sie streckte ihm die Zunge heraus und fühlte sich wieder in die Zeit der Kämpferakademie zurückversetzt.

»Steht schon auf«, bat Lichtfels lachend. »Ich freue mich auch, euch zu sehen.«

Nachdem sie sich begrüßt hatten, sprach Tobzell weiter. »Es war gar nicht so einfach, hierherzugelangen. Relikt ist in Aufruhr und durchkämmt die Wälder.«

Oh nein, sie suchen uns.

Aliya fröstelte bei dem Gedanken.

»Das habe ich befürchtet«, murmelte Lichtfels besorgt.

»Wir hätten schon gestern kommen können, aber es war zu gefährlich.« Während der Schütze seinen Bogen wieder auf dem Rücken befestigte, stimmte Wolfino ihm zu.

»Ihr habt alles richtig gemacht.« Lichtfels klopfte ihm auf die Schulter. »Ihr seid da, und das zählt.«

»Was treibt ihr drei eigentlich hier?«, fragte Gerri in die Runde. »Das Licht hat uns erschreckt, deswegen sind wir direkt hierhergelaufen.«

»Es ist alles in Ordnung. Wir haben nur die Vergangenheit unserer Gilde abgelegt.« Sein Anführer zeigte ihm das neue Wappen, woraufhin der Schütze ihn mit großen Augen anschaute. »Wir sind von nun an die Allianz der Sonne.«

Gerri stellte seine Armbrust ab, ehe er den Kopf vor ihm neigte. Tobzell und Wolfino taten es ihm gleich.

»Genau richtig … erschienen«, sagte Wolfino zögerlich.

Daraufhin ergriff Wibatem das Wort: »Wann willst du unsere Rückkehr verkünden?«

Lichtfels atmete tief ein und aus. »Wenn der richtige Zeitpunkt kommt.«

Und dieser Moment liegt vor uns, ich weiß es.

Aliya lächelte und ließ den Blick über den Himmel schweifen, der sich wieder dunkelblau über ihnen ausbreitete. Allein der Mond spendete etwas Licht.

»Diamantenseele soll diesen Namen mit einer Niederlage verbinden«, ergänzte Lichtfels noch.

»Ein sehr guter Plan«, entgegnete Wibatem und verschränkte die Arme vor der Brust.

»Wir dürfen jedoch eine Sache nicht vergessen«, begann Aliya und richtete ihr Wort an den Anführer. »Verdient eine neue Gilde nicht einen neuen Schwur?«

»Ja, du hast recht …« Lichtfels faltete das Stück Stoff zusammen. »… aber die neue Gilde muss sich noch beweisen. Ihr habt euch damals der Schwarzen Allianz nicht wegen des Namens angeschlossen, sondern weil sie sich für die Bevölkerung eingesetzt und in Wettkämpfen nicht gefeilscht hat. Deshalb wäre ein Schwur an dieser Stelle zu früh. Ich vertraue darauf, dass alle die, die hier sind, mir nicht in den Rücken fallen werden.«

»Darauf vertrauen wir auch«, stimmte Wibatem ihm zu.

Lichtfels nickte zufrieden und stemmte die Hände in die Hüfte. »Lasst uns zurückkehren, die anderen warten sicher.«

Die Gruppe setzte sich in Bewegung und lief die Treppe hinunter. Aliya hielt auf der obersten Stufe inne. Sie blickte zurück zu den Skulpturen der Gebrüder Braykion, und eine Gänsehaut zog über ihre Arme. Zum ersten Mal fiel ihr auf, dass die Figuren lächelten.

Vielleicht, dachte sie, *ist es aber auch nur der Schlafmangel, der meinen Sinnen einen Streich spielt.*

Sie wandte sich vom Plateau des Nordens ab und ließ den magischen Ort hinter sich.

Lichtfels' Erinnerung:

In den Katakomben

6 Jahre zuvor …

Die Nacht war hereingebrochen, als Jacki, Blaeck und ich über den mit Fackeln beleuchteten Großen Platz von Brayken liefen. Reges Treiben herrschte noch in den Straßen der Stadt. Die Kämpfer tauschten oder verkauften ihre Waffen, die Bewohner schlossen Wetten ab, wer als Nächstes gewinnen würde, und andere duellierten sich, um Gold zu verdienen.

Oft schaute ich mir die Straßenkämpfe an, um neue Mitglieder für meine Gilde zu finden, aber an diesem Abend stand eine Jagd im Vordergrund. Nicht außerhalb der Stadt in den Wäldern, sondern unterhalb von ihr in den Katakomben.

Die Gänge dienten einst dem Wasserabfluss des Merian, der nach einem Hochwasser die halbe Ebene um Brayken überschwemmt hatte. Nachdem der Wasserstand wieder gesunken war, blieben die Gänge leer, bis sich wilde Tiere dort einnisteten.

Die Kämpferakademie hatte sich dies anfangs zunutze gemacht, da der Ort bestens zum Kämpfen geeignet war. Doch als einige sich tagelang dort unten verlaufen hatten oder sogar verstorben waren, wurden die Zugänge gesperrt und nur noch die Mutigsten wagten sich hinunter.

Mein letzter Besuch lag schon länger zurück, daher freute ich mich umso mehr auf eine neue Gelegenheit, meine Fähigkeiten auf die Probe zu stellen.

Wenige Straßen neben dem Markt führte uns der Weg zur Feuer-Arena, einem überdachten Kampfgelände mit großem Feld und Tribünen, auf denen Tausende Zuschauer Platz fanden. Wir näherten uns der Eingangspforte, die von Säulen flankiert wurde, an welchen Feuerranken in die Höhe wuchsen. Oben mündeten sie in ein flackerndes Feuer, das die weißen Steinwände in ein Blutrot tauchte. Es blendete regelrecht, sodass sich meine Augen erst an die Helligkeit gewöhnen mussten, ehe ich etwas erkannte.

Wir gingen durch die Pforte hindurch und steuerten einen Seitengang an, der nicht mehr mit Fackeln beleuchtet war. Unsere Schatten huschten voraus, bis sie eins mit der Dunkelheit wurden.

Erst nach zwei weiteren Abzweigungen erblickten wir am Ende des Ganges eine Sackgasse, bei der eine einzige Fackel für Licht sorgte. Sowohl weiße Steine als auch ein paar graue und dunkelrote bildeten ein farbiges Muster auf der Mauer.

Ich ließ Jacki den Vortritt und nahm etwas Abstand von ihm. Der Magier öffnete seine Hand und entzündete mit einem Schnippen ein Feuer, als hätte er ein Zündholz zwischen den Fingern. Er pustete dieses auf einen der roten Steine. Sofort stand die Mauer in Flammen und anstelle der bunten Musterung tauchte mit einem Mal eine Öffnung vor uns auf, die in einen Gang in den Untergrund führte.

»Blaeck?« Ich wandte mich ihm zu, während ich meine Stahlhandschuhe aufsetzte.

»Schon erledigt«, antwortete der Dunkelelf grinsend.

Mittlerweile waren wir so gut eingespielt, dass ich kaum noch die Frage nach dem Schutzschild stellen musste.

»Möge die Jagd beginnen«, raunte ich verheißungsvoll.

Nachdem wir den Gang betreten hatten, löschte sich das Feuer hinter uns von allein.

Von innen betrachtet wirkte die Mauer, als stünden wir vor Glas. Niemand konnte uns von außen beobachten und nur ein Magier, der das Feuer beherrschte, oder eine Fackel machten den Eingang erneut sichtbar.

In meinen Händen ließ ich eine Lichtkugel entstehen, die vor mir schwebte, damit sie uns den weiteren Weg erleuchtete. Der Zauber verbrauchte weniger Kraft als ein magisches Feuer, da ich die Fähigkeit, das Licht einzufangen und nachzuahmen, schon immer in mir trug, wohingegen Magier erst lernen mussten, mit dem Element umzugehen.

Wir folgten der Treppe hinab, immer tiefer unter die Arena von Brayken. Der Gang wurde enger und die Wände schienen sich uns zu nähern, sodass wir nicht mehr die Arme ausstrecken konnten. Das Einzige, was wir vernahmen, waren unsere Schritte, die wie ein Echo von den Wänden widerhallten.

Nach einer Unzahl von Stufen erreichten wir endlich das Ende der Treppe und eilten durch den Gang, bis er sich teilte.

»Wo wollen wir heute jagen?« Jacki und Blaeck sahen mich erwartungsvoll an.

»Was haltet ihr vom Westen?«, schlug ich vor.

Meine Freunde nickten und ich ging voraus.

Je weiter wir kamen, desto kälter und zugiger wurden die Gänge, sodass sich der Wind, der durch die Katakomben strich, wie ein Wehklagen anhörte. Ein wahres Labyrinth tat sich vor uns auf. Ich merkte mir die Abzweigungen, die wir gegangen waren: Rechts, links, gerade, rechts. Ich wiederholte die Richtungswechsel im Kopf wie ein Lied.

Mein Blick fiel auf die Wände neben mir, die zerkratzt und mit tiefen Rissen übersät waren, sodass ich mit einem Finger mühelos hineinfassen konnte.

Das Territorium der Drachenechsen begann.

Blaeck schloss einen Moment die Augen. »Es ist kein Heiler in der Nähe«, murmelte er.

»Gut, dann sind wir mit dir schon besser aufgestellt als andere. Weiter!« Ich ging wieder voraus, dämpfte die Lichtkugel etwas, indem ich in Gedanken zu ihr sprach.

Unsere Schritte wurden langsamer und leiser. Wir lauschten auf jedes Geräusch, versuchten, jedes Beben zu fühlen, und nahmen die immer stickiger werdende Luft wahr.

Als ich ein Röcheln gewahrte, blieb ich stehen.

Ich drehte mich einmal um die eigene Achse, um auszumachen, wo das Geräusch herkam. Die weiteren Abzweigungen sahen zwar zum Verwechseln ähnlich aus, doch ich vertraute meinem Instinkt und wählte den Gang, aus dem warme, modrige Luft in unsere Richtung wehte.

Ich hörte einen Schrei. Oder zwei? Drei?

Der Ruf war kurz und laut, hinterließ ein mulmiges Gefühl in meinem Bauch, denn in diesem Moment wusste ich, dass er von einem Menschen stammte.

Sein Echo drang überall hin, in jeden noch so schmalen Winkel, in sämtliche Ecken und Ritzen.

Nur wenige Atemzüge später folgte ein schrilles, hohes Kreischen, gemischt mit Knurren und Fauchen, wodurch ich zusammenzuckte. Der eine Schrei löste einen Chor an weiteren Rufen aus, der meine Haare zu Berge stehen ließ.

Ich schaute meine beiden Freunde an, die ihre Waffen bereithielten. »Sie sind in der Nähe.«

Wie aus dem Nichts bebte der Boden und wir vernahmen das Klirren von Schwertern. Ein Knirschen erklang, als ob Nägel über eine Unterrichtstafel schabten.

Ich hasse dieses Geräusch, dachte ich.

Hier unten klang es sogar noch schlimmer als in den Räumen der Akademie.

Jacki verzog ebenfalls das Gesicht angewidert und Blaeck holte tief Luft, während es mir eiskalt den Rücken herunterlief.

»Kommt.« Ich rannte los, ließ mich von dem Gekreische und dem modrigen Geruch leiten.

Vorsichtshalber schob ich die Stahlhandschuhe fester auf meine Hände, falls unerwartet ein Tier hinter einer Ecke lauerte.

Der gemauerte Weg wurde größer und mündete in einem Höhlengang, von dessen Decke Wasser auf uns heruntertropfte. Der Geruch von Blut und Fleisch drang mir entgegen, sodass ich ein Würgen unterdrückte und nur noch durch den Mund zu atmen versuchte.

Schließlich gelangten wir in eine Höhle, die eine Höhe von drei Mann aufwies. Unser Blick fiel auf die Spuren des Kampfes, den wir gehört hatten. Blut und zertrümmertes Gestein sammelten sich auf dem Boden. Bis auf ein paar Feuerpfeile, die in der Decke steckten, war es stockfinster an diesem Ort. Doch das Kreischen und der Lärm, welche die Luft erfüllten, zeigten uns deutlich, dass der Kampf noch nicht vorüber war.

Ich erhellte meine Kugel etwas und erkannte Drachenechsen sowie zwei Kämpfer am hinteren Ende der Höhle, die für den Aufruhr verantwortlich sein mussten.

Die Haut der Tiere schimmerte achatrot und war übersät mit scharfkantigen Schuppen. Als am gefährlichsten galten die spitzen Stacheln auf dem Rücken, die alle Jäger begehrten. Auch wir waren wegen der Stacheln hier, mit denen viele Schmiede Stahl und Eisen verhärteten. Unter den dekarischen Kämpfern stellten sie den Grundstein für jede Waffe dar. Je größer die Drachenechsen waren, umso mehr Stärke steckte in ihren Stacheln.

Ich zählte drei, vier, fünf große Tiere sowie eine Menge kleinere und keuchte, als ich begriff, dass wir inmitten eines Nestes standen. Die Eindringlinge waren jedoch nicht wir, sondern die beiden Kämpfer, die es mit den Drachenechsen aufgenommen hatten.

Einer war ein Schütze mit Armbrust, der andere hielt zwei Schwerter in der Hand. Mehr erkannte ich nicht, da sich die Drachenechsen immer wieder vor mein Blickfeld schoben. Einige der Kreaturen waren so groß, dass sie zwei ausgewachsene Menschen unter sich begraben könnten.

»Sie haben keinen Heiler!«, rief Blaeck mir zu, den ich durch das Gekreische kaum verstand.

»Dann sind sie nicht allzu gefährlich für uns!« Ich schoss meine Lichtkugel an die Decke, sodass sie wie ein Kugelblitz ihre Strahlen ausbreitete.

Schlagartig schauten alle Augen zu uns und die Schreie hallten noch lauter durch die Höhle. Einige der Drachenechsen bewegten sich mit zusammengekniffenen Augen auf uns zu, während ich meine Stahlhandschuhe magisch auflud, bis sie glühten.

Mit der Kraft der Faust.

Der Leitspruch der Faustkämpfer schoss mir durch den Kopf und damit schlug ich die kleineren Drachenechsen, die mich inzwischen erreicht hatten, beiseite. Rasch wich ich ihren Krallen und Zähnen aus, als sie versuchten, nach mir zu beißen.

Jacki attackierte sie indessen von hinten mit immer abwechselnden Feuerkugeln und Steinbrocken, während Blaeck sie mit einem Giftfeld fernhielt.

»Verschwindet, das ist unser Revier«, rief mir einer der fremden Kämpfer zu. Er sah aus wie ein Junge, nicht älter als achtzehn, war blass und trug sein braunes Haar kurz.

Er kämpfte sich an meine Seite, immer wieder die Drachenechsen abwehrend, und als er mich erreicht hatte, sah ich in seine Augen. Das eine war blau, das andere grün.

»Steht hier irgendwo dein Name?«, fragte ich und rammte meine Faust in den Boden, sodass dieser vibrierte und die Echsen zurückwichen.

Wütend verzog er das Gesicht und griff mich an, doch meine Stahlhandschuhe wehrten das Eisen seiner Waffen ab.

»Es sind genug Bestien für alle da!«, bellte ich.

»Nein«, knurrte er und wurde immer schneller.

Als sich eine Drachenechse auf uns stürzte, wurden wir auseinandergedrängt. Der Kämpfer kratzte mit seinen Schwertern über die Schuppen und schlug nacheinander vier Stacheln ab, woraufhin das Tier vor Schmerzen schrie.

Nur einen Wimpernschlag später näherte sich der Schütze. Flink tauchte er neben seinem Kameraden auf, sammelte die Stachelspitzen ein und warf sie in den Köcher.

Die kleineren Tiere wichen vor mir zurück, sodass ich mich auf eines der größeren Exemplare stürzen konnte. Ich rannte auf die Echse zu und sie wollte sich gerade auf zwei Beine stellen, als Blaecks Peitsche sich um ihre Schnauze legte und sie wieder nach unten zog. Die Kreatur wehrte sich, währenddessen holte ich aus und brach die zwei vordersten Stacheln ab. Endlich hatte auch ich welche ergattert und steckte sie wie Dolche an meinem Gürtel fest.

Ein Bolzen schoss knapp an mir vorbei und ließ mich herumfahren. »Eine Warnung reicht wohl nicht, oder?«, drohte mir jetzt der Schütze. Mein Gegenüber besaß kinnlanges, krauses braunes Haar und über seinen Lippen wuchs ein Schnurrbart. Er sah viel älter als der andere Kämpfer aus.

»Ihr habt sicher genug, jetzt sind wir dran!«, rief Jacki erbost.

»Das hättet ihr wohl gerne!« Der Schütze spuckte auf den Boden.

Während ich von einer weiteren Drachenechse abgelenkt wurde, die auf mich zupreschte, sah ich im Augenwinkel, wie der jüngere Kämpfer seine beiden Schwerter wegpackte und eine ausholende Bewegung machte. Er breitete die Hände aus und vor ihm entstand ein Drache, fast so groß wie die Höhle selbst.

Verblüfft hielt ich inne und auch die Echse, gegen die ich gerade kämpfte, erstarrte beim Anblick des Untiers.

Er war ein Beschwörer mit der Fähigkeit, ein solches Tier herbeizurufen. Wölfe, Elementgeister oder Greife hatte ich schon öfter gesehen, aber einen Drachen? Mir fiel nur ein Lehrmeister ein, der dies geschafft hatte.

Nacheinander wichen die Drachenechsen zurück und für den Moment dachte ich, dass wir sie in die Flucht geschlagen hätten. Doch ich irrte mich, denn im nächsten Moment krochen weitere Echsen in die Höhle, größer als die bisherigen.

Obwohl der Ort weitläufig war, wurde es immer enger darin, selbst das Fauchen und Knurren der Bestien dröhnte regelrecht in unseren Ohren. Beißender Gestank drang uns in die Nasen, und der Boden bebte ohne Unterlass.

»Lichtfels!«, schrie Jacki. »Das ist Wahnsinn, wir müssen weg!«

Auch in den Gesichtern der beiden Fremden zeichnete sich Panik ab. Trotz des Drachen hatten sie eine Übermacht gegen sich.

»Kommt schon«, rief ich ihnen zu und zeigte auf den Ausgang.

Sie zögerten, doch am Ende hatten sie keine Wahl, wenn sie von den Bestien nicht in Stücke gerissen werden wollten. Wir liefen den Gang hinunter und die beiden rannten nur wenige Schritte hinter mir her.

Die Wände erzitterten, drohten durch den Sturm an Drachenechsen, welche die Verfolgung aufgenommen hatten, einzustürzen. Mein Herz hämmerte wild in meiner Brust.

Die Drachenechsen brüllten und ihre Krallen schabten über den Boden. Am schlimmsten waren ihre Schreie, die von den Wänden widerhallten.

Wir stürmten durch die Gänge und versuchten zu entkommen, aber sie ließen sich nicht abschütteln.

»Wo lang?«, schrie Blaeck mir zu.

Ich überlegte und stellte fest, dass ich die Orientierung verloren hatte.

»Hier!« Der Schütze zeigte nach rechts und führte uns weiter an. Er war schnell, sodass wir Mühe hatten, mit ihm mitzuhalten.

Die Luft wurde kühler und die Kratzer an den Wänden weniger, es schien der richtige Weg zu sein. Obwohl wir uns der Oberfläche näherten, ließen die Tiere nicht von uns ab.

»Ihr!«, rief der Schütze uns wieder zu. Während er sprach, musste er Luft holen. »Dort vorne links! Dann geradeaus und noch einmal links! Verstanden?«

Ich nickte ihm zu.

»Wir gehen rechts!«

»Ist das nicht ein Umweg?«, fragte ich hektisch.

Er winkte ab und ich hatte keine Zeit, seine Worte weiter zu überdenken, also blieb mir nur, ihm zu vertrauen. Uns verband in dem Moment eines: Wir wollten überleben.

Wie von ihm gefordert rannten wir den Gang entlang. Kalte Zugluft schlug uns entgegen und es roch nach Erde.

Natürlich, dachte ich.

Hier in der Nähe befand sich der Eingang zur Erde-Arena.

Ich lief noch einmal nach links und stürmte weiter, während Jacki und Blaeck mir folgten. Das Gekreische der Drachenechsen wurde zwar leiser, doch noch immer waren sie hinter uns.

Vor mir tauchte eine Treppe auf, die nach oben führte und an deren Ende ich den Nachthimmel erblickte. Ich nahm mehrere Stufen auf einmal und stürzte schließlich durch die Öffnung.

Ich war entkommen.

Erleichtert ließ ich mich auf das weiche Gras vor mir fallen.

Ich rang nach Luft, hustete und spuckte, während ich feststellte, dass Jacki und Blaeck sich ebenfalls erschöpft neben mir zu Boden fallen ließen.

Ein Knurren erklang hinter mir. Aber als ich mich umdrehte, erkannte ich nur zwei hochgewachsene Kastanienbäume, in deren Schatten sich eine grüne Gartenanlage befand. Genau diese beiden Bäume stellten den Eingang dar, den man von außen nicht sehen konnte. Während bei der Feuer-Arena Feuer den geheimen Gang sichtbar machte, unterschied sich der Eingang der Erde-Arena davon.

Völlig außer Atem und mit wackeligen Beinen richtete ich mich auf. Dabei krallte ich meine Finger in das Gras und die Erde, nahm etwas davon in die Hand und warf es zwischen die beiden Stämme, sodass sich die Öffnung zeigte.

Eine Drachenechse stand davor und bleckte die Zähne, aber sie kam nicht zu uns, da die Eingänge magisch versperrt waren. Nur dekarische Kämpfer und die, welche es werden wollten, hatten eine Erlaubnis, durch die Portale in die Katakomben zu gelangen.

Knurrend schaute mich die Kreatur an, ehe sich der Eingang wieder verschloss, doch ich spürte, dass ihr Blick immer noch auf mir ruhte.

14

In der Dunkelheit der Nacht

Wibatem

Gegenwart

Schweigend lief Wibatem mit Gerri zum Taleingang, während der Rest der Gruppe sich zum Lager aufmachte. Die Nacht war ihr einziger Begleiter, weder zischte der Wind noch rief eine Eule. Nur ihre Schritte auf dem steinigen und sandigen Boden sowie das Brennen der Fackel waren zu hören.

»Was ist los, Junge?«, fragte Gerri nach einer Weile. »So schweigsam heute? Ist es wegen der neuen Gilde? Gefällt dir der Name nicht?«

Wibatem blieb kurz stehen und verdrehte die Augen. »Das ist es nicht.«

»Ist es wegen der Kleinen?« Sein Freund drehte sich zu ihm herum.

Volltreffer.

Gerri kannte ihn einfach zu gut oder es war zu offensichtlich gewesen. »Wusste ich's doch.« Er ging voran, aber Wibatem ahnte, dass er weiter nachhaken würde.

Sie liefen am Rande des Tals entlang, wo sie über den alten Steinweg marschierten. Hintereinander kletterten sie über die Felsen, die den Weg versperrten.

»Wenn du reden möchtest, ich habe gute Ohren«, bot sein Kamerad an, nachdem sie das Hindernis hinter sich gebracht hatten.

Wibatem blieb erneut stehen und wandte sich ihm zu. »Aliya hat mir gezeigt, was ihr und Laolin widerfahren ist.« Er machte eine Pause, um alle Eindrücke im Kopf zu sortieren. »Laolin wurde von ihrem eigenen Bruder getötet. Relikt hat seinen Willen gebrochen und er war nicht mehr in der Lage, darüber nachzudenken, was er tat.«

»Eine scheußliche Erinnerung«, murmelte der Schütze leise.

»Aber es kommt noch schlimmer.« Wibatem trat einen Stein weg, während Gerri innehielt.

»Was kann schlimmer sein als der Tod?«

»Es war mein Dolch.« Wibatem schluckte. »Einer, den ich geschmiedet habe.«

Gerri strich sich über den Bart und hob die Augenbrauen, wodurch sich Falten auf der Stirn bildeten. »Früher oder später gelangt jede Waffe in Relikts Hände. Warum überrascht dich das?«

Wibatem wusste darauf keine Antwort, schüttelte nur den Kopf und setzte seinen Weg fort.

»Du hast ein schlechtes Gewissen«, stellte Gerri nach einer Weile fest, woraufhin sich die beiden ernst ansahen.

Ja, das hatte er.

Während Gerri ihm damals die Materialien brachte, hatte Wibatem in den ersten zwei Jahren Waffen geschmiedet. Nicht für Relikt, sondern für andere kleine Gilden, die dafür gut bezahlten. Sie entwickelten sie zum Schutz, aber nicht, um der Allianz zu schaden.

»Wir hätten die Waffenaufträge ablehnen müssen und …«

»Hey«, unterbrach Gerri ihn, legte ihm eine Hand auf die Schulter und brachte ihn dadurch ein weiteres Mal zum Stehen. »Keiner von uns dachte daran, dass wir Lichtfels und all die anderen wiedersehen. Wir mussten uns wie alle durchschlagen und irgendwie weitermachen. Hätten wir die Aufträge abgelehnt, stünden wir nicht hier.«

»Sie kämpfen mit unseren Waffen gegen uns.« Wibatem klang resigniert.

Er fuhr sich mit beiden Händen durch das Haar und sah ins Tal hinunter, an dessen Eingang er eine Feuerkugel entdeckte, die vermutlich von Angelo stammte.

»Meine alten Armbrüste sind sicher auch beschlagnahmt worden. Na und?« Gerri zuckte mit den Schultern, ehe er weiterging, direkt auf den hellen Schein zu.

»Der Dolch hat Laolin getötet, und Relikt verwendet meine geschmiedeten Waffen. Statt sie all die Jahre zu schwächen, haben wir sie stärker gemacht«, sagte Wibatem ernst.

»Nein.« Gerris Widerspruch kam sofort, ohne Zögern und mit klarer, kräftiger Stimme. »Wir sind nie unter ihrem Wappen gelaufen. Das ist der große Unterschied, Junge.«

Wibatem atmete lange aus. »Kilian hatte recht.«

»Ach komm …« Gerri machte eine wegwerfende Handbewegung und beschleunigte seine Schritte, da sie beinahe bei Angelo angekommen waren. »Kilian hat sich dagegen entschieden. Und wo ist er jetzt? Wahrscheinlich tot.«

Wibatem schluckte den bitteren Beigeschmack herunter, während er auf Gerris Rücken starrte, der ihm nun voranging.

Sein Kämpferfreund Kilian war gegen die Waffenaufträge gewesen, zwar nicht von Anfang an, aber als sie vermehrt bei ihnen eingingen.

Mit jeder Waffe, die entsteht, nehmen die Kämpfe zu.

Er hörte die Stimme seines Kameraden klar und deutlich im Kopf, immer wieder und wieder, als ob er neben ihm stünde.

Wir müssen Relikt schwächen, da, wo es sie am meisten trifft. Keine Waffen, keine Kämpfe. Keine Kämpfer, keine Sonderarmee.

»Na, schön dass ihr auch noch kommt«, begrüßte Angelo die beiden mit einem genervten Unterton, als sie ihn erreichten, und riss Wibatem damit aus den Gedanken.

»Wir mussten am Plateau kurz die Lage überprüfen«, erklärte Gerri und stellte seine Armbrust neben dem Eingang ab.

»Irgendwelche Neuigkeiten?«, fragte Angelo.

»Wir haben einen neuen Namen«, antwortete Wibatem. Er holte sich die Fackel von Gerri und befestigte sie zwischen einer schmalen Felsspalte. »Die Allianz der Sonne.«

Angelo verzog verblüfft den Mund. »Das klingt gut.«

»In der Tat«, stimmte ihm Wibatem leise zu und vergrub die Hände in den Taschen.

Er hatte eine falsche Entscheidung getroffen und hasste sich dafür. Hätte er den Dolch nicht geschmiedet, hätte Laolins Bruder ihn nie erhalten, doch er hätte womöglich eine andere Waffe gehabt, um sie zu töten. Gleichgültig, wie lange er sich darüber den Kopf zerbrach, besser machte es die Tat nicht, denn die Kämpferin hatte ihr Leben gelassen und blieb nur noch eine Erinnerung.

Während Wibatem versuchte, sich abzulenken, nieste Angelo neben ihm und stöhnte dabei. Als er zu ihm schaute, erkannte er dunkle Flecken in seinen Händen.

»Ist das Blut?«, fragte Wibatem.

»Halb so wild«, antwortete Angelo.

»Wie lange hast du das schon?« Sorge schwang in seiner Stimme mit.

»Seit dem Zusammentreffen mit Chronos.« Der Magier sagte es so tonlos, als wäre es nicht weiter bedenklich.

»Wie bitte?« Gerri zeigte mit seinem Finger zum Lager. »Du gehst sofort zu Blaeck oder Aliya, von mir aus auch Lara.«

»Es ist wirklich nichts.«

»Los!« Gerri ließ keine Widerrede zu. »Sofort!« Ärger stand ihm ins Gesicht geschrieben.

Angelo suchte Wibatems Blick, aber er stimmte Gerri zu. »Geh. Das muss geheilt werden.«

»Dafür ist es eh schon zu spät.«

Gerri sprang auf. »Ich schleife dich persönlich ins Lager, wenn du weiter mit mir diskutierst.«

Der Magier raffte sich genervt auf und ließ erneut eine handgroße Feuerkugel vor sich entstehen. »Bis gleich.«

Wibatem beobachtete die Kugel, bis sie hinter den Bäumen verschwunden war und er sie nur noch als einen Schimmer wahrnahm.

»Warum hat er es nicht gleich heilen lassen?«, fragte er sich.

»Was weiß ich … vielleicht war Lara zu geschwächt.« Gerri verschränkte die Arme vor der Brust und schaute über das Tal hinweg.

Obwohl der Schütze für seine oftmals störrische und überhebliche Art bekannt war, erleichterte es Wibatem, ihn als seinen Kameraden bezeichnen zu können. Ihre Freundschaft hatte in den letzten Jahren keinen Schaden genommen, da sie stets ehrlich und aufrichtig zueinander waren. Während Gerri ihm Kontra bot, war Kilian eher der Mitläufer unter seinen Freunden gewesen. Dafür war Wibatem ihm dankbar, da ihm auf diese Weise immer Vertrauen entgegengebracht wurde. Ihre Freundschaft hielt lange stand, war doch Kilian derjenige, der ihn mit nach Brayken genommen hatte. Die drei Kameraden hatten so viel zusammen erlebt, viele Kämpfe gewonnen, sogar eine eigene Schmiede in Betrieb genommen. Aber bei den Waffenaufträgen hatte Kilian sich gegen ihn und Gerri gewendet, was letztlich zum Bruch der Freundschaft geführt hatte.

»Kilian lebt, an etwas anderes glaube ich nicht«, sagte Wibatem bestimmt.

»Wir werden sehen.« Gerri setzte sich neben die Felsspalte auf den Boden.

Er lebt, dachte Wibatem, ehe er tief aus- und einatmete.

Das Tal lag friedlich vor ihm und er lauschte der Ruhe der Nacht, als irgendwo ein Kieselstein herunterfiel.

War Angelo schon zurück? Gerri und Wibatem horchten auf, strafften die Rücken und blickten sich um, wandten sich aber sogleich wieder davon ab.

»Vielleicht war es eine Maus?«, fragte der Schütze.

»Oder der Wind?« Wibatem lehnte den Kopf zurück an die Felswand und betrachtete den Mond, der ihn an einen weißen Edelstein erinnerte.

In diesem Moment stürmten rote Kämpfer durch die Felsspalte.

Gerri hielt die Armbrust schon in den Händen, und Wibatem hatte eines seiner Schwerter gezogen, doch zu einem Kampf kam es nicht mehr.

»Keine Bewegung«, sagte eine monotone, tiefe Stimme.

Verflucht, verflucht, verflucht!

Wibatems Herz raste. Warum hatten sie nicht genauer hingehört?

Avalanze trat aus dem Schatten der Felsspalte in den Schein der Fackel. Sein schwarzes Haar hatte er streng nach hinten gebunden und ein Lächeln zeichnete sich auf seinem Gesicht ab. Dicht auf den Fersen folgte ihm Chronos, dessen Wangen angeschwollen und mit roten Flecken übersät waren.

»Wibatem und Gerri, es ist schön, euch wiederzusehen.«

»Die Freude ist ganz meinerseits«, entgegnete Gerri und zielte auf ihn.

Avalanze lächelte noch mehr und warf einen Blick neben sich, wo ein Relikt-Kämpfer mit Peitsche stand. »Das ist ja wie eine Familienzusammenführung! Endlich sind wir wieder vereint.«

Wibatem biss die Zähne zusammen. Immer mehr Feinde liefen den Weg zum Tal hinunter, was er nicht zulassen durfte. Er musste etwas unternehmen, irgendetwas, um die Allianz zu warnen.

»Hier habt ihr euch also versteckt.« Chronos spuckte auf den Boden. »Diamantenseele wird sich freuen.«

»Versteckt?« Gerri senkte seine Waffe. »Ich habe euch doch hierhergeführt.«

Wie bitte?

Wibatems Mund blieb offen stehen. »Gerri?«

Auch Avalanze sah ihn mit schmalen Augen an. »Wovon redest du?«

»Hat dir Diamantenseele nichts erzählt?«, fragte der Schütze ungläubig.

Wibatem verstand kein Wort, nein, er *wollte* es nicht verstehen. Das konnte nicht wahr sein, schließlich kannte er Gerri gut genug, um zu wissen, dass er sich nie mit dem Feind verbünden würde. Sein Hals fühlte sich an wie zugeschnürt und je länger er Gerri betrachtete, desto unsicherer wurde er.

Avalanze drehte sich zu Chronos um. »Weißt du etwas?«

Dieser schüttelte nur den Kopf.

»Wartet, ich habe hier irgendwo …« Gerri stellte die Armbrust auf dem Boden ab, lehnte sie gegen sein Bein und durchsuchte sämtliche Taschen nach etwas. Zuerst tastete er die Hosentaschen ab, dann die Umhangtasche, schließlich griff er in die Innentasche seiner Tunika. »Ah, da ist er ja. Der *Brief*.«

»Gerri, ist das dein Ernst?« Wibatems Wut klang drohend wie ein Gewitter.

Alle Augen schauten zu ihm und in diesem Moment bemerkte er das Zwinkern seines Freundes, was ihn schlucken ließ.

Du bluffst nur?

Wibatem war selten so erleichtert wie in diesem Moment und entschied sich sofort, mitzuspielen. Wenn sie stritten und er ihn angriff, könnte es sein, dass der Heiler ihm einen Schutzschild verpasste.

»Du mieser Verräter, ich steche dich ab!« Blitzschnell zog er mit seiner freien Hand einen Dolch aus dem Gürtel und schleuderte ihn auf Gerri.

»Nein!«, schrie Avalanze, und der Heiler neben ihm reagierte sofort.

Gerri duckte sich, als der Dolch an einem Schutzschild abprallte.

»Vielen Dank«, sagte der Schütze schmunzelnd und schnappte sich seine Armbrust, die bereits magisch leuchtete.

Die Relikt-Kämpfer standen unter Schock, als der Bolzen über die Baumkronen hinweg in den Himmel flog. Dort explodierte er in lauter leuchtende Funken, die aussahen wie rote Sternschnuppen.

Wibatem nutzte die Ablenkung, stürmte durch die Reihen der Feinde und ging hinter einem Felsen in Deckung, ehe er seinen Drachen heraufbeschwor, der sich auf Relikt stürzte.

Der Boden bebte und Feuer durchschnitt die Nacht. Um ihn herum vernahm er das Ziehen der Schwerter und das Brüllen des Drachen, dessen Magie an seinen Kräften zog.

Keuchend atmete Wibatem ein und überlegte, was er als Nächstes machen sollte. Er musste in den Wald, denn er brauchte dringend Abstand zum Feind und daher blieb ihm nichts anderes übrig, als aus der Deckung zu springen und Schutz zwischen den Bäumen zu suchen.

Er presste die Kiefer zusammen und hielt seine Waffen eng am Körper, ehe er zur Seite hechtete und den sandigen Abhang hinunterrutschte.

Die Luft war heiß und stickig, wodurch er einen Hustenanfall bekam. Der Sand rieb seine Hose auf und brannte auf der Haut wie Schleifpapier, was ihm Tränen in die Augen trieb. Nachdem seine Füße endlich Halt gefunden hatten, rappelte er sich hoch, da der Waldrand nur noch zwei Armlängen entfernt war. Er lief los und konnte fast den ersten Baum berühren, als sein Körper schwer wie Blei wurde.

Nein.

Wibatems Muskeln froren ein und er war gelähmt.

LICHTFELS

Lichtfels hatte sich ans Feuer gesetzt, als Aliya neben ihm stöhnend auf die Knie fiel. »Aliya?«

Blaeck war sofort bei ihr. »Was hast du?«

Sie drückte ihre Hände auf die Brust und sog zischend Luft ein.

»Ich … weiß … es … nicht«, sagte sie gequält und zitterte am ganzen Körper.

Lichtfels hockte sich vor sie hin und hielt sie an der Schulter fest.

Ich bin bei dir, dachte er. *Was kann ich tun?*

Blaeck legte seine Finger auf ihre Stirn und schloss die Augen. »Etwas zieht an ihrer Magie.«

»Der … Sch… Schild.« Aliya stotterte.

Der Schild?

Lichtfels schluckte, doch die Erkenntnis traf ihn schneller als der Blitz. »Vom Tal?!«

Etwas explodierte über ihnen und ließ nicht nur ihn, sondern alle verstummen.

Erschrocken sprang Lichtfels auf und lief um das Lager herum, als rote Funken am Nachthimmel leuchteten.

»Genau wie heute Morgen!«, schrie Sarkhan hinter ihm.

Ein Drache brüllte und eine große Stichflamme tauchte am Taleingang auf.

»Feinde!«, schrie Blaeck. »Sie haben den Eingang gefunden!«

Avalanze hat uns also in der Felsspalte gehört …

Lichtfels rannte zurück und holte seine Waffen, während sich seine übrigen Kämpfer bewaffneten. Auch Lara steckte ihre Peitsche am Gürtel fest.

»Du trägst ein Kind in dir, du bleibst hier!«, befahl er.

»Was?«, sagte sie entsetzt.

»Du hast mich schon verstanden.« Er setzte sich schnell die Stahlhandschuhe auf.

»Ich will helfen!« Die Verzweiflung stand ihr ins Gesicht geschrieben.

Lichtfels schüttelte den Kopf und wandte sich an Sarkhan. »Du bleibst bei ihr.«

Er wollte ebenfalls protestieren, ließ es aber sein, da es sonst zu viel Zeit gekostet hätte.

»Wenn ein blaues Leuchtfeuer am Himmel auftaucht, flieht ihr«, erklärte Lichtfels weiter. Sarkhan und Lara schauten sich nur verwirrt an.

»Der Eingang ist doch …«, stammelte sie.

»Es gibt einen zweiten Weg hinaus.« Lichtfels zeigte Richtung Süden, wo Blaeck diesen entdeckt und ihm gezeigt hatte, als sie noch allein im Tal gewesen waren. »Lauft südlich, ihr müsst immer das Plateau im Rücken haben. Immer! Verstanden? Dort ist ein alter Gebirgspass. Nach der Hälfte des Weges stoßt ihr auf eine Höhle, wartet dort auf uns. Wir kommen nach.«

Beide nickten zögerlich.

»Lichtfels …« Laras Stimme versagte. Sie war blass geworden und presste ihre Hände auf den geschwollenen Bauch.

»Wir sehen uns wieder«, raunte er. »Wir überleben diesen Kampf und retten zusammen Jacki. Das ist ein Versprechen.«

Und dieses würde er halten, komme, was wolle.

Sie wischte sich die Tränen fort und er rannte mit seinen Freunden los.

WIBATEM

Wibatem kämpfte gegen die Lähmung an, so stark, dass ihm der Kopf schmerzte. Er hatte keine Kontrolle mehr über seine Beschwörung, der Drache verschwand und damit das einzige Hindernis, was noch zwischen ihm und Relikt stand. Der Boden leuchtete rot unter ihm und schimmerte wie flüssige Lava.

Nein, dachte er.

Angelo tauchte vor ihm auf und drehte seinen Magierstab über dem Kopf.

In diesem Moment rammte ihn jemand von der Seite und er ging zu Boden. Wibatem schrie vor Schmerzen. Er wusste nicht mehr, was oben und unten war, als eine Eismauer hinter ihnen aus dem Boden emporschoss, an der die Pfeile und Bolzen der Feinde abprallten.

Die Lähmung löste sich langsam. Er drückte den Körper, der auf ihm lag, panisch von sich.

»Alles gut, Junge. Ich bin's.«

»Gerri, du bist …«, stammelte Wibatem, doch er wusste nicht mehr, was er sagen wollte, stattdessen half der Schütze ihm auf die Beine und gab ihm seinen Dolch zurück.

»Relikt soll nicht noch eine Waffe mehr von uns erhalten«, erklärte Gerri ernst und griff nach seiner Armbrust.

Wibatem nickte. »Danke.«

»Kommt schon«, drängelte Angelo neben ihnen.

»Pass auf!« Gerri schoss einen Bolzen an ihm vorbei, als der Feind sich näherte.

Wibatem ignorierte das Stechen in seiner Brust, die Abschürfungen an den Beinen und den dröhnenden Kopfschmerz.

Sie mussten zu den anderen.

Lichtfels

Lichtfels rannte wie von Wölfen verfolgt durch den Wald. Er hatte sein magisches Licht vorausgeschickt, welches ihnen den Weg erleuchtete. Es dauerte nicht lange, als der erste Kämpfer mit rot leuchtendem Wappen zwischen den Baumstämmen auftauchte.

»Blaeck, kämpfe dich zu Wibatem, Gerri und Angelo durch. Sie brauchen dich!«

Der Dunkelelf nickte und rannte an ihm vorbei, so schnell, dass Lichtfels glaubte, nur noch einen Schatten zu sehen.

»Aliya!«, brüllte er.

»Ich bin hier!« Sie kam keuchend und schwitzend angelaufen.

»Bist du in Ordnung?«

»Ja!«, antwortete sie bestimmt und warf bereits ein Giftfeld voraus. »Es scheinen keine weiteren Feinde durch die Felsspalte zu gehen.«

»In Ordnung. Seid ihr alle bereit?«, rief Lichtfels zu seinen Kämpfern.

»Allzeit bereit!«, schrien Aliya, Paco, Wolfino und Tobzell zeitgleich.

Sein Ruf, ihre Antwort.

WIBATEM

»Schnappt sie euch«, sagte Wibatem zu Gerri und Angelo, da sie die ersten Relikt-Kämpfer einholten, die das Lager überfallen wollten.

Es war ein Fehler, uns anzugreifen, dachte Wibatem, als er einen feindlichen Bogenschützen vor sich hatte.

Er zog seine Schwerter und holte aus, doch der Schütze entkam ihm und sprang auf einen umgefallenen Baumstamm. Nachdem der Angreifer sich umgedreht hatte, zielte er auf Wibatem und ließ einen rot leuchtenden Kreis unter ihm entstehen. Der Pfeil, der in der Sehne gespannt wurde, glühte kupferrot auf.

Wibatem sah den Angriff rechtzeitig und rammte, ohne zu zögern, seine Schwerter in den Boden. Blitze drehten sich um ihn herum wie ein Strudel, bis sie sich entluden und genau auf den Gegner zuflogen. Im gleichen Moment ließ auch der Schütze seinen Pfeil los, der sich im Flug spaltete und sich in einen von Flammen umwirbelten Pfeilhagel verwandelte.

Als die Blitze auf die Feuerpfeile trafen, explodierte es.

Wibatem warf sich auf den Boden, ehe Holz, Blätter, Moos und Erde durch die Luft flogen. Er schützte nur noch seinen Kopf und hielt kurz die Luft an.

Mehrere Herzschläge lang blieb er liegen und bewegte sich nicht.

Als die Explosion vorüber war, schnappte er endlich nach Luft. Eine Schneise hatte sich in den Boden gebrannt, und Bäume sowie Sträucher standen in Flammen. Von dem Schützen war nichts mehr zu sehen, stattdessen tauchte Chronos hinter ihm auf, dessen Schwert und Rüstung leuchteten.

Lichtfels

Lichtfels rammte seine Faust in den Boden, sodass die Erde unter ihm vibrierte und bebte. Der Schwertkämpfer vor ihm verlor das Gleichgewicht und hielt sich an einem Baum fest, doch Lichtfels ließ nicht von ihm ab.

Er ballte seine Hände und schlug sie trommelnd aufeinander. Als er sich zu drehen begann, wirbelten Blätter auf und flogen um ihn herum wie ein Tornado.

Langsam bewegte er sich vorwärts, als etwas gegen ihn drückte. Es fühlte sich an wie ein Widerstand, eine Mauer, die Lichtfels' Tornado versuchte, abzubremsen.

Schutzschild presste sich gegen Schutzschild. Seines drohte sich aufzulösen, aber es war ihm gleichgültig, auch das des Feindes würde brechen.

Dein Schild wird zu Staub zerfallen.

Die Gegenwehr ließ nach, sodass er immer weiter in die Richtung des Gegners vordringen konnte. Gleich hätte er ihn, denn er war stärker als der Schwertkämpfer, da war er sich sicher.

In diesem Moment wickelte sich eine Peitschenschlinge um seine Füße und hielt ihn erneut fest. Seine Drehbewegung stoppte abrupt, wodurch er aus dem Gleichgewicht kam. Lichtfels fluchte, als er nach hinten stürzte.

Der Tornado löste sich auf und die Blätter fielen lautlos zu Boden. Sein Blick wanderte zu dem feindlichen Heiler, der neben dem Schwertkämpfer stand.

Lichtfels schnappte sich, ohne noch mehr Zeit zu verlieren, die Peitschenschnur zu seinen Füßen und zerrte an ihr, was den Feind nun ebenfalls zu Boden warf.

Zeitgleich knurrte etwas hinter ihm und ein Schatten sprang über ihn hinweg. Ein schwarzer Wolf mit violetten Augen rannte zu den Gegnern und griff sie an, während Wolfino ihm mit gezückten Schwertern folgte. Er drehte die Waffen so schnell in den Händen, dass sie wie Flügel wirkten.

Danke, Wolfino.

Lichtfels rappelte sich hoch, hob die Fäuste und holte zum Gegenschlag aus. Zusammen mit seinem Kämpferfreund schaltete er den Heiler und den Schwertkämpfer aus.

WIBATEM

»Du entkommst mir nicht!«, schrie Chronos.

Wibatem holte tief Luft und kreuzte angriffsbereit seine Schwerter.

Du Verräter.

Ihm wurde mulmig bei dem anstehenden Kampf, denn das leuchtende Schwert und die Rüstung waren eindeutig von einem Speerkämpfer verstärkt worden, doch Weglaufen brachte nichts.

Wibatem schnaubte und lief auf ihn zu, während Chronos nur grinste und ausholte.

Als seine Schwerter auf das des ehemaligen Gildengefährten trafen, sprühten Funken auf. Seine Arme vibrierten und die Muskeln verkrampften sich. Mit der Stärke mehrerer Eisenkugeln drückte Chronos gegen ihn.

Wibatem knurrte laut und spürte, wie seine Kräfte nachließen.

Chronos lachte nur, als er die Überhand gewann. »Ich töte dich.«

»Niemals!«, schrie Wibatem.

Aliyas Gesicht tauchte vor seinem inneren Auge auf. Er hatte sie erst wiedergefunden und wollte mit ihr zusammen sein, mehr wünschte er sich nicht.

Er mahlte mit den Kiefern und drückte erbittert gegen den Feind.

»Gib schon auf!«, brüllte Chronos.

Wibatem ging in die Knie und spürte kaum noch seine Arme, doch er schöpfte Hoffnung, als das Leuchten von Chronos' Rüstung nachließ.

Der Zauber des Speerkämpfers verflog.

Nur noch ein bisschen länger durchhalten, dachte er, während sein gesamter Körper unter Anspannung stand.

»Du hast es so gewollt.« Chronos zog auf einmal sein Schwert zurück, was Wibatem nach vorne stürzen ließ.

Sein Gesicht fiel auf die kalte Erde. Er stemmte sich hoch und schaute nach oben, ehe das leuchtende Schwert erneut auf ihn niedersauste.

Wibatems Herz raste.

Er bereitete sich auf den Schmerz und den Schlag vor, der ihm jeden Moment das Leben nehmen würde. Der Traum, eines Tages mit Aliya zusammenzuleben, drohte sich aufzulösen.

Das Schwert durchschnitt die Luft.

Wibatem stöhnte und ballte die Hände zu Fäusten.

Doch kurz bevor die Klinge ihn berührte, prallte sie an etwas ab.

Chronos' Grinsen verwandelte sich in eine wütende Maske, sodass Wibatem sich umschaute.

Blaeck war ihm zu Hilfe geeilt.

»Es ist vorbei, Chronos«, sagte der Dunkelelf mit ruhiger und tiefer Stimme.

»Ha!« Der Abtrünnige zog sein Schwert zurück. »Es hat gerade erst begonnen.«

Wibatem stand auf und schleppte sich zu Blaeck. Sein Hals brannte wie Feuer und er konnte kaum noch gerade stehen. Zu oft war ihm heute das Leben gerettet worden und er schaffte es nicht, sich auszumalen, wie er das jemals wiedergutmachen sollte.

Ein feindlicher Bogenschütze kam angelaufen, hielt in seiner Bewegung inne und war gelähmt. Der nächste Schütze positionierte sich, wich aber vor Blaecks Giftfeld zurück. Immer mehr rote Kämpfer sammelten sich hinter Chronos.

Auch Avalanze tauchte auf. »Ergebt euch«, schrie er. »Noch ist es möglich!«

Wibatem schwankte, doch ehe er umfiel, stützte Aliya ihn schon und ihm wurde warm ums Herz, als er in ihre braunen Augen schaute.

Wolfino, Tobzell, Paco, Gerri und Angelo stellten sich mit erhobenen Waffen neben Blaeck auf.

»Ergebt euch!«, schrie Avalanze noch einmal. »Ohne euren Anführer seid ihr nichts.«

Wibatem schnaubte.

Wenn du wüsstest …

»Er ist weg, wann begreift ihr das endlich?«, brüllte Avalanze.

In dem Augenblick schritt Lichtfels an Wibatem vorbei und seine Stimme übertönte alles. »Nicht mehr!«

Eine Lichtkugel flog hinauf in den Nachthimmel und erhellte die Gegend, die aufgewühlte Erde, die Schneise im Boden, die gespaltenen Bäume und brennenden Äste.

Avalanze starrte seinen ehemaligen Anführer entgeistert an und wich einen Schritt zurück, genauso wie seine Kämpfer. Wie versteinert standen sie da und regten sich nicht.

Wibatem fasste neuen Mut, denn damit hatte Relikt nicht gerechnet.

Hatten die Feinde nicht ein einziges Mal ihre Rückkehr in Betracht gezogen? Er konnte es kaum fassen.

Mit geballten Fäusten trat Lichtfels vor seine Allianz und stellte sich mit erhobenem Haupt hin. »Ich bin zurück.«

15

Peitsche und Schwert

Aliya

Aliya fühlte Wibatems rasendes Herz unter ihrer Hand. Wackelig stand er neben ihr, seinen Arm hatte er auf ihre Schulter gelegt, um nicht umzufallen. Er war schweißüberströmt, Dreck klebte ihm im Gesicht, und die Hose hatte weite Risse, durch die blutige Kratzer zum Vorschein kamen. Sie drückte ihn fest an sich, was er ihr gleichtat.

»Lichtfels«, sagte Avalanze.

Aliya wollte ihn nicht ansehen, doch sie konnte nicht anders. Sie musste dem Verräter in die Augen schauen.

Avalanze schluckte und sein Kiefer spannte sich an. »Welch schöne Überraschung, dass du noch unter uns weilst.«

»Das freut mich auch.« Lichtfels nickte ihm höflich zu. »Es ist viel Zeit vergangen.«

Das war es wirklich, dachte Aliya.

»Du bist kaum wiederzuerkennen«, fuhr er fort.

Avalanze lachte. »Und du bist unverändert. Was wohl Diamantenseele dazu meint?« Er blickte in die Gesichter seiner Kämpfer.

Aliya zählte drei Dutzend Feinde, eindeutig zu viel, um sie, so geschwächt wie sie waren, zu besiegen.

»Ich schlage vor, ihr kommt mit uns.« Avalanze verzog abfällig den Mund.

»Nein«, widersprach Lichtfels, ohne zu zögern.

Anspannung lag in der Luft, immer noch bewegte sich niemand und die Bäume schwiegen.

Aliya schaute zu Blaeck, der ihnen hinter dem Rücken das Handzeichen gab, zu verschwinden, doch keiner hörte auf ihn. Niemand wollte ihn oder Lichtfels allein lassen.

»Dann seid ihr so gut wie tot.« Avalanze nahm seinen Bogen vom Rücken und legte einen Pfeil an, während die übrigen Relikt-Kämpfer sich bereitmachten.

»Avalanze, das bist nicht du«, sagte Lichtfels ruhig und ging einen Schritt auf sein ehemaliges Gildenmitglied zu. »Du warst einer von meinen Kämpfern. Warum hast du dich von mir abgewandt?«

»Oh, da wird mir fast warm ums Herz«, mischte sich Chronos ein.

»Ruhe«, befahl Avalanze kühl und zielte auf Lichtfels.

Obwohl Aliya sich sicher war, dass Blaecks unsichtbarer Schild ihn beschützte, hatte sie Angst um ihren Anführer.

Der Feind ließ ihn immer noch nicht aus den Augen. »Diamantenseele soll dir das erzählen.«

Lichtfels legte seinen Kopf schräg. »Ich möchte es von dir hören.«

»Diamantenseele hat mich wertgeschätzt, du nicht.« Avalanze schmunzelte.

»Das ist eine Lüge!«, schrie Aliya.

Wibatem hielt sie fest, dennoch wand sie sich aus seinem Griff und stürmte nach vorn. »Er hat dir vertraut, wie wir alle. Du hattest alles, was du brauchtest!«

Avalanze zielte nun auf sie. »Ich bin erster Kommandant von Relikt. Was bist du?«

Aliya ballte die Hände zu Fäusten, und die Wut brodelte in ihr hoch wie ein erwachter Vulkan.

»Ich habe Gold und kaufe mir alles, was ich möchte. Was hast du?«, sprach er weiter.

Aus den Augenwinkeln spürte sie Lichtfels' Blick auf sich ruhen und sie fasste all ihren Mut zusammen.

»Ich habe ein Zuhause, zu dem ich immer wieder zurückkehren kann. Und du?« Aliya straffte die Schultern. »Ich bin frei!«

Seine Augen wurden schmal und eine Zornesfalte zeichnete sich auf der Stirn ab.

»Ich folge keinem Befehl, sondern bin freiwillig hier.« Ihr Herz schlug wild in der Brust. »Ich gehöre einer Gilde an, in der ich frei lebe. Diese Gilde ist meine Familie und wo sie ist, ist mein Zuhause.«

Sie betrachtete Lichtfels, der sie anlächelte.

»Relikt, legt eure Waffen nieder!«, rief ihr Anführer nun laut und deutlich. »Es gibt für euch alle einen Platz, ein Zuhause, in dem ihr frei sein könnt. Diamantenseele nutzt euch nur aus. Ihr seid dekarische Kämpfer, nehmt euren Platz neben den Menschen von Dekar ein, kämpft für sie und nicht für den König.«

»Ihr seid nur voller Neid!«, schrie Chronos. »Relikt ist die Sonderarmee, wir sind besser als ihr alle.«

Lichtfels ignorierte ihn. »Avalanze, gib den Befehl, die Waffen niederzulegen. Wir müssen nicht mehr gegeneinander kämpfen.«

Abwechselnd blickte Aliya zu ihm und dem Feind. Gab es eine Chance, den Kampf noch zu vermeiden?

Chronos schnaubte währenddessen verächtlich. »Schlagen wir sie ein für alle Mal!«

»Gib auf«, forderte Avalanze, doch seine Stimme klang brüchig und viel leiser als vorher.

Als Reaktion hob Lichtfels die Fäuste auf Brusthöhe nach oben, die rot glühten wie die Sonne. »Nein.«

Stille legte sich über den Wald, und einen Atemzug später folgte der leise Befehl, der Aliya durch Mark und Bein ging.

»Angriff.« Avalanze und seine Kämpfer stürmten los.

Es ging alles rasend schnell, und nur nach und nach realisierte Aliya, was um sie herum passierte.

»Zurück!«, schrie Blaeck, während Tobzell einen leuchtenden Pfeil in den Himmel schoss, der ihn mit vielen blauen Funken zum Strahlen brachte.

Magische Zauber prallten an Blaecks Schutzschild ab, der weit über ihre Köpfe reichte, ehe Lichtfels sein gleißend helles Licht herbeizauberte und den Feind damit blendete.

Für einen Moment schien die Welt von einem weißen Tuch bedeckt zu sein. Auch Aliyas Augen brauchten kurz, bis sie sich an das grelle Licht gewöhnt hatten. Währenddessen nahm Wibatem sie mit sich und lief mit ihr, so schnell er konnte, davon.

Immer wieder blickte sie sich um und legte einzelne Schutzzauber über ihre Freunde. Die Einzigen, die fehlten, waren Blaeck und Lichtfels.

»Wo ist Lichtfels?«, fragte sie besorgt.

»*Tatir, tatir*«, rief Wolfino und rannte an ihr vorbei.

Aliya hielt inne. Sowohl ihren Anführer als auch ihren Elfenfreund wollte sie nicht ohne Unterstützung zurücklassen.

»Komm, wir müssen hier weg.« Wibatem drückte ihre Hand, aber sie bewegte sich keinen Schritt vorwärts.

»Tobzell! Gerri!« Nachdem sie die beiden Schützen gerufen hatte, kamen sie schon angelaufen. »Helft Wibatem, los.«

»Was ist mit dir?« Wibatem musterte sie mit blassem Gesicht, während Gerri ihn stützte.

Sie ignorierte seine Frage. »Geht schon, ich komme sofort nach.«

»Warte nicht zu lange, Blaeck und Lichtfels können sie nicht ewig aufhalten«, ermahnte Tobzell sie, während Wibatem den Kopf schüttelte und sich zu wehren versuchte.

»Aliya«, knurrte er noch, bevor er von seinen Freunden mitgezogen wurde.

Das Licht erlosch mit einem Mal, und die Dunkelheit übernahm wieder die Vorherrschaft. Mehrere Explosionen waren zu hören, was Aliya schlucken ließ.

»Wo seid ihr?«, flüsterte sie in den finsteren Wald.

Sie legte ihre Hand an einen der Bäume und hoffte, von ihnen eine Antwort zu bekommen, doch sie schwiegen weiterhin.

Mit einem Mal tauchte ein Beschwörer zwischen den Bäumen auf, dessen rote Rüstung leuchtete und glänzte wie flüssiges Gold.

Der Zauber des Speerkämpfers.

Aliya löste die Peitsche von ihrem Gürtel, sodass die Schlinge auf den Boden fiel. Er hatte sie ebenfalls entdeckt und rannte auf sie zu.

Sie musste ihn auf Abstand halten, bis der Zauber sich aufgelöst hatte. Erst dann konnte sie ihm die Schwerter abnehmen.

Ruhig, du schaffst das, sagte sie zu sich selbst und atmete tief durch.

Sie legte sich einen einfachen, nicht kräftezehrenden Schutzschild um den Körper und bewegte sich wie ein Schatten zwischen den Baumstämmen hin und her.

Anstatt dass der Beschwörer weiter auf sie zukam, lief er einen Kreis um sie herum. Er hatte Probleme, sie in der Dunkelheit auszumachen, sie hingegen hörte seine Schritte auf dem Unterholz, als stünde sie neben ihm.

»So ist das also«, murmelte sie und bemerkte, wie er den Kreis immer enger um sie zog.

Er begann ein Spiel zu spielen, in dem Aliya die Beute war, und das ließ sie sich nicht länger gefallen.

Sie berührte ein letztes Mal die Bäume, die immer noch nicht zu ihr sprachen.

Redet mit mir, wo ist Lichtfels?

Aliya fluchte, konzentrierte sich aber von jetzt an auf den Beschwörer.

Als er nah genug an sie herangekommen war, wagte sie den ersten Schritt. Sie versuchte, ihn mit ihrer Waffe zu treffen, doch er hörte den Angriff kommen und wich geschickt der Peitschenschnur aus.

Im nächsten Augenblick war sie diejenige, die einen Kreis um ihn lief. Immer wieder ließ sie die Schnur auf ihn zuschnellen, die er blockte, sodass der Abstand kleiner wurde.

Auf einmal war er näher, als sie dachte, holte aus und schwang seine Schwerter an ihrem Gesicht vorbei, wodurch sie einen Windhauch an ihrer Wange spürte.

Ihr Schutzschild erzitterte und Aliya sprang mit einem Rückwärtssalto von ihm weg, trotzdem blieb er ihr dicht auf den Fersen.

Sie schlüpfte durch enge Baumstämme hindurch, in denen er mit seinen Klingen ins Stocken geriet, und gewann damit genug Zeit, um wieder etwas Abstand zu erlangen.

Während Schweißperlen an ihr herunterliefen und sie nach Luft rang, änderte er seine Taktik. Auf der Stelle hielt er inne, rammte die Schwerter in die Erde und nahm seine Hände zum Mund. Er drückte sie zusammen, als ob er etwas zwischen den Fingern sammeln wollte.

Wasser? Oder Sand?

Aliya kniff die Augen zusammen. Ihr Feind war zu weit weg, um mehr zu erkennen. Erst als er die Finger öffnete und in ihre Richtung pustete, tauchte etwas Grünes vor ihm auf. Ein Nebelschleier, schwer und dicht, kroch auf sie zu.

Auch das noch.

Sie biss die Zähne zusammen und hastete los, doch der Nebel näherte sich immer schneller ihren Beinen. Auch wenn ihr Schild noch intakt war, würde er nicht lange bestehen bleiben. Die Gefahr, dass er brach, war zu groß, und ihn aufrechtzuerhalten, würde zu viel Kraft kosten.

Rasch kletterte sie an einem der Bäume hoch, um dem grünen Nebel zu entkommen. Genau unter ihr sammelte er sich und waberte hin und her wie ein gieriges Tier, das sie verschlingen wollte.

Aliya musste den Zauber unterbrechen, nur so kam sie an ihn heran. Als sie einen Blick auf ihren Gegner warf, war er noch immer in der Trance der Beschwörung gefangen, und das Leuchten seiner Rüstung verblasste. Sie rieb sich die Hände, nahm Anlauf und sprang von einem Ast zum anderen.

Nachdem sie sicher gelandet war, stellte sie fest, dass der Nebel ihr nicht folgte, worüber sie vor Freude hätte schreien können.

Schließlich kletterte sie von dem Baum und wandte sich dem Beschwörer zu, während ein Grinsen über ihre Lippen huschte.

»Jetzt habe ich dich.«

Sie streckte die linke Hand in den Himmel, deren Finger sich zu Krallen formten. Es war eine ihrer Lieblingsfähigkeiten, die nur die Heiler beherrschten. Ihren Schutzschild ließ sie verschwinden, sodass sie mit Kraft ihre Hand in den Boden rammen konnte.

Ihr Feind zuckte und sprang sofort zur Seite, um den fünf Speeren auszuweichen, die soeben aus dem Boden geschossen kamen. Eine Spitze schnitt einen langen Riss in seinen Umhang.

Aliyas Chance war gekommen.

Während sie ihre Krallenhand wieder verschwinden ließ, lief sie erneut auf ihn zu und warf die Peitschenschnur nach ihm aus. Obwohl er die Gefahr erkannte, bekam er nur noch ein Schwert zu fassen.

Die Schnur wickelte sich wie eine Würgeschlange um sein Handgelenk und den Schwertgriff. Er war festgezurrt und ein Stöhnen wich aus seinem Mund.

Statt in Panik zu verfallen, zog er mit einem Ruck daran. Sie wollte sich noch an einem Baumstamm festhalten, doch die Rinde unter ihren Fingern gab nach, womit sie nicht gerechnet hatte.

Nein!

Sie verlor das Gleichgewicht und fiel. In dem Augenblick zog er einen kleinen Dolch hinter seinem Rücken hervor, um diesen in ihre Brust zu stoßen. Anstelle eines Schildes war da nur noch ihr Arm, der sie vor der Klinge schützte.

Ein blitzartiger Schmerz schoss durch ihre Haut und die Muskeln, sodass sie aufschrie.

Der Beschwörer schnaubte verächtlich. »Du bist so gut wie tot.«

Als sie ihm in die Augen schaute, bewegte sich hinter ihm etwas. Stahl glühte auf und schlug ihm mitten ins Gesicht, was ein ekliges Krachen erzeugte und ihn zu Boden schleuderte.

Lichtfels.

Wie versteinert blieb sie stehen und schaute auf den blutüberströmten Arm. Übelkeit stieg in ihr auf.

»Ali …«, begann er, doch er brach ab.

Alles in ihrem Kopf drehte sich nur um den Schmerz in ihrem Arm. Ihre Finger zitterten und ihr Unterarm sah aus, als ob sie einen langen blutroten Handschuh trüge.

»Heile dich, worauf wartest du?« Aufmerksam beobachtete er die Umgebung, bis er sie nochmals anschaute.

Sie betrachtete sein Gesicht, in dem sich Sorge abzeichnete. »Ich … kann nicht.«

»Wie meinst du das?«, fragte er.

Aliya schaute auf den langen Schnitt und konzentrierte sich auf ihre Heilung.

Zauber, der du in mir wohnst, heile mich, stärke mich, rette mich.

Sie wiederholte die Worte mehrfach in ihrem Kopf. Ganz langsam wuchs die Haut zusammen und das Blut, das in Strömen floss, tropfte nur noch. Aliya wünschte sich, dass die Heilung funktionierte, stattdessen riss die gesamte Wunde wieder auf.

Lichtfels sog zischend Luft ein. »Du kannst dich nicht heilen?«

»Doch, aber …«

»Blaeck!«

Blaeck tauchte aus der Dunkelheit auf. Er hob ihren Arm höher und legte seine Hand darüber, sodass ein sanftes hellblaues Licht auf den Schnitt strahlte.

Aliyas Hand kribbelte augenblicklich. Die Haut zog sich zusammen und schmolz ineinander, ohne eine Narbe zu hinterlassen. Ihre Finger entspannten sich langsam, bis sie diese vorsichtig bewegen konnte.

Noch bevor Blaeck seine Hand wegnahm und den Zauber beendete, hatte sich die Wunde verschlossen, und nur das Blut erinnerte an eine Verletzung.

Aliya schaute ihn dankend an und griff nach ihrer Peitsche am Boden.

»Los, wir müssen zum Pass!« Nachdem Lichtfels sich umgeschaut hatte, rannte er weiter und nahm die beiden mit sich.

Während Aliya versuchte, ihren Herzschlag unter Kontrolle zu bringen, stieg Angst in ihr auf. Er und Blaeck hatten gesehen, wie die Heilung gescheitert war. Was bedeutete das für sie? Was dachten die beiden nun von ihr? Niemand kannte diese Schwäche, niemand außer ihr. Die Angst, das Vertrauen ihrer Freunde zu verlieren, ergriff von ihr Besitz. Wurde sie als Heilerin noch angesehen, wenn sie sich nicht einmal selbst schützen konnte?

»Achtung!«, schrie Blaeck neben ihnen.

Ein Feuerball flog an ihnen vorbei und schlug in einen Baum ein. Weitere Geschosse folgten, denen sie auswichen.

»Auseinander!«, schrie Lichtfels.

Er preschte nach links, sie und Blaeck nach rechts.

Wir brennen! Wir brennen!

Die Bäume schrien, als Blätter, Äste, Sträucher und Moos Feuer fingen, das sich wie auf einem Teppich ausbreitete.

Aliyas Augen tränten vor Schmerz und vor Hitze. Sie stürzte, als sie an einer Wurzel hängen blieb, aber Blaeck war bei ihr und zog sie hoch.

»Sie schreien …« Noch nie zuvor hatte sie das gehört und sie widerstand dem Drang, sich die Ohren zuzuhalten.

»Ich weiß«, sagte der Dunkelelf tonlos.

Wie schön der Gesang am Morgen gewesen war …

Aliya wischte sich die Tränen fort und Blaeck schob sie weiter, während die nächsten Feuerbälle an ihren Schutzschilden abprallten.

Als sie am Lager der Gilde vorbeiliefen, stieß auch Lichtfels wieder zu ihnen. »Beeilt euch!«

Aliya warf einen letzten Blick auf den Unterschlupf, bevor sie weiter mit den beiden gen Süden rannte. Doch noch ehe sie weit gekommen waren, versperrten ihnen Chronos und Avalanze den Weg.

16

FLUCHT

LICHTFELS

Lichtfels stoppte und hielt seine beiden Heiler zurück.

»Ihr dachtet, ihr könnt uns entkommen?«, fragte Avalanze in höhnischem Tonfall.

»Gebt doch endlich auf.« Chronos hob sein Schwert.

Rauchwolken stiegen in den Himmel, und der Wald hinter ihnen stand lichterloh in Flammen.

Es war sein Zuhause, das dort brannte. Ein Zuhause, das Relikt Lichtfels genommen hatte.

Wenn er das nicht vor Unheil bewahren konnte, galt es, seine Kämpfer zu schützen. Daher gab es nur den einen Ausweg an den beiden vorbei, bevor die übrigen Relikt-Kämpfer sie erreichten.

»Das reicht jetzt.« Lichtfels ballte die Hände zu Fäusten und lud seine Stahlhandschuhe auf. Er klopfte sie aneinander, ehe er auf die beiden zurannte.

Während Avalanze zurückwich, blieb Chronos stehen und presste sein Schwert gegen Lichtfels' Waffen. Funken sprühten, Stahl klirrte und beide keuchten, als die Kräfte aufeinandertrafen.

»Lasst. Uns. Endlich. In. Ruhe.« Lichtfels schlug und schlug, ohne nachzulassen.

Chronos' Gesicht verwandelte sich in eine Maske aus Wut und Hass, und bei jedem Schlag bebte sein Körper.

Unter ihnen leuchtete es auf dem Boden, was Lichtfels nicht weiter beachtete. Er vertraute auf Blaeck und Aliya, dass sie ihn vor dem magischen Angriff schützten.

Als ein Pfeilhagel auf seinen Schutzschild traf, klang es wie laute Kriegstrommeln, und die Geschosse schlugen Löcher in die Erde.

Obwohl Chronos in die Knie ging, hielt Lichtfels das Breitschwert immer noch fest.

Etwas knackte unter den Stahlhandschuhen und zuerst dachte er, dass seine eigenen Waffen die Kraft verloren, doch es war das Schwert, das nachgab.

Seine Arme zitterten unter der Anstrengung, bis die Klinge schließlich zerbrach und Chronos nur noch den Griff mit stumpfer Spitze in den Händen hielt. Entsetzt blickte der Relikt-Kämpfer auf die kaputte Klinge, als könnte er es nicht glauben. Nur noch ein Stöhnen entwich seinem Mund.

»Es ist vorbei«, rief Lichtfels.

Aus dem Augenwinkel erkannte er Avalanze, der Aliya und Blaeck mit verzauberten Pfeilen beschoss. »Das entscheide immer noch ich!«, brüllte dieser.

Lichtfels presste die Kiefer zusammen. Schweiß durchnässte ihn bis auf die Knochen, das Haar klebte ihm im Gesicht und sein Mund war wie ausgetrocknet.

Nun tauchten auch die übrigen Relikt-Kämpfer auf und umstellten sie. Eine Übermacht stand ihm gegenüber, gegen die er kaum noch etwas unternehmen konnte.

»Vernichtet die Heiler!«, schrie Chronos.

»Nein«, stöhnte Lichtfels.

Pfeile, Bolzen, Feuer und Blitze durchschnitten die Luft und prallten auf den Schutzschild. Lichtfels musste etwas unternehmen, irgendetwas.

Haltet durch, sagte er in Gedanken zu Aliya und Blaeck.

Er schnappte sich Chronos und hielt seine Faust neben dessen Kopf.

»Avalanze, stopp diesen Angriff. Sofort!«

»Was willst du tun? Ihn töten?«, fragte Avalanze voller Spott und Hohn.

Lichtfels zeigte ihm wütend die Zähne.

Konnte er ihn wirklich töten? Einen seiner ehemaligen Kämpfer?

»Bitte, tu es«, forderte Avalanze ihn auf.

Chronos sah seinen Kommandanten mit weit aufgerissenen Augen an. »Was?«

»Er wird dich nicht töten!«, versuchte Avalanze, ihn zu beruhigen. »Vertrau mir.«

Lichtfels' Faust spannte sich an.

Dieser Mistkerl.

Er holte aus und sprach erneut zu ihm. »Stopp diesen Angriff!«

Avalanze grinste ihn an. »Nein.«

Seine Antwort wiederholte sich in Lichtfels' Kopf wie ein Echo und er musste sich entscheiden. Chronos war sein Feind, ein

Verräter und würde jeden von ihnen umbringen, wenn er es könnte. Aliya und Blaeck durfte er nicht verlieren. Die beiden standen zu ihm, kämpften für ihn und blieben an seiner Seite, obwohl sie den Grund seiner Abwesenheit immer noch nicht kannten. Ihr Schutz war wichtiger und er musste sie retten.

Die Faust zitterte vor Anspannung, ehe Lichtfels sie hinunter sausen ließ und der Stahlhandschuh auf Chronos' Kopf traf. Es knackte laut, der Körper des Kämpfers erschlaffte und fiel schließlich zu Boden.

Avalanzes Grinsen erstarb und Lichtfels keuchte.

In diesem Moment erzitterte die Erde. Der Boden zerteilte sich in einen großen Graben, der sich wie eine Schlange durch die Relikt-Kämpfer bewegte und jeden einzelnen stürzen ließ. Der Angriff wurde unterbrochen und die beiden Heiler sahen sich Luft ringend um.

»Lichtfels!«

Er blickte in die Richtung, aus der ihn jemand rief, ehe er die fünf Personen erkannte, die auf ihn zugelaufen kamen.

»Ist das möglich?« Lichtfels konnte es kaum glauben, denn eben war er noch auf sich allein gestellt gewesen. In den ganzen Wirren des Kampfes hatte er nicht damit gerechnet, noch weitere Mitglieder der Schwarzen Allianz wiederzutreffen.

Der Heiler Tsunade näherte sich ihm, dicht gefolgt von Usci und Keni, zwei Bogenschützen, dem Faustkämpfer Splin und Tics, seinem ehemaligen Schwertkämpfer.

»Ihr hier?«, fragte er verdutzt.

»Ja!«, antwortete Tsunade erfreut.

Sie waren zu ihm geeilt, obwohl das Tal von Relikt gestürmt wurde, und das in einem Augenblick der größten Not.

»Los, los, los!«, schrie Blaeck. »Das Feuer gerät außer Kontrolle!«

Das Lager, der Hügel, der Wald … alles um sie herum stand in Flammen.

Lichtfels zeigte seinen Kämpfern die Richtung, in die sie gehen mussten, denn er wollte der Letzte sein, der die Lichtung betrat.

»Lichtfels!«, schrie Avalanze ihm hinterher. Der Rauch vernebelte die Sicht, doch die rote Rüstung war immer noch zu erkennen. Er hockte am Boden und schlug mit der Faust darauf ein. »Ich finde dich! Du kannst dich nicht versteck…« Seine Stimme versagte, als er hustete.

Das Feuer breitete sich aus und wie ein Vorhang ließ es die Relikt-Kämpfer hinter sich verschwinden.

Lichtfels eilte weiter, immer mit dem Plateau im Rücken. Er verdrängte dabei jeden Gedanken, jedes Gefühl, jeden Schmerz und lief Schritt für Schritt vorwärts.

Die Bäume nahmen ab und kahle Sträucher säumten den Weg. Der Pfad verlief steil nach oben, zwischen Felswänden und Steinnadeln entlang.

Lichtfels blickte nicht zurück, da ohnehin Asche und Rauch die Sicht vernebelten.

Das Tal war sein Zuhause gewesen, der Ursprung der Schwarzen Allianz. Es war der Ort, an dem nicht nur er sich wohlfühlte, sondern auch seine Gilde, und an dem er viele Entscheidungen getroffen hatte, die sein Leben für immer verändert hatten.

Innerhalb weniger Stunden verlor er alles.

Er hatte geahnt, dass auch Feinde das Tal finden könnten, doch dass es vor seinen Augen verbrennen würde?

Unsicherheit überkam ihn und er fragte sich, ob er es jemals wiedersehen wollte, so zerstört, wie es nun war.

Er erinnerte sich an den Tag, an dem er es entdeckt hatte. Auf einer Rundreise durch Dekar war er darauf gestoßen, kurz nach seiner Ernennung zum dekarischen Kämpfer. Ihn hatten die

Schönheit, die Ruhe und die Abgelegenheit des Tals verblüfft, woraufhin er sich für diesen Ort entschied.

An einem Felsvorsprung hielt er inne. Er schaute hinunter zu dem Feuersturm und der riesigen Rauchwolke, die an den Berggipfeln hängen blieb.

Der Himmel war nicht mehr nachtschwarz, sondern graue und rote Wolken bedeckten ihn. Nur ein paar weiße Schneegipfel leuchteten noch in der Dunkelheit.

Lichtfels stieß sich am rauen, kalten Gestein ab und holte tief Luft.

Relikt hatte sie erneut geschlagen und die Schwarze Allianz war zwar vernichtet, doch aus ihrer Asche wuchs etwas Neues.

Nachdem er den alten Steinpfad hinaufgelaufen war, drehte er sich nicht noch einmal um.

Lara

Das Warten auf die Gilde hatte Lara fast verzweifeln lassen. Ständig hatte sie Sarkhan gefragt, ob er in der Ferne etwas erkannte. Irgendetwas oder irgendjemanden, aber immer wieder hatte er es verneint.

Die Luft war kalt auf dem Gebirgspass, worüber Lara sich ärgerte, denn sie hätte mehr Kleidung mitnehmen sollen. Ein Feuer anzuzünden, war im Moment noch zu gefährlich. Das Einzige, was sie tröstete, war der Mond am Nachthimmel.

Als die ersten Fackeln zu sehen waren, unterdrückte sie ihre Freude. Sie hatte keine Gewissheit, ob es sich um den Feind handelte, doch sie hoffte, dass dem nicht so war.

Ihr fiel ein Stein vom Herzen, die Gesichter ihrer Freunde wiederzusehen. Nacheinander begutachtete sie diese, die vollkommen erschöpft und schmutzig aussahen.

Die größte Sorge bereitete ihr Wibatem, dessen Beine zerschrammt und blutig waren. Mit ihren Heilkräften versuchte sie, das Schlimmste zu behandeln. Trotzdem konnte auch sie einige Wunden nicht mehr verschließen, da zu viel Zeit zwischen der Verletzung und der Heilung lag. Stattdessen strich sie eine Kräuterpaste auf seine Beine, die ihn anfangs zum Fluchen brachte und dann durchatmen ließ.

»Wo bleiben Lichtfels, Blaeck und Aliya?«, fragte sie in die Runde.

»Wir wissen es nicht«, antwortete Tobzell zögerlich.

Lara schluckte. Sie suchte Wolfinos, Gerris, Pacos und Angelos Blick, aber niemand sah sie an.

Wir überleben diesen Kampf und retten zusammen Jacki. Das ist ein Versprechen.

Die Worte hallten in ihrer Erinnerung wider. Sie verschränkte die Arme vor der Brust, um das Zittern zu verstecken.

»Sie werden kommen«, murmelte Sarkhan.

Lara nickte zustimmend und setzte sich in die Nähe des Feuers, das Angelo entzündet hatte.

»Wie lange warten wir jetzt?«, erkundigte sich Paco.

»Ich denke, bis die Dämmerung anbricht«, schlug Gerri vor. »Je länger wir warten, desto größer wird das Risiko, dass Relikt uns findet.«

»Könnten sie uns von der anderen Seite einkesseln?«, fragte Paco weiter.

»*Net. Net.*« Wolfino verneinte und sagte mit seinem makhenischen Akzent: »Der Weg … ist … zu lang.«

»Der halbe Wald brennt, die werden zu tun haben«, warf Tobzell ein und rieb sich die Hände am Feuer.

Lara fröstelte erneut. Die Vorstellung, dass Lichtfels, Blaeck und Aliya noch dort draußen waren, machte ihr Angst. Ihr Kind bewegte sich, sodass sie ihre Hände auf den Bauch legte.

Es ist alles gut, dachte sie.

Während Sarkhan und Paco am Höhleneingang Wache hielten, vergrub Lara die Hände in ihrem Umhang. Die Gespräche um sie herum verstummten, stattdessen vernahm sie nur Tobzells Schritte, der in der Höhle hin und her lief, oder Angelos Räuspern, der einen rauen Hals zu haben schien. Wibatem legte erschöpft den Kopf auf den angezogenen Knien ab und Gerri reinigte die Bolzen, die neben seinem Köcher lagen. Lara betrachtete wieder das Feuer.

Warum waren Lichtfels, Blaeck und Aliya zurückgeblieben? Was würde die Allianz machen, wenn die drei nicht zu ihnen zurückkehrten? Sie rieb sich die Nasenwurzel.

Nein, nicht daran denken, schalt sie sich selbst und schloss die Augen. Jacki zurückzulassen, hatte sie Unmengen an Kraft gekostet. Noch mehr Freunde wollte sie nicht verlieren.

Irgendwann, sie wusste nicht, wie viel Zeit vergangen war, fielen die erlösenden Worte in ihrem Unterschlupf.

»Lichtfels kommt!«, rief Paco voller Hoffnung.

Lara fiel ein Stein vom Herzen.

Er betrat die Höhle, dicht gefolgt von Blaeck und Aliya, deren Kleidung schmutzig und eingerissen war. Asche und Ruß bedeckten ihr Haar und die Gesichter.

Lara richtete sich auf, während Lichtfels zur Seite trat, da weitere fünf Kämpfer die Höhle betraten.

»Ich glaube es ja nicht!«, sagte Gerri erfreut und lief ebenso wie die anderen Gefährten auf sie zu.

Tsunade war schlank geworden. Das schwarze Haar, das ihm einst bis zum Kinn gewachsen war, hatte er raspelkurz geschnitten, nur einen dünn geflochtenen Zopf trug er noch am Hinterkopf.

»Gut siehst du …«, unterbrach Tsunade seinen Satz, als er Lara von oben bis unten begutachtete. »Gut seht *ihr* aus.«

Lara lächelte ihn an und umarmte ihn. »Es ist mir eine Freude.«

Usci und Keni, die beiden Zwillinge, erkannte sie auch auf Anhieb wieder. Ihre hellgrauen, tief liegenden Augen und der blasse Teint, das kurze lockige aschblonde Haar, das sie fast gleich lang trugen, war unverändert geblieben. Der einzige Unterschied zwischen den beiden war, dass Keni ein kleines Muttermal in Form einer Pfeilspitze unter dem Auge trug.

»Splin?« Lara blickte ihn mit schmalen Augen an.

»Lange nicht gesehen, nicht wahr?«, sagte er mit seiner tiefen, dumpfen Stimme. Der einst muskulöse Kämpfer stand mit breitem Kreuz und dickem Bauch vor ihr. »Siehst du!« Er zeigte auf seinen Bauch. »Ich mache dir alles nach!«

Lara lachte ihn an und umarmte den Faustkämpfer.

»Es war immerhin eine gute Tarnung, so entdeckte ihn niemand«, verriet Tics hinter ihm.

Der Schwertkämpfer trug einen langen Vollbart, verwuscheltes braunes Haar und hatte auf der Wange eine Narbe, die so lang wie seine Nase war.

Lara zeigte darauf. »Was hast du mit deinem Gesicht gemacht? Splin kann wenigstens daran arbeiten, aber bei dir ist es nicht mehr zu ändern.«

»Dafür habe ich eine interessante Geschichte zu erzählen.« Er hielt ihr seine Hand entgegen und sie schlug freudestrahlend ein.

»Ich bin gespannt, wenn du sie mir erzählst.«

»Gerne doch!«

»Ach!« Splin stemmte die Hände in die Hüfte. »Ihr erzählst du sie, mir nicht?«

Tics verzog das Gesicht zu einer Grimasse und wollte etwas erwidern, als Lichtfels, der sich in ihre Mitte gestellt hatte, seine Stimme erhob. »Meine Freunde.«

Lara schaute ihn an.

»Die Nacht ist noch nicht vorüber«, erklärte der Anführer ruhig. »Wir müssen noch heute weiter. Relikt hat zwar mit dem Feuer zu kämpfen, trotzdem sind sie noch zu nah an uns dran. Wir folgen dem Pass weiter und gelangen damit endgültig aus dem Tal heraus.«

Das wird hart. Lara sah an sich herunter.

»Wo werden wir hingehen?«, hakte Sarkhan nach.

Lichtfels ließ den Blick über die Gilde schweifen. »Wir gehen nach Brayken. Auch wenn wir uns auf diese Reise nicht vorbereiten konnten, finden wir genug Proviant auf dem Weg dorthin.«

»Ist Brayken nicht besetzt?«, meldete sich Tobzell zu Wort.

»Ja, das ist es«, antwortete Tsunade leise. »Wir kommen aus Brayken. Jeder kann die Stadt betreten.«

»Ich glaube, jetzt nicht mehr.« Tobzells Augenbrauen hoben sich.

»Was gibt es Neues aus Brayken?«, fragte Lara und blickte Tsunade, Keni, Usci, Splin und Tics an.

»Nichts Gutes«, entgegnete Tsunade, der die Arme vor der Brust verschränkte und ins Feuer starrte. »Diamantenseele hat Brayken an sich gerissen und aus der einstigen Kämpferakademie ein Schlachtfeld gemacht. Diejenigen, die dort ausgebildet werden, müssen zur Abschlussprüfung um ihr Leben kämpfen, denn er will nur die Stärksten in seiner Armee haben. Den Schwachen gibt er keine Chance. Viele mussten sterben, als sie den Kämpfern helfen wollten, die zum Tode verurteilt wurden.«

»Jemand, den wir kennen?« Lichtfels war trotz des Schmutzes im Gesicht blass geworden.

Eine Frage, die auch Lara beschäftigte. Sie kannte viele in der Stadt, die damals mit ihr gelernt hatten. Unter anderem Lehrmeister, die sie und ihre Freunde ausgebildet hatten. Da Tsunade lange zögerte, wusste sie, dass etwas nicht stimmte.

»Mescal und Prodig sind tot.«

Lara traf es wie ein Blitzschlag, während Aliya, Paco und Sarkhan sich setzen mussten.

Die anderen verstummten, schauten zu Boden oder schüttelten den Kopf.

Tränen stiegen ihr in die Augen.

Bei den Gebrüdern … warum?

Obwohl sie nicht miteinander verwandt waren, waren sie in der Gilde aufgewachsen wie in einer Familie. Jeder hatte seine eigenen Erinnerungen mit den beiden.

Mescal war für jeden Spaß zu haben gewesen, hatte er doch oft den Ehrwürdigen Alten Geschichten von Tieren auf die Nase gebunden, die angeblich in den Katakomben lebten und verscheucht werden mussten. Außerdem brachte er Mitglieder in die Allianz, die immer noch treu zu Lichtfels standen.

Prodig dagegen war der erste Heiler, mit dem Lara in Kontakt gekommen war und jemand, der am häufigsten mit den Mitgliedern trainiert hatte. Er war streng gewesen und hatte Lara so lange kämpfen lassen, bis sich erste Blasen in ihren Händen bildeten, aber er hatte es auf diese Art gehandhabt, um sie stärker zu machen, damit sie auf das Kämpferleben vorbereitet war.

Zwei Kämpfer, zwei Freunde.

Es fühlte sich an, als ob zwei Brüder gestorben wären.

Aliya zog die Knie an sich heran und vergrub das Gesicht im Schoß, während Lichtfels die Hände zu Fäusten ballte. »Was wisst ihr noch?«

»Nach dem Gildenzusammenbruch sind einige fortgezogen, weit weg von hier«, antwortete Tsunade. »Wir wissen nicht, wohin sie gegangen sind. Die letzten Lebenszeichen sind knapp zwei Jahre her, sie sind verschollen.«

»Einige?«, hakte Lichtfels nach.

Der Heiler hob und senkte die Schultern. »Vielleicht zehn oder sogar mehr. Wir glauben jedoch, dass in Brayken noch welche von uns sind, sie sich aber nur im Untergrund bewegen.«

Lichtfels atmete lange aus, lief hin und her. Er fuhr sich mit beiden Händen durch das Haar, und seine Stirn legte sich in Falten.

»Immerhin ein Hoffnungsschimmer«, meinte Wibatem.

»Ich habe auch noch eine schlechte Nachricht, ich habe es euch gestern nicht erzählt, weil ich die Stimmung nicht ruinieren wollte«, entgegnete Aliya zögernd. Ihr Gesicht wirkte geistesabwesend, und der rosige Schimmer auf ihren Wangen war verblasst.

»Was genau?«, fragte Lichtfels nach.

»Laolin ist tot. Ich war dabei, als sie durch Relikts Hand starb.«

Lichtfels wandte sich dem Höhleneingang zu und schaute in die Dunkelheit.

Weitere Kämpfer setzten sich und Lara wurde übel. Die Reihen der Allianz lichteten sich immer mehr und der Plan, die Gilde aufs Neue zusammenzuführen, zerfiel langsam wie ein Stück Erde in der Hand.

»Drei tot, zwei gefangen, viele verschollen … so schaffen wir es nie gegen Relikt«, bemerkte Sarkhan.

»Was hast du erwartet? Dass wir uns alle hier treffen und wieder vollständig sind?« Gerri schüttelte den Kopf.

»Nein, aber es hätte einfacher sein können«, stöhnte der Beschwörer.

»Wenn es dir zu anstrengend ist, kannst du auch gehen.« Gerri schaute ihn finster an.

»Das bringt der Gilde sicher sehr viel.«

Ist das deren Ernst? Jetzt auch noch einen Streit anzuzetteln?

»Hört auf«, rief Lara und richtete ihr Wort an Sarkhan. »Vergiss nicht, dass wir am gestrigen Morgen zu viert waren, heute sind wir sechzehn.«

»Was Sarkhan meint, ist doch, dass wir es nicht alleine schaffen«, mischte sich nun auch Angelo ein. »Relikt besteht nicht mehr nur aus fünfzig Mann, sondern hat die ganze Streitmacht des Königreichs, die Hundertschaften, hinter sich. Ein einzelner Soldat gefährdet uns vielleicht nicht. Die Masse an Soldaten wird uns aufhalten.«

»Seit wann machen wir uns Gedanken über die Hundertschaften? Das ist mir neu.« Gerri spielte an seiner Armbrust herum und fuhr mit den Fingern über den aus Eisen geformten Bügel. »Für Diamantenseele wäre es eine Blamage, die Armee einzusetzen.«

»Oh, du kennst ihn aber gut«, erwiderte Sarkhan und zuckte zusammen, denn Lichtfels schlug mit einem Mal mit der Faust auf den Boden der Höhle, sodass dieser bebte.

Sofort sprangen alle außer Lara auf. Paco drückte sich an die Wand, während Wolfino die Decke begutachtete. Sogar Gerri, der sonst entspannt wirkte, hatte den Kopf etwas gesenkt.

Niemand wagte es zu sprechen und sie starrten ihren Anführer verwirrt an.

»Genau das ist es, was Diamantenseele erreichen will«, begann Lichtfels zu murmeln und erhob dann die Stimme. »Er will, dass wir Angst haben, vor ihm, vor seiner Stellung und seiner Macht. Er hat zwar dieses Reich, diese Streitmacht und seine Gilde … Nur eines wird er nie besitzen: die Schwarze Allianz. Er hat uns zersplittert und uns die Heimat gestohlen. Er hat Freunde hingerichtet und unsere Leben genommen. Doch seht euch an …« Lichtfels zeigte auf jedes einzelne der Mitglieder. »… wir sind hier, er hat es nicht geschafft, die Allianz zu zerschlagen, und weil er euch und mir alles genommen hat, ist es nun unsere Aufgabe, den Platz wieder einzunehmen. Wir müssen die Gilde werden, zu der die Menschen aufgeschaut haben, die ›Beschützer des Volkes‹. Deswegen werden wir dort anfangen, wo wir alle zu kämpfen begannen. Wir werden in Brayken unsere Rückkehr verkünden.«

Lichtfels atmete tief ein und schaute dabei in die Gesichter seiner Kämpfer.

Lara lächelte ihn an, während Gerri sich durch den Bart strich, unter dem ein Grinsen auftauchte. Wibatem schlug mit seiner Faust in die Hand, Aliya und Blaeck nickten. Nach diesen Reaktionen folgte weitere Zustimmung in den Reihen, sodass Lichtfels die Schultern sinken ließ.

»Wie lautet dein Plan für Brayken?«, fragte Tsunade. »Die Stádtmauern sind hoch, die Wachtürme bewacht, die Tore geöffnet, aber jeder wird kontrolliert, sogar während der Jagdzeiten.«

Lara blickte von Tsunade zu Lichtfels zurück. Er betrachtete seine Hände und fuhr mit einem Finger die verschiedenen Handlinien entlang.

Was denkst du?

Sie schaute ebenfalls auf ihre Hand und die Linien, die sich überkreuzten oder nebeneinanderlagen, manche gerade, andere gebogen wie Wege auf einer Landkarte.

»Viele verschiedene Wege wie in einem Labyrinth«, antwortete Lichtfels leise. »Für mich und einige von euch ist es unmöglich, die Stadt durch die Tore zu betreten. Ich schlage vor, wir wählen die Katakomben.«

Wie bitte?

Ein Raunen ging durch die Reihen.

»Die Katakomben von Brayken?«, fragte Lara nach, um sich abzusichern, ob sie ihn richtig verstanden hatte.

»Genau, niemand würde uns auf diesem Weg erwarten.«

»Ja, weil niemand diesen je gegangen ist und ihn auch noch heil überlebt hat.« Entsetzen schwang in Laras Stimme mit.

»Nicht ganz«, antwortete Wibatem und stand auf. »Lichtfels hat mich und Gerri dort unten kennengelernt. Wir kennen die Hauptwege in- und auswendig, weil wir oft an diesem Ort gekämpft haben.«

»Was ist das für ein Weg?«, erkundigte sich Wolfino und schaute zu Lara. »Ich … nie unten.«

»Es ist eine Reise von drei oder vier Tagen unter der Erde«, begann sie zu erzählen. »Kein Tageslicht, ein Labyrinth aus Höhlen und Gängen. Kreaturen treiben dort ihr Unwesen, du hörst sie atmen und keuchen, als ob sie direkt neben dir stünden. Viele haben sich dort unten verloren oder sind in einem wirren Zustand zurückgekehrt. Es war die erste Regel bei der Kämpferakademie: Durchlaufe niemals die Katakomben oder du gehst allein.«

»Die Kreaturen, von denen du sprichst, sind verwilderte Tiere, nichts anderes«, entgegnete Wibatem gelassen. »Vertrau mir und Gerri, Lara. Oder haben wir dich irgendwann einmal enttäuscht?«

»Nein, das habt ihr nicht«, musste sie zugeben.

»Sehe ich in irgendeiner Art und Weise wirr aus?«, hakte Gerri nach.

Lara verneinte die Frage, und ihre Mundwinkel zuckten. »Obwohl … so kampfsüchtig, wie du bist, könnte man meinen, du hast dir dort unten den Kopf gestoßen.«

Gerri lachte laut.

»Dann wäre es beschlossen«, meinte Wibatem an seinen Anführer gewandt.

Dieser nickte. »Einverstanden. Packt eure Sachen zusammen, wir brechen so schnell wie möglich auf.«

Alle nickten, ehe sie nacheinander aufstanden.

»Auf die Allianz«, ergänzte Lichtfels noch.

»Auf die Allianz!«, wiederholten sie seine Worte.

Auf die Allianz, dachte Lara.

Sie hatte Angst vor den Katakomben, doch sie vertraute ihren Freunden und ihrem Anführer.

Lichtfels

Als die Kämpfer die Höhle räumten, rief Lichtfels Sarkhan zu sich. Mit gesenktem Haupt und den Händen unter seinem Umhang versteckt, stand der junge Beschwörer ihm gegenüber.

»Verzeih mir, dass ich Zweifel hatte. Ich wollte den Streit mit Gerri nicht anfangen.«

»Nein«, begann Lichtfels und legte die Hand auf seine Schulter. »Es sind nicht die Zweifel, sondern es ist die Hoffnungslosigkeit, die dir im Weg steht. Gewiss, einige Entscheidungen vor fünf Jahren waren nicht gut für die Allianz, aber jetzt haben wir die Chance, es besser zu machen. Wenn du mir noch nicht vertrauen kannst, dann vertrau dir selbst, dass du hier richtig bist, denn ich weiß, dass du an diese Gilde glaubst, sonst wärst du nicht bei der Allianz und mir, sondern hättest Dekar hinter dir gelassen.«

Sarkhan stimmte ihm langsam zu. »Du hast recht, ich versuche, optimistischer zu sein.«

Lichtfels nickte und zog seine Hand zurück. »Schaffst du es, deinen Wolf noch einmal zu beschwören, um Lara durch das Gebirge zu tragen?«

Sarkhan straffte den Rücken. »Ja, ich wollte ihr schon Bescheid sagen.«

»Sehr gut. Gib mir ein Zeichen, wenn du merkst, dass du müde wirst.«

»Das mache ich.« Nachdem Sarkhan den Kopf kurz gesenkt und Lichtfels den Abschiedsgruß erwidert hatte, lief der Beschwörer davon, stattdessen tauchte Blaeck neben ihm auf.

»Wir müssen mit Aliya sprechen«, murmelte der Dunkelelf.

Aliya, natürlich.

Nach dem Kampf und der Flucht aus dem Tal hatte er sie aus den Augen verloren.

Sie war dabei, Lara zu helfen, als Wibatem sich den beiden näherte. »Warum müsst ihr mit ihr reden?«

Lichtfels tauschte einen kurzen Blick mit Blaeck aus und deutete dann auf den Höhleneingang. »Folgt mir.«

Sie verließen die Höhle, um sich ungestört unterhalten zu können. Lichtfels wusste selbst noch nicht genau, was mit Aliya los war, daher wollte er vorsichtig sein.

»Was habt ihr?« Auch wenn Wibatems Kopf halb im Dunkeln lag, erkannte Lichtfels die Sorge in seinem Gesicht.

»Ihre Selbstheilung. Sie schafft sie nicht mehr«, antwortete Lichtfels und fuhr sich mit der Hand über das stoppelige Kinn. Der Satz erinnerte ihn an etwas.

»Was? Sicher?«, fragte Wibatem weiter.

»Ja«, bestätigte auch Blaeck.

»Ich vermute, sie hat die gleiche Schwäche wie ihre Mutter.« Betroffen schaute Lichtfels zu Boden.

War dies möglich? Er zweifelte an seinen eigenen Worten, aber eine andere Ursache fiel ihm nicht ein.

»Du kennst ihre Mutter?« Wibatem schaute ihn verdutzt an.

Lichtfels nickte. »Unsere Eltern haben zusammen gekämpft.«

»Wie klein die Welt ist«, murmelte Wibatem und warf einen Blick zur Höhle, da die ersten Kämpfer diese verließen.

»Ihre Mutter konnte sich nicht selbst heilen«, fuhr Lichtfels mit gedämpfter Stimme fort. »Das war ihr Verhängnis.«

Er erinnerte sich an den Tag, als die Kunde Brayken erreicht hatte. Alle Heilerinnen und Heiler hatten unter Schock gestanden.

»Ich schaue mir ihre Fähigkeiten auf jeden Fall an«, entschied Blaeck schließlich. »Ich wundere mich, wie sie es geschafft hat, das so lange geheim zu halten.«

In Lichtfels' Gedanken tauchte das Bild eines Mädchens auf, doch er verdrängte die Erinnerung so schnell, wie sie gekommen war.

»Ja, das wundert mich auch«, stimmte er leise zu und vergrub die Hände in seinem Umhang. »Ich werde mit ihr sprechen, wenn sich die passende Gelegenheit findet.«

»Und ich verspreche dir, dass ich ein Auge auf sie haben werde.« Blaeck nickte ihm zu.

»Ja, ich natürlich auch«, antwortete Wibatem schnell.

Während sich Blaeck der Gruppe zuwandte, blieb sein Beschwörerfreund noch bei ihm.

»Weiß sie, dass eure Eltern sich kannten?« Wibatem wischte sich das Haar aus dem Gesicht.

Du bist aber auch neugierig.

»Nein«, entgegnete Lichtfels und schaute in seine zweifarbigen Augen.

»Du scheinst sie besser zu kennen als ich.«

»Wie du schon sagst, die Welt ist klein.« Seine Mundwinkel zuckten kurz.

Wibatems Brauen hoben sich fragend. »Ja?«

»Außerdem weiß ich über viele von euch mehr, als ihr denkt.« Lichtfels grinste ihn verschmitzt an. »Wie lautete dein Name früher? Widar Bastian Them…«

»Ah, das will ich gar nicht mehr wissen.« Wibatem winkte ab und kehrte in die Höhle zurück.

Lichtfels schmunzelte, bis er für einen Moment die Lider schloss.

Ja, er schien sie zu kennen, aber irgendwie auch nicht. Was ging in ihr vor und warum kam sie nicht zu ihm?

Als er die Augen erneut öffnete und Aliya nach draußen trat, trafen sich ihre Blicke, doch bevor er sie zu sich rufen konnte, verließen die übrigen Gefährten die Höhle und löschten das Feuer. Die Allianz war bereit für die Reise nach Brayken.

Und Lichtfels war es auch.

17

Lichtfels' Erinnerung:

In der Schmiede

6 Jahre zuvor …

»Suchst du jemanden?«

Jacki bemerkte, wie ich den Blick über die Menschenmenge auf dem Großen Platz schweifen ließ. Der Ort, an dem die Markttage stattfanden und sich sowohl Händler, Bewohner als auch Kämpfer untereinander austauschten.

Mein Magierfreund hatte recht, denn ich hielt Ausschau nach den beiden Kämpfern, die wir letzte Nacht in den Katakomben getroffen und die uns dort unten das Leben gerettet hatten. Ohne ihn anzusehen, nickte ich.

Wer nach den Stacheln der Drachenechsen gejagt hatte, verkaufte sie meist einen Tag später teuer. Vielleicht war das Glück mir hold, einen der beiden hier zu treffen.

Die Mittagsstunde war angebrochen, sodass die Luft immer drückender wurde. Die Hitze trieb mir den Schweiß auf die Stirn, und schon nach kurzer Zeit klebte meine Kleidung auf der Haut.

»Ich suche die beiden Kämpfer von gestern Nacht.«

»Den Beschwörer und den Armbrustschützen. Du willst sie für die Gilde anheuern, oder?«

Verblüfft sah ich ihn an. »So ist es.«

»Ein guter Schachzug.« Jacki nickte und blickte sich ebenfalls um.

Wir liefen eine Runde über den Großen Platz, wo die Marktschreier ihre Waren anpriesen. Neben Rüben und Kartoffeln boten die Händler auch Äpfel und Pflaumen an. Bei den nächsten Ständen wurden Tontöpfe und Krüge auf der einen, Teppiche und Felle auf der anderen Seite präsentiert. Erneut sahen wir uns um, als wir an der nördlichen Seite einen Tumult wahrnahmen.

Die Kämpfer feuerten zuerst jemanden an, verstummten dann aber, bis sie lautstark jubelten. Ich sah zwei Bogenschützen, die sich ein Kräftemessen lieferten. Der Schütze, den ich suchte, war nicht unter ihnen.

Jacki und ich wandten uns ab, um auf dem Markt weiterzusuchen, als eine Stimme aus den Zuschauern an mein Ohr drang, die mir bekannt vorkam. Sie klang tief und rauchig, doch das Lachen war klar und deutlich.

»Das ist gar nichts. Das schafft jeder Schüler, eine Zielscheibe zu treffen.«

Meine Neugierde erwachte und mit einem Kopfnicken wies ich Jacki die Richtung, in die er schauen sollte.

Ein Armbrustschütze trat hervor, dessen braunes Haar zerzaust und lockig war. Ein dunkler Bartschatten deutete sich auf dem Kinn mit Grübchen an und Schatten umrahmten die Augen, als hätte er letzte Nacht keinen Schlaf gefunden. Seine Waffe wirkte massiv und der Armbrustschaft glänzte rot im Sonnenlicht. Er war eindeutig aus den Stacheln der Drachenechsen geformt, die der Fremde in der Waffe verarbeitet hatte. Lässig schlenderte er auf die Bogenschützen zu, die beide einen Kopf kleiner als er waren.

»Dann zeig uns, was du kannst«, forderten sie ihn auf.

»Ihr dürft es euch aussuchen. Was soll ich treffen?«

Die beiden Bogenschützen überlegten und deuteten schließlich auf die andere Seite des Großen Platzes, wo sich ein Wohnhaus befand, auf dessen Giebelspitze eine Firstfigur in Form eines Adlers stand, der seine Flügel weit aufgespannt hatte, als ob er jeden Moment in den Himmel fliegen wollte.

»Triff den Adler«, antworteten sie zeitgleich.

Ein gutes Stück Entfernung, dachte ich. Und ein Schuss gegen die Sonne.

»Das ist ein Kinderspiel«, entgegnete der Armbrustschütze gelassen.

»Mit nur einem Auge«, ergänzte einer der beiden.

Ein Raunen ging durch die Menge. Auch Jacki stieß mich mit dem Ellenbogen an, verzog die Lippen zu einer schmalen Linie und hob die Augenbrauen. Tauschen wollte ich mit dem Kämpfer nicht und hoffte insgeheim, dass er die Armbrust nicht nur mit beiden Augen, sondern auch mit einem beherrschte.

Die Mundwinkel des Schützen zuckten kurz, doch mehr las ich aus seinem Gesicht nicht ab. Weder zögerte er noch redete er sich heraus. Schweigend nahm er die Herausforderung an.

Die beiden Bogenschützen machten ihm Platz, sodass er in der Mitte der Zuschauer Position beziehen konnte. Der Fremde stellte die Waffe auf dem Boden ab und blickte zu dem Adler, während er den Kopf nach links sowie rechts bewegte und die

Schultern kreisen ließ. Es knackte einmal, was jeder hörte. Auch seine Finger dehnte er und ballte sie zur Faust, ehe er eine Hand hob, um mit Daumen und Augenmaß Höhe und Neigung abzuschätzen. Dann griff er bedächtig nach seiner Waffe und lud sie.

»Er gestaltet es aber spannend«, flüsterte Jacki mir zu.

Ich bemerkte, wie der Schütze tief Luft holte. »Wenn du mich fragst, ist das seine Masche.« Denn er machte auf mich einen viel zu gelassenen Eindruck.

»Es kann losgehen«, sagte der Armbrustschütze, woraufhin sich einer der Bogenschützen aus der Gruppe löste und ihm eine Augenklappe aufsetzte.

Nachdem er diese zurechtgeschoben und im Gesicht des Fremden kontrolliert hatte, kehrte er zurück zu seinem Kameraden.

Schließlich hob der Armbrustschütze seine Waffe genau in die Richtung des Adlers.

Gespannt beobachtete ich ihn.

»Du solltest schon etwas höher zielen, wenn du die Marktschreier nicht treffen möchtest«, grölte ein Zuschauer.

»Darüber hinweg solltest du auch nicht schießen, sonst triffst du noch einen Händler in den Gassen«, rief der nächste lachend.

Ich würdigte die beiden keines Blickes. Solche Männer gab es in Brayken zur Genüge, die alles und jeden mit Hohn überschütteten.

Der Schütze ließ sich davon ebenfalls nicht beirren. Er verharrte in der Schussposition, bewegte nur noch die Waffe Stück für Stück nach oben.

Ich war verblüfft, wie ruhig er blieb, denn er ähnelte einer aus Stein gemeißelten Figur.

Im sicheren Stand sowie mit festem Griff drückte er ab und der Bolzen flog quer über den Markt, durchschnitt die Luft und traf den Adler an der Seite. Das Holz barst und ein Flügel rutschte samt Bolzen die Dachschindeln hinunter.

Für einen Moment waren alle verstummt, bis die Mehrheit in die Hände klatschte und der Schütze seine Waffe wieder auf dem Boden abstellte, um die Augenklappe aus dem Gesicht zu entfernen.

Zufrieden grinste er und warf sie zu einem der Bogenschützen. »Wenn ihr das könnt, treffen wir uns noch einmal.«

Einige der Zuschauer hielten ihm Goldmünzen hin, doch er schob sie beiseite. Er lehnte das Geld von ihnen ab und das verblüffte mich erneut. Jeder Kämpfer nahm die Münzen an, es stand ihm sogar zu, da er die Herausforderung erfolgreich bestritten hatte. Warum griff er nicht zu?

Er suchte sich einen Weg aus der versammelten Meute heraus, warf seine Waffe über die Schulter und lief gemächlich über den Platz.

Jacki und ich folgten ihm mit etwas Abstand.

Kaufleute und Kämpfer tummelten sich an den Ständen, Körbe und Taschen wurden gefüllt. Ein Schubkarren, der von einem Bauernjungen geschoben wurde, fuhr an uns vorbei. Mir drang der Geruch von frisch gebratenem Fleisch in die Nase, was meinen Magen sofort zum Knurren brachte. Entsetzt stellte ich fest, dass ich seit dem Morgengrauen nichts mehr gegessen hatte.

Der Schütze winkte einer Fleischverkäuferin zu, die ihm entgegenrief: »Du warst schon lange nicht mehr bei mir. Wann besuchst du mich wieder?«

Seine Antwort verstand ich jedoch nicht, da er von einer schrillen Frauenstimme übertönt wurde: »Frische Äpfel, frische Äpfel nur bei mir!«

»Wer war das?«, drang die krächzende Stimme eines alten Mannes an mein Ohr. Sein weißes Haar stand ab, das Gesicht hatte er zu einer verärgerten Miene verzogen und der lange dunkelblaue Mantel mit weit gefächertem, hellem Kragen stach mir ins Auge. So schick zurechtgemacht sah ich selten die Adligen in

Brayken. Mit der linken Hand, die aufgeregt zitterte, zeigte er auf den Adler, in der rechten hielt er den abgebrochenen Flügel. »Wer war das? Das werde ich den Ehrwürdigen Alten mitteilen!«

»Beruhige dich«, brüllte ihm die Fleischverkäuferin entgegen. »Du lebst in Brayken, wann begreifst du das endlich?«

Mit geballter Faust schimpfte er weiter und warf jedem, der Waffen am Körper trug, grimmige Blicke zu. Auch Jacki und mir, doch das interessierte uns nicht weiter.

»Die Ehrwürdigen Alten stellen sich immer auf die Seite der Kämpfer, da kann er so viel wettern, wie er will«, murmelte Jacki.

Ich stimmte ihm nickend zu, schließlich hatten die Ältesten der Akademie noch nie etwas gegen die Kämpfer entschieden, nicht seitdem ich in dieser Stadt lebte. Sie, die das Sagen in Brayken hatten und nur dem König unterstanden.

Wir folgten dem Armbrustschützen bis zum Rande des Marktes, wo sich eine Schmiede befand. Das große Holztor war geöffnet und ein stetiges Hämmern drang aus dem Inneren. Er betrat das Gebäude und wir verloren ihn aus den Augen.

»Was hast du vor?«, fragte mich Jacki.

Ich löste meine Stahlhandschuhe vom Gürtel und hielt sie fest. »Wir schließen einen Handel ab.«

Jackis rechte Augenbraue wanderte nach oben. Ich zwinkerte ihm zu, ehe ich die Schmiede ebenfalls betrat.

Sofort traf mich ein Schwall Hitze und nahm mir für einen Augenblick die Luft. Der Geruch nach verbrannter Kohle hing mir in der Nase, es war dunkel und das Hämmern nun beinahe ohrenbetäubend. Ich erblickte die Flamme im Schmiedeofen, die ein wenig Licht schenkte, die Luft aber auch noch stickiger werden ließ.

Es dauerte kurz, bis sich meine Augen an die Dunkelheit gewöhnt hatten und ich einen Schmied erkannte, der an einem Schwert arbeitete. Er sah mich und legte sein Werkzeug beiseite.

»Seid gegrüßt! Wie kann ich Euch helfen?«

Der Schmied war ein kräftiger Mann, jünger als ich. Sein kurzes braunes Haar klebte verschwitzt an dem runden Gesicht. Das Hemd trug er halb aufgeknöpft und die Lederschürze hing ihm locker um die Hüften, genau dort, wo sein runder Bauch endete. Er begrüßte mich mit einem festen Händedruck, den ich erwiderte.

»Ihr könnt mir sicher helfen, ich möchte wissen, ob es sich lohnt, meine Stahlhandschuhe aufzuwerten.«

Der Schmied begutachtete meine Waffen kurz. »Einen Moment … Wibatem!«, rief er nach hinten in die Schmiede. »Ein Interessent für dich!«

Ich wartete einen Augenblick, bis ein zweiter junger Mann aus dem hinteren Teil der Schmiede gelaufen kam. Auch er war verschwitzt und trug eine braune Lederschürze, die Brust und Beine verdeckte. Auch wenn der Kämpfer nicht sofort erkennbar war, wusste ich, dass er es sein musste. Der Beschwörer von letzter Nacht, der zusammen mit dem Armbrustschützen die Drachenechsen gejagt hatte.

»Wer benötigt meine Hil…« Er blieb stehen und musterte mich aufmerksam. Dann erst näherte er sich mir. »Was kann ich für Euch tun?« Seine Stimme klang viel ernster als vorher.

»Können meine Stahlhandschuhe aufgewertet werden?« Ich hielt ihm meine Waffen entgegen, die er zögernd nahm.

Seine Augen verweilten länger als nötig auf mir, bevor er sich schließlich den Handschuhen zuwandte. Er ging ein Stück Richtung Eingang, wo die Sonne in die Schmiede hereinschien. Dort begutachtete er den Stahl und drehte ihn in den Händen hin und her. Mein Blick fiel auf Jacki, der draußen wartete und auf dessen Gesicht sich Überraschung abzeichnete, als er den Beschwörer sah.

Wibatem setzte sich währenddessen einen Handschuh auf und bewegte die Finger, ehe er zu mir zurückkehrte.

»Der Stahl ist stark beansprucht worden, vor allem auf der Oberseite.« Er zeigte auf die Stelle, auf welcher der Handrücken in die Fingerknöchel überging.

»Hier ist …« Er drehte die Handschuhe auf die Seite. »… der Stahl verbogen und muss neu gerichtet werden.«

»Wenn ich so darüber nachdenke, könnte das eine Drachenechse gewesen sein«, warf ich ruhig ein.

Wibatem sah mich an und verengte die Augen, ignorierte aber meine Worte. »Außerdem empfehle ich gehärteten Stahl und ein paar Applikationen, die die magischen Fähigkeiten verstärken.«

Ich nickte. »So etwas wie die Stacheln der Drachenechsen?«

Wibatem gab mir die Stahlhandschuhe zurück. »Das ist möglich, ja.«

»Dann habt Ihr einen Käufer mehr«, bemerkte ich zufrieden.

Wibatem hob das Kinn und zog die Augenbrauen zusammen. Er wandte sich an den anderen Schmied, der die ganze Zeit schweigend gewartet hatte. »Kilian, haben wir noch Stacheln der Drachenechsen?« Er zischte die Worte beinahe.

»Ich …« Kilian überlegte. »Ich bin mir nicht sicher.«

»Frag bitte einmal *hinten* nach.«

Kilians Augen wanderten von Wibatem zu mir und wieder zurück, bis er sich in Bewegung setzte. Schmunzelnd sah ich ihm nach.

»Was wollt Ihr wirklich?«, hakte Wibatem mit ernster Stimme nach, als sein Freund außer Hörweite war.

»Ich habe Euch kämpfen sehen, Euch und den Armbrustschützen. Die Schwarze Allianz sucht Mitglieder.«

Wibatems Augen weiteten sich. »Die Schwarze Allianz?« Er überlegte kurz. »Ihr seid Lichtfels«, stellte er fest und sein Gesicht entspannte sich.

»Das ist richtig.«

»Ich muss Euch enttäuschen, wir haben kein Interesse an einer Gilde.« Wibatems Kiefermuskeln spannten sich an.

»Diese Ansicht habe ich vor ein paar Jahren ebenfalls geteilt.« Ich tat ein paar Schritte durch die Schmiede und wischte mir den Schweiß von der Stirn. An die Hitze hatte ich mich immer noch nicht gewöhnt. »Doch eine Kämpfergilde hat viele Vorteile. Gemeinsame Turniere, ein Gildenanwesen, Sold und zusätzliches Gold bei Siegen beispielsweise.«

Wibatem lehnte sich an einen freien Amboss. »Ihr seid nicht der Erste, der uns fragt. Was unterscheidet die Schwarze Allianz von anderen Gilden?«

»Ich bin Anführer, Kämpfer und Kamerad zugleich«, erklärte ich. »Ich halte, was ich verspreche, und Ihr könnt jederzeit gehen, wenn es Euch beliebt. Niemand ist an mich gebunden, alle meine Kämpfer sind freiwillig bei mir.«

»Und trotzdem legen auch Eure Kämpfer einen Eid ab«, drang eine tiefe, rauchige Stimme aus dem hinteren Teil der Schmiede zu mir und dem Beschwörer.

Der Armbrustschütze und Kilian näherten sich uns.

»Freiwillig«, ergänzte ich und beobachtete ihn. »Der Eid bindet sie nicht bis zu ihrem Lebensende an mich. Wer gehen will, kann gehen. Zu jeder Zeit.«

»Leere Worte«, entgegnete der Schütze grimmig. »Jede Gilde ist gleich.«

Ich atmete lange aus. Dieser Kämpfer war nicht leicht zu überzeugen, und ich vermutete, dass er schlechte Erfahrungen gemacht hatte.

»Ich nehme an, dass Ihr zu dritt seid?«, hakte ich nach. Sie nickten zögerlich, sodass ich fortfuhr: »Ihr lebt hier gemeinsam, arbeitet zusammen und teilt Euer Gold?«

»Worauf willst du hinaus?«, fragte der Schütze.

»Genau das biete ich Euch auch, nur größer.«

Wibatem wechselte einen Blick mit seinen Kameraden. Der Schütze schüttelte vehement den Kopf.

»Was wollt Ihr?«, erkundigte ich mich.

»Das könnt Ihr mir nicht geben«, antwortete er sofort.

Ich blieb hartnäckig. So leicht ließ ich mich nicht abwimmeln. »Was wollt Ihr?«

»Mir reicht Gold«, murmelte Kilian.

Der Schütze schaute ihn finster an und ich konnte ein Schmunzeln nicht unterdrücken, bis er wieder zu mir sah. »Meine Freiheit.«

Ich zögerte, denn verhört hatte ich mich nicht. »An wen seid Ihr gebunden? Wem seid Ihr verpflichtet?«

»Wanil«, sagte er bitter.

Der Anführer der Schattenjäger. Ich hatte recht, er war bereits einmal in einer Gilde gewesen. »Was verlangt er von Euch?«

Der Schütze sah seine Freunde an und zögerte mit einer Antwort. »Gold, bis ein anderer Anführer mich ablösen kann.«

Deswegen nahm er keines an, deswegen mochte er keine Gilden.

Er hatte sein Leben einer Gilde gewidmet, an die er sich bis zum Ende seiner Tage band. Ich verabscheute diese Regelung und ich wusste, dass die Schattenjäger nicht die Einzigen waren, die ihre Mitglieder lebenslang verpflichteten. Nur ein anderer Anführer konnte ihn freikaufen und die Schuld abnehmen.

Ich hatte ihn kämpfen sehen und den halb blinden Schuss beobachtet. Kein dekarischer Kämpfer sollte auf diese Art und Weise ausgenutzt werden.

»Ich werde Euch ablösen«, beschloss ich.

Seine Wangenknochen traten hervor. »Ich brauche Euer Mitleid nicht.«

Dieser Sturkopf. Ich holte tief Luft.

»Gerri.« Wibatem schüttelte den Kopf.

»Mein Angebot steht«, entgegnete ich bestimmt. »Ich suche Kämpfer und ich bin mir sicher, dass Ihr zur Allianz passt.«

»Gilt es für uns drei?«, hakte Kilian nach.

Ich wandte mich ihm zu. »Was für ein Kämpfer seid Ihr?«

Er schaute mich an, als ein Windstoß durch die Schmiede zog, Kohlestaub aufwirbelte und das Feuer im Schmiedeofen aufgeregt knisterte. Für einen Augenblick kühlte mich der Windzug und gab mir Luft zum Atmen. Aber der Staub klebte auf meiner Haut und blieb auf dem Haar und der Kleidung hängen. Ehe ich michs versah, ließ der Wind nach und das Feuer beruhigte sich.

Ich räusperte mich und wischte mir den Staub aus dem Gesicht. Kilian war ein Magier wie Jacki. »Es gilt für euch drei.«

Diese Kämpfer gefielen mir und für mich stand fest, dass ich sie näher kennenlernen wollte.

»Wir denken darüber nach«, sagte Wibatem.

Ich nickte und verabschiedete mich.

»Keinen Erfolg gehabt?«, fragte Jacki, als ich zu ihm zurückkehrte.

»Abwarten.« Ich lächelte zuversichtlich.

»Wie siehst du überhaupt aus? Bist du in einen Haufen Kohle gefallen?«

Mit meiner Hand stieß ich gegen seine Schulter und schob ihn weg, da er nicht mehr aufhörte zu lachen.

Genau vier Tage später hatte ich Tausende Stücke Gold ausgegeben. Geld, das ich erst mit drei großen Turnieren wieder einnehmen konnte. Es hatte sich gelohnt, denn dafür war ich um drei Kämpfer reicher.

18

Aufbruch gen Südosten

Lichtfels

Gegenwart

Nach anderthalb Tagen des Wanderns über den Pass verließ Lichtfels mit seiner Gilde das Grenzgebirge. Bis auf einen Morgen, an dem die Sonne an den Gipfeln dämmerte, war der Himmel grau und die Wolken schwer. Regen lieferte sich einen Kampf mit dem Wind, ein Duell ohne Gewinner.

Erst als der Wald sich vor ihnen erstreckte und sie darin abtauchen konnten, atmete Lichtfels auf. Trotzdem war Vorsicht geboten, da er nicht wusste, wo seine Feinde sich überall aufhielten.

Die Vögel zwitscherten nicht, Äste und Zweige knackten nicht und kein anderer Laut durchdrang den Wald. Es war, als hätte er sich ein Tuch des Schweigens übergelegt.

Blaeck ging ein paar Schritte voraus, hielt inne und winkte den Rest der Gruppe heran.

»Es ist alles ruhig«, sagte er an Lichtfels gewandt.

Dieser klopfte ihm beim Vorbeigehen auf die Schulter. »Möge es so bleiben.«

Das wünschte er sich, mehr wollte er für den Anfang nicht.

Lichtfels zog seinen Umhang enger und schwang sich die Stahlhandschuhe über den Rücken. Die Gewichte nicht mehr an den Händen tragen zu müssen, entlastete ihn. Er massierte und lockerte die Finger, während er durch das Dickicht marschierte.

Die Allianz-Kämpfer folgten ihm in die Tiefen des Waldes, dessen Baumkronen sich wie ein braunrot gemustertes Dach über sie legte. Bäume, Sträucher, Gras, Moos und Erde waren das Bild, das sie die nächsten Tage ständig begleitete.

Sie hielten sich abseits der Wege auf, weit entfernt von Städten und Handelsrouten. Obwohl sie die Umgebung beobachteten, achteten sie auf jedes Geräusch und versuchten, so wenig Aufmerksamkeit wie möglich auf sich zu ziehen.

Der Weg führte die Gruppe südöstlich vom Gebirge weg. Anfangs verlief er bergab, bis sich die hügelige Landschaft in eine flache Ebene verwandelte. Während fast alle in Gespräche verwickelt waren, hüllte sich Lichtfels in Schweigen.

Ihm ging die meiste Zeit durch den Kopf, wie es in Brayken aussah. War die Stadt noch so, wie er sie in Erinnerung hatte?

Mit den vier Kampfarenen, benannt nach den vier Elementen Wasser, Luft, Erde und Feuer, dem Handwerkerviertel mit der großen Kämpferschmiede, der Burg als Hauptgebäude, in der sich der Sitzungssaal der Ehrwürdigen Alten oder die Schlafgemächer der Lehrmeister und Schüler befanden. Der Große Platz im Mittelpunkt der Stadt, auf dem gehandelt und getauscht wurde. Die aus Stein geschlagene Skulptur, die die Gebrüder Braykion vereinte. Der Waffenmarkt oder die Halle des Ruhmes, in der die dekarischen Kämpfer geehrt wurden.

Die Bilder schossen Lichtfels durch den Kopf wie Blitze in einem Gewitter. Er leckte sich über die trockenen Lippen und überlegte, was davon noch stand.

Als er den Blick über den Wald schweifen ließ, nahm er weit entfernt eine Bewegung wahr. Er hielt an und hob die Hand, woraufhin alle stehen blieben.

Mit schmalen Augen betrachtete er die Stelle. Sein Herz schlug schneller, und ohne zu überlegen, nahm er seine Stahlhandschuhe vom Rücken, entfernte das Lederband und setzte sie auf.

Hinter ihm tauchten Wibatem und Gerri auf, die sich an seine Seite stellten.

»Was hast du?«, fragte Gerri.

»Dort vorne«, antwortete Lichtfels. »Seht ihr den abgebrochenen Baum? Da ist etwas.«

Gerri ging in die Knie, legte einen Bolzen in seine Armbrust und zielte in die Richtung. Nachdem er mehrere Atemzüge lang bewegungslos ausgeharrt hatte, senkte er die Waffe. »Ich zweifle dich ungern an, aber dort ist nichts.«

Lichtfels zog eine Augenbraue nach oben. »Wibatem, schick deinen Drachen dahin. Wir werden sehen, ob sich etwas regt.«

Wibatem trat zwei Schritte nach vorne, hob beide Arme und bewegte elegant die Hände, als ob er eine Kugel zwischen den Fingern hielte.

Direkt vor ihm tauchte sein roter Drache auf, der zweimal stampfte und schließlich zu dem Baumstamm rannte, den er samt Wurzeln aus dem Boden riss.

Dahinter lag ein Mann auf dem Boden, der ein langes Breitschwert in der Hand hielt.

»Dort ist nichts«, äffte Lichtfels seinen Kämpferfreund nach und grinste ihn an.

»Ich werde dich nie wieder anzweifeln, Lichtfels!«, rief Gerri und gab einen Warnschuss ab, während Wibatem zu dem Schwertkämpfer rannte, der den Drachen abzuwehren versuchte.

Der Mann war schlank, groß, trug eine stark verschmutzte Rüstung, und seine braunen Locken standen in alle Richtungen ab.

Wibatem zog seine Schwerter hervor und wollte auf ihn zuspringen, bremste sich aber kurz vorher ab. »Mikaél?!«

Lichtfels horchte auf und Wibatem befahl seinen Drachen zurück, der sich in Luft auflöste.

Bei Mikaél handelte es sich um den Schwertkämpfer, der vor dem Wettkampf als Letzter der Allianz beigetreten war. Auf Wunsch seines guten Freundes Mescal hatte Lichtfels ihn zu sich geholt und ihm blind vertraut, da Mikaél dessen Schüler gewesen war. Obwohl er keine Zweifel gegen seine zurückgekehrten Mitglieder hegte, kannte er den jung gebliebenen Schwertkämpfer von all seinen Mitgliedern am wenigsten.

»Noch jemand, der zu uns gehört!«, sagte Gerri lachend.

»Ihr beide hier?« Mikaél rang nach Luft. »Ich war auf dem Weg ins Tal, als …« Seine Stimme versagte und mit großen Augen schaute er seinen ehemaligen Anführer an, als ob er vor einem Geist stünde.

Lichtfels lächelte, hielt trotzdem seine Freude noch zurück. Er brauchte dringend Informationen von ihm, ob er noch auf der Seite der Allianz stand. »Woher kommst du?«

»Aus Syderia, ich habe dein Licht gesehen, das den Himmel erleuchtet hat.« Er wischte sich Erde und Rindenstücke aus dem Haar, als Lichtfels auffiel, dass ihm der Ringfinger an der rechten Hand fehlte.

»Es hat bis nach Syderia gereicht?«, hakte er nach.

»Für die, die wussten, was es sein könnte, ja«, begann Mikaél zu erklären. »Viele sprachen von einem Wetterphänomen, aber ich dachte sofort an dich. Du hättest die Wolken sehen sollen …«

»Bist du im Tal gewesen?«, fragte Gerri barsch.

»Nein.« Mikaél schüttelte den Kopf. »Ich bin nicht so weit gekommen. Auf allen Handelswegen sind Patrouillen unterwegs und Relikt hat sich vor dem Tal gesammelt. Ich musste umkehren.«

Zumindest war das nicht gelogen.

Lichtfels strich sich über das stoppelige Kinn. Mehr denn je wünschte er sich Mescal an seine Seite zurück, da er seinen Schüler in- und auswendig kannte.

»Hat dich jemand verfolgt?« Wibatem steckte seine Waffen zurück in die Schwertscheiden.

»Nein, ich denke nicht«, antwortete Mikaél unsicher.

Lichtfels blieb misstrauisch, begrüßte ihn dennoch mit einem Handschlag. »Willkommen zurück.«

»Schön, euch alle wiederzusehen«, freute sich Mikaél, der nicht aufhören konnte, zu grinsen.

»Das sind nicht alle.« Wibatem zeigte auf die restlichen Mitglieder, die angelaufen kamen.

»Nicht möglich!« Der Schwertkämpfer rieb sich die Augen.

»Wir sind auf dem Weg nach Brayken«, erzählte Lichtfels ihm.

Mikaéls Grinsen verschwand so schnell, wie es gekommen war. »Brayken?«

»Ja.« Lichtfels hängte sich seine Waffen wieder über den Rücken. »Du hast richtig verstanden.«

»Man hört nur Schreckensnachrichten von dort.« Mikaél wischte sich über die Arme.

»Deswegen gehen wir dorthin. Wir befreien die Stadt.«

Sein ehemaliger Kämpfer streckte die Schultern durch und nickte. »Wenn ihr nichts einzuwenden habt, würde ich mich euch gerne anschließen.«

»Ich habe auch nichts anderes von dir erwartet«, erwiderte Lichtfels. Er trat zurück, während der Rest ihn begrüßte. »Hab ein Auge auf ihn«, flüsterte er Gerri ins Ohr.

»Denkst du, dass er nicht mit guten Absichten hier ist?« Der Schütze klemmte sich die Armbrust unter den Arm.

»Das müssen wir herausfinden.«

Nachdem Mikaél alle seine ehemaligen Kameraden begrüßt hatte, nutzte die Gilde die Möglichkeit einer kurzen Rast. Es gab neben ein paar Äpfeln gebratenes Fleisch, was sich jeder schmecken ließ. Ihr neuer Gefährte brachte dazu noch zwei Laib Brot, Honig und Nüsse mit, welche sie für den weiteren Weg verwendeten.

Nach der Ruhephase setzten Lichtfels und seine Gilde ihre Reise fort. Sie hatten noch einen halben Tag vor sich, um die Hälfte des Weges zu schaffen.

Ihn spornte der Gedanke an, dass sie schon am nächsten Tag einen Eingang zu den Katakomben erreichen würden.

Nach den vielen Wegstunden, die er und die Allianz zurückgelegt hatten, senkte sich Dunkelheit über sie. Die Zeit der Sonne war vorüber, sie verschwand hinter dem Horizont.

Angelo entzündete zwei Lagerfeuer, und die Mitglieder legten sich ringsherum. Obwohl vier Wachen ausgewählt wurden, schliefen viele von ihnen nicht, so wie auch Lichtfels. Zu aufregend war die Flucht gewesen, da sie Gejagte waren, die sich gewehrt hatten.

Lichtfels schaute in die Gesichter seiner Gefährten. Er verlangte viel von ihnen und er wusste nicht einmal, wie er sich dafür bedanken konnte. Obwohl niemand ahnte, was er in den letzten fünf Jahren getrieben hatte, vertrauten sie ihm blind.

»Willst du dich nicht hinlegen?«, fragte Blaeck ihn leise.

»Ich finde keine Ruhe«, antwortete Lichtfels. »Zu viele Gedanken sind in meinem Kopf.«

»Dann beginne, dich von ihnen zu befreien.« Der Dunkelelf betrachtete ihn ernst, woraufhin Lichtfels die Augenbrauen hob.

»Ihr Elfen sagt dies, als ob es so einfach wäre wie Wassertrinken.«

»So ist es auch.«

Lichtfels schaute Blaeck schief an, dessen Haut im Schein des Feuers schwarz schimmerte.

»Wir Elfen fürchten keine Gedanken. Sie sind nicht echt. Die Wirklichkeit kann uns Angst einflößen, aber auch nur, wenn wir es zulassen.«

»Ich weiß.« Lichtfels zögerte, weil er die Worte schon einmal gehört hatte. »Ihr fürchtet weder Schmerz, Verlust noch Tod.«

Blaeck stimmte ihm zu, doch dann sprach er mit tiefer Stimme: »Du warst dort.«

Lichtfels schaute ihn mit schmalen Augen an. »Was meinst du?«

»Du warst in Héllion.«

Lichtfels stockte der Atem. Hatte er es ihm gegenüber erwähnt? Hatte er Blaeck erzählt, wo er sich in seiner Abwesenheit aufgehalten hatte?

Nein, dachte er.

Lichtfels warf seine Unsicherheit schnell wieder beiseite. Er war sich sicher, dass er ihm gegenüber noch kein einziges Wort fallen gelassen hatte. »Woher …«

»Ich bin ein Elf, Lichtfels.« Blaeck sah in seine Augen. »Auch wenn ich weit von meinem Volk entfernt bin, spüre ich sie. Sehr schwach nur, aber sie sind da. Und nicht nur sie erzählen es, auch die Bäume.«

Lichtfels schluckte. Seine Reise war nicht verborgen geblieben und an die Bäume hatte er kein einziges Mal gedacht.

»Nun ruhe dich aus, du brauchst deine Kräfte. Ich werde weiter über uns wachen.« Blaeck deutete in den Himmel, als seine Fingerspitzen kurz glänzten.

»Danke, Blaeck.« Lichtfels bemerkte den Schutzschild nicht, wusste dennoch, dass der Dunkelelf ihn errichtet hatte.

»Keine Ursache, Lichtfels.«

Die Nacht verging, sodass die Allianz bei Anbruch des Tages ihre Reise fortsetzte. Dieses Mal jedoch begleitete sie der Regen, dessen Tropfen sich einen Weg durch das Blätterdach suchten, zu Boden fielen und ihn aufweichten. Es klang beim Marsch durch den Wald wie ein Lied, welches sich ständig wiederholte. Erst trommelte es schwächer auf die Blätter, dann wieder stärker.

Da kaum Tageslicht zu ihnen drang, begleitete Lichtfels' leuchtende Kugel die Gruppe. Sie erhellte die nahe Umgebung und scheuchte Vögel auf, die das magische Licht nicht kannten. Auch Füchse und andere Kleintiere flohen vor ihm.

Der Boden war schlammig und die Gefährten durchnässt bis auf die Haut. Obwohl es nicht kalt war, froren vereinzelt Mitglieder, wenn eine Böe durch den Wald zog.

Als Lichtfels sich umdrehte, schob Wibatem seinen Umhang von den Schultern und gab ihn Aliya, die ihn zitternd auf ihren eigenen legte.

»Es ist nicht mehr weit«, sagte der Beschwörer zu ihr und küsste sie auf die Stirn.

»Weißt du, ich bin lieber hier im Wald als in den Katakomben«, murmelte sie.

Wibatem lächelte schief. »So schlimm ist es dort unten nicht.«

Da hat er recht.

Auch wenn Lichtfels ewig nicht mehr dort gewesen war, konnte er sich nicht vorstellen, dass sich etwas verändert hatte.

»Ich hoffe es.« Aliya lief weiter.

Wibatem nahm ihre Hand und verschränkte seine Finger mit ihren, sodass ein Lächeln über ihr Gesicht huschte.

»Oh, ich möchte auch einen Kuss!«, bettelte Usci.

»Und ich einen zweiten Umhang«, ergänzte Keni.

Lichtfels lachte. »Umhänge sind rar, aber den Kuss kannst du haben. Such dir einfach jemanden aus.«

Usci streckte ihm frech die Zunge heraus.

»Splin gehört mir«, warf Tics sogleich ein und küsste den Faustkämpfer.

»Jaja«, brummte der junge Schütze.

»Wolfino, du bist an der Reihe«, rief Sarkhan währenddessen von weiter hinten.

»Aye, aye!« Ohne zu zögern, ließ Wolfino den Wolf auferstehen.

Lara stieg von Sarkhans Wolf herunter. »Ich kann auch ein Stück laufen. Mir schmerzt schon das Gesäß.«

»Kommt nicht infrage«, erwiderte Lichtfels, da der Weg viel zu weit für sie war.

»Lichtfels, ich danke dir für deine Sorge. Ich kann das selbst entscheiden.« Ihre Stimme ließ keine Widerworte zu.

»Jacki würd…«, begann er, doch weiter kam er nicht.

»Jacki ist nicht hier«, sagte sie barsch, schaute aber schnell zu Boden. »Ich … möchte nur ein bisschen laufen. Einverstanden?«

Lichtfels räusperte sich. »Danach lässt du dich wieder tragen.«

Eine Antwort, bei der ihre Mundwinkel nach oben wanderten. »Natürlich.«

Wolfino zuckte mit den Schultern und ließ seinen Wolf verschwinden.

Lichtfels wollte sich gerade abwenden, als Lara ihm zuvorkam: »Jacki wäre sehr stolz auf dich, wenn er wüsste, wie gut du dich um uns kümmerst.«

Ja, das wäre er.

Er schluckte den bitteren Beigeschmack herunter und hoffte, dass sein bester Freund noch lebte und kämpfte.

19

In der Tiefe

Lichtfels

Nach weiteren Stunden des Marsches und einer kurzen Rast zog sich der Regen langsam zurück. Die letzten Tropfen fielen von dem Laub herunter wie Glasperlen und landeten auf der Erde, wo sie versickerten. Überall hing Wasser in den Blättern, Gräsern und Spinnennetzen. Das Blätterdach über der Gruppe lockerte sich und immer größer wurden die Löcher, durch die sie einen Blick auf den mit Wolken verhangenen Himmel werfen konnten.

Eichen- und Kastanienbäume sowie Fichten und Kiefern verschwanden, stattdessen säumten Birken ihren Weg. Anfangs erst eine, bis immer mehr vor ihnen auftauchten. Der Boden wurde weicher unter den Füßen und die Sträucher dichter.

Lichtfels stapfte durch das hohe Gras und versank mit jedem Schritt in dem nassen Moos. Eine Ringelnatter versteckte sich zwischen den Gräsern, und ein Frosch sprang in eine Pfütze.

Seine Gildenmitglieder folgten ihm stillschweigend. Sie waren müde und jeder Schritt schleppend.

»Ist es noch weit bis zum Eingang?« Paco wedelte sich vor dem Gesicht herum, um einen Moorfalter zu verscheuchen, der sich auf ihn setzen wollte. »Ich möchte nicht länger belästigt werden.«

»Wir sind gleich da«, antwortete Lichtfels.

In der Ferne war das Plätschern eines Baches zu hören.

Er drückte sich an Sträuchern vorbei, als er das Ufer eines Sees erblickte. Der Himmel hatte ein finsteres Grau angenommen und der Wald lag wie ein Kranz um das ruhige Gewässer. Einzelne Bäume ragten aus dem See heraus, waren überwuchert mit dunklem Moos und Kletterpflanzen. Hier und da bewegte sich das Wasser in dünnen, feinen Wellenlinien. Eine schwarze Angornisse surrte an ihm vorbei und setzte sich auf einen Stein am Ufer.

»Wieso leben die noch? Müssten die nicht schon längst alle gestorben sein?«, fragte Paco panisch.

»Bleib ruhig, sie wird dich schon nicht stechen«, entgegnete Tobzell.

»Zähe Biester. Mich hat einmal so ein Ding in die Hand gestochen, dass ich in keinen Stahlhandschuh mehr gepasst habe«, erzählte Splin.

Paco schüttelte sich. »Das beruhigt mich ungemein.«

Lichtfels beachtete sie nicht weiter und ließ den Blick über die Mitte des Sees schweifen, wo eine Insel, bewachsen mit Bäumen, aus dem Wasser herausragte. Nebelschwaden verhinderten die Sicht darauf, sodass er sie nur erahnen konnte.

»Der Wasserspiegel ist gestiegen«, stellte Wibatem fest, als er neben Lichtfels stand.

»Es nützt nichts«, sagte Lichtfels nüchtern. »Wir müssen auf diese Insel.«

Denn nur dort befand sich der Eingang. Ein anderer Weg kam nicht infrage.

Wibatem presste die Lippen zusammen, ehe er sich wieder an ihn wandte. »Hoffentlich stehen die Gänge nicht unter Wasser.«

»Wir werden sehen.« Lichtfels legte seine Waffen auf dem Boden ab. Nachdem sich seine Kämpfer am Ufer versammelt und gesetzt hatten, um Kraft zu schöpfen, nutzte er die Gelegenheit: »Meine Freunde, der Eingang zu den Katakomben ist dort auf der Insel. Da sich hier keine Boote oder Brücken befinden, müssen wir durch das Wasser. Es dürfte nicht allzu tief sein, doch passt trotzdem auf beim Durchlaufen.«

»Nass sind wir schon, schlimmer kann es nicht mehr kommen«, entgegnete Sarkhan.

»Diese blöden Falter!«, fluchte Paco und schlug nach einem weiteren.

»Sie scheinen dich zu mögen.« Sein Kämpferfreund lachte ihn aus.

Während die Mitglieder der Allianz begannen, ihre Umhänge abzulegen und ihre Rucksäcke und ihre Waffen darin zu verpacken, waren Wibatem und Lichtfels bereit, ins Wasser zu steigen.

Der Beschwörer hielt sein Gepäck über den Kopf und watete in das dunkle, schmutzige Gewässer.

Lichtfels machte es ihm nach. »Auf geht's.«

»Ist ja gar nicht kalt«, grummelte Wibatem.

»Geht doch«, erwiderte Lichtfels kurz angebunden.

Eines stand fest: Danach mussten sie sich dringend an einem Feuer aufwärmen.

Das kalte Wasser umschloss seine Lederstiefel und jedes trockene Stück Stoff, von der Wade bis zur Hüfte. Er spürte, wie die Kälte sich über den gesamten Körper ausbreitete und ihn zittern ließ. Ein paar flache Wellen schlugen ihm entgegen, als ob sie ihn aufhalten wollten.

Wibatem, von dem nur noch Schultern und Kopf zu sehen waren, lief wenige Armlängen vor ihm. Als der Beschwörer stehen blieb, hielt auch Lichtfels inne.

»Was ist?«, fragte er und watete zu ihm. Er spürte etwas Spitzes an seinem Oberschenkel.

»Irgendetwas liegt hier«, mutmaßte Wibatem.

»Ich merke es auch.«

Lichtfels bewegte seinen Fuß zu dem Gegenstand und konnte ihn hin und her bewegen. War es ein Stock, der unter Wasser im Boden festklemmte?

Er versuchte, ihn mit einer Hand zu greifen, und tauchte dabei fast vollständig mit dem Kopf unter Wasser. Kraftvoll packte er das lange, unbekannte Etwas und hob es vom Grund auf.

Es handelte sich nicht um ein Holzstück, wie Lichtfels anfangs gedacht hatte. Der mit Schlamm beschmutzte, längliche Gegenstand, der mit dunklen Fleischresten behangen war und an dem sich zwei runde Knollen am Ende befanden, war ein Knochen.

Lichtfels würgte kurz und ließ ihn wieder ins Wasser fallen.

Wibatems Augen weiteten sich. »Wir sollten uns beeilen. Ich will nicht wissen, was es ist.«

»Oder warum es gestorben ist«, ergänzte er den Satz seines Beschwörers.

Während Wibatem weiterging, drehte Lichtfels sich zu seinen Mitgliedern um, von denen einige immer noch am Ufer standen und durch den Nebel nur noch verschwommen zu sehen waren.

»Wartet nicht so lange!«, rief er und schüttelte den Kopf. Er nahm sein Gepäck wieder in beide Hände und trottete weiter durch das Wasser.

Wibatem entfernte sich immer mehr, sodass er in dem Nebel kaum noch auszumachen war.

Bald ist es geschafft.

Langsam bewegte sich Lichtfels auf die Insel zu, die vom Ufer viel näher aussah. Seine Muskeln schmerzten von der Kälte und jeder Schritt fiel ihm schwer.

Als der Wasserspiegel sich endlich an seinen Schultern senkte, atmete er erleichtert auf.

Wibatem nahm die Arme vor den Oberkörper, da ihm das Wasser nur noch bis zur Hüfte ging. Der Nebelschleier lockerte sich etwas und die schief gewachsenen Bäume und Wurzeln, die am Rande der Insel gediehen und ins Wasser ragten, kamen zum Vorschein. Moose und Farne hatten sie überwuchert, als ob sie unter einer grünen Decke lägen.

Lichtfels watete weiter durch das Wasser, bis es nur noch an seine Füße reichte. Auch er nahm die Waffen herunter und hielt sich an einer Wurzel fest, als er drohte, auszurutschen.

»Ich dachte, es nimmt kein Ende«, murmelte Wibatem und versuchte, das Wasser aus seinem Hemd zu wringen.

»Ich hatte den Weg auch kürzer in Erinnerung.« Lichtfels schüttelte seine Beine und Arme aus, sodass Wassertropfen zu allen Seiten spritzten.

Als Nächstes legte er seine rechte Hand auf die linke und stellte sich eine Lichtkugel vor, die in weniger als einem Wimpernschlag vor ihm entstand. Er drehte sie zwischen den Fingern hin und her, ließ sie heranwachsen und warf sie ein Stück nach oben, damit seine Gefährten wussten, wo sie standen.

Blaeck und Lara erreichten sie als Erste. Dicht hinter ihnen liefen Aliya, Angelo und Gerri aus dem Wasser.

»Alles in Ordnung?«, erkundigte sich Lichtfels bei Lara.

»Ja«, antwortete sie leise. »Es geht.«

»Wir haben es gleich geschafft.« Er bot ihr seine Hand an und half ihr weiter aus dem Schlamm heraus.

Lara wrang ihr Haar aus. »Keine Sorge, ich halte länger durch, als du denkst.«

Nachdem die Kämpfer das Ufer erreicht hatten, wickelten sie ihre Sachen aus, um die Waffen und das Gepäck wieder auf dem Rücken tragen zu können.

Paco befreite seinen Bogen und Köcher aus dem Umhang, ehe er verwundert stehen blieb. Er drehte sich zum Wasser um. »Habt ihr das gehört?«

Lichtfels horchte und wartete, doch ihm fiel nichts Ungewöhnliches auf.

»Ich bin mir nicht sicher«, antwortete Sarkhan und spielte an seinem Ohrring herum.

»Das Geräusch eben? Das war laut!« Ärger schwang in Pacos Stimme mit.

Sarkhan winkte ab. »Dir ist wohl zu viel Wasser in die Ohren gelaufen.«

Lichtfels' Augen verengten sich, als er zum See blickte. »Das glaube ich kaum.«

Das Wasser hinter den beiden bewegte sich und eine Welle kam genau auf das Ufer zugerollt.

»Dort«, rief Paco voller Panik. »Weg vom Ufer!«

Während die beiden ihr Hab und Gut packten, bewaffneten sich Gerri und Tobzell.

»Achtung!«, schrie Sarkhan.

Währenddessen half Lichtfels Angelo und Tics aus dem Schlamm.

Der Rest seiner Kämpfer entfernte sich vom Wasser, als die Welle auf das Ufer schlug und ein Tier zum Vorschein kam.

Ein mit Schlamm bedecktes Blutkrokodil, doppelt so lang wie er, tauchte auf. Sein ohrenbetäubendes Brüllen ließ den Boden erbeben und schreckte eine Handvoll Moorfalter auf, die in alle Richtungen davonstoben. Der rote Rücken stach im Nebel heraus wie eine Blutlache im Schnee. Weit riss das Tier sein Maul auseinander und versuchte, die Kämpfer zu erwischen.

»Los, zurück!«, befahl Lichtfels.

Wasser spritzte in alle Richtungen, überschwemmte das Ufer und verwandelte den Boden in eine glatte Oberfläche, die Sand und Schlamm forttrug, wodurch kaum noch ein Halten möglich war.

Lara schrie auf, während die Erde unter ihr nachgab und sie stürzte. Als sie sich auf den Rücken drehte, änderte das Tier seine Richtung und kroch rasend schnell auf sie zu. Sie schloss die Augen und begann etwas zu murmeln, als schon mehrere Pfeile auf das Krokodil niederprasselten.

Lichtfels stellte sich vor sie und hob die bewaffneten Fäuste. »Lasst es nicht zu nah an euch heran!«

Das Krokodil knurrte laut und grub seine Krallen in den Schlamm, während es mit dem langen, geschuppten Schwanz von der einen zur anderen Seite schlug.

Lichtfels half seiner Heilerin hoch und sah zu Gerri hinüber. »Versuch es unter dem Hals zu treffen!«

Gerri spannte einen Bolzen in seine Armbrust und richtete die Waffe auf das Tier. Er verstärkte das Geschoss mit einem Zauber, wodurch es wie ein Spiegel glänzte, und betätigte dann den Auslöser. Doch er zielte nicht, wie von Lichtfels befohlen, auf den Hals, sondern mitten in das Auge des Tieres.

Ein markerschütternder Schrei hallte über die Insel und ließ den Gefährten das Blut in den Adern gefrieren. Das Krokodil brüllte vor Schmerzen und schüttelte wild den Kopf, während es zurückwich. Es packte den Pfeil mit seiner Klaue, sodass dieser herausbrach.

Lichtfels wollte auf das Tier zulaufen, als es sich ins Wasser stürzte und untertauchte.

»Kommt!« Sofort nahm er Laras Hand und half ihr vom Ufer weg. »Gut gemacht«, sagte er zu Gerri, als er an ihm vorüberlief.

»Warte kurz.« Erschöpft stützte sich Lara an einem Baum ab.

Lichtfels blieb stehen und wischte ihr einige Haarsträhnen aus dem Gesicht. »Was brauchst du?«

Sie war blass geworden und die Lippen waren bläulich angelaufen. »Ich muss … nur durchatmen.«

»Blaeck, kannst du nach ihr und dem Kind schauen?« Sorge schwang in Lichtfels' Stimme mit.

»Natürlich.« Augenblicklich war der Heiler zur Stelle. »Darf ich?«

Lara nickte und er legte seine Hand zuerst auf ihre Stirn, dann auf ihren Bauch. Er schloss die Augen und bewegte die Finger langsam von einer Seite zur anderen. Nachdem er seine Hand zurückgezogen und die Lider geöffnet hatte, lächelte er. »Es ist alles in Ordnung. Eine Pause täte dir allerdings gut, und uns allen sicher auch.«

»Die machen wir sofort.« Lichtfels atmete erleichtert auf.

Wenn Lara oder dem Kind etwas geschehen würde, könnte er sich das nie verzeihen. Lara war Jackis Gemahlin, und auch wenn er nicht wusste, wo sein bester Freund war oder ob er noch lebte, fühlte er sich verpflichtet, sie zu beschützen.

Für ihn.

»Lichtfels!« Wibatem stand auf einer Anhöhe und winkte durch die Birken zu ihm herunter.

Er folgte ihm über den weichen moosbewachsenen Erdboden hinauf zum Hügel, wo ein modriger Geruch in der Luft lag. Ein Moorfalter schwirrte vor seiner Nase herum.

»Siehst du den Schacht irgendwo?«, wollte Wibatem wissen.

Lichtfels wedelte das Insekt weg, während sein Blick über die Lichtung schweifte, doch bis auf die Birken und Sträucher, die abgebrochenen Äste und die ineinander verknoteten Wurzeln fiel ihm nichts auf. Zusammen liefen die beiden ein Stück auf die Lichtung.

»Ich verstehe das nicht«, knurrte Wibatem verärgert.

»Er muss hier sein.« Lichtfels suchte jede erdenkliche Stelle ab und überlegte, ob es noch eine andere Insel auf diesem See gab. Viel größer war das Gewässer nicht und daher konnten sie nicht falsch sein.

Wo befand sich der Schacht?

Lichtfels traf die Erkenntnis wie ein Messerstich.

Was, wenn der Eingang zu den Katakomben zerstört worden war?

Langsam gingen er und Wibatem voran, als das Moos unter ihnen weicher wurde. Kleine Zweige zerbrachen unter ihren Füßen, bis etwas laut knackte.

In diesem Moment brach die Erde unter den beiden Männern weg und Blätter, Sand sowie Steine stürzten mit ihnen in ein schwarzes Loch, das sich unter ihnen aufgetan hatte.

Lichtfels blieb die Luft weg, während er fiel und das Tageslicht sich immer weiter von ihm entfernte.

Aus dem Augenwinkel nahm er wahr, dass Wibatem nach etwas suchte, um sich festzuhalten. Mehrere dicke Wurzeln streiften ihn, bis er sich an einem Strang festkrallte, der ihn abbremste. Ein schmerzerfüllter Schrei drang aus seiner Kehle.

Lichtfels dagegen stürzte weiter in die Finsternis. Er versuchte sich wie sein Kamerad an den Wurzeln festzuklammern, doch die Stränge rissen ab und so fiel er ungebremst nach unten.

Das Loch wurde enger und er dachte an den Aufprall auf dem Boden sowie den Tod, der ihn jeden Augenblick ereilen würde.

Mit einem seiner Stahlhandschuhe stieß er an die Wand, sodass Funken aufsprühten und das Metall erhitzte. Er war nicht mehr nur von Erde und Wurzeln umgeben, sondern von einer Mauer und genau die könnte ihm womöglich das Leben retten.

Lichtfels riss seine Arme, so weit es ging, auseinander, bis beide Stahlhandschuhe die Mauer berührten. Mit seiner ganzen Kraft drückte er nun dagegen.

Ein schrilles Kratzen hallte durch das Loch, als Lichtfels versuchte, sich abzubremsen. Funken sprühten in alle Richtungen und er schrie vor Schmerzen. Seine Finger verkrampften und die Fingernägel bohrten sich in das Leder seiner Handschuhe. Auch der Stahl ringsherum verbog sich und quetschte sie ein.

Der Sturz kam ihm unendlich lang vor und er wünschte sich, dass er vorbei war.

Es fühlte sich an, als würden seine Knochen brechen und die Muskeln auseinanderreißen, doch dann schaffte er es, sich abzubremsen. Die Stahlhandschuhe gruben sich in die Wand und hielten ihn in dem Loch fest.

Lichtfels keuchte und zitterte am gesamten Körper. Seine Kraft ließ nach und als er nichts mehr spürte, lockerten sich die Arme. Erneut fiel er nach unten, aber dieses Mal prallte er auf dem harten Boden auf.

Kälte kroch in seine Glieder und er verlor die Orientierung. Obwohl es stockfinster war, drehte sich alles und in seinem Kopf hämmerte es, als ob er jeden Moment zerspringen würde. Alles an ihm fühlte sich taub an und trotzdem brannten die Arme wie Feuer.

Er dachte an nichts mehr, sondern hörte nur noch das Echo des kratzenden Stahls in seinen Ohren und fühlte nur den Schmerz, der ihn überwältigen wollte.

Lichtfels.

Eine zarte Frauenstimme rief seinen Namen.

Lichtfels.

Er atmete tief ein und aus. Die Stimme erklang aus dem Nichts, wie ein Licht in der Finsternis. Ein warmer Hauch streifte seine Haut und er roch diesen Duft, den nur sie trug.

Lichtfels öffnete abrupt die Augen. Nur verschwommen sah er die kleine flammende Kugel, die weit über ihm schwebte. Irgendwo tropfte es in eine Pfütze.

»Lichtfels!«, schrien mehrere Stimmen.

Nur undeutlich hörte er seinen Namen, der von einem Pfeifen im Ohr überdeckt wurde. Seine Kehle war staubtrocken, sodass er nicht antworten konnte. Er versuchte, die Arme zu heben, doch sie waren schwer wie Blei und ihm blieb nichts anderes übrig, als erschöpft aufzugeben.

»Lichtfels!« Erneut rief jemand nach ihm und dieses Mal hörte es sich näher an.

Er schaute zu seiner rechten Hand, die vollkommen in dem Stahlhandschuh eingequetscht war und heftig pochte. Blut lief an den Stahlplättchen herunter, aber er ignorierte den Schmerz in den Fingern und konzentrierte sich auf den letzten Funken Magie in sich, sodass seine Hand immer wärmer wurde. Der Stahl begann zu glühen und sandte etwas Licht aus.

Wibatem

»Dort unten!«, schrie Wibatem und kletterte an dem Seil hinunter, das ihm seine Gefährten zugeworfen hatten.

Als er nahe genug am Boden war, ließ er sich das letzte Stück fallen. Blaeck, dicht hinter ihm, machte es ihm gleich, als auch schon eine kleine Feuerkugel heranschwebte.

Blaeck tastete sofort Lichtfels' Körper ab, während Wibatem seinem Anführer die Stahlhandschuhe abzog. Sie waren glühend heiß, wodurch er sich verbrannte und die Waffen seines Anführers fluchend beiseite warf.

Vor einem Augenblick erst hatte Blaeck Wibatems Hände geheilt, da er sich diese an den Wurzeln aufgerieben hatte.

Vorsichtig ließ der Dunkelelf seine Finger auf Lichtfels' Bauch ruhen, während sich ein blaues Licht um ihn herum ausbreitete und den Raum erhellte.

Bange Sekunden verstrichen, in denen Wibatem auf das Urteil des Heilers wartete. »Seine Hände«, murmelte er besorgt.

»Ich weiß.« Blaeck stand Schweiß auf der Stirn. »Er braucht Wasser.«

»Aliya!«, schrie Wibatem in den Schacht.

»Ich bin gleich bei euch!«

Sie rutschte an dem Seil hinunter und tauchte über ihnen auf. Ihr Gesicht wurde kalkweiß, als sie Lichtfels am Boden liegen sah. »Wie geht es ihm?«

Wibatem nahm ihr die Tasche ab, suchte nach der Feldflasche, öffnete diese und hielt sie seinem Anführer schließlich an die Lippen, sodass Wasser in den Mund fließen konnte.

Lichtfels schluckte und hustete, ehe er keuchend sagte: »Gut.«

Erleichtert sahen sich Wibatem und Aliya an. Er war vom Schlimmsten ausgegangen, aber es schien, als würde sein Anführer es schaffen.

Blaeck beendete den ersten Zauber und widmete sich als Nächstes den Händen, die blutüberströmt waren.

»Schön, dass du zurück bist«, bemerkte Wibatem.

»Ich war nie weg«, krächzte Lichtfels und versuchte zu lächeln.

Als das blaue Licht erstarb, lehnte Blaeck sich zurück. »Das dürfte vorerst reichen. Jetzt braucht er Ruhe.«

Du auch, dachte Wibatem, während er den Dunkelelfen musterte. Dieser sah in dem dunklen Licht auf einmal viel kränklicher aus.

»Schafft er es?«, fragte Aliya besorgt.

Bevor Blaeck ihr antworten konnte, murmelte Lichtfels schon zu ihm: »Sag bloß nichts Falsches.«

»Alles wird gut.« Blaeck richtete sich langsam auf.

Lichtfels wollte noch etwas erwidern, doch kein Wort drang aus seinem Mund.

Die beiden Männer halfen ihrem Anführer auf die Beine und schleppten ihn ein Stückchen an den Rand des Schachtes, der in einen kleinen Raum überging. Aliya hatte währenddessen ihren Umhang ausgebreitet und ihre Tasche als Kopfstütze geformt. Darauf legten sie Lichtfels und deckten ihn zu.

»Bleibst du bei ihm? Wir helfen den anderen beim Abstieg«, sagte Wibatem.

Aliya nickte entschlossen, zögerte aber sogleich wieder. »Ist denn bei dir auch alles in Ordnung?«

Ein Lächeln erhellte seine Miene. »Keine Sorge.« Er nahm ihr Gesicht in beide Hände und gab ihr einen flüchtigen Kuss auf die Lippen. »Ich bin wohlauf.«

Aliyas Wangen erröteten, bevor auch sie zu lächeln begann. »Da bin ich froh.«

»Nicht nur du.«

Während Aliya zu Lichtfels schritt, wusste Wibatem nicht mehr, ob sein Herz wegen des Falls noch so schnell schlug oder die Halbelfe Grund dafür war. Eines jedoch war sicher: Lichtfels und er hatten Glück gehabt.

Seine Gefährtin setzte sich neben ihren Anführer und fuhr ihm vorsichtig mit den Fingern über die Stirn. »Ruh dich aus. Ich bleibe bei dir.«

Lichtfels betrachtete sie und schien gegen seine Müdigkeit anzukämpfen. »Ich …«

Doch seine Kraft ließ nach und als er die Augen schloss, wandte sich Wibatem von den beiden ab.

Du bist in guten Händen, alter Freund.

20

Lichtfels' Erinnerung:

In dem Wirtshaus

3 Jahre zuvor …

Nachdem ich die Tür des Wirtshauses geöffnet hatte, traf mich ein Schwall stinkender Luft. Es war ein Gemisch aus Schweiß, Rauch und Bier.

Ich wollte mich bereits wieder umdrehen und es verlassen, als mich der Wirt des Hauses am Arm fasste.

»Kommt rein, kommt rein!«, begrüßte mich der dicke, bärtige Mann und zog mich durch die Menschenmenge. Seine Wangen waren gerötet und die Augen fast vollkommen schwarz. »Nehmt dort Platz, mein Weib holt Euch einen Krug Bier! Die Tänzerinnen treffen gleich ein.«

Er zeigte in die Ecke, in der ein einfacher Holztisch mit drei Stühlen stand. Es handelte sich um die einzige Stelle, die noch frei war.

Nach dem Marsch durch Héllion und der Suche nach Hinweisen in den umliegenden Dörfern brauchte ich dringend eine Pause. Meine Füße waren taub und der Rücken schmerzte. Ich legte mein Gepäck ab und ließ mich auf den Stuhl fallen, während mein Magen sich knurrend zusammenzog. Auch meine Kehle brannte und bettelte mich förmlich nach etwas zum Trinken an.

Der Rauch vernebelte die Sicht, dennoch erkannte ich am anderen Ende des Gastraumes eine kleine Bühne. Davor und in dem Raum verteilten sich Tische, die genug Platz boten, um fünf Personen daran zu setzen.

Zu meiner Linken befand sich eine alte Holztheke, auf der bereits mehrere gefüllte Gläser und Krüge darauf warteten, ausgegeben zu werden.

Eine Frau mit breiten Hüften und vollem Busen kämpfte sich zu mir durch und stellte das Bier auf den Tisch. Sie rief mir etwas zu, was ich nicht verstand. Die Gäste johlten und grölten in einem Tonfall, der mir beinahe Kopfschmerzen bescherte. Sie sangen verschiedene Lieder und feierten, als ob ihre letzte Stunde geschlagen hätte.

Die meisten Männer wirkten wie einfache Bauern, doch zwischen ihnen verweilten einige mit feinen schwarzen Tuniken und schweren Geldbeuteln an ihren Gürteln, vermutlich Söldner, die ihren Arbeitstag mit Bier und Wein beendeten.

Wieder andere sahen heruntergekommen aus wie nach einem Krieg. Ihre Kleidung war schmutzig und zerschlissen, was niemanden zu stören schien.

Mir fiel auf, dass ich nirgendwo dekarische Kämpfer mit Waffen und Rüstungen entdeckte. Aus diesem Grund behielt ich meinen Umhang an und zog ihn fester um mich.

Aufmerksamkeit wollte ich in einem Land, das ich nie vorher besucht hatte, lieber nicht erregen.

Ich nahm den Krug in die Hand und trank einen Schluck von dem warmen goldgelben Gebräu. Der abgestandene, schale Geschmack ließ mich würgen. Eines war gewiss, dieses Getränk konnte nicht Bier genannt werden.

Ich schob den Humpen weg, da der Nachgeschmack mir den Appetit verdarb.

In meiner Nähe löschte der Wirt die Kerzenleuchter aus, stattdessen wurde auf jedem Tisch eine Kerze aufgestellt.

Die Gäste beruhigten sich, jeder nahm seinen Platz ein, wahrscheinlich in Erwartung der vom Wirt angekündigten Tänzerinnen. Vier alte Männer mit Instrumenten in den Händen betraten die Bühne, setzten sich auf deren Rand und baumelten mit den Beinen hin und her. Ich erkannte eine Citole, Trommeln, eine Flöte sowie ein Tamburin.

Sie warteten einen Augenblick, bis sie mit ihren Füßen den Takt vorgaben und gegen die Holzvertäfelung schlugen. Der Erste begann zu singen, die anderen fielen ein und auch die Gäste trommelten mit den Händen auf die Tische oder trampelten mit den Füßen. Jeder von ihnen kannte das Lied.

Erstaunt lehnte ich mich zurück. So etwas hatte ich nicht erwartet. In einem Land, in dem kein König regierte und jeder Mensch auf sich allein gestellt war, hielten sie sich bei Laune, indem sie sich abends zusammensetzten und gemeinsam sangen, tanzten und tranken. Obwohl die Menschen in diesem Land nur geduldet wurden, da die Elfen es beherrschten, schien es ihnen in Héllion besser zu gehen als im dekarischen Königreich.

Die Männer klatschten in die Hände und sangen im Chor mit. Es war ein fröhliches Lied, welches zum Tanzen einlud. Unwillkürlich bewegten sich meine Finger im Takt.

Weitere Personen betraten die Bühne.

Es waren fünf, sechs, sieben Frauen in leichten, farbigen Kleidern. Ihre Hüften und Oberarme lagen frei, doch ihre Gesichter waren mit Ausnahme der Augen verhangen. Bei einigen blieb sogar das Haar verborgen.

Sie bewegten sich elegant, fast schwebend über die Bühne und schwangen ihre Hüften, was mit einem begeisterten Jubeln der Gäste belohnt wurde. Ohne Frage, die Männer ließen sich liebend gern in den Bann der Frauen ziehen.

Nacheinander verließen die Tänzerinnen die Bühne und liefen zwischen den Tischen entlang. Ich nahm eigentlich an, dass die Männer sie an sich ziehen würden, stattdessen hielten sie sich zurück, ohne die Frauen zu berühren.

Manche knieten sich vor die Tänzerinnen hin, um von ihren Tüchern umschlungen zu werden. Sie waren ihnen vollkommen ergeben, was mir schwerfiel zu glauben.

Schließlich näherten sie sich den hinteren Tischen. Ein blumiger frischer Duft wehte in meine Richtung und ich merkte, wie meine Anspannung nachließ.

Nacheinander betrachtete ich die Tänzerinnen, von denen zwei versuchten, mit mir zu spielen. Eines der Tücher streifte mein Gesicht. Es roch nach Rosen und bescherte mir eine Gänsehaut.

In diesem Moment traf mich ein betörender Vanilleduft.

Ich vergaß alles um mich herum und sah nur noch die Tänzerin, die als letzte an meinen Tisch herantrat. Ihr weiß schimmerndes Kleid stach aus den bunten heraus wie ein Stern am Nachthimmel. Sie beugte sich zu mir herunter, sodass ich in ihre smaragdgrünen Augen blicken konnte. Ihre Iriden fesselten mich und ich hielt kurz die Luft an.

Sie hatte etwas Besonderes an sich, etwas, was die anderen Tänzerinnen nicht besaßen.

Waren es ihre anmutigen Bewegungen? Ihr betörender Duft? Nein, es waren ihre Augen, die mich gefangen nahmen.

Die Tänzerin entfernte sich von mir. Während sie sich langsam weiterdrehte, suchte sie immer wieder meinen Blick und mir fiel es schwer, mich von ihr zu lösen.

Wer war sie?

Ich hatte viele Frauen kennengelernt, auch durch meine Arbeit in Brayken als Kämpfer, doch noch nie war mir etwas Derartiges widerfahren. Sie wirkte anders und ich konnte mir nicht erklären, warum.

Entweder war sie sehr begabt, mit ihrem Charme zu spielen, oder sie hatte die Fähigkeit, Menschen mit ihren Augen zu verzaubern.

Nur ein Gedanke schoss mir durch den Kopf. Ich musste wissen, wer sie war.

Nach einer Weile war die Vorstellung vorbei, die Tänzerinnen verschwanden hinter der Bühne und die Männer feierten weiter. Viele immer noch betört von den Frauen.

Kurz darauf betraten einige von ihnen ein zweites Mal den Raum, sodass alle erneut applaudierten und jubelten. Dieses Mal aber tanzten sie nicht, sondern begrüßten die Stammgäste. Die Tänzerin mit den smaragdgrünen Augen und dem weißen Kleid befand sich nicht unter ihnen.

Ich näherte mich einer Tänzerin, die nach Jasmin roch. Sie hatte den Schleier abgenommen, sodass ich ihr rundes Gesicht und eine spitze Nase sah.

»Seid gegrüßt, werter Herr«, säuselte sie mit einer hohen Stimme. »Ihr schaut mich so fragend an.«

»Ich suche eine Tänzerin von Euch. Sie trug ein weißes Kleid und hat grüne Augen.«

»Mein Lieber, ich bezweifle es, dass Ihr Euch an die Augen erinnert. Und an das Kleid? Bei all den Schönheiten hier? Könnt ihr Euch an ihren Duft erinnern?«

»Es war Vanille«, antwortete ich.

»Ah, Vanilla. Sie will heute niemanden mehr empfangen.«

»Bitte, sagt ihr, ich muss mit ihr reden.« Ich ließ mich nicht einfach abschütteln und legte meine Verzweiflung in die Worte. »Bitte.«

»Entschuldigt, aber das ist nicht möglich.«

Ich griff ihren Arm, und die Tänzerin quiekte erschrocken.

»Lasst mich sofort los!« Ihr Blick wanderte zu meiner Rüstung. »Was wollt Ihr von ihr?«

»Ich will nur mit ihr reden«, erklärte ich ruhig, obwohl mein Herz immer schneller schlug. So schnell durfte ich nicht aufgeben.

»Ey, macht der Kerl Probleme?« Ein betrunkener Söldner rempelte mich an.

Auch das noch.

Ärger konnte ich in meinem müden Zustand nicht gebrauchen.

Die Tänzerin befreite sich aus meinem Griff und trat einige Schritte zurück.

»Nein, macht er nicht.« Mit schmalen Augen und zusammengezogenen Brauen betrachtete sie mich und ging durch einen Vorhang zurück hinter die Bühne.

Ich beobachtete den Durchgang eine Weile, während der Söldner in meiner Nähe blieb. Als er sich schließlich abwandte, um zu seinen Freunden zurückzukehren, deutete er mehrmals in meine Richtung.

Entmutigt kehrte ich zu meinem Tisch zurück, da niemand mehr durch den Vorhang kam.

Ich hatte jegliche Aussicht verspielt, mit ihr zu sprechen. An diesem Tag würde ich keine Chance mehr haben, sie zu treffen.

Während ich mich durch die Menge drängelte, um zum Wirt zu gelangen, schob sich eine Person an mir vorbei, die restlos in einen Umhang eingewickelt war. Die betrunkenen Männer merkten es nicht, doch ich roch den Vanilleduft, der an mir vorbeizog.

Konnte sie es gewesen sein?

Ich drängelte mich zu meinem Platz zurück, legte ein paar Silbermünzen auf den Tisch, nahm das Gepäck und verließ das Wirtshaus.

Ein schwarzer mit einem Vollmond besetzter Nachthimmel hatte sich über die Stadt gelegt. Die kalte Luft ließ mich frösteln und eine Schicht Eis überdeckte den Boden. Die Fenster der Häuser waren allesamt dunkel und auch die Laternen leuchteten nicht mehr.

Rechts von mir, ein paar Schritte entfernt, drehte sich die Person um. Als sie bemerkte, dass ich ihr hinterhergeeilt war, begann sie zu rennen.

Nachdem ich mein Gepäck schnell auf den Rücken geschwungen hatte, setzte ich ihr nach. Sie bog in eine kleine Gasse ein, in die ich ihr folgte, und als ich um die nächste Ecke stürmte, sah ich gerade so, welche Richtung sie nun einschlug.

Ich durfte sie nicht verlieren, komme, was wolle. Immer wieder entdeckte ich sie ganz knapp vor mir.

Sie sprintete eine lange Straße hinunter, ehe sie erneut abbog. Ich hatte das Gefühl, im Kreis zu laufen, und kam ihr nicht näher.

Als ich ihr in die nächste Gasse folgte, trat ich in einen Schatten, der alles um mich herum verfinsterte.

War es eine Sackgasse? Ich zögerte und rang nach Luft.

Ich erkannte kaum Umrisse, aber der Vanilleduft war Beweis, dass sie hier hineingelaufen sein musste. Kurz überlegte ich, ob ich mein magisches Licht herbeizaubern sollte.

Mit einem Mal tauchte aus der Dunkelheit eine scharfe Spitze auf, die sich gegen meinen Hals drückte.

Ich stockte und erkannte erst in diesem Moment, dass die Person direkt vor mir stand. In der Hand hielt sie einen langen Speer.

»Was wollt Ihr von mir?«, fragte eine Frauenstimme. Sie klang angenehm und bedrohlich zugleich.

Als der Wind mich streifte, traf mich der Vanilleduft erneut.

»Seid Ihr Vanilla?«, keuchte ich.

»Was wollt Ihr von mir?« Die Spitze des Speeres bohrte sich ein Stückchen weiter in meine Haut.

»Beim Tanzen habe ich Eure Augen gesehen. Sie sind …« Ich zögerte, bevor ich leise fortfuhr. »… anders, beinahe magisch. Ich bin ein Kämpfer aus Dekar und bin seit einer Weile auf der Suche. Vielleicht könnt Ihr mir helfen?«

Ich wusste, es war riskant, meine Herkunft preiszugeben, da die Elfen das dekarische Kämpfertum nicht guthießen, andererseits vertraute ich meinem Gespür.

Die Frau hob den Kopf. Ihre Augen leuchteten nicht so hell wie in dem Wirtshaus, doch ich konnte das Smaragdgrün genau erkennen.

»Gebt mir Eure Hand«, befahl sie und zeigte mit ihrer Linken auf meine.

Ich hielt sie ihr entgegen, während sie ihre Waffe präzise mit der Rechten umklammerte. Eine zarte Berührung strich über meine Haut, und ihre Fingerspitzen fuhren meine Linien entlang, ehe sie einen Schritt zurücktrat und den Speer wegzog. Sie lief an mir vorbei und betrat wieder die Straße, sodass das Mondlicht auf sie fiel.

»Vanilla?«, sprach ich sie vorsichtig an.

Die Frau lachte kurz auf und ihre Augen leuchteten magisch. »So heiße ich nur als Tänzerin, Lichtfels.«

Erstaunt hielt ich inne und fragte mich insgeheim, woher sie meinen Namen kannte, denn an Zufälle glaubte ich schon lange nicht mehr.

Sie zog die Kapuze zurück und entblößte ihr kupferfarbenes Haar, das im Mondlicht wie Gold schimmerte. Spitze Ohren lugten daraus hervor und ihre Haut glänzte wie weißes Porzellan. Ein Anblick, der mich erneut stocken ließ und mir den Atem raubte.

Die Tänzerin war eine Lichtelfe.

»Mein Name ist Eyrin und ich weiß, was du suchst.«

21

Weg durch die Dunkelheit

Lichtfels

Gegenwart

Als Lichtfels zu sich kam, streichelte jemand vorsichtig über seine Stirn. Er hörte ein Feuer nicht weit von sich knistern und Stimmen in der Nähe flüstern.

»Eyrin«, wisperte er und öffnete blinzelnd die Augen.

Ist sie hier?

Anfangs alles verschwommen, formte sich langsam die Höhlendecke über ihm aus grau und braun marmoriertem Gestein. Die Flammen zeichneten feine Schatten an den unebenen Wänden und gelegentlich liefen einzelne Tropfen an ihnen entlang.

Als Lichtfels den Kopf hob und nach rechts neigte, fiel sein Blick auf eine junge Frau, deren schwarzes Haar über die

Schultern fiel. Sie lächelte matt, während im Schein des Feuers ihre bernsteinfarbenen Augen schimmerten.

Aliya.

»Wie lange habe ich geschlafen?« Seine Stimme kratzte und die Kehle war wie ausgetrocknet.

»Einen halben Tag vielleicht.« Aliya wischte mit einem feuchten Tuch über seine Stirn.

Lichtfels schaute nach links und entdeckte einige seiner Gildenmitglieder, die tief und fest schliefen oder leise miteinander redeten.

Er ließ sich zurück auf sein Lager fallen und rieb sich die Augen. Dabei stellte er fest, dass seine Hände verheilt und unverletzt waren, was ihn beruhigte, da er sie nach dem Sturz nicht mehr hatte bewegen können. Bei dem Gedanken, dass er seine Finger fast verloren hätte, wurde ihm mulmig zumute.

»Wer ist Eyrin?«, fragte Aliya leise.

»Wer?«, hakte er nach.

»Eyrin. Du hast im Schlaf ihren Namen genannt.« Neugierig musterte sie ihn.

Lichtfels zögerte und sah die smaragdgrünen Augen, das porzellanweiße Gesicht und das rote Haar vor seinem inneren Auge. »Sie ist eine Kämpferin, so wie du und ich.«

»Mit welcher Waffe kämpft sie?« In einer kleinen Schale wrang sie das Tuch aus und tupfte damit erneut über sein Gesicht.

»Mit einem Speer«, antwortete er kurz angebunden, doch es reichte aus, dass Aliya aufhorchte.

»So jemand fehlt in unseren Reihen.«

Lichtfels nickte. »Ich weiß, aber sie hat einen anderen Weg eingeschlagen.«

Die Halbelfe schwieg und nahm eine Hand von ihm, die sie eingehend begutachtete.

»Sie sieht aus wie neu«, stellte er lächelnd fest und wechselte rasch das Thema.

»*Sie* … hat dir etwas bedeutet.« Aliya zwinkerte ihm zu.

Ein Versuch war es wert.

Lichtfels schaute auf seine Hand und bewegte seine Finger. »Ist das eine Frage?«

»Nein.« Aliya schmunzelte und nahm daraufhin die andere Hand von ihm.

Kurz schwiegen sie, bis Lichtfels wieder das Wort ergriff. »Du bist eine gute Heilerin.« Nachdem Aliya seine Hand losgelassen hatte, stützte er sich auf den Armen ab.

»Bedanke dich bei Blaeck, er hat dich geheilt. Ich habe dich nur bewacht.«

»Auch das gehört zu den Aufgaben der Heiler«, murmelte er.

Aliya setzte sich aufrecht hin und zog die Knie an den Körper heran. Das Lagerfeuer spiegelte sich in ihren glasigen Augen, die auf einmal nicht mehr so hell schimmerten. »Frag, was du wissen möchtest.«

»Was ist mit deiner Selbstheilung?«, erkundigte er sich. Endlich fand er Zeit, um mit ihr darüber zu reden.

»Ich …« Ihre Stimme versagte und sie schüttelte den Kopf, während sie sich eine Haarsträhne aus dem Gesicht strich.

»Dir wird nicht das gleiche Schicksal widerfahren wie deiner Mutter«, flüsterte er.

Aliya fasste sich ans Herz. »Du kanntest sie?«

Lichtfels räusperte sich, ehe er weitersprach. Er musste vorsichtig sein bei dem, was er sagte, denn wenn er ihr zu viel erzählte, würde sie zu viele Fragen stellen. »Deine Mutter war für kurze Zeit Lehrmeisterin in Brayken und hat mich unterrichtet. Als es zu Aufständen an den östlichen Grenzen von Dekar kam, wurde sie gerufen, so wie einige andere. Nachdem die Kämpfe vorüber waren, erreichte uns die traurige Botschaft.«

»Aber woran hast du erkannt, dass sie meine Mutter war?«, hakte sie irritiert nach.

»Weil du ihr verblüffend ähnlich siehst. Es gab damals nicht viele Elfen im Land und gerade sie war sehr bekannt.« Lichtfels schaute in ihre Augen, die immer mehr glänzten. Er erwartete eine Träne, doch seine Kämpferin blieb stark und schluckte nur. »Aliya, ich weiß, dass du es kannst. Du beherrschst die Selbstheilung, anscheinend ist das nur eine Blockade.« Er zeigte auf ihren Kopf. »Dort drinnen.«

Sie hielt seinem Blick nicht mehr stand und starrte auf ihre Hände, die viele Narben trugen.

»Ich glaube an dich.« Er legte seine Hand auf ihre und drückte sie einen Moment. »Denk nicht an das, was geschehen ist, sondern an das, was vor dir liegt.«

Aliya nickte und zog den Umhang enger um ihren Körper. Ob die Worte ihr halfen, wusste Lichtfels nicht. Er wollte ihr zumindest das Gefühl geben, dass er für sie da war. Das war er ihr schuldig nach all den Jahren.

Als sich ihm schnelle Schritte näherten, drehte sich Lichtfels zu der Person um, die angelaufen kam.

»Gut, dass du wach bist!« Wibatem trat zu den beiden heran, beugte sich vor und gab Aliya einen Kuss, ehe er sich zu Lichtfels hinunter hockte.

»Hier.« Er legte die Stahlhandschuhe auf den Boden. »Ich habe sie wieder ausgebeult, aber richtig biegen und glatt schleifen kann ich sie erst, wenn wir in Brayken sind.«

Lichtfels nahm einen von beiden hoch. Tiefe Kratzer und Dellen zogen sich über den Stahl, auch die Schriftzüge, die er darin eingearbeitet hatte, erkannte er kaum noch. Der Sturz hatte seine Waffen demoliert und er spürte einen kurzen Stich, als er sich den verbeulten Stahl anschaute. Trotz alldem war er froh, dass er sie getragen hatte.

»Noch etwas.« Wibatem sah ihn ernst an. »Wir haben ein Problem. Kannst du aufstehen?«

»Ja«, antwortete Lichtfels und richtete sich langsam auf. Er bewegte seine steifen Gliedmaßen und den Nacken, sodass es kurz an manchen Stellen knackte.

Die drei Kämpfer verließen das Lager und gingen tiefer in die Höhle hinein. Das Loch, durch das sie den Grund des Schachts erreicht hatten, lag hinter ihnen. Ihre Schritte schallten in der Höhle wider und das Licht des Feuers wurde schwächer, doch vor ihnen leuchtete bereits eine weitere Kugel. Sie war noch nicht sichtbar, aber das Flackern konnten sie deutlich sehen.

Sie gelangten zu einer Gabelung, an der sie den rechten Weg wählten, und hörten Gerri, der sich mit Tsunade unterhielt.

»Wie viel wird eingestürzt sein?«, fragte der Schütze.

»Wenn wir Pech haben, betrifft es den ganzen Gang«, erklärte sein ehemaliger Heiler.

Als Lichtfels im Schein der magischen Feuerkugel die Steinbrocken entdeckte, ahnte er das Problem, was ihm weitere Sorgen bescherte.

»Ich sehe schon«, sagte er, ehe er sich einem der Steine näherte, der wie ein Würfel zurechtgeschnitten war. Mit schmalen Augen begutachtete er ihn.

Zu glatt, zu gerade, dachte er.

Er fuhr mit den Fingern über die Kanten, die sich wie Sandpapier anfühlten und deren Schleifspuren immer in eine Richtung zeigten. Das war eindeutig die Arbeit eines Steinmetzes, denn Lichtfels kannte die Kunst, Steine zu formen, da auch er dieses Handwerk einst hatte erlernen sollen.

Nachdem er die weiteren Brocken betrachtet hatte, die genauso herausgeschnitten aussahen, trat er wieder einen Schritt davon weg.

»Das war kein natürlicher Einsturz«, stellte er fest.

Wibatem verschränkte die Hände hinter dem Nacken. »Genau das Gleiche vermuten wir auch. Relikt muss solche Angst haben, dass sie sogar die unwahrscheinlichsten Zugänge blockiert haben.«

Lichtfels gab ein missmutiges Brummen von sich. »So unwahrscheinlich ist der Weg nicht, wie du siehst, dennoch brauchen wir eine Lösung. Ich bin keinesfalls mit euch hier, um Steine abzubauen. Was ist mit der anderen Richtung?«

»Die scheint frei zu sein. Bist du dir sicher?«, hakte Wibatem nach.

»Steine zu sprengen, ist zu gefährlich. Außerdem fehlt uns das Werkzeug dazu.« Lichtfels verschränkte die Arme vor der Brust und überlegte, ob es noch eine andere Möglichkeit gab. Allerdings fiel ihm keine ein.

»Dann ist es entschieden.« Wibatem senkte die Hände wieder.

»Gerri und ich werden uns den anderen Gang anschauen, vielleicht entdecken wir etwas«, schlug Tsunade vor.

»Eine gute Idee.« Lichtfels wandte sich von der Gruppe ab.

Erst war der Eingang zu den Katakomben verborgen, als Nächstes ein Höhlengang versperrt. Was erwartete sie noch auf dieser Reise? Welche Hindernisse galt es noch zu überwinden?

Er ärgerte sich, dass Diamantenseele Schutzmaßnahmen an diesem Ort treffen konnte, doch gleichgültig, was kommen mochte: Er und seine Gilde erreichten Brayken bald, es war nur eine Frage der Zeit.

Ein Tropfen fiel Lichtfels auf die Stirn, während er zurücklief und über den anderen Gang nachdachte. Sie durften sich nur nicht verirren, aber er vertraute Wibatem und Gerri, dass sie sich noch auskannten.

Eine Woche.

Er berührte mit seinen Fingern das kalte Gestein.

In nicht mehr als einer Woche können wir in Brayken sein.

Nachdem er zum Lager zurückgekehrt war, setzte er sich an das Feuer und rieb sich die Hände. Die Flammen verschlangen gierig das Holz und kletterten daran empor.

Je länger er in das Feuer starrte, desto mehr erinnerten ihn die Spitzen an kupferrotes Haar, das sich im Wind bewegte. Es fehlten nur noch die grünen Augen, und Lichtfels hätte Eyrin vor sich gesehen, die schönste Lichtelfe, der er jemals in seinem Leben begegnet war.

Ob er sie eines Tages wiedersehen würde?

Bevor er wieder nach Dekar aufgebrochen war, hatte er sie gefragt, ob sie ihn begleiten wollte. Sie hatte lange nachgedacht, doch letztendlich blieb sie bei ihrem Volk. Eine Entscheidung, die er zwar akzeptierte, die ihm dennoch das Herz zerrissen hatte.

Lichtfels holte tief Luft und starrte auf seine Hände.

Als er auf den Grund des Schachts gestürzt war, hatte sie zu ihm gesprochen und er dachte darüber nach, ob es Einbildung oder Wirklichkeit gewesen war.

Hatte sie gemerkt, dass Lichtfels in Gefahr schwebte? Er traute es den Elfen zu, dass sie ein solches Gespür besaßen, aber so weit von ihr entfernt fiel es ihm schwer, das zu glauben.

Während er sich am Lagerfeuer aufwärmte, erwachten die Mitglieder der Allianz. Nach einer kleinen Mahlzeit, bestehend aus einer Brühe und Fleischstücken, brachen sie auf. Statt des kürzeren Weges nach rechts nahmen sie den linken.

Auf unebenem Boden und umgeben von rauem Gestein wanderten sie durch den Höhlengang, in den immer wieder Felsen hineinragten, die die Durchgänge verengten.

Tiefe Finsternis umgab die Allianz, nur Lichtfels' Kugel und die Feuerkugeln von Angelo schenkten der Gruppe Licht. Die

Schritte von jeder der siebzehn Personen hallten wider und Wasser tropfte in kleine Pfützen.

Wibatem und Lichtfels führten ihre Gefährten an, ständig bewaffnet und mit voller Aufmerksamkeit, da sie nicht wussten, was sie erwartete. Manches Mal heulte der Wind durch die Gänge, der wie der Ruf eines Wolfes klang, und ein anderes Mal kratzten die Wände, als stünden Drachenechsen dahinter.

»Sind das die … Katakomben?«, fragte Wolfino in die Stille hinein.

»Nein«, flüsterte Lara. »Das sind nur die Ausläufer. Die Katakomben sind ein von Menschenhand errichtetes Labyrinth. Die Höhlen gab es schon immer. Man nutzt sie nur als Übergang.«

»*Ké loc tresté*«, murmelte er.

Lara schaute zu Tobzell hinüber, der sofort für sie übersetzte: »Er sagt, es ist ein trostloser Ort.«

»Das stimmt.« Unsicher blickte sie sich um, aber Tics, der hinter ihr lief, lächelte sie an.

»Wir könnten das ändern«, schlug der Schwertkämpfer vor.

»Wenn ihr wollt, singen wir, dann ist es nicht mehr so trostlos«, ergänzte Gerri.

Wibatem stöhnte. »Wehe … ich musste mir deine Gesangskünste schon oft genug anhören.«

»Ja, du! Die anderen nicht!« Gerri drehte sich um und ging ein paar Schritte rückwärts. »Kämpferinnen und Kämpfer, ich, Gerard, Gustavines Sohn, lade euch herzlichst ein, mir zu lauschen in den Tiefen der Erde.«

Während Lara und Tics grinsten, beugte sich Lichtfels zu Wibatem. »Singt er jetzt wirklich?«

»Ja, ich glaube schon«, antwortete der Beschwörer kopfschüttelnd.

Gerri ignorierte seine Freunde, räusperte sich und stimmte die erste Strophe an.

»Zu jener Zeit, wo kein Land regiert,
herrschen Dunkelheit und Einsamkeit.
Graue Schleier verhüll'n die Sonne,
weiße Kälte durchzieht tiefste Nacht.«

Lichtfels bekam augenblicklich eine Gänsehaut, noch ehe Gerri die erste Strophe beendete. Er konnte äußerst gut und tief singen sowie die Verse genau an den richtigen Stellen in die Länge ziehen.

»Warum ist er noch einmal Kämpfer und kein Barde geworden?«, fragte er als Nächstes.

Wibatem schmunzelte. »Ich glaube, als Spielmann hätte er zu wenig Menschen abschießen können.«

»Das ist wahr.«

Als erneut eine enge Stelle im Höhlengang vor ihnen auftauchte, fasste Lichtfels seinen Schützen an der Schulter und drehte ihn während des Gesangs wieder in Laufrichtung um.

»Muss ich besorgt sein, dass uns gleich wilde Tiere angreifen?«, warf Paco ein.

Die Zwillinge lachten leise, bis Usci antwortete: »Er singt so gut, dass sie gleich einschlafen.«

Vom weiteren Gesang begleitet, lief die Gruppe den Gang immer geradeaus, da sich der Weg kein einziges Mal mehr gabelte. Hin und wieder gab es einen leichten Anstieg, auf den direkt ein Abstieg folgte, was Lichtfels und seine Kämpfer nicht weiter anstrengte. Allerdings begannen ihre Füße auf den unbequemen, rauen Felsen mit der Zeit zu schmerzen.

Lichtfels konnte kaum mehr einschätzen, wie viel Zeit vergangen war. Irgendwann blieb seine leuchtende Kugel einige Schritte vor ihnen stehen. Sie erhellte keinen Boden mehr, sondern schwebte über vollkommener Dunkelheit.

Der Gang endete auf einer Anhöhe, nur links und rechts führte ein schmaler Pfad an den Wänden entlang. Vor ihnen lag ein schwarzer Abgrund, dessen Anfang und Ende nicht zu sehen war.

Nachdem Lichtfels sich dem Rand genähert hatte, bröckelten ein paar Kieselsteine herunter, sodass er sofort einige Schritte zurückwich. Nicht mehr als drei Personen sollten sich zu ihm stellen, da die Anhöhe keinen stabilen Eindruck erweckte. Mit einem Handzeichen bedeutete er ihnen zu halten.

Lichtfels überlegte, welchen Weg sie einschlagen mussten, da nur einer der beiden sie nach Brayken führte. Der andere mündete in eine Sackgasse und würde lediglich Zeit kosten.

»Erinnerst du dich noch?«, fragte er Wibatem.

»Ich bin nur einmal durch diese Höhle gelaufen. Ich weiß es nicht.«

Wibatem wandte sich zu Gerri um, der mit den Schultern zuckte. »Seht mich nicht so an. Ich bin auch nur einmal hier gewesen.«

Lichtfels schob seine strahlende Kugel weiter in den Abgrund und schenkte ihr noch mehr Leuchtkraft, doch das Licht reichte nicht aus. Weder um den Pfad zu erleuchten noch um die Decke der Höhle zu erhellen. Die Finsternis verschluckte das Licht und anstatt sich noch mehr zu verausgaben, entzog er der Kugel wieder etwas Magie.

Er schaute sich sowohl den linken Pfad als auch den rechten an, aber sie sahen aus wie Spiegelbilder. Beide waren uneben, steinig und führten an der Wand entlang, an der er nur zwei Armlängen weit sehen konnte, ehe sie im Dunkeln verschwanden.

»Wir machen eine kurze Rast«, murmelte er geistesabwesend.

Während Aliya und Lara kurz Blicke tauschten, legten die anderen ihr Gepäck ab.

»Usci, hast du noch Nüsse?«, fragte Keni.

»Im Tausch gegen einen Apfel?«, hakte Usci nach. »Dann: *Tané!*«

»*Tané!*«, rief sein Bruder, und zeitgleich warfen sie sich das Essen zu, wobei Keni ein paar Nüsse verlor, die durch den Gang rollten.

Ihm gegenüber saß Angelo, stark hustend, sodass Mikaél ihm auf den Rücken klopfte.

»Alles gut?« Sorge stand dem Schwertkämpfer ins Gesicht geschrieben.

»Geht schon«, winkte Angelo ab. »Es ist schon fast weg.«

Lichtfels lehnte währenddessen an der Wand und probierte sich zu erinnern, doch auch ihm fiel es schwer. Nur schwach wusste er noch den Weg, den er einmal gelaufen war. Es lag zu lange zurück.

Welcher Pfad ist der richtige?

Dieser Gedanke ließ ihm keine Ruhe, sodass er die Augen schloss und versuchte, die Bilder von damals erneut hervorzurufen. Es wollte ihm nicht gelingen.

»Hier, iss auch etwas«, sagte Wibatem und warf ihm einen Apfel zu.

Lichtfels fing ihn auf und biss hinein. Der saure Saft verteilte sich in seinem Mund, und das Fruchtfleisch knirschte beim Zerkauen.

»Soll ich eine Feuerkugel in die Mitte der Höhle fliegen lassen?«, schlug Angelo vor, der bereits eine kleine Flamme in der Hand auflodern ließ.

»Probier dein Glück, sie wird nur zu groß sein.« Lichtfels seufzte, weil er keine besseren Worte gefunden hatte.

Angelo lief auf die Anhöhe, formte eine Feuerkugel in den Händen, die er auf die Größe seines Oberkörpers heranwachsen ließ, und schoss sie in die Höhle. Die Kugel flackerte wie eine

Sonne in völliger Dunkelheit, bevor auch sie immer mehr an Größe verlor und schließlich verschwand, weil die Kräfte des Magiers nicht ausreichten.

Schade, dachte Lichtfels.

Angelo schüttelte frustriert die Hände aus, sodass ein paar Funken zu Boden fielen, von denen einer kurz zischte, als er auf den Steinboden traf.

Irritiert blickte Lichtfels auf, was auch Angelo nicht verborgen blieb. Beide starrten auf den steinigen Untergrund, wo sich eine schmale Vertiefung befand, die auf der rechten Seite des Höhlenganges begann, um die Ecke bog und auf dem Pfad weiterlief. Sie war kaum breiter als ein Finger und von Weitem sah sie nur wie eine Unebenheit im Gestein aus. Im Gegensatz dazu besaß die linke Seite dies nicht.

»Kann das möglich sein?«, fragte Angelo unsicher, woraufhin Lichtfels abrupt aufstand.

»Das ist es!«, rief er erfreut. »Entzünde hier eine Flamme!« Er zeigte mit einem Finger in die Spalte.

»Dort hinein?« Der Magier schaute ihn mit schief gelegtem Kopf an.

»Mach es!« Lichtfels' Herz klopfte schnell.

Angelo schnippte mit den Fingern, hockte sich hin und ließ die kleine Flamme, die an seiner Fingerspitze hing, in die Steinrinne springen. Mehrere Funken stoben zischend auf und knisterten, als eine Flammenlinie auf Handgröße heranwuchs und sich in der Vertiefung vorwärtsbewegte. Sie folgte dem rechten Pfad und erhellte diesen immer weiter und weiter, bis in die Dunkelheit hinein.

Von der Anhöhe sah das Feuer wie eine leuchtende Schlange aus, die der Gruppe die Richtung wies. Lichtfels atmete erleichtert auf.

Der Pfad führte an der Wand entlang, bis er sich von ihr löste und über eine steinerne Brücke verlief. Ihr Geländer flammte knisternd auf, Feuerschalen begannen zu lodern und erhellten Säulen darunter, die weit in den Abgrund reichten.

Nach der Brücke wanderte die Flamme zu einer schmalen Anhöhe weiter und setzte ihren Weg, der spiralförmig nach oben führte, fort. Dort mündete sie an einer Treppe, die das Ende des Abgrundes darstellte. Wie viele Stufen sie hatte, konnte Lichtfels nicht mehr sehen, denn genau an dieser Stelle schien die Steinrinne zu enden.

Lichtfels lachte und Angelo starrte ebenso wie die anderen Gefährten, die hinzugeeilt waren, sprachlos auf das Flammenspektakel vor ihnen.

Der schmale, erleuchtete Pfad zeigte den Rand des Abgrundes, der vor ihnen lag. Ein schwarzes Nichts, dessen Tiefe unheimlich wirkte in dieser Höhle weit unter der Erde.

Freudestrahlend klopfte Lichtfels Angelo auf die Schulter, während der Magier nur rief: »Lichtfels, du bist ein Genie!«

Sein Ruf schallte noch weit in die Höhle hinein und wiederholte sich mehrfach.

Lichtfels räusperte sich. »Du weißt aber, dass es ohne dich nicht geklappt hätte?«

»Ha! Es ist eben immer gut, jemanden wie mich dabeizuhaben.« Angelo grinste so breit, dass seine Augen schmal wurden und die Iriden unter den Lidern verschwanden.

»Wir können weitergehen«, sprach Lichtfels schließlich in die Runde.

22

AM ABGRUND

LICHTFELS

Während die meisten ihr Hab und Gut in die Hand nahmen, blieb Lichtfels nicht verborgen, wie blass Lara und Tics geworden waren.

Natürlich, Höhenschwindel.

Bei der Heilerin wusste er es noch, aber nicht bei dem Schwertkämpfer.

»Sollen wir noch einen Moment warten?«, fragte Lichtfels die beiden.

»Seid ihr besorgt? Wir können euch auch wieder die Augen verbinden, so wie beim Abstieg vor ein paar Tagen«, unterbreitete Gerri ihnen.

»Du hast leicht reden.« Tics fuhr sich wild durchs Haar. »Beim Schacht mussten wir lediglich an dem Seil herunterklettern, da mag das funktionieren. Hier gibt es nur den unebenen Weg. Einmal daneben treten und wir stürzen ab.«

»Kommt mit zur Anhöhe«, schlug Lichtfels vor und hielt Lara die Hand hin, die sie zögerlich ergriff. Tics folgte den beiden langsam.

Die Dunkelheit verschluckte das Gestein und zerrte selbst Lichtfels wie ein Sog in die Schwärze. Ein Blick genügte und die Welt schien sich zu drehen, nur das Feuerband war das Rettungsseil in der Not, woran er sich klammerte.

»Konzentriert euch allein auf das Licht.«

Lara holte tief Luft. »Ich versuche es.« Sie ergriff Tics zitternde Hand. »Du auch?«

Er schluckte und nickte.

»Ihr habt es bis hierher geschafft. Ihr schafft es noch weiter.«

Lichtfels schaute beide an und ging dann den schmalen Pfad voraus, welcher kaum breiter als er selbst war. Seine Hände tasteten an der Wand entlang, um etwas Halt zu haben. Immer wieder fasste er in kleine Furchen, in die seine Finger ohne Probleme hineinpassten, als ob sie von jemandem nach innen geschlagen worden wären.

Das ist der richtige Weg, dachte er und schaute auf die Feuerlinie vor ihm.

Er trat gegen einen kleinen Felsbrocken am Boden, der an die Wand stieß, abprallte und in den Abgrund fiel. Ein einziger Wimpernschlag reichte aus, als der Stein in das Nichts eintauchte und Lichtfels schlucken ließ. Weitere kleine Stücke lösten sich ab und stürzten in die Tiefe. Er wartete einen Augenblick und setzte dann einen Schritt nach dem anderen, immer wieder prüfend, ob das Gestein ihn trug.

Schweiß rann ihm an der Stirn herunter und seine Hände, die sich krampfhaft an der Wand festhielten, wurden feucht. Erst als keine weiteren Steine unter ihm mehr nachgaben, atmete er durch und setzte seinen Weg fort.

Nach einer Weile schaute er zu seiner Gruppe zurück, die hintereinander den schmalen Pfad entlanglief. Es erinnerte ihn an eine Kette, bestehend aus einem leuchtenden Band und seinen Kämpfern als Perlen. Ohne das Flackern in der Vertiefung würden sie den Halt verlieren und auseinanderfallen.

Lichtfels hoffte in diesem Moment, dass das Feuer lange genug brannte, denn seine Lichtkugel würde nicht ausreichen, um alles zu beleuchten. Je heller er sie werden ließ, umso mehr Magie kostete die Fähigkeit. Ein Stück galt es noch zu überwinden, bis sie die Brücke erreichten.

Nachdem er in die nächste Wandvertiefung gefasst hatte, hörte er Gerri besorgt hinter sich: »Lara?«

Der Klang seiner Stimme bereitete ihm sogleich eine Gänsehaut. Was war mit ihr?

»Lara!« Dieses Mal war der Ruf hektischer.

Lichtfels drehte sich wieder um und sah, wie die Heilerin auf die Knie sank. Ihr Körper neigte sich zum Abgrund und drohte, den Halt zu verlieren.

Gerri ergriff ihre schlaffe Hand, während Blaeck, der vor ihr gelaufen war, ihre Schulter packte.

»Lara, wach auf!«, schrie Gerri und versuchte sie zurückzuziehen.

Er musste seinen Griff von der Wand lösen, um sie halten zu können, aber Paco, direkt hinter ihm, half sogleich. Dabei standen sie gefährlich nahe am Rande des Weges.

Blaeck hielt seine Freundin immer noch an der Schulter fest, musste jedoch auch ein Stück näher an den Abgrund rücken, was Lichtfels die Kehle zuschnürte.

In seinem Kopf sah er sie fallen, nicht nur Lara, auch Blaeck, Paco und Gerri. Sie neigten sich dem Abgrund entgegen, der Dunkelheit, die nach ihnen gierte.

Machtlos klammerte er sich an der Furche fest. Es war ein Moment, in dem für ihn die Zeit stehen blieb.

Einen Herzschlag später trat Aliya heran, die vor Blaeck gelaufen war, um nach der Hand ihrer Freundin zu greifen. Als sie diese gepackt hatte, zogen sie alle Lara wieder zurück auf den Pfad.

»Was hat sie? Ist sie verletzt?« Lichtfels sog zischend Luft ein. Er stand hilflos vor Wibatem und konnte nicht zu ihr. Die Gefahr, abzurutschen, war zu groß.

»Sie ist ohnmächtig«, antwortete Blaeck.

»Lara, wach auf.« Gerri klopfte ihr auf die Wange.

Lichtfels schaute den Pfad entlang nach vorne. Erst auf der Brücke war es sicher genug, um ihr zu helfen. Aber diese befand sich noch mehrere Schritte entfernt.

»Könnt ihr sie stützen oder tragen?«, fragte er ruhig und fasste sich an die Brust, um seinen Herzschlag unter Kontrolle zu bringen, was kläglich scheiterte.

»Wir probieren es«, sagte Blaeck und stieg über Lara hinweg. »Aliya, nimm ihre Arme, ich nehme die Beine.«

In dieser Formation versuchten Lichtfels' Heiler, seine Kämpferin zu retten, doch jeder Schritt war noch vorsichtiger als der zuvor. Wenn einer von ihnen den Halt verlor, würden die anderen ebenfalls ins Schwanken geraten.

Lichtfels' Puls raste und alle paar Schritte blickte er besorgt zurück. Lara zu tragen, funktionierte, wenn auch sehr langsam. Die Brücke, die in der Dunkelheit leuchtete und immer mehr Form annahm, blieb der einzige Hoffnungsschimmer.

Deutlich hörte Lichtfels, wie seine Gefährten nach Luft rangen. »Achtung, hier vorne ist ein Riss im Boden«, rief er ihnen zu. Er stieg darüber hinweg und die anderen machten es ihm nach. »Wir haben es gleich geschafft!« Mehr als ihnen Mut zusprechen konnte er nicht und trotzdem fühlte er sich hilflos wie ein Kind.

Das Geländer und die Säulen stachen immer klarer hervor. Auch der Pfad an der Wand wurde breiter, bis er schließlich auf einer großen Anhöhe mündete, wo auch die Feuerspalte abbog und weiter zur Brücke führte.

Lichtfels wartete angespannt auf Lara, während Wibatem ebenfalls einen Fuß auf die Anhöhe setzte. Als Aliya nahe genug herangetreten war, packte er selbst mit an, und zusammen betteten sie Lara auf den Boden.

Der Dunkelelf untersuchte sie bereits auf Verletzungen, während Lichtfels ihr Wasser in den Mund träufelte.

Nur einen Atemzug später spuckte Lara alles aus und öffnete die Augen.

»Wo … wo sind wir?«, stammelte sie.

»Wir sind immer noch in der Höhle«, erklärte Lichtfels ruhig und strich ihr das Haar aus dem Gesicht.

»Wie? Es war auf einmal alles schwarz vor meinen Augen.«

Lichtfels drückte ihre Hand. »Jetzt bist du wieder bei uns.«

»Es geht schon«, murmelte sie und wollte aufstehen. Blaeck hielt sie am Boden.

»Warte noch und atme durch.« Strenge schwang in den Worten des Dunkelelfen mit.

»Anscheinend hat es das Schicksal auf dich abgesehen«, sprach Gerri das aus, was Lichtfels ebenfalls durch den Kopf gegangen war. »Erst die Versuchung, Avalanze aus dem Hinterhalt anzugreifen, danach das Krokodil, jetzt der Abgrund. Dich sollten wir nicht aus den Augen lassen.«

Lara schüttelte den Kopf, schwieg jedoch und trank einen Schluck Wasser.

Währenddessen schaute Lichtfels zu den übrigen Kämpfern, die in der Zwischenzeit die Anhöhe erreicht hatten. Auch Tics, dessen Gesicht immer noch einer kalkweißen Maske ähnelte, hatte es geschafft.

Endlich beruhigte Lichtfels' Herz sich langsam. Er hätte fast seine engste Vertraute verloren, die er neben all seinen Kämpfern mit am längsten kannte.

Der Wunsch, Brayken so schnell wie möglich zu erreichen, verfestigte sich und wenn er gekonnt hätte, hätte er am liebsten den Weg durch die Höhle und die Katakomben übersprungen, um seine Gefährten in Sicherheit zu bringen.

Als die Kämpfer etwas tranken, kam Lichtfels auf die Beine und ließ den Blick über die Brücke schweifen, deren Geländer mit wilden Flammen umzüngelt wurden. Auf dem Boden der Überführung erkannte er fein eingraviert Linien, die durch den Schmutz kaum gelesen werden konnten. Auch Worte schienen dort zu stehen, die er nicht zu entziffern wusste.

Lichtfels näherte sich dem Bauwerk, dessen lange, breite Säulen in der Dunkelheit verschwanden, so als würden sie schweben.

Wie alt war die Brücke? Hielt sie immer noch stand?

Risse hatten sich im Laufe der Zeit gebildet und erste Gesteinsbrocken waren herausgebrochen. Auch ein paar Stellen am Geländer wiesen Bruchstellen auf oder fehlten sogar. Es sah nicht wie natürlicher Zerfall aus, sondern als ob jemand versucht hätte, es zu zerstören.

Mit gerunzelter Stirn sah er sich den Übergang an und erinnerte sich an ein Wort, welches ihm über die Lippen glitt: »Täuschung.«

Er betrat die Brücke mit festem Schritt und beobachtete die Dunkelheit abwechselnd links und rechts. Wärme drang von dem Geländer an seinen Körper heran und umwickelte ihn wie eine Decke. Zögerlich verfolgte er die Linien am Boden, bis er stehen blieb und sich umdrehte.

»Die Brücke ist sich…« Lichtfels brach ab.

Hinter ihm befand sich niemand mehr, und die Anhöhe lag verlassen vor ihm.

Wo waren seine Kämpfer?

Er blickte zum Ende der Brücke und wieder zurück, als eine vergessene Erinnerung in sein Gedächtnis zurückkehrte.

Täuschung … Die Brücke der Täuschung.

Lichtfels war nicht allein hier, er konnte nur seine Mitglieder nicht sehen.

Er wollte zur Anhöhe zurückkehren, als er Schritte hinter sich vernahm und ein leises, raues Lachen hörte.

Augenblicklich verengte er die Augen und spannte die Schultern an. Wut rauschte durch seine Adern, loderte in ihm wie ein Vulkan. Er kannte das Lachen und dessen Gesicht dazu, das ihn bis nach Héllion verfolgt hatte. Diesen Menschen vergaß er bis zum heutigen Tag nicht.

Lichtfels drehte sich langsam um.

Sein Blick wanderte vom Boden zum Geländer und über das Feuer hinweg, das aufgeregt vor sich hin flackerte wie sein Puls, der unter der Haut hämmerte. Der Zorn, der in ihm wütete, ließ seine Hände sich zu Fäusten ballen, noch bevor er das Gesicht des Menschen betrachtete.

Jeden Moment würde er ihm gegenüberstehen und er fragte sich: Was wäre das Erste, was er zu ihm sagen würde?

Ein letztes Mal schloss er die Lider und holte tief Luft, bis er sie wieder öffnete und sein Herz einen Schlag aussetzte.

Lichtfels stand vor sich selbst.

Es war sein Ebenbild, das sich fünf Armlängen vor ihm aufgebaut hatte.

Verblüfft betrachtete er die Ähnlichkeit, doch etwas passte nicht.

War es das hämische Lächeln, das sich über die Wangen zog?

Waren es die Hände, die sein Gegenüber ineinander verschränkt hatte?

Nein, es waren die kalten dunkelblauen Augen, die nicht zu diesem Bild passten, sonst sah es genauso aus wie er. Lichtfels blickte tief in Diamantenseeles Augen, die er immer wiedererkennen würde.

»Bist du überrascht?«, fragte sein Feind ruhig.

»Du bist nur eine Täuschung«, antwortete Lichtfels mit Bestimmtheit. »Du steckst nicht in diesem Körper.«

Diamantenseeles Iriden schienen zu leuchten. »Dein Körper ist schwach. Ich habe ihn zermalmt.«

»Wie du siehst, stehe ich leibhaftig und in voller Stärke vor dir.« Lichtfels breitete die Arme aus und drehte sich um die eigene Achse, bis er sein Ebenbild erneut anschaute.

»Nicht mehr lange. Ich werde dich noch einmal besiegen«, erwiderte Diamantenseele drohend.

»Das wirst du nicht«, widersprach Lichtfels.

»Kehre um, alter Freund. Du wirst jämmerlich versagen.«

Lichtfels ging auf ihn zu, während die Flammen neben ihm wild flackerten. »Nein.«

»Geh und ich lasse deine Gilde am Leben.«

Lichtfels schüttelte den Kopf, während sein Herz hämmerte. Er war nur noch ein Stück von seinem Gegenüber entfernt.

Dieses lächelte kühl. »Ich werde auch deine Familie verschonen.«

Meine Familie.

Abermals verneinte er die Aussage, denn er würde sie beschützen. Sein Versprechen galt weiterhin und so schnell wollte er es nicht brechen.

»Ich erlaube dir, zu leben. Im Exil. Bis an dein Lebensende«, raunte sein Ebenbild.

Lichtfels blieb direkt vor ihm stehen und schaute in die finsteren Augen. Er legte all seine Stärke und seinen Mut in die Worte. »Ich werde nach Lonikka kommen und ich werde nicht alleine sein. Alle freien Kämpfer werden hinter mir stehen und dann werden wir Dekar von dir erlösen.«

Das Lachen seines Gegenübers erstarb. »Ich warte auf dich.«

»Ich freue mich darauf.« Lichtfels presste die Kiefer zusammen und lief durch sich selbst hindurch.

Einen Herzschlag lang dachte er an nichts, sondern spürte nur einen warmen Hauch auf der Haut. Das Ebenbild löste sich in Rauch auf und verteilte sich in der Luft, als ob es nie da gewesen wäre. Erleichtert fuhr er sich durch das Haar und atmete tief ein.

Sich selbst mit Diamantenseeles Augen zu sehen, ließ ihn schlucken.

Ich bin nicht er, niemals werde ich wie er sein.

»Lichtfels? Ist alles in Ordnung? Wir haben dich sprechen hören, aber wir haben niemanden entdeckt.« Wibatems Stimme erklang voller Sorge hinter ihm.

Als Lichtfels sich erneut herumdrehte, befanden sich Wibatem, Gerri und Usci knapp hinter ihm. Auf der Anhöhe stand der Rest der Gruppe.

»Bleibt stehen, sofort!«, befahl Lichtfels.

»Keni?«, rief Usci panisch und rannte an ihm vorbei. Aufgelöst hockte er sich zu Boden und fing an zu schluchzen. Lichtfels sah nicht, warum er das tat.

Verflucht, die nächste Täuschung.

»Lichtfels?«, fragte Wibatem ein zweites Mal, worauf er immer noch nicht reagierte.

»Keni, nein …« Usci weinte und zitterte am ganzen Körper. »Nicht du, nicht du …«

»Usci, was ist los?«, schrie Keni und eilte herbei.

»Nicht!« Gerri wollte ihn festhalten, doch er riss sich los.

Wut entbrannte in Lichtfels. »Bleibt, wo ihr seid!«

Warum hörten sie nicht auf ihn?

Erst neben ihm kam Keni zum Stehen. »Was passiert hier?«

»Wir sind auf der ›Brücke der Täuschung‹! Sie prüft, wen sie will und wann sie will.«

»Warum hilft mir denn niemand?« Usci weinte und beruhigte sich nicht mehr.

»Usci, ich bin hier!«

Sein Bruder drehte sich um, dessen Augen weit aufgerissen waren. »Was zum …?!«

Usci sah zu Boden und wieder zu Keni, immer hin und her, bis er sich bewaffnete und mit seinem Bogen auf ihn zielte.

Augenblicklich wichen Lichtfels und Keni zurück.

»Was ist das für ein Spiel?«, schrie Usci.

»Usci, ich bin es, dein Bruder. Leg die Waffe nieder.«

Der Schütze zeigte zu Boden. »Mein Bruder ist tot. Wer bist du?!«

Hilflos suchte Keni Lichtfels' Blick, was dieser ignorierte. Er beobachtete nur seinen Kämpfer, der das Trugbild nicht von der Wirklichkeit unterscheiden konnte.

Lichtfels bewegte sich etwas zur Seite, da er sich ihm nicht von vorne nähern wollte, denn was auffiel, war, dass Usci nur Augen für seinen Bruder hatte.

»Was bist du?« Uscis Wangen waren gerötet, Schweiß stand ihm auf der Stirn und sein Körper bebte.

»Ich bin … dein Bruder.« Kenis Stimme zitterte. Er ging einen Schritt auf ihn zu, doch dieser wich zurück.

»Komm mir nicht zu nahe«, zischte er, während der Pfeil an der Sehne zitterte.

»Lichtfels«, murmelte Wibatem. »Rede mit uns.«

»Bleib einfach stehen«, wies Lichtfels ihn an. »Usci sieht nur Keni, er kann uns nicht sehen und nicht hören.«

»Was soll ich tun?«, fragte Keni.

»Mir sagen, wer du bist!« Uscis Gesicht war rot vor Zorn.

»Rede weiter mit ihm. Ich nehme ihm die Waffe ab.« Lichtfels ging Schritt für Schritt am Geländer entlang, während ihm immer heißer wurde.

»Ich bin dein Bruder.«

»Lichtfels, ich kann Blaeck oder Aliya holen«, schlug Gerri vor. »Sie können ihn lähmen.«

»Ich bin doch gleich bei ihm«, erwiderte Lichtfels.

»Weißt du noch, als wir die Birnen beim alten Hans geklaut haben? Jeden dritten Tag? Und als du das eine Mal vom Baum gefallen bist?« Keni stockte. »Du hast dir die Hand gebrochen und gedacht, dass du nie wieder einen Bogen halten kannst.«

Lichtfels hatte ihn fast erreicht. Er versuchte, ruhig zu bleiben, aber sein Herz klopfte so stark, dass es ihm den Hals zuschnürte.

»Und nun sieh dich an! Du bist ein dekarischer Kämpfer!« Tränen stiegen in Kenis Augen.

Nachdem Usci seinen Bogen ein Stück gesenkt hatte, nutzte Lichtfels die Gelegenheit, um einzugreifen. Er streckte die Hand nach der Waffe aus, die nur noch ein Stück entfernt war.

»Wir beide sind dekarische Kämpfer, was wir immer werden wollten!«, erzählte Keni weiter. »Bruder, bitte.«

Usci schluckte und Lichtfels packte den Bogen.

Als er ihm die Waffe entzog, verschwand jegliche Farbe aus Uscis Gesicht. Zuerst erstarrte er, bis er erschrocken zurückwich und schrie. Er hob etwas vom Boden auf, was Lichtfels und die anderen nicht sehen konnten, und rannte zum Geländer, auf das er hinaufkletterte.

»Usci!«, schrie Keni voller Angst.

Nein! Nein! Nein!

»Lichtfels!«

Lichtfels wusste nicht, wer ihn rief, doch es spielte auch keine Rolle mehr. Er rannte nur seinem Kämpfer hinterher, den er aufhalten musste.

Usci stand auf dem Geländer und ließ sich nach vorne fallen, als Lichtfels sich darüber beugte und ihn am Umhang packte.

Der Stoff riss ein, hielt aber noch.

»Nimm meine Hand!«, schrie Lichtfels.

Usci blickte wild umher, sah ihn immer noch nicht.

»Usci!« Keni tauchte neben Lichtfels auf.

»Du böser Geist!«, schrie er seinen Bruder an. »Lass mich in Ruhe!« Er zog an der Schlaufe seines Umhangs, die sich eng um den Hals geschlungen hatte.

»Was tust du da?« Keni lehnte sich noch weiter nach vorne und schwankte neben ihm. »Nicht, hör auf!«

Lichtfels fluchte und stöhnte, als jemand ihn an den Füßen packte, damit er sich nicht noch weiter über das Geländer beugen musste.

Komm schon!

»Wach auf!«, schrie Lichtfels erneut, in der Hoffnung, dass sein Ruf zu ihm drang und ihn erreichte.

»Usci!« Keni weinte und sein Bruder schrie.

Es war ein Schrei, der Lichtfels durch Mark und Bein ging.

Jegliche Worte scheiterten und erreichten seinen Kämpfer nicht mehr.

Usci öffnete die Schlaufe. Und fiel.

23

Brücke der Täuschung

Lichtfels

Lichtfels hörte und spürte nichts mehr.

Als die Dunkelheit Usci verschluckte, verstummte auch der Schrei.

Er wünschte sich, dass es sich nur um eine Täuschung handelte, doch die bittere Erkenntnis holte ihn schneller als erwartet ein. Der eingerissene Umhang, den er immer noch in der Hand hielt, war Beweis genug, dass er gerade einen Kämpfer und Freund verloren hatte.

Jemand zog Lichtfels zurück und packte ihn an der Schulter. Wie in Trance blickte er in das versteinerte Gesicht von Wibatem.

Lichtfels ließ den Umhang fallen, während die Stimmen an sein Ohr drangen.

»Neeeiiin.« Keni sackte neben ihm auf die Knie.

»Steh auf … komm …«, murmelte Gerri, dessen Stimme brüchig klang.

»Lauft weiter, zum Ende der Brücke«, sagte Lichtfels tonlos. »Ich hole die anderen. Ich wurde bereits einmal getäuscht, ich glaube nicht, dass ich ein zweites Mal geprüft werde.«

Wibatem und Gerri nickten langsam, ehe Lichtfels sich von ihnen abwandte.

Ihm war kalt, eiskalt. Sein Hals kratzte, die Lippen waren trocken und ein bitterer Geschmack lag auf seiner Zunge.

Wie konnte er vergessen, dass diese Brücke Tücken in sich barg? Warum hatte er nicht eher daran denken können, was ihm einst sein Lehrmeister darüber erzählt hatte?

Als er den Übergang das erste Mal im Alter von vierzehn Jahren betreten hatte, war nichts geschehen. Niemand war geprüft worden und keiner hatte sein Leben verloren. Was war dieses Mal anders als beim letzten Mal?

Lichtfels erinnerte sich nur vage an die erste Wanderung durch die Katakomben und die Höhlen. Damals hatte sein Lehrmeister die Gruppe angeführt, bestehend aus Schülern und erfahrenen Kämpfern. Von Brayken waren sie gekommen, um zum Bairappa-Kalyani zu marschieren. Sie hatten bessere Ausrüstung mit sich getragen, sich für den tagelangen Weg gestärkt und einen Reiseführer bei sich gehabt, der die Strecke auswendig kannte.

Lichtfels betrachtete die verwaschenen Linien auf dem Boden. Bildete er sich den wegweisenden Pfeil nur ein, der zur Anhöhe und zu seinen Kämpfern zeigte?

Seine Erinnerung verschwamm immer wieder, aber er wusste, dass die Flammen vor neunzehn Jahren schon gebrannt hatten und sein Lehrmeister in der Nähe der Schüler geblieben war, um ihnen das Geheimnis hinter der Täuschung preiszugeben. Ein Geheimnis, das er vergessen hatte.

Lichtfels näherte sich dem Brückenanfang. Fassungslose Gesichter schauten ihn an, Tränen liefen und keiner seiner Kämpfer regte sich.

»Meine Freunde, vor euch liegt die ›Brücke der Täuschung‹. Ich wurde eben von ihr geprüft. Usci auch. Ich …« Seine Stimme brach und er schluckte. »… konnte ihn nicht retten.«

Lara hielt sich die Hand vor den Mund, um ein Schluchzen zu unterdrücken.

»Es ist möglich, dass noch Weitere geprüft werden«, fuhr er fort. »Daher gebe ich euch nur einen Rat: Gleichgültig, was es ist, es ist eine Täuschung, nicht die Wirklichkeit. Lasst euch nicht beirren.«

Während Angelo und Blaeck ihm zunickten, spannten sich bei Sarkhan und Tsunade die Kiefer an.

»Wie überwinde ich die Täuschung?«, wollte Sarkhan wissen. Unsicherheit stand ihm ins Gesicht geschrieben.

Lichtfels atmete tief ein, denn das fragte auch er sich. »Ich habe mein eigenes Spiegelbild gesehen und … bin einfach hindurchgelaufen.«

Sarkhan nickte und krallte seine Hände in den Umhang. »Einfach hindurchlaufen.«

»Jede Täuschung sieht anders aus und niemand außer euch sieht sie. Ihr seid auf euch allein gestellt«, sagte Lichtfels.

Einen Moment herrschte Stille und nur das Feuer flackerte vor sich hin.

»Ich gehe nicht über diese Brücke.« Splin verschränkte die Arme vor der Brust. »Ich bin nicht lebensmüde.«

»Reiß dich zusammen«, forderte Tics ihn auf.

»Usci ist gerade gestorben und vier Mann schafften es nicht, ihn zu retten?« Der Faustkämpfer trat einen Schritt zurück.

»Er hat seinen Verstand verloren«, mischte sich Blaeck ein. »Er hat sich aus dem Umhang befreit. Sie konnten ihn nicht retten und er wollte nicht gerettet werden.«

Lichtfels starrte auf seine Hände.

Ja, Usci wollte es nicht.

Die Erklärung ließ sein Herz schwerer werden, denn er überlegte krampfhaft, ob es eine andere Möglichkeit gegeben hätte.

»Dann erst recht nicht.« Splin schüttelte den Kopf.

»Dicker, du bist ein Kämpfer und kein Kind mehr!«, regte sich Tics auf.

Während sie weiter diskutierten, schnappte sich Paco sein Gepäck und lief auf die Brücke zu. »Das möchte sich doch keiner mehr anhören. Ich gehe jetzt zu den anderen.«

»Paco?« Sarkhans Stimme klang ängstlich.

Paco klopfte ihm auf die Schulter. »Komm, wir schaffen das. Lichtfels hat es auch hinter sich gebracht.«

»Ich gehe auch«, beschloss Aliya.

Lichtfels nickte ihnen zu. »Wir treffen uns auf der anderen Seite der Brücke.«

Blaeck ergriff Laras Hand und betrat mit ihr den Übergang.

Mikaél, Tsunade und Angelo trafen eine stumme Entscheidung und marschierten ebenfalls los.

Zögerlich wandte Lichtfels sich zu seinen restlichen Kämpfern um. »Ich kann euch die Entscheidung nicht abnehmen«, erklärte er. »Ich lasse euch auch ungern alleine, aber Umkehren kommt für mich nicht mehr infrage.«

Tobzell machte eine wegwerfende Handbewegung. »Ja, du hast recht. Umkehren wäre sinnfrei.«

»*Becho uto Gebro de Braykione*«, sagte Wolfino.

Mögen die Gebrüder Braykion uns beschützen.

»Das werden sie«, erwiderte Lichtfels aufrichtig und seine Mundwinkel hoben sich kurz.

»Komm schon, Splin«, bettelte Tics.

Splin schwankte mit dem Kopf hin und her. »Argh«, fluchte er. »Jaja.«

Erleichtert atmete Lichtfels auf. Er musste niemanden zurücklassen und darüber war er froh, auch wenn die Angst ihn damit nicht verließ.

Er betrat mit ihnen erneut die Brücke, die über der Dunkelheit schwebte. Anfangs gingen sie langsam und blickten nervös zu allen Seiten. Erst mit jedem weiteren Schritt wurden sie sicherer und liefen schneller, bis das Ende immer näher kam.

Wibatem und Gerri warteten bereits dort. Sie hatten es geschafft, Keni von der Brücke wegzuholen.

Aufmerksam betrachtete Lichtfels seine Kämpfer. Schon eine abrupte Bewegung oder ein verworrener Satz waren Hinweise, dass einer von ihnen geprüft wurde. Auch wenn er nichts hätte ausrichten können, wollte er bei dem Kämpfer sein, der von der Brücke auserwählt wurde.

Mikaél, der schräg vor ihm lief, umfasste mit der Hand den Knauf seines langen Schwertes. »Ah! Dort oben!«, schrie er und zog die Waffe mit Schwung heraus.

Sowohl Lichtfels als auch die anderen schauten nach oben, sahen jedoch nichts außer die Dunkelheit. Seine Hände verkrampften sich und der bittere Geschmack in seinem Mund kehrte zurück.

Bitte nicht noch jemand.

Mikaél rannte an Lichtfels vorbei, duckte sich und hielt sich am Geländer fest. Erschrocken blieben die restlichen Mitglieder stehen und sahen sich hilflos an.

»Geht weiter«, befahl Lichtfels und versuchte, ruhig zu bleiben.

Mikaél schrie erneut auf: »Ich kriege dich!«

Er hob sein Schwert und drehte es hoch über dem Kopf, bis es leuchtete. Daraufhin nahm er Anlauf und sprang in die Höhe. In der Luft schlug er seine Waffe blitzschnell hin und her, schwang sie von oben nach unten, als ob er ein Bild in die Luft zeichnete.

Nachdem er auf dem Boden gelandet war, traf die Spitze des leuchtenden Schwertes die Brücke. Das Gestein vibrierte, Teile des Geländers brachen ab und stürzten in den Abgrund.

»Los, weiter, schnell!«, rief Lichtfels seinen Freunden zu.

Mikaél schwankte zum Geländer und hielt sich fest, während er immer noch etwas in der Luft beobachtete. Sein Gesicht glühte vor Anstrengung.

»Es ist eine Täuschung!«, schrie Lichtfels ihm zu.

Er hoffte, dass der Schwertkämpfer es hörte, stattdessen hob der erneut das Schwert und kämpfte gegen seine Prüfung an. Als er rücklings stürzte, blieb er wie ein Käfer am Boden liegen.

Lichtfels wollte zu ihm laufen, aber er konnte es nicht. Die Gefahr, von ihm getroffen zu werden, war zu groß.

Steh auf. Komm schon.

Mikaél bewegte sich, schüttelte den Kopf und stemmte sich hoch. Das Schwert steckte er in die Scheide, bevor er wie ein Soldat eine stramme Haltung einnahm. Er schloss die Augen und murmelte: »Es ist nicht real.«

Genau!

Lichtfels hoffte, dass der Kämpfer der Täuschung entkam.

Einen Moment hielt Mikaél inne und rang nach Luft, doch als er die Lider wieder öffnete, blickte er in Lichtfels' Augen. »Ist es vorbei?«

»Ja, du hast es geschafft. Was hast du gesehen?«, erkundigte er sich.

»Einen Drachen.«

»Lichtfels?!« Sorge schwang in Wibatems Stimme mit, sodass er sich zögerlich zu ihm umdrehte. Das bedeutete nichts Gutes.

Er und Mikaél traten an ihn heran, aber er erkannte sogleich, was geschehen war.

Nicht sie, schoss es ihm durch den Kopf.

Aliya stand versteinert vor ihm und schaute an den Rand der Brücke, an dem ein Stück des Geländers fehlte.

»Was machst du hier?«, fragte sie mit leiser Stimme und näherte sich dem zerstörten Geländer. »Ich wünschte, ich könnte dir helfen.«

Lichtfels schaute abwechselnd zu ihr und zu Wibatem. Jeden Schritt, den sie tat, nahm auch der Beschwörer. Er war weniger als zwei Armlängen von ihr entfernt.

»Komme, was wolle, Wibatem«, sagte Lichtfels streng. »Du darfst sie nicht anfassen. Sie sieht uns nicht und schreckt vielleicht zurück wie Usci vorhin.«

»Sieh doch hin«, forderte er ihn auf.

Lichtfels beobachtete Aliya, wie sie jemandem, den nur sie sah, die Hand hinhielt und ihn anscheinend hochzog. Als Nächstes ging sie noch einen weiteren Schritt auf das zerstörte Geländer zu.

Wibatem war kurz davor, sie am Arm zu packen, als Lichtfels ihn zurückstieß.

»Du darfst nicht eingreifen«, versuchte er ihm ruhig zu erklären, denn der gleiche Fehler sollte nicht noch einmal passieren.

»Ich lasse sie nicht sterben«, entgegnete Wibatem zwischen zusammengepressten Zähnen.

»Sie wird nicht sterben«, redete Lichtfels weiter auf ihn ein. »Vertrau ihr, dass sie stark genug ist. Vor fünf Jahren hättest du an ihr zweifeln können, jetzt nicht mehr.«

Nachdem er die Worte ausgesprochen hatte, setzte Aliya noch einen Schritt zum Geländer, sodass sie genau am Rand der Brücke stand. Ein weiterer und sie würde in den Abgrund stürzen.

Lichtfels ließ sie nicht mehr aus den Augen.

Kämpfe dagegen an, Aliya.

»Lebe wohl«, sagte Aliya lauter.

»Rettet sie doch!«, mischte sich nun auch Paco ein.

Lichtfels stockte der Atem, er ließ Wibatem los, der regungslos wartete.

Würde sie wie Usci in den Abgrund stürzen?

»Aliya?«, fragte Wibatem vorsichtig in die Stille hinein, während sie am Rande der Dunkelheit ausharrte. Er ging einen Schritt auf sie zu, blieb sogleich wieder stehen. »Ali?«

Aliyas Arme glitten zurück an ihre Hüfte, und ihre Schultern senkten sich, den Blick hatte sie nach unten gerichtet.

Lichtfels schluckte. Noch immer wusste er nicht, ob sie sich in ihrer Täuschung befand oder nicht.

Komm schon, dachte er. *Du bist stark.*

»Ich bin bei euch«, flüsterte sie auf einmal und wandte sich ihren Freunden zu, um sich vom Rand der Brücke zu entfernen. Sie blinzelte und biss sich auf die Unterlippe, während Lichtfels erneut durchatmete.

»Geht es dir gut?« Wibatem trat an ihre Seite und berührte sie am Arm.

»Ja.« Aliya umarmte ihn und schaute über seine Schulter hinweg zu Lichtfels.

Dieser lächelte und nickte ihr zu, was sie erwiderte, und sogleich fiel jegliche Anspannung von ihm ab. Sowohl sie als auch Mikaél hatten die Täuschung überstanden.

»Mit wem hast du gesprochen?«, erkundigte sich Wibatem und schaute sie wieder an.

»Mit Laolin.« Aliya schluckte. »Sie wollte, dass ich mit ihr springe.«

»Gut, dass du ihr nicht geglaubt hast.« Er nahm ihre Hand in seine.

»Sie sah dennoch sehr echt aus«, stellte sie fest und ihre Traurigkeit war nicht zu überhören.

»So ist die ›Brücke der Täuschung‹. Sie kostet unglaubliche Überwindung«, murmelte Lichtfels und zeigte zum Ende des Weges.

»Ja, weil sie uns mit der Angst konfrontiert, die wir versucht haben, zu vergessen.« Aliya ging weiter und nacheinander setzten sich die übrigen Kämpfer wieder in Bewegung, bis sie erschöpft das Ende erreichten.

Lichtfels' erster Schritt auf den Felsvorsprung war wie eine neue Kraft, die ihn vorantrieb. Die Brücke lag hinter ihm, und alle seine Mitglieder sammelten sich auf der Anhöhe, warteten darauf, dass er sie weiter anführte, doch er setzte den Weg nicht fort.

Er näherte sich Keni, der am Boden kauerte.

Lichtfels hockte sich zu ihm hinunter. »Es tut mir sehr leid.«

Als Keni ihn mit seinen geröteten Augen anblickte, nickte er kaum merklich. Er hatte die ganze Zeit den Umhang und Uscis Bogen angestarrt, hatte sich kaum davon losreißen können, weil es die letzten Gegenstände seines Bruders waren.

»Darf ich?«, fragte Lichtfels und zeigte darauf.

»Ja«, antwortete Keni heiser.

Lichtfels nahm beides und ging damit zur Brücke, betrat sie aber nicht. Direkt daneben, am Ende der Anhöhe, befand sich ein Felsen, auf dem er die Sachen niederlegte.

Er kniete sich hin, bettete seine Hände auf den Schoß und verharrte eine Weile in der Stellung, bis seine Kämpfer sich hinter ihn setzten. Alle machten es ihm nach.

Als nur noch das Flackern des Feuers zu hören war, sprach Lichtfels laut und deutlich die Worte aus, die er immer sagte, wenn er sich von einem toten Kämpfer verabschieden musste: »Des Kämpfers Leben sei verwirkt, nie jedoch seine Taten. Möge das Licht stets für ihn leuchten.«

Lichtfels schloss die Augen und stellte sich ein letztes Mal Uscis Gesicht vor, als er ihn kennengelernt hatte, er ein Turnier mit ihm gewonnen und er ihn wiedergesehen hatte.

»Lebewohl.«

»Lebewohl«, wiederholten weitere Allianz-Mitglieder hinter ihm.

Er wartete noch einen Moment, bevor er aufstand und Platz für die anderen machte. Jeder näherte sich dem Felsen und Uscis Andenken. Keni war der Letzte und legte eine Hand auf die Waffe.

»Wir sehen uns wieder, Bruder.« Mit Tränen in den Augen stand er auf und nickte ihm zu.

Lichtfels erwiderte die Geste, schritt an seinen Kämpfern vorbei und begab sich an die Spitze der Gruppe. Er folgte der Feuerlinie weiter, die sich geradewegs über ein großes Steinfeld mit Felsnadeln bewegte und an einer spiralförmigen Treppe nach oben verlief.

Der Weg leitete sie hinauf, der immer schmaler wurde. Oben angekommen sah Lichtfels die nächste Treppe, an der die Feuerlinie flackernd mündete. Er entzündete eine neue Lichtkugel und warf sie ein Stück nach oben, während auch Angelo seine Feuermagie herbeizauberte.

Nachdem sie alle hinaufgestiegen waren, wandte sich Lichtfels ein letztes Mal dem Abgrund zu. Der Anfang des flackernden Feuers erlosch und so gewann die Dunkelheit wieder die Oberhand. Die Brücke verschwand in der Finsternis, und jede kleine Flamme löschte sich aus, als ob die Schwärze sie auspustete.

Lichtfels stieg die flache Treppe nach oben und betrat den nächsten Höhlengang. Er sah genauso aus wie die anderen, durch die er bereits mit seiner Gilde gelaufen war, doch dieser war länger.

Die Kämpfer liefen, liefen und liefen. Die Füße waren schwer wie Steine und jeder Schritt schleppte sich dahin. Ihre Augen wurden schmaler und es wurde anstrengender, die Umgebung im Blick zu behalten. Selbst sprechen schien alle zu viel Kraft zu kosten, sodass sie schwiegen und nur dem Takt der Schritte lauschten.

Lichtfels starrte auf seine leuchtende Kugel, die vor ihm schwebte. Sie strahlte weiß, so weiß wie unberührter Schnee. Es blendete ihn fast schon, da das feuchte Gestein den Schein zurückwarf. Er schob die Kugel weiter und bemerkte auf einmal, wie sich der Untergrund änderte.

Er betrat einen graubraun gemusterten Ziegelsteinboden, durch den sich einige Risse zogen. Nicht nur dieser, auch die Wände wurden glatter, und je weiter er vorausblickte, umso deutlicher erkannte er das Ende der Höhle. Immer mehr Ziegelsteine tauchten auf, bis er vor einem zweiflügeligen Tor stehen blieb, das größer als er war.

Er strich mit einem Finger darüber, wodurch sich ein goldener Schimmer zeigte.

»Angelo, wirf einen Wasserzauber auf den Eingang.«

Nachdem Lichtfels wieder einige Schritte zurückgetreten war, stellte sich der Magier direkt vor die Pforte. Ohne Worte holte er mit den Händen aus, die weiß aufleuchteten, und vollführte eine Bewegung nach vorne. Ein Wasserstrahl strömte heraus und prallte auf das Tor, an dem jeglicher Schmutz zu Boden floss.

Zum Vorschein kam eine vollkommen aus Gold gefertigte Pforte, umrandet von einem schmuckvollen Rahmen, in dessen Mitte Drachen, Echsen, Löwen und andere Kreaturen eingraviert waren, die er und seine Kämpfer lange anschauten.

Die Augen der Tiere durchbohrten Lichtfels förmlich. Das Relief war so fein und detailreich geschmiedet worden, dass er jede Schuppe und jedes Haar erkannte.

Angelo senkte die Hände, als er das Tor vom Schmutz befreit hatte. Wasser tropfte daran herunter und das weiße Licht ließ es schimmern.

Lichtfels stemmte die Hände in die Hüfte und wandte sich an seine Gilde, die ihn müde, aber hoffnungsvoll anschaute. »Wir haben soeben die Katakomben von Brayken erreicht.«

24

Die Katakomben von Brayken

Lichtfels

Lichtfels umfasste mit beiden Händen den linken Türgriff, während Wibatem den rechten packte. Dann zogen sie gemeinsam daran, wodurch sich die Tore knarrend aufschoben. Sand und Staub wirbelten auf und eine lauwarme Böe wehte ihnen aus dem Gang entgegen.

Die Wände und die runde Decke der Katakomben bestanden aus hellbraunen Ziegelsteinen, im Kontrast dazu war der Boden mit dunkelroten Steinen gepflastert. Mit einem Muster, welches sich aus klaren und gleichmäßigen Linien aneinanderfügte.

Lichtfels setzte sich sicherheitshalber die Stahlhandschuhe auf und betrat den Gang. Sand knirschte unter seinen Füßen. »Wibatem, Gerri, ich lasse euch den Vortritt. Keiner kennt die Katakomben so gut wie ihr.«

Gerri salutierte mit einem Grinsen und nachdem Wibatem das Band seines Umhangs gelockert hatte, wandte er sich zu Aliya um. »Ali, du bleibst bei uns. Wir brauchen ab jetzt einen Schutzschild an der Spitze.«

Sie nickte sogleich und gesellte sich zu ihren zwei Freunden.

»Wenn ihr so weit seid, geht es los«, sagte Lichtfels und warf eine Lichtkugel in den Gang.

»Allzeit bereit«, erwiderte Wibatem und hob seine zwei Schwerter.

Lichtfels nickte ihm zu und die drei Kämpfer liefen als Erste in den Gang hinein. Die restliche Gruppe folgte ihnen mit ein wenig Abstand.

Ihre Schritte schallten in dem langen Gang und übertönten das Pfeifen des Zugwindes, der ihnen das Haar zerzauste.

Mit flinken Füßen eilten sie den Weg voraus. An der ersten Gabelung blieben sie stehen und schauten vorsichtig um die Ecken. Gerri gab Lichtfels ein Handzeichen, dass niemand zu sehen war.

Ohne lange zu zögern, wählten sie den rechten Gang, eilten wieder ein Stück geradeaus, dann nach links, immer tiefer in das Labyrinth hinein.

»Hier unten möchte ich nicht verloren gehen«, merkte Paco an, der mit schmalen Augen die Gänge begutachtete, welche die Allianz hinter sich ließ. »Wieso kennen Gerri und Wibatem die Katakomben so gut?«

»Sie haben die meiste Zeit hier unten verbracht«, antwortete Lichtfels. »Sogar schon während der Ausbildung zu Kämpfern. Ihre Herzen schlagen dafür, daher haben sie keine Angst vor fremden Orten oder unbekannten Wesen. Hier unten habe ich sie auch kennengelernt.«

»Ich war selten in diesen Gängen.« Paco zuckte mit den Schultern. »Mich konntest du nur in den Wäldern finden.«

»Dort sollte auch ausschließlich gejagt werden, aber die Katakomben haben einen gewissen … Reiz.« Lichtfels zwinkerte ihm zu.

An der nächsten Gabelung warteten Gerri, Wibatem und Aliya auf ihn. Lichtfels trat an seine Kämpfer heran und wischte sich ein paar Haarsträhnen aus dem Gesicht.

»Wann sollen wir eine Rast machen?«, fragte Gerri ihn. »Mitten in den Gängen ist es zu gefährlich.«

»Ist eine Sackgasse oder eine Höhle in der Nähe?«, hakte er nach.

Nachdenklich strich sich der Armbrustschütze über den Bart. »Einhundert Schritte von hier. Die nächste dauert ein Stück.«

Lichtfels drehte sich zu dem Rest seiner Gilde um, die mit erhobenen Häuptern und Waffen vor ihm stand. Niemand schüttelte den Kopf oder deutete anderweitig an, aufgeben zu wollen.

Sie haben noch Kraft, dachte er. *Sie werden mit mir gehen.*

Lichtfels wandte sich wieder an Gerri. »Weiter bis zur nächsten. Dort machen wir eine große Rast.«

Der Armbrustschütze nickte und bog in den nächsten Gang ein. Fünfzehn Kämpfer folgten ihm, stets bewaffnet und mit dem Blick sowohl nach vorn als auch zurück gerichtet, da es nie gewiss sein konnte, ob etwas ihnen nachjagte.

ALIYA

Nach einigen Stunden betraten Aliya und ihre Freunde einen großen Raum inmitten der Katakomben. Wo sie ungefähr waren, wusste sie nicht, weil sie die Orientierung schon längst verloren hatte.

Der Raum zeichnete sich durch eine riesige Kuppel aus, die in das Gestein geschlagen worden war wie eine Luftblase in einem

Meer aus Sand und Stein. Weder Feinschliff noch Ziegelsteine zierten die Wände und den Boden.

Die meisten kannten diese Orte, an denen sich die Kämpfer eine Rast gönnten und durchatmeten. Aliya hatte vorher noch nie davon gehört, da sie die Katakomben nicht ein einziges Mal aufgesucht hatte. Sie genoss die frische Luft und fand den eintönigen Felsen angenehmer als die mit Ziegelsteinen verbauten Gänge.

»Ich übernehme den Schutz als Erster«, sagte Blaeck zu ihr.

Aliya nickte. »In Ordnung.«

Während Wolfino und Tobzell den Eingang, welcher der einzige Zugang zu diesem Raum war, bewachten, beobachtete sie den Dunkelelfen, wie er mit einer Handbewegung einen Schutzzauber errichtete. Ihre Schilde, die noch um Gerri, Wibatem und Lichtfels lagen, ließ sie nach und nach verschwinden.

Die magischen Kräfte hörten auf, von ihr zu zehren, sodass sie etwas Zeit hatte, zur Ruhe zu kommen.

»Du siehst erschöpft aus«, stellte Wibatem fest und strich ihr sanft über die Wange. »Such dir schon einen Platz, ich bin gleich bei dir.«

Sie nickte und entschied sich für eine freie Stelle neben Lara, die ihre Lider bereits geschlossen hatte.

Aliya lehnte sich zurück und betrachtete ihre vernarbten Hände. Wenigstens ließ sie ohne Probleme Schutzschilde entstehen und verschwinden, aber was geschah mit ihren Heilkräften? Wie sollte sie diese wieder zurückerlangen?

Laolin auf der ›Brücke der Täuschung‹ wiederzusehen, fühlte sich an wie ein Stich ins Herz. Sie hatte sie nicht retten und ihr nicht gegen Relikt helfen können. Wie sehr wünschte sie sich, ihre langjährige Freundin wiederzusehen, die immer einen Spruch parat hatte und niemals aufgab.

Ich hätte sie heilen sollen, dachte Aliya.

Sie hätte es zumindest probieren können, doch so verschlimmerte sich ihr Zustand, dass sie an ihren eigenen Kräften zweifelte.

Lara wälzte sich neben ihr hin und her, während einen Platz weiter Sarkhan immer wieder aufwachte. Ihr gegenüber an der Wand saß Tics, dessen Kopf auf Splins Schulter lag. Er rieb sich die Augen, bevor er in einen leichten Schlaf fiel. Auch andere fanden kaum Ruhe oder schlossen nur kurz die Lider.

Nachdem Wibatem sein Gespräch mit Gerri beendet hatte, trat er leise zu Aliya heran. Er legte die Schwertscheiden ab, zog seinen Umhang aus und öffnete die obersten Knöpfe seiner Tunika, um den Kragen zu lockern. Dabei warf Aliya einen Blick auf seine Brust und wunderte sich, warum er innehielt.

Sie betrachtete sein Gesicht und stockte, als seine Augen sie amüsiert musterten. Ein Grinsen huschte über seine Lippen, das schlagartig ihre Wangen zum Glühen brachte.

Ihre Gefühle hatten sie verraten und das Schmunzeln konnte sie nicht mehr zurückhalten.

Ertappt schaute Aliya weg, ehe er sich neben ihr niederließ. Er machte es sich bequem und bot ihr seinen Arm an, auf den sie ihren Kopf legte. Sie schmiegte sich an seinen Körper, hörte den ruhigen Herzschlag und fühlte seine Wärme. Es tröstete sie und rückte den Verlust ihrer Freundin in den Hintergrund.

Während sie versuchte zu schlafen, vernahm Aliya ein Kratzen an den Wänden, erst unter ihnen, danach über ihnen. Als ein Tier in dem Labyrinth aufbrüllte, dessen Ruf wie ein Echo durch die Gänge schallte, bekam Aliya eine Gänsehaut auf den Armen. Es klang wie ein Höhlenlöwe auf Jagd, sicher wusste sie es aber nicht.

Als Nächstes bebten der Boden und die Wände. Sie überlegte, ob ein Gang eingestürzt war, und hoffte, dass nicht ihre weitere Reise davon betroffen wäre.

Brayken war nicht mehr fern, darunter waren sie auch noch nicht, da die Katakomben größere Ausmaße als die Stadt selbst besaßen. Über die Grenzen der Stadtmauern hinweg bis zum Wald verliefen die unterirdischen Tunnel.

Ob der Wald über uns ist?

Aliyas Sehnsucht nach Bäumen und Tieren wuchs. Wie die Lichtelfen liebte sie die Sonne, die Natur und ihre Lebewesen.

Zitternd wachte Lara neben ihr auf, deren Gesicht blass geworden war.

»Es ist alles in Ordnung«, beruhigte Aliya ihre Freundin, die sich mühsam auf die Seite legte.

»Ich habe Jacki gesehen und wollte ihn berühren. Leider schaffte ich es nicht.« Lara flüsterte die Worte und wischte sich die Tränen weg.

»Wir werden ihn finden«, ermutigte Aliya sie. Nachdem sie sich aufgerichtet und ihrer Freundin über die Wange gestrichen hatte, drückte sie deren Hand.

Lara hielt sie noch ein paar Atemzüge fest, bis sie wieder eingeschlafen war und ihre Finger sich lockerten.

Aliyas und Blaecks Blick trafen sich, sodass sie leise aufstand und sich neben ihm hinsetzte.

»Sie hat Albträume durch die Katakomben«, murmelte sie.

»Nicht nur sie. Die Katakomben sind eine Belastung für fast alle von uns, aber eine andere Möglichkeit haben wir nicht«, entgegnete Blaeck.

Aliya nickte. »Ich weiß. Die Albträume werden jedoch nicht das Schlimmste hier unten sein.«

Die Dunkelheit, die Beklemmung, die Mauern, das Labyrinth …

Auf Dauer würde das nicht nur sie belasten.

»Ja … Wie geht es dir?«, fragte er leise.

»Gut«, antwortete sie flüsternd.

»Darf ich mir deine Hände ansehen?«

Aliya schluckte, da sie wusste, was er als Nächstes ansprechen würde. Zögernd reichte sie ihm ihre Linke, die er kurz betrachtete.

»Seit wann hast du die Probleme?«, erkundigte er sich.

»Ich weiß es nicht.« Langsam schüttelte sie den Kopf und zog ihren Arm wieder zurück.

Es fiel ihr schwer, darüber zu reden, denn auch wenn sie flüsterten, war die Gefahr zu groß, dass Weitere es mitbekamen.

»Als ich dich zur dekarischen Kämpferin ernannt habe, ist das noch nicht gewesen«, raunte er und sein Mund formte sich zu einer schmalen Linie.

»Es sind sicher nur die Umstände.« Eine Lüge, die ihr viel zu schnell über die Lippen ging, doch sie wollte es nicht aussprechen.

Blaeck schaute sie mit gehobenen Augenbrauen an, nickte aber nur. »Sicher.«

Während Aliya ihre Arme auf die Knie legte, spürte sie, wie die Müdigkeit von ihr Besitz ergriff. Sie legte den Kopf darauf ab und schloss die Lider.

Es reichte, wenn ihre Gedanken verrücktspielten. Sich nicht selbst heilen zu können, war ein Problem. Dass in ihr noch ein viel größeres schlummerte, verdrängte sie.

LICHTFELS

Stunden vergingen, in denen die Allianz durch die Katakomben marschierte. Die Gänge änderten sich nicht und das Labyrinth schien ebenfalls gleich zu bleiben.

»Ob jemand die Ziegelsteine schon einmal gezählt hat?«, fragte Paco.

»Bei den Gebrüdern Braykion … bist du witzig«, zischte Sarkhan gereizt.

Lichtfels drehte sich um und betrachtete den Beschwörer. Dessen Augenbrauen waren zornig zusammengezogen, und tiefe Schatten zeichneten sich unter den Augen ab. Nicht nur Sarkhan sah übermüdet und ausgelaugt aus, auch Splin, Angelo und Tobzell ähnelten ihm. Lichtfels wusste, jeglicher Streit und jede Diskussion mussten vermieden werden.

»Wartet!«, flüsterte jemand von der Spitze.

Lichtfels lief an seinen Mitgliedern vorbei zu Gerri, Wibatem und Aliya, die eng beieinanderstanden.

Warme stickige Luft schlug ihm entgegen. Unwillkürlich rümpfte er die Nase, als er die Fäulnis roch, und verzog die Lippen. »Was ist das?«

»Dort«, raunte Gerri.

Lichtfels schaute voraus und entdeckte etwas auf dem Boden. Er schob seine Lichtkugel weiter, die den Weg mehr und mehr erhellte.

Blutschlieren zeichneten den Boden und sowohl Knochen als auch Fleisch traten aus einem Fellkörper hervor, der inmitten des Ganges lag.

Gerri schritt langsam darauf zu. »Das wird der Höhlenlöwe gewesen sein, den wir vor ein paar Tagen gehört haben.«

Ein Knurren in der Nähe ließ Lichtfels' Kämpfer ihre Waffen ziehen und in die Richtung schauen, aus der es erklungen war. Er selbst stieß ein leises Stöhnen aus, als ein achatrotes, mit scharfkantigen Schuppen übersätes Tier in geduckter Haltung ins Licht seiner Kugel trat. »Nicht schon wieder …«, brummte er.

»Drachenechsen …«, murmelte Gerri, setzte seine Armbrust an und schoss blitzschnell einen Bolzen auf die Brust des Tieres, der jedoch an den Schuppen abrutschte. Die Kreatur kreischte schrill auf, drehte sich um und rannte weg.

»Hinterher«, rief Gerri. »Sie darf nicht entwischen!«

»Nein, wir sollten nicht von unserem Weg abweichen«, entschied Lichtfels.

Gerris Augen wurden groß. »Die ganzen Stacheln für unsere Waffen?!«

»Ich sagte Nein. An deine Stacheln kannst du denken, wenn wir in Brayken sind.«

Hinter Lichtfels erhoben sich weitere Stimmen.

»Wie lange dauert es noch nach Brayken?«, fragte Sarkhan. »Wir sind schon viel zu lange unterwegs. Wir haben uns verlaufen!«

»Das haben wir nicht«, erklärte Wibatem ruhig. »Wir wissen, wo wir sind.«

»Wie lange ist es dann noch?« Sarkhans Anspannung war deutlich herauszuhören. So kannte Lichtfels seinen Beschwörerfreund nicht.

»Die Hälfte haben wir schon geschafft. Wenn du länger diskutierst, wird es länger dauern.« Wibatem wandte sich wieder von ihm ab.

»Ihr denkt nur an die Stacheln.« Sarkhan trat einen Stein weg. »Woher wissen wir, dass ihr nicht deshalb hier langgegangen seid?«

»Das glaube ich nicht«, entgegnete Lara und suchte Gerris Blick, dessen Wangen sich aufblähten.

»Nimm das zurück, Junge«, drohte der Schütze und verengte die Augen.

»Es ist doch wahr«, fluchte Sarkhan.

»Ist es nicht und jetzt beruhigt euch.« Wibatem versuchte zu schlichten, aber immer mehr Stimmen erhoben sich.

»Vorsicht!«, schrie Angelo.

Der Magier schleuderte eine Feuerkugel in den Gang hinter ihnen. Sofort erhitzte sich die Umgebung, wodurch den Gefährten der Schweiß ausbrach. Angelo zögerte nicht, sondern schleuderte weitere Feuerkugeln in die Richtung, in der jetzt ein Knurren und ein Fauchen zu vernehmen war. »Drachenechsen, hinter uns!«

»Los, vorwärts!«, befahl Lichtfels. »Wir müssen raus aus diesem Gang! Tobzell, Wolfino, helft Angelo!« Aufgeregt blickte er vor und wieder zurück. Es galt, die Kontrolle zu bewahren. »Gerri, bring uns hier weg!«

25

Im Nest der Echsen

Lichtfels

Als die Gruppe an dem toten Höhlenlöwen vorbeilief und an eine Abzweigung gelangte, drang aus dem rechten Gang wieder ein Knurren.

»Hier entlang!« Gerri bog in den linken Weg ein.

Währenddessen schleuderte Angelo weitere Feuerkugeln ab, Tobzell beschoss die Tiere mit Pfeilen, und Wolfino versuchte mit seinem Wolf, die Drachenechsen abzulenken.

Wir müssen sie abhängen, dachte Lichtfels energisch.

Doch die Echsen hatten die Spur aufgenommen und jagten ihnen zischend hinterher.

An der nächsten Kreuzung bogen sie erneut links ab und fanden sich dem toten Höhlenlöwen gegenüber.

»Wir laufen im Kreis? Da kennt sich wohl jemand nicht aus!« Sarkhan senkte die Waffen. Schweißperlen liefen an seinen Schläfen herunter.

Gerri schüttelte den Kopf. »Ich werde mich vor dir nicht rechtfertigen. Wenn unser Anführer mir folgt, folgst auch du mir.«

»Gerri«, ermahnte Lichtfels ihn. Er hatte es satt, wie die beiden immer wieder aneinandergerieten.

»Er soll aufhören, an mir zu zweifeln«, knurrte der Schütze genervt.

»Dann beweise mir endlich, dass du uns hier lebend herausbringst«, wehrte sich Sarkhan.

Tsunade schob sich an Aliya vorbei. »Haben wir uns verlaufen?«

»Nein!«, rief Gerri wütend.

»Natürlich!«, schrie Sarkhan.

»Seid still, beide!«, befahl Lichtfels mit donnernder Stimme. »Konzentriert euch und haltet euch bereit. Wibatem, in welche Richtung müssen wir?«

»An die Stelle, an der wir gerade das Knurren vernommen haben«, erklärte der Beschwörer. »Statt links biegen wir rechts ab. Ich kann dir jedoch nicht sagen, wie viele dieser Biester dort sein werden.« Bitternis schwang in seinen Worten mit.

Lichtfels trat an Wibatem vorbei. »Sie spielen ein Spiel mit uns, nehmen wir die Partie an. Abschütteln können wir sie nicht und umzingelt haben sie uns schon.«

Schnell brachte er den toten Höhlenlöwen hinter sich und lief zu dem Gang, aus dem das tiefe Knurren zu hören gewesen war. Er hob die Fäuste und konzentrierte sich auf seine magischen Kräfte, wodurch die Stahlhandschuhe zu glühen begannen. Die Lichtkugel erhellte den Gang und reflektierte die rot leuchtenden Schuppen der Kreaturen, die dort lauerten.

Die erste Drachenechse fletschte die Zähne und kniff die Augen zusammen. Lichtfels stieß einen Kampfschrei aus und lief geduckt auf die Bestie zu. Mit Schwung holte er aus und schlug seine Faust gegen den Hals des Tieres, während dieses seinerseits zum Sprung ansetzte.

Als das heiße Metall die Schuppen durchdrang und sich in die Haut der Echse brannte, kreischte diese schrill auf. Augenblicklich stieg ihm der Geruch von verbranntem Fleisch in die Nase.

Die Drachenechse flog zurück und krachte gegen die Wand, an der sie benommen liegen blieb.

Nachdem Lichtfels sich mit dem Unterarm über die Stirn gewischt hatte, näherten sich bereits weitere Tiere.

Der Fluss bricht nicht ab, dachte er.

An seiner Seite leuchteten zwei Schwerter auf, die Wibatem in den Händen drehte. Dicht hinter ihm standen Gerri und Tobzell, die bereits mit ihren Schusswaffen auf eine der herannahenden Drachenechsen zielten.

»Ich schütze euch vier«, rief Aliya, die magische Schilde um ihre Freunde legte.

Währenddessen wurde es immer heißer. Sowohl von hinten als auch von vorne griffen die Drachenechsen sie an. Aus dem Augenwinkel sah Lichtfels, wie Angelo mit seinen Feuerkugeln unablässig die Tiere zurückdrängte. Als der Magier hustete, griffen Wolfino und Sarkhan mit ihren Wölfen an.

»Du blutest!«, stellte Tics panisch fest.

Wer blutet?

Nachdem Lichtfels Angelos Gesicht erblickt hatte, stockte er. An den Lippen seines Magiers klebte Blut.

Was zum …?!

Hatte er sich so verausgabt?

»Wir müssen uns weiter durchkämpfen!«, gab Lichtfels den Befehl. »Bleibt eng zusammen!«

Wie eine Welle schlug er mit seinen Gefährten eine Bresche durch die Katakomben und trieb die Drachenechsen zurück. Sie waren sowohl Jäger als auch Gejagte. Ein Gedanke, über den Lichtfels lachen musste. Dass er in diesem Moment Ironie empfand …

Laute Schritte, wirbelnde Flammen und Luft zerschneidende Schwerter erfüllten die alten Gemäuer.

Lichtfels' Kugel flog den Weg voraus und erleuchtete am Ende des Ganges einen schlichten Torbogen, auf den er mit seinen Kämpfern zusteuerte. Die Drachenechsen rannten vor ihm weg und schienen sich in der Dunkelheit verstecken zu wollen.

Er trat durch das Tor und fand sich in einem Raum mit Säulen wieder, der sich weit über ihm öffnete. Schnell verstärkte er das Licht, um die Umgebung in Augenschein zu nehmen.

Nachdem alle seine Kämpfer ihm gefolgt waren, blieben sie stehen und Lichtfels stieß einen lauten Fluch aus, als er den Blick durch die Halle schweifen ließ, die nun von seinem magischen Licht erhellt wurde.

Der Säulenraum war lang, so lang, dass er das Ende nicht erkennen konnte, und es wimmelte vor Drachenechsen, als ob der Boden statt mit Fliesen nur mit ihren roten Schuppen bedeckt wäre.

Diese Bestien hatten sie direkt zu einem ihrer Nester geführt, obwohl an dieser Stelle nie eines hätte sein sollen. Offenbar hatte viel zu lange niemand die Katakomben aufgesucht, um die Echsen zu jagen.

Unter ihnen entdeckte Lichtfels zwei besonders große Tiere, deren Stacheln doppelt so breit wie die der kleinen waren. Die Luft war erfüllt vom Knurren und Fauchen der Kreaturen und das Geschrei zog sich wie ein drückender Schmerz durch die Köpfe der Kämpfer.

»Heiler und Beschwörer in die Mitte«, befahl Lichtfels, nachdem er sich vom ersten Schrecken erholt hatte. »Faustkämpfer an die Spitze, Magier und Schwertkämpfer an den Rand, Schützen ans Ende! Wir müssen hier durch, also kämpfen wir!«

Sofort reagierten Lichtfels' Freunde auf das Kommando, sie sammelten sich und bildeten einen Kreis um Blaeck, Lara, Aliya und Tsunade.

»Zeigen wir ihnen, wen sie vor sich haben.« Lichtfels streckte die rechte Faust in die Luft, woraufhin sich die Allianz mit einem lauten Kampfgeschrei auf die Drachenechsen stürzte.

Der rote Drache von Wibatem tauchte geisterhaft aus dem Boden vor ihnen auf und lief mit dem grauen Wolf von Sarkhan und dem schwarzen Wolf von Wolfino den Tieren entgegen.

Lichtfels blendete alles aus und lud seine Stahlhandschuhe magisch auf. Zuerst spannten sich die Armmuskeln an, dann erhitzten sich die Fäuste. Seine Kräfte waren bereit, freigelassen zu werden.

Er wandte sich der ersten Drachenechse zu, die direkt vor ihm stand und die Krallen nach ihm ausstreckte. Ihre spitzen weißen Zähne glänzten silbrig, aber die Augen kniff sie immer wieder zusammen.

Als Lichtfels' Faust auf den Körper traf, brachen die Knochen der Echse. Mit einem Kreischen flog sie zur Seite, während bereits die nächste auf ihn zustürmte.

Die Stahlhandschuhe leuchteten bei jedem Schlag, und Funken sprühten, wenn er an den Schuppen entlangschrammte.

Seine Finger verkrampften sich, als die verbogenen Waffen seine Hände zusammendrückten und einklemmten. Mit jedem Hieb wurde es schlimmer, doch er hatte keine Wahl. Ohne den Stahl an seinen Händen wäre er nur halb so stark und nun brauchte er die Kraft, die in ihm steckte. Er hatte sich für den Weg entschieden, einen anderen gab es nicht.

Lichtfels presste die Kiefer zusammen und führte einen weiteren Schlag aus.

Währenddessen schossen Feuerpfeile an seinem Kopf vorbei und trafen die nächste Reihe der Drachenechsen. Die heiße Luft prickelte auf seiner Haut.

Ein anderes Tier rannte von der Seite auf ihn zu und setzte zum Sprung an. Noch während es sich in der Luft befand, schnappte Wibatems Drache nach der Echse und warf sie gegen eine Säule.

Der Ansturm der Tiere ließ nicht nach. Wie ein nie enden wollender Fluss bekämpfte Lichtfels die Drachenechsen, rammte ihnen seine Fäuste in die Leiber, warf sie zur Seite und duckte sich unter ihren Attacken. Er war der Fels, der sich ihnen entgegenstellte, und genau wie er hielt auch Splin, der zweite Faustkämpfer, den Angriffen stand.

Die kleineren Tiere wichen an den Rand aus und versuchten, die Gruppe von hinten anzugreifen, als eine der großen Drachenechsen vor ihnen auftauchte und sie anknurrte. Scharfe, spitzkantige Zähne und ein breites Maul lächelten sie an.

Lichtfels schlug die Fäuste zusammen, damit sich seine Stahlhandschuhe zurechtrückten.

»Splin!«, rief er und deutete auf ihren neuen Gegner.

Rasch erlegte Splin eine kleine Drachenechse und postierte sich dann neben ihm. Die beiden Männer sahen sich an, nickten sich knapp zu und rannten zeitgleich los.

Die Drachenechse stellte sich auf zwei Beine und fuhr die Krallen an den Klauen aus, denen es auszuweichen galt. Auf die linke Seite des Tieres hatte es Lichtfels abgesehen, während Splin sich auf die rechte konzentrierte.

Ohne zurückzuweichen, hob Lichtfels seine Fäuste und schlug die Klaue beiseite, um nicht an den Krallen hängen zu bleiben. Mit voller Kraft prallte er gegen den Körper der Echse.

Splin tat es ihm gleich, doch das Tier schlug aus und traf Lichtfels' Gefährten in die Brust. Er fiel zu Boden, und die Krallen drohten ihn aufzuspießen.

Der Allianz-Kämpfer keuchte.

Wie eine unsichtbare Mauer hielt Aliyas Schutzschild die Spitzen zurück, die sich wie Nadeln langsam ihren Weg zu Splin bohren wollten.

Wibatem kam von hinten angesprungen und schlug mit den Schwertern auf den Arm ein, konnte die dicken Schuppen aber nicht zerschlagen. Die Drachenechse fauchte den Kämpfer an und versuchte ihn mit den Zähnen zu fassen.

Mehrfach schlug Lichtfels hintereinander mit voller Wucht gegen ihr Bein, um die Kreatur zu Fall zu bringen. Die Schläge waren so kraftvoll, dass er seine Finger nicht mehr spürte.

Blut drang zwischen den Schuppen heraus und ein paar der gebrochenen Stücke drückten sich in die Wunde, sodass die Echse kreischte und sich nach vorne beugen musste. Dabei gab ihre Kralle Splin frei.

Lichtfels nutzte die Ablenkung und rannte unter ihren Kopf, wo er ihr einen Schlag ins Kinn verpasste.

Sie zog den Kopf zurück, ehe sie sich aufrichtete, was ihm Zeit verschaffte, um seinen Kämpfern zu helfen.

Splin rappelte sich auf und schlug aus Wut eine Kralle ab. Währenddessen rief Wibatem seinen Drachen heran, der sich auf die Echse stürzte. Zwei rote Giganten lieferten sich nun ein wutentbranntes Duell.

Geschwind duckte sich Lichtfels unter dem langen Schwanz des Drachen, der an ihm vorübersauste. Er atmete kurz durch und schob erneut seine Stahlhandschuhe zurecht. Als er auf seine Finger schaute, entdeckte er die bläulich angelaufenen Kuppen.

Mist, das sieht nicht gut aus.

Er senkte die Hände und stemmte sich wieder hoch. Es blieb ihm nichts anderes übrig, als einen Heiler aufzusuchen, und Blaeck war derjenige, bei dem er sich am schnellsten behandeln lassen konnte.

Er eilte zu dem Elfen, der abwechselnd Tobzell, Wolfino und Angelo beobachtete.

»Was hast du?«, fragte Blaeck, ohne sich von seinen Kämpfern abzuwenden.

»Meine Hände«, antwortete Lichtfels und zeigte sie ihm. »Die Waffen schaden ihnen.«

Der Heiler schaute sie nur einen Wimpernschlag lang an. »Es wird nicht lange halten, weil deine Waffen nicht mehr zu gebrauchen sind.«

Lichtfels schnaubte. »Das ist mir gleichgültig. Hauptsache, sie sterben nicht ab.«

Blaeck nickte und berührte dessen Hände. Blaues Licht strömte in die Fingerkuppen hinein, während er abwechselnd zu ihm und dem Rest der Gruppe schaute.

Endlich spürte Lichtfels seine Finger wieder. Sie entspannten sich etwas, doch vollkommen erholen konnten sie sich in den Stahlhandschuhen nicht.

In diesem Moment registrierte Lichtfels etwas Rotes aus den Augenwinkeln. Er wirbelte herum, ehe die Drachenechse auf ihn zusprang.

Rasch entzog er sich der Heilung und warf sich mit seinen Waffen gegen das Tier, das nach ihm beißen wollte.

Fauliger Geruch schlug ihm entgegen, er rümpfte die Nase und drängte die aufsteigende Übelkeit zurück.

Seine Waffen begannen zu glühen, als er bemerkte, dass das Tier sich nicht mehr bewegte. Es schien einem Lähmungszauber zum Opfer gefallen zu sein, und ohne noch länger zu warten, erschlug Lichtfels die Bestie mit einem gezielten Hieb gegen den Kopf.

Nachdem er sich umgedreht hatte, rief er ein kurzes »Danke« in Richtung Blaeck, dessen Mundwinkel zuckten.

Lichtfels holte tief Luft, zeitgleich dröhnte ein schrilles Kreischen durch die Halle.

Wibatems Drache warf soeben die große Drachenechse auf den Boden und mit einem lauten Knacken brachen die Stacheln ab. Doch mit der Echse fiel auch der Drache, was die Halle erbeben ließ.

Lichtfels zuckte zusammen und suchte Wibatem. Dieser stand noch mitten in der Gruppe, schwankte aber hin und her, bis er auf die Knie fiel.

»Blaeck!«, rief er. »Kannst du ihm helfen?«

Der Dunkelelf nickte und lief sofort zu ihm, während Lichtfels weitere Drachenechsen zurückstieß.

Als sich die zweite große Echse näherte, fluchte er. »Mögen die Mächte der Gebrüder Braykion dich erschlagen.«

Das Tier würde wie das erste nicht lockerlassen und jede Menge Kraft kosten, das wusste er sofort.

Mit trägen Bewegungen kam es Zähne fletschend auf die Gruppe zu und blieb im Schutz eines Pfeilers stehen, um ein Opfer auszuwählen.

Lichtfels konzentrierte sich. Wenn er die Säule treffen könnte und diese auf das Tier fallen würde, wäre die zweite große Echse erledigt.

Es musste klappen, denn die anderen Säulen reichten aus, um die Höhlendecke zu halten.

Bevor er nach Brayken gegangen war, hatte er mit seinem Vater in den Höhlen und im Bergwerk gearbeitet und gelernt, wie

Gestein hielt und worauf er achten musste. Solange alle anderen Säulen intakt waren, konnte nichts passieren und die übrigen in der Halle standen unversehrt vor ihm.

Angelo stöhnte auf. Er war der Nächste, der erschöpft zu Boden ging.

Lichtfels verdrängte jegliche Zweifel, es galt zu handeln, wenn sie lebend die Katakomben verlassen wollten.

Jetzt oder nie.

»Achtung«, schrie er. »Geht in Deckung!«

Seine Hand erhitzte sich, die Magie kribbelte in seinen Fingerspitzen, und der Stahl glühte, ehe er seine Faust fest in den Boden rammte.

Steine, Kiesel sowie Sand flogen zur Seite, Fliesen brachen auseinander und ein Riss wanderte wie ein scharf gezackter Blitz den Boden entlang in Richtung der Säule.

Tobzell schaute ihn entsetzt an. »Was machst du? Willst du uns umbringen?«

26

Königsblut

Lichtfels

Ein gewaltiger Donner dröhnte durch die Halle, als das Gestein brach. Der Riss durchzog den unteren Teil der Säule, bis sie entzweisprang und die Felsbrocken in alle Richtungen flogen. Der obere Teil stürzte hinunter und riss dabei Teile der Decke mit sich.

Die große Drachenechse hatte keine Zeit, auszuweichen. Obwohl die Säule sie nur am Hinterteil traf, drückte der Brocken sie zu Boden und sie schrie gequält auf.

Lichtfels duckte sich und seine leuchtende Kugel geriet ins Schwanken, während Wolfino und Tobzell vor der Staubwolke zurückwichen.

Bange Sekunden verstrichen, in denen Steine und Staub auf Lichtfels niederrieselten. Seine Augen tränten und das Atmen fiel ihm schwer.

Rufe drangen an sein Ohr, die ihn aufblicken ließen. Viele der überlebenden Drachenechsen rannten fort, andere wurden von den Trümmern getroffen.

Hustend drehte Lichtfels sich zu seinen Kämpfern um und erkannte, dass neben Wibatem auch Paco und Keni auf dem Boden saßen.

Pacos Wade war von einem tiefen Schnitt gezeichnet, der stark blutete, während Keni mit seiner Hand zu kämpfen hatte.

»Sie ist gebrochen«, hörte er Tsunade sagen. »Ich heile sie gleich.«

Aliya beugte sich über Wibatem und träufelte etwas Wasser in seinen Mund. Als er schnaufte, spuckte er die Hälfte davon wieder aus.

Zeitgleich kümmerte sich Blaeck um Paco und Lara um Angelo.

»Verschwindet endlich!«, fluchte Gerri und beschoss eine kleine Drachenechse, die sich näherte. Sand klebte ihm am Haar und im Gesicht.

Die Kreatur fauchte und zog sich in die Dunkelheit zurück. Nach und nach verschwanden die Tiere im Schatten des Labyrinths.

Schließlich ging Gerri zu der großen Echse, die immer noch kreischte. Er zielte mit einem Bolzen auf ihren Kopf und beendete ihren Leidensweg.

Ein letztes Keuchen drang aus der Kehle. Ihr Leben entschwand und mit ihr verstummte auch das Knurren.

Das Kratzen der Krallen auf dem Boden entfernte sich, bis Stille einkehrte.

Lichtfels wischte sich das schweißnasse Haar aus dem Gesicht und rang nach Luft. Er erhellte die Halle wieder etwas mehr, sodass er die vielen toten Drachenechsen sehen konnte, die sie erschlagen hatten. Die Stacheln stachen aus den roten Haufen lebloser Körper heraus wie blutige Speere inmitten eines steinigen Trümmerfeldes.

»Sollen wir die Echsen liegen lassen?«, fragte Tobzell.

»Ja. Wir müssen hier weg. Wer will, soll sich Stacheln mitnehmen«, sagte Lichtfels nüchtern.

Tobzell wartete nicht und begann, einige aufzusammeln. Auch Gerri nahm sich ein paar mit, zog jedoch noch Bolzen aus den Drachenechsen heraus, die nicht beschädigt waren.

Vorsichtig legte Lichtfels die Stahlhandschuhe ab und hängte sie sich über die Schultern. Seine Hände schwollen an und zitterten, was ihn schlucken ließ.

Auch wenn die Allianz durch die Drachenechsen geschwächt war, beruhigte Lichtfels der Gedanke, sie den Umständen entsprechend wohlauf zu sehen. Sie hatten den Kampf und den Zusammensturz der Säule überlebt, trotz des Risikos, welches er eingegangen war.

Seine Kämpfer vertrauten ihm, gleichgültig wohin er sie führte. Sie folgten ihm, obwohl niemand genau wusste, warum er damals gegangen war.

Lichtfels spürte ihn tief in seinem Inneren – den Drang, allen die Wahrheit zu erzählen, doch er fürchtete sich vor den Reaktionen.

Würden sie ihn verstehen und weiterhin für ihn kämpfen? Oder würden sie ihn beschimpfen und ihm den Rücken kehren?

Es waren nur noch wenige Stunden bis nach Brayken und er hatte keine Ahnung, was dort auf sie wartete. Nur durch Tsunade hatte er eine vage Vorstellung, dass es nicht einfach werden würde.

Ich muss es ihnen sagen, dachte Lichtfels. *Komme, was wolle.*

Als die Allianz-Mitglieder wieder auf den Beinen standen und Stacheln aufgesammelt hatten, liefen sie an den toten Drachenechsen vorbei und weiter durch die Halle.

Das Schlachtfeld verschwand im Dunkeln hinter ihnen und vor ihnen war nur noch der leere Säulenraum. An den Seiten befanden sich zwei Höhlengänge, die sie ignorierten.

Sie durchliefen die Halle bis zum Ende, denn erst dort tauchten drei weitere Ausgänge auf, die Lichtfels bekannt vorkamen. Einer von ihnen war eine Sackgasse, ein anderer führte nach Syderia, in die Mitte des Landes, und der dritte brachte sie nach Brayken.

Gerri ging stramm auf den rechten Ausgang zu.

»Bist du sicher?«, warf Sarkhan ein.

Der Schütze verzog die Lippen zu einer schmalen, geraden Linie. »Hör endlich auf, mich infrage zu stellen.«

»Ich wollte nur sichergehen.« Sarkhan hob entschuldigend die Arme.

»Natürlich«, erwiderte Gerri trocken.

Geht das schon wieder los, dachte Lichtfels genervt.

Sie hatten soeben gegen Hunderte Drachenechsen gekämpft und immer noch genug Kraft, um sich gegenseitig zu provozieren. Er konnte es kaum glauben.

»Du hast uns vorhin falsch geführt«, sagte Sarkhan gereizt.

»Ich? Ich wollte die Drachenechsen abhängen.« Gerri zeigte in die Richtung, aus der sie gekommen waren. »Deswegen sind wir im Kreis gelaufen.«

Sarkhan sah ihn mit schmalen Augen an. »Es hat sehr gut funktioniert.«

»Männer, reißt euch zusammen, ihr seid schlimmer als meine Schüler!« Lara fächelte sich Luft zu. »Mit euch hält es ja niemand mehr aus.«

Lichtfels nickte. »Sie hat recht. Wir müssen weiter, bevor sie zurückkommen. Gerri, steuere den nächsten Rastplatz an«, forderte er den Schützen auf. Ja, auch er war gereizt von den beiden.

»Verstanden«, entgegnete Gerri und lief mit geballten Händen voran.

Lichtfels blickte ihm besorgt hinterher. Die Stimmung zwischen Gerri und Sarkhan wurde von Stunde zu Stunde schlechter, doch er wusste nicht, was er dagegen unternehmen sollte. Vielleicht half es, mit beiden zu reden, aber mit ihrer Stimmungslage würde er eher auf taube Ohren stoßen als auf Verständnis.

Sein Herz klopfte schnell und das Blut rauschte durch seine Adern, dennoch verdrängte er die innere Unruhe.

Es ist bald geschafft.

Nicht mehr lange und sie konnten die Katakomben verlassen.

Lichtfels schaute den Gang hinunter, den Gerri genommen hatte. Die Mauer war auch hier zerkratzt und hatte tiefe Einkerbungen, immerhin wurde die Luft mit jedem Schritt angenehmer.

Irgendwann erreichten sie wieder einen Raum, der nur einen einzigen Zugang und einen Brunnen besaß, der in Form eines Drachenkopfes an der Wand hing. Aus dem Maul lief ein Rinnsal Wasser und versickerte in einem Riss im Boden.

An diesem Ort schlugen sie ihr Lager auf und entzündeten ein Feuer, um sich zur Ruhe zu legen.

Lichtfels selbst übernahm die erste Wache, blieb aber auch nach dem Wechsel des Postens auf und starrte die geziegelte Decke an. Stein, überall Stein.

Wie sehr wünschte er sich, durch den Wald von Héllion zu laufen, die Blätter rascheln zu hören, das Holz zu riechen und das Gras unter seinen Füßen zu spüren. Dann sah er sie vor sich, wie ihr rotes Haar das Gesicht umspielte und wie ihre grünen Iriden ihn nicht mehr losließen. Als er einatmete, traf ihn der Vanilleduft wie ein Schlag.

Erschrocken setzte er sich auf, fuhr sich mit der Hand über die Stirn und rieb sich die Augen. Noch bevor er sie öffnete, verschwand ihr Antlitz, verflog der Duft und verblasste der Wald.

Überall befand sich nur das Gestein, dessen kühle, raue Oberfläche sich unangenehm an Lichtfels' Händen anfühlte.

Er zog seine Feldflasche hervor und trank einen Schluck Wasser, ehe er sich wieder hinlegte. Seine Lider wurden langsam schwerer und nur ein paar Atemzüge später übermannte der Schlaf ihn doch.

Lichtfels erwachte nach einer Weile, als die ersten Kämpfer zu sprechen begannen. Schweigend verfolgte er das Gespräch.

»Denkst du, Relikt wartet bereits in Brayken auf uns?«, fragte Aliya Wibatem.

»Unwahrscheinlich.« Der Beschwörer rutschte ein Stück an seine Freundin heran. »Sie werden genug Arbeit in Lonikka haben. Diamantenseele geht die Gefahr nicht ein, dass die Hauptstadt fallen könnte. Tsunade meinte, dass wir eher auf die Schattenjäger oder die Primeas treffen. Eine von beiden Gilden soll aktuell die Führung in Brayken übernommen haben.«

»Wenn sich beide dort aufhalten, warten große Schwierigkeiten auf uns«, sagte sie besorgt.

»Mach dir nicht so viele Gedanken«, entgegnete Wibatem und nahm ihre Hände in seine. »In Brayken wurden bisher alle Widerstände aus der Bevölkerung und der Akademie niedergeschlagen, aber nur, weil zu wenige sich trauen. Wenn wir dort sind und wenn Lichtfels sich zu erkennen gibt, werden mehr um ihre Freiheit kämpfen. Das wette ich mit dir. Sie haben nur Angst und genau das ist es, was Diamantenseele erreichen wollte. Die Bevölkerung ist eingeschüchtert, deshalb wehrt sich niemand.«

Lichtfels schluckte.

Wibatem glaubte an ihn, ob er das immer noch tat, wenn er wusste, wo er gewesen war?

»Du denkst also …«, begann Lichtfels leise zu sprechen, »dass mir alle folgen werden, wenn ich in Brayken auftauche?« Er richtete sich auf.

»Da bin ich mir sicher.« Wibatem meinte es aufrichtig und das ließ Lichtfels schmunzeln, doch sein Lächeln verblasste sofort wieder.

Die Zeit war gekommen, dass er ihnen sagte, was in den letzten fünf Jahren geschehen war.

Nach und nach setzten sich die restlichen Gildenmitglieder ans Feuer und aßen etwas. Paco, Sarkhan und einige andere sahen trotz des Schlafes übermüdet aus. Die dunklen Augenringe schienen immer größer zu werden.

Lichtfels betrachtete Blaeck, der ihn durchdringend musterte. Der Dunkelelf war der Einzige, der noch stand, und nickte ihm unmerklich zu, als ob er wüsste, was dieser vorhatte.

»Könnt ihr euch an die Nacht erinnern, in der ich euch befohlen hatte, Lonikka sofort zu verlassen?«, fragte Lichtfels ruhig in die Runde.

Alle verstummten augenblicklich und schauten ihn an. Neben leisen Bestätigungen nickten die meisten ihm zu.

Er straffte den Rücken. »In dieser Nacht suchte Eduard mich auf.«

»Eduard?«, hakte Wibatem nach. »Der Berater des Königs?«

»Genau. Er war vollkommen außer Atem und blutete an der Stirn.« Sorge schwang in Lichtfels' Stimme mit. »Er erzählte mir, dass Diamantenseele den König gestürzt habe und selbst regieren wolle. Die Sonderarmee zu leiten, reiche ihm nicht aus. Nachdem Eduard es mir erzählt hatte, wusste ich, dass wir alle in Gefahr schwebten. Ich wollte zum Gegenschlag ausholen und noch in dieser Nacht den Thron zurückerobern, aber Eduard hielt mich zurück.« Lichtfels wartete einen Moment und versuchte seinen Herzschlag unter Kontrolle zu bringen. »Die Speerkämpfer waren neue Krieger, die Diamantenseele ausgebildet und zu sich geholt hatte. Sie sind stärker, als wir denken. Durch sie befand er sich im Vorteil.«

»Von ihm erhieltest du die Information, dass der König gestürzt wurde?«, erkundigte sich Tsunade und spielte an seinem Zopf herum.

»Genau.« Lichtfels legte seine Hände auf die Beine. »Ich weiß, es herrschte Chaos in dieser Nacht, und viele von euch waren durcheinander, doch wir mussten fliehen. Wir stellten die letzte Gilde in Lonikka dar. Alle anderen hatten die Hauptstadt schon verlassen.«

»Wir hätten nicht gewinnen können«, ergänzte Aliya murmelnd.

»So ist es.« Lichtfels nickte. »Wir wären alle abgeschlachtet worden. Ich sprach mit Eduard, was wir stattdessen machen sollten. Dann erinnerte er mich an ein ungeschriebenes Gesetz in Dekar. Einige von euch kennen sicher den alten Mythos, dass nur der König auf dem Thron sitzen kann.«

»Weil man sonst verbrennt?«, fragte Sarkhan skeptisch. »Ich dachte, das ist nur eine Geschichte? Ein Ammenmärchen für die Kinder?«

»Nein, es ist kein Märchen.« Lichtfels räusperte sich. Die Allianz-Mitglieder schauten ihn gespannt an, ehe er aufstand und in das Feuer vor ihm starrte.

Nur das Blut eines starken Herzens,
mit dem Mut eines wahren Helden,
darf steigen auf Dekars Throne.

Nur wer die Schmerzen überwindet,
mit der Kraft sich selbst verbindet,
darf tragen die gold'ne Krone.

Lichtfels schwieg einen Atemzug lang, bevor er fortfuhr: »Dieses ungeschriebene Gesetz legt fest, dass nur das Königsblut Platz auf dem Thron nehmen darf. Eduard erzählte mir jedoch, dass Diamantenseele auch auf ihm sitzen kann, ohne dass er verletzt wird. Denn derjenige, der nicht bereit für diesen ist oder sich unrechtmäßig auf ihn setzt, verbrennt.«

Die Vorstellung, dass jemand bei lebendigem Leib auf diesem Thron verbrannte, hinterließ einen Schauer auf seinem Rücken.

»Heißt das, er gehört zum Königsgeschlecht?«, erkundigte sich Tobzell, der den Mund offen stehen ließ.

»Das dachte ich auch, aber Eduard meinte, dass es nicht so sei«, erklärte Lichtfels weiter. »Er kennt jeden Zweig, jedes Kind, alle Bekanntschaftsgrade. Das Wissen wurde ihm von seinen Vorfahren weitergegeben, die schon immer die Berater des Königs gewesen sind. Diamantenseele muss einen anderen Weg gefunden haben, den wir noch nicht in Erfahrung bringen konnten.«

Sarkhan kratzte sich am Kopf. »Und wie soll uns das ungeschriebene Gesetz jetzt gegen Diamantenseele helfen?«

»Wir brauchen ein Königsblut.« Nachdem Lichtfels die Worte laut ausgesprochen hatte, fühlte es sich so an, als ob er einen Teil seiner Last abgegeben hätte. »Nur so können wir Diamantenseele stürzen und die Wahrheit ans Licht bringen, dass er nicht der rechtmäßige König von Dekar ist, denn das glaubt die Bevölkerung.«

Lichtfels' Gefährten schauten sich fragend an, während Tsunade die Stirn runzelte. »Du weißt, dass Admen tot ist und er keine Kinder hatte?«

»Ja, doch ich rede nicht von Admen«, sagte Lichtfels.

»Aurelius III. ist tot, soweit ich weiß«, merkte der Heiler weiter an.

»Gab es nicht noch einen Cousin?« Tics blickte sich um.

»Du meinst die Cousine«, verbesserte Lara ihn.

»Nein, nein, es gab einen Cousin!« Der Schwertkämpfer suchte eine Bestätigung unter den übrigen Kämpfern.

»Ich habe keine Ahnung«, brummte Paco. »Ich habe mich vor Diamantenseele nie dafür interessiert, wer wie lange auf dem Thron sitzt.«

»Lara, du meinst Amalie, oder?«, hakte Aliya nach.

»Ja, genau!«, rief Lara erfreut. »Ich wusste es.«

»Natürlich, ihr merkt euch nur die Frauen.« Tics verschränkte die Arme vor der Brust.

»Auch sie meine ich nicht.« Lichtfels ergriff wieder das Wort. »Admen hatte noch einen älteren Bruder namens Odmen. Dieser ist freiwillig ins Exil gegangen, da nur einer von beiden König werden konnte.«

»Ins Exil?« Tsunade sah ihn schief an. »Wenn wir keine Spuren haben, können wir lange suchen, bis wir ihn finden.«

Lichtfels schüttelte den Kopf. Er bemerkte, wie unruhig es geworden war.

Lara und Paco flüsterten miteinander, Sarkhan begann mit Gerri zu diskutieren und Tobzell sprach mit Wolfino in der makhenischen Sprache.

»Wir brauchen ihn nicht zu suchen«, sagte Lichtfels schließlich laut und unterbrach damit alle Gespräche. »Ich habe ihn gefunden.«

27

Lichtfels' Erinnerung:

An dem Sterbebett

Ein Jahr zuvor …

Der lange Holzstab knackte zwischen meinen Händen, als Eyrins Speer darauf schlug. Ich wich nach links aus und duckte mich, bevor sie versuchte, mich ein weiteres Mal zu treffen.

»Gib endlich auf«, sagte sie lachend. Ohne mir Ruhe zu gönnen, blieb sie an meinen Fersen.

Ich drehte mich um und parierte einen weiteren Schlag, der nur halb so stark wie der davor war.

»Müde?«, fragte ich und drängte sie zurück.

»Nicht wirklich!« Sie machte einen Rückwärtssalto, durch den sich ihr kupferfarbenes Haar aufwühlte. Als sie mich anschaute, ähnelte sie einer wilden Löwin.

Wir schlugen unsere Speere weiter gegeneinander, ohne dass sich ein Sieger zeigte.

»Du hältst mit der Waffe besser durch, als ich dachte.« Sie schenkte mir ein Grinsen, das ich sofort erwiderte.

»Ich hatte eine gute Lehrmeisterin.« Ich zwinkerte ihr zu.

Eyrin drehte sich um die eigene Achse wie eine Tänzerin. Flink trat sie nach mir, doch ich versuchte sie mit meinem Stab aus dem Gleichgewicht zu bringen, indem ich mit ihm ausholte und auf ihr Bein zielte. Sie drückte sich vom Boden ab und sprang auf den Speer, der unter ihren Stiefeln nachgab und barst.

Ihr eigener Stab war nah genug bei mir, sodass ich ihn packte und zwischen meinen Händen entzweibrach. Verblüfft musterte sie mich, als ich die zerbrochene Waffe festhielt und sie nur schelmisch angrinste.

»Mit einem Stahlspeer hättest du jetzt verloren«, merkte sie an.

Spöttisch hob ich eine Augenbraue. »Einen Stahlspeer hättest du mit deinen Stiefeln auch nicht zerbrechen können.«

Eyrin lächelte wieder, zögerte aber einen Moment. Ihre Lippen öffneten sich ein Stück, als wollte sie etwas sagen, stattdessen näherte sie sich mir, bis sich unsere Nasenspitzen beinahe berührten.

Sofort atmete ich ihren Vanilleduft ein und blickte in ihre smaragdgrünen Augen, die wie frisch geschliffene Edelsteine glänzten. Mein Herz klopfte wie ein Trommelwirbel.

Es lag nur ein Fingerbreit zwischen unseren Lippen, bevor wir uns geküsst hätten, da schaute sie zur Seite. Das Lächeln verschwand, das Glänzen ihrer Augen verblasste und ihr Mund zitterte. Sie atmete kurz ein und hielt für einen Augenblick die Luft an.

»Was hast du?«, fragte ich besorgt.

»Odmen … er ist zusammengebrochen.« Eyrin legte eine Hand an meine Brust, ehe sie mich wieder anschaute. »Er liegt im Sterben.«

Eiskalt lief es mir den Rücken herunter. Sofort stellten sich meine Nackenhaare auf, und ein Stein schien mir den Hals hinunterzurutschen.

Er durfte nicht sterben. Erst vor einigen Wochen hatte ich sein Vertrauen und seine Freundschaft gewonnen.

Nein, nicht jetzt, dachte ich.

Seit zwei Jahren versuchte ich, ihn zu überreden, nach Dekar zurückzukehren. Er, der nach dem Tod Admens der rechtmäßige Erbe des Throns war. Nur er hatte die Chance, den Frieden nach Dekar zu bringen, indem er seinen Platz als König einforderte, doch er wollte nicht zurückkehren – und wenn er jetzt starb …

»Wir müssen zu ihm.« Eyrin nahm meine Hand und zog mich vom Übungsplatz weg.

Wir liefen durch das Unterholz, vorbei an Sträuchern, zwischen den Bäumen entlang. Vögel zwitscherten in den Baumwipfeln, und Käfer summten um uns herum. Die Sonne warf feine Streifen Licht auf die Erde und ließ die Blätter leuchten.

Das Reich der Lichtelfen war ein Paradies und es fiel mir schwer, alles in mich aufzunehmen.

Schnell näherten wir uns den ersten Holzgebäuden. Häuser, die weder feste Türen noch Glasfenster besaßen. Stattdessen hingen Vorhänge aus Blütenblättern und Efeuranken davor.

Je tiefer wir in die Stadt gelangten, desto besiedelter war der Wald. Elfen spazierten in unsere Richtung und begrüßten uns mit lächelnden Gesichtern. Jeder hieß jeden willkommen und alle kannten sich.

Stehen bleiben konnten wir nicht, denn wir liefen den Weg weiter, bis die Häuser mit einem Mal endeten.

Die Bäume wurden dichter, die Sträucher höher und die Blätter kräftiger, die sich sanft auf und ab wogen. Das Sonnenlicht brach immer seltener durch die Baumkronen.

Inmitten dieser dunkelgrünen Pracht, die an eine Sommernacht erinnerte, tauchte der Palast der Lichtelfen auf, der gold- und silberfarben schimmerte. Ein herrschaftliches Gebäude, erbaut aus Holz und Kalkstein, verziert mit Bernstein und Glas, das bis in die Baumwipfel ragte. Terrassen, Balkone, Säulen, Kolonnaden und Treppen waren schon von Weitem zu erkennen.

Wir rannten die Haupttreppe hinauf, durch die Begrüßungshalle und Gänge, stiegen mehrere Wendeltreppen empor, bis wir vor einem Raum haltmachten.

Dort stand ein Elf, dessen Haar lang über die Schulter fiel und im Licht sowohl kupferfarben als auch hellbraun schimmerte. Sein Gesicht war genauso glatt wie Eyrins und sah aus wie aus Porzellan geformt.

»Kyran«, keuchte Eyrin.

»Er hat um dich gebeten«, sagte er tonlos.

Eyrin nickte und betrat das Zimmer, während ich mit Kyran davor wartete.

Die beiden Elfen stellten Odmens engste Vertraute und seine Leibgarde dar. Einer von ihnen hielt sich immer in der Nähe des alten Königs auf.

»Ist seine Zeit gekommen?«, fragte ich Kyran leise.

»Obwohl er noch keine sechzig Sommer zählt, schwindet seine Kraft. Ihn plagt ein Fieber und wir wissen nicht, woher es kommt.« Der Lichtelf hob die Schultern und ließ sie sogleich wieder fallen. »Wir können ihm nicht mehr helfen.«

Ich schluckte und schloss die Augen. In der Ferne zwitscherte ein Vogel eine traurige, sanfte Melodie. Verzweifelt suchte ich nach Worten, die ich zu Odmen sagen wollte, doch mir fiel nichts ein.

Meine Gedanken wirbelten wie in einem Strudel durcheinander.

Er durfte nicht sterben, dachte ich.

Meine Reise sollte nicht umsonst gewesen sein.

Leise Schritte näherten sich uns, bevor ich meine Elfenfreundin entdeckte. Tränen sammelten sich in ihren Augen, die sie zurückhielt. »Er möchte auch dich sprechen.«

Ich nickte und betrat das Zimmer, das in ein schwaches, blaues Licht getaucht war. Mein Blick fiel sofort auf das Bett, in dem Odmen lag, eingebettet zwischen weißen Kissen und hellbraunen Fellen.

Sein dunkelgraues Haar, einst pechschwarz, stach hervor wie ein Berggipfel, der durch eine Wolkendecke brach. Sein Gesicht wirkte eingefallen, tiefe Falten lagen um seine Augen und um seine Mundwinkel. Der Bart versteckte die Lippen und das Kinn.

Im ersten Moment dachte ich, er schlief. Als sich sein Gesicht zu mir drehte und er die Augen öffnete, wusste ich, dass er wach war.

Ich setzte mich auf einen Stuhl neben dem Bett und betrachtete den wahren König von Dekar.

Warum jetzt?

»Du siehst enttäuscht aus«, sagte er mit rauer, kratziger Stimme.

Ich zögerte und schaute ihm in die dunklen Augen. Es erschien mir so, als ob er lächelte. »Ich habe es nicht geschafft, dich nach Dekar zurückzubringen.«

Er lachte kurz auf, richtete den Blick aber zum Balkon hinaus. Seine Hände und Arme, die neben ihm lagen, spannten sich an. Schwerfällig versuchte er, sich im Bett nach oben zu schieben, um aufrechter zu sitzen, doch er scheiterte. Ich half ihm, sodass er sich an mir festhalten und sich ein Stück hochziehen konnte.

»Du weißt, dass ich das Land nicht mehr betreten darf«, warf er ein.

Ich schluckte. »Dafür hätten wir sicher eine Lösung gefunden.«

Odmen drehte mehrfach den Ring an seinem Finger. »Du hast bis heute meine Entscheidung nicht akzeptiert, dass ich bleibe, wo ich bin.«

»Weil ich nicht verstehe, wieso dir Dekar gleichgültig ist«, sagte ich forsch.

»Gleichgültig ist es mir nicht«, murmelte er. »Ich kann nur meinen Weg ins Exil nicht rückgängig machen.«

»Du hättest einfach mit mir mitkommen müssen. Wir wären nach Lonikka gegangen …«

»So einfach, denkst du?« Seine Brauen schossen in die Höhe. »Wer glaubt schon einem alten Narren, der vor mehr als dreißig Jahren das Land verlassen hat und nun Anspruch auf den Thron stellt?«

»Dein Volk«, antwortete ich entschlossen.

Odmen schüttelte den Kopf. »Das Volk glaubt dem Thron.«

Ich vergrub mein Gesicht in den Händen. Warum war er nur so stur?

Murmelnd fuhr er fort: »Ich bin nicht stark genug.«

»Das Königsblut fließt durch deine Adern. Du bist stark.« Ernst betrachtete ich ihn.

Er hielt meinem Blick stand. »Ich bin alt.«

Schweigend erhob ich mich und begann durch das Zimmer zu laufen. Was konnte ich ihm noch mitteilen?

Ich sah über das Geländer des Balkons hinaus in die olivgrüne Dunkelheit, wo Glühwürmchen herumschwirrten. Eins allein wirkte schwach zwischen den Blättern und verschwand dahinter, doch viele zusammen leuchteten durch das Laubwerk hindurch.

Ich hatte meine Gilde zurückgelassen, um ihn zu finden und um Dekar zu retten. Nun lief mir die Zeit davon.

»Bist du nur meinetwegen gekommen?«, raunte er.

Ich drehte mich zu Odmen um, dessen Hände mittlerweile vor ihm gefaltet lagen.

»Ja«, sagte ich mit fester Stimme.

»War der Weg also, für den du alles zurückgelassen und alles geopfert hast, umsonst?«

Warum stellt er mir diese Frage?

Eyrin lehnte sich an den Türbogen. Unsere Blicke trafen sich.

Die Reise nach Héllion, das Treffen mit den Dunkelelfen, Eyrins Kennenlernen, der Aufenthalt bei den Lichtelfen, die Weisheiten, die ich hinzugelernt hatte, der Speerkampf, der mir beigebracht worden war, die Reisen, die ich unternommen, und die Orte, die mir Eyrin gezeigt hatte …

Es waren alles Erfahrungen, die ich sammeln konnte, um stärker zu werden. Erlebnisse, die mich gezeichnet und verändert hatten.

»Nein, war er nicht«, antwortete ich bestimmt und schaute wieder zu Odmen.

Er lächelte und schloss daraufhin die Lider.

Ich hielt kurz die Luft an und näherte mich seinem Bett.

»Odmen?«, fragte ich leise.

Der alte König reagierte anfangs nicht, doch erneut öffnete er die Augen. »Wenn die dunkelste Stunde in Dekar herannaht, werden sie sich zeigen.«

Meine Augen wurden schmal, und meine Brauen zogen sich zusammen. Was hatte er gesagt?

»Wer wird sich zeigen?«, hakte ich nach.

Er schluckte. »Meine Kinder.«

Hatte ich es richtig verstanden? Ich setzte mich wieder an sein Bett.

»Wo sind sie? Wie viele Kinder sind es? Wann ist die dunkelste Stunde? Odmen?!«

Der alte König lächelte, ehe er die Augen schloss und tief ausatmete.

Seine letzten Worte waren gesprochen.

28

Getrennte Wege

Aliya

Gegenwart

»Das war er? Der Grund, warum du gegangen bist?« Sarkhan sprang mit rotem Gesicht auf.

»Ja«, erwiderte Lichtfels und senkte die angespannten Schultern.

»Das ist nicht wahr.« Der Beschwörer krallte sich mit den Händen in seinem eigenen Umhang fest. Seine Brust hob und senkte sich schnell.

Aliya blickte abwechselnd zu ihm und zu Lichtfels, die sich wie Statuen anstarrten. Sie hatte das Gefühl, als ob jeden Moment Funken aus seinen Augen sprühen würden.

Vorsichtig stand sie auf. »Sarkhan, beruhige dich.«

»Nein.« Er ließ seinen Umhang los und ging einen Schritt auf sie zu. »*Er* ist gegangen, um Odmen zu finden, doch Odmen ist tot. Nun suchen wir seine Kinder, die überall sein könnten? Nein!«

»Fünf Jahre verschwendete Zeit, es war alles umsonst«, brummte Tsunade.

»Wie redet ihr nur? Es war nichts umsonst!« Aliya fasste sich an den Kopf.

Lichtfels, der die Schwarze Allianz und schließlich die Allianz der Sonne gegründet hatte, der die lange Reise auf sich genommen hatte, um einen Ausweg zu finden, wurde von seinen eigenen Kämpfern beschimpft.

»Er hat uns alle im Stich gelassen.« Sarkhan ballte die Hände zusammen.

»Sprich nicht so über deinen Anführer.« Aliyas Stimme hatte sich gesenkt. Die Wut in ihr bäumte sich auf wie ein Feuer, das einen Baum verschlang.

»Aliya, setz dich.« Lichtfels' tiefe Stimme traf sie wie ein Schwall Wasser. Sie schaute ihn an, doch er fixierte weiterhin nur Sarkhan. »Er hat ein Recht zu sprechen.«

Sie sah zu Lara, die mit den Schultern zuckte. Ihr Blick wanderte weiter zu Wibatem, der den Kopf schüttelte und auf den Platz neben sich wies. Sie schloss die Lider, senkte das Haupt und ging zu ihm.

Daraufhin wandte sich Sarkhan wieder an Lichtfels: »Wegen dir zerbrach die Gilde und wegen dir wurden wir verfolgt. Wir standen all die Jahre zu dir, obwohl wir nie erfahren haben, was geschehen ist.«

»Es war lobenswert, dass du weiter gekämpft hast. Nicht nur du, ihr alle.« Lichtfels musterte jeden seiner Kämpfer.

»Es war Zeitverschwendung! Sinnlose Hoffnung!« Nach einer wegwerfenden Geste senkte Sarkhan die Arme.

»Du hast wie viele andere Widerstand geleistet gegen einen König, der kein König sein darf«, erklärte Lichtfels weiterhin ruhig und Aliya bewunderte ihn dafür.

Sarkhan schnaubte. »Wir haben für dich gekämpft und an dich geglaubt, trotz der Niederlage beim Wettkampf und der Flucht aus Lonikka. Du bist einen Weg gegangen, der ins Nichts geführt hat.«

Das Feuer knisterte laut und ein Stück Holz fiel in sich zusammen, bevor Lichtfels sprach: »Ich habe diese Mission auf mich genommen, um Diamantenseele in dem Glauben zu lassen, dass er gewonnen hat.«

»Er hat gewonnen, denn niemand weiß, wo sich die Kinder befinden.« Zorn schwang in der Stimme des jungen Beschwörers mit.

»Was, denkst du, geschieht, wenn Diamantenseele erfährt, dass noch Erben existieren?«, wollte Lichtfels von ihm wissen.

Sarkhan schwieg. Er betrachtete abwechselnd den Boden, die Höhlendecke und das Feuer vor sich. »Ich glaube diesem wahnsinnigen, alten Mann nicht. Es ist Irrsinn.«

»Ich glaube ihm.« Lichtfels sah seinem Kämpfer lange in die Augen, ohne sich zu bewegen oder zu blinzeln. »Die Lichtelfen haben es bestätigt.«

Sarkhans Hände zitterten, sodass er sie schnell in seinem Umhang versteckte. Er hatte ganz augenscheinlich für einen Moment die Luft angehalten.

Aliya war innerlich hin- und hergerissen. Sie war sauer auf den Beschwörer, dass er so über ihren Anführer sprach, doch Sarkhan war auch ein Freund. Schon vor der Gründung der Allianz hatten sie zusammen gekämpft und sich in Brayken ausbilden lassen.

»Hast du sonst noch etwas in Erfahrung bringen können?«, warf Wibatem ein.

»Ich habe mit den Lichtelfen Freundschaft geschlossen. Sie helfen uns, wenn wir uns Diamantenseele stellen«, antwortete Lichtfels. »Wir brauchen nur einen Beweis, dass er nicht der rechtmäßige König ist.«

»Wie sollen wir das anstellen?«, hakte Wibatem weiter nach.

»Nach Braykens Befreiung müssen wir nach Lonikka und uns den Thron genauer ansehen.«

Gewagt, aber nicht unmöglich, dachte Aliya.

Diamantenseele würde sie niemals mit offenen Armen empfangen.

»Was ist mit den Dunkelelfen?«, fragte sie.

Lichtfels schaute erst sie an, dann Blaeck. »Sie halten sich heraus und tun alles, um einen Krieg zu vermeiden.«

Die Antwort überraschte Aliya nicht und Blaeck zeigte ebenfalls keine Regung.

»Alles andere hätte mich verblüfft«, merkte Gerri an. »Die Dunkelelfen halten sich aus allem heraus, was ihnen schadet. Außer unser eigener.«

Mikaél räusperte sich. »Vielleicht unterstützen uns die Valseghonier?«

»Die Val… was?« Paco streckte seinen Hals.

»Die Valseghonier«, wiederholte der Schwertkämpfer. »Die halben Gestaltwandler.«

Von dem Volk hatte Aliya nur ein einziges Mal gehört und das lag lange zurück. Ihr Vater erzählte einmal von ihnen vor dem Zubettgehen, dass sie groß und stark seien. Man müsse sich vor ihnen in Acht nehmen, weil sie die Verwandlung nicht kontrollieren könnten.

Gerri pfiff leise. »Ich jage keinen Mythen hinterher, es reicht, dass wir Königskinder suchen müssen.«

»Lass sie das bloß nicht hören, sonst werden sie wütend«, murmelte Mikaél.

Gerris Brauen hoben sich. »Das weißt du woher?«

»Ich kannte einen.« Seine Stimme klang matt.

»Ach«, entfuhr es dem Schützen. »Hast du die Verwandlung gesehen?« Nachdem Mikaél mit dem Kopf geschüttelt hatte, machte Gerri eine wegwerfende Handbewegung. »Das dachte ich mir.«

»Ob es sie gibt oder nicht, sie ausfindig zu machen, kostet zu viel Zeit«, ergänzte Wibatem und brachte den Disput damit zum Ende.

Nach kurzem Schweigen ergriff Lichtfels wieder das Wort. »Ich weiß, einige von euch denken, dass es verschwendete Zeit war, aber es erschien mir wie ein Versuch, eine Möglichkeit von vielen.« Er schluckte. »Auch wenn wir Odmens Kinder nicht finden, haben wir noch die Chance, die Übriggebliebenen der Königsfamilie zu suchen.«

Sarkhan lachte auf. Es war ein verzweifeltes Lachen, das Aliya schlucken ließ.

Als er und Lichtfels sich erneut ansahen, wirkte es, als ob sie in Gedanken miteinander sprächen.

Dann hielten Sarkhans Augen Lichtfels' Blick nicht mehr stand. Er holte Luft, wollte noch etwas loswerden, schloss jedoch den Mund wieder. Er biss die Zähne zusammen, bevor er das aussprach, wovor Aliya sich am meisten fürchtete. »Ich gehe.«

Sie raunte: »Bitte nicht.«

»Ich begleite euch nicht weiter nach Brayken, sondern nehme den Weg nach Syderia«, fuhr Sarkhan fort.

Ein Flüstern, leise wie der Wind, durchzog die Gruppe und endete schließlich bei Lichtfels. Er löste sich aus seiner Starre.

»Ich werde …«, begann er mit fester Stimme, »niemanden von euch aufhalten. Jeder trifft für sich seine Entscheidung, ob er mir weiterhin treu ist oder nicht. Nur eines sei gesagt: Wir, die Kämpfer, gelten nicht mehr als Mittelpunkt in diesem Konflikt. Es sind die Menschen von Dekar, deren Freiheit auf dem Spiel steht. Ohne uns sind sie verloren, weil dekarische Kämpfer nur von denselbigen besiegt werden können.«

»Diamantenseele hat mich besiegt«, sagte Sarkhan resigniert und ging schweigend zu seinem Lager, wo er sein Hab und Gut zusammenpackte.

»Gibt es noch weitere, die gehen möchten?«, fragte Lichtfels in die Runde.

Die Mitglieder schauten sich gegenseitig an. War noch jemand unter ihnen, der an Lichtfels zweifelte?

Die Blicke wanderten hin und her. Während die meisten schwiegen, begann Tobzell mit Wolfino in der makhenischen Sprache zu reden. Auf einmal erhoben sich Tsunade, Splin und Keni.

Aliyas Kinnlade klappte herunter und sie sog zischend Luft ein.

Das ist nicht wahr.

Die neue Gilde zerbrach ein zweites Mal vor ihren Augen. Warum hatten sie kein Vertrauen?

Lichtfels' Miene verzog sich nicht. Stattdessen nickte er jedem zu, der an ihm vorüberging.

Tsunade war der Letzte. »Lichtfels«, sprach er und zögerte einen Moment. Er schluckte und schüttelte letztendlich den Kopf. »Ist es unser Kampf oder ist es deiner?« Ohne eine Antwort abzuwarten, wandte er ihm den Rücken zu und holte ebenfalls seine Tasche.

Lichtfels wartete regungslos. Sein Blick schweifte über die restlichen Gefährten, die noch am Feuer saßen.

Aliya machte es ihm nach. Zusammen waren sie noch zwölf Kämpfer. Würde das ausreichen, um Brayken einzunehmen? Sie stützte ihre Ellenbogen auf die Knie und legte den Kopf in ihre Hände. Gab es noch eine Chance?

Nachdem Sarkhan und die anderen drei ihre Sachen gepackt hatten, standen sie vor der Gruppe.

»Lebt wohl«, sagten sie.

»Splin, willst du nicht noch einmal überlegen?«, fragte Tics ihn, was der Faustkämpfer schnell verneinte.

»Ich warte in der Seestadt auf dich«, ergänzte er kaum hörbar.

»Seid vorsichtig in der großen Halle«, entgegnete Lara und verabschiedete sich wie die anderen auch.

Lichtfels legte seine Hände übereinander und ließ eine Lichtkugel entstehen, die klein war, aber genug Licht spendete, um den Weg zu erleuchten. »Möge sie für euch bis nach Syderia die Dunkelheit verbannen.«

Sarkhan nickte dankend und seine Kiefer spannten sich an. Etwas lag ihm auf der Zunge, doch er schwieg und schaute zuletzt seinen Freund Paco an, ehe er den Raum verließ. Tsunade, Splin und Keni folgten ihm still.

Das Licht und die Schatten wurden kleiner, die Schritte waren noch lange zu hören und schallten in dem Tunnelsystem wider.

Während Tobzell und Wolfino tief in Gedanken versunken waren, lief Angelo ein paar Schritte hin und her, Lara starrte sprachlos in das Feuer und Mikaél redete flüsternd mit Tics.

»Ich freue mich auf den Met in Brayken«, murmelte Gerri schließlich und strich sich über den Bart, was einige zum Schmunzeln brachte.

Aliya warf einen Blick zu Paco, dessen Mundwinkel nach unten hingen und der mit einem Pfeil die feinen Linien im Boden entlangfuhr. Genauso hatte sie den Schützen kennengelernt. Er hatte damals neben Sarkhan auf dem Boden gesessen und auf das Ergebnis der Aufnahmeprüfung gewartet.

Sie verwarf ihre Erinnerungen, als Lichtfels sich Blaeck näherte.

Der Dunkelelf war der Einzige, der die ganze Zeit über am Rand gewartet hatte. Leise besprachen sie etwas, bevor sich Lichtfels an die Gruppe wandte.

»Meine Freunde, wir müssen weiter. Noch wenige Stunden und wir befinden uns unter der Stadt.«

Sie standen auf, schnappten sich ihre Umhänge und die Waffen.

Bald, dachte Aliya, *bald lassen wir diese Dunkelheit hinter uns.*

Die frische Luft, das Flüstern der Bäume und der Himmel über ihr fehlten ihr schon viel zu lange.

»Dein Plan ist verrückt«, stellte Gerri fest, als er an der Seite von Lichtfels den Raum verließ. »Doch ich habe nichts anderes erwartet. Riskante Pläne ohne Aussicht auf einen Sieg waren bei uns schon immer beliebt.«

Lichtfels schmunzelte und vergrößerte die leuchtende Kugel vor ihnen. Er blieb stehen und wartete auf Aliya. »Es war mutig von dir, Stellung zu beziehen.«

Aliyas Brauen zogen sich etwas zusammen. Sagte er ›mutig‹?

»Deine Entscheidung anzuzweifeln ist etwas, worüber wir uns streiten können. Nicht an dich zu glauben, nach all dem, was du für uns getan hast, ist nicht richtig«, bemerkte sie.

»Vertrauen muss gewonnen werden, auch nach dieser langen Zeit.«

»Mein Vertrauen hast du nie verloren.« Aliya zeigte von sich zu den anderen. »Ich denke, ich spreche für alle, die noch hier sind.«

Lichtfels legte seine Hand auf ihre Schulter und nickte ihr dankend zu, ehe sie weiterlief.

Etwas hatte sich an ihm geändert, da er viel entspannter wirkte als vorher. Hatte er seine innere Ruhe zurückgewonnen? Konnte er mit der Vergangenheit abschließen, nun, da seine Mitglieder die Wahrheit kannten?

Sie zweifelte nicht an ihm. Der Plan war zwar gewagt, aber er stellte eine Chance dar, das Land zu befreien.

Obwohl sie vier Kämpfer weniger waren, spürte Aliya einen Hoffnungsschimmer tief in ihrem Herzen. Sie hatten ein Ziel vor Augen, und dieses galt es zu erreichen.

Aliya sandte ihren Schutzschild voraus, doch es war kein fremder Heiler in der Nähe, als Angelo sie überholte. »Angelo?«, rief sie. Der Magier hielt inne und schaute sie fragend an. »Wie geht es dir? Was macht dein Husten?«

»Lara hat mir vorhin eine Kräuterbrühe zubereitet. Es fühlt sich schon besser an.« Etwas an seinem Lächeln stimmte nicht.

»Das ist gut«, sagte sie sanft.

Er nickte und lief weiter. Sie blickte ihm noch eine Weile hinterher.

Es fühlt sich nicht besser an, dachte sie.

Die freundliche Miene war erzwungen, was sie an seinen Augen erkannt hatte, denn sonst lächelten diese, und eben waren sie emotionslos geblieben. Warum erzählte er ihnen nicht die Wahrheit?

Aliya folgte ihm schweigend und überlegte, ob er auch Angst verspürte. Wie sie wollte er vermutlich keine Schwäche zeigen.

Meine Schwäche … Nein, nicht jetzt.

Sie errichtete weitere Schutzschilde, bevor sie zusammen mit ihren Freunden erneut in das Ziegelsteinmeer eintauchte.

29

Wo sie das Kämpfen lernten

ALIYA

Das Labyrinth wurde verwinkelter, wodurch sie viel öfter abbiegen mussten, aber der Boden wirkte sauberer und auch die Luft wurde kühler. Ohne es zu merken, hatte die Gruppe an Geschwindigkeit zugenommen, denn das Ende bald zu erreichen, spornte sie an.

Als sie ein lang gezogenes Heulen hörten, hielten sie inne.

»Ein Wolf.« Wibatem hob seine Schwerter ans Gesicht. »Es muss ein Beschwörer sein.«

»Haltet euch bereit«, befahl Lichtfels und setzte seine verbeulten Stahlhandschuhe auf. Der Schmerz, den er hatte, war ihm vom Gesicht abzulesen.

Aliya verstärkte die einzelnen Schutzzauber wieder, während Blaeck einen großen Schild um sie legte. Zu hoch war die Gefahr, dass sie auf eine gegnerische Gilde stießen, und für den Anfang wollten sie keine Risiken eingehen.

Lichtfels ging mit langsamen Schritten voran.

Eine Frau schrie in der Nähe auf, was Aliya eine Gänsehaut bescherte. Sie schluckte und versuchte, ruhig zu bleiben.

War die Frau gefährlich oder befand sie sich in Gefahr?

Das Echo hallte in den Gängen wider, bis es verstummte und nur noch der Wind zu hören war.

»Sie wollen uns verunsichern«, flüsterte Wibatem.

Lichtfels schob seine Kugel weiter nach vorne, bis eine Weggabelung zu sehen war.

Kurz davor blieb sie stehen, da ein Schatten vorbeihuschte. Ihr Anführer wurde noch langsamer und presste sich an die Wand, währenddessen nahm Wibatem seinen Platz auf der anderen Seite ein.

Auch die restlichen Kämpfer stellten sich an die Wände und hielten ihre Waffen bereit.

Lichtfels näherte sich Schritt für Schritt der Gabelung.

Aliya, die ihre Peitsche verkrampft festhielt, schaute ihren Anführer an und hoffte, dass er sich noch einmal zu ihr umdrehte, denn sie wollte ihm noch das Zeichen geben, dass kein Heiler in der Nähe war.

Nervös leckte sie sich über die trockenen Lippen.

Schau mich an, sagte sie schließlich in Gedanken.

Als Lichtfels sich zu ihr wandte, stockte ihr einen Moment der Atem. Sie fragte sich, ob er ihre Gedanken wirklich gehört hatte oder ob es Zufall war.

Aliya deutete sowohl auf sich als auch auf ihre Waffe und schüttelte den Kopf, was er augenblicklich verstand. Er bat sie stumm zu halten, sodass sie alle stehen blieben und keinen einzigen Laut mehr von sich gaben.

Erst dann hörte sie, wie jemand hinter der Ecke versuchte, seine Atmung unter Kontrolle zu bekommen, doch die Person war zu aufgeregt.

Lichtfels wartete, während die leuchtende Kugel neben ihm schwebte. Er ließ ihr Licht schwächer werden, ehe er sie mitten in die Weggabelung schob.

Ein rauschender Wasserstrahl traf die Kugel und umschloss sie wie eine Luftblase. Das Licht brach sich im Wasser und warf es wellenartig in alle Richtungen.

Es knirschte einmal, dann ein zweites Mal. Eiskristalle wanderten an dem Wasserstrahl entlang, legten sich um die Lichtkugel und gefroren sie zu Eis. Das restliche Wasser prallte an ihr ab und spritzte an alle Wände. Überall tropfte es, und es bildeten sich Pfützen am Boden, die auch Aliyas Stiefel erreichten.

Fasziniert betrachtete sie die Kugel, die wie eine gläserne Perle schimmerte.

Lichtfels verstärkte sein Licht wieder. Die Kugel glänzte weißgolden, als sie knackte und sich ein Riss durch sie zog. Nur einen Atemzug später zerbarst die Eisschicht in viele Tausend Splitter.

Die Kämpfer wichen jedoch nicht zurück, denn die Bruchstücke flogen gegen Aliyas und Blaecks Schutzschilde, die standhielten.

Nachdem sie zu Boden gefallen waren, knirschte das Eis vor ihnen.

»Gib auf«, rief Lichtfels mit seiner tiefen Stimme.

Stille legte sich über sie, und Aliya stockte der Atem. Sie konzentrierte sich so stark auf den Schutzschild, dass sie die dünne Mauer vor Lichtfels erkannte. Sie schimmerte bläulich, fast silbern.

Gleichgültig, was auch geschah, für sie galt es, den Schutz aufrechtzuerhalten. Nur ein starker Magier konnte einen solchen Wasserstrahl herbeizaubern und zeitgleich einen Eiszauber anwenden. Wer war dieser Magier? Und was war mit dem Beschwörer, dessen Wolf sie gehört hatten?

Lichtfels bewegte sich näher an die Ecke. Er musste nur noch den Kopf nach vorne strecken, um die Person zu sehen, die sich vor ihnen versteckte. Statt auf Eis zu treten, schritt er durch eine Pfütze und drückte die Fäuste nah an die Brust.

In diesem Moment hörten sie ein Flüstern, kaum lauter als der Wind. Anfangs klang es wie ein Zischen, erst nach und nach wurde es deutlicher. »Ist das möglich?«

Aliya vernahm einen Namen, den eine weibliche Stimme aussprach.

»Lichtfels?«

Eine zierliche Frau trat zögerlich mit erhobenen Händen neben die Lichtkugel. Ihr kastanienbraunes Haar war mit einem einfachen Band zusammengebunden, in dem sich ein einzelner dünner geflochtener Zopf befand, nicht breiter als ein Finger, der vollkommen weiß war.

»Bianka!?«, rief Aliya erfreut und lief ihrer ehemaligen Freundin sowie Anführerin der Himmelswächter entgegen, doch Lichtfels hinderte sie daran.

Aliya betrachtete ihn mit zusammengezogenen Brauen, aber er ignorierte sie. Er musterte Bianka streng und zeigte ein verschlossenes Gesicht.

Die Magierin hielt seinem Blick stand, ehe sie schließlich das Wort an ihn richtete. »Ich verstehe deine Zweifel.« Man hörte ihren Akzent heraus, da sie immer noch Probleme mit der dekarischen Aussprache hatte. »Die Zeit für Erklärungen haben wir nicht. Eine Hinrichtung findet statt, die wir aufhalten müssen.«

»Wer ist ›wir‹?«, hakte Lichtfels nach.

»Ramko, Sanjo und ich.«

Aliya schaute Lichtfels wieder an. »Noch zwei von uns.«

Er nickte und fuhr fort: »Wer wird hingerichtet?«

»Ein Speerkämpfer, zwei Schüler und … Hurik.«

»Dein Gemahl?« Lichtfels verengte die Augen.

»*Dia*«, antwortete sie und schluckte, woraufhin ihr Anführer lange ausatmete.

Viele Fragen standen im Raum, Aliya wusste das. Konnten sie Bianka vertrauen? Wollte sie die Allianz in eine Falle führen? Hatte sie sich mit dem Feind verbündet und hier in den Katakomben auf sie gewartet? Doch wenn Letzteres der Fall wäre, hätte sie eine größere Truppe dabei. Außerdem wollte Aliya nicht daran glauben, dass Bianka sich dem Feind angeschlossen hatte. Sie kannte die Magierin seit ihrer Ausbildung in Brayken und hatte zur gleichen Zeit eine Prüfung mit ihr abgelegt.

»Wo sind Ramko und Sanjo?«, erkundigte sich Lichtfels weiter.

»Sie sind bei der Erde-Arena und warten auf mich.« Die schlanke Magierin rieb sich nervös über die Arme. »Die Hinrichtung findet auf dem Großen Platz statt, der überwacht wird von Schattenjägern und Primeas. Die Hälfte von Brayken versammelt sich dort.«

»Ich verstehe.« Lichtfels lehnte sich gegen die Wand und fuhr mit der Hand über sein Kinn. Nachdenklich schaute er erst Aliya an, dann Blaeck und die anderen.

»Ich denke, das ist die Gelegenheit, um für Unruhe zu sorgen«, sagte der Dunkelelf. Er trat an Lichtfels heran und flüsterte ihm etwas ins Ohr.

Aliya blickte zwischen beiden hin und her, bis ihr Anführer sich zu seiner Gilde umdrehte.

»Wir werden uns aufteilen«, erklärte Lichtfels. »Eine Hälfte geht mit Bianka, der Rest bleibt bei mir. Wir werden von zwei Seiten angreifen. Achtet auf das Feuer, das Gerri in den Himmel schießen wird. Das ist unser Zeichen. Verstanden?«

»Verstanden!«, riefen sie und sofort brach Hektik im Tunnel aus.

»Aliya, Wibatem, Gerri, Mikaél, Angelo und Paco. Ihr kommt mit mir. Wir werden zur Feuer-Arena gehen«, fuhr der Anführer fort, hinter dem sich die sechs Mitglieder aufstellten. »Lara, Blaeck, Tics, Tobzell und Wolfino, ihr begleitet Bianka. Passt auf euch auf. Wir sehen uns gleich.«

Diese zweite Gruppe betrat den linken Gang, in dem Bianka bereits stand.

Die Magierin schaute Lichtfels an und lächelte. »Es ist ein wunderbares Gefühl, wieder an deiner Seite zu kämpfen.«

Er erwiderte das Lächeln und nickte, ehe sie und seine Kämpfer im linken Tunnel mit einer Feuerkugel, die sie herbeigezaubert hatte, verschwanden.

Aliya blickte ihnen hinterher, bis sie nicht mehr auszumachen waren. Sie rückte ihren Umhang zurecht und hoffte, dass Bianka nicht zum Feind gehörte, auch wenn Lichtfels eindeutig an ihr zweifelte.

In wenigen Stunden würden sie Seite an Seite auf dem Großen Platz in Brayken stehen und zeigen, ob die Gilde dem Druck standhielt.

Vor Primeas und Schattenjägern mussten sie sich besonders in Acht nehmen, doch auch die Bewohner Braykens und die Schüler konnten zur Gefahr werden. Glaubten sie dem ungeschriebenen Gesetz, würden sie niemals gegen Diamantenseele die Waffen erheben.

Die dekarischen Kämpfer hatten einst auf der Seite der Menschen gestanden. Bei den Schülern verhielt es sich ähnlich, nur dass sie zusätzlich den Ehrwürdigen Alten untergeordnet waren. Kämpften sie nun für die Krone und damit Diamantenseele, hätte die Allianz auch sie als Feind gegen sich.

Welche Gegner würden sie erwarten? Nur Primeas und Schattenjäger? Oder warteten viel mehr in Brayken auf sie?

Aliya folgte den sechs Männern und rannte, um mit ihnen mitzuhalten. Rechts, links, wieder rechts. Ständig wechselten sie die Richtung.

Sie hatte genug von den Mauern und wollte heraus aus diesem Labyrinth, um endlich frische Luft atmen zu können. Mehr denn je wünschte sie sich, die Bäume flüstern zu hören.

Nach weiteren Gängen gelangten sie zu einer Treppe, die sie hinaufstiegen. Der Weg wurde enger und steiler, bis die Gruppe nur noch hintereinandergehen konnte.

Die Lichtkugel verlor an Kraft, bis sie schließlich verschwand, doch statt in tiefster Finsternis zu stehen, flackerte ein Feuer vor ihnen.

Lichtfels blieb am Ende der Treppe stehen, an der sich das magische Portal zu den Katakomben befand. Vorsichtig schaute er in den Gang, bis er das Zeichen gab, dass niemand zu sehen war.

»Unwissend, was kommen mag, stehen wir Seite an Seite«, flüsterte Lichtfels.

»Bis zum Tod«, ergänzte Wibatem. »Allzeit bereit.«

Aliyas Nackenhaare stellten sich auf, als sie die Worte vernahm. Sie gehörten zu ihrem alten Eid, den sie vor vielen Jahren geleistet hatten.

Die Gruppe hielt noch einen Moment inne, ehe Lichtfels durch die unsichtbare Mauer schritt, hinter der die Feuer-Arena lag.

Aliya betrat als Nächste den Ort und spürte beim Hindurchgehen die Energie, die Brayken vor den Katakomben schützte. Sie betrachtete verblüfft die Wand hinter sich, an der eine einzelne Fackel hing und ein farbiges Muster aus grauen, weißen und roten Steinen zu sehen war.

Durch diese Mauer kam ihr Wibatem entgegen, der wie ein Schelm grinste. »Zauberei«, raunte er und sie lächelte. »Bist du froh, hier zu sein?«

»Ja«, antwortete sie erleichtert. »Ich ziehe die Stadt den Katakomben vor, auch wenn sie vom Feind besetzt ist.«

Er nahm ihre Hand in seine und drückte sie. »Wenn wir Brayken zurückerobert haben, zeige ich dir die schönen Plätze dort unten.«

Aliya sah ihn schief an. »Gibt es die?«

»Und ob«, sagte Wibatem verheißungsvoll.

Nachdem die Gefährten die Arena betreten hatten, folgten sie einem Säulengang, in dem sich Licht und Schatten abwechselten, immer darauf achtend, nicht entdeckt zu werden.

Der Anführer, der an der Spitze lief, verschwand im Dunkeln und tauchte im nächsten Moment wieder im Schein des Feuers auf. Ein Bild, das sich in Aliyas Gedanken festsetzte, denn er, der als verschwunden galt, war zurückgekehrt und nahm seinen Platz ein.

Als sich der darauffolgende Gang als Hauptweg entpuppte, wurden sie langsamer und blieben an der Abzweigung stehen.

Niemand war zu sehen, stattdessen befanden sich Steine am Boden, die aus Säulen und Wänden herausgeschlagen worden waren. Auch Sand lag überall verstreut und in einer Ecke, in der sich ein schmaler Riss im Mauerwerk gebildet hatte, wuchs eine graue Ranke aus der Wand.

Die Gruppe lief weiter zur Pforte der Arena, an der die zwei größten Pfeiler standen. Auf ihrer Spitze hätte ein Feuer brennen sollen, doch es war erloschen und die Feuerranken, die einst an den Säulen emporgewachsen waren, hatten ihre Magie verloren. Das weiße Gestein war mit schwarzen Linien beschmiert und eingerissen.

Aliya berührte die Säule und fuhr mit den Fingern über die scharfe Bruchstelle. Sie biss sich auf die Unterlippe, ehe sie die frische Luft einatmete.

Endlich sind wir wieder unter freiem Himmel, dachte sie.

Die Nacht war über Brayken hereingebrochen. Finsternis wartete in den Gassen, die Laternen blieben schwarz und nirgends brannte Licht. Nur der Mond legte einen hellblauen Schleier über die Stadt.

Türen und Fenster waren mit Holzbrettern zugenagelt, Dachschindeln lagen verstreut in den Straßen und von den Häusern bröckelte der Putz. Zwischen dem Kopfsteinpflaster wuchsen Moos und Unkraut, aber am schlimmsten war der Anblick der Bäume, die in den langen Arkaden gefällt und zerhackt auf dem Boden lagen.

Während Paco die Hände über dem Kopf zusammenschlug und Mikaél auf die Knie fiel, hielt Aliya sich an Wibatem fest. Sie hörte kein einziges Flüstern der Bäume, und jeder Gesang war verklungen.

Nein. Warum?

Aliyas Herz raste. Wie hatte Brayken so zerstört werden können?

Der Ort, der einst mit Leben erfüllt war, an dem sich Bewohner, Händler, Kämpfer und Schüler getroffen hatten, den viele als Heimat bezeichneten oder der den Menschen Schutz bot.

Die Stadt, die durch die Kämpferakademie bekannt geworden und einst die Pracht des Landes gewesen war, hatte all ihren Glanz verloren.

Aliya erinnerte sich an ihren ersten Tag, den sie in Brayken verbracht hatte. Alles war bunt und laut gewesen, die Menschen hatten gelebt und gefeiert, als hätten sie einen Krieg gewonnen. Überall wurden die schönsten Kleider, Rüstungen und Waffen angeboten, die sie zu stattlichen Preisen verkauft hatten. Doch die Erinnerung war bei diesem Anblick ein Trugbild, denn nichts glich mehr der schönen Stadt von einst.

Lichtfels ging die Stufen der Arena hinunter. Zu Beginn waren seine Schritte langsam und vorsichtig, aber mit jedem weiteren wurden sie stärker. Sein gesenkter Kopf hob sich und er stemmte die Fäuste in die Hüfte, bevor er sich an seine Kämpfer wandte und jedem Einzelnen in die Augen sah. »Kommt! Die Zeit drängt!«

Die Gruppe lief die Hauptstraße entlang, am Rand und im Schatten der Häuser. Aliya drehte sich mehrfach um oder blickte zu den schwarzen Fenstern hinauf, mit dem Gedanken, dass sie verfolgt oder beobachtet werden könnten.

Sie rang nach Luft, sammelte ihre Kräfte und verstärkte die Schutzschilde um ihre Freunde.

Diese blieben stehen, als ein Trommelwirbel einige Straßen entfernt zu vernehmen war. Kurze, schnelle Schläge, die von längeren Pausen unterbrochen wurden und kurz danach wieder einsetzten.

»Was bedeutet das?«, fragte Aliya.

Lichtfels presste die Lippen aufeinander, ehe er sprach: »Die Hinrichtung beginnt. Die Schuldigen werden zum Galgen gebracht.« Er schaute sich um. »Es sind nur noch vier Straßen bis zum Großen Platz.«

»Von wo soll ich das Feuer eröffnen?« Gerri zog einen Bolzen aus dem Köcher und begann diesen zwischen den Fingern zu wippen.

»Vom Dach des Handelshauses. Es ist das höchste Gebäude an diesem Platz und hat Schornsteine, hinter denen du Schutz suchen kannst«, erklärte Lichtfels ruhig.

»Wer will sich schützen?« Spöttisch hob Gerri eine Augenbraue. »Bevor ich getroffen werde, bin ich dort wieder verschwunden.«

»Wie du meinst.« Lichtfels wandte sich den anderen zu. »Wir postieren uns auf dem Balkon und greifen von dort an. Das Überraschungsmoment wird auf unserer Seite sein.« Er zeigte mit der Hand in die Richtung, aus der die Trommeln erklangen, und lief weiter die Straße hinunter.

Die Schläge wurden lauter und sowohl Rufe als auch Pfiffe mischten sich unter den Rhythmus. Die Straße machte einen langen Bogen, wodurch ihr Ende in Sicht kam, und genau dort standen Kämpfer in voller Rüstung, die Fackeln in den Händen hielten.

Lichtfels rannte in eine dunkle Seitengasse, in der sich auch seine Freunde versteckten.

Einen Moment lang schloss Aliya die Augen und versuchte, ihr rasendes Herz zu beruhigen.

Alles wird gut.

»Welche Gilde ist das?«, fragte Mikaél, der sich nervös umsah.

»Schattenjäger«, murmelte Wibatem. »Du erkennst sie an der blauen Rüstung.«

Lichtfels schaute zurück auf die Straße, wandte sich jedoch schnell wieder ab. »Wir wurden nicht entdeckt, aber die Hauptstraßen sind zugestellt. Wir müssen einen anderen Weg zum Handelshaus nehmen.«

Während die Gruppe über Seitenstraßen auswich, nahmen die Tumulte der Bewohner immer mehr zu. Ein Knall ertönte in der Ferne und Parolen wie ›Ihr Mörder‹ oder ›Ihr seid keine Kämpfer mehr‹ drangen an die Ohren der Gefährten. Der Trommelwirbel wurde länger, die Pausen dazwischen immer kürzer.

»Wie viel Zeit haben wir noch?« Aliya starrte auf den Rücken von Lichtfels, der vorauslief.

Wibatems Mund verzog sich zu einer Linie. »Nicht viel. Die Abstände werden immer kürzer.«

Das ist nicht gut.

Sie versuchte, zwischen dem Lärm der Bevölkerung und Lichtfels' Anweisungen das Flüstern der Bäume auszumachen, da sie die Hoffnung nicht verloren hatte, dass sich noch einer in der Nähe befand.

Aliya lauschte, dennoch war nichts von ihnen zu hören, obwohl sie alles um sich herum ausblendete.

Die Bäume schienen tatsächlich allesamt gefällt worden zu sein, was sie traurig stimmte. Mit der Hilfe ihrer Fähigkeiten hätte sie mit Blaeck in Kontakt treten können, so waren beide Gruppen nun auf sich allein gestellt.

Lichtfels führte sie durch weitere Gassen, bis sie schließlich vor einem großen Gebäude stehen blieben. Keine Fenster zierten die Wand, sondern nur ein stattliches Holztor, das mit einer Kette verriegelt war. Der Hintereingang des Handelshauses lag versteckt in einer Seitenstraße, doch der Mond erhellte sie, sodass die Gruppe aus dem Schatten treten musste.

Der Anführer zeigte auf Paco und Gerri, die sich links und rechts neben dem Tor postieren sollten. Paco hatte die Sehne eingehängt und hielt den Pfeil bereit, während Gerri seine Armbrust lud.

Als Nächstes zog Wibatem eines seiner Schwerter hervor und zerteilte die Kette mit mehreren Schlägen in einzelne Glieder, die klirrend zu Boden fielen. Er trat zurück und ließ Lichtfels den Vortritt, der sofort mit seinen Fäusten das Holztor aufschlug, wodurch die Scharniere brachen.

Ohne zu zögern, lief die Gruppe in das Händlerlager, vorbei an hohen Regalen und Unmengen an Kisten.

Da sie kaum noch etwas sehen konnten, warf Lichtfels eine leuchtende Kugel in die Höhe. Nicht heller als der Mond, aber sie schenkte ihnen genug Licht, um den Lagerraum schnellstmöglich hinter sich zu lassen.

Es folgte ein schmuckloser Eingangsbereich, durch den Lichtfels, Wibatem und Aliya rannten.

Sie liefen einen Flur entlang und betraten die ersten Stufen der Treppe, als jemand laut rief: »Stehen bleiben!«

Wibatem warf bereits seinen Dolch auf den Mann, doch dieser wehrte den Angriff ab.

»Ihr seid festgenommen!« Das Schwert des Wächters begann zu glühen.

Verflucht, auch noch Magie, dachte Aliya.

»Das glaube ich nicht!« Lichtfels löschte seine Kugel, sodass alles bis auf die Waffe des Kämpfers wieder im Dunkeln verschwand.

Sie bewegte sich schnell hin und her, erinnerte Aliya an einen Stab, der in Flammen stand. Der Wächter rannte auf ihre Gefährten zu, als ein weiteres Feuerschwert auftauchte. Mikaél stellte sich dazwischen.

»Gerri, auf das Dach, sofort!« Lichtfels' Fäuste glühten und der Schütze eilte los.

Aliya näherte sich dem Schwertkämpfer, der beschäftigt mit Mikaél war, und lähmte ihn mit einem Zauber. Dann warf sie ihre Peitsche aus und zog das Schwert aus seinen Händen. Mit einem scheppernden Geräusch fiel es zu Boden.

Lichtfels erhellte den Raum wieder, sodass er den Schwertkämpfer genauer ansehen konnte. Er gehörte zu den Schattenjägern.

»Wer seid Ihr?«, fragte der Mann.

Wibatem eilte zu ihm und holte mit dem Heft seines Schwertes aus, bevor er ihm den Knauf gegen den Kopf schlug. Der Schattenjäger sackte in sich zusammen und stürzte zu Boden.

Aliya blieb verblüfft stehen, da Wibatem ihn nicht getötet hatte. »Du lässt ihn am Leben?«

»Ja«, antwortete er knapp und lief die Treppe hinauf.

Auch wenn sie das erfreute, hatte sie keine Zeit, ihm zu danken, da er schon das erste Geschoss erreicht hatte. Sie sammelte sich und konzentrierte sich auf die Schutzschilde um ihre Freunde, während die gedämpften Schläge wieder an ihr Ohr drangen. Die Trommeln schlugen durchgängig.

Die Hinrichtung!

Die Gefährten stürmten in die oberste Etage, brachten das Holz zum Ächzen und Stöhnen. Nachdem sie weitere Türen gewaltsam aufgetreten hatten, standen sie vor einer langen Fensterfront und angrenzenden Balkonen, von denen aus sie auf den Großen Platz blicken konnten.

Die Bevölkerung von Brayken schrie und der Trommelwirbel dröhnte nun laut in ihren Ohren.

Lichtfels trat auf den überdachten Balkon und versteckte sich hinter einem Pfeiler. Seine Kämpfer taten es ihm gleich.

Aliya schaute hinunter zum Galgen, an dem Hurik platziert wurde, dessen breiter Körper und kurzes weiß-braunes Haar deutlich hervorstachen. Neben ihm befanden sich zwei Kinder, kaum vierzehn Jahre alt, und an der vierten Stelle eine weitere Person. Das musste der Speerkämpfer sein, den Bianka erwähnt hatte.

Vor dem Galgen reihten sich wie eine Mauer Kämpfer von der Gilde Primeas auf. Der weiße Stierkopf auf der Rüstung galt als ihr Erkennungszeichen und leuchtete in der Dunkelheit.

Davor sammelte sich ein Teil der Bevölkerung von Brayken, der den gesamten Platz einnahm, und einige Kämpfer in Rüstungen, die ihre Hände wütend in den Himmel streckten. Sogar junge Schüler erkannte Aliya.

Um den Großen Platz herum hatten sich die Schattenjäger positioniert, jeder zweite von ihnen hielt eine Fackel in der Hand. Sie bildeten einen brennenden Kreis um die Zuschauer, jederzeit bereit einzugreifen, wenn jemand die Hinrichtung stören wollte.

Aliya schluckte und schaute zu Lichtfels. Er verschaffte sich ebenfalls einen Überblick über das Gebiet, wirkte aber ruhig und gefasst.

Neben ihm standen Paco und Mikaél, die sich nervöse Blicke zuwarfen. Genauso fühlte sich Aliya auch und als ihre Hände zitterten, vergrub sie diese schnell in ihrem Umhang.

Während Wibatem hinter ihr die Augen geschlossen hatte und sich konzentrierte, legte Angelo seine Hände übereinander und murmelte etwas vor sich hin.

Die Zeit war gekommen, um zum Gegenschlag auszuholen.

Aliya spürte die Angst, die aufstieg und ihr die Kehle zuschnürte. Mit dem Feuerzeichen würde der Kampf beginnen, noch war es nicht zu sehen.

Gedanklich tastete sie nach Gerri und spürte den Schild in der Nähe. Sie betete zu den Gebrüdern Braykion, dass er das Dach erreicht und die Waffe geladen hatte.

Der Trommelwirbel wurde schneller.

Als sie zurück zum Galgen schaute, bemerkte sie, dass der Henker sich vorbereitete. Sein Gesicht blieb unter einer schwarzen Haube mit Löchern für die Augen verborgen und er trug eine lederne dunkle Rüstung, die seinen muskelbepackten Oberarmen schmeichelte. Nur einen Hebel musste er bewegen, um die Klappe unter den vier Gefangenen zu öffnen.

Dann würden sie hängen, alle zusammen.

Doch wo war das Feuerzeichen?

Aus dem Augenwinkel beobachtete sie, wie Lichtfels den Stahlhandschuh zu seinem Mund bewegte. Er berührte ihn kurz mit den Lippen und schloss die Lider.

Aliya konnte ihre Unruhe nicht mehr zurückhalten. »Wo ist Gerri? Wieso schießt er nicht?«

»Bleib ruhig«, erwiderte Lichtfels mit einem kurzen Blick zu ihr.

Das dauert viel zu lange.

Sie schüttelte den Kopf, denn es lief nicht nach Plan.

Die Rufe sowie Pfiffe der Bevölkerung von Brayken wurden leiser. Alle Augen richteten sich zum Galgen, wo der Henker sich zum Hebel bewegte.

Mehrere Personen in der Menge begannen eine Melodie zu summen, die am Anfang zwischen den Trommeln kaum auszumachen war. Erst als immer mehr Menschen einsetzten, war sie deutlich zu hören.

Die tiefen Töne, welche immer höher und lauter wurden, erkannte Aliya sofort.

Die Bevölkerung summte die Hymne von Brayken, doch niemand wagte es, den Text dazu zu singen.

Einige Schattenjäger lösten sich aus dem brennenden Kreis und liefen in die Menschenmenge hinein.

»Ruhe!«, schrien sie. »Es wird mit dem Tod bestraft!«

Das schreckte die Menschen nicht ab, stattdessen streckten sie erneut ihre Fäuste in den Himmel.

Nacheinander legten die Schattenjäger ihre Fackeln auf den Boden und bewaffneten sich. Bei den Bogenschützen leuchteten die Pfeile, bei den Magiern brannten Feuerkugeln zwischen den Händen und bei den Schwertkämpfern glühten die Schwerter.

Die Schattenjäger waren kurz davor, die Bevölkerung anzugreifen.

Nein! Das können sie nicht tun, schoss es Aliya durch den Kopf.

»Lichtfels«, zischte sie und ihr Anführer reagierte.

»Paco, Feuerpfeil auf den Henker, sofort!«, befahl er.

Der Schütze zitterte, als er den Pfeil in den Bogen spannte. Er trat hinter der Säule hervor, während die Spitze seines Geschosses bereits von magischen Flammen umzüngelt wurde.

In diesem Augenblick verstummten die Trommeln und Aliya erstarrte.

Der Henker griff nach dem Hebel.

30

Feuer und Blut

Blaeck

Blaecks Blick wanderte über die Gartenanlage, die sich neben der Erde-Arena befand.

Das Gras war verdorrt, die Sträucher herausgerissen und die Bäume gefällt. Sogar die zwei Stämme, die den Eingang zu den Katakomben darstellten, lagen auf dem Boden.

Da er niemanden sah, verließ er den geheimen Gang und trat durch die unsichtbare Mauer.

Er warf die Kapuze zurück, sodass das Mondlicht auf seine blaue Haut fiel und sie schimmern ließ. Dann hockte er sich hin, legte seine Hand auf den Boden und grub die Fingerspitzen in die trockene Erde.

Die Natur ist ein Freund, mein Beschützer, das Leben und der Tod.
Du, Erde, bist die Wurzel der Welt, schenkst uns Stärke und Mut.
Ein Teppich aus Sand, Kies und Gestein, dein härtendes Schild,
hör nicht auf zu halten, wir suchen nach deinem Schutz.

Anfangs spürte er nichts, bis sich ein lauwarmes Kribbeln in seiner Hand ausbreitete.

Währenddessen tauchte hinter ihm Lara auf, die umherschaute und tief ausatmete.

Blaeck beendete in Gedanken das Lied und stand wieder auf. Die Natur in Brayken war geschwächt, lebte aber noch. Das bedeutete für ihn als Dunkelelf, dass er sich nicht stärken konnte. Er berührte die Narben auf seinem linken Unterarm, die er unter dem Hemd und der ledernen Tunika versteckt hielt. Bei normalen Bewegungen spürte er sie nicht, spannte er die Muskeln hingegen an, merkte er jede einzelne.

Nacheinander versammelten sich Bianka, Tics, Tobzell und Wolfino hinter ihm.

»Wo sind Ramko und Sanjo?«, fragte Blaeck.

»Folgt mir. Sie sind in der Erde-Arena«, wies Bianka sie an.

»Nein.« Er schob sich die Kapuze wieder über den Kopf. »Bring sie zu uns.«

Biankas Schultern senkten sich resigniert, doch sie nickte und verschwand in der Dunkelheit.

»Warum diese Zweifel?«, flüsterte Lara.

»In diesen Zeiten ist Vertrauen das seltenste Gut in Dekar. Jeder muss es sich neu erkämpfen«, antwortete Blaeck.

Sein Blick bahnte sich einen Weg durch die Dunkelheit, in der er jeden einzelnen Umriss eines Steines oder eines abgebrochenen Zweigs wahrnahm.

Sein Geist tastete mithilfe der elfischen Kraft die Umgebung ab, als er im Schatten der Arena drei Personen auf sich zulaufen sah. »Sie kommen.«

»Wo?« Lara hielt Ausschau, aber Blaeck war sich sicher, dass die Menschen sie noch nicht sehen konnten.

»Rechts von uns.«

Mehrere Äste knackten neben ihnen.

Seine Freunde zogen ihre Waffen, nur Blaeck regte sich nicht, sondern starrte weiter geradeaus.

»Woher weißt du, dass es Bianka ist?«, fragte Lara unsicher.

Weil ich es weiß.

Er grinste sie an, als Bianka aus dem Schatten trat und dicht hinter ihr zwei große Männer folgten. Erleichtert senkten die Gefährten wieder die Waffen.

»Elfen«, knurrte Tobzell und steckte den eben gezückten Pfeil zurück in den Köcher.

Ramko war der Größere von beiden, mit weiß-braun meliertem Haar und einem Gesicht, das viel zu klein für seinen kräftigen Körper wirkte. Sanjo dagegen war schlaksig, mit langen Gliedern, und erinnerte an einen Birkenstamm. Er besaß volles braunes Haar, bis auf einige Strähnen, die ihm in die Stirn fielen und welche er weiß gefärbt hatte.

»Seid gegrüßt«, sagte Blaeck.

»Dunkelbringer«, erwiderten Ramko und Sanjo zeitgleich, was ihnen ein Lachen entlockte.

Ihre Freude verschwand so schnell, wie sie gekommen war, denn nicht weit entfernt ertönte der Trommelwirbel, der die drohende Hinrichtung ankündigte.

»Wir dürfen keine Zeit verlieren. Los!«, forderte die Magierin die Kämpfer auf.

Blaeck blieb nicht länger stehen, sondern eilte neben Bianka voran zum Großen Platz. Noch während des Rennens legte er jedem einen Schutzschild um. Diese aufrechtzuerhalten, war die größte Herausforderung, die auf ihn zukam, da er auf alle ein Auge behalten musste.

Nicht nur er, sondern auch Lara und Aliya. Schon oft genug hatten sie Kämpfe gefochten, doch noch nie mussten sie zeitgleich gegen zwei Gilden antreten.

Selbst einen Krieg hatte die Mehrzahl seiner Freunde nicht miterlebt. Nur er war bei den Auseinandersetzungen zwischen Dekar und Makhena dabei gewesen, in denen viele dekarische Kämpfer und makhenische Krieger ihre Leben lassen mussten. Auch seine elfischen Brüder und Schwestern hatten daran teilgenommen und all das Leid sowie den Tod miterlebt.

Blaeck schluckte. Beim Klang der immer schneller werdenden Trommeln kehrte er zurück aus seiner Erinnerung und verdrängte dieses Kapitel in seinem Leben. Solch ein Krieg durfte sich nicht wiederholen.

Niemals.

Die Gruppe rannte über die Hauptstraße, während sie den Trommeln immer näher kamen. Tumulte und Proteste waren von Schritt zu Schritt deutlicher zu hören. Ein Knall ertönte, der seine Freunde innehalten ließ.

»Es war nur ein Warnpfeil, kommt!«, sagte Blaeck und führte sie weiter.

Als sie am Ende der Straße drei Gestalten sahen, von denen zwei eine Fackel in der Hand trugen, wurden sie langsamer.

»Ihr Mörder!«, schrien die Menschen auf dem Großen Platz, von denen Blaeck nur einen kleinen Teil sehen konnte.

Mit einer Handbewegung deutete er an die Seite, sodass sie im Schatten der Gebäude weiterschlichen.

»Schattenjäger umzingeln die Bevölkerung, Primeas schützen den Galgen«, flüsterte Bianka.

Blaeck nickte und huschte geradeaus. Die Luft dröhnte, als ob die Kräfte auf dem Platz pulsierten. Seine geschärften Sinne nahmen viel mehr wahr als die der Menschen.

Vorsichtig zog er seine Peitsche vom Gürtel und bedeutete ihnen zu halten. Rasch zeigte er auf die drei Schattenjäger weiter vorne, die es abzulenken galt. Er wies zu der Stelle vor sich und fuhr dann mit der Hand seinen Hals entlang, ein Plan, dem seine Gefährten schweigend zustimmten.

Nachdem sich alle auf den Boden gehockt hatten und eins mit der Dunkelheit geworden waren, hob Blaeck einen Stein auf und warf ihn einem der Schattenjäger in den Rücken.

Erschrocken drehte der Feind sich um und löste sich aus der Mitte.

»Wo willst du hin?«, fragte sein Kumpan neben ihm. »Wir brauchen jeden Mann hier.«

»Gleich. Ich möchte nur etwas nachsehen.«

Die blaue Rüstung glänzte im Mondlicht wie ein Saphir.

Der Kämpfer schaute die Straße hinunter und sah nach oben zu den Dächern, doch die Gruppe war verborgen vor seinen Augen.

»Beweg deinen Arsch hierher!«, rief der andere erneut.

»Jaja«, knurrte der Jäger und lief noch ein Stück weiter in die Straße hinein.

Er stand fast genau neben Blaeck, als sich unter den Klang der Trommeln noch ein anderer Ton mischte.

Ihm stockte der Atem und er spürte sein Herz so stark schlagen, als ob es jeden Moment zerspringen würde.

Hatte er sich verhört oder drang Musik an seine Ohren?

Nachdem der Schattenjäger sich zu den anderen beiden umgedreht hatte, summte die Menschenmenge immer lauter, eine Melodie des bekanntesten Liedes in Dekar: die Hymne von Brayken.

Jegliche Drohungen der Schattenjäger wurden übertönt und nur die Trommeln schlugen lauter.

Das ist unser Vorteil, dachte Blaeck.

Seine Schritte blieben stumm für die Ohren der Feinde und ehe die Chance verflog, lähmte er den Schattenjäger. Dann rannten er, Tobzell und Wolfino zu dem Kämpfer, zerrten ihn von der Straße weg und tauchten wieder in den Schatten ein, wo sie ihn niederschlugen und liegen ließen.

»Los«, flüsterte Blaeck, und die Gruppe schlich sich an die anderen zwei an, doch sie legten ihre Fackeln auf den Boden und bewaffneten sich mit ihren langen Schwertern.

Was haben sie vor?

Die Schattenjäger zogen ihren Kreis enger um die Bevölkerung von Brayken.

»Sie werden die Unschuldigen angreifen!« Bianka überholte ihn und lief, ohne zu überlegen, näher an den Feuerkreis.

»Nicht!« Blaeck fluchte, folgte ihr dennoch.

Zuerst fiel sein Blick auf die Fackeln vor seinen Füßen, dann fixierte er die Schattenjäger, die die Menschen immer mehr in die Mitte drängten. Links von ihm, am anderen Ende des Platzes, stand der Galgen mit den vier Gefangenen, an dem sich auch Kämpfer von Primeas sammelten.

Wo war Lichtfels? In der Menge, in einer Straße oder auf den Dächern von Brayken? Oder waren sie erst gar nicht rechtzeitig zum Platz gelangt?

Unter die Hymne mischten sich die Schreie der Menschen, die lauter und verzweifelter wurden, während die Waffen der Schattenjäger in der Dunkelheit leuchteten.

Bianka war nicht mehr zu sehen, aber Lara lehnte hinter ihm an der Wand und hatte die Arme um ihre Brust geschlungen. Wolfino und Tobzell hielten die Waffen kampfbereit fest, während Tics noch wie versteinert auf die Menge starrte.

»Dort!«, rief Ramko.

Blaeck blickte zum Handelshaus auf der anderen Seite.

Auf dem Balkon entzündete sich ein Feuer an der Spitze eines Pfeils. Er kniff die Augen zusammen, spähte über die Menge hinweg und tastete mit seiner Kraft die Umgebung ab, wo er sofort die kleinen Schutzzauber spürte.

Noch bevor er seiner Gruppe Anweisungen geben konnte, wurde das Geschoss abgefeuert. Wie eine Sternschnuppe flog es zum Galgen und traf den Henker, der seine Hand auf den Hebel gelegt hatte, mitten in die Brust. Schwankend torkelte er zurück und kippte hintenüber vom Holzpodest.

Blaeck blieben nur Augenblicke, um sich zu fassen. Die Schattenjäger rannten in alle Richtungen, die Bevölkerung schrie vor Verzweiflung und die Primeas-Kämpfer lösten sich aus der Abwehrmauer vor dem Galgen.

Erneut flammte etwas auf dem Handelshaus auf, was seine Aufmerksamkeit erregte. Jemand stand mit einem Feuerpfeil auf dem Dach. Ein zweiter Pfeil?

Das Geschoss flog geradewegs in den Himmel und zerplatzte wie ein Feuerwerk über ihnen.

Das Zeichen, auf das sie gewartet hatten.

Nicht einen Atemzug später bewegte sich ein Blitz direkt auf das Dach des Handelshauses zu. Mit einem lauten Knall traf er das Gebäude und blendete die Umstehenden.

Steine, Staub, Glas und Holz wirbelten in alle Richtungen. Feuer flammte aus dem Loch heraus wie aus dem Schlund eines Drachen, und eine Rauchwolke breitete sich aus, hüllte alles um sich ein.

Blaeck blickte in die schreienden Gesichter, Bewohner und Kämpfer gleichermaßen. Überall sah er weit aufgerissene Augen und kalkweiße Mienen. Wie eine Welle überfluteten die Erinnerungen aus Angst und Chaos seine Gedanken.

Nein.

Niemand dachte mehr an die Hinrichtung oder ans Kämpfen, auch er nicht. Bilder von toten Dunkelelfen kehrten in sein Gedächtnis zurück, die er versuchte, auszublenden.

Blaigarhayma, Blaigarhayma!

Seine verstorbenen Geschwister riefen nach ihm.

Lara rüttelte ihn heftig. Oder handelte es sich um eine seiner Schwestern, die mit ihm reden wollte?

Er schloss die Lider, tauchte durch die Wellen der Gedanken hindurch und folgte Laras Rufen, die immer näher an sein Ohr drangen.

»Blaeck!«

Er schüttelte sich und schaute in das tränenüberströmte Gesicht seiner Kämpferfreundin, während die Einwohner Braykens an ihm vorbeiströmten, ohne darauf zu achten, wer dort stand. Die Schattenjäger versuchten, sich zu koordinieren, scheiterten jedoch und trennten sich immer wieder.

Konzentration, dachte Blaeck.

»Was sollen wir machen?« Lara war bleich geworden.

»Wir müssen zum Handelshaus!«, rief Blaeck die Mitglieder seiner Gruppe zusammen. Von Ramko und Sanjo fehlte jede Spur. Nur Tics, Lara, Tobzell und Wolfino waren bei ihm, die er nicht mehr aus den Augen verlieren durfte.

Während sie sich durch die panische Menge schoben, wuchs das Feuer im Handelshaus heran und der Rauch verschluckte den Mond.

Blaeck suchte fieberhaft Lichtfels, Wibatem, irgendein Gesicht, das er kannte. Er tastete erneut mit seinen Kräften nach Aliya. Nichts.

Andere Richtung? Wieder nichts.

»Seht ihr sie irgendwo?«, fragte er, aber kaum jemand verstand ihn. Lara war die Einzige, die ihn hörte, und verneinte.

War der Angriff zum Scheitern verurteilt? Hatte die Allianz den falschen Weg eingeschlagen?

Blaeck entdeckte bereits die ersten Menschen schreiend und weinend am Boden liegen. Die Wärme schlug ihm ins Gesicht, denn das Feuer brannte in allen Etagen des Hauses.

Wo seid ihr?

Hatte der Einschlag sie verletzt? Oder sogar getötet?

Blaeck schluckte und wich den vorbeirennenden Menschen aus.

Die Hitze wurde unerträglich und Schweiß lief ihm von der Stirn.

Mit einem lauten Knacken zerbrach im Handelshaus ein Dachbalken, und erste Wände stürzten ein, wodurch Funken in den Himmel sprühten.

Nein, dachte er. *Sie können nicht tot sein.*

Blaeck sandte erneut seine Kräfte aus und tastete die Umgebung vor sich ab.

Er rief sich die Gesichter seiner Freunde vor sein inneres Auge. Lichtfels mit seinem dunkelbraunen welligen Haar, den kastanienbraunen Augen und dem typischen schmalen Lächeln. Aliya mit ihrem langen schwarzen Haar, den braunen Augen, die im Licht wie Bernsteine glänzten, und den rosafarbenen Lippen. Wibatem mit den zweifarbigen Augen, das eine blau, das andere grün, dem kurzen braunen Haar und dem Dreitagebart, der ihn reifer aussehen ließ. Gerri mit seinem typischen Schnurrbart und den Locken. Angelo mit …

Blaeck blieb abrupt stehen. Es traf ihn wie ein Blitz, als er den Schutzschild spürte. Er schaute über die Köpfe hinweg, geradeaus Richtung Handelshaus.

Aliya? War sie das?

Weitere Menschen drängten sich an ihm vorbei, sodass er den Blickkontakt wieder verlor. Nachdem er dem Gedränge ausgewichen war, sah er ein zweites Mal in die Richtung, aber Aliya konnte er nicht entdecken.

Wasser wurde aus der Menge zum brennenden Handelshaus geschossen. Spritzer, die ihn trafen, stachen anfangs wie Nadeln auf der Haut, bis sie die unerträgliche Hitze kühlten.

Aus einer anderen Ecke tauchte ein weiterer Wasserstrahl auf, immer mehr wandten ihre magischen Kräfte an. Zwei von ihnen könnten Angelo und Bianka sein, wer waren die Übrigen?

Blaeck schaute sich um. Magier von Primeas hatten sich aufgestellt und löschten das Feuer.

»Dort!«, schrie Lara hinter ihm. »Aliya!«

Blaeck drehte sich um und atmete erleichtert auf. Während die Halbelfe den Menschen aufhalf, lenkten Lichtfels und Wibatem die Bewohner vom Platz herunter.

Da seid ihr. Endlich.

Obwohl sie alle ihre Kapuzen trugen, fiel ihm sofort eine blutende Wunde an Wibatems Schläfe und eine rote Wange bei Aliya auf. Hinter den drei Kämpfern standen Mikaél und Paco, die sich bewaffnet hatten. Die Einzigen, die er nicht sah, waren Bianka, Ramko und Sanjo, die, so vermutete er, untergetaucht waren.

Blaeck steuerte die übrigen Allianz-Kämpfer an und hob die Hand, bevor Lichtfels in seine Richtung schaute. Die Anspannung fiel aus dessen Gesicht, als er ihn und die anderen Gefährten erkannte.

»Wie lautet dein Plan?«, fragte Blaeck seinen Anführer.

Durch den Brand und die Schreie verstanden sie sich kaum. Auch raubte ihnen die Hitze die Luft zum Atmen.

»Überleben!«, brüllte Lichtfels.

Hinter Wibatem näherten sich zwei Primeas-Kämpfer, der eine hielt eine Armbrust in der Hand, der andere zwei gebogene Schwerter.

»Wer seid ihr?!«, grölte einer der beiden.

»Nur Helfer!«, schrie Wibatem.

»Was sind das für Waffen? Ihr seid doch Kämpfer!«

»Ich versteh euch nicht, es ist zu laut hier!«, rief Wibatem ungläubig.

Mit finsteren Mienen betrachteten sie ihn. »Ihr! Kämpfer! Mit Waffen!«

Wibatem schüttelte den Kopf und zeigte mit der Hand auf seine Ohren.

Der eine Primeas verzog die Lippen zu einer schmalen Linie und drehte sich mit zornig zusammengezogenen Brauen um, während der andere wie versteinert an Wibatem vorbeischaute.

Hatte er die Allianz erkannt? Konnte er Lichtfels unter ihnen ausmachen?

Sofort eilten die Gegner weiter und liefen in Richtung des Galgens.

Der Rauch lichtete sich auf dem Platz, wodurch Blaeck einen Blick auf das Holzgestell erhaschte. Insgeheim hoffte er, niemanden dort zu entdecken, und sein Gefühl trog ihn nicht. Keiner der Gefangenen stand noch dort oder war erhängt worden.

Dann fiel ihm jedoch noch etwas auf. »Wo ist Gerri?«

Ein ernster Ausdruck legte sich auf Lichtfels' Gesicht, ehe er die Schultern hob und sie wieder fallen ließ.

Du weißt es nicht?

Dies beunruhigte Blaeck. Was war dem Schützen widerfahren?

Das Feuer ging langsam zurück, dagegen wuchs die Rauchsäule immer höher und höher.

Blaeck zog sich seine Kapuze über den Kopf, nachdem er von weiteren Primeas begutachtet worden war. Immer mehr von ihnen wurden auf die Gruppe aufmerksam, woraufhin Blaeck ein Fluchen ausstieß. Sie hätten schon viel früher ihre Gesichter bedecken sollen.

Angelo, der vor Wut puterrot angelaufen war, rannte auf sie zu. »Sie sind überall!«

Er wedelte wild mit den Armen, ehe es hinter ihm leuchtete, ein Zauber ihn traf und er zu Boden stürzte.

Der Versuch, sich aufzurappeln, scheiterte, da zwei feindliche Kämpfer bereits neben ihm standen und ihn auf den Rücken drehten. Während der eine, der anscheinend ein Magier war, eine Blitzkugel in der Hand hielt, zeigte die Klinge des anderen auf Angelos Brust.

Blaeck sah zu Lichtfels, der die Fäuste hob und sie aneinander rieb. Das Gesicht des Anführers verzerrte sich kurz schmerzvoll.

Diese Waffen … sie schaden dir mehr, als dass sie dir helfen.

Ohne zu zögern, gingen sie auf die zwei Kämpfer zu, die ihren Freund am Boden festhielten.

»Was wollt ihr?«, fragte der feindliche Magier, dessen Stirn sich in Falten legte.

»Er gehört zu uns.« Lichtfels holte aus und schlug dem Mann auf die Brust, sodass dieser nach hinten flog und hart auf dem Kopfsteinpflaster landete.

Blaeck, der seine Peitsche ausgeworfen und mit der Schlinge das Schwert umwickelt hatte, zerrte die Klinge von Angelo weg.

Panik zeichnete sich auf dem Gesicht des verbliebenen Gegners ab, der sich nicht mehr zu helfen wusste. Lichtfels stieß ihn problemlos zurück, was ihn zum Rückzug zwang.

Der Anführer und er, immer noch unter ihren Umhängen verborgen, und Angelo, der flink wieder auf die Beine sprang, traten einige Schritte zurück, da sich weitere Primeas mit erhobenen Waffen näherten, aber noch nicht angriffen. Sie sammelten sich vielmehr vor ihnen und bildeten eine Reihe.

Blaeck legte einen ersten magischen Schild um die Gruppe und spürte sofort die anderen Schutzzauber der Primeas und Schattenjäger um sich herum.

Anspannung lag in der Luft wie bei einem Pulverfass, das jeden Moment zu explodieren drohte. Einige Einwohner Braykens hielten in ihrer Flucht inne und beobachteten das Geschehen.

Der Brand des Handelshauses wurde mit einem Mal nebensächlich.

Blaeck biss die Zähne zusammen. Er war bereit für einen Kampf und fixierte den Feind. Es musste nur jemand einen Angriff andeuten und die Peitsche würde sich wie eine Schlange um dessen Genick legen.

Lichtfels' Stahlhandschuhe glühten und erleuchteten den Boden unter ihm. Keiner wagte es nun mehr, an ihn heranzutreten.

Währenddessen näherten sich zwei weitere Kämpfer der Front. Sowohl Primeas als auch Schattenjäger bildeten einen Gang, durch den sie marschierten.

Der eine war groß und kräftig, seine pechschwarze Rüstung ließ ihn doppelt so breit aussehen und auf dem Kopf trug er einen Helm in Form eines Stierkopfes. Die beiden Hörner und die Augen des Stieres waren schneeweiß und glänzten. Das kräftige Gesicht darunter wirkte aufgedunsen und ein gekringelter Bart schloss das Kinn ab.

Der zweite Kämpfer besaß einen schmächtigen, aber hochgewachsenen Körper. Seine Rüstung schimmerte wie die aller Schattenjäger dunkelblau, doch ein gelber Federbusch zierte den Helm, der ein knochiges Gesicht schützte. Sogleich fragte sich Blaeck, wie dieser Kopf eine solche Bedeckung tragen konnte.

Beide Kämpfer, vor denen alle anderen zurückwichen, stellten die Anführer dar.

Blaeck hatte sie vor der Auflösung der Allianz oft genug gesehen. Bei Rikard handelte es sich um den Anführer der Primeas, ein Schwertkämpfer, dessen Waffe länger und breiter als alle anderen Klingen auf diesem Platz war. Wanil war bekannt als

Anführer der Schattenjäger, ein Magier mit einem aus Stahl gefertigten Stab, der sich nach oben hin wie eine Muschel eindrehte. In der Mitte von ihr glänzte ein azurblauer Diamant.

»Ruhe!«, schrie Rikard mit seiner kratzigen Stimme, um die aufgewühlten Kämpfer unter Kontrolle zu bekommen, die sogleich hinter ihm salutierten.

Blaeck atmete tief durch und erneuerte den Schutzschild. Obwohl Rikard und Wanil gefährlich aussahen, waren sie Kämpfer wie alle anderen. Er hatte keine Angst, und Lichtfels, das wusste er, hatte auch keine.

»Wen haben wir da?« Rikard zog sein Schwert aus der Scheide und zeigte damit auf Lichtfels. »Stell dich und versteck dich nicht unter deiner jämmerlichen Kapuze. Noch können wir verhandeln.«

Lichtfels trat einen Schritt vor, hob den Kopf und schob seine Kapuze aus dem Gesicht.

Augenblicklich wichen alle Kämpfer außer Rikard einen Schritt zurück und raunten staunend. Sogar Wanil verzerrte vor Schrecken den Mund.

Rikard grinste dagegen so breit, dass seine Lachfalten die Ränder des Helmes berührten. »Bei den Gebrüdern, wo hast du dich all die Jahre versteckt?«

Lichtfels ignorierte die Frage. »Wie viel Macht ist dir entgangen? Reicht sie doch nur für Brayken aus?« Er stemmte die Fäuste in die Hüfte, und das Glühen seiner Stahlhandschuhe ließ nach.

»Ich bin sehr zufrieden mit *meinem* Brayken. Es sieht viel besser aus als vorher.« Rikard hob sein Schwert und legte es auf die rechte Schulter.

»Unser Brayken«, korrigierte Wanil den Anführer der Primeas, was ihm einen finsteren Blick von Rikard einbrachte.

»Wie dein Gildenname es bestätigt, bist du nur ein Schatten von ihm«, bemerkte Lichtfels kühl.

»Schweig still!«, schrie Wanil, und seine Stimme überschlug sich dabei. Harsch wandte er sich dem Primeas-Anführer zu. »Wieso reden wir mit ihm? Wir sollten ihn töten wie den Rest seiner Gilde.«

»Nein, Diamantenseele will ihn bestimmt lebend«, widersprach Rikard.

»Er hat gesagt, er sei tot!«

»Diamantenseele hat sich geirrt«, versuchte der Schwertkämpfer den Magier zu beruhigen. »Er würde uns das halbe Dekar schenken, wenn wir ihn ausliefern.«

»So dumm ist er nicht, sein Königreich für diesen Bastard herzugeben.« Wanil winkte ab.

Rikard grinste. »Er will Lichtfels um jeden Preis.«

Auch Blaeck musste sich ein Lachen verkneifen. Den beiden zuzuhören amüsierte ihn.

»Ergib dich, Lichtfels«, forderte Wanil. »Und wir werden dir die Reise nach Lonikka versüßen.«

Lichtfels lachte in dessen Richtung. »Danke, ich verzichte.«

»Dann hat Diamantenseele recht. Du bist tot.« Der Magier drehte sich zu seinen Kämpfern um.

Rikard schaute mit zusammengekniffenen Augen den Anführer der Allianz an. »Dein Mut wird dich nicht retten.«

»Ich brauche keinen Mut.« Lichtfels starrte den feindlichen Anführer an, ohne auch nur mit der Wimper zu zucken.

Rikard stattdessen nahm sein Schwert von der Schulter und kehrte ihm den Rücken zu. »Ich will Lichtfels lebend! Die anderen tötet alle!«, schrie er und lief durch den aus Kämpfern geformten Gang zurück, ehe Wanil ihm mit erhobenem Kinn folgte.

Lichtfels und seine verbliebenen Freunde stellten sich kampfbereit hin, Blaeck umklammerte die Peitsche und sammelte seine Kräfte.

Sein Anführer und er atmeten lange aus und drehten dann ihre Köpfe kurz zueinander. Ein Nicken reichte aus und sie wussten, dass sie kämpfen würden, bis sie keine Kraft mehr besaßen.

Eine schmale Hand legte sich auf Lichtfels' Schulter. Es war die von Aliya, die mit bebenden Lippen neben ihn trat.

Sie räusperte sich und begann zu singen, den Text, den die Einwohner von Brayken nicht wagten, auszusprechen. Die Stimmen um sie herum verstummten für die Hymne von Brayken.

Wir kämpfen
für den Frieden,
für die Liebe
und das Leben,
des Volkes Hoffnung
lässt uns auferstehen.

Nach der ersten Strophe hielt sie kurz inne und schaute in die Gesichter der Primeas und Schattenjäger. Sie schluckte, sang weiter und mit ihr stimmte der Rest der Allianz ein. Ihren Blick hatte sie wie die anderen fest auf den Feind gerichtet.

Wir kämpfen
mit der Stärke,
mit dem Herzen
und der Seele,
des Volkes Freiheit
erfüllt unser Streben.

Das Lied verstummte, doch es hinterließ die Kraft, die es den Gefährten geschenkt hatte. Aliya und Lichtfels lächelten sich an, was Blaeck eine Gänsehaut bescherte.

In seiner ehemaligen Schülerin schlummerte die gleiche Stärke wie in Lichtfels, was er anfangs nie gedacht hätte. Der Stolz auf die beiden schenkte ihm neue Energie.

Es war nur ein Augenblick, in dem die Zeit in Brayken stehen blieb.

Zwölf freie Kämpfer standen den zwei feindlichen Gilden gegenüber. Sie wagten diesen Schritt aus Wahnsinn, aber auch aus Hoffnung, um das Land und alles, was darin lebte, zu retten.

Blaeck atmete die warme Nachtluft ein, als er mit einem Mal von stampfenden Schritten abgelenkt wurde. Zu ihrer Linken nahten sich mehr als vierzig Frauen und Männer, bei denen es sich um Bewohner Braykens handeln musste, die sich ihrem Kampf anschlossen. Mit gezückten Waffen, die sie entweder auf den Boden klopften oder an ihre Brustpanzer schlugen, unterstützten sie den Takt ihres Marsches, der wie ein Herzschlag klang.

Auch sie sangen die Hymne, laut und inbrünstig. Blaeck erkannte, dass sie sich nicht nur mit Schwertern, sondern auch mit Äxten und Heugabeln ausgerüstet hatten. Es schien, als hätten sie das Erstbeste genommen, was sie zur Verfügung hatten, um ihre Stadt zu verteidigen.

Rechts von ihnen näherten sich etwa ein Dutzend weitere bewaffnete Personen, die allerdings kleiner und schmächtiger wirkten.

Es waren Schüler der Kämpferakademie, die sich neben der Allianz postierten, Kinder, die nicht älter als fünfzehn Jahre sein mochten. Sie wegzuschicken, war zwecklos, das war Blaeck bewusst. Denn sie lernten von Kindesbeinen an zu kämpfen, und die Kämpferakademie nannten sie ihr Zuhause, das sie schützen wollten. Ihr Kampfeswille war in ihren Augen ablesbar und so stark, dass Blaeck eine Gänsehaut verspürte.

Lichtfels hob die rechte Faust in den Himmel. Erneut glühte der Stahlhandschuh an seiner Hand, als ob er ihn frisch geschmiedet direkt aus dem Feuer aufgesetzt hätte.

»Für Brayken!«, rief er und alle um ihn herum wiederholten diese Worte.

Daraufhin stürmten sie los wie eine Flutwelle.

Blaecks Elfenblick bahnte sich währenddessen einen Weg durch die Menge, bis er Rikard sah. Dem Anführer der Primeas war das Lachen vergangen.

31

Als Brayken fiel

Lichtfels

Während Lichtfels den ersten gegnerischen Kämpfer niederstreckte, glühte der Stahl seiner Waffen an den Händen wie frisch entzündete Kohle, und sein ganzer Körper vibrierte unter der freigesetzten Kraft. Hintereinander weg stieß er sie zurück wie Federn in der Luft.

Die schmerzverzerrten Gesichter, die zerbrechenden Knochen und die wilden Schreie der Gegner blendete er aus, denn auch sie würden nicht zögern, ihn und seine Gefährten zu töten.

Rikards Befehl war eindeutig gewesen und Lichtfels wollte die Leben seiner Kämpfer nicht riskieren. Es galt zu überleben und genau dafür kämpfte er.

Er holte tief Luft und bewegte seine Hände, die erneut anschwollen, in den Stahlhandschuhen.

Verflucht, dachte er und biss die Zähne zusammen.

Sein Schutzschild hüllte ihn wie eine zweite Haut ein, sodass kein Pfeil ihn verletzte. Trotzdem spürte er etwas, ganz leicht nur, als ob ein Zauber versuchte, durch seinen Schild zu dringen. Er schaute sich um und erblickte einen fremden Heiler, der es auf ihn abgesehen hatte.

Deine Lähmung wird dir nichts nützen.

Ohne zu zögern, rannte Lichtfels auf den gegnerischen Heiler zu, aber sofort stellten sich ihm zwei Schwertkämpfer in den Weg. Mit seinen Stahlfäusten parierte er die Schläge, erst links, dann rechts, wieder links. Er drehte sich, wich einem weiteren Hieb aus und schlug selbst zu, ehe sich eines der Schwerter in das Kopfsteinpflaster grub.

Mit einem krachenden Geräusch traf er den Kämpfer, dessen Brustpanzer sich in den Körper bohrte, wodurch Blut in alle Richtungen spritzte.

Der zweite Schwertkämpfer reckte seine Waffe in den Himmel und sprach magische Worte, die den Stahl in Flammen setzten.

Lichtfels schlug ebenfalls mehrfach seine Fäuste aneinander und spürte die Magie bis in seine Fingerspitzen.

Der Angreifer holte aus, so schnell, dass seine Waffe einen Feuerring um ihn bildete.

Während die Funken von Lichtfels' Schutzschild abprallten, parierte er den Schlag erneut mit seinen Stahlfäusten und griff nach dem Stahl, der auf ihn niedersauste.

Lichtfels hielt dieser Wucht stand, doch die Hitze breitete sich über seine Finger und schließlich seine Arme aus. Es wurde heißer und heißer.

Seine Kiefer spannten sich an und er drückte mit der ganzen Kraft zurück. Der Schwertkämpfer, der sich losreißen wollte, stolperte nach hinten. Anstatt die Waffe loszulassen, presste Lichtfels sie an beiden Enden zusammen.

Das Feuer erlosch und der Schwertstahl knarzte zwischen seinen Fingern, bevor er sich endlich verbog.

Lichtfels schrie kraftvoll auf. Sein unbändiger Wille schenkte ihm die Kraft, die er brauchte, um diesen Kampf zu überstehen.

Nachdem er den Stahl zu einem rechten Winkel verformt hatte, warf er ihn achtlos beiseite. Der Schwertkämpfer wich mit blassem Gesicht zurück und floh.

Nach Luft ringend hielt Lichtfels inne und bewegte seine Hände, die unter dem Stahl brannten.

Währenddessen kämpften an seiner Seite Wibatem, der soeben mit einem Sprung zwei weitere Feinde niederstreckte, und Blaeck, dessen Peitsche sich um den Hals eines Gegners legte und ihn zu Boden riss.

Seine restlichen Gefährten verschwanden aus dem Sichtfeld, stattdessen umzingelten ihn immer mehr Schattenjäger.

»Blaeck!«, rief Lichtfels, dessen Heiler sofort herbeieilte.

Schweigend zeigte er ihm die geschwollenen Hände.

»Du solltest aufhören, dich selbst zu verstümmeln«, merkte Blaeck ernst an. Blaues Licht umschloss seine Fäuste und kühlte sie augenblicklich ab. »Kämpfe sonst lieber ohne deine Stahlhandschuhe.«

»Noch nicht.« Lichtfels sah sich um.

Gleichgültig, in welche Richtung er schaute, überall leuchteten bunte Lichter und Farbenspiele auf. Es erinnerte an ein Feuerwerk, fast schön, wenn nicht Menschen dabei sterben würden.

Pfeile flogen über ihn hinweg, in der Nähe klapperten Rüstungen, und der Untergrund bebte.

Als sich ein leuchtender Kreis unter ihren Füßen bildete, hasteten er und Blaeck auseinander.

Lichtfels rollte sich zur Seite, ehe mehrere Pfeile direkt neben ihn in den gepflasterten Boden einschlugen.

Es dröhnte in seinen Ohren und er keuchte erneut auf. Der Dunkelelf, der sich nur ein paar Schritte weiter weg aufgerichtet hatte, suchte seinen Blick. Und Lichtfels nickte.

Rasch sprang er auf die Beine und hielt nach dem Schützen Ausschau, der es auf sie abgesehen hatte. Er wollte zu ihm rennen, aber ein Pfeil durchbohrte schon dessen Kopf.

Lichtfels schaute in die Richtung, aus welcher das Geschoss gekommen war.

Nicht weit entfernt von ihm stand Tobzell mit schwarzem Bogen und hatte bereits einen nächsten Pfeil gezückt. Dessen Mundwinkel hoben sich kurz, bevor er das nächste Ziel auswählte.

Lichtfels lief nun zum Galgen, weil er Rikard und Wanil herausfordern wollte, doch er konnte die beiden nicht sehen.

Waren sie etwa geflohen?

Erneut bebte es und die zweite Wand des Handelshauses brach zusammen. Die Menschen stoben vor dem Rauch, der sich ausbreitete, davon, weit weg von dem Gebäude.

Lichtfels näherte sich dem Holzgestell und bedeckte den Mund und die Nase mit einem Stück seines Umhangs, als der Rauch ihn einhüllte.

Mehrere Feuerkugeln flogen an ihm vorbei, was ihn dazu zwang, sich auf den Boden zu werfen.

Etliche tote Kämpfer lagen unter ihm. Lichtfels schluckte den bitteren Beigeschmack herunter, ehe er aufstand.

Nachdem der Rauch sich wieder gelichtet hatte, erblickte er endlich Rikard und Wanil hinter dem Galgen, die mehrere Einwohner Braykens zurückstießen.

Wut stieg in Lichtfels auf wie ein brodelnder Vulkan. Seine rechte Faust, die er gen Himmel streckte, lud sich glühend auf, bis er diese ins Kopfsteinpflaster rammte.

Der Untergrund gab sofort nach, zerbröckelte in viele kleine Teile, versank immer tiefer und bildete um ihn herum einen Krater, der das Holzgestell des Galgens zum Schwanken brachte. Knackend und splitternd zerbrach es schließlich.

Als Rikard und Wanil mit großen Augen auf das Loch starrten, stand ihnen der Schreck ins Gesicht geschrieben.

Den Blick fest auf sie gerichtet stellte sich Lichtfels im Mittelpunkt des Kraters auf. Seinen Umhang warf er weg, denn er war bereit, gegen sie zu kämpfen.

Ich gegen euch.

Wanil spähte hektisch hin und her, wich sogleich zurück.

»Wo willst du hin?!«, schrie Rikard ihn an.

»Er ist zu stark!« Angst schwang in der Stimme des Schattenjägers mit.

Rikard fluchte. »Du Feigling! Er ist nicht stärker als wir!«

Wanil drehte sich um und rannte davon, während Rikard die von Lichtfels erschaffene Arena betrat.

WIBATEM

Nachdem sich das Beben auf dem Großen Platz beruhigt hatte, hielt Wibatem nach Lichtfels Ausschau.

Was zum Henker tat er?

Als er merkte, dass auch seine Feinde irritiert waren, nutzte er die Chance, um sie niederzuschlagen.

Seine Schwerter glichen verlängerten Armen und er drehte sie schnell im Kreis, sodass sie kaum noch mit bloßem Auge zu sehen waren. Er wehrte einen Pfeil ab und direkt danach noch einen.

Kurz atmete Wibatem durch und lief zu einem Primeas, holte aus und stach ihm in den Rücken. Klirrend zerbrach das Kettenhemd, und die Rippen knackten.

Noch beim Herausziehen der Waffe registrierte er im Augenwinkel den nächsten Angreifer, ein Beschwörer von den Schattenjägern, den Wibatem sofort an den zwei langen, schmalen Schwertern erkannte. Eine giftgrüne Flüssigkeit lief an dem Stahl herunter.

Wibatem kreuzte seine Klingen und ließ seine magischen Kräfte in sie hineinfließen, was sie zum Leuchten brachte. Dann nahm er Anlauf und stürzte sich auf den Gegner. Wie Spiegelbilder bewegten sie sich, griffen an und parierten die Schläge.

Während die blaue Rüstung des Schattenjägers schimmerte, schwirrte Wibatems Umhang wie ein Schatten um ihn herum.

Er drehte sich um die eigene Achse, nahm seine Schwerter beide in die linke Hand und zog aus dem Stiefel einen Dolch.

In diesem Moment zerriss ein Teil des Umhangs an der gegnerischen Klinge.

»Ah!« Wibatem geriet aus dem Gleichgewicht.

Die Schwerter bewegten sich auf ihn zu, sodass er sich nur noch zur Seite werfen konnte.

Eine der beiden Klingen zerteilte die Luft und flog knapp an ihm vorbei. Sie traf ihn zwar nicht, aber etwas tropfte auf sein Handgelenk. Noch bevor er das Gift auf der Haut sah, brannte es wie Feuer.

Er riss sich den Umhang vom Leib und wischte die grüne Flüssigkeit ab, doch der Schmerz blieb und augenblicklich bildete sich ein roter Fleck auf seiner Hand.

Argh, warum brennt der Mist so?

Der Schattenjäger wandte sich zu ihm um und holte erneut aus, als Wibatem die vernarbten Hände seines Feindes erblickte, die eindeutig auf Giftverätzungen zurückzuführen waren.

Er rappelte sich auf, schnappte seinen Dolch und wich den heransausenden Schwertern aus. Der Gegner kam ihm dabei so nahe, dass sich dessen Hals ungeschützt vor Wibatem auftat.

Das war's für dich.

Rasch hob er seine bewaffnete Hand und schlitzte dem feindlichen Beschwörer die Kehle auf.

Erschrocken starrte dieser ihn an, ehe ein Röcheln aus seinem Mund drang. Da er ins Schwanken geriet, krallte er sich an Wibatems Arm fest, wodurch warmes Blut auf dessen Hand und Gesicht spritzte. Wibatem stöhnte vor Ekel.

Der Schattenjäger ließ ihn los und brach zusammen. Eine rote Lache bildete sich unter ihm und vermischte sich mit Blut, das bereits den Boden zeichnete.

Wibatem wischte sich übers Gesicht, als es zischte und ein blitzartiger Schmerz durch seine rechte Wade fuhr. Er schrie auf, bevor er an seinem Bein hinunterblickte.

Ein Pfeil steckte mitten in seinem Unterschenkel. Die Spitze schaute mehrere Finger breit auf der anderen Seite heraus und besaß Widerhaken, an denen Hautreste hingen und Stoff klebte.

Sofort verkrampfte sich sein verletztes Bein, was ihn in die Knie zwang.

Wibatem fluchte. Der Primeas, der ihn angeschossen hatte, zielte bereits mit dem nächsten Pfeil auf ihn. Die Zeit reichte nicht aus, um zu entkommen, und jemand anderes stand nicht in der Nähe.

Eilig legte Wibatem seine Hände übereinander und beschwor das Einzige, was ihn noch retten konnte.

Magie pulsierte in seinen Händen, und der Boden verdunkelte sich.

Der Schütze ließ den Pfeil los.

In diesem Moment erhob sich aus dem Schatten vor ihm eine rote Pranke, hielt den Pfeil zwischen den Klauen fest und zerbrach ihn.

Wibatems herbeigerufener Drache stürzte sich mit einem Brüllen auf den Schützen.

Wibatem atmete kurz durch, da die Beschwörung an seinen Kräften zehrte.

Mist.

Sein Körper zitterte, der Schmerz war unerträglich. Er versuchte ihn zu verdrängen, doch es fiel ihm schwer.

Warum hatte der Pfeil ihn getroffen? Wo war sein Schutzschild?

Er blickte sich suchend um.

Nur drei Möglichkeiten kamen infrage. Entweder er war zu weit von einem Heiler entfernt, der Schild hatte sich aufgelöst oder sein Heiler war … Der Gedanke riss ab.

Aliya!

Die Zähne zusammenbeißend, erhob er sich und nahm seine Klingen in die Hand, streifte dabei den Pfeil in seiner Wade. Der Schmerz fuhr wie ein Blitz durch seine Muskeln.

Wibatem schrie auf und fluchte erneut, aber er musste herausfinden, was mit seiner Freundin geschehen war. Alles andere war ihm gleichgültig.

Humpelnd stürzte er los. Den Kampf um ihn herum blendete er aus, denn er hielt nur Ausschau nach langem schwarzem Haar und einer zierlichen Gestalt.

Wo bist du?

Wibatem stoppte, als ihm heiß und kalt zugleich wurde. Sein Fuß wurde taub und neben dem Stechen in den Muskeln brannte die Wunde.

Etwas entfernt von ihm knallte es, sodass er sich duckte. Außer den vielen Funken und dem Rauch war nichts zu sehen.

»Wibatem!« Mikaél rannte schweißüberströmt auf ihn zu. Sorge stand in seinem Gesicht.

»Hast du Aliya gesehen?«, fragte Wibatem panisch und deutete auf den Pfeil in seiner Wade.

Mikaél schüttelte den Kopf. »Ich weiß, wo Lara ist! Ich hole sie!«

Wibatem nickte ihm knapp zu, da der Kämpfer viel zu schnell wieder in dem Chaos verschwunden war. Er hätte an dieser Stelle auf Lara warten sollen, aber das kam für ihn nicht infrage und so humpelte er weiter.

Als er den Blick schweifen ließ, weckte ein heller Strahl seine Aufmerksamkeit. Er erkannte Wanil, der den Zauber ausübte. Die vielen Blitze, die ineinander wirbelten wie Schlangen, prallten auf den Schutzschild und versuchten, ihn zu durchdringen.

Genau dahinter stand eine Heilerin, die ihn aufrechterhielt, und den Schülern der Akademie Schutz bot.

Wibatem verengte die Augen und hielt die Luft an.

Das schwarze Haar von ihr flog in alle Richtungen, ihr Gesicht war blass und die Arme, die sich gegen die Blitze stemmten, sahen zerbrechlich aus und zitterten.

»Ali!« Er holte zischend Luft.

Wanils Attacke war so stark, dass es den Boden vor dem Schild aufriss und Aliya Stück für Stück zurückdrängte.

In diesem Moment vergaß Wibatem den Schmerz und humpelte vorwärts.

»Nein«, schrie er. »Ich komme!«

Auch wenn sie ihn nicht hörte, schaffte er seiner Angst Platz. Er musste zu ihr und Wanil angreifen, damit er Aliya in Ruhe ließ.

Ein Schütze der Schattenjäger stellte sich ihm in den Weg.

Wibatem hob seine Waffen und lief auf den Kämpfer zu, der ihn gerade abschießen wollte. Der Gegner war jedoch zu langsam und sein Arm schneller durchtrennt, als er den Pfeil anlegen konnte.

Aus dem Augenwinkel bemerkte Wibatem, dass Aliyas Kräfte schwanden. Ihre Arme zitterten immer stärker, der Schild wurde kleiner und die Blitze zuckten nur noch zwei Köpfe über ihrem hinweg.

Halte durch, dachte Wibatem. *Ich bin gleich bei dir.*

Er war nicht mehr weit von Wanil entfernt, als ein Schwert knapp an ihm vorbeisauste. Wibatem wehrte den nächsten Schlag ab, trotzdem ließ der Schattenjäger ihn nicht weg.

Sein Blick wechselte zwischen dem blauen Kämpfer sowie seiner Freundin hin und her.

Wütend attackierte er seinen Angreifer. Bei jedem Schlag schrie er und keuchte auf.

Aliya hingegen war kurz davor, auf die Knie zu fallen.

Es war nur ein einziger Atemzug, in dem Wibatem so viel Kraft fand und mit Wucht auf den Schwertkämpfer einschlug, dass es diesen aus dem Gleichgewicht brachte.

Aliya kippte währenddessen nach vorne. Ihr Schild hielt noch einen Herzschlag lang, als ein letzter Blitz in den Erdboden schlug.

Ein Krampf fuhr durch Wibatems Bein, und sein Körper fühlte sich an wie Blei.

»Aliya!«, schrie er panisch.

Er rammte eine Klinge in den Schwertkämpfer, stieß ihn zurück und blickte dann zu Wanil.

Der Blitzwirbel löste sich wie Staub auf, und der Feind stand reglos da. Wibatem sah genauer hin.

Ein Bolzen steckte in Wanils Hals, exakt unter dem Kinn, und ein Blutschwall sprudelte aus der tiefen Wunde hervor, lief an dessen blau glänzender Rüstung herunter. Der lange Zauberstab fiel um und der Anführer der Schattenjäger brach zusammen.

Wibatem ging in die Knie und starrte wie versteinert zu seiner Gefährtin. Hinter ihr warteten die Schüler, aus deren Gesichtern jegliche Farbe gewichen war. Niemand traute sich zu ihr.

Bange Sekunden verstrichen, in denen Aliya sich nicht regte. Wibatems Kehle schnürte sich zu, raubte ihm die Luft zum Atmen.

»Ali …« Sein Herz drohte, ihm aus der Brust zu springen. Er durfte sie nicht verlieren, nicht ein zweites Mal.

Aliyas Kopf bewegte sich.

Wibatem blinzelte mehrmals, als wollte er sichergehen, dass seine Augen ihn nicht trogen.

Aliya?

Sie richtete sich schwerfällig auf und stemmte ihren Körper nach oben.

Ein erleichtertes Seufzen entglitt ihm.

Während sie sich das Haar aus dem Gesicht wischte, kroch er schleppend zu ihr.

Aliya wurde blass bei seinem Anblick und wandte sich an die Schüler, die immer noch wie versteinert hinter ihr standen. »Ist ein Heiler unter euch?«

Wibatem stöhnte und der Boden begann sich unter ihm zu drehen.

»Helft ihm, bitte«, flehte Aliya sie an.

Ein blondes Mädchen mit Sommersprossen, fast schon eine junge Frau, löste sich aus der Gruppe und hockte sich zu ihm.

»Wie soll ich …?«, fragte sie hilflos.

»Warte.« Aliya gab ihr die Umhängetasche. »Da ist eine kleine Knochensäge drin. Schneide damit die Spitze des Pfeils ab. Ich ziehe den Pfeil dann heraus und du heilst die Wunde. Konzentrier dich einfach auf ein gesundes Bein, das sollte funktionieren.«

Wibatem lachte auf. »Hast du noch etwas zum Betäuben?«

»Leider nicht«, antwortete die Halbelfe und strich ihm über die Wange.

»Kein Problem«, keuchte Wibatem und betrachtete seine Hand, auf welcher der rote Fleck vom Gift leuchtete. Seine Haut war kalkweiß geworden.

»Ich fange jetzt an.« Das Mädchen presste konzentriert die Lippen zusammen.

Aliya nickte und er sah nur noch seine Freundin an.

»Kannst du nicht ...« Wibatem fluchte. »... noch einmal ... den Erinnerungsruf an mir anwenden? Dann vergesse ... ich das alles hier.« Er legte den Kopf in den Nacken, da sein Bein wie Feuer brannte.

»Sieh mich an«, sagte Aliya ernst.

Wieder drehte sich alles, doch er versuchte sich auf sie zu konzentrieren.

Unmerklich schüttelte sie den Kopf. »Den muss ich nicht mehr bei dir anwenden.«

Wibatem schaute sie schief an. »Warum ... nicht?«

Seine Wade kribbelte, ehe er aufschrie.

Ein unerträglicher Schmerz fuhr ihm durchs Bein, der augenblicklich verblasste. Er blickte hinunter zu dem blauen Licht, welches das Brennen seiner Wunde linderte. Die Hose war aufgeschnitten worden und entblößte die blutüberströmte Wade.

»Weil es dir besser geht«, antwortete Aliya und lächelte vorsichtig.

Wibatem räusperte sich. »Fast wie neugeboren.«

Nachdem die Taubheit verflogen war, entspannten sich seine Muskeln und er konnte endlich tief durchatmen, ohne sich zu verkrampfen.

Sanft bewegte die Schülerin ihre Hände noch ein Stück hin und her, bis das blaue Licht erlosch und nichts mehr von der Wunde zu sehen war.

»Ich danke dir«, sagte Aliya zu ihr. »Du hast ihn gerettet.«

»Und du uns«, ergänzte das Mädchen.

Neugierig musterte die Halbelfe sie. »Wie lautet dein Name?«

»Mildred.« Sie wischte sich eine Strähne aus dem Gesicht und lächelte schüchtern.

Wibatem neigte den Kopf. »Danke, Mildred.«

Im Augenwinkel bemerkte er einen Armbrustschützen bei Wanil, der sich dem toten Körper näherte und den Bolzen aus dem leblosen Leib zog.

Obwohl der Kämpfer blutverschmiert, sein Haar durch Asche verfärbt war und die Kleidung Risse und Brandlöcher hatte, erkannte Wibatem ihn sofort, denn das grinsende Gesicht konnte er nicht verwechseln.

Gerri lebte und tauchte genau zur richtigen Zeit auf.

»Wo bist du gewesen?«, fragte Wibatem, dem ein Stein vom Herzen fiel.

»Ich war nicht der einzige Kämpfer auf dem Dachboden«, erklärte Gerri. »Zwei Schattenjäger waren dort oben, die ich erst einmal umlegen musste.«

»Hauptsache, du lebst«, murmelte Wibatem erleichtert.

Gerri grinste. »Ich fühlte mich nie lebendiger.«

32

Duell der Anführer

Lichtfels

Lichtfels blendete die Kämpfe um sich herum aus, als Rikard die Herausforderung in dem klaffenden Loch annahm.

Sie umkreisten sich wie zwei Wölfe, bereit, den anderen zu zerfleischen.

Dieser Kampf würde ein reines Kräftemessen werden – Anführer gegen Anführer.

Wenn Rikard fiel, würden die Primeas aufgeben und die Schattenjäger ebenso. Das war das Ziel, welches Lichtfels erreichen wollte.

Er atmete tief durch, und seine Fäuste standen unter Spannung. Als über den Kämpfern ein greller Blitz explodierte, der ihre Gesichter wie bleiche Masken aufleuchten ließ, rannte Rikard auf ihn zu.

Mit einem dumpfen Aufprall traf sein Schwert Lichtfels' Stahlhandschuhe. Einen Schlag, den er mühelos parieren konnte, doch Blaecks Heilzauber würde nicht mehr lange halten und Lichtfels' Hände würden erneut anschwellen.

Rikard attackierte ihn immer wieder, abwechselnd von oben und von der Seite.

Jedes Mal, wenn das Schwert an Lichtfels vorbeisauste, spürte er den heißen Windzug an seinem Körper. Wenn er einen Schlag parierte, bebten seine Arme.

Über Rikards Gesicht rannen bereits Schweißperlen, die er sich wegwischte. Dennoch tropften ein paar in seine Augen und er musste diese kurz zusammenkneifen.

Eine Chance, die Lichtfels, ohne zu zögern, nutzte. Er preschte vor, holte aus und schlug dem schwarzen Kämpfer gegen den Brustpanzer.

Mit einem lauten Krachen schwankte Rikard zurück und stürzte. Lichtfels wähnte sich bereits im Vorteil, da sprang sein Gegner schnell wieder auf die Beine. Statt erneut anzugreifen, riss er die Waffe hoch und setzte sie in Brand.

Ein Hitzeschwall traf Lichtfels. Die heiße Luft raubte ihm den Atem und ließ ihn benommen torkeln. Doch er fing sich rasch und schlug seine Fäuste aneinander, bis der Stahl glühte. Er ballte die Hände, um dem Druck standzuhalten.

Dieses Mal rannte er zu dem Schwertkämpfer, holte aus und ließ mehrere Faustschläge auf die Klinge niederfahren. Das Schwert verkeilte sich zwischen dem Stahl, sodass Lichtfels es festhalten konnte.

Mit Kraft drückte er seine Fäuste zusammen, während Rikard versuchte, sich daraus zu befreien.

Ihre wilden Blicke trafen sich. Während Lichtfels keine Miene verzog, biss Rikard kräftig die Kiefer zusammen und fletschte die Zähne.

Gib auf, dachte Lichtfels.

Ihm war heiß, unglaublich heiß. Seine Augen brannten, die Arme zitterten und sein Herz raste.

Da keiner nachgeben wollte, stießen sie sich voneinander ab.

Die Hitze, die sich wie eine Wolke zwischen den beiden aufgebaut hatte, verflüchtigte sich ein wenig und ließ Lichtfels besser durchatmen.

Rikard spuckte auf den Boden und begann, sich um die eigene Achse zu drehen, das Schwert mit beiden Händen haltend. Wie ein Kreisel wurde er immer schneller und schneller, bis er sich auf Lichtfels zubewegte.

Dieser hechtete zur Seite, rollte sich ab und landete wieder auf seinen Füßen.

Rikard hatte bereits die Richtung gewechselt und war nun in Reichweite, sodass Lichtfels ihn seinerseits mit seinen Fäusten attackieren konnte.

Stahl schliff an Stahl, heiße Funken sprühten empor und seine Hände glühten wie Feuer.

Er stieß Rikard weg, da sein Kopf vor Schmerz dröhnte, doch der Versuch scheiterte.

Erneut warf sich der Feind wirbelnd gegen ihn. Die Stahlhandschuhe verbogen sich noch stärker und quetschten seine Finger zusammen.

Lichtfels fluchte innerlich. Der Druck auf seine Hände war kaum noch auszuhalten. Er brauchte ein wenig Abstand, um selbst einen verzauberten Angriff durchzuführen. Allein mit Magie hatte er eine Chance gegen Rikard.

Er holte tief Luft und sammelte sich. Ein wenig mehr stemmte er sich gegen seinen Gegner, bis er abrupt losließ und zur Seite sprang. Rikard verlor das Gleichgewicht und stolperte an ihm vorbei.

Ein Augenblick, den Lichtfels nutzte, um seine Fäuste wie Trommeln aufeinander zu schlagen. Dabei biss er die Zähne zusammen, da seine Finger fast taub waren.

Er drehte sich genauso schnell wie Rikard, wodurch Sand und Kieselsteine aufwirbelten und einen Kreis um ihn herum bildeten, der sich gen Himmel erhob. Der Tornado war erschaffen mit Lichtfels als Auge.

Kreisel und Tornado schossen aufeinander zu.

Der zertrümmerte Boden unter ihnen gab erneut nach und der Krater, in dem sie kämpften, wurde immer breiter. Noch mehr Steine sammelten sich in Lichtfels' Tornado, der wie eine graue Mauer um ihn herum wirkte.

Er schloss die Lider. Die Luft kühlte ihn ab, trocknete den Schweiß und ließ ihn durchatmen, doch Rikard attackierte ihn weiterhin.

Lichtfels trommelte seine Fäuste aneinander, noch schneller als sein Herzschlag, und drehte sich, so rasch er konnte.

Schwindel packte ihn und Magie zehrte an seinen Kräften. Nicht mehr lange und er würde zusammenbrechen.

Erneut schlug ihm Hitze entgegen und als er die Augen öffnete, züngelten Flammen zwischen den Steinen entlang, die mit seinem Wirbel in den Himmel schossen. Ein rot glühendes Flammenmeer drehte sich um ihn.

Was zum …?

Lichtfels hielt an, was zur Folge hatte, dass der Tornado sich verlangsamte. Das Feuer erlosch und die Mauer aus Wind sowie Gesteinstrümmern brach entzwei.

Sand rieselte zu Boden, und Steine stürzten herab, vor denen er sich zu schützen versuchte. Der Gedanke, dass seine eigenen

Fähigkeiten ihn immer wieder selbst in Gefahr brachten, ließ ihn ein wenig schmunzeln.

Nachdem der Tornado vollständig verebbt war, bemerkte er etwas Schwarzes zu seinen Füßen, doch noch war er zu benommen.

Er blinzelte ein paar Mal, ehe sich seine Sicht klärte.

Rikard lag auf dem zerstörten Pflaster und starrte ihn mit einem flammend roten Gesicht an. Das Haar war vom Schweiß durchnässt und den Stierhelm hatte er verloren.

Lichtfels rang nach Luft. Sein Hals kratzte und brannte fürchterlich. Auch er war bis auf die Haut durchnässt und seine Finger spürte er nicht mehr. Die Arme hingen zu seinen Seiten herab wie Blei, alles war unerträglich schwer an seinem Körper.

Er ging einen Schritt auf den Feind zu, als eine Peitschenschnur seine rechte Hand umklammerte.

Blitzschnell drehte er sich um und sah den gegnerischen Heiler, der ihn am Anfang des Kampfes schon einmal versucht hatte anzugreifen.

Lichtfels zog an der Peitsche wie an einer Leine und riss den Kämpfer aus dem Gleichgewicht. Im gleichen Moment rappelte sich Rikard auf und schleppte sich aus dem Krater.

»Beende den Kampf wie ein Anführer!«, brüllte Lichtfels ihm hinterher. Er riss dem Heiler die Waffe vollends aus den Händen und nahm die Verfolgung auf.

Dieser Feigling flieht …

Lichtfels folgte Rikard in eine Straße, die vom Platz führte.

Das Feuer, die Schreie der Kämpfer und das Klirren der Waffen ließ er hinter sich. Seine Schritte waren die einzigen Geräusche, die ihn begleiteten.

Rikards Schwert glänzte rötlich, sodass Lichtfels ihn leicht im Blick behalten konnte.

Die Straße führte zu einem weiteren Platz, an dessen Ende sich eine Treppe erhob. Weiß leuchtete sie im Mondlicht und Rikard sah aus wie ein Tintenklecks auf Pergament.

Sein Ziel stand fest, er rannte mitten in die Halle des Ruhmes.

Erschöpft brachte Lichtfels Stufe für Stufe hinter sich und blieb ihm dicht auf den Fersen.

Ich muss es beenden, ich muss.

Am oberen Treppenabsatz folgten mehrere Torbögen, hinter denen sich die Schatten mit dem Mondlicht duellierten.

Schließlich betrat Lichtfels die Wandelhalle. Auch wenn diese im Dunkeln lag, reichte der Mondschein aus, der durch die Kuppel aus Glas fiel, um alles in ein sanftes Licht zu tauchen. Links und rechts befanden sich Säulen, zwischen denen Skulpturen von Kämpfern aufgestellt worden waren. Der Boden glänzte und spiegelte alles, was die Halle noch größer wirken ließ.

»Komm heraus und stell dich!«, brüllte Lichtfels und lief auf der rechten Seite entlang.

Seine Fäuste hielt er nah an der Brust und bemühte sich, flach zu atmen, um sich nicht zu verraten. Seine Schritte hallten und offenbarten seine Position, was er gerne vermieden hätte.

Hinter jeder Säule oder Skulptur konnte der Primeas stehen, auf ihn lauern und ihn aus dem Hinterhalt angreifen.

Lichtfels näherte sich dem Ende der Halle, an dem ein Podium zu sehen war. Hier waren die Anwärter früher in den Stand als dekarische Kämpfer erhoben worden.

Dass Rikard sich herwagte, verblüffte Lichtfels, denn dieser Ort in Brayken war den Kämpfern am heiligsten. Hier hatten sie einst geschworen, das Volk zu beschützen und nicht es zu unterjochen.

Ich diene nicht mehr mir selbst, sondern dem Land und allen, die in ihm leben. Ein Leben für viele. Für alle Zeiten.

Worte, die Lichtfels nie vergessen hatte.

Er blieb stehen, als ein dumpfes Geräusch ertönte.

»Warum hier, Rikard? Willst du deinen Status abgeben? Genau hier, wo du vereidigt wurdest?« Zorn schwang in Lichtfels' Stimme mit.

Ein Lichtpunkt bewegte sich an der Wand, der seine Aufmerksamkeit erregte.

Er wandte sich ihm zu. »Was ist mit dir?! Du, der Wanil als Feigling beschimpft hat!«

Auf der linken Seite neben einer der Skulpturen tauchte ein Schatten auf. An der Größe erkannte Lichtfels den Anführer der Primeas.

Er ließ seine Stahlhandschuhe glühen, hoffte, dass es das letzte Mal war, und verdrängte den Schmerz. Der Boden schimmerte blutrot auf.

»Dein Weg endet hier«, rief er donnernd.

Weitere Lichtpunkte tanzten über die Wand. Das Mondlicht spiegelte sich in zwei schmalen Klingen zwischen den Säulen, nicht weit weg von Rikard.

Wer? Was …?

Lichtfels erstarrte, als eine schlanke Gestalt hinter dem Säulengang entlangrannte und Rikard attackierte.

Grünes Licht leuchtete auf und mischte sich mit dem Auflodern von Flammen. Ein Mann schrie schmerzerfüllt auf und die Skulptur, hinter der sich Rikard versteckt hatte, zersprang mit einem Knall in viele Einzelteile.

Der schlanke Angreifer, der wie aus dem Nichts erschienen war, flog durch die Luft, stürzte zu Boden und rutschte noch ein Dutzend Schritte weiter.

Nein!

Lichtfels lief zu der verletzten Person. Während Rikard hustete und sich an der zerstörten Skulptur abstützte, drehte Lichtfels den Kämpfer, der auf dem Bauch gelandet war, um. Er hielt den Atem an, als er in Sarkhans blutiges Gesicht schaute.

»Ver...zeih mir, Licht...« Sarkhan spuckte Blut, das auch durch sein Hemd an den untersten Rippen sickerte.

Lichtfels griff seine Hand und drückte sie.

Warum war er hier? Wollte er doch an seiner Seite kämpfen?

Er atmete tief ein und die Erkenntnis, dass er seinem Freund nicht mehr helfen konnte, traf ihn wie ein Schlag in die Magengrube. Ein Heiler schien nicht in der Nähe zu sein.

Aus Sarkhans Augen rannen Tränen, und sein Körper erzitterte.

»Du gehörst zur Allianz. Immer«, murmelte Lichtfels.

Auf den bebenden Lippen seines Kämpfers deutete sich ein Lächeln an, aber es verzerrte sich, bis es schließlich einfror. Seine Augen wurden leer und der Handgriff lockerte sich.

Ein eiskalter Schauer lief Lichtfels über den Rücken. Er schluckte den Kloß in seinem Hals herunter und legte Sarkhans Hand auf den Boden, als er bemerkte, wie Rikard sich näherte.

Lichtfels blickte auf und sah in das aufgedunsene Gesicht seines Feindes. Die rechte Seite blutete und das Schwert schleppte er hinter sich her, als ob er es nicht mehr tragen könnte.

»Ein Kämpfer weniger fällt nicht auf«, meinte Rikard herablassend.

Lichtfels erhob sich, seine Fäuste glühten.

Der Anführer der Primeas zückte sein Schwert, dabei sackte er mit den Knien etwas zusammen.

»Ein Kämpfer mehr, für den es sich zu kämpfen lohnt.« Lichtfels preschte los, holte aus und seine Fäuste schlugen auf das Schwert ein, rissen es aus Rikards Hand. Scheppernd landete die Klinge auf dem Boden.

Ein letztes Mal sammelte Lichtfels seine Kraft und schlug keuchend zu, da der Schmerz kaum noch auszuhalten war. Er traf

Rikard am Kopf, was den Anführer der Primeas rücklings kippen und auf die Trümmer der Skulptur stürzen ließ.

Sein Genick brach mit einem ekelerregenden Knacken und der Körper blieb reglos liegen.

Wie ein Tuch legte sich die Stille über die Halle, in der sich Lichtfels auf einmal allein wiederfand.

Er senkte die Arme und zog sich mit einem leisen Stöhnen die Stahlhandschuhe ab. Kraftlos ließ er sie zu Boden fallen.

Seine Hände zitterten, waren angeschwollen und blau. Abdrücke des Stahls zeichneten Dellen auf seine Haut, und rote Verbrennungen leuchteten auf den Innenflächen.

Für einen Moment konzentrierte er sich auf seine Atmung, die sich langsam wieder beruhigte.

Er hatte gewonnen, nur mit welchem Erfolg?

Langsam wandte er sich Sarkhans leblosem Körper zu. Wie erstarrt sah der Beschwörer hinauf zur Glaskuppel.

Lichtfels hockte sich vor ihm hin und schloss vorsichtig die Augen seines Freundes.

»Des Kämpfers Leben sei verwirkt, nie jedoch seine Taten. Möge das Licht stets für dich leuchten.«

Ruhe in Frieden, Sarkhan, Wolfsbeschwörer.

Eine Weile betrachtete er seinen Freund, dessen Treue all die Jahre nie nachgelassen hatte, und schluckte den Schmerz, der in ihm aufkam, herunter. Zu viele Kämpfer hatten seinetwegen ihr Leben verloren, zu viele Menschen waren seit Diamantenseeles Herrschaft gestorben.

Lichtfels musste dem ein Ende setzen.

Er löste den Umhang seines Freundes und zerriss ihn in zwei Hälften. Mit der einen bedeckte er Sarkhans Körper, die andere legte er über Rikards toten Leib.

Sobald die Stadt gesichert wäre, würde er die Leichname holen, um sie zu verbrennen.

Lichtfels richtete sich auf, warf sich Rikards Schwert über die Schulter und verließ die Halle des Ruhmes, um zum Großen Platz zurückzukehren.

33

Ein Wiedersehen

Lara

Lara bemerkte als Erste, wie lange Lichtfels schon verschwunden war. Sein Tornado war das Letzte, was sie von ihm gesehen hatte, ehe sie sich wieder auf den Schutz ihrer Gefährten hatte konzentrieren müssen.

Sie drehte sich zu Paco, der in ihrer Nähe kämpfte. Mit nur einem Augenzwinkern erneuerte sie seinen Schutzschild, der sich wie eine zweite Haut auf ihn legte.

Nicht weit von ihm stand Angelo, der soeben mehrere Schwertkämpfer mit einem Wasserstrahl zurückdrängte. Auch seinen Schild erneuerte sie.

Mit den Augen suchte sie den Boden nach Verletzten ab, doch den Kämpfern, die sie entdeckte, konnte sie nicht mehr helfen.

Zwischen die Feinde mischten sich Bewohner von Brayken, blutüberströmt und mit leeren Augen, die in die Ferne blickten. Einige trugen schlichte Kettenhemden, andere hatten rostige Brustharnische aufgesetzt. Einfache Menschen, die ihr Leben der Freiheit opferten.

Ihr lief es kalt den Rücken herunter, als sie das Ausmaß dieses Kampfes begriff. Brayken so zu sehen, ließ sie innerlich erstarren.

»Lara!«

Als sie sich umdrehte, erblickte sie Splin, der jemanden über den Schultern trug. Neben ihm lief Keni, der seine Pfeile blitzschnell abschoss und ihnen somit Rückendeckung gab.

»Splin?! Keni?! Ihr seid hier?«, rief sie erstaunt.

Splin winkte ab. »Keine Zeit für Erklärungen, Tsunade ist schwer verletzt!«

»Lara«, erklang Mikaéls Ruf hinter ihr. »Ich brauche dich!«

Ihr dröhnte der Kopf. »Ich muss mich zuerst um Tsunade kümmern!«

Mikaél schien zum Glück zu verstehen. »Dann suche ich Aliya!«

»Ja!« Lara wandte sich wieder zu ihren Freunden um.

Splin legte den schlaffen Körper des Heilers vor ihr auf den Boden und zog ein Stück Stoff zur Seite, das blutgetränkt war. Eine klaffende Wunde kam zum Vorschein, die seine rechte Brust, die Schulter und den Arm überzog. Die Haut fehlte fast vollständig, Muskelstränge waren am Oberarm auseinandergerissen und Knochensplitter ragten heraus.

»Was ist geschehen?!«, fragte Lara entsetzt und schluckte die Übelkeit herunter.

»Drachenechsen. Sie haben unseren Weg gekreuzt, als wir zu euch zurückkehren wollten«, erklärte der Faustkämpfer.

»Blaeck!«, schrie sie in die Nacht hinein, doch der Dunkelelf war nicht zu sehen.

Sie kniete sich neben Tsunade und fühlte am Hals seinen schwachen Puls.

Zuerst die Blutung stoppen, Lara. Du kannst das.

Zu viel Blut hatte er schon verloren.

Lara legte ihre Hände auf die Verletzung. Blaues Licht strömte aus ihren Fingern, mit dem sie die erste Wunde behandelte, dabei arbeitete sie sich vom Hals zum Arm vor.

Schlagartig riss Tsunade die Augen auf, stöhnte und rang nach Luft. Er versuchte, sich zu bewegen.

»Nicht!«, befahl Splin. »Bleib ruhig!«

Im Augenwinkel bemerkte Lara, wie sich seine Finger zu Krallen formten.

»Pass auf, die Krallenhand!«, rief sie und drückte Tsunades linken Arm nach unten. »Keni! Halt ihn fest!«

Sie heilte die Wunde weiter, doch ihr Kämpferfreund wehrte sich nun vehement.

Verwirrt blickte er umher und verfluchte seine Freunde.

Mit Müh und Not setzte sie ihre Kräfte ein, aber die Gegenwehr von Tsunade unterbrach ihre Zauber. Immer wieder musste sie aufhören, weil er nicht nur seine Kameraden, sondern auch sich selbst verletzte. Die eben verheilte Schlagader riss erneut auf, Blut quoll aus dem Arm.

Lara stiegen Tränen in die Augen. »Halt endlich still.«

Sie konzentrierte sich einzig auf die Verletzung und übersah dadurch zunächst den hellen Kreis, der sich auf dem Kopfsteinpflaster unter ihnen bildete.

Zu spät entdeckte sie die vielen Lichtpunkte, auf die sie nicht mehr reagieren konnte. Pfeile schossen aus dem Himmel herunter und waren kurz davor, sie zu treffen. Da legte sich schon Blaecks Schutzschild über sie, ließ die Pfeile wie Hagelkörner abprallen.

Der Dunkelelf lähmte den feindlichen Schützen, sodass Keni ihn mit einem gezielten Schuss außer Kraft setzte. Dann wandte Blaeck sich Tsunade zu und sagte tonlos: »Sein Arm muss abgetrennt werden.«

»Nein.« Fassungslosigkeit zeichnete sich auf Splins Gesicht ab.

»Wir beide retten ihn!«, rief Lara. »Wir schaffen das.«

Blaeck beugte sich zu ihr. »Es ist zu spät. Du weißt genau, dass wir Wunden innerhalb kürzester Zeit heilen müssen. Sieh dir den Arm an! Willst du ihm das Leben retten oder ihn begraben?!«

»Du bist ein Dunkelelf!«, widersprach Splin panisch. »Du hast elfische Fähigkeiten!«

Blaeck ignorierte den Kämpfer und sah stattdessen Lara durchdringend an.

Sie schluckte. Tsunade atmete nur noch flach und seine Haut war kalkweiß geworden.

Blaeck lag nicht falsch. Anhand der monotonen Stimme merkte sie, dass sein Geist Tsunades Körper entlangtastete. Sie hatte es bei ihm gesehen, als er sie und ihr Kind untersucht hatte.

Der Arm war nicht mehr zu retten, sie fühlte es an der Kälte unter der Haut. Selbst Blaeck, der viele Leben gerettet hatte, konnte in diesem Moment nichts mehr ausrichten.

»Der Arm muss ab«, bestätigte sie resigniert. Splin schüttelte den Kopf, doch er widersprach nicht mehr und ging zur Seite.

Blaeck hockte sich neben Lara hin und zog ein kleines Fläschchen aus seiner Umhängetasche.

Mohnsaft, dachte Lara. Hatte er ihn die ganze Zeit bei sich gehabt?

Er hob Tsunades Kopf an und träufelte den Inhalt in den Mund des Verletzten. »Ich säge ihm den Arm ab, du heilst die Wunde. Verstanden?«

Lara nickte und legte ihre Hände auf Tsunades Schulter. Wieder unterdrückte sie ein Würgen.

Blaeck suchte eine Knochensäge und ein Leinentuch aus Laras Tasche. Zuerst band er mit dem Stoff den Arm ab, dann ließ er die Säge in der Hand blau aufglühen. Sein magisches Feuer würde den Schnitt unterstützen, damit er den Eingriff schneller vollziehen konnte.

Schließlich trennte Blaeck den Arm unterhalb der Stelle ab, wo der Knochen hervorstach.

Obwohl Tsunade bewegungsunfähig war, fühlte Lara die zitternden Muskeln in der Brust. Das Blut pulsierte unter ihren Fingerspitzen und ihr blaues Licht breitete sich über das restliche Stück des Oberarms aus, hüllte es ein wie ein Schleier.

Tsunade wurde ohnmächtig.

Oh nein.

»Blaeck?«, fragte sie unsicher.

»Es ist alles gut, sein Körper heilt«, antwortete er ruhig. »Er schläft nur.« Blaeck half ihr noch, die große Wunde am Arm zu verschließen, bevor er sich wieder dem Kampf widmete. »Ruf mich, wenn du Hilfe benötigst.«

Lara nickte ihm dankend zu, ehe ihr Licht verblasste.

Die Haut war nachgewachsen und hatte die Wunde verschlossen. Sie fuhr dem Kämpfer über die kalte Stirn, ließ erneut ihre Heilkraft wirken, wodurch er ruhig atmete und sein Körper sich entspannte.

»Tragt ihn dort hinein.« Sie zeigte auf einen Laden, dessen Tür aus den Angeln gerissen und Fenster eingeschlagen worden waren. »Bleibt bei ihm, ich bin in der Nähe, falls er erwacht.«

Ihre Kameraden nickten wortlos.

Lara stand auf und suchte den Großen Platz ab, doch sie wusste nicht nach wem oder nach was. Ihr schmerzte der Rücken, der

Mund war trocken und ihr Kopf hämmerte. Tsunades Heilung hatte sie viel Kraft gekostet.

Er war ein Heiler wie sie und hatte seinen rechten Arm verloren, einen Arm, den er brauchte. Würde er je wieder kämpfen können? Würde er es noch wollen?

Sie umfasste mit der rechten Hand die Peitsche, deren Eisengriff mit Leder umwickelt war. Die Waffe lag genau in ihrer Handfläche.

Es war ein Gefühl, das Tsunade mit seinem rechten Arm nicht mehr spüren würde.

Lara schluckte, kniff sich selbst in die Schulter, um ihre Anspannung zu lockern, und überblickte den Platz. Immer noch fehlte von Lichtfels jede Spur.

Wo war er nur so lange?

Das Klirren der Waffen und das Zischen der Pfeile ließen nach. Auch das Beben des Erdbodens und das Aufflammen der Blitze nahmen immer mehr ab. Das Einzige, was noch deutlich zu hören war, waren die Schreie der Kämpfer, die Lara mehr denn je schmerzten.

Dann entdeckte sie eine junge Heilerin mit langem blondem Haar. Vermutlich eine Schülerin, die sich um die Verletzten kümmerte.

Wie sehr wünschte sich Lara, dass den Lehrlingen der Akademie der Kampf erspart geblieben wäre. In dem Alter solche Erfahrungen sammeln zu müssen, prägte sie fortan für immer.

Das Mädchen, das eben noch gehockt hatte, richtete sich auf und drehte sich zu ihr um.

Lara stockte der Atem. »Mildred?«

Auch wenn das Gesicht der Schülerin von Ruß und Staub bedeckt war, erkannte sie ihre Sommersprossen.

Zischend sog Mildred Luft ein. »Ihr … lebt?«

Lara nickte, denn zu mehr war sie nicht imstande. Tränen sammelten sich in ihren Augen.

Meine Mildred.

Weinend lief das Mädchen auf sie zu und fiel ihr in die geöffneten Arme. »Meine Lehrmeisterin lebt«, wiederholte sie mehrfach hintereinander, als könnte sie es nicht glauben.

Lara umarmte sie so fest, wie sie ihre Tochter halten würde, wenn sie eine hätte. Trotz Diamantenseeles Herrschaft und der Zustände in Brayken hatte die Schülerin überlebt. Und ihre zweite?

»Wo ist …?«, begann sie vorsichtig zu fragen, doch Mildreds Kopfschütteln war ihr Antwort genug.

Sie spendeten sich gegenseitig Trost an einem Ort, an dem Freude und Trauer eng beieinanderstanden.

Lara schob sie ein Stück von sich, um sie anzuschauen. »Du bist groß geworden.« Sie wischte ihre Tränen und den Schmutz aus dem Gesicht. »Und so schön.«

Mildred lächelte matt. »Ich bin froh, dass Ihr lebt und gekommen seid.«

Lara schniefte und umarmte sie noch einmal. »Das bin ich auch.«

Sie genoss den Augenblick, bevor sie ihre Aufmerksamkeit wieder zu der Stadt lenkte.

Das Handelshaus lag als eine Ruine vor ihr und das Gemäuer wirkte wie ein unvollendeter und verbrannter Teppich. Verkohlte Holzbalken stachen in den Himmel wie Nadeln in schwarzgrauen Samt. Aus den Rauchsäulen wurden graue Schleier, die durch jedes noch so kleine Loch passten und gen Himmel stiegen, bis sie sich auflösten. Wie an den letzten Fäden des Lebens züngelten Flammen an den Überresten von Holz und Stoff.

»Mildred«, begann Lara zu sprechen. »Wir sehen uns später, ja? Wir müssen weiter den Menschen helfen.«

Ihre Schülerin nickte rasch. »Natürlich.«

Nachdem sie sich voneinander gelöst hatten, hielt Mildred nach Verletzten Ausschau und fand sofort einen Bewohner der Stadt, der nach Hilfe rief.

Währenddessen wanderte Laras Blick in die Mitte des Platzes, an dem sich immer mehr Schattenjäger und Primeas sammelten. Sie waren umzingelt von der Allianz und von Braykens übrig gebliebenen Kämpfern.

Lichtfels, wo bist du nur?

Inständig hoffte sie, dass ihm nichts geschehen war.

Der Kreis um die Feinde wurde enger gezogen. Die beiden Gilden befanden sich genau an der Stelle, an der vorher die Einwohner Braykens gestanden hatten – allein, machtlos und sich selbst überlassen.

Lara sah die dunklen Schatten in ihren Gesichtern. Kaum jemand hielt eine Waffe aufrecht, die Arme hingen schlaff herunter.

Ein Heiler der Schattenjäger kümmerte sich noch um zwei seiner Kameraden, bis er selbst zusammensackte.

Der Nächste umklammerte den Bogen wie ein Schwert in der Hand, da er keine Pfeile mehr besaß. Seine Augen waren weit aufgerissen und die Lippen zitterten.

Mit einem Mal lenkte etwas ihre Blicke zum Ende des Platzes, und Lara kam es vor, als ob sich in einer schwarzen Nacht ein Stern erhob, als sie den Mann entdeckte, in dem ihrer aller Hoffnung ruhte.

Aus der Straße, die dort mündete, trat in ebendiesem Moment Lichtfels mit großen Schritten aus dem Schatten. Rikards Schwert trug er auf der linken Schulter.

Er ging um den Krater herum und näherte sich den Kämpfern, sein Blick galt jedoch ausschließlich den Feinden.

Nervös bewegten sich die Schattenjäger und Primeas von einem auf das andere Bein, sahen hektisch hin und her, während Rufe aus den Reihen drangen.

»Er trägt Rikards Schwert!«, rief ein Kämpfer.

»Das ist unmöglich!«, schrie ein anderer.

Lara atmete durch und ein Lächeln huschte ihr über die Lippen.

Er hatte es geschafft, denn er trug die Waffe des Feindes, was als Zeichen dafür galt, das der Kämpfer umgekommen war.

Die Schlacht war so gut wie beendet, dennoch hatte sie ein mulmiges Gefühl im Bauch, als sie in das Gesicht ihres Anführers sah.

Lichtfels' Augenbrauen waren zusammengezogen und seine Lippen formten eine schmale Linie. Er mied ihren Blick, was er nur tat, wenn er etwas verbergen wollte. Etwas musste passiert sein.

»Der Kampf ist vorbei«, sagte Lichtfels mit erhobener Stimme. Gerri trat an ihn heran und hielt Wanils Stab in die Luft, damit ihn jeder sehen konnte. »Eure Anführer sind gefallen«, fuhr Lichtfels fort und stellte Rikards Schwert vor sich auf.

Ein lautes Gemurmel ging durch die gegnerischen Kämpfer, bis einige Waffen zu Boden geworfen wurden. Nacheinander ließen sie sich auf ihre Knie nieder.

Erleichtert atmete Lara auf.

Endlich hat es ein Ende.

Doch dann sah sie Bianka, die schweißgebadet angerannt kam.

Wo hast du dich die ganze Zeit aufgehalten?

Instinktiv legte Lara einen Schutzschild um ihren Anführer.

»Lichtfels, einige haben sich im Verlies verbarrikadiert. Sie drohen, die Gefangenen zu töten. Wir brauchen dich!« Panik schwang in der Stimme der Magierin mit.

»Aliya, Gerri, Wibatem, Mikaél, ihr kommt mit mir«, entschied Lichtfels sofort. »Blaeck, Lara, nehmt ihnen die Waffen weg und bewacht sie. Wartet auf meinen nächsten Befehl.«

Aber …

Vertraute er Bianka einfach?

»Passt auf euch auf!«, rief sie ihnen noch hinterher.

Lichtfels nickte ihr zu, während die anderen schon Bianka folgten. Laras Kind trat gegen die Bauchdecke.

34

Letzter Widerstand

Lichtfels

»Wir haben sie verfolgt, mit ihnen gekämpft, doch sie hatten Hurik und die anderen als Geiseln, wodurch wir ihnen nicht schaden konnten«, erklärte Bianka, während sie neben Lichtfels lief.

»Wie viele sind dort unten?«, hakte er nach.

Die Magierin überlegte einen Moment. »Vier oder fünf Primeas. Ein Kämpfer mit zwei Schwertern, ein Heiler, vermutlich ist auch ein Magier unter ihnen. Bei den anderen bin ich mir nicht sicher.«

Lichtfels schnaubte. »Das sollte kein Hindernis sein.«

Er betrat ein unscheinbares Gebäude, einhundert Schritte vom Großen Platz entfernt, und lief einen langen Gang entlang, in dem sich links und rechts kleine Zellen befanden. Die Gitter waren aus den Angeln gerissen, sodass sie beim Vorbeigehen in die Arresträume schauen konnten. In jeder Zelle stand eine Holzpritsche und lag eine löchrige Filzdecke.

»Lichtfels?!« Aliya, die zu ihm aufgeschlossen hatte, erschrak. »Was ist mit deinen Händen?«

»Darum kümmern wir uns später«, antwortete er ausweichend.

»Ernsthaft, Aliya sollte sie heilen«, schlug Mikaél vor. »So kannst du nicht kämpfen.«

Aliyas Gesicht wurde blass, was Lichtfels nicht verborgen blieb.

Auch wenn seine Hände angeschwollen waren und bei jeder Bewegung schmerzten, hatte das Brennen nachgelassen.

Er brauchte noch keine Heilung.

»Wir befreien jetzt die Gefangenen«, entschied er entschlossen.

»Sicher?«, hakte Mikaél nach.

Lichtfels nickte. Er dankte seinem Kämpfer für die Sorge, aber er wollte die Menschen in Sicherheit bringen, die gefangen waren.

»Wie du meinst«, murmelte Mikaél und ging voran.

Bis auf Aliya liefen alle weiter. Worauf wartete sie?

»Komm«, forderte Lichtfels die Halbelfe auf.

Sie erwachte aus ihrer Starre. »Ja … ich bin schon da.«

Nachdenklich blickte Lichtfels ihr hinterher, ehe er ihr folgte.

Sie gelangten eine breite Steintreppe hinunter, die von Fackeln erleuchtet war. Die Umgebung wurde kälter als zuvor, Kies lag auf dem Boden, und die Wände, die zuvor mit weißem Lehm bestrichen waren, wirkten wie aus Stein geschlagen.

Ramko und Sanjo pressten sich gegen das große Holztor, das ihnen mit einem Mal den Weg versperrte.

»Sie haben es verbarrikadiert«, brummte Ramko, dessen makhenischer Akzent deutlich zu hören war.

»Macht euch bereit«, befahl Lichtfels.

»Wie wollen wir vorgehen?«, fragte Bianka.

»Wir verhandeln mit ihnen«, antwortete er, gab Mikaél und Wibatem ein Zeichen und schüttelte die Arme aus. »Auf die *altbekannte* Weise.«

Genug Unschuldige sind gestorben, schoss ihm durch den Kopf.

Er nahm Anlauf und warf sich kraftvoll mit der Schulter gegen das Holztor. Mikaél und Wibatem machten es ihm gleich.

Die Bretter knackten.

Lichtfels' Muskeln erzitterten bei dem Aufprall. Er schnaubte, als der Schmerz sich über seinen Rücken entlang und bis in seinem Oberarm ausbreitete.

Das Holz barst entzwei, die Scharniere brachen, und der Kies wirbelte wie Wurfgeschosse vor ihnen auf.

Die fünf Primeas, die sich dahinter verbarrikadiert hatten, stürzten auf sie zu.

Bevor der feindliche Heiler Lichtfels erreichen und weitere Schutzzauber wirken konnte, blieb er allerdings wie eingefroren stehen. Aliyas Peitschenschnur legte sich schon um dessen Hals, nahm ihm die Luft zum Atmen.

Wibatem entwaffnete einen Schwertkämpfer ohne Probleme und schlug ihn ohnmächtig.

Zeitgleich rannte Gerri mit seiner Armbrust dem Beschwörer entgegen und rammte ihm die schwere Waffe in den Bauch, wodurch dieser keine Zeit mehr hatte, sich zu verteidigen. Der Gegner krümmte sich, was Gerri ausnutzte, um ihm das Genick zu brechen.

Währenddessen preschte Lichtfels zu dem Kämpfer mit Zauberstab. Der feindliche Magier schoss noch eine flammende Kugel zur Abwehr, die ihn nicht traf.

Lichtfels holte zum Gegenschlag aus und setzte ihn mit der Faust außer Gefecht.

Ein Keuchen glitt aus seinem Mund, als die Hand sich verkrampfte. Er versuchte den Schmerz wegzuschütteln, doch es brachte nichts.

»Nein!«, schrie Aliya.

Lichtfels' Blick wanderte zuerst zu ihr, schweifte dann zur gegenüberliegenden Wand.

Dort stand ein zweiter Schwertkämpfer der Primeas und hielt seinen Dolch an die Kehle des Schülers, der vor wenigen Stunden am Galgen hätte hängen sollen.

Die Hand des Primeas zitterte. »Geht aus dem Weg oder ich töte ihn«, rief er und seine Stimme überschlug sich.

Der Junge, dessen Kleidung nur noch aus Lumpen bestand, hatte die Augen weit aufgerissen.

Lichtfels lachte. »Sieh dich um. Du wirst dieses Verlies nicht lebend verlassen, ob du ihn tötest oder nicht.«

Die Atemzüge des feindlichen Schwertkämpfers wurden schneller und schneller. Er zog den Kopf des Jungen weiter zurück und wollte ihm die Kehle durchschneiden. Doch er hinterließ keinen einzigen blutigen Schnitt. Angespannt hielt er den Dolch fest und fluchte in Aliyas Richtung.

Sie hatte einen Schutzzauber um den Schüler gelegt.

Der Feind warf die Waffe beiseite und nahm den Kopf des Gefangenen in beide Hände. »Dagegen hilft kein Schild, Hexe!«

»Ah!«, schrie der Junge.

Der Primeas übte weiteren Druck auf den Schädel aus, bis er in seiner Bewegung innehielt.

»Ich lähme ihn«, sagte Aliya zornig.

Wie ein Wolf knurrte der Schwertkämpfer. Speichel lief aus den Mundwinkeln.

Lichtfels stürmte zu dem Primeas und presste die Hände so weit auseinander, dass der Junge sich befreien konnte. Dann hob er den Dolch vom Boden auf, blickte dem Widersacher ein letztes Mal in die Augen und durchschnitt ihm die Kehle.

Blut quoll aus dem Schnitt am Hals und der Primeas, der sich immer noch nicht bewegte, verdrehte die Augen. Röchelnd brach sein Körper zusammen, als die Lähmung nachgelassen hatte.

Auch wenn Lichtfels genug davon hatte, dass Kämpfer ihre Leben ließen – in diesem Moment berührte es ihn nicht einmal. Er hatte in der letzten Nacht so viel Blut gesehen und Schmerz gefühlt, dass es ihn abstumpfte.

Dieser Gedanke erschreckte ihn, aber er wusste auch, dass damit der letzte Kämpfer, der Widerstand geleistet hatte, besiegt war.

Lichtfels atmete tief durch und die Last, dass noch jemand in Brayken in Gefahr schwebte, fiel von seinen Schultern ab.

»Sucht nach den Gefangenen«, sagte er und die Gruppe teilte sich mit Fackeln in den Händen auf, während er sich mit dem Unterarm den Schweiß abwischte.

Der Raum war kreisförmig aufgebaut. Neben dem Eingang gingen vier Gänge von ihm ab, in denen sich Verliese befanden.

Nacheinander öffneten die Gefährten die Türen, doch die ersten Zellen waren unbesetzt.

»Wir sind hier«, rief Hurik, der seine klobige Hand durch die Gitterstäbe steckte. Durch seinen Akzent rollte er das R, was Lichtfels sofort bekannt vorkam.

Nachdem Ramko die Verliestür quietschend aufgeschoben hatte, trat Hurik in den Schein des Feuers, dicht gefolgt von dem zweiten Schüler. Dieser schaute sich nervös um und hatte die Arme vor der Brust verschränkt, als würde er frösteln.

Spuren von Schlägen prangten auf den Wangen der beiden und leuchteten rot.

»Ist es vorüber?«, fragte Hurik hoffnungsvoll.

»Der Kampf ist vorbei«, bestätigte Lichtfels.

Sein ehemaliger Faustkämpfer und er legten sich gegenseitig die Hände auf die Schulter.

»Danke. Es ist mir eine Freude, dich zu sehen«, erwiderte er.

Lichtfels nickte. »Die Freude gilt auch meinerseits.«

Hurik trat zurück und warf einen Blick zu Bianka, die taumelnd hinter Sanjo stand. Der Magierin traten Tränen in die Augen, und flinken Fußes eilte der Faustkämpfer zu seiner Gemahlin. Er nahm sie in den Arm, bevor die Beine unter ihr drohten nachzugeben, und setzte sich zusammen mit ihr auf den Boden. Auf seinen Schoß gebettet drückte er sie fest an sich.

»Wir haben überlebt«, murmelte er in ihr Ohr.

Ramko und Sanjo lächelten sich an und stießen mit ihren Ellenbogen aneinander.

»Jawohl, das haben wir«, ergänzte Ramko.

»Theo?«, drang die Stimme des ersten Schülers an Lichtfels' Ohr.

Der zweite Schüler, dessen Name dies zu sein schien, machte einen langen Hals. »Ich bin hier.«

Lichtfels trat beiseite und ließ den Knaben an ihm vorbeigehen. Die Mundwinkel der Schüler zuckten, ehe auch sie sich stürmisch umarmten.

»Wir leben, wir leben«, sprach Theo mehrfach, fast so, als könnte er es selbst kaum glauben.

Währenddessen hatten Lichtfels' Gefährten die nächsten Verliese geöffnet.

»Hier ist noch jemand«, rief Gerri und näherte sich mit dem Speerkämpfer, der gehängt werden sollte.

Der Fremde neigte vor Lichtfels den Kopf. »Mein Name ist Aleks und ich stehe Euch zu Diensten.« Er hatte kurz geschnittenes blondes Haar und an seiner Wange zog sich eine rote Narbe herunter, die wie ein L aussah.

»Ich bin weder dein König noch dein Anführer. Du schuldest niemandem Dienste«, sagte Lichtfels.

Aleks' Mund blieb offen stehen. »Keine Bestrafung?«

»Du bist ein Feind meines Feindes. Ich sehe keinen Grund, dich zu bestrafen«, erklärte Lichtfels ruhig.

Der Speerkämpfer zögerte. »Ich habe vor geraumer Zeit gegen einige von Euch gekämpft, es ist nicht lange her.«

Lichtfels' Augenbrauen hoben sich. »Du kannst deine Schuld anderweitig begleichen.«

Aleks schluckte und verneigte sich erneut vor ihm.

Lichtfels beachtete ihn nicht weiter und richtete den Blick stattdessen in den letzten Gang, den Wibatem und Aliya betreten hatten. Die beiden öffneten die Zellen, die sie nach und nach begutachteten. Weitere Gefangene schien es nicht zu geben, was Lichtfels erleichtert aufatmen ließ.

Seine Heilerin und sein Beschwörer erreichten das allerletzte Verlies, das sich in der hintersten Ecke befand. Sie schlossen es auf und warfen einen Blick hinein.

Wibatem drehte sich zum Gehen um, als Aliya ihn festhielt.

»Warte, dort hinten«, rief sie zögerlich und erregte damit die Aufmerksamkeit der Gefährten.

Ihre Augen, die besorgt dreinblickten, trafen sich mit denen von Lichtfels und er wusste sofort, dass dort noch etwas oder jemand war.

Er eilte zu ihnen und betrat das kalte Verlies. Sein Haar berührte die abgerundete Decke, sodass er leicht gebückt durch die Tür gehen musste.

Der Geruch von Blut, Urin und Schweiß drang ihm in die Nase, und das Licht der Fackeln überzog die feuchten Wände mit einem orangefarbenen Schleier.

Einige Nischen, die in das Gestein geschlagen worden waren, lagen allerdings im Schatten.

Und dort hockte ein Gefangener mit abgewetzter Kleidung und filzigem Haar. Er geriet in Panik und rückte von ihnen weg. Eiserne Ketten klirrten, als er sich bewegte.

»Nicht«, murmelte Aliya beruhigend. »Wir befreien dich.« Noch sanfter fuhr sie fort: »Hab keine Furcht.«

Der Gefangene blickte sie vorsichtig an, das Gesicht lag unter dem Haar verborgen.

»Wer seid Ihr?«, fragte er mit krächzender Stimme.

»Ich bin eine Heilerin. Hast du Schmerzen?«

Wer konnte das sein? Lichtfels kniff die Augen zusammen.

Aliya näherte sich dem Gefangenen einen Schritt und bewegte die Hand in seine Richtung, als der Fremde erneut von ihr wegrutschte.

»Weg! Kommt mir nicht zu nahe!« Die heisere Stimme fand etwas Kraft. Seine Fingerspitzen begannen zu glühen.

»Aliya, geh weg von ihm!«, befahl Lichtfels.

Der Gefangene blickte in seine Richtung. »Du«, fauchte er.

Ketten klirrten erneut, als er sich daran hochzog. Sie waren sowohl um seine Handgelenke als auch um seine Fußgelenke gewickelt. »Du bist schuld.«

Bei den Gebrüdern Braykions …

Lichtfels beugte sich ein Stück nach vorne.

Sein Äußeres deutete darauf hin, dass er schon viel zu lange in der Kälte gefangen war.

Lichtfels erkannte ihn nicht. »Wer bist du?«

»Du.« Der Gefangene wurde immer lauter, immer eindringlicher und bewegte sich aus der Ecke heraus. »Du!«

»Es reicht«, sagte Lichtfels streng und entzündete eine Lichtkugel, die jegliche Dunkelheit verbannte.

Er wollte wissen, wen er vor sich hatte.

Der Mann war dürr. Seine Glieder bestanden nur noch aus Haut und Knochen, die von blauen Flecken überzogen waren.

Er stürzte, geblendet vom Licht und entkräftet vom Stehen, als das Haar zur Seite rutschte. Die Hand fiel zu Boden, sodass sein blasses, eingefallenes Gesicht nicht mehr verborgen war. Dunkle Schatten hatten sich um die Augen gelegt, deren Iriden trotz des Lichts schmal blieben. Unter seiner Nase befand sich verkrustetes Blut und seine Lippen waren eingerissen.

Lichtfels stockte der Atem.

Was haben sie dir angetan?

Wütend ballten sich seine Hände zu Fäusten, denn er erkannte jetzt den Gefangenen.

Es handelte sich um einen von ihnen, einen der Allianz, Laras Gemahl und Lichtfels' besten Freund.

Es war Jacki.

35

Lichtfels' Erinnerung:

In der Wasser-Arena

20 Jahre zuvor …

»Wie ist deine gesundheitliche Verfassung?«, fragte mein Lehrer.

»Gut, Meister«, antwortete ich und nickte kurz. Dabei senkte ich den Blick und schaute auf seine grauen Lederstiefel.

Genug Zeit war seit meiner Ankunft in Brayken vergangen, um die erste Kämpferprüfung abzulegen. Mein Herz klopfte schnell und ich krallte meine Fingerspitzen in die Handfläche.

Ruhig fuhr er fort. »Bist du bereit?«

»Ja, Meister«, bestätigte ich und sah ihn wieder an.

Mein Lehrmeister war ein Faustkämpfer, doppelt so groß und breit wie ich, doch anstatt in Rüstung vor mir zu stehen, trug er nur eine dunkelblaue Tunika und eine einfache Lederhose. Erste Falten durchzogen sein Gesicht, und schwarzgraues schulterlanges Haar umrahmte es.

»In dem Raum hinter dir wirst du auf vier weitere Prüflinge treffen«, erklärte er. »Ihr habt kurz Zeit, um euch zu besprechen. Danach kämpft ihr. Bedenke eines: Jemand könnte versuchen, euch aufzuhalten. Finde heraus, wer der Saboteur ist.«

»Verstanden, Meister.« Ich setzte meine schlichten Stahlhandschuhe auf, die nur meine Handrücken und die Fingerspitzen bedeckten.

Er hielt mir seine Faust entgegen, die ich mit meiner berührte.

»Mit der Kraft der Faust«, sprachen wir zeitgleich den Leitspruch unserer Kampfkunst aus.

Mein Lehrmeister öffnete das Tor, ich nickte ihm ein letztes Mal zu und trat in das helle Licht.

Es dauerte wenige Atemzüge, bis sich meine Augen an die Helligkeit gewöhnt hatten, die über die Kuppel hereinfiel und die Wasser-Arena erleuchtete.

Die Halle bestand, bis auf die Tribünen und Plateaus, aus Wasser. Flache Wellen schlugen gegen die Wände des Beckens und schwappten über den Rand. Den Boden des Gewässers konnte ich nicht erkennen, aber auf der Wasseroberfläche schwammen Inseln aus Holz und Schilf, manche nur so groß, dass eine Person darauf Platz hatte.

Genau in der Mitte befand sich eine Anhöhe, auf der die anderen Prüflinge standen.

Ich sprang in das Becken, tauchte durch das lauwarme Wasser und erreichte die Gruppe. Auch die anderen waren durchnässt bis auf die Knochen und einzelne Tropfen perlten von ihnen herab.

Die erste Person, die an mich herantrat, war ein Mädchen mit blonden Locken und roten Wangen.

»Wer bist du?«, fragte sie mich höflich.

»Lichtfels«, antwortete ich.

Zuerst schien sie über den Namen zu staunen, dann huschte ein Lächeln über ihr Gesicht. »Beeindruckend. Hast du ihn dir selbst gegeben? Ich bin Lara, die Heilerin.«

Ich nickte und schüttelte zögernd ihre Hand, die sie mir entgegenhielt.

Hinter ihr stand ein Junge, ich schätzte ihn wie mich auf fünfzehn Jahre, doch seine Miene blieb ernst. Sein kinnlanges blondes Haar wischte er zurück, damit es nicht vor dem Gesicht hing. Die grauen Augen schimmerten so unnatürlich hell, dass sie mich an Metall erinnerten. Mit ihnen musterte er mich von oben bis unten, als ob er mich durchleuchten wollte.

»Das ist Jackoson, auch Jacki genannt. Er ist der Magier in unserer Gruppe«, erzählte Lara weiter.

Jacki hielt einen schlichten aus Holz bestehenden Zauberstab in der Hand, an den er sich lehnte. Er reckte das Kinn und schaute weg. »Sprich nicht so viel mit ihm. Er ist vielleicht der Saboteur.«

Laras Augenbrauen zogen sich zusammen. »Trotzdem kämpft er mit uns.«

»Er könnte dich durch die Prüfung fallen lassen«, sagte er kühl.

»Was ist, wenn du der Saboteur bist?« Lara verdrehte die Augen.

Jacki straffte den Rücken. »Das hätte ich dir verraten.«

»Ach ja?« Sie neigte den Kopf zur Seite.

Ehe ich die anderen beiden Kämpfer kennenlernen konnte, ertönte der tiefe Klang eines Horns, der Inseln und Wasser vibrieren ließ. Kurz fiel es mir schwer, zu atmen, weil das Dröhnen bis tief in mein Herz drang.

Wellen schlugen aus und trugen schaumige Kronen.

Jacki und Lara nahmen ihre Angriffsposition ein, während der Bogenschütze und Schwertkämpfer, deren Namen ich nicht kannte, sich kampfbereit rüsteten.

Ich beobachtete die Umgebung, den Eingang und das Wasser, doch außer den Wellen, die immer größer wurden, passierte nichts. Als Nächstes wandte ich mich meiner Gruppe zu. Mit mir mussten sich vier Prüflinge der Aufgabe stellen. Einer von ihnen war der Saboteur.

Woran konnte ich ihn erkennen?

Das Horn verstummte, die Wellen schlugen hingegen weiter. Sie überschwemmten die Inseln, umspülten uns bis zu den Knien und brachten uns aus dem Gleichgewicht.

Auf einmal entdeckte ich etwas Schuppiges, das durch das Wasser glitt.

»Dort!«, rief ich und blinzelte. Es war schneller weg, als ich dachte.

»Was hast du gesehen?«, fragte Jacki.

»Eine Art Echse, Fisch oder so, keine Ahnung.«

Jacki ließ den Blick über das Wasser schweifen und streckte den Hals. Die Schuppen tauchten nicht noch einmal auf.

Mit schmalen Augen betrachtete er mich und mir wurde bewusst, dass er dachte, ich wäre der Saboteur.

»Ah!« Den Schwertkämpfer riss etwas von den Beinen. Erneut sah ich die silberglänzenden Schuppen und einen langen Schwanz, der dem einer Schlange glich. Er zog den Kämpfer von dem Plateau herunter, mitten in die Wellen hinein.

Der Bogenschütze stellte sich auf, schoss aber noch nicht. Er hatte Schwierigkeiten, auf das Wesen zu zielen, von dem wir immer noch nicht wussten, was es war.

Immer wieder durchbrach der Schwertkämpfer die Oberfläche, ruderte wild mit den Armen. Das Wesen hielt ihn an den Beinen fest, wollte nicht lockerlassen.

»Schieß endlich«, fauchte Jacki.

Der Bogenschütze zitterte, spannte den Pfeil und ließ los. Nur knapp flog das Geschoss an dem Schwertkämpfer vorbei.

Als das Wesen aufheulte, wussten wir, dass er es getroffen hatte.

Es war ein tiefes Heulen, das durch die Arena hallte. Das Wasser beruhigte sich und der Schwertkämpfer schwamm zurück zu unserer Insel. Sofort untersuchte Lara ihn, doch sie stellte keine schweren Verletzungen fest.

»War das die Prüfung?« Der Schwertkämpfer hustete und rang nach Luft.

»Ich denke nicht«, entgegnete Jacki.

Ich dachte genau wie er, denn dafür erschien mir die Prüfung zu leicht.

Wir hatten noch nichts erreicht.

In diesem Augenblick erhob sich ein silberner Wasserdrache vor uns aus dem Gewässer. Höher und höher stieg er bis zur Decke hinauf. Sein riesiges Gebiss war mit weißen Zähnen besetzt, die wie Kristalle schillerten. Seine Augen glühten violett und der schlangenartige Körper besaß statt zwei großen Flügeln mehrere Flossen, die wie scharfe Messer glänzten.

Ich schluckte und trat einige Schritte zurück. Den anderen Prüflingen wich ebenfalls jegliche Farbe aus den Gesichtern.

Ohne zu zögern, stürzte sich der Drache auf uns und zersplitterte damit die Gruppe.

Ich sprang ins Wasser und schwamm, so schnell ich konnte, zur nächsten Insel. Mühsam zog ich mich hinauf.

Jacki und Lara begaben sich ebenfalls zu einer anderen Plattform, während der Schwertkämpfer auf den Drachen einschlug. Der Bogenschütze blieb verschwunden.

Wo war er? Ich hoffte inständig, dass er nicht in Gefahr schwebte.

Das Tier brüllte und schnappte nach dem Prüfling mit Schwert, verletzte ihn aber nicht.

Jacki rammte in diesem Moment seinen Zauberstab vor sich in den Boden. Das Wasser um ihn herum verschwand, als ob es von einer unsichtbaren Mauer weggedrängt würde. Dann entstand an der Spitze des Stabs eine knisternde, blitzende Kugel, die er zu dem Drachen feuerte.

Der Zauber traf diesen mitten in den Rücken, sodass er sich von dem Schwertkämpfer abwandte.

Er bewegte sich auf Jacki und Lara zu, während mehrere Pfeile auf ihn niederregneten. Der Bogenschütze stand auf einer nahe gelegenen Insel neben mir, aber keines der Geschosse traf oder verletzte ihn. Der Schuppenpanzer schien zu dick zu sein.

Erneut wechselte das Tier die Richtung und tauchte zurück ins Wasser. Es schwamm an mir vorbei, wie ich erkannte, denn das Licht brach sich in seinen Schuppen unter der Oberfläche.

Ich sprang zurück in das Gewässer und fühlte die Schuppen zwischen meinen Händen, an denen ich mich festhalten konnte. Das Wesen zog mich mit sich.

Schnell tauchte es auf, mit mir am Rücken hängend, und stieg in die Höhe. Ich schnappte nach Luft, klammerte mich krampfhaft fest und suchte Halt mit meinen Füßen, doch ich rutschte immer wieder an der spiegelglatten Oberfläche ab.

Meine Finger schmerzten mittlerweile so stark, dass ich fluchte.

Der Drache brüllte, als er mich bemerkte. Er schwankte und wollte mich abwerfen, aber ich ließ nicht locker.

Schließlich fiel mein Blick auf die Empore, die sich weit oben in der Arena befand. Genau dort standen sechs Lehrmeister und beobachteten den Kampf.

Einer von ihnen, gekleidet in volle Rüstung, hatte sich am Geländer positioniert und heftete den Blick auf den Wasserdrachen. Zwei Schwerter hingen an seinem Gürtel, wodurch ich ihn als Beschwörer erkannte.

Natürlich, der Drache wurde von ihm herbeigezaubert!

Deswegen waren wir nur zu fünft und hatten keinen aus dieser Kämpferklasse in der Gruppe.

Der Drache war eine Illusion und sofort drangen die Worte des Lehrmeisters an mein Ohr: *Magie lässt sich am einfachsten mit Magie besiegen.*

»Jacki!«, schrie ich hinunter. »Frier das Wasser ein!« Mein Blick fiel nur kurz auf den Jungen, der den Kopf schüttelte. »Vertrau mir!«

Der Wasserdrache bewegte sich immer stürmischer hin und her. Meine Kräfte schwanden, aber ich durfte nicht loslassen.

Wie eine Schlange glitt er nach unten und wieder nach oben, als ob er tanzte. Etwas knackte an meiner linken Hand, und der Stahlhandschuh zerbrach.

»Jacki!«, brüllte ich.

Meine Finger versagten und der Arm verkrampfte, sodass ich mich fallen ließ. Ich rutschte an den Schuppen hinunter und stürzte in das Wasser.

Das Wesen holte mit dem Schwanz aus und versuchte, mich unter der Oberfläche zu treffen, doch ich konnte mit der Welle ausweichen.

In diesem Moment wurde das Gewässer kühler.

Nein. Nein! NEIN!

Schwach erkannte ich das Licht der Sonne in der Kuppel über mir und musste schleunigst auftauchen, bevor das Wasser zu Eis gefror. Die Kälte fühlte sich wie Nadeln an, die in meinen Körper stachen. Arme und Beine wurden schwerer.

Gleich, dachte ich. *Gleich habe ich die Wasseroberfläche erreicht.*

Der Wasserdrache neben mir kämpfte wie ich mit der Kälte. Er versuchte, in Bewegung zu bleiben. Stattdessen breiteten sich immer mehr Eiskristalle über seine Schuppen aus.

Das Licht der Sonne wurde undeutlich und milchig. Die Wasseroberfläche bewegte sich nicht mehr und meine Hand schlug gegen die Eisschicht.

Ich brüllte unter Wasser und hämmerte mit der rechten Hand gegen das Eis.

Über mir rannten Schatten hinweg, dumpfe Schreie nahm ich wahr.

Die Luft wurde knapp und mein Körper immer kälter. Ich konzentrierte mich auf meine rechte Hand, in der die Magie pulsierte. Als sie leuchtete, schlug ich erneut gegen das Eis, aber nur langsam lösten sich erste Schichten.

Ich versetzte der kalten Mauer noch einmal einen Schlag, holte wieder aus, bis sich der erste Riss zeigte.

Mir blieb die Luft weg. Wasser drang in meinen Mund, und meine Sicht verschwamm.

Etwas Rotes glühte über der Eisschicht auf. Erst warm, dann heiß. Es umwickelte mich wie ein Umhang.

Schließlich platzte das Eis.

Jemand packte meinen Arm und zog mich hinaus.

Hart landete ich auf dem Untergrund und hustete. Mein ganzer Körper zitterte.

»Lichtfels!« Lara berührte mich mit ihren Fingern im Gesicht. »Du bist bei uns.«

»Was … ist … passiert?«, stammelte ich.

Der Schwertkämpfer hockte sich zu mir. Sein Gesicht leuchtete rot vor Anstrengung, und seine Augen fielen schon fast müde zu. Hinter ihm positionierte sich der Schütze, der blass aussah und sich kaum noch auf den Beinen hielt.

Jacki war der Einzige, der noch aufrecht stand.

»Jacki hat das Wasser eingefroren«, erklärte Lara mit ihrer melodischen Stimme. »Er hat nicht gesehen, dass du hineingefallen bist. Als wir dich unter der Eisdecke entdeckt haben, versuchten wir, das Eis zu brechen. Doch Schwert und Hände waren zu schwach. Erst das Feuer konnte dich retten. Es hat nur gedauert, weil Jacki den Eiszauber beenden musste.« Sie legte ihre blauen Hände auf meine Brust, woraufhin sich Wärme in meinem Körper ausbreitete.

»Wo ist der Drache?«, fragte ich.

»Hinter dir«, antwortete Lara lächelnd.

Als sich meine Sicht wieder geklärt hatte, wandte ich mich ihm zu und registrierte den Eisdrachen, der wie eine Steinskulptur in die Höhe ragte. Er bewegte sich nicht mehr und das Licht verwandelte ihn in eine funkelnde Figur. Die eine Hälfte mit dem Kopf von ihm befand sich über dem Eis, die andere mit seinem Schwanz darunter.

Ich schluckte einen dicken Kloß herunter und war froh, dass wir den Kampf beendet hatten.

Nicht lange mussten wir warten, bis der Beschwörer das Tor der Halle öffnete. Er hatte den elegant geformten silbernen Helm abgesetzt, sodass wir sein Gesicht erkannten.

Sein Haar schimmerte weiß, doch bis auf die Mundfalten war die Haut straff und zeigte keine Spuren der Zeit.

Er lächelte, als er über die Eisschicht zu uns gelaufen kam. »Schüler, stellt euch auf!«

Wir gehorchten ihm und warteten auf das Ergebnis.

»Es war ein großes Spektakel für uns, ihr habt viel Mut bewiesen«, begann er feierlich. »Eine Frage ist noch offen, die ihr mir beantworten müsst. Wer von *euch* ist der Saboteur?«

Der Beschwörer fing bei dem Schwertkämpfer an.

»Der Bogenschütze war der Saboteur.«

Als Nächstes folgte der Schütze, der nervös sprach: »Der Magier war der Saboteur.«

Der Lehrmeister näherte sich mir und musterte mich. Bevor ich jedoch etwas sagte, überlegte ich einen Moment.

Der Schwertkämpfer wollte mich aus dem Eis schlagen, der Bogenschütze hatte den Drachen angegriffen, ohne zu zögern. Bei Lara verflogen die Zweifel schnell, nur bei Jacki war ich mir nicht sicher. Er vertraute mir nicht, von Anfang an.

Sicher, ich konnte vollkommen falschliegen, aber es spielte keine Rolle für mich. Ich entschied mich aus dem Bauch heraus. »Niemand von uns war der Saboteur.«

Die anderen vier Prüflinge betrachteten mich mit weit aufgerissenen Augen.

Der Beschwörer ging weiter zu Lara.

Die junge Heilerin fixierte erst Jacki, dann wieder mich. Auch sie überlegte mit gerunzelter Stirn. »Niemand von uns war der Saboteur.«

Überrascht schaute ich sie an und sie lächelte.

Als Letzter antwortete Jacki, fast schon etwas grummelnd: »Niemand von uns war der Saboteur.«

Der Beschwörer trat zurück und klatschte. »Niemand von euch war der Saboteur. Ich gratuliere euch dreien, ihr habt bestanden.«

Freudestrahlend fielen sich Jacki und Lara in die Arme.

Mir blieb der Mund offen stehen, denn ich konnte die Worte kaum glauben.

Bestanden.

»Ihr anderen zwei meldet euch bei euren Lehrmeistern. Ihr werdet eine neue Chance erhalten«, ergänzte der Beschwörer und verließ mit den zwei Prüflingen die Halle, während ich immer noch auf dem Eis stand und mich so leer und gedankenlos wie der Drache fühlte.

Jacki klopfte mir auf die Schulter. »Danke.«

»Es war mir eine Freude, Lichtfels.« Lara machte einen damenhaften Knicks.

»Ich danke euch ebenso«, entgegnete ich wie vom Glück berauscht.

»Wir sollten öfter zusammen kämpfen«, schlug Jacki vor. Er hielt mir seine Hand entgegen und ich schlug ein.

Von diesem Augenblick an wusste ich, dass ich ab jetzt mehr mit den beiden zu tun haben würde.

36

Eidbrecher

Aliya

Gegenwart

»Jacki«, murmelte Aliya und bewegte sich an Lichtfels und Wibatem vorbei. Ihren Magierfreund so zerbrechlich und verhungert zu sehen, schmerzte sie.

Sein kratziges Keuchen klang wie zwei aneinander reibende Steine und hinterließ einen kalten Schauer auf ihrem Rücken. Sie vermutete eine Lungenentzündung, die schon länger andauerte.

Lichtfels hielt sie an der Schulter fest. »Es ist zu gefährlich.«

»Sieh ihn dir an.« Sorge zeichnete sich auf ihrem Gesicht ab. »Er hat kaum noch Lebenskraft.«

Ihr Anführer holte tief Luft. »Er ist immer noch ein dekarischer Kämpfer mit Magie im Blut.«

»Ich weiß«, sagte Aliya betont ruhig und nahm Lichtfels' Hand von ihrer Schulter. »Ich möchte nur nach ihm sehen.«

Vorsichtig ging sie einen Schritt auf ihren Kämpferfreund zu. »Jacki, wir wollen dir helfen.«

Sofort rutschte er wieder in die hinterste Ecke und zog die dünnen Knie an den Körper. Er begann, sich hin und her zu wiegen, doch die Bewegung war nicht geschmeidig, sondern abgehackt. Von dem einstigen Magier erkannte Aliya nichts mehr, Jacki war zu einem gebrochenen Mann geworden.

»Was haben sie nur mit ihm gemacht?« Aliya fasste sich an den Hals, weil der Anblick ihr die Kehle zuschnürte.

»Vermutlich gefoltert«, antwortete Wibatem. »Aber wie? Was kann jemanden so zerstören?«

Lichtfels' Miene verfinsterte sich. »Sie haben eine Waffe benutzt, die imstande ist, Körper und Geist zu schädigen.«

»Meinst du den Willensbrecher? Wie kommst du darauf?« Wibatem fuhr sich durch das Haar.

»Weil Diamantenseele das mit allen dekarischen Kämpfern macht.« Bitternis schwang in seinen Worten mit.

»Noch haben wir keine Beweise dafür«, entgegnete Wibatem.

Lichtfels machte auf dem Absatz kehrt und rief Aleks zu sich, der sofort an ihn herantrat. »Der Willensbrecher. Was weißt du darüber?«

Aleks zögerte. »Ein mächtiger Zauber. Es heißt, dass er nicht rückgängig gemacht werden kann.«

»Das glaube ich nicht. Jeder Zauber kann aufgehoben werden«, sagte der Anführer ernst.

»Davon habe ich keine Kenntnis«, murmelte Aleks.

Lichtfels' Brauen zogen sich zusammen. »Wie funktioniert er?«

Aleks zuckte mit den Schultern.

»Wer führt ihn aus?«, horchte der Anführer ihn weiter aus.

Der Speerkämpfer schüttelte den Kopf. »Das sind Fragen, die dir nur Diamantenseele oder seine engsten Vertrauten beantworten können.«

Lichtfels atmete lange aus und seine Kiefer spannten sich an.

Erneut keuchte es in dem Verlies. Jacki flüsterte etwas, was Aliya nicht sofort verstand, doch er wurde lauter und wütender. »Er ist schuld. Er ist schuld, Liebes. Ich werde mich an ihm rächen … ihm rächen. Er ist schuld.«

»Jacki, woran ist Lichtfels schuld?«, hakte Aliya nach.

Der Magier zischte, als er den Namen hörte. »Er hat sie … sie … mir … genommen!«

Ihr blieb ein Kloß im Hals stecken. Sie schaute zu Wibatem, dessen Blick auf Jacki ruhte.

»Lara«, keuchte Jacki weiter. »Meine liebe Lara … weg ist sie. Für immer.«

Aliya schnappte nach Luft. »Jacki, das ist …«

»Nenn mich nicht so!«, unterbrach er sie. Die Ketten klirrten erneut und seine Hände hoben sich.

Wibatem schob seine Gefährtin aus dem Verlies, während der Magier weiter vor sich hin fluchte.

»Nein! Wir … wir müssen ihm helfen«, rang Aliya mit ihren Worten. »Wir … wir dürfen ihn nicht … nicht einfach hierlassen.« In ihr sträubte sich alles, sie weigerte sich, ihn aufzugeben.

»Wir können im Moment nichts für ihn tun«, sagte Lichtfels mit einem zu Stein gehärteten Gesicht.

»Lara würde das nicht wollen. Versetz dich in ihre Lage.« Aliyas Stimme klang kälter als beabsichtigt.

»Wir haben dort oben noch Feinde, Verletzte sowie Tote. Wir müssen Brayken als Erstes absichern, dann kümmern wir uns um Jacki. Lara darf es vorerst nicht erfahren.«

Wie bitte?

Die Worte ihres Anführers fühlten sich an wie ein Schlag ins Gesicht. »Das kann ich nicht.«

»Du musst«, widersprach er ihr.

»Sie ist meine Freundin!«, fauchte sie.

»Ich bin dein Anführer.« Seine Lippen waren zu einer schmalen Linie gepresst, bevor er fortfuhr. »Dieser Kampf hat uns Kraft gekostet. Was nun folgt, wird noch schwerer. Ich brauche jeden Einzelnen von euch.«

»Lichtfels, er ist dein bester Freund«, erinnerte Aliya ihn. »Du magst unser Anführer sein und hast es dir zur Aufgabe gemacht, das Land zu befreien. Du willst für uns alle stark sein und keine Schwäche zeigen, was wir an dir bewundern.« Sie holte kurz Luft, um sich zu sammeln. »Vieles verbirgst du noch vor uns, doch wir vertrauen dir. Wir stehen zu dir, auch nach all den Jahren. Daher lass jetzt dein Herz sprechen und nicht deinen Verstand.«

Lichtfels schluckte. Nun war er derjenige, der zu Boden schaute.

»Er stirbt, wenn ich ihm nicht helfe«, fuhr sie fort und verlieh ihren Worten damit Nachdruck. »Lass ihn uns wenigstens hochbringen und mich ihm etwas Wasser einflößen, vielleicht finde ich etwas Mohnsaft.«

Die Anspannung fiel von seinen Schultern ab und mit einem Mal sah ihr Anführer müde aus. »In Ordnung.«

Aliya nickte entschlossen. »Wartet hier, ich sehe oben in den Wachräumen nach.«

Ihr Herz klopfte wild, als sie die Treppe hinauflief. Noch nie hatte sie Lichtfels widersprochen, doch sie wollte es versuchen.

Sie konnte Jacki nicht einfach sich selbst überlassen.

»Benötigst du Hilfe, Aliya?«, fragte Bianka, die ihr hinterhergelaufen war.

Aliya nickte. »Mohnsaft wäre nicht schlecht, wenn du welchen findest.«

»Ich laufe zum Anwesen der Heiler«, schlug sie vor.

»Danke, Bianka.«

Wie der Wind war die Magierin verschwunden. Währenddessen durchsuchte Aliya die übrigen Räume des Verlieses, in denen sich die Wachen für gewöhnlich aufhielten.

Sie fand mehrere Holzschalen, einen Krug Wasser, abgestandenen Met, Spielkarten und trockenes Brot.

Eine Schale füllte sie mit Wasser und brachte sie zusammen mit einem Hocker in eine Zelle, die noch am saubersten aussah. Den Schmutz wischte sie von der Holzpritsche, und die Filzdecke formte sie zu einem Kopfkissen. Als Nächstes holte sie noch einen Holzbecher und füllte ihn ebenfalls mit Wasser.

»Aliya?« Bianka war zurückgekehrt.

»Ich bin hier!« Sie trat aus dem Raum zurück in den Gang.

Biankas Wangen waren gerötet und Schweiß glänzte auf ihrer Stirn. In der Hand hielt sie eine lederne, abgenutzte Tasche. »Ich weiß nicht, was davon Mohnsaft ist.«

Aliya öffnete diese am Riemen und klappte sie auseinander. Viele schmale Phiolen und bauchige Fläschchen waren darin festgebunden. Einige mit Flüssigkeit gefüllt, andere verwahrten gehackte Kräuter, wiederum andere waren zerbrochen.

Sie befreite ein paar Fläschchen und schnupperte vorsichtig an ihnen. Das erste roch nach Lavendel und das zweite bitter.

Nein, die nicht.

Bei der dritten Flüssigkeit witterte sie etwas Süßliches. Ein Geruch, den sie als Heilerin schon öfter wahrgenommen hatte.

Volltreffer.

»Nimm den Becher, wir kehren zurück zu den anderen.«

Bianka nickte und folgte ihr, während sie hinunter zu den Verliesen liefen, in denen Lichtfels, Wibatem, Gerri und Mikaél warteten.

Ramko und Sanjo betrachteten sie besorgt, Hurik und die Schüler saßen auf dem Boden und redeten leise miteinander.

»Wir können beginnen«, sagte Aliya.

Lichtfels nickte ihr langsam zu, woraufhin sie sich sofort wieder in Jackis Verlies begaben. Wibatem und Bianka blieben dicht hinter ihr.

Jacki wiegte sich immer noch wie in Trance hin und her. Dabei redete und flüsterte er durcheinander, Worte, die sie nicht verstanden.

Er hatte die Augen fast geschlossen, ehe Aliya sich ihm erneut näherte. Seine Lippen waren leicht geöffnet und jeder Atemzug zischte. Die Fingerspitzen krallten sich in seine Knie, und die Knöchel stachen hervor, als ob die Haut drohte, jeden Moment zu reißen.

»Es wird alles gut, Jacki.« Aliya lähmte ihn und legte den Fokus des Zaubers auf seinen Körper abseits des Kopfes. Während er erstarrte, nahm sie sich den Holzbecher mit Wasser und hockte sich hinunter. Sie legte den Becher an seine Lippen, damit die Flüssigkeit langsam hineintropfen konnte.

Jacki kämpfte gegen die Lähmung an, sodass sie sich doppelt so stark konzentrieren musste. Ihr Blick richtete sich nur auf seinen Mund und das Schlucken am Hals.

Wenige Herzschläge später bemerkte sie, wie der Brustkorb sich langsam hob und senkte. Sein Körper bebte und die Finger begannen, sich zu bewegen.

»Es ist Wasser und wird dir guttun«, erklärte sie ihm.

Obwohl er sich gegen den Zauber wehrte, trank er Schluck für Schluck. Als der Becher leer war, holte sie den Mohnsaft aus ihrer Tasche.

»Warum?«, flüsterte er. »Warum hat er sie mir genommen?«

Aliyas Brauen zogen sich enger zusammen, bevor sie in seine müden Augen schaute. »Ich weiß es nicht.«

Vorsichtig gab sie ihm einen Schluck des Mohnsaftes, ehe sich sein Oberkörper verdächtig regte.

Sie stand auf und wich zurück, weil er nach ihr greifen wollte. Seine Fingerspitzen leuchteten und die Ketten klirrten bei dem Versuch, sich auf die Knie zu stellen.

Aliya erwartete einen magischen Angriff, wenn er auch schwach gewesen wäre und sie nicht verletzt hätte. Doch Jacki sah sie stattdessen völlig außer Atem an, bis er auf den Boden sank.

Oh Jacki …

Wibatem legte eine Hand auf ihre Schulter, welche sie ergriff. Sie ließ den Blick zu Lichtfels wandern, der seinen Freund traurig betrachtete.

Erst als Jackis Atmung leiser wurde und er eingeschlafen war, näherte sie sich ihm und streichelte über seine knochige Wange.

Lichtfels, Wibatem und Gerri traten an ihre Seite.

Es galt nur noch, Jacki von den Ketten zu lösen. Ohne länger nach einem Schlüssel zu suchen, zog Ramko eines seiner Schwerter aus der Scheide und ließ es aufglühen. Er holte aus und schlug die Kette mit mehreren Schlägen entzwei, um Jacki zu befreien. Lichtfels, Wibatem und Gerri bückten sich zu ihrem Magierfreund hinunter, um ihn aufzuheben.

»Seid vorsichtig, er ist sehr zerbrechlich«, merkte Aliya an.

Zerbrechlich wie Glas.

Sie eilte voraus, bevor die Freunde ihr folgten.

Die Lichtkugel im Verlies wurde kleiner und löschte sich aus wie die Flamme einer abgebrannten Kerze.

Die Gefährten trugen ihn nach oben und legten ihn vorsichtig in die Zelle, die Aliya vorbereitet hatte.

»Ich habe eine Decke gefunden«, sagte einer der Schüler zu Aliya.

»Danke.« Sie lächelte ihn an. »Kann ich dir oder deinem Kameraden noch irgendwie helfen?«

Der Junge schüttelte den Kopf und trat zurück. Auch Theo schwieg.

»Hurik, wie geht es dir?«, fragte sie weiter.

Der stämmige Kämpfer machte eine wegwerfende Handbewegung. »Mich kannst du später behandeln.«

Aliya nickte, froh, dass sie ihre Heilkräfte im Moment nicht einsetzen musste.

Nachdem sie Jacki zugedeckt und ihm über die Hand gestrichen hatte, verließ sie die Zelle.

Auch wenn die Angst um ihn nicht verschwunden war, fühlte sie sich erleichtert, ihm erst einmal so geholfen zu haben.

Du wirst schon wieder, dachte sie. *Irgendwie.*

»Bianka, Hurik, Sanjo«, sprach Lichtfels in die Runde. »Haltet hier die Stellung. Sollte es Probleme geben, wendet euch an mich. Ich werde gleich weitere Helfer schicken.«

»Ja, Lichtfels«, sagte Bianka.

»Das werden wir.« Hurik neigte den Kopf etwas.

Dann wandte sich der Anführer zum Ausgang um und Aliya sowie die restlichen Kämpfer folgten ihm still.

Als die Allianz aus dem Gebäude trat, dämmerte es bereits. Der Himmel war von dicken grauen Wolken behangen, die dem orangefarbenen Sonnenlicht kaum eine Chance ließen. Über den Großen Platz stiegen immer noch schmale Rauchschwaden auf.

Auf dem Weg dorthin sah Aliya die ersten Einwohner von Brayken, welche die Türen weit aufgerissen hatten und vor ihren Häusern standen. Die Gesichter wirkten schmutzig und eingefallen, die Augen glasig und das Haar zerzaust. Sie erkannte keinen von ihnen.

Immer mehr tauchten auf den Straßen auf und beobachteten die Kämpfer. Wie viele hatten ihre Familie verloren? Wie viele zweifelten an ihnen, die geschworen hatten, das Volk von Dekar zu schützen?

Auf dem Großen Platz herrschte eine Stille, als ob der Wind ein Leichentuch über ihn gelegt hätte.

Die Schreie des Kampfes hallten nur noch als ein Echo in ihrem Kopf wider und der Platz, einst ein Ort des Lebens, hatte sich in ein Grab verwandelt.

Aliyas Blick fiel auf einen Mann, der eine dunkelbraune Tunika mit goldenem Wappen trug, auf dem ein Rabe abgebildet war. Ein Adliger Braykens mit hoher Stellung, vermutlich einer der Schatzmeister der Akademie oder ein Ratsmitglied der Stadt. Er lag dort, seine Haut so grau wie der Himmel. Eine dunkelrote Linie war wie ein Pinselstrich in sein Gesicht gezeichnet, der beim Mundwinkel begann, sich über die Wange zog und an einer Stelle mündete, an der das Ohr fehlte.

Das Blut war geronnen, aber davor hatten die Tropfen einen weiteren Körper benetzt. Ein Mann in Hemd und Lederhose. Das Oberteil, einst so farbig wie ein Weizenfeld im Spätsommer, war von Rot besprenkelt und von Asche bedeckt. An seinem Handgelenk, das auf der Brust lag, befand sich ein einfaches Lederband mit einer Holzperle daran.

Sein Ellenbogen berührte den nächsten Arm, der in einem dicken dunkelroten Mantel eingepackt war, dessen Kragen aus Fell bestand. Unter dem geöffneten Mantel trug die Person noch weitere Schichten an Kleidung, eine kastanienbraune Jacke, eine moosgrüne Weste und ein schneeweißes Hemd. Aliya vermutete einen Reisenden oder einen Händler aus den Bergen. Seine

Augen standen offen, die Pupillen verschwanden fast im Kopf. Ein Pfeil ragte aus seinem herbstgoldfarbenen Haarschopf heraus.

Das Ende des Pfeils, bestückt mit Gänsefedern, berührte die schmalen Finger eines jungen Mädchens in schmutzigen Lumpen. Ihr durcheinandergewühltes schwarzes Haar bedeckte den Hals, doch ihr Kopf war zu weit über die Schulter gedreht. Ihr Gesicht schaute auf eine abgetrennte Hand, die immer noch den Griff eines Schwertes umklammerte. Sauber abgeschnitten, dafür waren die Hautränder schwarz verkohlt.

Ramko hielt inne und würgte, bis er erbrach.

Aliya hinter ihm biss die Zähne zusammen, während ihr Tränen über die Wangen liefen. Sie atmete nur noch durch den Mund, um dem Gestank von Schweiß, Blut und verbranntem Fleisch zu entkommen. Der Weg bis zu der restlichen Gruppe kam ihr wie eine Ewigkeit vor.

Die übrig gebliebenen Feinde waren immer noch eingekesselt von der Allianz der Sonne und von wenigen unbekannten Kämpfern.

Ein Stück daneben befand sich ein Haufen, auf dem sich die Waffen stapelten. Bewacht wurde er sowohl von Blaeck als auch von Lara.

Es war nur ein Augenblick, in dem Aliya ihre Freundin anschaute. Laras Stirn legte sich in Falten und ihre Lippen formten die Frage, ob alles gut sei.

Aliya nickte ihr zu, schaute dabei aber weg. Sie hasste es, zu lügen. Dies hatte ihr bisher nur Unglück und Schmerz gebracht. Durch eine Lüge hatte sie Wibatem fast verloren, durch viele andere war die Schwarze Allianz zerbrochen.

Sie schob den Gedanken beiseite, wie Lara reagieren würde, wenn sie erfuhr, dass Jacki lebte. Wenn sie erfuhr, dass er vollkommen wahnsinnig im Verlies von Brayken gelegen hatte, ausgehungert und mit gebrochenem Willen.

Wie würde es ihr gehen, wenn Wibatem dieses Schicksal ereilte? Was würde sie tun?

»Schattenjäger und Primeas«, rief Lichtfels laut auf dem Platz, wodurch sich alle ihm zuwandten. »Ihr kennt die Bestrafung dafür, den Eid von Brayken zu brechen. Der Status, ein dekarischer Kämpfer zu sein, wird widerrufen. Es dürfen keine Waffen mehr getragen werden und magische Siegel werden in die Hände der Eidbrecher gebrannt, um stets zu zeigen, welche Last sie auf den Schultern tragen müssen, und um sie stets daran zu erinnern, welche Ehre sie verloren haben.«

Aliya schluckte. Sie betrachtete Lichtfels' Gesicht, das kein Mitleid zeigte. Er stand mit gestrafftem Rücken und erhobenem Kopf vor den gegnerischen Kämpfern.

Um sie herum traten aus jeder Richtung ein paar Einwohner von Brayken heran.

Ihr Anführer fuhr fort: »Alle freien Kämpfer hier sowie alle Einwohner sind heute Zeugen, wie euch, Schattenjäger und Primeas, der Status aberkannt wird.«

Ein Aufschrei ging durch die Gruppe der Feinde. Einige richteten sich empört auf und beschimpften Lichtfels.

»Das ist unrecht!«, schrie ein Heiler der Primeas. »Du hast die Macht dazu nicht. Nur ein Lehrmeister auf Lebenszeit kann uns diesen Status aberkennen.«

Lichtfels schmunzelte kurz. »Du liegst richtig. Ich bin kein Lehrmeister auf Lebenszeit.«

»Du wirst auch keine finden. Die Lehrmeister auf Lebenszeit sind alle tot«, sagte der Primeas.

»Das glaube ich nicht.« Lichtfels wich drei Schritte zurück. An seiner Stelle trat Blaeck nach vorne und schob sich die Kapuze vom Kopf.

Der Heiler der Primeas wurde bleich.

Auch Aliya atmete verblüfft aus. Dass Blaeck als Lehrmeister galt, wusste sie. Er hatte sie ausgebildet, doch dass er das Amt des Lehrmeisters auf Lebenszeit bekleidete, war auch ihr nicht bekannt.

Es wirkte so, als wäre sie nicht die Einzige, die dieses Geheimnis nicht kannte. Fast alle Allianz-Mitglieder schauten ihn mit einem erstaunten Gesicht an.

Der Primeas fiel auf die Knie. »Lehrmeister Blaeck, bitte. Erbarmt Euch. Wir haben nur unsere Aufgaben erfüllt. Hätten wir uns geweigert, hätte uns Diamantenseele vernichtet.«

Anstatt dass eine Antwort folgte, schrie der gegnerische Heiler auf und fasste sich an den Kopf. Der Dunkelelf schien mit ihm zu sprechen, aber niemand anderes konnte es hören. Eine Gabe, die Aliya faszinierte.

Der Heiler flehte ihn an, bettelte um seinen Status. Blaeck hingegen zeigte, wie zuvor auch schon Lichtfels, kein Mitleid. Stattdessen hob er die Hände auf Kopfhöhe, als ob er etwas halten wollte. Dunkelblaues Licht, kaum sichtbar, umhüllte seine Finger.

Schlagartig brüllten alle Schattenjäger und Primeas auf, als der Zauber auf ihren Händen wirkte.

Aliya schaute weg, da sie die schmerzverzerrten Gesichter nicht sehen wollte. Sie hatten die Strafe verdient und mussten sich ihrer Schuld bewusst werden, um von nun an mit dieser Schande zu leben.

Nie wieder mit einer Waffe kämpfen.

Ein Gedanke, der sie frösteln ließ.

Nachdem Blaeck die Arme gesenkt hatte und zurückgetreten war, hörte Aliya immer noch das Wehklagen der ehemaligen Kämpfer.

Ein alter Mann mit grauem Haarkranz und zerrissener Tunika humpelte an Blaeck heran. Er schüttelte dem Elfen die Hand und lächelte leicht. »Im Namen der Ehrwürdigen Alten möchte ich meinen Dank aussprechen.« Auf seinem Handrücken prangte eine verschnörkelte Tätowierung von zwei Buchstaben, einem E und einem A.

Es war das erste Lächeln, das Aliya bei einem Bewohner von Brayken erkannte. Sie staunte darüber, dass es sich bei ihm um jemanden der Ehrwürdigen Alten handelte, die zu ihrer Zeit in Brayken nie gelächelt hatten.

Weitere Menschen näherten sich und überall huschte ein leichtes Lächeln über die Gesichter, manche mit Tränen in den Augen und manche ohne.

Die Allianz hatte richtig gehandelt und zum ersten Mal an diesem Tag fühlte Aliya ein wenig Hoffnung.

37

Gebrochener Wille

Blaeck

Blaeck schüttelte die Hand des alten Mannes. Er betrachtete nur kurz das eingefallene Gesicht und die grauen Schatten unter dessen Augen, weil sich seine Gedanken auf die brennend heißen Arme richteten, die unter seinem Hemd verborgen lagen.

Ein Heilungszauber nutzte nichts, denn diese Wunden hatte er sich selbst zugefügt. Dass der Siegelzauber so viel Kraft kostete, hätte Blaeck nicht gedacht. Doch er verspürte keinen Ärger darüber, im Gegenteil. Das Gleichgewicht der Magie musste eingehalten werden. Eine Strafe der Natur und ein Geschenk für die Welt, nur so konnte niemand die magischen Kräfte missbrauchen.

Bei jeder Bewegung rieb seine Kleidung auf der Haut wie Schleifsteine und riss den Schorf ein, sodass die Wunden auf beiden Armen zu nässen begannen.

Damals im Tal hatte er sich ausziehen und seine Wunden an der Luft trocknen lassen können. Hier war dies nicht möglich. Niemand sollte wissen, wie oft er schon seine eigenen Grenzen der Magie überschritten hatte. Er musste die Haut verbinden, aber dafür hatte er erst später Zeit. Zu viele fremde Augen beobachteten ihn hier auf dem Platz, und die Verletzten mussten versorgt werden.

Blaeck blendete die Schmerzen aus und verschloss sie tief in seinen Gedanken.

Es gab eine Fähigkeit, die die Dunkelelfen ihn gelehrt hatten, eine Tugend, nach der sein Volk lebte: Zeige niemals deine Schwächen und lebe niemals deine Schmerzen.

Diese Fähigkeit beherrschte er so perfekt, dass beim Senken seiner Arme keinerlei Regung im Gesicht abzulesen war.

Auch die Blicke der Umstehenden, die die fluchenden Feinde ihm zuwarfen, brachten ihn nicht aus der Ruhe.

Lehrmeister auf Lebenszeit war ein Titel, den niemand kaufen und weder mit Wissen noch mit Stärke erreichen konnte. Er wurde verliehen von den Gebrüdern Braykion selbst, obwohl diese seit Hunderten von Jahren nicht mehr unter den Lebenden weilten.

Es war der älteste Zauber in der Geschichte der dekarischen Kämpfer, von dem niemand wusste, wie er funktionierte.

Blaeck war damals bei einer Vereidigung in der Halle des Ruhmes, als die Gebrüder zu ihm sprachen und ihm den Titel verliehen, ohne ihn vorzuwarnen oder Gründe zu nennen.

Nur eines war bekannt unter den Kämpfern: Es gab immer nur sechs Lehrmeister auf Lebenszeit und diese hatten die gleichen

Befugnisse, die auch die Ehrwürdigen Alten besaßen: das Mitbestimmungsrecht über Brayken und das dekarische Kämpfertum. Sechs verschiedene Kämpfer, die meist unbekannt blieben.

Über die vielen Jahre hinweg geriet die Fähigkeit in Vergessenheit, da es nur wenige Eidbrecher gab. Blaeck hatte nur einen weiteren Lehrmeister auf Lebenszeit gekannt. Jemand, dessen Herz für den Schwertkampf geschlagen hatte und der ebenfalls ein Mitglied der Schwarzen Allianz gewesen war: Mescal.

Es war noch nicht allzu lange her, als er von Tsunade die traurige Nachricht erhalten hatte, was ihm bei der Erinnerung daran einen bitteren Beigeschmack hinterließ.

Lichtfels trat erneut vor und erhob die Stimme: »Schattenjäger und Primeas, das Urteil ist gefallen. Geht oder bleibt, die Wahl liegt bei euch.«

»Außerhalb von Brayken gibt es nichts für einen entehrten Kämpfer, nur Verachtung und Spott«, rief einer der Gezeichneten.

»Dann bleibt hier und helft uns, das wiederaufzubauen, was ihr zerstört habt«, schlug Lichtfels vor. »Vielleicht könnt ihr euch so einen Teil der Ehre zurückverdienen.«

Einige Schattenjäger und Primeas nickten, andere betrachteten ihre Hände, als ob sie nicht glauben könnten, was geschehen war.

Nachdem Lichtfels auf dem Absatz kehrtgemacht hatte, gab er seinen Mitgliedern das Handzeichen, zu ihm zu kommen. Der Ring um die Eidbrecher löste sich auf, woraufhin jeder von ihnen die Wahl hatte, zu gehen oder zu bleiben.

Blaeck beobachtete einen Primeas, der aufstand und das Jagdmesser vor sich auf dem Boden anstarrte. Mithilfe seiner elfischen Kräfte sprach er in Gedanken zu ihm.

Fass es nicht an.

Der Kämpfer schüttelte den Kopf und fuhr sich immer wieder unruhig durch das Haar. Er wollte es nicht wahrhaben. »Nein, nein, nein«, jammerte er. Viele drehten sich zu ihm um.

Auf einmal beugte er sich und nahm die Waffe in beide Hände.

Nicht!

Sofort glühte der Griff auf und der Kämpfer schrie vor Schmerzen. Er hielt das Messer nach oben und richtete es auf sich selbst, während sich die ersten Rauchschwaden um seine Hände bildeten.

Blaeck wollte eingreifen und ihn aufhalten, doch der Primeas hatte seine Entscheidung gefällt.

Der Eidbrecher ließ die Waffe nach unten sausen und stach sich selbst in den Bauch. Blut quoll aus seinem Leib, bevor er keuchend zu Boden stürzte.

Eine rote Lache bildete sich unter ihm, während die Kämpfer um ihn herum erstarrten. Wie das Herz des Primeas, das aufhörte zu schlagen. Erst bei dem Geruch von verbrannter Haut und geplatzten Gedärmen rümpften einige die Nasen, andere übergaben sich.

Blaeck störte es nicht im Geringsten, da er schon Schlimmeres zu Gesicht bekommen hatte.

Möge er woanders Frieden finden.

Als er dies dachte, setzten sich ein paar Schattenjäger in Bewegung und begannen, die toten Körper aufzuheben und zusammenzutragen.

In seiner gesamten Zeit als Lehrmeister hatte Blaeck nicht einem Kämpfer den Status aberkennen müssen, doch das Wissen, wie er den Zauber ausführen konnte, erwachte in seinem Kopf, als ob jemand hinter ihm gestanden und es ihm ins Ohr geflüstert hätte.

Ein Eid,
geleistet für immer.
Ein Schwur,
verankert im Innern.
Ein Bruch,
verloren die Ehre.
Ein Siegel,
prägend die Hände.

Das Zeichen der Eidbrecher brannte sich in die Hände der Feinde, ohne dass er die Worte aussprechen musste. Der Zauber war stark und er hoffte, ihn so schnell nicht noch einmal ausführen zu müssen.

Blaeck wandte sich der Allianz zu und betrachtete Gerri, der noch Wanils Stab in der rechten Hand hielt. Mit seiner Linken fuhr er sich wie immer durch den Bart und er nickte, als Lichtfels ihm die Aufgabe übertrug, das Nordtor zu bewachen.

Die drei weiteren Tore wurden Tobzell, Paco und Keni zugeteilt.

Als Nächstes schickte der Anführer Wibatem, Wolfino und Mikaél zur Halle des Ruhmes, um die zwei toten Kämpfer zu bergen.

Der Rest machte sich auf den Weg und packte dort an, wo Hilfe benötigt wurde.

Nur Blaeck und Lichtfels standen am Ende noch zusammen.

Die beiden näherten sich Splin, der zusammen mit Tics vor dem Laden wartete, in dem der verletzte Tsunade lag. Der Heiler schlief und von den Strapazen des Eingriffs war nichts mehr zu sehen.

»Ihr seid zurückgekommen. Warum?«, hinterfragte Lichtfels.

Splin nickte. »Unsere Entscheidung war unüberlegt und voreilig. Auch wenn wir es nicht gutheißen, letztendlich hast du das getan, was du für richtig hältst. Deshalb sind wir umgekehrt.« Lichtfels hielt ihm die Hand entgegen, in die der Faustkämpfer einschlug. »Weißt du, wo sich Sarkhan aufhält? Er ist dir vorhin gefolgt.«

Blaeck bemerkte, wie sein Anführer blass wurde.

»Er ist … tot.« Lichtfels schluckte.

Ein weiterer Freund, der sein Leben verloren hatte.

Während Blaeck tief Luft holte, starrte Splin Lichtfels an, als ob er sich verhört hätte. »Wie viele müssen noch sterben?« Resigniert schaute er zu Boden, ehe Tics einen Arm um ihn legte.

»Hoffentlich niemand mehr.« Lichtfels verschränkte die Arme vor der Brust.

Das hoffe ich auch.

Diesen Wunsch trug Blaeck schon lange in sich, doch solange er im dekarischen Königreich lebte, waren immer wieder Menschen und dekarische Kämpfer ums Leben gekommen. Es existierte noch kein Herrscher, der die Kriege bisher hatte verhindern können.

»Ich muss dir noch etwas erzählen.« Lichtfels riss ihn aus den Gedanken und deutete an, dass er ihm folgen sollte. Was wollte er ihm unter vier Augen sagen? »Wir haben in den Verliesen jemanden gefunden … einen Kämpfer … von uns.«

Sein Herz begann schneller zu klopfen. »Wen?«

Lichtfels ließ den Blick in die Ferne gleiten. »Jacki.«

Augenblicklich presste Blaeck die Kiefer zusammen. Seine Gefährten hatten Jacki gefunden, aber in welchem Zustand?

»Wibatem vermutet Folter. Mein erster Gedanke war der Willensbrecher«, erklärte der Anführer weiter.

»Der Willensbrecher in Brayken?« Blaeck hatte gedacht, dass die magische Fähigkeit nur in Lonikka angewendet wurde, da nur dort die Bewohner darüber munkelten.

Lichtfels nickte, blickte sich immer wieder um, als suchte er nach Worten. »Bitte … schau ihn dir an. Ich muss wissen … ob er geheilt werden kann.«

»Natürlich«, erwiderte er, ohne zu zögern.

Blaeck kannte Lichtfels schon lange. Ihn so zu sehen, ließ ihn nicht kalt. Für ihn stand fest, dass er alles Mögliche tun würde, um Jacki zu helfen.

»Behalte es vorerst für dich«, sagte Lichtfels. »Lara soll es erst später erfahren.«

Er nickte. »Wie du möchtest.«

Bevor er zu den Verliesen aufbrach, untersuchte er noch Lichtfels' Hände. Er ließ sein blaues Licht über sie wandern, spürte jedoch einen Widerstand in der Heilung, der sich wie eine Fessel anfühlte.

Die Finger des Anführers konnten nicht mehr vollständig geheilt werden, da zu viel Zeit vergangen war.

»Es bleiben Narben, Lichtfels.«

Der Anführer schnaubte nur. »Damit kann ich leben.«

»Wag es bloß nicht, noch einmal den verbeulten Stahl aufzusetzen, den du Waffe nennst«, drohte Blaeck ihm, ehe er die Heilung beendete.

Lichtfels schüttelte den Kopf. »Werde ich nicht.«

Blaeck nickte und wandte sich von ihm ab. Während Aliya und Lara sich um die Verletzten kümmerten, zog er sich vom Großen Platz zurück und lief ohne Umwege zu den Verliesen.

Was würde ihn an diesem Ort erwarten? War Jacki vom Willensbrecher verletzt worden?

Nachdem Blaeck das Gebäude betreten hatte, machte er halt. Eine eigenartige Aura berührte ihn, schwach, wie ein Duft, der langsam verflog. Je näher er den Zellen kam, umso stärker wurde sie.

Eines wusste er sofort. Diese Aura stammte nicht von einem Menschen.

Er musste Bianka und Hurik nicht fragen, in welcher Zelle Jacki saß, denn die Spur der Aura führte genau dorthin.

Vorsichtig öffnete er die Tür und bewegte sich leise zu ihm. Trotz des eingefallenen Gesichtes und des ausgehungerten Körpers erkannte er ihn.

Das hast du nicht verdient, Jacki.

Falls er seinen Willen verloren hatte und die Gedanken dem Wahnsinn verfallen waren, blieb er immer noch ein guter Freund von ihm, für den es sich lohnte zu kämpfen.

Blaeck hielt vor der Holzpritsche inne.

Er spürte die Aura im Boden, in der Luft und an seinem Kämpferfreund. Jemand hatte sich eindeutig seiner bemächtigt, was ihm nicht gefiel.

Jacki schüttelte den Kopf und stöhnte. Seine Hände glühten auf, doch die Lähmung des Heilers ließ keine Bewegung zu.

Blaeck beugte sich ein Stück zu ihm, ehe er seine Hand auf den Kopf des Magiers legte. Sofort schlugen Bilder wie Blitze in seine Gedanken ein.

Er entdeckte Lichtfels, kämpfend mit glänzend schwarzer Rüstung. Ihm gegenüber stand Diamantenseele, hell erleuchtet mit weißem Umhang. Beide hatten ihre Fäuste geballt.

Das Bild änderte sich und er sah die Gesichter der Schwarzen Allianz, erst lachend, dann schmerzverzerrt. Schreie drangen auf ihn ein, Knochen brachen und Blut spritzte.

Ein drittes Bild schob sich in den Vordergrund. Er beobachtete Lara, wie sie auf einer Wiese in einem Meer aus violetten Blüten saß. Sie hatte einen Blumenkranz auf dem Kopf, und ihr Haar hatte sie zu einem Zopf geflochten. An ihrer Seite saß ein kleiner Bursche, die blonden Locken hingen ihm ins Gesicht, und seine Wangen leuchteten rot.

Der Himmel verfärbte sich, bevor schwarzer Regen fiel. Die beiden riefen nach Jacki, doch die Erde riss auf und sie stürzten in ein Loch. Darin lagen sie mit zerrissener Kleidung, blasser Haut und aufgerissenen Augen.

An diesem Loch schaute Lichtfels lachend auf sie nieder. Ein Lachen, das nicht zu ihm gehörte.

Während Blaeck diese Bilder betrachtete, hörte er eine männliche Stimme, die immer und immer wieder in elfischer Sprache auf Jacki einredete.

Ein Elf, dachte er und sein Herz raste.

Er ignorierte die Bilder, konzentrierte sich nur noch auf die Worte und drang noch tiefer in Jackis Kopf ein, in seine Erinnerungen, die in der Dunkelheit verborgen lagen.

Erneut tauchten die Bilder auf und veränderten sich, sogar verschiedene Stimmen vernahm Blaeck, die sich verzerrten wie ein schiefes Instrument.

Jacki war nie ein Mitglied von Relikt gewesen und hatte nie für Diamantenseele gekämpft, auch wenn der verfeindete Anführer ihm Lob zusprach.

Das ist verkehrt.

Die elfischen Worte wurden lauter und aggressiver, überlagerten seine eigenen Gedanken.

›Lichtfels belügt dich. Er hat dir Lara genommen und hat die Gilde zerstört. Diamantenseele will dir helfen.‹

Endlich tauchte aus dem Dunkeln ein Gesicht auf, noch schmaler und kantiger als Blaecks. Die Augen leuchteten eisblau und die Haut schimmerte wie ein Saphir.

Das ist unmöglich.

Blaeck zog sich aus Jackis Kopf zurück. Die Bilder verblassten und die Stimme schwand, aber die Aura blieb und waberte um seinen Magierfreund wie Nebel.

Mehr musste er im Moment nicht wissen.

Er ließ die Hand kurz auf Jackis Stirn ruhen und wirkte seine Heilkräfte erneut, um seinem ehemaligen Kameraden das Fieber zu nehmen.

Schließlich entfernte er sich von ihm, verließ die Zelle und löste die Lähmung von seinem Freund. Jacki schlief weiter, immer noch geschwächt von den verstörenden Erinnerungen, doch immerhin ruhiger als vorher.

Blaeck schwieg. Das Geheimnis um den Willensbrecher war gelöst.

Es handelte sich nicht um einen Zauber oder eine Waffe, sondern um einen Dunkelelfen, einen seiner Brüder aus Héllion.

Und das versetzte ihm einen Stich ins Herz.

38

Neues Leben

Lara

Lara setzte sich auf den Boden, nachdem das Ziehen in ihrem Unterleib zugenommen hatte. Schon vor einem Tag hatte sie es gespürt, aber es nicht ernst genommen und auf die Anstrengung geschoben.

Sie holte tief Luft und versuchte ihren Herzschlag zu beruhigen.

Es ist alles gut.

Worte, die sie wiederholte, während sie sich über den Bauch streichelte. Sie spürte, wie ihr Kind sich bewegte, und unwillkürlich huschte ihr ein Lächeln über das Gesicht. Sie träumte kurz von ihrer kleinen Familie und blendete alles andere um sich herum aus.

Während der gesamten Reise hatte sie nicht oft an ihren Nachwuchs gedacht, doch er wollte endlich Aufmerksamkeit haben.

Jemand trat an sie heran, dessen warme Hand sich auf ihren Rücken legte.

»Du solltest dich ausruhen«, sagte Lichtfels mit strengem Unterton.

»Nein, es geht mir gut«, widersprach Lara schnell. »Ich kann helfen.«

»Das sieht jemand anders.« Lichtfels hockte sich hin und blickte auf ihren Bauch.

Erneut merkte sie, wie sich ihr Kind unruhig bewegte.

Lara wollte zu sprechen beginnen, als Lichtfels sich wieder aufrichtete. Er runzelte die Stirn, und seine Gesichtszüge verfinsterten sich. Genauso trat auch Blaeck in Erscheinung, der sich schnellen Schrittes näherte.

»Warum siehst du so ernst aus?«, fragte sie Lichtfels nervös.

»Es ist nichts, ich muss nur mit Blaeck sprechen.« Seine Mundwinkel zuckten kurz, aber das Lächeln erreichte nicht seine Augen.

Was versuchte er zu verbergen?

Lichtfels eilte ihm entgegen, so weit weg, dass sie kein Wort verstand, das er mit dem Heiler wechselte.

Lara warf einen Blick zu Aliya, die eine Platzwunde am Kopf abband.

Die beiden hatten schon eine Weile nicht mehr miteinander gesprochen, da sie zu beschäftigt gewesen waren. Nur hatte sie eher das Gefühl, dass Aliya ihr auswich.

Abermals zog sich ein stechender Schmerz durch ihren Unterleib. Das Ziehen hielt länger an als zuvor, ebbte dann sogleich wieder ab.

Vielleicht, dachte Lara, *sollte ich mich etwas ausruhen.*

Sie stand vorsichtig auf, immer mit den Händen ihren Bauch haltend, da der Gedanke sie nicht in Ruhe ließ, ihr Körper könne dem nicht mehr standhalten.

Lichtfels und Blaeck redeten leise miteinander. Ihr Anführer schüttelte dabei oft den Kopf, doch der Dunkelelf erzählte ohne Unterbrechung weiter.

Nun ergriff Lichtfels erneut das Wort. Es handelte sich nur um einen Satz oder eine Frage, denn er sah den Heiler lange an. Dieser nickte nach kurzem Zögern. Als der Dunkelelf schließlich den Kopf zu ihr drehte, blieb sie wie versteinert stehen.

Lara blinzelte und schaute weg. Sie fühlte sich ertappt, die beiden beobachtet zu haben.

Während sie den Blick von Blaeck abwendete, spürte sie erneut ein Ziehen in ihrem Bauch. Es verebbte und der nächste Schmerz kündigte sich an.

Eine Wehe?

Unwillentlich krümmte sie sich etwas. Ihr Rücken wehrte sich schmerzhaft, sodass sie nach Luft schnappte.

»Lara?« Aliya eilte zu ihr. »Was hast du?«

»Es …«, fing sie an, musste jedoch ihren Satz wegen mehreren Atemzügen unterbrechen, »… ist wohl etwas unruhig.«

»Du hast Schmerzen, beginnt es?« Aliya sah sie besorgt an.

Lara winkte ab. »Wie? Nein!«

Blaeck und Lichtfels lösten sich aus ihrem Gespräch, um zu Lara zurückzukehren.

Der Dunkelelf ertastete sofort ihren Puls und legte eine Hand auf ihre Stirn, was sie frösteln ließ, da seine Finger verkühlt waren.

Warum hatte er so kalte Hände?

Er berührte ihren Bauch und strich vorsichtig darüber. »Aliya, du warst schon einmal bei einer Geburt anwesend.«

Der Halbelfe wich jegliche Farbe aus dem Gesicht. »Ja, aber nicht bei einer Heilerin.«

»Es ist nichts anderes. Sie darf sich nur nicht heilen und muss die Schmerzen zulassen«, sagte Blaeck.

»Das kann nicht sein«, widersprach Lara den beiden und ging einen Schritt rückwärts. »Es ist zu zeitig.«

Nein, bitte noch nicht.

»Zieht euch beide zurück«, forderte der Elf sie auf. »Sofort. Es ist so weit.«

Laras Herz schien stehen zu bleiben.

Das durfte nicht wahr sein. Sie brauchte mehr Zeit, denn Jacki war noch in Gefangenschaft.

Darauf bin ich nicht vorbereitet.

Ehe sie etwas sagen konnte, zog Aliya sie bereits am Arm.

Ihr Kopf fühlte sich leer an. Sie hörte, roch und sah nichts mehr. Selbst die Schmerzen gerieten in Vergessenheit.

»Lara!«, schrie Aliya sie an. »Ich brauche dich jetzt bei mir.«

»Ja«, flüsterte sie hilflos. Erst jetzt bemerkte sie, dass sie den Großen Platz verlassen hatten.

Sie folgten langsam der Hauptstraße und hielten vor einem größeren Gebäude an, über dessen Eingangspforte ein ovales Wappen hing. Umrandet von einer goldenen Linie stellte es zwei geöffnete Hände dar, die eine aufblühende Pflanze schützten.

Aliya und Lara hatten das Anwesen der Heiler erreicht.

Nachdem die beiden in den Innenhof getreten waren, erstarrten sie. Verdorrte Blätter und Zweige lagen überall verstreut, tiefe Kratzer zeichneten die Wände und von den Säulen der Arkade war nur noch eine einzige übrig geblieben. Die anderen waren in der Mitte zerschlagen worden.

Auch die Steinbänke, die dort gestanden hatten, waren zertrümmert. Die Bäume und Sträucher der Gartenanlage lagen herausgerissen vor ihnen, die Erde sowie das Gras waren aufgewühlt und die Kräuter verbrannt. Von dem einstigen grünen Blätterdach, das den Innenhof bedeckt hatte, war nichts mehr zu erkennen, von dem Vogelgesang, der jeden Tag erklang, nichts zu hören.

Lara schluckte. Sie hatte oft davon geträumt, sich in Brayken ein Leben aufzubauen. Nach dem Gildenleben hätte sie sich an diesen Ort zurückgezogen und als Heilerin oder Lehrmeisterin gearbeitet. Ihr Kind hätte hier aufwachsen können.

Dieser Traum vom ruhigen Leben rückte jedoch in weite Ferne.

»Los, weiter.« Aliya führte sie durch den zerstörten Arkadengang bis zu einer schmalen Eichenholztür, die aus den Angeln gerissen war. Das Zimmer dahinter lag verlassen und düster vor ihr, nur ein Fenster gegenüber der Tür spendete etwas Licht.

Der Holztisch und das Holzbett waren verschont geblieben, aber ein Stuhl lag zerschlagen in der Ecke sowie mehrere zerbrochene Keramikschalen auf dem Boden.

Während Aliya die oberste Decke des Bettes ausschüttelte, lehnte sich Lara an den Türrahmen und umschlang mit beiden Armen ihren Oberkörper.

Sie schluckte, als eine Träne über ihre Wange lief. »Ich schaffe es nicht allein.«

Aliya sah sie mitfühlend an. Rasch legte sie die Decke auf das Bett, strich sie glatt und zeigte mit der Hand darauf.

Zögerlich bewegte sich Lara dorthin und setzte sich auf die Bettkante.

»Du bist nicht allein«, sagte Aliya mit sanfter Stimme, nahm Laras Hand und bettete sie auf deren Bauch. »Jetzt leg dich hin und achte auf die Wehen. Verdränge die Schmerzen nicht und heile dich nicht.«

»Ich kenne die Regeln«, raunte Lara.

Aliyas Mund zog eine schmale Linie. »Ich werde dich daran erinnern, wenn du sie vergisst.«

Blaeck

Nachdem Lara und Aliya sich im Anwesen der Heiler zurückgezogen hatten, kehrten Lichtfels und Blaeck zu den Verliesen zurück. Beide schwiegen den gesamten Weg, denn sie wussten, worin ihre Aufgabe bestand.

Jacki musste vom Willensbrecher befreit werden. Wie sie diesen Zauber von ihm lösten, blieb jedoch ein Rätsel.

Für Blaeck gab es nur zwei Möglichkeiten. Die Worte des fremden Dunkelelfen aus dem Kopf auslöschen oder die Erinnerungen, die verdreht und kaputt waren, wieder richtigstellen.

Ob das ausreichen würde?

Als Blaeck die fremde Aura spürte, näherte er sich der Zelle nicht mit Vorsicht, sondern versuchte schon beim Betreten die fremde Macht mit seiner eigenen Aura zu verdrängen. Wie eine Welle, die Schmutz vertreiben wollte.

Jacki lag schlafend auf der Holzpritsche. Er keuchte beim Atmen und seine Augen zuckten unter den Lidern, als ob er etwas beobachtete. Während sich Lichtfels an dessen Seite stellte, positionierte sich Blaeck direkt neben Jackis Kopf. Schweigend nickten sich beide zu und er legte die Hand auf die Stirn des Magiers, um in seine Gedanken eintauchen zu können.

Ich werde dich befreien, Jacki.

Lara

Lara versuchte, es sich auf dem Bett bequem zu machen, aber sie wälzte sich hin und her, sodass sie sich wieder aufsetzte. Ihre Füße fühlten sich an wie Eisklumpen und sie fror in ihrem Kleid.

Unwillkürlich bewegte sie die Finger, ohne sie auch nur einmal still zu halten.

Es war eine Weile her, dass sie das letzte Mal eine Wehe hatte. War sie doch noch nicht so weit?

Aliya betrat das Zimmer mit einem Stapel Tücher, einer Schere, einem Krug und einem weiteren Kessel mit Wasser.

»Ich werde noch das Wasser aufwärmen und frische Kleidung suchen.« Sie stellte den Kessel sowie den Krug ab und legte die Tücher auf den Tisch.

»Ich kann dir helfen«, murmelte Lara und stand vorsichtig auf.

Sie ging zum Tisch, als sich etwas Warmes zwischen ihren Oberschenkeln ergoss. Es lief an ihren Beinen herunter und tropfte auf den Steinboden, was erneut Panik in ihr aufsteigen ließ.

Die beiden Frauen blickten einander an und Aliya wusste sofort, was geschehen war. »Es gibt kein Zurück mehr.«

»Der Kleine hat sich wohl entschieden«, erwiderte Lara leise.

»Der Kleine?«, hakte ihre Freundin nach.

»Ach, ich …« Lara brach den Satz ab. Dass es ein Junge sein könnte, war nur ein Gedanke, der ihr kurz durch den Kopf geschossen war.

»Hier, trink etwas, aber nur in kleinen Schlucken.« Aliya reichte ihr den warmen Krug. »Es ist das Einzige, was aufzufinden war.«

Lara hielt ihre Nase über das Getränk, das fruchtig und angenehm roch. Es handelte sich um einen Früchtetee, der nach Orangen, Zimt und Nelken schmeckte. »Woher hast du die Mischung?«

»Sie gehört zu der Ledertasche, die Bianka vorhin …« Aliya zögerte einen Augenblick. »… gefunden hat.«

»Habt ihr die Gefangenen befreit?« Lara probierte den Tee, der ihr auf Anhieb schmeckte.

Nicht mehr lange und die Wehen würden zurückkommen, dann jedoch stärker.

»Ja, haben wir.« Aliya lächelte vorsichtig, bevor sie ihrem Blick schnell auswich. »Ich bin gleich wieder da.«

Lara nickte. Warum war sie ihr gegenüber so verhalten?

BLAECK

Vorbei an den verworrenen Erinnerungen, die sich stetig in Jackis Kopf wiederholten, folgte Blaeck der Stimme des Dunkelelfen bis zum Ursprung.

Erneut sah er das schmale Gesicht und die hellblauen Augen, so kalt wie der Frost.

Hundertdreiundvierzig lange Jahre waren vergangen, seit er sich entschieden hatte, die Dunkelelfen zu verlassen. Das Volk, das nur sich selbst liebte und daher vom Aussterben bedroht war. Genau diesem Leben kehrte er den Rücken zu.

Nur einen kannte er, der Héllion verlassen hatte. Es handelte sich um den Ältesten seines Volkes, doch der Dunkelelf, den Blaeck in Jackis Verstand betrachtete, wirkte wie ein Sprössling, noch nicht einmal fünfzig Jahre alt. Jung und naiv, unwissend über den Schaden, den er bei anderen Wesen anrichtete.

Er prägte sich das schmale und kantige Gesicht ein, das keine einzige Narbe besaß. Auch die eisblauen Augen brannten sich in sein Gedächtnis, sodass er sie nicht mehr vergessen würde, denn genau ihn galt es zu finden.

Schließlich begann Blaeck in elfischer Sprache zu reden, flüssig und weich, als ob er singen würde. Ohne zu unterbrechen und kurz durchzuatmen, ließ er seinen Kräften freien Lauf.

Die Worte des fremden Dunkelelfen verzerrten sich, das Bild verschwamm und löste sich auf wie Staub, verweht vom Wind.

Als nur noch Blaecks ruhige und tiefe Stimme in Jackis Kopf Gehör fand, wurde es schlagartig dunkel.

›*Jacki?*‹, fragte Blaeck, aber etwas stimmte nicht.

Jacki!

LARA

Lara stöhnte auf vor Schmerzen.

Eine neue Wehe hatte sie erfasst und ließ sie schneller atmen. Sie hatte die Beine angewinkelt und ihr Unterrock bedeckte nur noch die Oberschenkel.

»Es ist … unerträglich«, stammelte sie.

»Du schaffst das.« Aliya tupfte die Stirn ihrer Freundin ab.

»Wenn ich den Schmerz nur ein wenig lindern kön…«

»Nein!« Aliya sprang auf, um ihrer Freundin in die Augen zu sehen. »Das geht nicht. Du verletzt sonst dein Kind. Der Schmerz gehört dazu, also beiß die Zähne zusammen.«

Lara krallte sich in die Decke, die unter ihr lag. »Danke. Für. Die. Erinnerung.« Sie verzog die Miene, als ihr Unterleib erneut verkrampfte.

BLAECK

Blaeck zog sich etwas aus der Gedankenwelt zurück, da Jacki immer noch nicht auf ihn reagierte. Seine Hand zitterte kurz, sodass er sie zur Faust ballte. Niemals durfte er die Kontrolle über seine Gefühle verlieren.

Er wirkte einen Heilungszauber in der Dunkelheit, der aussah wie ein schwebendes bläuliches Tuch. Doch es zerfiel in einzelne Fäden und versank in der schwarzen Tiefe.

Blaeck atmete für einen Moment durch. Er suchte die falschen Erinnerungen, aber auch diese waren nicht mehr vorhanden. War Jacki ohnmächtig geworden?

Jacki!

Erneut ließ er das magische Licht in die Dunkelheit eindringen. Ein dritter Versuch folgte, direkt danach ein vierter.

Nichts geschah und Hoffnungslosigkeit ergriff Besitz von ihm.

Blaeck gab sich noch nicht geschlagen, sondern heilte weiter.

Anfangs schwebten die Fäden aus Licht vor sich hin und fanden kaum Kraft, bis sie sich bündelten. Aus ihnen wuchs ein großes Tuch, das die Dunkelheit wie Tinte in sich aufsog.

Einen Herzschlag später hörte Blaeck seinen Kameraden reden, in der Erinnerung lachte Lichtfels und dann erkannte er Lara, wie sie ein Lied sang.

›*Warum wurde sie mir genommen?*‹, fragte Jacki in Gedanken.

Blaeck schluckte die Sorge weg, denn sein Magierfreund war am Leben.

›*Sie lebt, Jacki*‹, antwortete er ihm.

›*Blaeck?*‹

›*Ich bin hier.*‹

LARA

»Aliya«, wimmerte Lara. »Diese Schmerzen.«

»Du hast es bald geschafft.«

Lara presste bis zur Ermüdung. Schweiß lief über ihr glühendes Gesicht, und Tränen rannen über die Wangen.

Sie rang nach Luft, ehe sie erneut presste, und kämpfte gegen das schmerzhafte Ziehen an.

Nur eine kurze Linderung …

Ihre Hände leuchteten bläulich auf.

»Nein! Wage es nicht!« Aliya blickte ihre Freundin ernst an. »Halte dich am Kopfteil des Bettes fest.«

»Ich kann … nicht mehr.« Lara schluckte und lehnte sich entkräftet zurück.

»Doch!«, widersprach ihre Freundin. »Jacki kämpft genau wie du in diesem Moment. Bei den Gebrüdern Braykion, kämpfe für deine Familie!« Der Schweiß stand auch ihr auf der Stirn.

»Wovon redest du?«, stöhnte Lara.

Woher wollte sie das wissen? Jacki galt als gefangen. Niemand wusste, wo er sich aufhielt.

Eine neue Wehe rollte durch Laras Unterleib, die sie schreien ließ.

Blaeck

›*Wo bin ich?*‹, fragte Jacki.

›*Im Verlies von Brayken. Der Willensbrecher hat sich deiner bemächtigt*‹, antwortete Blaeck.

›*Ich verstehe es nicht.*‹ Die Stimme des Magiers war nur ein Hauch in der Dunkelheit.

›*Deine Gedanken wurden manipuliert. Deine Erinnerungen waren nicht mehr dieselben.*‹

›*Wie ist das möglich?*‹

›*Ich erkläre es dir, folge meiner Stimme.*‹

Blaeck zog sich aus Jackis Gedanken zurück, bis er wieder in seinen Körper zurückkehrte und neben Lichtfels hockte.

»Jacki, ich bin hier«, sagte Blaeck laut.

Erst jetzt bemerkte er das Brennen auf seinen Armen. Die Wunden waren erneut aufgerissen und zehrten an seinen Kräften.

Er ignorierte sie, denn sowohl er als auch Lichtfels beobachteten ihren Kameraden auf der Holzpritsche, wartend auf ein Lebenszeichen.

Lara

Lara presste, während ihr Körper bebte und arbeitete. Sie sehnte das Ende herbei.

»Ich sehe den Kopf«, sagte Aliya hoffnungsvoll. »Du hast es gleich geschafft.«

Lara atmete tief ein und aus, erwartete die nächste Wehe, die ihr noch einmal viel abverlangen würde.

Ach Jacki, wenn ich nur wüsste, wo du bist.

Sie vermisste ihn mehr denn je.

Die nächste Wehe raubte Laras letzte Kräfte und sie presste erneut so stark, wie sie konnte. Der Schmerz war unerträglich. Es fühlte sich an, als ob ihr Unterleib zu zerreißen drohte, bis das Ziehen augenblicklich verschwand und es warm zwischen ihren Beinen wurde.

Ihr Körper fiel erschöpft zusammen, sodass sie nur noch die dunkle Zimmerdecke betrachtete.

Stille umfing sie.

Blaeck

»Jacki«, murmelte Blaeck und berührte seinen Freund an der Schulter. Sein Körper fühlte sich immer noch kühl an und er atmete kaum hörbar.

Lichtfels schwieg, doch er wandte sich nicht ab, denn er wartete offenbar genauso geduldig wie Blaeck auf ein Zeichen. Irgendetwas, das darauf hindeutete, dass Jacki es geschafft hatte.

»Komm schon«, raunte der Anführer. »Du wirst Vater.«

Auf einmal regte sich der ausgehungerte Körper unter seinen Fingern.

Jacki hustete, woraufhin Blaeck die Hand unter seinen Nacken legte, ehe er ihm einen Schluck Wasser gab. Langsam trank er und betrachtete beide aus schmalen Augen.

»Jacki«, sagte Blaeck. Er ließ Vorsicht walten, denn er war immer noch ein Magier.

»Blaeck«, flüsterte er mit rauer Stimme, als sein Blick weiter zum Anführer wanderte.

»An was erinnerst du dich?«, fragte Lichtfels zögerlich.

»Niemand von uns … war … der … Saboteur.«

Lichtfels lächelte erleichtert. »Der alte Jacki. Gut, dass du wieder bei uns bist.«

Lara

Ein kläglicher Schrei durchzog das Anwesen der Heiler.

Lara blinzelte mehrfach, bevor sie bemerkte, wer genau schrie. Sie neigte den Kopf zur Seite, um Aliya anzuschauen.

Ihre Freundin sah übermüdet aus, doch das Lächeln ließ all die Mühen vergessen. In ihrem Arm hielt sie das Neugeborene, eingepackt in ein Leinentuch, das Gesicht noch halb verschmiert, aber das spielte für Lara keine Rolle.

Sie streckte die Arme aus, woraufhin Aliya ihr den Kleinen geben konnte. Sofort rannen ihr erneut Tränen herunter und sie formte mit ihren Lippen nur ein Wort, das sie an ihre Freundin richtete: Danke.

39

ABSCHIED

ALIYA

Aliya lehnte erschöpft am Holztisch und wischte sich die Strähnen hinter die Ohren, während sie Laras zufriedenes Gesicht betrachtete. Ihre Freundin schmunzelte über jeden einzelnen Schrei des kleinen Jungen, der die Welt begrüßte.

Sie begann, das Blut abzuwaschen und die Nachgeburt sowie die schmutzigen Tücher wegzuräumen.

»Wie soll er heißen?«, fragte sie nach einer Weile.

Lara, die ihrem Sohn über den Kopf streichelte, betrachtete ihn eine Weile. »Larson. Doch wir rufen ihn Lars.«

»Eine Mischung aus Lara und Jackoson«, merkte Aliya an. »Ein wunderbarer Name.«

Lara nickte, aber mit einem Mal verschwand ihr Lächeln und sie schaute mit traurigen Augen den Jungen an.

Wieder meldete sich Aliyas schlechtes Gewissen. Ihre Freundin anzulügen, fiel ihr schwer, trotzdem wollte sie ihr helfen und ihr Trost schenken. »Jacki wäre stolz auf euch zwei.«

Tränen sammelten sich in Laras Augen. »Ich wünschte, er wäre hier.«

Aliya hielt inne. Wie lange sollte sie die Wahrheit noch vor ihr geheim halten? Hatte Lara vergessen, was sie während der Geburt gesagt hatte? Dass Jacki genauso kämpfte wie sie?

Sie schluckte den bitteren Geschmack in ihrem Mund herunter.

»Komm, wir ziehen dir erst einmal etwas Sauberes und Trockenes an. Außerdem möchte ich die Laken wechseln.« Aliya lenkte ihre Freundin ab. Die Trauer und der Schmerz durften nicht von ihr Besitz ergreifen. Lara musste zu Kräften kommen, damit sie für Lars da sein konnte. Er war in diesem Augenblick ihr einziger Anker.

Nachdem Lara sich wieder hingelegt und Aliya ihrer Freundin neuen Tee gekocht hatte, begab sie sich in den Innenhof des Anwesens.

Sie trug die Steine der zertrümmerten Bänke an die Seite und hob die abgebrochenen Zweige auf, die sie zu einem Haufen zusammenlegte.

An einer freien Stelle im Kräutergarten kniete sie sich hin und berührte die trockene, aufgewühlte Erde, die sie zwischen den Fingern hielt und herunterrieseln ließ.

Als Nächstes wischte sie über den kühlen Boden und versuchte das, was geschehen war, zu begreifen.

Doch die Rückkehr der Allianz, die Reise nach Brayken, die Kämpfe unter und über der Erde, die Trauer sowie die Freude, das Schwinden und das Erwachen von Leben waren einfach zu viel für sie. Aliya konnte es nicht wegwischen wie Staub auf einem Schrank.

Es würde Monate dauern, bis Brayken wieder die Stadt wurde, für die sie bekannt war. Ein Ort der Hoffnung, der Freiheit und des Mutes.

Es würde Jahre dauern, bis das Leben in Dekar wieder an Normalität gewann – Mädchen und Jungen, die davon träumten, Kämpferinnen und Kämpfer zu werden.

Wenn sie alt genug waren, kehrten sie in Brayken ein und erlernten eine Kampfkunst, für die ihr Herz schlug. Sie lebten nach den Tugenden der Kämpfer und sie schworen einen Eid, um ihren Platz in der Welt einzunehmen. Als Lehrer, Jäger, Soldat, Waffenschmied oder einfach nur als ein Unterstützer der Menschen, als ein ›Beschützer des Volkes‹. Genauso hatte auch ihre Geschichte als Kämpferin begonnen.

Die Tyrannei Diamantenseeles hatte einen dunklen Schatten über die Kämpfer geworfen, die Tugenden waren abgelegt worden und der Eid gebrochen. Gleichgültig, wie viel Zeit vergehen würde, das Volk würde dies nie vergessen.

Aliyas Finger gruben sich in die Erde, bis ihre Hände vollends bedeckt waren.

Der Kampf in Dekar stellte nur ein Problem dar, das ihr Kraft raubte. Was geschah mit ihrem eigenen? Sie war eine Heilerin, oder nicht? Wie lange konnte sie dieses Geheimnis, ihre Zweifel, noch für sich behalten?

Kälte berührte ihre Fingerspitzen, doch sie wich nicht zurück. Sie ließ ihr heilendes Feuer in den Boden gleiten, wodurch er sich leicht erwärmte, als ob die Frühlingssonne einen eingefrorenen Boden auftaute.

Aliya blinzelte, da etwas Grünes aus der aufgewühlten Erde wuchs.

Vorsichtig zog sie ihre Hände zurück und betrachtete den Keimling. Ein kleiner schmaler Stängel mit einem winzigen grünen Blatt. Bereit, zu wachsen und zu gedeihen.

Sie lächelte, ehe sie erleichtert aufatmete. Langsam schloss sie die Lider und lauschte ihrem Herzschlag.

Was von Kämpfern zerstört wurde, konnte von Kämpfern wieder aufgebaut werden, auch wenn es nur ein unscheinbarer Keimling war.

Als sie Schritte hörte, stand sie auf und schaute zum Eingang. Sie erkannte den festen, dumpfen Schritt schon am Hören.

Lichtfels betrat den Innenhof, dicht gefolgt von Blaeck. Sie trugen jemanden auf einer Liege ins Anwesen. Ihr Blick blieb sofort an dem schlafenden Jacki hängen.

Währenddessen betrachteten ihre beiden Freunde mit ernster Miene den Ort der Verwüstung.

Ja, so fühle ich mich auch.

Auch sie war schockiert gewesen über die Zerstörung des einst wunderschönen Innenhofes mit Kräutergarten.

Langsam näherte sie sich Lichtfels, in dessen Gesicht sie eine Frage ablas, die er nicht aussprechen musste. »Es geht den beiden gut«, murmelte sie.

»Ihm so weit auch«, sagte er leise und drehte sich zu Blaeck um.

Jackis Arm glitt von der Liege herunter und Aliya fing ihn auf. Er war so schwach und ausgemergelt, was ihr einen Stich versetzte. Sie hoffte, dass er überlebte, und wünschte sich, dass er Lara sowie Lars bald in die Arme schloss.

Schonend legte sie seine Hand zurück auf die Liege und begleitete ihn in ein Zimmer, das sich neben Laras befand.

Das Bett sowie Tisch und Stühle waren zerbrochen, doch sie legten die Felle und Stoffe auf dem Boden übereinander, damit ihr Kämpferfreund weich lag.

Aliya holte Wasser aus Laras Zimmer, tauchte ein Tuch darin ein und versuchte es behutsam über Jackis Mund auszuwringen, damit er etwas trinken konnte. Er drückte ihre Hand und schloss die Augen, ehe ein kurzes Lächeln über seine Lippen huschte. Sie war froh, dass Jacki sie erkannte.

Während Lichtfels zum Großen Platz zurückkehrte, kümmerten sich Aliya und Blaeck um das Anwesen der Heiler. Sie räumten weitere zerstörte Zimmer aus und legten Decken aus, worauf sie die Verwundeten legten.

»Wie hast du Jacki von dem Willensbrecher befreit?«, fragte Aliya neugierig.

Blaeck räusperte sich. »Ich habe den Zauber des Dunkelelfen unterbrochen und Jackis Gedanken und Erinnerungen … geheilt.«

Ein Dunkelelf?

Hatte sie es richtig verstanden?

Aliya rieb sich die kalten Oberarme warm.

»Kennst du ihn?«, hakte sie nach.

»Nein«, antwortete Blaeck. »Ich kenne so viele meiner Brüder und Schwestern nicht.«

»Aliya?«, rief Wolfino durch das Gebäude.

»Ich komme!« Aliya betrachtete Blaeck noch einen Moment, bevor sie sich zurück zum Innenhof begab.

Tsunade war der Nächste, der auf einer Liege zum Anwesen der Heiler gebracht wurde. Er war erschöpft und kaum ansprechbar.

Nach ihm folgten mehrere Bewohner mit Brandverletzungen, die Blaeck und Aliya nicht mit Magie heilen konnten. Stattdessen legten sie feuchte Wickel auf die Wunden.

Als sich zwei Heiler der Schattenjäger und Primeas näherten, hatte Aliya bereits die Hand an der Peitsche, doch Blaeck berührte sie kurz an der Schulter und erinnerte sie an das Siegel der Eidbrecher.

Die Schuld stand ihnen ins Gesicht geschrieben, da sie die Blicke mieden und unterwürfig zu Boden schauten. Sie halfen dabei, Wickel und Salben auf Wunden aufzutragen, Tee zu kochen, den Innenhof aufzuräumen und übrig gebliebene Kräuter aufzusammeln.

Zwischendurch wachte Lara immer wieder auf und wollte aufstehen, was Aliya ihr verbot. Sie sollte ruhen und sich um Lars kümmern.

Erst abends begrüßte er alle mit einem lauten Schrei, durch den auch Jacki erwachte.

»Hallo Jacki.« Aliya brachte ihm eine einfache Bauernhose und ein graues Hemd. »Etwas Besseres habe ich leider nicht gefunden.«

»Danke«, flüsterte er. Seine Stimme klang noch angeschlagen.

»Ich bin gleich wieder bei dir«, murmelte sie und stand auf. Sie ging ins Nachbarzimmer zu Lara und Lars.

»Dich bedrückt etwas«, stellte ihre Freundin fest.

»Kannst du dich erinnern, was ich bei der Geburt gesagt habe?«, fragte Aliya ruhig.

Lara blickte zur gegenüberliegenden Wand und schüttelte den Kopf.

Sie half ihr auf die Sprünge: »Ich sagte, dass Jacki genauso kämpft wie du.«

»Ja, so etwas erwähntest du.« Lara schluckte und krallte sich an der Decke fest.

Aliya holte tief Luft. »Er hat den Kampf gewonnen.«

Lara schaute sie verwirrt an. »Bitte sprich nicht in Rätseln mit mir.«

Sie zögerte und bereitete sich innerlich auf viele Vorwürfe vor. »Jacki ist hier, wir haben ihn gefunden.«

Ihre Freundin starrte sie versteinert an. »Wo … war er?«

»In den Verliesen«, antwortete Aliya tonlos und biss sich auf die Unterlippe. Erschrocken hielt sich Lara die Hand vor den Mund. »Er ist schwach, aber ansprechbar.«

Augenblicklich richtete die junge Mutter sich auf. »Wo ist er jetzt?«

»Im Zimmer nebenan.« Aliya bot Lara ihre Hände an, um ihr hochzuhelfen.

»Ich will ihn sehen.«

Aliya nickte und war verwundert, wie ruhig ihre Freundin blieb.

Sie nahm ihr den schlafenden Lars ab, ehe die Heilerin aufstand. Mit kleinen, langsamen Schritten bewegte sie sich vorwärts, mit einer Hand den Bauch haltend.

»Immer schön vorsichtig«, sagte Aliya.

»Ja«, flüsterte Lara.

Im Türrahmen verschnaufte ihre Freundin und schluckte, bevor sie Jackis Zimmer betrat. Erneut berührte sie ihre Lippen.

»Lara«, murmelte Jacki und über Aliyas Arme zog sich eine Gänsehaut.

Ohne noch länger zu warten, lief Lara zu ihm und ließ sich neben ihm nieder, wo sie sich weinend in die Arme fielen.

Aliya lehnte währenddessen am Türrahmen und wachte über Lars, der nach kurzer Zeit zu schreien begann.

Als Lara sich von Jacki löste, übergab Aliya den beiden ihren Sohn. Die Freudentränen versiegten nicht und auch in Aliya breitete sich Wärme aus.

Die kleine Familie war wieder vereint.

Einen Moment erlaubte sie sich, den Anblick zu genießen, bis sie sich umdrehte und das Zimmer verließ.

Kurz fragte sie sich, ob sie auch eines Tages eine Familie gründen würde, als ein Heiler der Primeas auf sie zukam. Er wich immer noch ihrem Blick aus.

»Der Kämpfer ohne Arm ist wach.« Er bewegte sich von einem Fuß auf den anderen.

Der Kämpfer ohne Arm.

Ein Satz, der sich in ihrem Kopf mehrfach wiederholte. Sofort verflog Aliyas Wärme und sie fröstelte.

»Ich sehe nach ihm.« Sie lief den zerstörten Arkadengang entlang, der von Trümmern und Sand befreit worden war.

Der Innenhof lag ruhig vor ihr und die Verletzten hatten sich zurückgezogen. Nur ein Schüler kreuzte ihren Weg, der einen frisch aufgefüllten Wassereimer vom Brunnen geholt hatte.

Bei der letzten Kammer blieb Aliya stehen und schaute hinein.

Blutunterlaufene Augen in einem blassen Gesicht starrten sie an. Tsunade rang nach Luft, und seine Kiefer waren angespannt. Der Verband, der seine rechte Brust und Schulter bedeckte, war vollgesogen mit dunkelbraunem Blut.

Langsam betrat sie das Zimmer, näherte sich ihm und begann, den Verband zu wechseln.

Tsunade atmete geräuschvoll aus und seine Gesichtszüge wurden finster. »Warum habt ihr mich nicht sterben lassen?«

Aliya starrte ihn mit geöffnetem Mund an. »Das konnten wir nicht.«

Tsunade zeigte auf seine rechte Schulter. »Ich wollte sterben.«

»Du redest von deinem Leben, als wäre es ein Stein, den du einfach so wegwirfst.«

»Mein Leben *ist* verworfen«, fauchte er. »Statt mich wie einen ehrenvollen Kämpfer sterben zu lassen, habt ihr mich zu einem unbrauchbaren Krüppel gemacht!«

Aliya schwieg, obwohl sie innerlich mit sich rang.

Lara und Blaeck hatten während des Kampfes Tsunades Leben gerettet, immer in der Gefahr, selbst getroffen zu werden. Sie waren das Risiko eingegangen, dass ein anderer fallen könnte.

Heiler retteten Leben, es stellte ihre Aufgabe dar. Dies schien Tsunade zu vergessen, obwohl er sich selbst dazu entschieden hatte.

Mit einem Tuch wischte sie vorsichtig das getrocknete Blut ab und legte einen neuen Verband um seine Schulter.

»Kennst du die Inschrift auf der Statue des Heilers der Gebrüder Braykion?«, fragte sie und lenkte ihn ab.

»Du wirst es mir sicher verraten«, grummelte er.

»Ein Vers davon erinnert mich jedes Mal daran, warum ich heile.«

Tsunade schnaufte verächtlich, was Aliya ignorierte.

Des Heilers Bürde trägt hohes Maß,
wird sowohl geliebt als auch gehasst.
So schützt er des Kämpfers höchstes Gut
mit all seiner Kraft und seinem Mut.
Lob und Dank werden ihm zugesagt,
doch wenn dies' Gut fällt und er versagt,
machen Wut, Trost, Trauer ihn müde
und er trägt die Schuld bis ans Ende.

Ein kalter Schauer zog sich über Aliyas Haut.

Sofort dachte sie an ihre Freundin Laolin, die sie nicht mehr retten konnte. Es war nicht ihre Schuld und dennoch wünschte sie sich, dass es anders gekommen wäre.

»Schau mir in die Augen und sag mir ins Gesicht, dass du einen Freund, der im Sterben liegt, sterben lässt, wenn du ihn retten könntest«, sprach Aliya ernst.

Tsunades Faust ballte sich zusammen, ehe er wegschaute und einen Fleck an der Wand anstarrte. »Sieh mich an«, entgegnete er verzweifelt.

Aliya betrachtete erneut Tsunades Körper, doch ihre Antwort kam sofort, ohne zu überlegen: »Ich sehe keinen Krüppel, sondern einen Kämpfer.«

Er wandte sich ihr wieder zu. Kurz überlegte er und suchte nach Worten. »Ich … bin … ein Krüppel.«

Wie erreichte sie ihren Kämpferfreund nur?

Sie schluckte und setzte sich auf einen Hocker neben dem Bett. »Denkst du, ich bin ein Krüppel, weil ich … es nicht schaffe, mich und andere zu heilen?«

Tsunade neigte den Kopf zur Seite. »Wie meinst du das?«, fragte er mit Bedacht.

Sie legte ihre Hände in den Schoß und holte tief Luft. Es war an der Zeit, das auszusprechen, was ihr am meisten Angst bereitete. »Ich kann nicht mehr heilen.«

Ihr Kämpferfreund stockte. »Warum?«

Ich weiß es nicht.

Aliya zuckte mit den Schultern. »Ich hatte schon lange Probleme mit der Selbstheilung. Nun ist es so weit, dass auch Wunden bei anderen wieder aufreißen, deshalb heile ich kaum noch.«

»Aliya …« Tsunade hielt ihr seine Hand hin und sie ergriff diese. Sowohl ihm als auch ihr rannen Tränen herunter. »Du bist und wirst immer eine Heilerin sein.«

»Und du bist weiterhin ein Kämpfer«, murmelte sie.

Tsunade ließ ihre Hand los und wischte sich die Tränen vom Gesicht. »Ist Lichtfels das bekannt?«

Aliya schüttelte den Kopf. »Er hat nur von meiner Selbstheilung Kenntnis.«

»Willst du es ihm sagen?«, hakte er nach.

Sie verneinte, denn die Gefahr, dass er sie wegschickte, war zu groß.

Der Gedanke, dass sie irgendwo auf ihn, Wibatem und ihre Freunde warten musste, während diese ihre Leben aufs Spiel setzten, um das Land zu befreien, hinterließ Bauchschmerzen. Heilerin zu sein, bestimmte ihr Leben, und die Gilde galt als ihre Familie.

Die nächsten Worte flüsterte sie nur: »Ich möchte nicht zurückgelassen werden.«

»Ich auch nicht«, erwiderte Tsunade. »Ich weiß nicht einmal, ob ich noch kämpfen kann. Mit links?« Er schnaubte.

»Doch, auch das funktioniert.« Aliya lächelte.

»Was ist mit deinen Schutzschilden?«, hakte er nach. Sie spürte, dass er nicht über sich reden wollte.

»Sie funktionieren einwandfrei.«

»Schon allein deswegen brauchen wir dich.« Tsunades Mundwinkel hoben sich leicht.

»Du beherrscht sie auch.« Aliya lächelte sanft.

»Wenn ich bei Kräften bin vielleicht«, ergänzte er leise und lehnte sich zurück in seine Kissen.

»Wenn du das bist, trainieren wir zusammen«, schlug sie vor und ihr fiel auf, dass ihr Kämpferfreund nicht mehr so finster dreinblickte wie am Anfang.

Tsunade zögerte einen Moment, nickte aber kurz darauf. »Danke.«

Sie wischte sich die übrig gebliebenen Tränen weg. »Ruhe dich jetzt aus, ich sollte gehen.« Sie stand auf und wandte sich von ihm ab.

»Aliya?«

Fragend schaute sie ihn an.

»Du bist kein Krüppel«, sagte er matt.

»Du auch nicht«, entgegnete sie.

Langsam verließ sie sein Zimmer und kümmerte sich den restlichen Tag um andere Verletzte, doch ihre Gedanken drehten sich weiterhin im Kreis.

Tsunade würde hart trainieren müssen, genau wie sie auch.

Ihr Wissen um all die Kräuter und Tinkturen galt es zu erweitern. Wenn sie die magischen Fähigkeiten der Heiler nicht mehr besaß, konnte sie sich wenigstens in der Heilkunst beweisen.

Als es dämmerte, musste sie immer häufiger eine Pause einlegen, aber ein Ende war nicht in Sicht und so lange, wie nicht jeder Verwundete von ihr oder den anderen Heilern in Augenschein genommen worden war, würde sie keinen Schlaf finden. Genau dafür schlug ihr Herz.

Als Lichtfels am Abend des zweiten Tages das Anwesen der Heiler aufsuchte, wusste Aliya warum. Die Toten mussten verbrannt werden und aufgrund der vielen Opfer, die es bei diesem Kampf gegeben hatte, setzten sie ihr magisches Feuer ein.

Nachdem die Nacht hereingebrochen war, lief Aliya mit allen Heilern die Straßen entlang. Die weißen Umhänge, die sie trugen, leuchteten in der Dunkelheit wie eine Ansammlung von Sternen.

Ein Schweigen hatte sich über die Bewohner der Stadt gelegt. In Gedanken schienen sie schon Abschied von denjenigen zu nehmen, die sie nicht mehr wiedersehen würden.

Aliya dachte an Sarkhan, den Beschwörer des Wolfes. Sie hatte ihn länger als Lichtfels gekannt, denn er, Paco und sie waren damals zusammen zur Schwarzen Allianz gekommen.

Unter Mescals Führung hatten sie in einer Gilde direkt nach der Ausbildung gekämpft. Auch wenn der Beschwörer vieles infrage gestellt hatte, war er dennoch ein Freund.

Sie dachte an Usci, der ihr genauso fehlte. Auch wenn sie kaum etwas von ihm wusste, hatte er zur Schwarzen Allianz gehört.

Am meisten litt Keni unter dem Verlust und gerade an diesem Abend kamen die Erinnerungen von Uscis Abschied wieder hoch.

Ihr letzter Gedanke galt den Menschen Braykens, die ihre Leben lassen mussten. Sie waren Opfer des Machtspiels geworden, das Diamantenseele begonnen hatte. Ein Spiel ohne Regeln und Rücksicht.

Wir müssen ihn aufhalten, dachte Aliya.

Diamantenseele durfte nicht weiter über Dekar und alle, die hier lebten, bestimmen. Die Allianz musste einen Ausweg finden, weitere Verbündete suchen und die Erben, wo auch immer sie sich gerade aufhielten, beschützen.

Am Großen Platz angekommen säumten mehrere helle Kugeln den Rand, die unverkennbar von Lichtfels stammten, um dieser Nacht etwas Trost zu spenden.

Die leblosen Körper waren nebeneinandergelegt worden und bildeten eine große Fläche. Sie nahmen über die Hälfte des Platzes ein.

Ringsherum hatten sich dekarische Heiler und Bewohner Braykens versammelt, einige sogar mit Kerzen in der Hand.

Der Krater daneben war noch deutlich zu sehen. Niemand hatte es bisher geschafft, ihn zu beseitigen. Wie die Ruine des Handelshauses und die zerstörten Gebäude an dem Platz stellte er ein stilles Mahnmal an diesen Kampf dar.

Lichtfels wartete am Rand, als Aliya an ihm vorbeischritt. Den Kopf hatte sie wie die anderen Heiler gesenkt. Sie verteilten sich in regelmäßigen Abständen um die Fläche herum, bis jeder seinen Platz eingenommen hatte. Auch Blaeck befand sich unter ihnen, aber Aliya wusste nicht, wo er stand.

Niemand vermochte etwas zu sagen und so legte sich das Tuch der Stille über die Stadt.

Einen Augenblick später hockten die Heiler sich hin und streckten die Hände nach den Leichnamen aus.

Der Tote, der vor Aliya lag, gehörte zu den Primeas, denn das Wappen prangte auf seiner Brust. Das Gesicht war mit einem Leinentuch bedeckt.

Sie wusste nicht, was für eine Kampfkunst er beherrschte. Doch auch wenn er zu den Feinden gehört hatte, handelte es sich um jemanden wie sie.

Sie flüsterte ein leises Lebewohl und legte ihre Hand auf sein Bein, sodass sein Körper von feinen blauen Flammen umzüngelt wurde. Auch die Toten daneben begannen umgehend zu brennen.

Das magische Feuer breitete sich von allen Seiten aus, bis es in der Mitte zu einer einzigen Flamme zusammenschmolz.

Es knisterte nichts und es roch nicht nach Rauch.

Das Einzige, was sie sahen, waren kleine blaue Flocken, die in den Himmel stiegen. Aliya erinnerten sie immer an blaue Blütenblätter, die vom Wind davongetragen wurden, der Freiheit entgegen.

Ergriffen legte sie die Hände auf ihr Herz.

Nach und nach lösten sich die leblosen Körper auf, ehe das blaue Feuer zusammenschrumpfte, bis es schließlich in der Mitte verschwand.

Der Große Platz lag vor ihnen, leer und sauber, als hätte es nie einen Toten gegeben.

Die dekarischen Heiler standen auf. Obwohl ihre Arbeit erledigt war, rührte sich niemand. Nicht einmal ein Stadtbewohner.

Aliya wusste warum, da auch sie sich nicht mehr davon abwenden konnte.

Die Blicke waren auf den dunklen Nachthimmel gerichtet, an dem die blauen Blütenblätter davonflogen.

40

Lichtfels' Erinnerung:

Auf der Suche nach Erben

Ein Jahr zuvor …

Wenn die dunkelste Stunde in Dekar herannaht, werden sie sich zeigen … Meine Kinder.

Odmens Worte gingen mir durch den Kopf, als sein Leichnam verbrannte. Die weißen Leinentücher, die um seinen Körper gelegt worden waren, färbten sich blau, während das magische Feuer ihn umgab. Es bewegte sich sanft hin und her wie ein Schleier, bis dieser samt König verschwand und nur noch die blauen Flocken an eine Beisetzung erinnerten.

Die Elfen, gekleidet in weiße und beigefarbene Gewänder, verließen nacheinander die Lichtung, bis nur noch Eyrin, Kyran und ich übrig blieben.

Eine sanfte Windböe strich mir das Haar aus dem Gesicht, ehe ich den Duft von Zedernholz wahrnahm.

Bedächtig näherte sich Kyran mir. »Verzeih mir, dass ich dir nicht helfen konnte, ihn zu überzeugen.«

»Du musst mich nicht um Verzeihung bitten«, erklärte ich. »Sowohl du als auch Eyrin habt so viel für mich getan. Ich weiß nicht einmal, wie ich es euch jemals danken kann. Eure Freundschaft …« Ich hielt inne.

Was würde aus ihr werden, nun, da Odmen nicht mehr unter uns weilte?

»Auch wenn sein Leben vergangen ist«, begann Kyran zu sprechen, »bleibt unser Freundschaftsbündnis aufrecht. Wenn es auch dein Anliegen ist.«

»Natürlich.« Ich verneigte mich und Kyran ebenfalls. »Was wird nun aus euch beiden? Odmens Leibgarde?«

Kyran schmunzelte. »Machst du dir Sorgen um unsere Zukunft?«

»Nein.« Ich winkte ab. »Ich frage aus Interesse.«

»Da wir der menschlichen Sprache mächtig sind, werden wir wohl als Botschafter eingesetzt werden. Zumindest läge das in meiner Vorstellung. Bei Eyrin …« Er überlegte einen Moment. »… bin ich im Ungewissen.«

»Verstehe.« Mein Blick wanderte zu ihr.

Auch er betrachtete Eyrin, die nicht weit von uns verweilte. »Ich lasse euch allein.«

Er blinzelte mir einmal zu, ehe er sich von mir verabschiedete.

Ich straffte den Rücken und näherte mich ihr.

Sie hatte das kupferfarbene Haar zu einem langen Zopf geflochten, der ihr über Schulter und Brust fiel. Ihre Augen waren gen Baumkronen gerichtet, zwischen denen nicht nur die Flocken davonflogen, sondern auch Glühwürmchen ihre Bahnen zogen.

Fasziniert bewunderte ich die Natur, die mir jeden Tag aufs Neue den Atem raubte. Die Lichtelfe inmitten dieser Harmonie zu sehen, ließ auch mich wieder ruhiger werden.

Es dauerte nicht lange, bis sie mich anschaute und sich ein sanftmütiges Lächeln auf ihren rosafarbenen Lippen abzeichnete.

»Du bist in Gedanken«, stellte sie fest.

»Du auch.« Ich schmunzelte.

Wie gerne hätte ich ihre helle Haut berührt und ihren Zopf durch meine Finger streichen lassen. Ihre Augen glänzten wie frisch geschliffene Smaragde und je näher ich ihr kam, desto mehr umgab mich der Duft der Vanille.

Fast fünf Jahre war ich in Héllion gewesen, zwei Jahre hatte ich versucht, Odmen zu überreden, seinen Platz als König einzunehmen. Nun hatte ich keine Wahl mehr. Ich sollte zurückkehren, um herauszufinden, wann Dekars dunkelste Stunde schlagen würde.

»Ich muss heimkehren«, murmelte ich und Eyrins Lächeln verblasste.

»Ich weiß«, bestätigte sie. »Odmen hat es mir erzählt, bevor du mit ihm gesprochen hast.«

Warum überraschte es mich nicht?

Sie drehte sich zur Seite und schaute wieder in die Baumkronen. Selbst wenn ich gewollt hätte, ich konnte meinen Blick nicht von ihr abwenden.

»Kennst du seine Kinder?«, fragte ich neugierig.

»Ja … nein … ich bin nicht sicher, wo sie sind. Auch nicht, ob sie jemals einen Thron besteigen würden.«

»Aber sie müssen, Dekar braucht einen König.«

Eyrin wandte sich zu mir um. »Du willst nur beweisen, dass Diamantenseele nicht König ist. Was danach mit Dekar geschieht, steht nirgendwo geschrieben. Am Ende entscheidet der Thron.«

Ich holte tief Luft, da sie recht hatte.

Das Land zu befreien galt als mein Ziel, doch die Zukunft blieb ungewiss. Selbst wenn ich Odmens Kinder nicht finden würde und keine Beweise hätte, würde ich versuchen, Diamantenseele zu stürzen.

»Ich werde sie finden«, entgegnete ich fest entschlossen.

Eyrins Mundwinkel hoben sich, ehe sie mein Gesicht betrachtete. Sie musterte die Schultern, meine Brust, Arme und Fäuste. Danach berührte sie meine rechte Hand, zog sie näher an sich und strich sachte darüber. »Deine Zeit ist gekommen. Du bist stärker als vorher.«

Mein Herz schlug schneller. Sie schaffte es immer wieder, es in Wallung zu bringen.

Eine Frage lag mir noch auf den Lippen, die mich schon länger verfolgte.

Würde sie mich nach Dekar begleiten?

»Komm mit mir.«

Langsam ließ sie meine Hand los. Sie überlegte kurz, dann antwortete sie: »Nein.« Ich wollte widersprechen, aber sie hielt mir den Finger an die Lippen. »Dies ist dein Weg, Lichtfels. Nicht meiner.«

Ich nickte, jedoch fiel es mir schwer, es zu akzeptieren.

Würde ich sie je wiedersehen?

Augenblicklich erinnerte ich mich an unser erstes Treffen.

»Vielleicht kreuzen sich unsere Wege«, fuhr sie fort. »Nur nicht noch einmal in einem Wirtshaus. Eine Tänzerin zu sein, erscheint mir nicht als die beste Tarnung.« Sie zwinkerte mir zu.

Lächelnd räusperte ich mich. Eyrins Instinkt war fabelhaft. Manchmal dachte ich, dass sie meine Gedanken lesen konnte.

»Spätestens, wenn ich eure Hilfe in Dekar brauche«, ergänzte ich. »Sobald ich einen Beweis finde, schicke ich einen Boten zu euch.«

Ich atmete ihren Vanilleduft ein und wollte noch etwas sagen, schwieg stattdessen, weil ich nicht wusste, welche Worte ich wählen sollte.

So genoss ich neben ihr die Ruhe der Nacht und beobachtete sie aus den Augenwinkeln, wie sie in die Ferne schaute.

An was sie wohl dachte?

Eyrin wandte sich mir zu und öffnete leicht den Mund. Ich fühlte mich dabei ertappt, wie ich sie bewunderte, als sie ihre Hände auf meine Schultern legte und mich küsste.

Sofort schlang ich die Arme um ihre Hüfte und zog sie an mich.

Mein Herz schien für einen Moment stillzustehen, doch durch sie fühlte ich mich lebendiger als zuvor.

Ich wollte sie nie wieder loslassen und ohne sie nicht aufbrechen, aber mir blieb nichts anderes übrig.

Nachdem sich unsere Lippen voneinander gelöst hatten, atmeten wir schwer.

Unsere Stirnen berührten sich noch eine Weile, bis wir uns trennten und Eyrin mich verließ, ohne einen Blick zurückzuwerfen.

41

TANZ MIT DEM FEUER

WIBATEM

Gegenwart

Als Wibatem einige Wochen später zum nördlichen Teil der Stadt aufbrach, dämmerte es bereits. Die Tage wurden kürzer und die Abende kälter, sodass er sich einen dickeren Umhang umgelegt hatte.

Das Handwerkerviertel vor ihm wirkte immer noch wie ausgestorben, denn die Tore der Werkstätten waren mit Balken verbarrikadiert und die Fenster zugenagelt. Stapelweise Holzdauben verwitterten in den Gassen zwischen den Häusern, und zersplitterte Wagenräder lagen auf dem Kopfsteinpflaster.

Warum haben sie alles so verderben lassen?

Wibatem zog die Augenbrauen zornig zusammen.

Überall in der Stadt wartete Arbeit auf seine Freunde und ihn. Viele Gebäude mussten repariert und jede Menge Wissen den jungen Schülern der Akademie vermittelt werden.

Er ließ die Werkstätten hinter sich und lief die Straße weiter, bis er vor einer großen Eingangspforte haltmachte. Der übergroße Hammer und die aus Stein gemeißelte Zange, die sich vor ihm kreuzten, überragten ihn viermal größer als er.

Ein Anblick, den er nie vergessen konnte, seitdem er mit zwölf Jahren nach Brayken gekommen war.

Nachdem er durch die Pforte getreten war, marschierte er zu der Halle, deren Eingang ein Eisentor zierte.

Wibatem erblickte anstelle der Fenster nur Oberlichter an der glatt geschliffenen Steinmauer, die sich aneinandergereiht unter der Dachtraufe befanden. Aus dem Dach ragten drei Schornsteine gen Himmel, die wie Wächter über der Halle thronten.

Während des Gehens machte Wibatem eine schnelle Handbewegung und ließ hinter sich den Drachen auferstehen, der an ihm vorbeistampfte und das Eisentor ohne Probleme aufschob. Wie ein Sog zog es ihn in die Halle hinein.

Feuer, dachte Wibatem und der rote Drache gehorchte.

Das Tier holte tief Luft und spie eine glühend orangefarbene Stichflamme mitten in die Halle hinein.

Fackeln begannen zu brennen und erleuchteten die dunklen Räume.

Ambosse und Schraubstöcke in allen Größen standen nebeneinander in einer Reihe. An den Wänden hingen Hunderte Hammer, Zangen, Bördel- und Umschlageisen, Spaltmeißel, Durchtreiber sowie Gesenke und Spaltkeile.

Wibatems Herz klopfte schnell. Er freute sich wie ein kleiner Junge, die Kämpferschmiede in all ihrer Pracht zu sehen. Schon seit er denken konnte, war er fasziniert von der Schmiedekunst und es war an der Zeit, die alten Schmiedefeuer neu zu entfachen.

Er ging zur ersten Esse, in der die Glut noch zaghaft glühte. Erst am Morgen hatte er einen Schüler beauftragt, diese für ihn vorzubereiten.

Luft, rief er in Gedanken, ehe sich der Kopf des Drachen senkte.

Erneut atmete das Tier tief ein und aus, doch dieses Mal traf keine Flamme die Kohle, sondern ein heftiger Luftstoß. Asche stob auseinander und die restliche Schmiedekohle fing Feuer.

Rauch stieg auf, der sich vom Rauchfang entlang der Mauersteine des ersten Schornsteins nach draußen bewegte.

Wibatem legte seine Hand auf das Bein des Drachen, lächelte ihm kurz zu und ließ ihn wieder verschwinden. Mehr Magie musste er nicht anwenden, da er den Rest mit dem großen Blasebalg erledigte, der neben der Esse stand.

Das Holz knarrte, Asche sowie Staub wirbelten auf und das Feuer begann zu tanzen. Es brannte noch nicht groß und heiß genug.

Wibatem legte den Umhang beiseite, zog die Weste aus und krempelte die Ärmel seines Hemdes hoch. Als Nächstes nahm er sich eine Holzschubkarre, die er in einen Raum hinter der Halle schob. Dort lagerte das schwarze Gold der Schmiedekunst, eine große Menge der Schmiedekohle.

Die Wände und der Boden hatten sich über die Jahre schwarz gefärbt, selbst die Oberlichter ließen kaum noch einen Lichtstrahl durch, da sich der Kohlestaub auf die Fenster gelegt hatte.

Wibatem nahm sich die Schaufel und füllte die Schubkarre so voll, dass bereits erste Kohlestücke herunterrollten. Schwarze Spuren verewigten sich auf dem Hemd und langsam verfärbten sich seine Hände dunkel, was ihn nicht störte.

Sie zeigten ihm, was er mit ihnen erschaffen konnte.

Er kehrte zurück zur Feuerstelle und legte Kohle nach, wodurch das Feuer vor sich hin züngelte. Eine immer stärker werdende Hitze strömte aus und Schweißperlen rollten ihm von der Stirn.

Wibatem wandte sich einem weiteren Raum zu, der jedoch mit einer eisernen Tür verschlossen war. Über ihr prangte das Symbol eines Schildes mit zwei gekreuzten Schwertern.

Die Tür, durch die nur eine Person passte, hatte weder Griff noch Schlüsselloch. Selbst Scharniere fand er keine.

Er war sich sicher, dass sie erst eingebaut worden war, nachdem er Brayken verlassen hatte. Von wem oder warum, wusste er nicht, aber er erinnerte sich genau, was dahinter lag.

Er trat einige Schritte zurück und suchte die Mauer ab.

Hebel, wo steckst du?

Eine Menge Stahl- und Eisenketten hingen nebeneinander auf einer Stange. Eine von ihnen erregte seine Aufmerksamkeit. Sie verschwand in einem Loch in der Wand.

Er ging zu ihr, nahm sie und zerrte an ihr wie an einem Seil.

Es ratterte laut, irgendwo drehten sich Zahnräder, und die Eisentür bewegte sich. Erstes Licht tauchte am Fußboden auf, der letzte Schein des Tages.

Wibatem zog fester und stemmte sich dabei mit einem Bein an der Wand ab. Die Eisentür kostete mehr Kraft als erwartet. Weitere Schweißperlen liefen ihm herunter und tränkten sein Hemd.

Stück für Stück öffnete er die Tür mithilfe der Kette und befestigte diese an einem nahe gelegenen Amboss. Er wischte sich mit einem Ärmel über die Stirn, ehe er mit einer Fackel in der Hand durch die schmale Tür trat, hinter der sich die Waffenkammer verbarg.

Stahlhandschuhe in verschiedenen Formen und Größen waren auf Regalen nebeneinander aufgereiht. Manche abgerundet, andere mit scharfen Spitzen versehen.

An den Wänden hingen mehrere Peitschen mit verschiedenen Griffen, die mit magischen Steinen bestückt waren.

Auf der anderen Seite standen Schwerter, sowohl große, kleine, breite, dünne als auch einige verspiegelte und welche mit Gravur.

Daneben, auf einem Ständer, befanden sich mehrere mannshohe Zauberstäbe, die Wibatem eher an Wanderstöcke erinnerten als an magische Waffen, doch je weiter er durch den Raum ging, umso größer und feiner wurden die Stäbe. Viele davon glänzten wie Schmuckstücke, verziert mit Juwelen. Wiederum andere stellten ineinander verschlungene Stahlgeflechte dar, in deren obere Spitzen Edelsteine eingesetzt waren.

Wibatem lief an all den Waffen vorbei und suchte das Regal auf, das am unscheinbarsten aussah, genau am Ende der Waffenkammer.

Darauf lagerten mehrere Kleinodien, schwarze Klumpen, die einem Stück Kohle ähnelten, dunkelrote Schuppen sowie markante rote Stacheln der Drachenechsen.

Er nahm sich zwei große davon, zwei der schwarzen Klumpen sowie zwei handgroße Schuppen, ehe er die Waffenkammer wieder verließ.

Eine drückende Hitze hatte sich mittlerweile in der Halle ausgebreitet.

Wibatem legte die ersten Materialien neben der brennenden Esse bereit. Er brauchte jedoch noch zwei größere Stücke Stahl, die er in der Nähe der anderen Essen fand, und das passende Werkzeug.

Schließlich war er bereit für den Tanz mit dem Feuer.

Er setzte sich Schmiedehandschuhe auf, nahm eine Zange, umfasste mit ihr den Stahl und packte ihn in die rote Flamme hinein, die ihn sofort einhüllte wie zwei streichelnde Hände.

Fließend drehte er es hin und her, eine geschmeidige Bewegung, die er immer wiederholte. Der Stahl, erst dunkelgrau und matt, begann zu glühen. Anfangs rötlich, wie ein Licht am Horizont, dann orangefarben wie die Morgensonne und zuletzt weißgolden wie die Sonne im Zenit.

Der Zeitpunkt war gekommen, dass Wibatem mit dem glühenden Stahl zum nahe gelegenen Amboss ging. In der linken Hand hielt er die Zange, in der rechten den Schmiedehammer.

Ein erster Schlag folgte und nach ihm viele mehr. Eins, zwei, drei. Er drehte den Stahl und schlug weiter.

Glühende Funken flogen in alle Richtungen, und die Schläge schallten durch die Halle. Sie waren die einzige Musik, die diese Wände kannten.

Wibatems Oberarme und Brust waren angespannt. Er spürte jeden einzelnen Muskel. Der Schweiß stand ihm im Gesicht und tropfte an seinem Hals herunter, doch er unterbrach den Tanz nicht.

Kein Zögern und kein Durchatmen, er schlug und schlug und schlug.

Der Stahl wurde schmaler und glatter. Das einstige Stück nahm die Form eines faustgroßen Würfels an.

Er legte den Hammer nieder, drehte sich mit der Zange um die eigene Achse und gab den Flammen ihren Stahl zurück, um der Sonne neue Kraft zu verleihen.

Es folgten weiteres Hämmern, nochmaliges Erhitzen, und noch mehr Hammerschläge.

Der Würfel wandelte sich zu einer Schale, halbrund mit immer höher werdenden Rändern. Er erhitzte den Stahl ein weiteres Mal, nur dieses Mal ging er nicht zu seinem Amboss, sondern zu einer Gussform, die aussah wie eine Faust, die in ein Loch schlug. Er legte die Schale hinein, setzte die Faust oben drauf und hieb dann mit einem noch schwereren Hammer auf die Form.

Ein dumpfer Ton erklang und ließ den Boden bei jedem Schlag vibrieren.

Eine Schweißperle fiel darauf, die zischend verdampfte.

Als Wibatem die Form entfernte, war aus der Schale die Abdeckung einer Hand geworden. Die Enden über den Fingern trennte er sorgfältig in mehrere Einzelteile ab und die überstehenden Ränder formte er nach weiterem Erhitzen mit einem kleineren Hammer zurecht. Damit würde er später die Unterseite verschließen.

Der Rohstahlhandschuh war erschaffen.

Nachdem er ihn neben seinem Amboss eingespannt hatte, legte er eine der dunkelroten Schuppen bereit.

Wibatem füllte die Kohle auf, gab dem Feuer Luft zum Atmen und nahm eine kleinere Zange in die Hand. Er griff nach der Schuppe, hielt sie in die Flamme und fixierte diese.

Es gab nur einen richtigen Moment, sonst würde die Schuppe verbrennen – der Moment, wenn aus ihr das Wasser wich.

Er beobachtete sie, ohne zu blinzeln, atmete einmal aus, bis er den Tropfen sah, der an ihr wie eine Träne herunterglitt. Er zog sie sofort heraus und legte sie in den Rohstahlhandschuh hinein. Augenblicklich passte sie sich der Form an, beginnend beim Handrücken bis zur Innenseite.

Beim nächsten Schritt widmete er sich dem roten Stachel. Auch diesen musste er nicht lange in die Flammen halten.

Wibatem schlug ihn auf dem Amboss glatt, fast wie ein langes Schwert.

Er ließ ihn kurz auskühlen und teilte das lange Stück in viele kleine Teile, die er wieder erhitzte und auf die Einzelteile der Fingerbesätze legte. Sie passten sich der Form an und Wibatem würde sie später mit Scharnieren am Stahl befestigen, damit die Finger sich bewegen konnten.

Zuallerletzt nahm er einen der schwarzen Klumpen, den er zwischen den Händen hin und her jonglierte wie einen Ball. Er schmunzelte kurz über das Gestein und schüttelte den Kopf.

Ein kleiner unscheinbarer Stein, der Lichtfels seinen Namen gab.

Er hielt ihn in die Flamme, doch er glühte nicht und es entwich auch kein Wasser. Es war der feine Schimmer auf der rauen schwarzen Haut, der ihm zeigte, dass der Stein heiß genug war, um ihn zu verarbeiten.

Rasch zog er ihn aus dem Feuer, drehte den Rohstahlhandschuh auf die Oberseite, um den Stein in der Unterseite einzulassen.

Mit einem Hammer schlug er ihn hinein, tief genug, damit die Hand eines Faustkämpfers dazwischen passte und beweglich blieb.

Wibatem legte das Werkzeug beiseite, nahm den Rohstahlhandschuh mit der Zange hoch und begutachtete ihn. Er glühte immer noch orangefarben wie eine Morgensonne.

Deshalb brachte er ihn zum Wasserbecken und tauchte ihn in das Wasser. Es zischte und eine weiße Dampfschwade stieg auf. Auch die Fingerbesätze legte er mit hinein.

Wibatem atmete tief aus, ließ die Schultern kreisen und lockerte seine Finger. Er fuhr sich mit einer Hand über den Nacken und massierte die Stelle, weil die Muskeln dort zerrten. Dabei wanderte sein Blick zu den Oberlichtern, durch die kein Licht mehr in die Halle drang. Wie die Sonne außerhalb der Mauern untergegangen war, erlosch auch das Glühen im Wasser.

Als er die Zange anhob, kam ein tiefschwarzer Stahlhandschuh zum Vorschein, dessen Ober- und Innenseite blutrot hervorstachen.

Die Schuppe und die einzelnen Stücke des Stachels waren mit dem Stahl verschmolzen, feingliedrige Adern zogen sich an den Seiten entlang.

An der Unterseite schimmerte der Stein wie ein eingelassenes Ornament. Genau auf diesem Ornament war ein Relief entstanden, das Wibatem an eine Sonne mit geschwungenen Strahlen erinnerte. Er schaute sie lange an, ehe er mit dem Finger darüber strich und das Relief deutlich fühlte.

Das kann kein Zufall sein.

In den Händen hielt er eine einzigartige Waffe, die nur für einen einzigen Mann bestimmt war, doch sie war noch nicht fertig.

Nach dem Wasserbad folgte ein Ölbad, um die Stahlschicht zu reinigen und zu härten.

Das Ölbecken war nicht weit entfernt und genau dort ließ er den Stahlhandschuh und die Einzelteile einsinken. Später würde er in der Stahlhülle noch einen Lederhandschuh befestigen, in den der Faustkämpfer mit seiner Hand hineinschlüpfte. So würde seine Hand stabil im Metall liegen, geschützt vom Leder und der Schuppe, die Finger stets beweglich, damit er auch nach etwas greifen oder seine Hand zu einer Faust ballen konnte.

Genauso stellte er sich die Waffe vor.

Der erste Stahlhandschuh war vorbereitet, trotzdem wusste Wibatem, dass er dieselbe Kraft noch einmal aufbringen musste. Jeder Faustkämpfer brauchte zwei Waffen und so begann sein Tanz von Neuem.

Erneut setzte Wibatem seine Kräfte ein, beanspruchte seine Muskeln, formte aus Stahl eine Waffe, die genauso aussah wie die erste, aber spiegelverkehrt war.

Als er den zweiten Stahlhandschuh aus dem Wasser zog, war auf der Unterseite ebenfalls ein Sonnenrelief entstanden. Er strich wieder über die feinen Linien und spürte die Rillen in den Fingerspitzen. Bei diesen Stahlhandschuhen handelte es sich um die beeindruckendsten Waffen, die er je hergestellt hatte, und er freute sich darauf, diese bald seinem Anführer zu geben.

Er legte den zweiten ins Ölbad, ging zum Ofen, in dem er die Kohle großzügig auseinanderschob, und lehnte sich zurück.

Lange betrachtete er die lechzende Flamme, bis sie schließlich nur noch die Glut einhüllte. Der Tanz war beendet.

Wibatem kehrte zum Eingang der Halle zurück und spürte einen kalten Luftzug am Körper.

Die Stille der Nacht hatte sich über Brayken gelegt.

Es verwunderte ihn nicht, denn beim Schmieden verlor er jegliches Zeitgefühl.

Langsam ging er hinaus und genoss die Ruhe, während seine Haut abkühlte. Sein Oberkörper zitterte von der Anstrengung, aber auch aus Freude, was er erschaffen hatte.

Er schloss die Augen, atmete durch und knetete sich selbst die Schultern. Zeitgleich bewegte er den Kopf nach links und nach rechts, bis es einmal knackte. Die Blockade in seinem Nacken löste sich.

Während er dort stand, verblasste die Freude in ihm. Er dachte an seinen Kameraden Kilian und fragte sich, ob er noch lebte und wenn er lebte, wo er untergekommen war.

Wenn du hier wärst, würdest du genauso stolz auf die Waffen sein wie ich.

Seine Mundwinkel zuckten, als er daran dachte, was Kilian sagen würde.

»Wie schön die Waffen geschmiedet worden sind, Wibatem, fast wie von Frauenhänden«, äffte er seinen Kämpferfreund nach und lachte.

Ja, genau solch ein Satz passte zu ihm und Wibatem hörte förmlich seine Stimme in den Ohren.

Nachdem er die Augen wieder geöffnet hatte, erblickte er eine kleine weiße Kugel vor sich, direkt unter dem Eingangstor, die sich langsam mit einer Person dahinter näherte.

Wibatem lächelte. »So blieben meine Rauchsignale nicht verborgen.«

»Mir bleibt nichts verborgen.« Lichtfels begrüßte seinen Freund mit einem Handschlag. »Du glühst ja förmlich.«

Er fächelte sich Luft zu. »Die Feuer brennen immer noch gut in Brayken. Es sind viele Jahre vergangen, seit ich das letzte Mal hier war.«

»Das war knapp drei Wochen vor dem Wettkampf«, erinnerte sich Lichtfels, der sein Haar locker zurückgebunden hatte.

»So ist es«, bestätigte Wibatem. »An diesem Abend habe ich Mescals Schwert ruiniert und Kilians Zauberstab verbogen.«

Lichtfels lachte laut auf. »Das sagt der Richtige. Wenn ich mich genau erinnere, hatten beide danach Tränen in den Augen, aber nicht aus Trauer, mein Freund. Hier, den hast du dir verdient.« Sein Anführer zog einen Trinkschlauch vom Gürtel ab und gab ihn Wibatem. »Guter alter, brennender Pflaumenmet.«

Wibatem schmunzelte. »Ich glühe von außen, da schadet es ja von innen auch nicht mehr.«

Er nahm einen großen Schluck davon, löschte den Durst und spürte, wie die Hitze erneut in ihm anstieg. »Irgendwelche Neuigkeiten?«

»Nein«, antwortete Lichtfels kopfschüttelnd. »Ich warte darauf, dass die Nachricht von Braykens Befreiung die Hauptstadt erreicht. Ich zweifle jedoch, dass Diamantenseele sich blicken lässt. Eher schickt er seine Gilde Relikt hierher.«

»Noch so einem Kampf halten wir nicht stand, wir brauchen Verbündete«, stellte Wibatem fest.

Lichtfels räusperte sich nach einer Weile. »Die einzige Gilde, die mir einfällt, ist der Bund der Geheimen Soldaten.«

»Wenn es sie noch gibt, finden wir sie im Osten, wir könnten sie aufsuchen«, schlug er vor.

»Ja, das müssen wir. Wir müssen auch mit den Ehrwürdigen Alten reden, sobald sie sich wieder hier gesammelt haben.«

»Natürlich«, stimmte Wibatem ihm zu, auch wenn er verärgert über sie war.

Die Ehrwürdigen Alten waren bis auf ein Mitglied geflohen, als sich die Lage in Brayken verschlimmert hatte. Vor wenigen Tagen war ein Bote angekommen, der sie ankündigte. Wenn sie eintrafen, musste die Allianz unbedingt mit ihnen sprechen, um die weitere Führung zu klären.

Wibatem gab den Schlauch zurück an Lichtfels, der ebenfalls etwas trank.

»Vielleicht haben sie noch Verbindungen zu Gilden, die sich nicht auf Diamantenseeles Seite gestellt haben.« Sein Anführer klang voller Hoffnung.

»Ich habe lange nichts mehr von anderen Gilden gehört.« Wibatem klang unsicher.

»Ich ebenso nicht. Von den Himmelswächtern wussten wir auch nichts, dabei waren sie die ganze Zeit hier.«

»Langsam wächst unsere Gruppe.« Er blickte in den Nachthimmel. »Dennoch frage ich mich, wo viele sind. Ich kann mir nicht vorstellen, dass sie alle ermordet wurden.«

»Ich denke«, mutmaßte Lichtfels, »viele wollen sich mit der Vergangenheit nicht auseinandersetzen oder sind in den Süden ausgewandert. Sie meiden um alles in der Welt Diamantenseele.«

Wibatem schüttelte verständnislos den Kopf. Freunde, Kameraden und Verbündete hatten nach Diamantenseeles Machtergreifung aufgegeben. Die letzten fünf Jahre über war er mit Gerri und Kilian durch Dekar gezogen, hatte jedoch immer weniger andere Kämpfer gesehen, die er kannte.

Lichtfels strich sich über das stoppelige Kinn. »Braykens Befreiung ist ein eindeutiges Zeichen an Diamantenseele. Vielleicht taucht der ein oder andere auf, fasst neuen Mut und kämpft mit uns Seite an Seite.«

»Möglich.« Nachdenklich sah Wibatem zu Boden. »Der Kampf gegen Diamantenseele ist das eine Hindernis, aber was ist mit den Erben? Wo sollen wir anfangen zu suchen?«

Lichtfels überlegte. »Ich an ihrer Stelle würde mich dort verstecken, wo mich niemand erwartet.«

Wibatem dachte an die Hauptstadt, denn genau dort, wo sich ihr Feind aufhielt, hätten die Erben eine Chance, Relikts nächste Schritte herauszufinden.

»Denkst du, sie sind in Lonikka?« Wibatems Brauen hoben sich.

Lichtfels wiegte unsicher den Kopf hin und her. »Odmen sprach davon, dass sie sich zeigen, wenn Dekars dunkelste Stunde naht. Sie müssen also an einem Ort sein, an dem sie alles in Erfahrung bringen.«

»Also entweder die Hauptstadt oder …« Wibatem stockte.

»Syderia«, ergänzte Lichtfels nickend.

Wibatem sah ihn verblüfft an. »Von Syderia kommt man am schnellsten in alle Ecken des Landes. In einigen Tagen wären wir da.«

Lichtfels nickte. »Dort, denke ich, sollten wir beginnen. Wenn wir noch mehr Verbündete finden, können wir uns sogar aufteilen.«

Wibatem verschränkte die Hände im Nacken. »Der Plan gefällt mir.«

»Mir auch.« Der Anführer grinste.

Während sie schwiegen und die Ruhe genossen, überkam Wibatem die Vorfreude, bald aufzubrechen.

Auch wenn er Brayken als sein Zuhause bezeichnete, hatte er das Ziel der Allianz klar vor Augen. Das Land sollte befreit werden und dafür mussten sie weiterziehen und kämpfen.

»Was hast du denn die halbe Nacht geschmiedet?«, fragte Lichtfels neugierig und holte ihn damit aus seinen Gedanken.

Wibatem sah ihn an, aber es war noch nicht der richtige Augenblick gekommen, ihm die Waffen zu zeigen. »Ich habe ein bisschen mit dem Feuer getanzt.«

»Sicher«, sagte Lichtfels schmunzelnd und wandte sich zum Gehen. »Verbrenn dich nicht.«

Wibatem lachte. »Nein.«

»Wir sehen uns morgen.«

Er nickte seinem Freund und Anführer zu. »Bis morgen.«

42

Der Schwur

Lichtfels

Als Lichtfels zum Anwesen der Heiler zurückkehrte, brannte kein Licht mehr in den Straßen von Brayken und niemand kam ihm zu dieser späten Stunde entgegen.

Er erinnerte sich an die einst überfüllten Straßen am Tag und in der Nacht. So hatten sie an manchen Abenden immer die Stacheln der Drachenechsen verkauft oder diese gegen andere Materialien eingetauscht.

Wie oft war er nachts in den Gassen unterwegs gewesen und hatte sich mit anderen Kämpfern duelliert. Je nach Sieg oder Niederlage hatten sie danach die nahe gelegenen Wirtshäuser aufgesucht und dort bis zum Sonnenaufgang getrunken, meist bis einer von ihnen nicht mehr sitzen konnte oder auf dem Tisch eingeschlafen war.

Er ging durch die Eingangspforte des Anwesens der Heiler und betrat den Innenhof, in dem jemand auf dem Boden saß und die Beine zum Schneidersitz angewinkelt hatte.

Die blaue Haut gehörte unverkennbar zu Blaeck, der sich nicht aus der Ruhe bringen ließ, obwohl Lichtfels sich ihm näherte. Der Dunkelelf schien tief in seiner Meditation versunken zu sein.

Lichtfels hatte diese Ruhephase nur bei den Elfen gesehen, auch Eyrin hatte oft meditiert.

Meditieren ist besser als der tiefste Schlaf. Wir kehren in uns selbst zurück, um den Einklang mit der Natur zu finden, waren ihre Worte gewesen.

Sogar Lichtfels hatte daran Gefallen gefunden. Oder war nur Eyrins Anwesenheit schuld gewesen, dass er es mochte?

Der Innenhof war nicht beleuchtet, nur die Fackeln, die im Arkadengang hingen, warfen einen schwachen orangefarbenen Schein auf ihn. Genug Licht, um zu erkennen, wo Blaeck saß und die Überreste der Säulen lagen, die bei der Besetzung der Stadt zerstört worden waren.

Lichtfels ging um seinen Kämpfer herum und bemerkte dabei die Unterarme des Heilers, die mit Wunden und Narben übersät waren. Kleinere hatte er bei Blaeck schon gesehen, doch diese zogen sich über beide Unterseiten der Arme.

Er musste seinem Heiler nicht erklären, wie weit er gehen konnte. Blaeck war über einhundert Jahre älter als er.

Elfen wussten genau, wann ihre Zeit kommen würde, und eines Tages würde er aus dieser Welt verschwinden, um sich mit der Natur zu vereinen.

Er beobachtete den Dunkelelfen kurz, dessen Brustkorb sich kaum bewegte, fast als würde er schlafen. Dennoch war Lichtfels sicher, dass der Heiler spürte, wer in seiner Nähe stand.

Langsam lief er an ihm vorbei und suchte seine Kammer auf, einen kleinen Raum in der obersten Etage des Anwesens. Weder Vorhänge noch Teppiche zierten das Zimmer, nur ein einfaches Bett und ein Schrank befanden sich darin.

Er hätte sich auch ein schöneres Zimmer nehmen können, irgendwo in den Räumen der Ehrwürdigen Alten, die mit Federbetten und Kamin ausgestattet waren. Ein Platz in der Burg von Brayken, in der auch die Akademie ansässig war, aber dort wollte er nicht sein.

Nein, er wollte an dem Ort sein, an dem sich seine Kämpfer aufhielten, und die meisten lebten hier in diesem Anwesen.

Rasch legte er seine Kleidung ab und machte es sich auf dem Bett bequem, doch tief schlafen konnte er nicht.

Als er die Lider wieder öffnete, war ein kühler Morgen angebrochen. Mühsam stand er auf, zog Lederhose sowie Hemd an und ging in den Waschraum, wo er sich erfrischte und erleichterte.

Zurück auf dem Gang begrüßte er Jacki, der ihm entgegenkam. Sein Gesicht war nicht mehr knochig, die Haut nahm wieder Farbe an und das blonde Haar wuchs nach, nachdem er das verfilzte abgeschnitten hatte. Die grauen Augen musterten ihn.

»Du siehst schon viel besser aus«, bemerkte Lichtfels.

»Und du siehst müde aus. Vielleicht solltest du dich noch etwas ausruhen«, sagte sein Magierfreund beim Vorbeigehen.

Er schüttelte den Kopf. »Später. Ich kümmere mich jetzt um die Säulen im Innenhof.«

»Wehe, du weckst meinen Sohn«, drohte Jacki, dessen Mundwinkel zuckten. »Dann darfst du ihn in den Schlaf singen.«

Lichtfels lachte, ehe er dem Gang weiter folgte und sein Zimmer betrat. Er holte ein Paar Stahlhandschuhe aus einer Truhe, nachdem er die verbogenen nach Braykens Befreiung entsorgt hatte. Es handelte sich bei ihnen um gebrauchte Waffen, schlicht gehalten und kaum bewundernswert, aber bisher hatte er noch keine Zeit gefunden, sich neue schmieden zu lassen.

Er zog sie über und ging mit ihnen in den Innenhof, in dem er sich die Gesteinstrümmer vornahm.

Magisch lud er seine rechte Faust auf und schlug damit eine abgebrochene Kante ab. Zwei Schläge reichten und eine neue, glatte Kante zierte den Stein.

Spätestens in diesem Augenblick erwachten alle im Anwesen der Heiler.

Lichtfels formte die Gesteinsbrocken nacheinander zu verschiedenen großen Würfeln, die er später weiterverarbeitete, denn je länger er arbeitete, desto unbequemer drückten die Stahlhandschuhe an den Händen.

Sie waren noch nicht eingetragen und er hatte nicht einmal daran gedacht, sie auszuwechseln oder zu einem Schmied zu bringen.

Daher musste er dringend mit Wibatem reden.

Wo war er überhaupt? Schlief er noch?

Das konnte er sich bei dem Lärm, den er verursachte, nicht vorstellen.

Nach einer Weile stellte Aliya ihm ein Holzbrett mit Brotscheiben, Käse sowie einem Apfel und einen Krug Wasser hin, was er dankend annahm. »Wo ist Wibatem?«

»Er ist schon beizeiten weg, es gab noch einiges zu erledigen«, erklärte sie.

Lichtfels blickte sie schief an. »Hat er überhaupt geschlafen?«

»Mehr als du, wenn ich mir deine Augenringe genauer ansehe.« Aliya beäugte ihn kritisch. »Du solltest dir hin und wieder auch etwas Ruhe gönnen.«

Die Nächste, die mich darauf anspricht.

Sah er so schlimm aus?

»Vielleicht, nur nicht heute.« Er zwinkerte ihr zu.

Aliya verzog den Mund zu einem Lächeln, verabschiedete sich und ging mit einem Korb im Arm aus dem Anwesen der Heiler.

Lichtfels nutzte die Pause, fuhr danach aber sogleich fort, die Brocken weiter zu formen. Wenn der Innenhof aufgeräumt war, konnten die Heiler Kräuter anbauen und neue Salben herstellen.

Jacki, Lara und Lars verließen als Nächste das Anwesen. Er freute sich, die kleine Familie vereint zu sehen. Nachdem Jackis Lungenentzündung verheilt war, tastete er sich von Tag zu Tag ein Stückchen mehr ans Kämpfen heran und hielt die Zauber immer länger durch. Bald würde er wieder kämpfen.

Lichtfels trug die ersten Würfel zu dem Arkadengang und stapelte sie dort an einer Stelle auf, an der sich ursprünglich eine Säule befunden hatte.

Er begann mit einem großen Würfel am Boden, auf den er weitere legte, die nach oben hin immer kleiner wurden. Den letzten drückte er mit kraftvollen Schlägen hinein. Lichtfels musste sie nur noch glatt schleifen, doch das unternahm er erst, wenn alle Säulen standen.

Tsunade spazierte, ohne aufzublicken, in den Arkaden entlang. Sein Gesicht war noch blass und er sah nicht aus, als ob er bei Kräften wäre, obwohl er schon an ersten Übungen teilnahm.

Der Heiler hatte in den letzten Tagen stark abgenommen und das Hemd, das er trug, passte ihm nicht mehr. Auch der flatternde rechte Ärmel, in dem kein Arm mehr steckte, war noch gewöhnungsbedürftig.

»Brauchst du Hilfe?«, fragte Lichtfels und unterbrach seine Arbeit.

»Nein, ich gehe nur an die frische Luft.« Tsunades Stimme klang dünner als erwartet.

Besorgt blickte Lichtfels ihm hinterher, als sein Heiler das Anwesen verließ.

Tsunade war für ihn immer noch ein dekarischer Kämpfer. Er hoffte, dass er sich wieder erholte, auch wenn es noch dauern würde.

Jemand hustete hinter ihm. »Musst du so zeitig am Morgen die Steine verbauen?« Angelo rieb sich müde die Augen.

»Irgendwann muss auch diese Arbeit erledigt werden«, erklärte Lichtfels.

»So zeitig ist das nicht notwendig …«, sagte der Magier genervt.

Lichtfels schmunzelte. »Wie geht es dir?«

»Gut und dir?« Angelo wollte vom Thema abweichen, doch das ließ Lichtfels nicht zu.

»Kein Blut mehr beim Husten?«

Angelo schluckte. »Es wird weniger.«

»Wenn es schlimmer wird, dann …«

»Suche ich sofort einen Heiler auf. Ja, ich weiß«, unterbrach er ihn.

Lichtfels nickte. »In Ordnung.«

Angelo rollte die Augen, lächelte daraufhin verschmitzt und ließ ihn allein im Innenhof weiterarbeiten.

Im Verlaufe des Vormittags hatte er bereits eine dritte Säule aufgebaut, bis ihm auffiel, dass keiner seiner Kämpfer mehr zurückkehrte. Er bemerkte nur Schüler, die auf den Gängen hin und her liefen.

Die Schichtwechsel der Wachtürme hätten schon längst stattfinden müssen, aber weder Gerri noch Paco tauchten auf, die sich ebenfalls im Anwesen der Heiler einquartiert hatten.

Irgendetwas stimmt hier nicht.

Lichtfels streifte die Stahlhandschuhe ab, brachte sie in seine Kammer, legte einen alten Umhang an und ging vor das Anwesen der Heiler.

Der Himmel wirkte so grau wie das Kopfsteinpflaster. Eine kalte Herbstbrise zog an den Häusern entlang und strich ihm sanft über das Gesicht.

Nachdem er eine Weile die Straße hoch und hinunter geschaut hatte, verließ ihn die Geduld. Von seinen Kämpfern fehlte jede Spur.

Ohne Umschweife eilte er in Richtung des Großen Platzes, wo immer mehr Bewohner auf ihn trafen. Einige verneigten sich kurz vor ihm oder grüßten.

Lichtfels nickte ihnen dankend zu, wenn es für ihn auch etwas seltsam war. Er hatte nichts Besonderes gemacht, denn ohne seine Kämpfer und die Hilfe der Menschen in Brayken hätte er es nie so weit geschafft.

»Anführer Lichtfels«, sprach ihn ein Mann mittleren Alters an, der in eine lange dunkelbraune Robe mit Fellkragen gehüllt war. »Seit mehreren Tagen suchen uns keine Boten mehr auf. Dabei erwarte ich jemanden aus Syderia und Feror.«

Lichtfels überlegte, ob ihm andere Vorkommnisse zu Ohren gekommen waren, aber bisher trafen alle Kuriere pünktlich ein. »Ich werde mich dieser Sache annehmen.«

»Ich danke Euch.« Der Mann verneigte sich. »Ihr findet mich beim Rat der Stadt.«

Noch bevor Lichtfels sich verabschieden konnte, war der Mann schon weitergeeilt.

Dass keine Boten mehr in Brayken eintrafen, gab ihm Anlass zur Sorge. Ein Grund mehr, warum er dringend mit seinen Kämpfern reden musste.

Doch Lichtfels' Entscheidung stand fest. Der Weg würde die Allianz nach Syderia führen, Diamantenseele ein Stück näher.

Auf dem Großen Platz angekommen, sah er das zerstörte Handelshaus, bei dem die Bewohner immer noch damit beschäftigt waren, den Schutt wegzuräumen. Am Rand stapelten sich bereits Steine für das Mauerwerk, die sie wiederverwenden wollten.

Von dem vielen Holz, das in dem Gebäude verbaut war und die Wände verziert hatte, blieb nichts als Asche übrig und auch die Handelswaren, die darin lagerten, waren nicht mehr zu gebrauchen.

Lichtfels ließ den Blick zur Mitte des Platzes schweifen, wo die Bewohner einen Markt aufgebaut hatten.

»Mehl, ich habe Mehl«, rief einer von ihnen.

»Ich tausche Hemden und Hosen!« Eine Frau hielt mehrere graue Oberteile in die Luft.

Sofort drängelten die Bewohner näher zusammen.

Gleichgültig, wie viele sich dort versammelt hatten, um zu handeln, seine Kämpfer waren verschwunden.

Wo seid ihr nur?

Nachdenklich strich er über seinen Dreitagebart.

Nachdem er über den Platz gelaufen war, blickte er auf den ehemaligen Krater, der beim Kampf gegen Rikard entstanden war. Die Steine des Kopfsteinpflasters waren entfernt worden, das Loch mit Erde aufgefüllt und genau in der Mitte war ein Setzling gepflanzt worden, der jedoch erst grüne Blätter im Frühjahr tragen würde.

Lichtfels hielt kurz inne. Der Setzling war dünn und klein, seine Wurzeln reichten noch nicht weit in den Boden, aber im Laufe der nächsten Jahre würde er heranwachsen und erstarken, bis seine Krone weit in den Himmel reichte.

Er schaute über den Baum hinweg in die Straße, die zur Halle des Ruhmes führte.

Da vielleicht?

Sein Instinkt leitete ihn zu diesem Ort und als er Blaeck auf den hellen Stufen, die zur Halle hinaufführten, entdeckte, wusste er, dass er richtiglag.

Lichtfels' Nackenhaare stellten sich auf.

Er sieht verändert aus, dachte er.

Noch bevor er ein Wort sagen konnte, deutete Blaeck ihm an, ihm zu folgen.

Während sie die restlichen Stufen hinaufstiegen, fiel ihm schließlich auf, dass der Dunkelelf einen neuen Umhang trug.

Er hatte das zerschlissene, aus grobem Stoff genähte Kleidungsstück gegen einen schwarzen, aus feinem Stoff gewebten Umhang mit Kapuze ausgetauscht.

Vor dem ersten Torbogen hielt Blaeck an und betrachtete ihn. »Die Zeit ist gekommen, um den Platz einzunehmen, der dir gebührt.«

Lichtfels schwieg und atmete tief durch. Er sah an Blaeck vorbei in die Halle, in der sich weitere Personen in schwarzen Umhängen nebeneinander reihten und einen Gang zum Podium bildeten.

Meine Kämpfer.

Er trat durch die Torbögen hindurch, vorbei an Säulen und Statuen, und schaute in die ersten beiden Gesichter. Sie gehörten zu den Faustkämpfern Splin und Hurik.

Beide führten unaufgefordert die rechte Faust zum Herzen.

Direkt neben ihnen standen Tics und Mikaél mit ihren langen Schwertern, die sie in der linken Hand festhielten. Auch sie legten ihre rechte Hand auf die Brust in Höhe des Herzens.

Es folgten Tobzell, Paco und Keni, in den Händen ihre Bögen haltend, und Gerri, der seine Armbrust locker auf der Schulter abgelegt hatte.

Tsunade und Lara, die ihren Sohn in einem Tragetuch an der Brust trug, waren die Nächsten in den Reihen.

Aliya machte es ihnen nach und lächelte Lichtfels freudestrahlend an, während sich ihr gegenüber Bianka, Jacki und Angelo mit den langen Zauberstäben aufgestellt hatten.

Den Schluss bildeten die Beschwörer Ramko, Sanjo, Wolfino und sein langjähriger Freund Wibatem.

Sie alle legten ihre freie Hand aufs Herz.

Lichtfels' Puls beschleunigte sich, als er an seinen Kämpfern vorüberschritt. Auch wenn die Gemeinschaft nur aus wenigen Kämpfern bestand, war er auf jeden einzelnen von ihnen stolz, weil sie für ihn kämpften.

Blaeck, der ihm während des Weges schweigend gefolgt war, stellte sich an seine Seite, nickte und führte ebenfalls die Hand zum Herzen.

Nachdem der Dunkelelf ihm den Weg zum Podium gewiesen hatte, stieg Lichtfels die letzten fünf Stufen Schritt für Schritt hinauf und blickte auf seine Gefährten hinunter.

Sein Mund war staubtrocken.

Die Kämpfer lösten den Gang auf und bildeten einen Halbkreis um ihn herum. Sie knieten sich zu Boden und legten ihre Waffen nieder.

»Hiermit gelobe ich«, sprach Blaeck laut.

Die Gefährten wiederholten seine Worte im Chor, die durch die Wandelhalle noch lauter schallten.

Im Namen meiner Vorfahren,
für den Frieden zu kämpfen,
Unheil abzuwenden,
Leben zu retten,
Vertrauen zu schenken,

Freiheit zu wahren
mit Herz und Verstand,
als ein Strahl der Sonne
Licht zu spenden
in Zeiten der Finsternis.

Lichtfels schluckte. Eine Gänsehaut zog sich über seinen Körper und er spürte, wie seine Fingerspitzen zu kribbeln begannen.

Ich kämpfe für den einen,
dessen Licht der Sonne gleicht,
mit ihm Seite an Seite
als Allianz der Sonne.
Möge das Licht
für uns leuchten.

Der Schwur war gesprochen.

Lichtfels galt von nun an offiziell als Anführer der Allianz der Sonne.

Der Moment raubte ihm den Atem, denn damit hatte er nicht gerechnet. Die Worte echoten in seinem Kopf nach, schenkten ihm Mut und Kraft.

Als Blaeck und Wibatem aufstanden, wusste Lichtfels, dass die Zeremonie noch nicht beendet war.

Der Dunkelelf entfernte Lichtfels' alten Umhang und hängte ihm einen neuen um, ebenfalls schwarz, den er mit einer goldenen Brosche in Form einer Sonne verschloss. Ein aufwendiges Relief aus verschlungenen Linien verzierte ihre Mitte.

Zum Schluss legte er seine beiden Hände auf Lichtfels' Schulter und nickte ihm zu, bis er wieder den Platz im Halbkreis einnahm.

Lichtfels konnte immer noch sein Glück nicht fassen.

Er wollte etwas sagen, als Wibatem vor ihn trat und ihm zwei neue schwarze Stahlhandschuhe entgegenhielt.

Ungläubig sah Lichtfels ihn an und der Beschwörer grinste.

Das war es, was Wibatem letzte Nacht in der Waffenschmiede hergestellt hatte.

Lichtfels' Herz schlug ihm bis zum Hals.

Vorsichtig, als hätte er Angst, dass es nur ein Traum wäre, nahm er die Stahlhandschuhe und setzte sie sich auf. Er drehte seine Hände hin und her, war verblüfft, wie weich sie von innen waren, aber auch wie stabil und passend sie saßen.

Ein Meisterstück, dachte er.

Lichtfels hatte den Eindruck, dass die roten Adern, die sich über die kompletten Stahlhandschuhe zogen, sich mit seinen eigenen verbanden.

Auf der Unterseite schimmerte das Zeichen der Sonne und er erkannte das Material, aus dem es bestand. Es handelte sich um einen Stein, der ihm einen Teil seiner größten Kraft geschenkt hatte.

Die Kraft der Sonne.

Lichtfels bedankte sich bei Wibatem, woraufhin dieser sich zurück in den Halbkreis stellte.

Seine anderen Kämpfer hatten sich bereits aufgerichtet und hielten ihre Waffen in die Höhe.

Während der Puls raste und die Hände sich anspannten, wanderte sein Blick von den Kämpfern hinauf zur Glaskuppel. Er hob beide Fäuste und die Waffen begannen zu glühen.

Er ließ das magische Licht zwischen seinen Händen aufleuchten und spürte die Kraft, die durch den Oberkörper strömte und ihn erwärmte. Sie war viel stärker als vorher.

Auch das Licht war kräftiger und spiegelte sich in dem Marmor in der Halle.

Er lud es weiter in seinen Händen auf, bündelte es und schoss es schließlich als einen Strahl der Sonne hinaus in die Welt.

Lichtfels war bereit, für alles, was noch folgte.

DANK

Meine erste Danksagung … ich bin ehrlich überfordert. So viele Menschen sind an diesem Buch in besonderer Art und Weise beteiligt gewesen, standen mir in schweren Zeiten beiseite, halfen mir beim Überwinden meiner eigenen Blockaden, unterstützten mich bei Wortfindungsstörungen und lösten mit mir die Rätsel meines eigenen Buches. Die Idee, die viele Jahre brauchte, bis sie einen ersten Abschluss und schließlich ein Zuhause in einem Verlag gefunden hat.

Deshalb ein ganz großes Dankeschön an den Sternensand Verlag und das gesamte Team, besonders an Corinne und Andreas Spörri, denn ohne euch würde diese Geschichte kein Buch sein. Ihr habt meinen Traum wahr gemacht und das ist eines der schönsten Geschenke, die man mir hätte machen können.

Liebe Corinne, wir haben lange an Lichtfels und seinen Gefährten gefeilt, aber es hat sich absolut gelohnt und ich danke dir so unheimlich für deine Unterstützung, die Zeit und dein Vertrauen in meine Kämpfer. Ich freue mich auf alles, was noch kommt!

Die Geschichte hat irgendwo einen Ursprung, daher fange ich jetzt von vorne an. Das Online-Spielen hat mich dazu inspiriert. Deshalb danke ich meinen Online-Freunden, die vor elf Jahren zusammen mit mir gezockt haben. Zu einigen habe ich immer noch Kontakt, was nach den vielen Jahren einfach toll ist. Hoffentlich schafft dieses Buch es, dass ihr euch noch einmal daran erinnern könnt.

Jede Inspiration ist ein Ansporn und so ließ mich auch meine Fantasie nicht mehr in Ruhe. Die Worte landeten auf dem Papier und so nahm die Geschichte ihren Lauf. Es dauerte nicht lange, bis die ersten sich meine Texte anhören mussten. Das sind die Menschen, die Lichtfels und seine Abenteuer zuerst kennenlernen durften. Vielen Dank an die Schreibwerkstatt Süd in Leipzig unter der Leitung von Andreas Biskupek. Im September 2010 lernte ich ihn in der Volkshochschule kennen. »Der Typ macht Licht« war eine Notiz von vielen in seinen Aufzeichnungen.

Lieber Andreas, wenn du nicht gewesen wärest, würde Lichtfels in einer Szene an einem Schreibtisch sitzen, anstatt die Fäuste zu schwingen. Durch dich ist er stärker geworden, aber nicht nur er. Du warst es, der mir gesagt hat, dass ich alles mitbringe, um Autorin zu werden. Und siehe da? Du hattest recht, ich habe es geschafft.

Danke natürlich auch an Antje, Iris, Patrizia, Sophie und Alexander für eure Zeit und Geduld und verzeiht, dass ich euch mit dem Ende eines Kapitels immer geärgert habe, weil ich nicht mehr vorgelesen habe. Einen Monat musstet ihr warten, bis es weiterging. Ihr habt mir das nötige Selbstvertrauen geschenkt, das ich gebraucht habe, um weiterzuschreiben.

Ein riesiges Dankeschön geht an meine Testleserinnen Anne, Nancy und Steffi. Eure Anmerkungen, Tipps und Gedanken haben mir unheimlich geholfen, die Geschichte voranzubringen. Durch euch schaute ich anders auf meinen Text, entdeckte neue

Seiten, die ich vorher nicht betrachtet habe. Durch euch hatte ich den Mut, das Manuskript beim Sternensand Verlag einzureichen. Dafür werde ich euch wohl für immer dankbar sein.

Danke an meine Schreibmädels und die Autorenstammtische für die vielen Treffen, die wir zusammengesessen und unserer Kreativität freien Lauf gelassen haben. Schreiben ist ein einsames Hobby, aber nur so lange, bis man die richtigen Menschen trifft, die die gleiche Leidenschaft teilen. Euer Daumendrücken hat Glück gebracht.

Vielen Dank an meine liebe Simi, die mich noch tiefer in die Welt der Bücher gezogen hat, als ich es vorher war. Mit dir den Blog BookieDreams zu führen, hat mir mehr denn je zurückgegeben, denn ohne den Blog würde das Manuskript immer noch irgendwo im Schreibtisch schlummern. Du bist meine Bücherseelenverwandte, denn wir machen zusammen das Buchuniversum unsicher, in dem jetzt auch »Die Allianz der Sonne« einen Platz hat. Du warst es, die meine Leidenschaft, den Funken in mir, wieder zum Brennen gebracht hat.

Ganz wichtig sind auch meine Familie und meine Freunde. Ich habe euch wahnsinnig lieb und ich danke euch unendlich, dass ihr mich bei meinem Traum unterstützt.

Mutti, Vati, ihr seid mein Halt, meine Flügel, ihr seid alles für mich. Danke, dass ihr an so vielen Lesungen teilnehmt, auch wenn ihr die Ausschnitte schon doppelt und dreifach gehört habt.

Vielen Dank an meinen Bruder für die ständigen Fragen, wann denn mein Buch endlich erscheinen wird. Da ist es! Na, was sagst du?

Ein liebes Dankeschön an meinen Mann, dass er mich begleitet und hinter mir steht, dass er meine Fantasien aushält, Fotos macht, den Haushalt schmeißt und Essen vorbereitet, wenn ich es mal wieder vergessen habe. Du bist mein Schatz!

Danke an alle meine lieben Mädels, die mit mir ins Kino gehen, Abenteuer erleben, ein neues Restaurant ausprobieren, Monopoly spielen oder einfach nur mit mir im Park sitzen. Ihr seid mein Ausgleich und es ist schön, euch zu haben.

Zum Abschluss noch ein ganz liebes Dankeschön an dich und an alle anderen Leserinnen und Leser, die sich an meine Kämpfer-Saga herangetraut haben und Lichtfels' Weg gefolgt sind.

Ihr ermöglicht mir diesen Traum und ich fühle mich geehrt, dass ihr in meine Welt eintaucht und euch von mir entführen lasst. Ich hoffe, wir erleben zusammen noch ganz viele buchige Abenteuer.

Ich danke euch!

ÜBER DIE AUTORIN

Stefanie Karau, geboren im April 1990 in Torgau, lebt mit ihrem Mann und zwei Katzen in der Literatur- und Buchstadt Leipzig.

Während sie sich hauptberuflich mit Zahlen beschäftigt, ist sie in ihrer Freizeit von Büchern und fantastischen Geschichten umgeben. So betreibt sie einen Bücherblog, besucht gerne Buchmessen oder trifft sich mit anderen Autoren.

Schreiben ist ihre Leidenschaft, ihre Fantasie kennt keine Grenzen, daher möchte sie jeden einladen, auch in ihre magischen Welten einzutauchen. Wenn sie nicht gerade schreibt, ist sie häufig im Kino anzutreffen, verwandelt sich in Online-Rollenspielen in eine Heldin oder unternimmt etwas mit Familie und Freunden.

Kontakt:

Homepage: www.stefaniekarau.de

Facebook: www.facebook.com/st.karau

Instagram: www.instagram.com/stefanie.karau.autorin

GLOSSAR

Allianz der Sonne – vormals Schwarze Allianz, Kämpfergilde von Lichtfels

Aura – magische Hülle von Wesen, die nur von Elfen erspürt werden kann

Bairappa-Kalyani – bekannt als ›Wolkenbrecher‹, Grenzgebirge zwischen Dekar und Héllion

Beschwörer – Nah- und Fernkämpfer der dekarischen Kampfkunst, sie sind erkennbar an zwei langen, oft gebogenen Schwertern, haben die Fähigkeit, eines von fünf Wesen zu beschwören, beherrschen teilweise Element- und Giftmagie, tragen oft Dolche bei sich, die sie mit Gift tränken können

Beschwörerwesen – magische Wesen, die von dekarischen Beschwörern herbeigezaubert werden können, das sind Greif, Wolf, Seeschlange, Elementgeist oder Drache

Blutkrokodil – Reptil mit rotem Rücken

Brayken – vormals Braykonia, bekannt als ›Stadt der Kämpfer‹, zweitgrößte Stadt in Dekar, Sitz der Kämpferakademie

Brücke der Täuschung – magischer Übergang im Untergrund nahe den Katakomben von Brayken

Bund der Geheimen Soldaten – Kämpfergilde

Dekar – bekannt als ›Land der Kämpfer‹, auch bezeichnet als ›dekarisches Königreich‹, Land, in dem vorrangig Menschen leben

Dekarisches Kämpfertum – Gesamtheit aller Kampfkunstarten in Dekar, dient dem Schutz des Landes und der Unterhaltung der Bevölkerung

Dekarische Kampfkunst – Kunst des Kämpfens als Beschwörer, Faustkämpfer, Heiler, Magier, Schütze oder Schwertkämpfer

Drachenechse – Kreuzung aus Drache und Echse, Reptil mit roter Haut, scharfen Schuppen sowie spitzen Stacheln auf dem Rücken

Dunkelelfen – Art von Elfen, die erkennbar an ihrer dunkelblauen Haut und schwarzem Haar sind, bevorzugen die Dunkelheit

Eid der Kämpfer – Schwur, den Anwärter leisten müssen, um in den Stand der dekarischen Kämpfer erhoben zu werden

Eidbrecher – Kämpfer, die den Eid der Kämpfer gebrochen haben und von einem magischen Siegel in der Hand gezeichnet werden

Elfen – mystisches Volk, das mit langem Leben gesegnet und bekannt für sein hohes Wissen ist

Ehrwürdige Alte – Zusammenschluss von Persönlichkeiten, die die Führung über Brayken und die Kämpferakademie innehaben

Elementgeist – geisterhaftes Wesen, das von dekarischen Beschwörern herbeigezaubert werden kann, besteht aus einem der vier Elemente Erde, Feuer, Luft oder Wasser

Elementmagie – Art von Magie, die sich mit den vier Elementen Erde, Feuer, Luft und Wasser beschäftigt

Erde-Arena – eine der vier Kampfarenen in Brayken

Erinnerungsruf – magische Fähigkeit der Elfen, um mit anderen eine Erinnerung zu teilen

Faustkämpfer – Nahkämpfer der dekarischen Kampfkunst, sie sind erkennbar an Stahlhandschuhen, beherrschen teilweise Elementmagie

Feror – Stadt in Dekar

Feuer-Arena – eine der vier Kampfarenen in Brayken

Gebrüder Braykion – Gründer der Kämpferakademie

Gesetz der Natur – magisches Gesetz, das u. a. besagt, dass der Natur etwas zurückgegeben werden muss, wenn man sich an ihren Kräften bedient

Gilde – Zusammenschluss von Personen mit gemeinsamen Interessen

Giftfeld – magische Fähigkeit der dekarischen Heiler

Giftmagie – Art von Magie, die sich mit Gift beschäftigt

Giftnebel – magische Fähigkeit der dekarischen Beschwörer

Großer Platz – Ort in Brayken, Mittelpunkt der Stadt, auf dem gehandelt und getauscht wird

Halbelfen – Kreuzung aus Menschen und Elfen

Halbwesen – Kreuzung aus unterschiedlichen Arten

Halle des Ruhmes – heiliger Ort in Brayken, an dem die Anwärter zu dekarischen Kämpfern ernannt oder besondere Ereignisse gefeiert werden

Heilendes Feuer – auch bezeichnet als ›blaues Licht‹, magische Fähigkeit der dekarischen Heiler, um Wunden zu heilen

Heiler – Nah- und Fernkämpfer der dekarischen Kampfkunst, vorrangig Unterstützer, sie sind erkennbar an einer Peitsche, haben die Fähigkeit, zu heilen und Schutzschilde zu errichten, beherrschen teilweise Giftmagie

Héllion – Nachbarland im Norden von Dekar, in dem vorrangig Elfen leben

Himmelswächter – Kämpfergilde von Bianka und Hurik

Kämpferakademie – Ausbildungsstätte der dekarischen Kämpfer, Sitz in Brayken

Kampf des Stärkeren – Gildenwettkampf des Königs mit dem Ziel, den Sieger als Sonderarmee einzusetzen

Katakomben von Brayken – Labyrinth im Untergrund von Brayken, größer als die Stadt selbst

Königsblut – Person mit königlicher Abstammung, die auf dem Thron von Dekar Platz nehmen darf

Krallenhand – magische Fähigkeit der dekarischen Heiler

Lähmung – magische Fähigkeit der dekarischen Heiler

Lehrmeister – Titel der Lehrer in der Kämpferakademie

Lehrmeister auf Lebenszeit – Titel der ehrenhaftesten Lehrmeister in der Kämpferakademie, von denen es immer nur einen Kämpfer je Kampfkunstart geben kann

Lichtfels – magisches Gestein, mit dem Licht gebündelt werden kann

Lonikka – Hauptstadt von Dekar, Sitz des Königs

Lichtelfen – Art von Elfen, die erkennbar an ihrer hellen Haut und kupferfarbenem Haar sind, bevorzugen das Licht

Luft-Arena – eine der vier Kampfarenen in Brayken

Magie – übersinnliche Mächte, die von der Natur erschaffen wurden und in allen Lebewesen, Dingen und Orten sein können

Magier – Fernkämpfer der dekarischen Kampfkunst, sie sind erkennbar an einem mannshohen Zauberstab, beherrschen Elementmagie

Makhena – Nachbarland im Osten von Dekar, bekannt als ›Land des Sandes‹, Land, in dem vorrangig Menschen leben

Merian – Fluss in Dekar

Nachtschattenwald – Waldgebiet in Héllion

Plateau des Nordens – geheimer Ort in Dekar

Primeas – Kämpfergilde von Rikard

Rat der Stadt Brayken – Verwaltung von Brayken

Relikt – Kämpfergilde von Diamantenseele

Roteichenwald – Waldgebiet in Dekar

Schattenjäger – Kämpfergilde von Wanil

Schutzschild – magische Fähigkeit der dekarischen Heiler

Schütze – Fernkämpfer der dekarischen Kampfkunst, sind erkennbar an einem Bogen oder einer Armbrust, beherrschen teilweise Elementmagie, tragen oft Jagdmesser bei sich, um sich bei Nahangriffen wehren zu können

Schwertkämpfer – Nahkämpfer der dekarischen Kampfkunst, sie sind erkennbar an einem langen, breiten Schwert, beherrschen teilweise Elementmagie

Schwarze Allianz – ehemalige Gilde von Lichtfels

Seghon – Nachbarland im Westen von Dekar, in dem vorrangig Valseghonier leben

Speerkämpfer – gehören zu einer fremden Kampfkunst, sie sind erkennbar an einem langen Speer, haben die Fähigkeit, Rüstungen zu verstärken, Schutzschilde zu brechen und Magie zu schwächen

Syderia – Stadt in Dekar, auch bezeichnet als ›Seestadt‹

Tornado – magische Fähigkeit der dekarischen Faustkämpfer

Thraken – Stadt in Dekar, auch bezeichnet als ›Meeresstadt‹

Ungeschriebenes Gesetz – magisches Gesetz, das besagt, dass nur ein Königsblut auf dem Thron von Dekar Platz nehmen darf

Valseghonier – mystisches Volk, sie können Teile ihres Körpers verwandeln

Wasser-Arena – eine der vier Kampfarenen in Brayken

Willensbrecher – magische Fähigkeit, mit der ein Wille gebrochen werden kann

NAMENSVERZEICHNIS

Admen – ehemaliger König von Dekar, Bruder von Odmen

Aleks – Speerkämpfer, Kämpfer von Relikt

Aliya – Heilerin, Kämpferin der Allianz der Sonne

Angelo – Magier, Kämpfer der Allianz der Sonne

Arvid – Cousin 4. Grades von Admen und Odmen

Aurelius III. – Onkel 3. Grades von Admen und Odmen

Avalanze – Schütze, ehemaliger Kämpfer der Schwarzen Allianz, 1. Kommandant von Relikt

Bianka – Gemahlin von Hurik, Magierin, ehemalige Kämpferin der Schwarzen Allianz, Anführerin der Himmelswächter

Blaeck – auch bekannt als Blaigarhayma oder Dunkelbringer, Heiler, Kämpfer der Allianz der Sonne

Chronos – Schwertkämpfer, ehemaliger Kämpfer der Schwarzen Allianz, Kämpfer von Relikt

Diamantenseele – Faustkämpfer, Anführer von Relikt, König von Dekar

Eduard – Berater des Königs

Eyrin – gehört zur Leibgarde von Odmen

Gerri – auch bekannt als Gerard, Schütze, Kämpfer der Allianz der Sonne

Hurik – Gemahl von Bianka, Faustkämpfer, ehemaliger Kämpfer der Schwarzen Allianz, Anführer der Himmelswächter

Jacki – auch bekannt als Jackoson, bester Freund von Lichtfels, Gemahl von Lara, Magier, Kämpfer der Allianz der Sonne

Keni – Zwillingsbruder von Usci, Schütze, Kämpfer der Allianz der Sonne

Kilian – Magier, ehemaliger Kämpfer der Schwarzen Allianz

Kyran – gehört zur Leibgarde von Odmen

Laolin – Heilerin, ehemalige Kämpferin der Schwarzen Allianz

Lara – beste Freundin von Lichtfels, Gemahlin von Jacki, Heilerin, Kämpferin der Allianz der Sonne

Lichtfels – Faustkämpfer, ehemaliger Anführer der Schwarzen Allianz, Anführer der Allianz der Sonne

Maria Amalie – Cousine 6. Grades von Admen und Odmen

Mescal – Schwertkämpfer, ehemaliger Kämpfer der Schwarzen Allianz

Mikaél – Schwertkämpfer, Kämpfer der Allianz der Sonne

Mildred – Schülerin in Brayken

Odmen – Bruder von Admen

Paco – auch bekannt als Paradocs, Schütze, Kämpfer der Allianz der Sonne

Prodig – Heiler, ehemaliger Kämpfer der Schwarzen Allianz

Ramko – Beschwörer, ehemaliger Kämpfer der Schwarzen Allianz, Kämpfer der Himmelswächter

Rikard – Faustkämpfer, Anführer von Primeas

Sanjo – Beschwörer, ehemaliger Kämpfer der Schwarzen Allianz, Kämpfer der Himmelswächter

Sarkhan – Beschwörer, Kämpfer der Allianz der Sonne

Splin – Faustkämpfer, Kämpfer der Allianz der Sonne

Theo – Schüler in Brayken

Tics – Schwertkämpfer, Kämpfer der Allianz der Sonne

Tobzell – Schütze, Kämpfer der Allianz der Sonne

Tsunade – Heiler, Kämpfer der Allianz der Sonne

Usci – Zwillingsbruder von Keni, Schütze, Kämpfer der Allianz der Sonne

Wanil – Magier, Anführer der Schattenjäger

Wibatem – auch bekannt als Widar Bastian Themkeson, Beschwörer, Kämpfer der Allianz der Sonne

Wolfino – Beschwörer, Kämpfer der Allianz der Sonne

Mehr High-Fantasy aus unserem Sortiment

Carolin Emrich
Elfenwächter (Trilogie)
Als Taschenbuch und E-Book

Fanny Bechert
Elesztrah (4 Bände)
Als Taschenbuch und E-Book

J. K. Bloom
Wächter der Runen (Trilogie)
Als Taschenbuch und E-Book

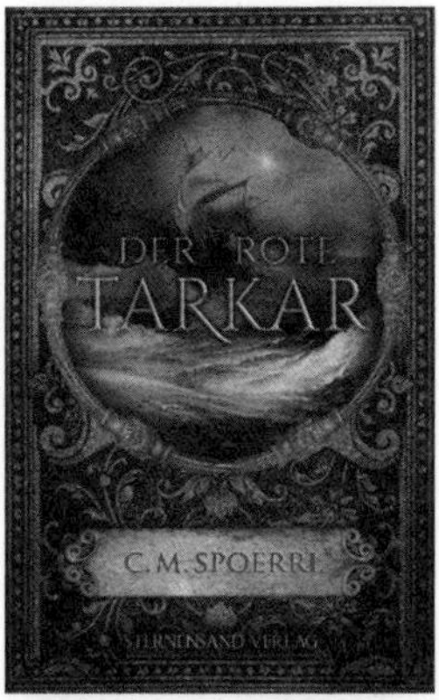

C. M. Spoerri

Der Rote Tarkar (Einzelband)

Als Taschenbuch und E-Book

C. M. Spoerri

Die Legenden von Karinth (4 Bände)

Als Taschenbuch, im Schuber und E-Book

C. M. Spoerri

Alia (5 Bände)

Als Taschenbuch, im Schuber und E-Book

C. M. Spoerri

Die Greifen-Saga (Trilogie)

Als Taschenbuch, im Schuber und E-Book

Jamie L. Farley

Adular (3 Bände)

Als Taschenbuch und E-Book

B. E. Pfeiffer

Die Weltportale

Als Taschenbuch und E-Book

C. M. Spoerri

Damaris (Band 1): Der Greifenorden von Chakas

31. Juli 2020, Sternensand Verlag

High-Fantasy

Klappentext:
Hätte Greifenreiterin Damaris ihrer Schwester nicht versprochen, drei Jahre lang im Magierzirkel von Chakas ihre Wassermagie beherrschen zu lernen, wäre sie wohl bereits am ersten Tag zurück ins Talmerengebirge geflogen. So aber versucht sie, sich der neuen Situation anzupassen. Dass Cilian, der Leiter des Greifenordens, eine starke Anziehungskraft auf sie ausübt, ist dabei ebenso wenig hilfreich wie die Hänseleien der Mitschüler. Und da wäre noch der mürrische Greifenreiter Adrién, der mehr über Magier und deren Intrigen zu wissen scheint, als er preisgibt. Doch Damaris wäre nicht Damaris, wenn sie nicht ihre ganz eigene Art fände, mit den Widerständen zurechtzukommen. Nicht ahnend, dass sie sich dabei auf ein gefährliches Terrain begibt …

STERNENSAND VERLAG

Besucht uns im Netz:

www.sternensand-verlag.ch

www.facebook.com/sternensandverlag

www.instagram.com/sternensandverlag